石板塘

梦竹 著

百花洲文艺出版社
BAIHUAZHOU LITERATURE AND ART PRESS

图书在版编目(CIP)数据

石板塘 / 梦竹著. ——南昌：百花洲文艺出版社，2014.10

ISBN 978-7-5500-1082-6

Ⅰ.①石… Ⅱ.①梦… Ⅲ.①长篇小说–中国–当代

Ⅳ.①I247.5

中国版本图书馆 CIP 数据核字(2014)第 212804 号

石板塘

梦 竹 著

出 版 人	姚雪雪
责任编辑	郑　骏
美术编辑	郑　健
制　　作	董　运
出版发行	百花洲文艺出版社
社　　址	江西省南昌市红谷滩世贸路 898 号博能中心 9 楼
邮　　编	330038
经　　销	全国新华书店
印　　刷	北京嘉实印刷有限公司
开　　本	787mm × 1092mm　1/16　　　印张　24.5
版　　次	2014 年 11 月第 1 版第 1 次印刷
字　　数	400 千字
书　　号	ISBN 978-7-5500-1082-6
定　　价	41.65 元

赣版权登字 05-2014-214

邮购联系　0791-86895108

网　　址　http://www.bhzwy.com

图书若有印装错误，影响阅读，可向承印厂联系调换。

上　卷

第一章

洞庭湖南岸那一大片低矮的丘陵上,有一座孤零零的高山突兀而起。那山呈带状,高低起伏,绵延百里,很像一条卧伏的蚕虫,故名卧蚕山。但卧蚕山只是地图上的名字,老百姓并不这么叫她。当地人最重风水,起房盖屋时,讲究"前有照,后有靠,左右山环水抱"。卧蚕山巍然耸立,气势雄伟,形状颇有点像照壁,且终年郁郁葱葱,风光秀丽,还有许多历史遗迹、离奇传说以及名人的活动踪影。因此,百姓们不仅都喜欢以她为"照",将房屋的正面朝向它,而且还给她起了另外一个好听的名字:照壁山。

照壁山大大小小有数十座山峰,最中间的一座名叫神母岭。神母岭不高,不险峻,地理位置却极重要。她的东面岭下是粤汉铁路,西面岭下是湘长官道。山东西两边的人走南闯北,这里都是必经之地。山岭之巅有一道山谷,山谷之中有一座小亭子。那亭子很小,结构也很简单,不过是几根石头柱子撑着一个石板屋顶,但她由于建在上山路与下山路的交接点,位置极佳,于是自然而然地就成了神母岭和照壁山的标志性建筑物。因此,人们建房盖屋时,不仅要把正面对着照壁山,而且要对着神母岭,对着那小亭子。

神母岭下有一个村子名叫石板塘。那村子在当地颇有点名气,百十里内几乎无人不晓。她为什么如此有名呢?这原因就在于她是一块地形地势极佳的风水宝地。

石板塘村风水确实好,山环水抱,具有旺家旺族的气势、招财进宝的看相。村子正面便是照壁山,且正对着神母岭顶上的那个小石头亭子。村子后面有一座小山。那山不高,不大,却四季常青,蔚然秀丽。最令人感到奇特的是,山上长着五株巨大的松树。那五株松树如伞如盖,相抱相拥,交相辉映,高耸入云,不仅使得后山平添了几分巍峨壮丽的气势,而且还给整个村子带来了一派繁荣兴旺的景象。村子南面、北面也有小山。北面的小山上还长着一株巨大的樟树。那樟树的树干特别粗,三个大人伸开手臂都合抱不过来。村子不大,坐西朝东,百十来间白墙青瓦的房屋紧紧凑凑地排列在一个三面环山的湾湾里。村子前面是一个地坪，地坪前面是数十块大小不一、错落有致的稻田，而稻田前面则是一个五光十色的菜园子。菜园子前面有一条南北向的小路，小路前面有一条终年流水潺潺的小溪，小溪上一座石板桥飞架而过，将东西两面的小路连接起来。那小路便是通往照壁山神母岭的主路了。

石板塘村以塘为名。石板塘不大，只有七八亩水面。她位于村子北侧的山边上，隔着北山的一个角，由一条弯弯的小路与村子连接起来。那弯弯的小路是用三尺来长、一尺来宽的长条石板铺成的，紧挨着水塘。由于有这条石板路，所以这水塘的名字叫做石板塘。石板塘虽没有紧挨着村子，但却是全村整体布局中不可缺少的重要部分。她终年满池清水，晶莹透澈，就像一块巨大的宝玉镶嵌在村边，映照着蓝天丽日、绿树红花、农田茅舍、瓦屋青烟，使得整个小山村显得、灵秀与妩媚、生机盎然。

石板塘最早的住户姓陈。陈家本来是当地有名大户。当地人都特别敬重山神、塘神，逢年过节必隆重祭拜。但陈家第十三代族长却是个粗鲁汉子，从来不信塘神。一年除夕夜里，他在邻村多喝了几杯酒，回来路过石板塘时，却玩了一个恶作剧——站在塘堤上，对着水面撒了一泡尿。没想到，回家后他就病倒了，病的恰恰就是那生儿育女的命根子。后来，他终于死在这病上了。他自知这病因何而起，临死前便叮嘱族里人说："我这病是咎由自取，所以不可厚葬，也不可葬入祖坟，而只能葬在石板塘的塘堤之下。我葬在那里，好终日反省，向塘神谢罪。我下葬之后，你们赶紧将这祖屋卖了，从速搬家！切记！"

那位陈姓族长说完话就死了。他死之后，族人们遵照他的遗愿，将他草草下葬。至今，石板塘的塘堤之下，石板路西侧的路边上，还有他的坟墓。

陈家后来搬走了，这陈家老屋便卖给了一个姓姜的人家。姜家原来住在照壁山东面山下的高家坊一带。买了这陈家老屋后，姜家老族长便派自己的小儿子，一个知书达礼、好学上进、温文尔雅的年轻人，带着妻子儿女，住进了这陈家老屋，并更名为石板塘村。

那个温文尔雅的年轻人名叫姜日广，是石板塘姜家的第一代祖先。他搬来时，姜家只有几个人，而且一连三代单传。但到了第四代，即重孙子姜光瀚这一代，姜家便开始迅速发展起来了。姜家为什么会在这时候迅速发展呢？这里面的主要原因，乃是因为姜光瀚生了一个才能特别突出的好儿子。姜光瀚的这个好儿子，就是姜家第五代的代表人物姜辉阁。

姜光瀚有四个儿子：辉奇、辉阁、辉宇、辉纪。姜辉阁是姜光瀚的二儿子。他小时候，长相并不出众，远不如他那几个兄弟清朗俊逸。因此，姜光瀚不喜欢他。他把老大、老三、老四都送进宗祠里读书，却唯独把老二辉阁留在家里作田务农。但世界上的事情常常是"有意栽花花不发，无心插柳柳成荫"。姜辉奇、姜辉宇、姜辉纪从小"不管门前窗外事，一心只读圣贤书"，后来却功名、成就、家业一无所成。而姜辉阁没有读过多少书,后来却成了名闻乡里、出类拔萃的人物。四兄弟中,数他的才干最优、成就最大、威望也最高。姜家整个家族后来的蓬勃发展,他起了至关重要的作用。

姜辉阁在家族里发挥重要作用,是从一场官司开始的。那场官司,实质上是两个家族的根本利益之争。而他们所争的,便是石板塘那口小小的水塘。

原来,在南方各地,水塘对于人们的生产和生活都是至关重要的。它常常既是人们的生活用水,又是农业生产的灌溉用水。石板塘就是石板塘村的唯一水源。村子里的数百亩水稻田都要靠她的水来灌溉。但石板塘地处高阜,堤下的几千亩水稻田却并不全是姜家的。因此,每年一到夏秋干旱季节,临近的各村各族便常来打石板塘的主意,不是公开决堤放水,就是私自挖塘偷水。这其中,尤以大路坪路家最为猖獗。他们常常仗着族大人多,不仅公开抢水,甚至还要大打出手。为了这事,姜家伤透了脑筋。这年秋初,湘北大旱,姜、路两家又为着石板塘的水闹起了纠纷。这一次,路家做得更绝。他们不仅公开决堤放水,全然不把姜家放在眼里,而且还恶人先告状,一纸诉状把姜家告到了县衙里。路家这样做,用心非常险恶,明显就是要把石板塘永远占为己有。

路家把姜家告了,姜家自然不能置之不理。但县衙正要开堂时,姜光瀚却不巧病了,上不了大堂。没办法,他只得要大儿子姜辉奇代他上堂。但没想到,姜辉奇虽已二十岁了,又饱读诗书,却胆小怕事,死活不肯去县衙。这一来,姜家便无路可走了,姜光瀚又急又气,手足无措,七窍生烟,恨不得拿根绳子上吊,一死了之。正在这万难之际,姜辉阁挺身而出了。他要求独闯县衙,代父上堂。姜光瀚见情况紧急,家里又再没有别的人了,便只得点点头,让他去了。这时,姜辉阁刚刚过完十六岁生日。

县衙开堂那天,路家去了三十个人,而姜家却只去了姜辉阁一个。姜辉阁年纪小,个头也小,像个小孩子,跪在大堂一旁,自然难以引人注意。县太爷坐在堂上,探头往下一看,见地上跪着一大片,却都是路家的人,姜家人一个也没看见,当时便有些不大高兴了。

“路家的人都来了,姜家的人呢?姜家为何不派人来呀?莫非藐视本官不成?”县太爷一拍惊堂木,厉声喝问。

县太爷话音刚落,堂下忽地响起了一个小孩子稚嫩的声音:“石板塘姜家族长姜光瀚之子、小民姜辉阁参见青天大老爷!”

县太爷闻声望去,见是一个半大孩子跪在地上,不觉眉头一皱,发话说:“你是姜家来人?难道你姜家没人了,把你一个小小孩童派来敷衍了事?诉讼大事,关系重大,岂可儿戏!你从速回去,换你家大人来吧!”

姜辉阁见县太爷面露轻视之意,便抬头挺胸,娓娓而言道:“请问青天大老爷,难道小小孩童就不是人吗?从古至今,官府断案,只问有理没理、合法违法,何必非要分别大人小孩呢?难道那家子没大人了,只剩下小小孩童,官府就不能判案么？路家世居此地，人口众多，所以今日来人亦多。我姜家系新从外地搬来，繁衍未久，人口甚少，年长男丁只有家父姜光瀚一个，而他老人家今日恰逢患病在身，现正卧床不起，所以也就只来了我这一个小小孩童。我早听家父说过，大人是个公正廉明的青天大老爷，凡事都能秉公而断，决不会看人多人少、人大人小而扶强欺弱，轻率行事，是以大胆代父到庭。请大人体谅我的拳拳孝子之心。如有不敬之处，容日后家父病愈之后，再亲来请罪受罚！"

姜辉阁义正词严，铿锵有力，满堂人众听了皆不觉一惊，就连县太爷也不禁愣住了。他被姜辉阁的凛然气势所慑服，更为姜辉阁的惊人胆量所倾倒，暗自沉思了好大一会儿，倒有心向着姜家了。

"姜辉阁，你既是有胆代父到庭，对这案子必是能说得明白的了！你们姜、路两家为何要争抢这石板塘中之水？此事起于何时，是何人引起？其中缘由、曲直，你且明白道来！说得有理，恕你口出狂言、藐视本官之罪。倘若依仗自己年幼，当堂要赖，无理取闹，小心棍棒伺候！"县太爷目视姜辉阁，当堂喝问。话虽仍然说得很重，语气却明显缓和多了。

"是，小人明白，不敢欺蒙青天大老爷，"姜辉阁趴在地上重重地磕了一个响头，就一五一十地说了起来，"这石板塘是我姜家私塘，所处之地就在我姜家祖屋之侧，所蓄之水也都是我姜家后山上流下来的雨水，原本就该我姜家私用，与他路家无涉。"

"慢！你说石板塘是你姜家私塘，有何证据？该塘在你姜家祖屋之侧，所蓄之水都是你姜家后山上流下来的雨水，仅凭这两条，怎能下得了定论！"县太爷突然打断姜辉阁的话。

"启禀青天大老爷，"姜辉阁又磕了一个响头，"小人今日所居之石板塘老屋，是祖上向陈家买来的。小人祖上买这老屋时，原本就是连这口塘一起买的。当日祖上与陈家立有文书契约，连同房屋、田地、山林、菜园以及这口石板塘，总共付银三万七千两。其中，单是石板塘这一口水塘便付银伍千两。立这文书契约之时，为公正起见，两家商定，请了路家当时的老族长路俨路老先生作证人。"

"是嘛，你姜家买老屋时是连同石板塘一起买的？那当日签订的文书契约还在吗？"县太爷俯身相问，语气又缓和了不少。

"回青天大老爷，当日签订的文书契约都还在，而且小人统统带在身边了！"姜辉阁略略抬头看了一眼县太爷，旋即从怀中掏出文书契约交给师爷。

师爷拿过文书契约，双手递给县太爷。县太爷把文书契约摊开，戴起老花眼镜，细细地看了一遍，对着堂下高喊一声："路春廷！"

"小人路春廷在此！"堂下一个五十上下的人回答。那人就是路家现任族长路春廷。

"路春廷，路俨是你祖上何人？他是否当过你路家族长呀？"县太爷探头问道。

"回大人，路、路俨是小人曾祖父，确、确实当过路家族长！"路春廷说道，头压得很低，话说得不利落，有些结巴，还带着颤音。显然，他有些怯场。

"唔！这就对了！路春廷，"县太爷手指文书契约，"姜家现有文书契约在此，上面赫然就有你曾祖父路俨的亲笔签名。他当时是这笔买卖的证人，对石板塘的情况一清二楚。明摆着，石板塘确是姜家私塘，塘中之水理应归姜家私用，你路家无权干涉。如今你路家不仅与他争抢这塘中之水，且还要恶人先告状，与他打这蛮不讲理的官司，却是为何？莫非这文书契约之事，你不知情？"

"回大人，文书契约之事，小人知道。姜家曾给小人看过。只是这其中还有一桩事情，小人不甚明白。"路春廷说。他已恢复正常了，说话时既不结巴了，也不带颤音了。

"你还有何事不甚明白？从速道来！"县太爷对着堂下又是一声高喊。

"是，小人这就禀报，"路春廷忙不迭地磕着响头，"青天大老爷明鉴，这纸文书契约虽已载明当日姜家向陈家购买石板塘之事，却并未说明石板塘原是陈家私产。倘若石板塘不是陈家私产，则陈家将这塘卖与姜家也就是不合法的了。我路家世代相传，陈家第十三代族长是一个横蛮不讲理的人，这石板塘所在之地便是他恃强凌弱，硬从我路家夺过去的。"

"喔，还有这等事？姜辉阁，此事作何解释？"县太爷低头看着姜辉阁。

事起突然，风向一下子变了。路家来的那三十个人纷纷交头接耳，神情异常兴奋起来。满堂的师爷、皂隶也都拿眼盯向姜辉阁，看他如何应对。

姜辉阁却没有丝毫惊惧之意。他略略移动了一下身子，不疾不徐地说道："启禀青天大老爷，刚才路春廷先生所言与事实不符。石板塘原本不是水塘，而是一垌水田。这垌水田的名字就叫石板田。这田最早时确实是路家的，田主名叫路恩芳。本朝嘉庆十二年四月，路恩芳身患重病，因无钱医治，遂将该田卖给了陈庆增。这陈庆增就是陈家第十一代族长。他买入该田后，为方便用水，乃于嘉庆十四年筑堤蓄水，改田为塘，并命名为石板塘。当时为纪念改田为塘之事，陈庆增不仅自己写了一篇《石板塘记》，而且还特意请路家路昆老先生写了一篇《石板塘赋》。这两篇文章当时都一并刻在石碑上留作纪念。现今这石碑还在，小人已将它珍藏在阁楼之上了。小人本想将这石碑搬来与大人鉴赏的，但小人年小力弱，实在搬它不动。不过，陈庆增和路昆路老先生当日原作的文稿，以及陈、路两家买卖石板垌田地的契约，包括原石板垌的地契，小人今日都带在身上了，请大人明鉴！"

文书契约均在，一应证据俱全，姜辉阁又据理力争，言语铿锵，掷地有声，县太爷也是个明白人，怎敢不公正评判！这场官司自然是姜家赢了。

姜辉阁打赢了官司，这使姜光瀚不得不刮目相看。他晓得儿子的才干，就开始把管理家务的重任逐步地向姜辉阁转移了。

几年后，四兄弟都长大成人、娶妻生子了。家里人太多了，穿衣、吃饭都聚在

石板塘

一起,诸多不便。因此,姜光瀚决定分家。一天早饭后,他把老大辉奇、老三辉宇、老四辉纪喊来,吩咐他们三个各自回房去写分家契约,并说这是考试,想借此机会考考他们的真才实学。他的意思很明白,觉得写契约是个文字功夫,只有老大、老三、老四书读得多,写得出来,而老二没读过什么书,所以也就不必为难他了。

儿子们走后,姜光瀚便在堂屋里正襟危坐,耐心等待。但等了大半天,却没见哪个儿子把写好的分家契约拿来。他有些不耐烦了,便一家一家地去查看。他先到了老大辉奇屋里,只见姜辉奇手里捏着一支笔,坐在桌边凝眉蹙目,冥思苦想,桌上的那张纸一个字都还没写。姜辉奇显然憋急了。屋内凉意袭人,别人穿三四件衣服都嫌单薄,他只穿一件单衣却还浑身冒汗,要老婆在旁边为他打扇。见老大写不出来,姜光瀚颇有些生气,便没理他,一转身进了老三辉宇的家。老三辉宇虽然不像老大辉奇那样急得浑身冒汗,却也没有写出一个字来。姜光瀚扫了一眼桌上那张白纸,气不打一处来,便快步走了出来。老四的家与老三的家挨着。姜光瀚出了老三家,便进了老四家。他斜眼一扫,却见老四辉纪面前的那张纸写得满满的,心里很高兴,还以为快写好了呢。但等到走近看时,他不觉又哑然失笑。原来,那纸上面写的,通篇都是管鲍分财、孔融让梨之类的历史故事,具体分家的事一点也没涉及。

走了一大趟,姜光瀚的肚子都气饱了。进了堂屋,他谁也不理,屁股往椅子上一坐,便长吁短叹起来。姜辉阁见父亲生气,忙问是怎么回事。姜光瀚气呼呼地说:"蠢东西!三个蠢东西!白读了那么多年书,一张分家契约都写不出来!唉,我真是自花冤枉钱了!"

姜辉阁有心为老父宽解心怀,便轻声说:"你老人家再耐心等等吧!要是耐不住寂寞的话,那就我也划拉几句,让你老人家指点指点如何?"

姜光瀚正在气头上,便不耐烦地挥挥手说:"你乐意写,那就写去吧!"

姜辉阁不再说话了。他走近桌子,拿起笔,铺开纸,蘸上墨水,任意挥洒起来。

姜光瀚一袋烟还没抽完,姜辉阁就把一张写满了字的纸递过去了,说是契约已经草就,请父亲大人过目教正。姜光瀚接过来细细一看,见那张纸上字虽不多,却内容全面,条理清楚,用词十分妥帖,分析也很得当。凡分家中理应处置的大小事情,如家中现有多少财产,银两、房屋、田地、山林、家具、耕牛、农具等主要财产应如何分配,老人应如何奉养等,文中都写得清清楚楚,明明白白,没有丝毫遗漏、含糊之处。

姜光瀚拿着姜辉阁写的契约一遍又一遍地细细看着,看了好大一阵子,心里佩服不已,脸上却没有露出丝毫异样的神色。

"你去把他们三个蠢猪喊过来吧!"姜光瀚对姜辉阁说。

三兄弟跟着姜辉阁过来了。姜辉奇和姜辉宇手里空着,什么也没拿。姜辉纪的手里却拿着一张纸,上面写满了密密麻麻的字。那就是他写的契约。他一进屋,便忙不迭地把那张纸往父亲手里递去。姜光瀚没接他递过来的那张纸,却冷笑不止。

"我真是瞎了眼，把你们三个视作奇才，倾全力重点培养，却把老二看成只能种地的农夫！拿去看看吧，这是老二写的，你们好好学一学！他这份契约格式规范，事理说得非常明白，文字却又十分简约，真正写得好，只怕你们三个蠢猪头发想白了都写不出来！"姜光瀚大声吼道，顺手把姜辉阁写的那张契约丢给了大儿子。

姜辉奇接过父亲丢过来的那张纸认真地看了看，便递给了姜辉宇。姜辉宇接了过来，也细细地看了看，又顺手递给了姜辉纪。兄弟三个看完，不禁相对唏嘘，感慨不已，个个佩服得五体投地，自叹不如老二聪明。

一纸分家契约进一步分出了四兄弟才干、能力的高下优劣。从此后，姜辉阁在家族中的重要地位更加稳固了。

姜辉阁善于管家，善于经营田产。太平军占领湘北时，地主老财们纷纷卖地外逃避乱，他乘机压价收购。湘军平定太平天国后，有钱人纷纷回乡求田问舍，他趁机抬价出售。过了几年，湘北大旱，赤地千里，连年颗粒无收，人们咸以田地为累，他又将大量肥田沃地低价收购进来。他就这样见机操作，买了又卖，卖了又买，不几年间便攒下了一笔极大的家私，光河套里的水田就不下数百亩，成为当地首屈一指的大户。由于他富甲一方，在地方上颇有些名气，故石板塘姜家当时虽只寥寥几户，却已在县志上名列大族之中。

姜光瀚在世时，姜家就已经分家了。由于姜辉阁对家族的贡献巨大，能力又格外出众，远非别人所能比，所以大家都恭敬他，让他长期担任姜家的族长。因此，他在世时，姜家族里的大小事务，一直是由他一人说了算。光绪二十七年九月，姜辉阁死了。临死前，他吩咐自己的大儿子姜云岱代他行使族长权利，临时管理族里的事务。

分家单过后，姜家就形成了长房姜辉奇、二房姜辉阁、三房姜辉宇、四房姜辉纪四大房龙争虎斗的局面。这四大房都有儿孙后代。其中，长房姜辉奇的儿子名叫云岱，二房姜辉阁的儿子名叫云岳、云山、云岩，三房姜辉宇的儿子名叫云溪、云谷、云涛，四房姜辉纪的儿子名叫云海。

当地习俗，堂兄弟也按年纪大小排序。假如一个大家族姓杨，族中某一个辈分的堂兄弟有二十个，那这些堂兄弟就必须按照年纪从大至小排序，分别叫做杨一、杨二、杨三，一直叫到杨二十。年纪稍长后，这些堂兄弟称号的数目字后还得加上一个"爹"字，分别叫做杨一爹、杨二爹、杨三爹等，一直叫到杨二十爹。需要特别提起注意的是，在这里，那个"爹"字不念做 die，而念做 dia，意义也不是父亲辈，而是祖父辈。当地人喜欢聚族而居，人口繁殖又快，一个妇女生育十胎八胎是常见的事，所以各村各族的堂兄弟一般都很多。田家岭下就有个王家，现今在世的这一辈就从王一排到了王三十八。那个排老大的王一爹已六十岁了，自己儿孙一大帮，却还要叫那个不到一岁、正在娘怀里拱着奶子找奶吃的小娃娃叫三十八弟,而他那个已经做了祖父的大儿子也还要叫那个小娃娃做三十八叔。

按年龄排序,姜家云字辈八兄弟是姜云岱居长,以下依次是姜云岳、姜云山、姜云溪、姜云海、姜云谷、姜云岩、姜云涛。这样一来,八兄弟年轻时就分别叫做姜一、姜二、姜三、姜四、姜五、姜六、姜七、姜八,年龄稍长后则分别叫做姜一爹(爷,音 dia,——下同)、姜二爹、姜三爹、姜四爹、姜五爹、姜六爹、姜七爹、姜八爹。

姜家云字辈的这八个"爹"中,数三爹姜云山是个最为特殊、突出的人物。他在亲兄弟中排老二,在堂兄弟中排老三,这位置非头非尾,不上不下,正是爷爷(父亲,念 yaya,——下同)不疼、爹爹(祖父,念 diadia,——下同)不爱的尴尬境地,因此年轻时既不受父母重视,又不被其他长辈喜欢。然而,他境地尴尬,事业却格外有成。八兄弟中,六个务农,一个经商,却只有他一个人是从军、从政的,并且还博得了功名,当上了官,位居七品。

姜家世代耕读为业,号称诗礼人家、书香门第,姜云山为什么会独出心裁,走上了军旅生涯呢?原来,这事与一个历史名人有着很大关系。这个历史名人就是军功显赫,名震天下,当过总督、巡抚,最后官至军机大臣、东阁大学士的晚清重臣左宗棠。

左宗棠就是湘北人,家就在界石镇附近的左家塅。他是个传奇人物,经历、事业、精神、学问,特别是爱国热情和一生功业,对家乡人有着很大影响。湘北人都把他视为英雄和楷模,愿意追随左右,哪怕是执鞭牵马亦心甘情愿。

姜云山就是一个对左宗棠顶礼膜拜、佩服得五体投地的人。他很小就立下了追随左宗棠征战沙场、建功立业的宏愿。他的从军、从政,就是受了左宗棠的影响。

光绪元年左宗棠任钦差大臣督办新疆军务时,姜云山刚满十七岁。当时,左宗棠曾派人回家乡募兵,并在界石镇设了一个募兵站。姜云山得知这一消息,便连夜找姜辉阁,要求去募兵站报名当兵。然而,他的要求遭到了父亲的反对。姜辉阁当头给了他一巴掌,继之以一顿臭骂,然后又猛力一推,将他推进一间空屋之中,用一把大铜锁将门锁住了。

姜云山的性格,用湖南土话中一个最具特色的词语来形容,那就是:"霸蛮"。他一旦拿定了主意要做某件事,那就非做不可,一做到底。去西北投军的决心,他早就下定了,姜辉阁的那把大铜锁又怎能锁得住呢!从大铜锁"卡嚓"一声在屋门上锁定的那一刻起,姜云山就开始琢磨逃脱牢笼的主意了。他先是用力掰窗户的栏杆,想从窗户逃走,结果没成功。接着,他又上阁楼拆屋顶,想从屋顶上掏个窟窿出去,结果被姜辉阁发现了。两次行动都失败后,姜云山还不死心,他又打起了新婚妻子韩菊吟的主意,要她帮忙。这一次,韩菊吟还真是帮上忙了。她以找衣服洗为名,偷偷地从公公姜辉阁的衣服兜里拿到了屋门钥匙。然后,她就以偷来的钥匙打开了屋门,放走了姜云山。

临别时,夫妻两个相拥相抱,难舍难分。韩菊吟带着哭声说:"我肚子里已经怀上你的孩子了。将来你功成名就了,可千万别像陈世美那样把我忘了啊!"

姜云山使劲搂着韩菊吟,坚定地说:"放心吧,我的良心是不会变的。这一辈子,无论到哪里,无论干什么,我都不会忘记你。如果在外头安定下来了,我就立刻来接你。"

两个人搂着抱着,恋恋不舍。分手时,韩菊吟又把手上的一只玉镯褪了下来,对他说:"这镯子是我们家的传家宝,我娘给我的,你拿着吧!想起我了,就看看它!"

姜云山原想,只要冲破了禁闭,离开了家,投笔从戎的路就可以一帆风顺。但他的想法错了,事情远没有那么简单。一到界石镇,他就懵了。原来,募兵站的门上贴着一纸通告,上面写着"募兵令已结束,此站即行撤销"。找不到募兵的人了,路途遥远,人地生疏,怎么能够到得了西北呢!姜云山左思右想,心如乱麻。但他毕竟是个霸蛮性子,喜欢一条道走到黑。他蹲在募兵站的门口待了一阵子,就毅然决然地站起来朝着西北方向走了。他决心边走边打听,一个人走到西北去投军。

姜云山边走边问,受尽了艰难困苦。走到汉中时,身上的银子就分文不剩了。从汉中到兰州还有近千里路,身上没有钱寸步难行,这可怎么办呢?姜云山实在没办法了,不得不打起了临走时韩菊吟送的那只镯子的主意。他从衣服里层的兜里掏出了那只镯子,走进了汉武街正德隆当铺,把那只镯子当掉了。当攥着当来的一小包银子离开当铺时,他觉得对不起妻子,心里难受极了,禁不住泪水横流。走出老远了,他还不停地回过头来,目不转睛地看那当铺的金边黑字招牌,心里暗暗地发誓道:"汉中汉武街正德隆当铺,我永远记住这地方了!今生今世,我姜云山不赎回镯子,就不是人生父母养的!"

走了几千里路,钱花光了,衣服、鞋袜磨破了,姜云山终于到西北了,但却没能找到左宗棠。这时,姜云山已经一文不名了,迫不得已,他只得乞讨度日。穷困潦倒之际,一个非常偶然的机会,他认识了左宗棠手下专门用骆驼运输军粮的小军官董彪,于是就跟着他加入了运粮队。从此后,他成了左宗棠后勤部队中的一员,天天赶着骆驼行走于茫茫沙漠之中,为左宗棠的西北大军运输军粮。

姜云山是怀着美好的愿望去西北的。他的目的是跟着左宗棠升官发财,封妻荫子。但他的命运不好,不远万里投奔左宗棠,却最终还是没能见到左宗棠。他一心投笔从戎去打仗,但从了戎,穿上了军服,却一次战斗都没赶上,战事就结束了。他下定决心为国建功立业,但在边疆服役多年,为军队运了很多粮食,苦劳很多，军功却没有什么。他满以为自己身处乱世，大有可为，不说封侯拜相、封妻荫子，至少也能弄个将军、巡抚当当，但平定新疆后叙功封赏时却只得了个外委把总，属于九品之中的最末一位。后来，他被调离新疆，来到陕甘任职。但在陕甘辗转多年，找后门，托关系，谋求升迁，花了很多钱财，送了很多人情，最终却也还是只得了一个知县。

知县实在太小了，是被人瞧不起的"七品芝麻官"。但姜云山自己却绝不轻看这个"七品芝麻官"。他觉得自己很光彩，因为这个"七品芝麻官"在姜家数百年的历史上是绝无仅有的，在地方上也是不多见的。他自以为是国家的有功之臣，为祖宗增了光，为家族添了彩，为地方争了名誉，族里、家乡都数他第一。于是，他产生了一个想法，那就是在家乡盖座房子显摆显摆，以便让自己的功名成就在家乡深入人心，永世不忘。他觉得，起房盖屋这方式标志性强，历久性好，影响长远，能使人印象深刻。老百姓见到他姜云山盖的房子了，也就会长久记得家乡曾经出过他姜云山这样一个大人物。

当然，姜云山想起房盖屋，也并不全是为了显摆。他还有一个很重要的目的，那就是为大老婆韩菊吟和她所生的儿子姜耀松找个妥当的住处。他有好几个妻妾。她们在一起经常吵架，闹得家里鸡飞狗跳。小妾们年轻，个个貌美如花，他离不开。而韩菊吟却早就色老珠黄了。韩菊吟对他有恩，帮过他的大忙，还送过玉镯。那玉镯，他当掉了，后来虽去找过，但没找到。为这事，他一直觉得心里有愧。他不喜欢韩菊吟，却又不忍抛弃。想来想去，他便想出了在家乡盖座房子让她搬回来居住的办法。

有了显摆的欲望，又有了为老婆孩子找住处的想法，姜云山便时刻都想起房盖屋了。

从回家奔丧的那天起，姜云山就打起了盖房子的算盘。但房子也不是说想盖就立马能盖得起来的。盖房子当然要有很多基本条件，如大量的钱财、人力、物资和一块风水好的地基等。姜云山不缺钱，但他缺人力，缺物资，尤其是缺一块好地基。他深知，要具备这些条件，离不开家族、特别是族长的支持。而且，他也深知，自己是个官员，守服期间是不宜直接出面大兴土木的，必须有人代为张罗。从这个角度考虑，他也不能不求助于家族、特别是族长。考虑到这些问题，姜云山便找到了兄长姜云岳，要他以族长的身份出面为自己盖房。

姜云岳也正有个事情梗在心头。原来，族长虽不是官，在族里却颇有些权利，办事比较方便，在地方上的名声也好听。因此，他很想当族长。但他如今却还只是个临时的，将来难免会有人提出正式选族长的事。族里能人多，想当族长的大有人在。真要是正式选族长的话，自己能被选上吗？每每想到这里，姜云岳就忧心忡忡。见老弟云山要他帮忙盖房，他灵机一动，连忙皱着眉头说："云山，我倒是真想为你盖房，但我哪有这权利呀！"

姜云山一愣，大声问道："那就奇怪了！你不是族长嘛，怎么会没这个权利呢？"

姜云岳双手一摆，反问道："谁说我是族长呀？"

"这不明摆着嘛，如今族里的事都是你在管呀！"姜云山的声音依旧很大。

姜云岳苦笑一声："那是父亲生前临时安排的，而且只管给父亲办丧事。一旦这档子丧事办完，我这权利也就没了！"

"噢，我明白了，你不是正式族长。云岳，其实这事很简单嘛，你跟大家说一声，宣布自己是族长不就完了？族长又不是官，屁大的权力都没有，一点实惠都捞不着，谁还能跟你计较呀？"姜云山和姜云岳是双胞胎兄弟，互相之间只差着一个时辰，加之姜云山又当了官，所以他直呼其名，不喊兄长。

"笑话，族长能自封？云山，"姜云岳撇了撇嘴，"在乡村里头，当族长可是个既风光体面又很实惠的事，你还真别小看哟，好多人都要争抢哪！"

"争抢？咱们石板塘姜家还有人敢跟你争抢族长这位子？"

"怎么没有呀？想当族长的，不下四五个呐！真要论实打实的条件，说实在话，我还真是争抢不过人家。比如说吧，论辈分，我比不上辉宇叔；论年纪，我比不上云岱哥；论学问，三房、四房的那几个，我没一个能比得上；论——"

"别说了，别说了，"姜云山起急了，"你就直说吧，怎么做，才能让你当上族长？"

"那也简单，把族里人喊到一起开个会，你说说话，当众推举我当族长不就行了？"

"我说话管用吗？"

"怎么不管用？你是族里头号人物，现任知县，当朝七品，前程远大，说话谁敢不听？"

"呵呵，那好，你去各家喊一声，今天晚上就开会，推举你当族长！"

那天晚上，族里就开会了。会上，姜云山扯着嗓门说了一阵，郑重其事地推举姜云岳当族长。果然，他一开口，别人就都不说话了。于是，姜云岳当上了石板塘姜家的族长。

几天后，姜云岳就开始以族长的身份为姜云山张罗建房了。他为姜云山选了一个好地基。石板塘村是一个三面环山的半月形小盆地。小盆地的中部是一片竹林子，南部是从陈家买过来的老屋，而北部则是一个很大的菜园子。姜云岳为姜云山选中的地基，便是这个菜园子。

姜云岳很卖力，房子没多久就盖好了。那房子盖得不错，但姜云山却还要盖房。不过，他这一次要盖房，却不是自己的想法，而是二儿子姜耀柏的主意。

姜耀柏是姜云山的小老婆生的，为人贪婪，喜财好色，特别爱占便宜。他见老屋与新建房屋之间有块竹林子,正处全村正中位置,很适合盖房,便想占为己有,在那里盖座豪华大宅。但他知道,以他的身份地位,自己出面盖房,那是万万不行的。于是,他灵机一动,便撺掇父亲姜云山出面来做这件事。

一天饭后,姜耀柏陪着父亲散步。当走到那片竹林子附近时,姜耀柏忽然左看看,右看看,悄声对姜云山说:"父亲大人,这片竹林子,你老人家没琢磨过?"

"没琢磨过。怎么啦?你小子想打什么主意?"姜云山迈着四方步慢慢地踱着,一边剔着牙缝,一边漫不经心地说,头也没回。

"这地方可是一块千金难觅的宝地呀!它正面对着照壁山神母岭,后面倚着后头山上的五棵巨松,左右两面又都有房屋相拱卫。这样的绝佳宝地,石板塘可真是只有这一处啊!你老人家难道不想在这地方办点事?"姜耀柏口中唾沫横飞,双手连比带划。

"什么鸡巴毛宝地不宝地的,你小子有话就说,有屁就放,痛快点,别跟老子拽斯文!你想在这地方办什么事?是不是想给老子造个花园啊?"姜云山说。

"造花园?这个地方造花园?那可就真正是拿和田玉雕马桶,糟蹋宝物了!"姜耀柏眼睛珠子瞪得老大,脑袋也摇得像货郎鼓似的。

"那依你的意思,这块地方好干什么?"姜云山问。他手指一弹,把一小条好不容易从牙缝里抠出来的肉丝扔到地上,回头看了一眼,而后又继续漫开了四方步。

"建房呀!"姜耀柏依旧一副神秘兮兮的样子。

"建房?刚建了一座,还要建?"姜云山站住不动,回头紧盯着儿子的眼睛问道,话中不无大惊小怪的语气。这回,姜耀柏的话显然引起他重视了。

"当然还要建房喽!咱们家房子虽是建了一座,但那房配得上你老人家的功劳、地位、荣誉吗?当年,你老人家跟着左大帅西征,出生入死,上为国家立下了汗马功劳,中为乡梓赢得了无尚光荣,下为家族争来了千古美名,如今衣锦还乡,光宗耀祖,难道不应该盖一座高堂华厦颐养天年?你老人家虽然不喜欢摆阔气,但体面总还是要讲一讲吧,对不?你老人家出门数十载,回乡一趟甚不容易,如今只盖了这么一座低矮简陋的普通房子,别人不知道你老人家是崇尚节俭,却还以为你老人家是在外混得不好,没有混出个名堂来呢!"

姜耀柏的嘴巴子确实厉害。他这一番话说出来,姜云山不觉愣住了。他一只手叉着腰,一只手摸着下巴颏,眼睛直直地盯着前面,半晌没言语。

见父亲沉吟不语,姜耀柏知道他有些动心了,便继续说道:"不知道你老人家注意到没有,咱们那座刚建起来的房子有一个致命的缺陷!"

"喔,什么缺陷?"姜云山急问,神情颇为凝重。

姜耀柏脑袋往前探,悄声说道:"你老人家没看出来吗?咱们刚建的那房子太靠边了,没有占据石板塘这块宝地的中间位置,难免给人以偏处一隅的印象啊!这不仅与你老人家的功名、地位不相适应,而且兆头极为不好。你老人家事业正隆,如日方升,该居中高卧啊,怎能偏处一隅呢!'偏处一隅'是什么意思,主什么兆头,你老人家难道不知?"

"嗯,你这话倒是不无道理,"姜云山欲言又止,"不过呢,再盖一座房,似乎也没有多大必要啊!明摆着,我在外为官,身不由己,不可能回来长住嘛!"

姜耀柏微微一笑。那笑容显得十分神秘、诡异。

"当然喽,从目前来说,你老人家是不可能回家长住的。但将来呢,"姜耀柏踮起脚尖,脑袋使劲往前凑,喷着酒气的嘴都快咬着姜云山的耳朵了,"三年五载以后呢?当今朝廷情况,你老人家也不是不清楚啊!老佛爷年事已高,皇上龙体欠安,朝中大臣勾心斗角,民间叛逆此起彼伏,再加上外患频仍,兵连祸结,国家正是多事之秋,未来几年只怕还会有大变故呐!到那时,你老人家就是有通天本事,也逃不脱时局变化的影响呀!古人说得好,人无远虑,必有近忧。依儿子愚见,还是乘着今日地位、势力仍在,赶紧再盖一座房子为好,以便为将来准备一条退路!"

"唔,房子嘛,是可以盖的。不过,起房盖屋谈何容易!那可是要花很多银子的!那么多银子,你叫我上哪儿筹措呀?"

"嗨,银子还算个事?儿子这几年跑买卖,也积攒下一些银子了。掏点银子,为你老人家盖座养老的房子,那还不是儿子应尽的责任?这事你老人家就大可不必操心了"。

"不,这事还是再想想为好,"姜云山突然打断儿子的话说道,"我这次回家,是奔丧守孝的,总共也就年把多时间。照理,在守孝期间,是不能大兴土木的。我回来不久,就盖过一座房子了,如今还要大兴土木,于礼制不合,只怕别人会要说闲话的!"

"这倒确实是个事,必须注意。究竟怎么办为好,你老人家不妨问问我大伯吧,他不是号称小姜子牙嘛,准有办法!"

姜云山当即找到姜云岳,把自己想利用竹林子那块地基再盖一座房的事说了,并要他帮忙想个万全之策。姜云岳一听,眉头皱到了一块,拖着长音说:"云山,这事麻烦呐!服中两建新房,一再大兴土木,礼制攸关哟!再说,竹林子是公用地,父亲在日说过,要用那地统一建房的,你用它来盖私宅,人心不服怎么办呀?"

"什么人心服不服的?狗屁!老子不管那一套,"姜云山突然雷霆大发,"云岳,你能帮忙就帮忙,不能帮忙就算了,老子谁都不求!再说喽,这房名义上是给我盖,实际上还不是给你住!明摆着,我在陕甘做官,不可能跑回家来住呀,对不?"

姜云山这句话起了作用。一想到新盖的房将来可能给自己住,姜云岳的态度立马大变。他扫了一眼窗外,喜滋滋地小声说:"办法倒有一个,只是得委屈你跑一趟县城!"

石板塘

"跑县城？跑县城干什么？"姜云山连声问。

"去县衙拜会知县呀，"姜云岳眯起眼，小声说，"倘若求得知县大人为盖房子的事情说上一两句好话，事情不就顺理成章了？到那时候，谁他娘的还敢说三道四？"

第二天，姜云山就去县衙拜会陈知县了。姜云岳陪他一起去的，并在私下里给陈知县和县衙的几个关键人物送了重礼。

三天后，陈知县也来拜会姜云山了。他下轿后，捋着颌下那几根稀稀落落的老鼠胡子东张西望了一阵，然后便对着姜家一干族人指手画脚起来，说是房子太小，既不足以酬劳国之功臣，也给地方上丢了脸面，应立即另行择地兴建。他还指着那片竹林子，咄咄逼人地说："房子就盖在这里，要马上动工，限半年之内建成，届时我要亲自来主持落成典礼！"

县太爷发了话，姜云山盖房就名正言顺了，姜云岳亲自指挥，无偿动用族里的木料、石材、地基等公产和人力为姜云山盖房，也就师出有名、合理合法了。结果，在姜云岳亲自主持下，姜云山和姜耀柏没掏几个钱，一座蔚为壮观的新屋便在竹林子地基上落成了。

姜云岳费尽心机，把房子建起来了，但他想住上这房子的愿望却最终还是彻底落空了。

姜云山返回陕甘时，用一把特制的大铜锁锁住了那房子的大门。当时，姜云岳立即找到姜云山，要他把钥匙留下来。姜云山指了指正在远处指挥人们往车里装东西的儿子姜耀柏，皮笑肉不笑地说："钥匙在耀柏手里，你找他要吧！"

姜云岳回头便找姜耀柏，姜耀柏却鼻子里哼了一声，板着面孔，冷冰冰地说："大伯，你觉得这房子好住吗？你老人家大小是个族长，又有一大把年纪了，应该在意自己的身份、脸面，对不？你老人家自己不掏钱盖房，却要住我们家的房子，别人该怎么看呀？晓得内情的人呢，也许能明白你老人家是临时借我们家的房住。不晓得内情的人呢，只怕还得发生极大的错觉，以为你老人家当初跑前跑后地张罗盖房，原本就是打着我父亲的旗号为自己谋私利，盖房子呐！"

姜耀柏这话极不中听。姜云岳就像是被人往嘴里塞了一只苍蝇似的，那滋味特别难受。他想反驳几句，又碍着全族人都在场，觉得话不好出口。最终，他还是什么都没说，红着脸，讪讪地走开了。

第二章

姜云岳当上了族长，姜云山盖上了两座新房，兄弟俩狼狈为奸，占尽了族里的利益。这阴谋谁看不出来？从此以后，族人们恨透了姜云岳和姜云山，也连带恨上了二房所有的人。与此同时，四大房之间，各家各户之间，也都开始闹起矛盾来了。终于，一向注重团结、和谐，标榜一百多年来没闹过一次家族纠纷的石板塘姜家，结束了铁板一块的历史，开始了勾心斗角、矛盾重重的时代。

石板塘姜家的矛盾，主要集中在房屋问题上；而房屋问题的焦点，则是地基问题。毫无疑问，这个问题的祸根就是姜云山。他在一年之内建了两座新屋，把石板塘所有的好地基都占尽了，因而造成了再无地基可用的困难局面。农村人最重视的是房屋。建房屋最重要的是地基。后来四大房的人口都发展得很快，各家各户都需要另建新房，而地基都被姜云山一家占尽了，人们又往何处去找好的地基呢？找不到好的地基，建不出好的房屋，这事困扰了石板塘姜家数十年。

姜云山建房，姜云岳是不遗余力，帮了大忙的。但他其实是搬起石头砸了自己的脚。在整个石板塘，最缺房的不是别人，恰恰就是他姜云岳自己。

石板塘整个村子是由相对独立而又互相挨着的三套院落组成的。那三套院落分别叫做北大门、中大门、南大门。北大门就是姜云山在菜地上新建的房子，中大门就是姜耀柏打着他父亲姜云山的旗号在竹林子地上新建的房子，而南大门则是姜家老祖宗一百多年前从陈家手里买过来的祖屋。北大门和中大门都是新建的，自然格式新颖，房屋宽敞，居住条件不错。而南大门是老房子，经历了数百年风雨剥蚀，自然陈旧破败，不堪入目了。

不过，南大门虽然破旧，却也有值得称道之处，那就是门前那排用数十块长条麻石铺成的高台阶颇具气势，独显威风。与北大门和中大门相比，南大门往里缩进了不少。大门内是一个不大的门廊，门廊往里是一个比较大但不很规整的地坪。地坪的西侧、北侧和大门的南边，各有一个堂屋，堂屋两侧依次分布着许多房子。地坪南侧是一排木结构房屋，那是专门盛放粮食的仓房。那仓房是由数十根巨大的木柱子支撑起来的，下部悬空，长年露出积满了厚厚尘土的地面。每当下雪、下雨的时候，那积满了厚厚尘土的仓房地面，便成了鸡和狗的避难所了。仓房东侧与大门门廊南侧的房屋之间，有一条很宽的土路。顺着这土路往上走，又是一个院门。而院门里边，又另有一个小小的院落。

姜云岳就住在南大门里。门廊内地坪北侧的那一排房屋，就是他的家。表面上看，他家的房屋似乎不算少，有六间，但其实一家人住在里面相当紧张。这事明摆着：六间房子中，一间是堂屋，一间是厨房，还有一间是厕所，都住不得人，真正能住人的房子满打满算只有三间。而这三间住房中，还有一间面积实在太小，开张床就连张桌子都放不下了。然而，姜云岳家的人却很多，男男女女、老老少少有九口。并且，这九口人中，就有六个是成年的大人，还夹带着三代、四层关系，父女、母子、兄妹这些不能共处一室的关系全都有。儿女们都大了，男女之防至关重要，再混住到一起就不能不有所顾忌了。三间房要住三代男女九口人，无论怎么安排都解决不了问题。每当想起这些事情的时候，姜云岳就头疼。

其实，姜云岳最头疼的还不是家里现在的这几个人安排不下，住得太挤，而

石板塘

是没有房子给儿子结婚成家。

姜云岳有三个儿子，老大姜耀荣，老二姜耀典，老三姜耀希。老三姜耀希还小，老大姜耀荣和老二姜耀典却早就到了结婚成家、分家立户的年龄。尤其是老大姜耀荣，年纪已二十好几了，女人也早就相中了一个，如今却因为没有房子，没法拜堂成亲。

生儿育女、传宗接代是姜云岳看得最重的事。晚清时期的社会风俗时兴早婚早育，男子一般到十六、七岁就须结婚。儿子成年了，二十好几了，却成不了亲，致使自己天命之年了还抱不上孙子，姜云岳哪能不急呢！他真是急得头发都快掉光了。

姜耀荣相中的女人是杨杏花。杨杏花家在大柏树屋场。大柏树屋场在石板塘村西边，离石板塘村很近，中间只隔着一个小小的山角和一坵又窄又长的水田。两村之间相距多说着也就里把多路，出门就看得见对方地坪里的鸡飞狗跳，听得见公鸡打鸣的声音。

杨杏花是杨汉洲的独生女儿，人长得比天仙还美，命却比黄连还苦。杨汉洲是个"短命鬼"，三十多岁就因为得天花急急忙忙地甩手走了，撂下了刚刚盖起来不久的一栋四房三间新瓦房，撂下了处在屋门口最佳位置、一眼就看得见的三十多亩肥得流油的好水田，撂下了一个好种菜、不怕人偷菜、几乎是人见人爱的大菜园子，撂下了一大片长满了杉树、竹子和经济用材林的缓坡山地，也撂下了杨杏花和她娘孤儿寡母两个人。

杨杏花她娘杨老太婆和姜耀荣他娘姜老婆子是天生的一对，脾气性情连带模样都十分相似，就像是走错了家门的亲姐妹。两个人都是壬午年闰四月生的，都是一双尖尖的小脚，都是不高不矮的个头、四四方方的脸盘、紧紧凑凑的身板，都是走路起跑、遇事起跳、做事快手快脚、恨不得一早起来就把全家一天要做的所有事情都做完的急脾气，而且也都是爱说爱笑爱打哈哈，有话就说，有屁就放，从来不晓得遮盖掩饰的直性子。两个人都爱做事，天天从早干到晚也不知道累。两个人也都是出了名的能干婆，煎得一手好茶，搞得一手好饭菜，纳得一手好鞋底子，做家务、收拾房子、摘茶叶、搞猪食、养鸡婆鸭仔、腌腊鱼腊肉、做酱瓜酱菜酸刀豆酸辣椒等更是拿手好戏。

脾气性情对路，走动也就频繁了。杨老太婆和姜老婆子常在一起活动。她们有时候一起串门，找人搓麻将、摸骨牌、捉纸麻雀；有时候一起坐在窗前、檐下或者大树底下乘凉，一边纳鞋底子，一边张家长李家短没边没沿地闲聊；有时候挎着花眼篮子一起去摘猪菜，河边、地里、山里到处走，漫山遍野地寻。有时候，她们还一起上大山摘野栗子、捡茶籽、挖野菜。一来二去，常来常往，她们便好得无话不谈了，真跟亲姐妹差不多。

两家离得近，两家的大人走动频繁，两家的孩子自然也就来往多了。于是乎，姜耀荣和杨杏花从很小的时候起就成了好得不能再好的朋友。

姜耀荣比杨杏花大五六岁。小时候,他常带着杨杏花一起玩,背着她去山里摘栀子花、野山茶花,拔竹笋,捡栗栗、苦苦、野果子,处处护着她,就像亲哥哥护着亲妹妹那样。每年的大年三十晚上送恭喜,是孩子们一年当中最快乐的时刻。每到这时候,姜耀荣也都会把杨杏花带在身边。他常常一只手提着灯笼,一只手牵着杨杏花,一边小心翼翼地往各家各户走,一边左顾右盼地看着地面,一边絮絮叨叨地提醒杨杏花注意路上的坑坑洼洼和稀泥污水。送恭喜时,各家照例都是要给很多小礼物的。小礼物都是小食品,如红枣、红薯干、小圆饼子等。每逢得到了这些小礼物,姜耀荣都会把自己的那一份放进杨杏花的口袋里。要是逢年过节或赶上红白喜事,哪村哪户搭台唱戏的时候,姜耀荣就更是要把杨杏花带在身边了。看戏的时候人多,杨杏花人小,经常看不到。每到这时候,姜耀荣就常会把杨杏花抱起来,放到自己的肩头上坐着,让她抱着自己的脑袋,一边看戏一边玩。杨杏花小时候看的好多戏,就都是坐在姜耀荣的肩头上看的。

　　杨杏花没有兄弟姐妹,父亲又死得早,家里就她和母亲两个,孤苦伶仃,深感寂寞,迫切想有个哥哥来爱护自己。姜耀荣对她好,她很感激。因此,打很小的时候起,她就把姜耀荣当成亲哥哥了。

　　那时候,杨杏花年纪还很小,不懂男女情爱,但她幼小的心灵里却已经悄悄地萌生了一种懵懵懂懂的感觉,总觉得姜耀荣就是将来要和她永远在一起、一辈子也离不开的人。她和姜耀荣常在一起玩过家家,她当老婆,姜耀荣当老公,玩得非常投入。有一次,姜耀荣从家里找了一个小铁皮盒。他把两根小竹棍子绑在那铁皮盒上,做了一顶小轿子,说是新郎接新娘用的花轿。看到那顶小花轿,杨杏花高兴极了。她把它拿回家,悄悄地藏在床底下。有事没事时,她就把那小花轿拿出来看一看,摸一摸。看着、摸着那小花轿,她的脑子常常就会不知不觉地走神,幻想着有一天她的耀荣哥会抬着一顶真正的大花轿来接她。

　　到了年龄稍大一些的时候,虽说都晓得男女授受不亲的道理,大人们也管得严,两人耳鬓厮磨的机会少了,但互相之间的来往依旧很多。杨杏花家没有男劳力,许多农活没人做,所以常喊姜耀荣过去帮忙。姜耀荣家男劳力多,女劳力却少。他娘身体不大好,平时常犯胃疼,一条腿还有寒痛病,而妹妹们年龄还小,做不了事。因此,家里许多需要女人做的事情,如纺线、摘茶叶、糊鞋底子以及过年过节前的拆洗被子铺盖等,都不得不请人帮忙。每当这时候,往往不等姜耀荣他娘开口,杨老太婆就要杏花过来帮忙了。两家合起来做事的时候多,姜耀荣和杨杏花也就常能见面说话了。

　　两家的事情就这样你帮我,我帮你,来来往往,配合得十分默契,互相之间都觉得很有缘分,好像是一家人了。有了这样的感觉,大人们自然而然地就会想起和谈到儿女们之间的婚事问题了。

　　一次闲得没事,姜老婆子和杨老太婆坐在窗根底下,一边喝茶、扯谈,一边纳鞋底子。当时,杨杏花正站在地坪里往竹竿上晾衣服。姜老婆子眼睛一动不动

石板塘

地望着杨杏花，忽然喃喃自语起来："我真是喜欢你家杏花！你瞧瞧，那身条、那脸盘、那眉眼、那鼻子、那嘴巴、那耳朵、那额头、那下巴颏、那脖子，哎哟，我的天，长得可真是端正、齐整呀，没有一样不可人心的。这姑娘太漂亮了，麻篮七仙女都得比下去了！"

"漂亮？漂亮有什么用？又当不得儿子用，生不出孙子来！姜姐，我可比不得你哦！你的命多好啊，三个儿子，那得生出多少个孙子呀！儿女成群、子孙满堂，天底下没有比这更幸福、更快乐的了！"杨老太婆啧啧称羡。

姜老婆子的牙齿缝里夹茶叶杆了。她把一个手指头伸进嘴里使劲地掏着，低着头，偏着脸，龇牙咧嘴。掏了好一阵，牙缝里的那根茶叶杆终于让她掏出来了。她把那根半截子茶叶杆拿在手里，用两个手指头捏住，递到眼前，看了一下，迅即往地上一扔，又拿脚踩了几下，然后不经意地说："嗨，这事就看你怎么想喽！儿子多有儿子多的好处，儿子少有儿子少的好处，没儿子也有没儿子的好处。最起码，没儿子就不用着急请媒婆相亲找儿媳妇吧，对不？没儿子也不用上赶着给人家花钱送聘礼吧，对不？是呀，谁都羡慕我儿子多，夸我福大命好，可谁晓得我也有儿子多的难处呢？就说眼前这事吧，儿子大了就得收儿媳妇，对不？一个儿子就得收一房儿媳妇，两个儿子就得收两房儿媳妇，三个儿子就得收三房儿媳妇。你说说，那得花多少钱呀？其实呢，花钱还是小事，最麻烦的还是多个儿媳妇就得多一份是非。天底下哪个儿媳妇是省油的灯呀？全都是冤家对头！哼，多一个儿子，就得多收一个儿媳妇；多收一个儿媳妇，就得多一个冤家对头！"

杨老太婆噗嗤一声笑了。她眼一斜，瞄了一眼姜老婆子说："姜姐，你这样说，不是把你自己也骂进去了吗？天底下的儿媳妇都不是省油的灯，都是冤家对头，那你呢？莫非你那老干娘(婆婆)在世时，你跟她也不对付？"

姜老婆子低着头，抿嘴一笑说："不瞒你说，杨姐，我进姜家门不到三个月，她就死了。那时候，我和她就有点眼睛不是眼睛嘴不是嘴了，反正哪天都得扯几句闲话。也不是我这个当儿媳妇的厉害，存心要跟她过不去，可就是见了她心里便不痛快。嗨，世界上的儿媳妇和干娘(婆婆)啊，大概都是这样子，过不到一起的！"

"儿媳妇跟干娘(婆婆)就一定过不到一起？话可不能这么说吧，姜姐，"杨老太婆撇撇嘴，"要依我说呀，天底下的人不都是半斤八两，不能只拿一杆秤一个秤砣在一个星子上来称。儿媳妇呢，也一样，有坏的，也有好的，有不懂事不明理的，也有懂事明理的，就看你眼睛尖不尖，能不能挑得到好的了！"

"是呀，是呀，你这话我赞成。儿媳妇呀，是有坏的，也有好的。要是赶上一个好儿媳妇呢，那当然就是天大的造化了，"姜老婆子连连点头，"但好儿媳妇哪能恰好就让我赶上了呢，世上的好儿媳妇不多啊！像你家杏花这样的，天下能有几个？"

姜老婆子直接把话题扯到杨杏花身上了，杨老太婆自然明白其中的意思。她低着头，一只手捂着嘴巴，"咯咯咯"地笑起来了。笑了一阵，她忽然停住了，眼睛瞄着姜老婆子，轻声说："是呀，我们家杏花是不错，要模样有模样，要人品有人品，要能耐有能耐。谁家要是娶了她，那可真是福分啊！我命苦，男人死得早，半个儿子都没给我留，女儿吧，生了五六个也没保住，大概老天爷也觉得不公平，所以最后就给了我一个好一点的女儿呗！你要是觉得她好，对你的意，那就——"

杨老太婆这话，意思已经很明白了，但姜老婆子却没听清。她在使劲拽鞋底子上的针。拽了好一阵，她终于把那根针拽出来了。她放下针，揉揉手，转头看杨老太婆一眼，似笑不笑地说："是呀，是呀，老天爷是不大公平。不过，这也不要紧呀，事在人为嘛，我们可以自己来弥补喽，对不？你没儿子，就一个女儿，但你这女儿很强很不错，顶得上两个儿子。我虽女儿多，有五个，却没有一个比得上你家杏花的。况且，我那五个女儿，三个大的嫁出去了，那也就跟没有差不多，身边的两个女儿呢，又都太小，做不了事，遇到急事时照样没人帮忙。所以呀，我还是觉得女儿少，总想再要一个。干脆这样吧，咱俩换一换。我喜欢女儿，你把杏花给我。你喜欢儿子，我把耀荣给你。行不？"

"那哪行呢？我就一个女儿，给了你，我就没女儿了！你儿子多，干脆就匀一个给我吧！"杨老太婆边说边打哈哈。

"不行！不行！你这是贪心不足蛇吞象！想白要我一个儿子，便宜也占得忒大了！要不这么吧，干脆你把杏花嫁给我们家耀荣做堂客算了！俗话说得好，女婿半个儿。其实，儿媳妇也就是半个女儿。这样一来，你得了半个儿子，我也得了半个女儿，各有所得，都不吃亏，两全其美，你看好不好呀？"姜老婆子边说边笑，眼睛都笑得眯成一条缝了。

"好当然是好喽，"杨老太婆忽然不笑了，脸部的表情变得严肃起来，"反正女儿是要嫁人的。与其嫁别人，还不如嫁给你们家耀荣呢！耀荣跟杏花从小就相好的嘛，对不？不过，这事可以是可以，我得提个要求——"

姜老婆子一愣，连忙问："要求？什么要求呀？"

杨老太婆就像根本不认识姜老婆子似的，瞪着大眼，死死地盯着姜老婆子的眼睛，用异常坚定的语气说："你得让耀荣住到我家里来，在我家办婚事，算个倒插门女婿！"

数十年的老邻居，几乎天天都打交道的，姜老婆子却还是头一回看见杨老太婆用这样的神态、这样的语气跟自己说话。她愣了愣，迟疑着说："这就奇怪啦，两家不是离得很近嘛，喊一声都听得见的，为什么非得要我们家耀荣住你们家呢？"

杨老太婆看都不看姜老婆子一眼，转过头，一字一顿地说："那当然喽，你们家没房嘛，难道要我女儿和你们那一大家子挤那几间破房不成？"

大人们你一句我一句的闲聊，天知道是真是假？然而，她们之间有意无意的说话，孩子们偶尔听了一句半句，就难免当真了。杨杏花虽然年纪小，但却是真的喜欢上了她的耀荣哥，总觉得她的耀荣哥就是她的亲哥哥，就是她的保护神，就是一辈子和她在一起的人。因此，她日里夜里都急切地盼着她的耀荣哥早一点搬到家里来，自己能够天天和他在一起。姜耀荣也特别喜欢杨杏花，喜欢她的漂亮，喜欢她的天真，喜欢她的大胆，喜欢她的泼辣，也喜欢她的撒娇、骂人、哭闹和揪耳朵捏鼻子。他比杨杏花年纪大了好多岁，懂事早一些，当然明白大人们的说话是什么意思。因此，他也天天急切地盼望着父母亲早日为他办喜事。

两个人都有了"那意思"，心也就贴得更近了。但心贴得更近了，互相之间的接触却似乎不像以前那么随便了。特别是当有大人在场的时候，他们就更是显得不大自然了，羞羞答答，扭扭捏捏，脸皮发红，手脚没处放，甚至路都走不稳，话也说不利落。有一次在门前三斗坵田里插秧，杨杏花提着茶罐去送茶。当时田里有好几个大人。当她端着一碗茶递给姜耀荣时，那些大人们都看着她笑，眼神有些特别。顿时，她就慌神了，手也抖得厉害，端不住茶碗。结果，"咣当"一声，那茶碗掉进了田里，茶水、泥水溅了姜耀荣一脸一身。

"为什么以前那么亲密，就像一家人似的，现在反倒不那么自然、随便了呢？莫非这就是快要当新郎新娘时的那种特别的感觉？"杨杏花这样想，姜耀荣也这样想。他们都觉得这样的感觉非常有意思，真希望当新郎新娘的这一天快一点到来。

孩子们盼着结婚，大人们却不急。原来，姜老婆子和杨老太婆那次聊天，两人都只是试探，并没有动真的。这种试探当然是必要的。杨老太婆觉得自家是个寡妇，没有男人撑门面，怕姜家看不起，想摸摸姜家的态度。姜家虽然人多势众，在地方上有威望，但住房紧张却也是个不可回避的问题。住房是个大事，是新婚的门面，夫妻"唱戏"的"戏台"，两口子生儿育女、一辈子共同生活的场所，哪能不重视呢！谁家的女孩子愿意在破旧房里办终身大事呀？姜云岳和姜老婆子也有自知之明，晓得自家的房子不好，怕杨家在这事上挑剔，所以也要摸摸底，探探路。

试探了一次，"底"摸清了：杨老太婆很在乎房子。姜云岳明白这一关绕不过去了，便二话不说，立马开始筹建新房。"家里人太多了，住不下了，别说还有儿子要房结婚这件事，即便是没有这件事，新房子不也是早就该盖了？迟早要做的事，何必再拖呢！晚做不如早做！"他这样想。

其实，盖房子的事，他早就在盘算了。竹林子那块地，他本想留着自己盖房的，没想到被弟弟姜云山占了。姜云山占了两块好地基，他不仅没出面反对，反倒一门心思帮着他盖房。结果。房子盖好了，全都成了人家的，自己不仅什么好处没落下，而且还落下了族里人的许多埋怨，真正"猪八戒照镜子，里外不是人"。一想起这件事，姜云岳就像吃了个苍蝇似的，心里很不是滋味。

盖房要选个好的地基，这是头等大事。这事太重要了，姜云岳自己做不了，就不能不求人帮忙。所以，吃完早饭，碗筷一撂，他就开始忙起找人看地的事了。他找出一件八九成新的浅色条纹黑缎长袍穿上，外面再罩上一件崭新的蓝底黄边带红绿色花纹的杭绸马褂，提着那个长年累月不离手的黄铜水烟袋，迈着四方步，晃晃悠悠地朝吴家冲走。他是个很算细的人，这套绸缎服装是压箱底的，轻易不肯上身。平常时，他都是穿着旧衣服，照样和普通农夫一样，山里来，田里去，天晴一身臭汗，落雨一身污泥。但今天不同，今天他要做的，不是下田，不是进山，而是要去请吴先生来看地基。并且，他要去的不是一般村子，而是读书人很多、在地方上名声响亮的吴家冲；他要请的也不是一般人，而是书读得多、学问做得好、连县太爷都不得不尊敬三分的吴文恭老先生。

吴文恭老先生快七十岁了，很会看地，人也平和，从不摆架子。姜云岳开口请他看地，他立马便拄着一根紫檀木手杖，七扭八歪地跟着来了。他围着石板塘村前前后后、里里外外转了一遍，开口便问："云岳，你这盖房，是要把老屋全部拆了重建呢，还是只为你自家盅儿间房子居住？"

"呵呵，你老人家太看得起我了，"姜云岳低着脑袋，不好意思地笑了笑，"就我这家底子，还能做得了拆老屋、盖大房的事？我的意思呀，不过就是想就着这老屋的地形地势，在旁边盖四、五间房子给自家住罢了，也就算是个权宜之计吧！"

"噢，不拆老屋，想盖四、五间房子？那不可能！你这老屋的地基都占完了，哪还有盖房子的地方呀？"吴文恭老先生直截了当地说。

吴文恭老先生一句话打破了姜云岳的梦。房子盖不成了，他不得不另想主意。想什么主意呢？他把姜老婆子喊到里屋，关起门来，神神秘秘地小声说："老婆子，咱们家的房子是一时半会儿盖不成了。要不，你再去和杨寡妇打声商量吧，我们让点步，也劝她让点步，两家合起来把孩子们的婚事办了算了！老这么拖下去，算怎么回事呀？"

"让步？怎么个让步法呀？"姜老婆子的眼睛瞪得滚圆。

"咳，那还不简单！我们可以同意耀荣住杨家去，但婚礼必须在我姜家办，结婚那天在我们姜家入洞房！"

"哦，我明白了，你是说婚礼由我们姜家办，结婚那天住我们姜家，新婚的洞房由我们姜家来筹备安排，结完婚后耀荣才能住到杨家去，对吧？"

"对、对、对，就是这意思！就是这意思！"

"哦，这样一来，耀荣是不是就不算倒插门啦？"

"当然不能算倒插门喽！婚礼由我们办，洞房安在我们家，哪还能算倒插门呢！"

"呵呵，你这主意倒是蛮高明的！"

"那当然！你知道我这主意叫什么计策吗？"

石板塘

"什么计策？"

"瞒天过海之计！"

"瞒天过海？嗯，是这意思，是这意思！那、那要是杨家的老婆子识破了你这计策，硬是不肯上当呢？"

"哪会呢！她一个妇道人家哪有这心眼呀！放心吧，我就有这能耐，随便打个洞，说让她钻，她就得老老实实地往里钻！"

姜老婆子一进门就打哈哈，说是要向杨老太婆找个好一点的鞋样子。但杨老太婆拿出鞋样子交到她手里了，她却又不走，自己拖了把椅子靠着门边坐了下来，跷起了二郎腿。

杨杏花在洗碗，锅里一锅水，手上一手油。姜老婆子眼睛盯着她洗碗的动作不住地看，看了一阵，忽然大惊小怪起来："哟嚯，我两天没来，怎么杏花姑娘的样子就变了呀？"

"杏花的样子变啦？哪里变了呀？"杨老太婆一边煎茶，一边问，眼睛还时不时地朝姜老婆子瞟两下。

"眼角变了！没错，是眼角变了，"姜老婆子站起身，几步走到杨杏花身边，伸出一个手指头指着杨杏花左眼的眼角说，"你看，你看，这眼角出皱纹了。我看得很仔细的，原来这眼角好嫩好平展哟，哪里看得到皱纹呀，可如今——"

"是嘛，眼角都有皱纹啦？我女儿老了？"杨老太婆一边自言自语，一边端着一碗茶走了过来。

"嗨，哪能就提'老'字呢，只不过眼角边生出了几条小皱纹罢了！咱们杏花可还鲜嫩着呐，一朵刚刚盛开的荷花似的。只是哟，这花也好，人也好，好看的时候都不长，总会变老的。杨姐，你说对不？"

杨老太婆手一伸，把茶碗递给姜老婆子，淡淡地笑了笑，轻声说："是呀，人是会变老的。所以呀，咱们做事就得讲快，不能没完没了地拖，姜姐，你说对不？"

"对、对、对，做事是得讲快，"姜老婆子接过那碗茶，却没急着喝，一转身弯腰放到了身边的地上，"办什么事都不能拖，绝对不能拖。拖下去，对谁都没好处，只有坏处。我这人做事就讲快，干脆利落。要不我这么急急忙忙地来找你呢，就是想和你再打打商量，看能不能都退点步，快点把孩子们的事情办了算了？"

杨杏花很懂事，见大人们要谈自己的婚事，连忙放下手里的活，擦把手出去了。

杨老太婆朝女儿的背影扫了一眼，转身拖过一把椅子，放在姜老婆子的对面，然后便一屁股坐了下来，也跷起了二郎腿。

"哦，姜姐不是来找鞋样子的？"杨老太婆诡谲地一笑。

姜老婆子也笑了笑，但那笑容显得很不自在。

"姜姐，我知道你们姜家的事情，你是做不得主的。干脆，你也别说多话了，就直截了当地把云岳大哥的主意说出来吧！"

"嗨，我老倌子倒也没别的意思，只是说两家都让点步。比如说，婚礼由我们家办，洞房由我们家安排，结婚当天住我们家，以后嘛，小两口就可以住到你们家来——"

"那不行！"杨老太婆头一扬，话说得斩钉截铁。

姜老婆子脸色一变，小声说："哟，怎、怎么个不行呀？"

"那当然不行喽！婚礼在你们家办，洞房放在你们家，新婚当夜在你们家睡，那还叫作倒插门吗？我跟你说明了吧，姜姐，入赘这件事是打不得商量的，我一定坚持到底！"

"你一定要招郎入赘？"

"没错，我一定要招郎入赘！"

"哦——，你这话是不是说得太绝了一点呀，"姜老婆子拖着长音，似笑非笑，"这事还是可以再打打商量的嘛！咱们离得近，关系又不错，两家人其实也就跟一家人差不多，儿女们结婚的事又何必较死理呢！婚礼由谁办，新房放哪家，还不是一样——"

"那不一样，"杨老太婆挥手打断姜老婆子的话，"婚礼你们家办，洞房放在你们家，那就不能算入赘了。不算入赘，那我的三十多亩水田、一百多亩山地、一大片菜园子、七大间房屋还有理由让你们家耀荣继承吗？将来他们生孩子了，跟谁的姓呀？算哪家人呀？"

姜老婆子噎住了，半天没说话。过了好一阵，她才回过神来，悄悄地扫了一眼杨老太婆，小声说："噢，我明白了，你是想要他们将来生的孩子都姓杨，对吧？"

"也不一定个个子女都姓杨，但至少要把一个男孩跟我杨家的姓，入我杨家的族籍，为我杨家传宗接代，将来百年之后进我杨家的祖坟！"杨老太婆满脸严肃。

姜老婆子愣了一下，嗫嚅着说："要是只要一个男孩跟杨家的姓，倒也容易，根本用不着非要我们家耀荣住到你们杨家来呀！"

"你们家耀荣不住到我们家来，我们家杏花能住到你们家去吗？姜姐，你平心静气地想想吧，"杨老太婆一只手托着腮帮子，一只手挥动着一条小手绢，"明摆着，即便是我同意女儿住你们家去，你们家也没房子给她住呀，对不？你们家那屁眼大的地方，统共才三间住房，你让我女儿住哪间呀？我可是只有杏花这么一个女儿，我把她看得比心肝宝贝还重，我不能让她受苦，不能让她住破房，不能让她和别人挤在一起受窝囊气！姜姐，咱们俩情同亲姐妹，说话一向直来直去，今天也就用不着拐弯抹角了。现在我把话摆这里了，你回去和你老倌打打商量，如果是同意孩子们的婚事呢，那就痛痛快快地让耀荣入赘我家，婚礼由我办，洞房放在我家，婚后也住到我家来。我不怕花钱，更不会慢待你们家儿子。我会把耀荣当亲儿子看的,绝不会亏待他。这一点,我敢当着天地神灵赌咒发誓。当然喽,如果非要我们家杏花住你们家去,也并不是完全不可以,但那得盖新房,盖大房,否则就一切莫谈!"

话说到这地步,就没法再往下说了。于是,姜老婆子有一搭没一搭地打起圆场来:"嗯,你这话倒也有道理。倒插门就倒插门呗!倒插门有什么不好?我们家耀荣娶了个如花似玉的堂客,还继承了现成的房屋和田产,那是他八辈子的福分,高兴还来不及呐!"

照壁山一带的农具和一应家伙什物,大多是木头做的。木桶,木盆,木勺子,木锅盖,木茶盘,木风车,木水车,木推车,木犁,木耙,就连舀粪浇菜用的大勺子也都是木制的。这些木制的东西多半都是圆形。也许正是由于圆形的木制东西用得多,所以专做圆形木制品的木匠也很多。在当地,专做棺材的木匠叫做"大木",专做一般家具的木匠叫做"小木",专做圆形木制品的木匠则叫做"圆木"。

粪勺在当地用得很多。它有个特定的名称:"尿端"。"尿端"由两部分组成,一部分是一根丈把长的木棍,另一端是一个圆形的小木桶。木棍连接在圆形小木桶上,两部分合成为一件完整的农具。用的时候,人只要握住那根长把,就可以随心所欲地舀粪浇地了。

此刻,姜云岳就正在路旁边的地里舀粪浇菜。那里有他栽种的几畦黄瓜。他手里握着"尿端"的长把,眼睛却时不时地朝杨家屋场旁边的那条小路瞭望。显然,他心不在焉。

姜云岳为什么心不在焉呢?他在等着姜老婆子的回音。

终于,他看见姜老婆子了。她出了杨家的大门,绕过屋旁那道长着密密麻麻小竹子的山角,沿着长三斗那坵田旁边的小路,一颠一颠地走来了。

黄瓜地的地势很低,比旁边的小路低多了。人站在地里弯腰干活时,路上的行人如果不有意识地往下看,还真难发现。姜老婆子走得飞快,姜云岳怕她走过去了,便直起身子,对着她喊了起来:"喂,老婆子,我在这里啦,过来,过来!"

看见路旁边突然伸出一个人脑袋来,姜老婆子不觉吓了一跳。她手摸胸口,气喘吁吁地嚷道:"哎哟,你干什么呀?吓死我了!"

"我不是在浇菜嘛!杨寡妇什么态度呀?"姜云岳问道。

"哼,你的瞒天过海之计不管用,她没上当!"姜老婆子一边说,一边往地里走。

"哦,没上当?那、那她具体是个什么意思呀?"

"她呀,坚持要倒插门,还说婚事要由她家办,洞房也要由她家准备!"

"杨寡妇什么东西?也不屙沱尿照照自己!要我的儿子入赘她杨家,那是白日作梦,痴心妄想!"姜云岳火上来了,把"尿端"使劲一扔,甩了一地的稀屎尿液。

"老倌子,你这话是不是别说太早呀!仔细想想,耀荣入赘杨家,其实也不错嘛,至少还能得到一笔财富啊,对不对?一栋新瓦房,三十多亩水田,一片山林——"姜老婆子一边说,一边掰着手指头数来数去。

"你晓得一个屁!成天就知道田呀地的,纯粹是小妇人见识,"姜云岳勃然大怒,脸涨得通红,"谈婚论嫁讲究门当户对,明白吗?我姜家是本地有名望族,她杨家是无名小户;我姜家子孙满堂,人多势大,她杨家孤儿寡妇,门庭冷落;我姜云岳现任族长,执掌一族大权,手底下有人有物,有权有势,在地方上也是个响当当的人物,而她杨老太婆不过是个死了丈夫、在家守节、看别人眼色行事做人的寡妇,别说在地方上根本提不起名来,就是在她杨家族里也是说不上话的!你说,我姜家和她杨家是门当户对吗?门不当户不对,这我没说错吧?既然门不当户不对,那她有什么资格要让我的儿子入赘啊?"

姜云岳一通盛气凌人的话说得姜老婆子哑口无言。姜老婆子低头看着自己的小脚,过了好一阵,才小声嗫嚅道:"那、那我该怎么回复杨家呢?"

"怎么回复?糊涂!谁要你去回复啦?你一没拿她家的八字,二没送她家聘礼,三没把要娶她女儿的事说定,凭什么要去回复她呢?这事本来就是说说而已嘛,哪能当真!"

"那、那依你的意思,这事就这么稀里马虎地过去算了,以后不再提了?"

"不是以后不再提了。我的意思是说,先放一放、拖一拖、看一看。反正我们家不怕拖,男孩子拖到二十八、九,甚至过了三十,都不怕没人要。而她们家是拖不起的,女孩子过了十七、八盛花期,可就有点麻烦了,明白吗?"

"拖一拖?那倒也行,只是别拖太久了。明摆着,耀荣年纪也不小了嘛,对不?拖这办法对杨家没好处,对咱们自己也没好处,拖了她女儿的青春,也拖了我们自己的孙子啊!耀荣的婚期拖后了,我们抱孙子的希望不也就拖后了吗?这可是个大事哟,拖不得的!"

"咳,你真糊涂!耀荣的婚期拖后了,怎么会影响咱们俩抱孙子呢?"

"你是说干脆撇开杨家杏花算了,另给耀荣找一个?"

"你看,你看,又想歪了是不是?你那脑子怎么就只在耀荣一个人身上打主意呢?咱们是只有耀荣一个儿子吗?你把耀典放哪里去了呀?"

"哦,我明白了,"姜老婆子恍然大悟,"你是说先给耀典找堂客,对吧?"

"算你聪明!"姜云岳白眼珠子一翻。

"撇开老大,先给老二收亲,那、那不好吧?"姜老婆子嗫嚅道。

姜云岳一瞪眼,说:"怎么不好?这种事还少见吗?"

"哦,那——那我是不是该去找媒婆啦,让她们帮忙给耀典说合一个?你想找哪个媒婆呢?石阶埭的李嫂子,还是刘家坪的旺春堂客?要不就找一个更稳重、踏实的吧?朱家冲洋鸭婆的堂客行吗?那堂客不错,为人厚道,办事麻利,信誉也好!"

"哪个都不找!"姜云岳诡谲地笑了笑。

"那可就奇怪了！要给耀典找堂客,不请媒婆怎么办得成呢？"

"没媒婆就办不成事？你这话才奇怪呐！难道我就不能当一次媒婆？"

"你当媒婆？笑话！你能认得几个女孩子呀？"

"你小看我是不是？实话告诉你吧,女孩子我都已经找到了！"

"找到啦？哪家的？"

"樟木坝樊家的。"

"樟木坝樊家？樟木坝姓樊的多啦,到底是哪家呀？"

"顺福老倌家。"

"顺福老倌？噢,我晓得了！那不就是常来找你出去买牛卖牛的那个牛贩子嘛！个头高高的,鼻子红红的,脸上有点浅麻子,最爱喝酒,到咱们家进门就找酒喝,一喝酒鼻子就发红的那个——"

"对、对、对,就是他,就是他！"

"呵呵,这么说,咱们家将来又得多几个小牛贩子喽？"姜老婆子笑笑。

"牛贩子有什么不好？那可是能挣大钱的！"姜云岳没有笑,脸上一本正经。他喜欢做牛生意,也最喜欢跟牛贩子打交道。

"樊顺福不是有好几个女儿嘛,你看好的是哪一个？"

"老大和老二。"

"老大和老二？哟,你想给耀典娶两个堂客呀？那、那怎么能行呀,"姜老婆子撇撇嘴,"家里房子那么紧张,一个还安排不下呢,还能要两个？"

"嗨,你想歪啦！我不是要给他娶两个,而是想在两个当中选一个。但那俩女孩子吧,说实在话,都很不错,个头是个头,模样是模样,而且都很懂事明理,我都喜欢,结果就搞不清该选哪一个了。哪天你跟我跑一趟吧,帮着看一看选一选！"

"我去看,那不好吧？我一个堂客们,登堂入室看人家的女孩子,算怎么回子事呀？"

"谁要你登堂入室啦？"

"不登堂入室,那、那我怎么看得到人家的女孩子呢？"

"那还不容易？办法有的是嘛！这事你就不用操心了,我来安排,到时你跟我去就是了。不过,你去看,要看仔细,要看清楚,重点是要看有没有宜男之相,明白吗？"

"明白,明白！我晓得你的意思。两个女孩子都好,就是不知道哪一个的宜男之相更明显些。你搞不清这事,拿不定主意,所以要我去看一看,是不是这意思？"

"没错,是这意思！"

姜云岳生平最重视的,就是一档子事:生儿育女,传宗接代。他觉得,人和猪、猫、狗、鸡那些动物其实没多大区别,来到阳世上,目的都是一样的,那就是延续后代。

要延续后代，自然就得有儿媳妇，而且还得有能生儿子、会生儿子的好儿媳妇。所以，姜云岳特别重视对儿媳妇的选择。

选择儿媳妇，姜云岳可是有得天独厚条件的。这条件就是他的老婆子。姜老婆子会看女人，晓得哪些女人有宜男之相，哪些女人没有宜男之相。有宜男之相的女人肚子里有"崽袋"，生得出儿子来；而没有宜男之相的女人，肚子里没有"崽袋"，自然也就生不出儿子来。姜老婆子的这套"相女术"，是从娘家带来的，是她娘亲自教给她的传家秘术。

姜老婆子有相女人的传家秘术，所以姜云岳就一定要她跟着去看一看、挑一挑樊顺福家的那两个女孩子。

姜云岳办事，一向讲究雷厉风行。没过几天，他就把事情安排好了，领着姜老婆子去了樟木坝。到了樟木坝，他没有直接进樊顺福家，而是先把姜老婆子带进樊家的后山里，找了一处浓密的灌木丛藏了起来。那灌木丛很隐秘，离樊家的房了也很近，人藏在里面，能清清楚楚地看见樊家屋后的菜园子。

安排好姜老婆子后，姜云岳就慢慢悠悠地走进樊家了。樊顺福在家，正闲得发慌，要找人扯谈呢，见老伙计来了，自然高兴异常。于是乎，又扯闲谈，又说牛生意，又天南海北地神聊，最后还吃饭喝酒，快乐得不亦乐乎。

吃完饭，樊顺福的堂客立马就送上热茶来了。但姜云岳却没有立即喝茶，他端着那碗茶晃晃悠悠地踱进了樊家屋后的菜园子。樊顺福还没吃完饭，见姜云岳进菜园子了，便连忙撂下筷子，跟着姜云岳走了进来。

樊家的菜园子很大，一面临屋，三面靠山。靠山的那三面都是陡坡，北面的那道陡坡上是一片密密麻麻的细竹林子。望着那一片细竹林子，姜云岳忽然说："哟，你们家可不愁没笋子吃！我的天，那竹林子里的小笋子得有多少呀？密密麻麻的，简直都快铺满地了！"

"嗯，没错，我们家的笋子是多，"樊顺福边剔牙边说，"可笋子这东西吧，说不上好吃，偶尔吃一次两次还行，吃多了可就没多大意思了。所以呀，我们家的笋子没人吃，每年都剩很多，要不山里的细竹子那么密集呢！"

姜云岳呵呵笑着说："你们家笋子没人吃，我们家可是没得笋子吃呀！我平生就是最喜欢吃笋子的。特别是这种小笋子，扯下来，洗干净，用开水焯一下，撕开晒成笋干，炒的时候多放点油，加几片腊肉，再加点辣椒，哎哟，那简直就是天下第一美味！"

"哦，云岳兄那么爱吃笋子？那好办呀，我家里多的是，免费供应！"樊顺福说。

姜云岳转过头来，笑着说："真的？那我就不客气了！"

"那还用客气？你随时来拿就是了！"樊顺福笑了笑。

"也不用随时来拿,今天我扯一点带走就行!"姜云岳说。说完,他就把茶碗放在窗台上,朝北面的那道陡坡走,要爬到那陡坡上去扯笋子。

"哟、哟、哟,那不行,那不行,"樊顺福连忙伸手,一把拽住了姜云岳的衣服,"你老兄今天喝了那么多酒,哪能爬那陡坡呢!摔着了可不是好耍的!再说喽,扯笋子这事也用不着你亲自做呀,喊孩子们来不就行啦?她们的手脚利落,扯起笋子来,不比你快?"

"呵呵,既是老兄怕我上那陡坡摔死,要让我这把老骨头多活几年,那就只好烦劳你那几位女公子了!"姜云岳说。

"这不算事!云岳兄,来、来、来,你喝茶吧!"樊顺福一边说,一边从窗台上端过那碗茶来,小心翼翼地递到姜云岳手中。

姜云岳端过那碗茶,正要喝,嘴巴边还没挨近碗边,樊顺福便对着屋里大喊起来了:"桂英、桂枝,你们过来一下!"

屋里有人出来了,是两个十五六岁的姑娘,一样的穿着打扮,一样的中等个头、苗条身材,一样的匀称五官、白净面皮、长圆形脸膛,只是先出来的那一个略显丰满一点。她们就是樊顺福的女儿,一对孪生姐妹。

两个姑娘一出来,樊顺福就吩咐她们去坡上扯笋子。这正好中了姜云岳的计,姜老婆子可以轻而易举地看得见她们了。

姜老婆子先回的家。姜云岳等着拿笋子,所以晚回来一阵。他提着一大包笋子,刚一进门,看见姜老婆子劈头就问:"看清楚了吗?"

"看清楚了!"姜老婆子说。

"哪个更好啊?"姜云岳忙不迭地又问。

"要说宜男之相嘛,"姜老婆子若有所思,话说得很慢,"两个倒是都有,不过呢,那个长得瘦一点的好像更明显一些。"

"胖一点的是老大,叫桂英。瘦一点的是老二,叫桂枝。"

"哦,那就是桂枝喽!她的宜男之相是明显一点,将来准是个能生男孩的。不过,她的长相可不及桂英,五官粗一点,肤色也黑一些。"

"废话,又不是选美,管他长相干什么?女人就是生儿子、续香火的,"姜云岳脾气急,三句话不对付,火就上来了,"能生男孩不就行了嘛!漂亮有什么屁用?天下的女人都一个样,塞进被窝里,压在身子底下,还不是一个滋味?"

"我倒不在乎什么漂亮不漂亮哟,就是有点担心耀典挑剔……"

"耀典会挑剔?哼,我看不会,"姜云岳撇撇嘴,摸摸下巴颏,一副不以为然的模样,"你呀,根本就不了解男人。天下的男人啊,全他娘的都讲实际。只要对他好,对他真心,温柔贤惠一点,聪明伶俐一点,天天笑脸相对,不管长什么样的女人,男人都会喜欢的。就说你吧,你自己说说,长得漂亮吗?不漂亮吧!说实在的,刚见面时,我也嫌你不漂亮,可后来呢?后来还不是喜欢上你了!"

"你喜欢我?"

"废话！不喜欢你，咱们那三个儿子、五个女儿能生得出来吗？不喜欢你，我能一辈子只跟你一个女人睡觉吗？"

"你说这话，就是自己打自己嘴巴，"姜老婆子笑了笑，眼睛盯着姜云岳，"你是只跟我一个女人睡觉吗？"

"怎么不是只跟你一个女人睡觉？"

"那、那杨寡妇是怎么回事呀？"

杨寡妇是双塘街的，人长得漂亮，又很风流。姜云岳年轻时，挺喜欢她。一次看牛时，在山里相遇，两人便躲进树丛中好上了。没想到这事被人发现了，传进了姜老婆子的耳朵里。于是乎，姜老婆子便和他大吵了一架，两人好长时间不说话。

和杨寡妇相好的事过去好多年了，姜云岳不爱提。他没好气地说："唉哟，那不是年轻时不懂事嘛，早改了呀，还提她干什么呢？得了，不扯别的啦！你就说吧，选桂枝行不行？"

"我没意见，你说行就行！"

"那好，就选桂枝了！"

第三章

樊福顺性格随和，为人大方，好办事，和姜云岳的关系又很好。所以，姜云岳上门提亲，他一点都没含糊，立马就痛痛快快地答应了。

樊家答应了，姜家就开始张罗婚事了。光绪二十八年五月初，姜云岳兴高采烈，大操大办，把他亲自选定的的第一个儿媳妇樊桂枝迎进了门。

当地人把办婚事叫作"收亲"，很讲究礼节，可谓程序复杂，名目繁多。结婚当天，一大早，男方必须先请媒人到女家去请女方上轿。这就叫做"发亲"。"发亲"后，男方必须用"拜匣"(盛放柬帖的专用盒)装着红绿庚帖到女家去催促女方上轿。这就叫做"催妆"。女方来到男家门口，要与新郎一起先行礼祭祀喜神。然后，双双在伴郎、伴娘的导引下牵手同至洞房，并坐床边吃"好顺茶"(即交杯茶)。"好顺茶"由红枣、花生、桂子、糖汁调成，寓有"早生贵子"的意思。这天中午，男家要举办喜筵，大宴宾客。宴会要敲锣打鼓，鞭炮齐鸣，尽可能热闹、隆重。宴会时，男女高亲分席居上座，男方的舅父或表兄依次入座作陪。宴会进行到高潮时，都管(主持人)领新婚夫妇随鼓吹而出，至各席叩首致谢。席散"拜堂"，行庙见礼。"拜堂"除拜天地、祖宗、父母和夫妻对拜外，还要拜戚友长辈，名曰"分大小"。宴会之时，新郎、新娘要向来宾进酒。宴会之后，新郎、新娘还要请来宾"吃抬茶"，即用茶盘抬着很多碗茶向来宾轮番敬茶。"吃抬茶"时，贺客可以"赞

石板塘

茶"。所谓"赞茶",原意是向新郎、新娘说祝贺之语。但实际上多是即兴起事,开玩笑,闹幽默。玩笑的方式常常肆无忌惮,玩笑的内容也多是五花八门。有时,贺客们甚至会闹出一些出格的恶作剧来。这些恶作剧多半都是拿当公公的开玩笑,而这些玩笑又大多会与新媳妇扯在一起,如强行让当公公的打扮成怪模怪样,当众对新媳妇说庸俗低级的话等。最后一个程序则是新婚之夜"闹洞房"。这个程序,也允许人们无拘无束地开玩笑,故俗有"三天不分大小"之说。

姜云岳对这次婚事非常重视,从头到尾都亲力亲为,考虑得格外细致、周到。每一个礼节,每一个程序,甚至每一个细小的过程,他都采用最高规格,显得非常客气、大方、隆重,让人挑不出一点瑕疵来。给新儿媳樊桂枝送的首饰、衣服等,都是他亲自去长沙置办的,质量相当好,档次相当高,花钱之多也自然相当惊人。其中,单是一只翡翠镯子、一个榴红戒指、一对带钻的耳环,就花了不下一千两纹银。给樊桂枝家里送的礼,给媒人李嫂送的礼,也都是他亲自采买、筹办的,分量很重,档次也不低。婚礼中的很多细小过程,他本可不必亲自到场的,但他却不仅都亲自到场了,而且还都是从头一直盯到尾,没有丝毫的懈怠之处。婚礼的那天夜里,贺客们变着花样、没完没了地闹洞房,而姜云岳忙了一天,却还不知疲倦,竟然坐在洞房外看了整整一夜。

一般来说,当公公的,最难过的是"赞茶"这道程序。惯例,这道程序常常会拿当公公的开玩笑,而且开的玩笑大多会没边没沿,令人难堪。姜云岳脸皮薄,为人腼腆,向来不苟言笑,又是个族长,还上了年纪,人们原以为他肯定经不起开玩笑,闹起恶作剧时,多半会逃跑、躲起来,甚至发脾气。所以,贺客们在婚礼上"赞茶"时,一开始都比较收敛,没有闹那些恶作剧,只是随随便便地对他说几句不轻不重的玩笑话。但没想到,对贺客们的这几句玩笑话,姜云岳不仅没有板起面孔训斥,没有恼火,更没有躲开、逃走等反应,反倒嘻嘻哈哈,笑笑呵呵,显得非常大度、开朗。这一来,贺客们的情绪便立马调动起来了。他们当即将他抓住,让他当着所有的宾客站在最显眼的地方,强行地给他化起妆来。他们先是给他戴上一顶宽边破草帽,穿上破衣服、破鞋,再在他脖子上挂着扫把、簸箕,往他脸上涂满五颜六色,在他手里塞一把破蒲扇,把他装扮成一副小丑模样。接着,他们又拿来几张大纸,在纸上写满"我是个偷人的老手"、"我喜欢我的儿媳妇"、"我要和儿媳妇睡觉"等等低级庸俗的话,然后再把这几张纸粘贴在他身上。最后,他们又把新娘子和新郎强行拽过来,让姜云岳和他们并排站在一起,并让姜云岳直接紧挨着新娘子,脑袋歪在新娘子的肩上,对着她大声喊叫:"我要烧火"。"烧火"即公公与儿媳妇私通,外地一般叫做"爬灰"。这行为是最不耻于人类的,这话也是最令人羞于启口的。姜云岳那身打扮就已非常难看了,而今还要当着上千来客的面亲口对刚过门的儿媳妇说这句话,这面子实在是丢尽了,就连站在旁边看热闹的那些大姑娘、小媳妇都臊得满脸通红。然而,姜云岳却毫不在乎,面不改色心不跳,不仅说了这话,而且还连着说了好几次。

婚礼上，看到姜云岳的那些打扮和表演，大家都觉得滑稽可笑，个个都笑得前仰后合，弯着腰，捂着肚子。但婚礼过后，却没有一个人笑话他的。大家为什么不笑话他呢？因为大家从他的滑稽表演中，看到了一个父亲对儿女的爱。

姜云岳疼爱姜耀典，疼爱樊桂枝，那是没说的。大家都看在眼里了。但他也疼爱大儿子姜耀荣吗？说到这事，姜老婆子是最有发言权的。她就认为姜云岳有偏心，只疼老二姜耀典，不疼老大姜耀荣。

姜老婆子这看法不是空谈，她有根据。这根据就表现在这次婚事的筹备中，特别是表现在新房和家具的安排使用上。

姜家的住房只有三间。而这三间住房中，又只有堂屋旁边的两间能做新房。后面的那一间，不仅面积太小，光照也太暗，根本没有窗户。这间小暗屋别说是做新房了，就是平常住人也都是不大合适的。能做新房的那两间房，条件上也有明显区别。堂屋西边的那间西厢房只有一张门，比较安静、好住，条件最好；而堂屋东边的这间东厢房则是有两张门，一张通着堂屋，一张通着厨房，不仅人来人往多，比较嘈杂零乱，而且还常有炒菜做饭的柴火烟、油烟味往里灌，条件显然不如西厢房。姜老婆子的意思是，那间条件较好的西厢房应该留给姜耀荣，因为他是老大，应该先结婚，有权利住家里最好的房子，更何况他现在还晚结婚了，吃了亏。但姜云岳却不同意，坚持要把西厢房给老二耀典做新房。

在姜家，姜云岳有绝对做主的权利，一向是说一不二的。他说了话，其他人再有意见也没办法。所以，对姜云岳的安排，姜老婆子并没有坚持反对。最终，条件最好的那间西厢房还是给老二耀典了。不过，姜老婆子虽没有坚持反对，却还是当着姜云岳的面，翻了几次白眼，甩了几句闲话。

搬家具的时候，姜云岳又把家里几件最好的家具，包括一张花梨木大床、一个楠木踏板、一张紫檀木梳妆台、两个酸枝木高凳和两把紫檀木太师椅，都统统搬进西厢房里了，一件也没给大儿子姜耀荣留下。这一来，姜老婆子便更不高兴了，对着姜云岳嚷了起来："哟，家里就这么几件像样的东西，你都给耀典啦？"

姜老婆子的话说得比较含蓄，姜云岳没理解其中的真实用意，还以为她是要把那几件家具留下来自己用呢。他斜眼扫了一下姜老婆子，冷不丁地甩下一句话来："都快进棺材的人了，一张老脸皱皱巴巴，还没鸡皮好看呢，配用这么好的家具吗？"

"嚯嚯，你还以为我是要留下来自己用啊，心眼也太歪了吧，"姜老婆子撇撇嘴，白眼珠子往上一翻，"实话跟你说吧，就你那几样家具呀，我年轻的时候都没正眼瞧过，就更别说是现在老了喽！"

"那你为什么不让我往西厢房里搬呀？"

"为什么？你自己不会想想吗？"

"自己想想？想什么？有什么好想的？老子没工夫！"

姜云岳的话很硬，一句比一句难听。姜老婆子气不打一处来，突然伸手指着

石板塘

他的鼻子吼了起来："你呀，你呀，心眼也太不正了！耀典住了好房，就占了很大便宜了，干什么还要把好家具统统都给他呀？耀荣本该早结婚的，你让他往后拖，他就已经很吃亏了，而今你好房好家具一样都不给他，那合适吗？公平吗？他该怎么想啊？别人该怎么看啊？一样的儿子，都是自己身上的肉，一根肠子里爬出来的，你凭什么要两样心肠，对一个好，对一个不好呀？你那心眼也太偏了吧！"

俗话说，十个男人，九个怕婆。但姜云岳例外，他是不怕婆的。因此，姜老婆子不高兴，他就更高兴了。他梗着脖子，瞪着眼珠子，扯着嗓门，对着姜老婆子大声骂道："怎么，太阳从西边出来了是不？你怎么跟老子说话的？邪火哪来的？威风耍给谁看呀？居然教训起老子来了，也不屙沱尿自己照照！没错，老子就是偏心眼，老子就是对耀典好，对耀荣不好，你怎么着？耀典随我，像我，我当然喜欢他，偏疼他喽！耀荣一副背时相，猪腰子脸，我能疼得起来吗？"

姜云岳偏心眼，对两个儿子的态度大不相同，早就是公开的秘密了。姜耀荣和姜耀典还是幼小孩子的时候，姜云岳对他们的态度就不一样。出去走人家，串亲戚，他从来只带姜耀典，不带姜耀荣。手里有了好吃的或好玩的东西，他从来只给姜耀典，不给姜耀荣。两兄弟吵嘴打架闹场合，他从来不骂姜耀典，只骂姜耀荣。有贵客临门时，他从来只向客人介绍姜耀典，不介绍姜耀荣。寒冬腊月，夜里睡觉的时候，他怕姜耀典挨冻着凉，常把他拽进自己的被窝里，为他暖脚、暖身子、盖被窝，搂着他睡，却从来没有管过姜耀荣。姜耀典有病时，姜云岳比自己得病还着急，又是喊郎中，又是亲自去药店里抓药，甚至还不顾路远迢迢，亲自背着姜耀典去长沙城里的大医院看医生。而姜耀荣得病的时候，姜云岳却从来没有着过急。有时候，他甚至连请郎中、抓药都懒得去。两个孩子还只有七八岁的时候，姜云岳就为他们请了一个教师。但这个教师名义上是为两个孩子请的，上课读书时却常常只有姜耀典一个人。这是为什么呢？原来，该上课读书的时候，姜云岳常常把姜耀荣支出去做事。家里只要有事做，姜云岳就喊姜耀荣，却从不喊姜耀典。在姜云岳的眼里，姜耀典是自己的儿子，而姜耀荣却似乎不是儿子，而只是一个不用花钱雇佣的长工。姜耀荣年龄还很小的时候，姜云岳就要他做事。及至姜耀荣长大成人了，姜云岳就更是把家里的绝大部分事情，包括田里的事、山里的事、菜园子里的事、牛栏屋的事、猪圈里的事、掏阴沟的事、清理鸡屎鸭粪的事等所有苦活累活脏活难做的活，统统交给姜耀荣一个人去做了。姜耀荣做的事最多，吃的饭却最少。往往一到吃饭的时候，姜云岳的眼睛就开始盯着他了。姜云岳盯着他盛饭，盯着他夹菜，盯着他舀汤。只要姜耀荣盛的饭、夹的菜或是盛的汤略略多一点了，姜云岳的眼光就立马不一样了。他那眼光很难看，常常盯得姜耀荣手足无措，浑身不自在。

乡风乡俗，从来都是父母偏疼长子，不疼次子。姜云岳却倒过来了，不疼长子，偏疼次子，这是为什么呢？说起这事来，话可就长了。

原来，姜云岳这个人非常看重长相，喜欢以貌取人。他最喜欢的是国字脸，常说那是忠臣相、仁厚相、大福大贵的相、升官发财的相、延年益寿的相、旺家旺族旺子孙繁荣昌盛的相。他最不喜欢的是猪腰子脸，常说那是奸臣相、小人相、短命相、败家相、偷人做贼的相、坐牢砍头的相、断子绝孙的相。他说，一个人是忠是奸，是好是坏，一辈子有没有出息，能不能飞黄腾达，只要看他那张脸就能一清二楚。他常说，大凡忠臣都是国字脸，而奸臣一般都是猪腰子脸。有人不同意他的观点，和他争论，他就举例说，先主刘玄德就是国字脸，而大奸大恶的奸臣曹操就是典型的猪腰子脸。

姜云岳自己就是国字脸，并且还长得非常周正、典型、标准，颇具威武气势。这是姜云岳一辈子最大的骄傲，他终身引以为自豪的。他逢人就夸自己的脸长得好，常说自己一辈子就靠这张脸吃饭。而且，姜云岳不仅自己是国字脸，他的堂客姜老婆子也是国字脸。一家子夫妻两个都是国字脸，这种情况不多见。因此，姜云岳平常时牛气冲天，趾高气扬，自以为是高贵人种，不大把别人放在眼里。

按理说，孩子随父母，夫妻两个都是国字脸，生下来的孩子也应当是国字脸。然而，姜云岳夫妻却出了例外，他们生下的头一个儿子姜耀荣却不是国字脸，而是猪腰子脸。这一下大出意外，姜老婆子倒无所谓，姜云岳却懵了。"我和堂客都是国字脸，怎么会生下一个猪腰子脸呢？——这、这应该是不可能的呀！"姜云岳这样想。

姜云岳爱钻牛角尖。他成天胡思乱想，渐渐地就想到歪路上去了，怀疑种子不是自己的。"莫非是哪个王八蛋钻了老子的空，偷偷地往我堂客肚子里下了猪腰子脸的种？"脑子里有了这样的想法后，姜云岳就吃不下饭，睡不着觉了，开始没完没了地琢磨人。起先，姜云岳怀疑是族里有人钻了空子，于是就把眼睛死死地盯在族里那些男人们的身上。盯了好几天，他一无所获，因为族里的成年男人没有一个是猪腰子脸。后来，姜云岳把目光转向了附近的几个村。但琢磨了一段时间，他依然没发现任何蛛丝马迹。再后来，姜云岳又把目光投向了姜老婆子的娘家，怀疑她在出嫁前就有不贞的行为。然而，亲自调查了几天后，姜云岳就很快排除自己的怀疑了。姜老婆子的娘家人，包括挨得最近的街坊邻居和住得较远的亲戚朋友以及附近所有认得和不认得的人，无一例外地都说姜老婆子是个安分守己、品行端正的好女人，绝对不会有出轨的事。

琢磨、调查了好一段时间，没有任何发现，姜云岳的心里却还是不踏实。那时，他父亲姜辉阁还在世。于是，姜云岳就把自己的怀疑告诉了姜辉阁。姜辉阁一听，当即大骂起来："胡闹！儿子的长相不随自己，就怀疑他娘有外遇，你这是什么做法呀？打摆子抽风吧，是不？儿女的长相就一定要随父母吗？谁告诉你的呀？园子里同样一棵苗，结的辣椒、茄子、丝瓜、扁豆还大小各异、长短不同呢，何况是人生孩子呢！天道有变，日月有亏，万物千变万化，古今常理嘛，这你还不懂

石板塘

033

吗？你不是常看《三国演义》吗？刘玄德天日之表，龙凤之姿，大耳垂肩，双臂过膝，糜夫人姿容绝世，聪慧无比，而他们生下的儿子阿斗刘禅却还是个愚不可及，扶不起的窝囊废呢！耀荣不是国字脸有什么要紧呀？他人又不蠢！云岳，对耀荣你可别轻看噢，他可是我长孙！我还指着他传宗接代，光耀门楣呢！"

姜云岳对父亲一向是唯唯诺诺，毕恭毕敬的，这一次却有些例外。他不怀疑妻子有外遇了，不怀疑儿子耀荣是别人的种了，但对姜耀荣的态度却还是依然如故。他还是不喜欢姜耀荣，因为他不喜欢他那张猪腰子脸。

姜云岳不喜欢姜耀荣，除了长相之外，还有脾气性格方面的原因。姜云岳性子急，走路快，说话利落，办事也干脆。而姜耀荣可就和他不一样了。姜耀荣是慢性子，走路慢，说话慢，做事更慢，就连上茅房拉屎撒尿都慢。有时蹲坑拉屎，他在茅房里一蹲，大半天都出不来。姜云岳常骂他："一副死形样范（慢慢腾腾，没精神），屙沱屎比人家生个孩子的时间还长！唉，就这磨死人的慢脾气，只怕将来死的时候都快不了，一年半载咽不了气！"

在姜云岳的心目中，性格和能力是连在一起的。他认为性子急的人肯定能干，性子慢的人肯定窝囊。他一向最喜欢的，就是有能力、有智谋、精明强干的人。他佩服的历史名人，大多是那些用兵如神的智谋家和性子急躁的大将军，如诸葛亮、关羽、张飞、吕布、赵云等。在当地，有能力、精明强干的人有一个特定的称呼，那就是"敖人"。姜云岳就认为自己是个"敖人"。他经常自比为姜子牙、姜维，说自己是姜子牙再世、姜维重生，只可惜生不逢时，没能被朝廷发现和重用。他看不起姜耀荣，认为姜耀荣那种慢性子，注定了是个懦弱、窝囊的人，不可能精明，不可能有很强的能力，更不可能有高超的谋略和智慧，一辈子为人处世都会"不压锚"（窝囊，不能干）。平常时，姜云岳是从不肯和姜耀荣待在一起的。即便是需要在一起做事，那多半也是各干各的。他还会经常公开斥责姜耀荣说："你做事，老子看不惯！就你那样子呀，就是给老子提夜壶，老子都不要！"

在老二姜耀典出世前，姜云岳只有姜耀荣一个孩子，因而那时候还不存在偏心的问题。但老二姜耀典出世后，情况就很快发生翻天覆地的变化了。老二姜耀典跟老大姜耀荣长得大不相同。他不是猪腰子脸，而是国字脸。并且，他那张国字脸也很周正、典型、标准，和姜云岳的那张脸非常相似，简直就是一个模子里倒出来的。姜云岳一看见大儿子姜耀荣那张脸，就觉得陌生，似乎不是自家人，心里不由得不产生怀疑和距离感。而他一看见二儿子姜耀典这张脸，就觉得似曾相识，仿佛看到了自己，心里不由得不产生爱意和亲切感。这样一来，偏心的问题便立马产生了，姜云岳开始偏疼老二姜耀典，不疼老大姜耀荣了。

两兄弟还是特别小的孩子的时候，姜云岳的偏心就已经十分明显了。后来，随着年龄的增长，身心的发育，两个孩子的性格差异越来越明显，姜耀荣越来越不随姜云岳，姜耀典却越来越和姜云岳一个样。两个孩子性格差异的日趋明显化，自然而然地会对姜云岳的心理产生重大的影响和作用。于是，随着时间的推移,他的偏心也越来越重了。

让老二先结婚,把老大的婚事往后拖,这是姜云岳的一条计策。这计策,姜云岳名之为"拖刀计"。他对姜老婆子说:"我这拖刀计用得很深,杨寡妇再精明,也绝对看不出来。"

但是,姜云岳还是低估杨老太婆了。杨老太婆不仅看出了姜云岳"拖刀计"的真实用心,而且还很快就采取了应对的策略。这策略就是:甩开姜家,另招女婿。

姜耀典和樊桂芝办喜事的当天晚上,杨老太婆就带着女儿杏花悄悄地去娘家了。她娘家还有不少人,亲哥、亲姐都有,堂哥、堂姐更多。一见到哥哥姐姐们,杨老太婆就拿出手绢,不停地抹眼泪。

世上的人中,寡妇和她的至亲,防人之心是最重的。他们总怕家里没了顶梁柱,会受人欺负。所以,一见杨老太婆抹眼泪,她的哥哥姐姐们便伸拳揸臂,大喊大叫:"谁他娘的欺负你了吧,是不?说吧,是哪个王八蛋?说出来,我们跟他算账去!"

"倒、倒也不用去找人算账,"杨老太婆摆摆手,声音哽咽,"就、就是想请你们帮忙,赶、赶紧给杏花找个男人!"

哥哥姐姐们愣住了,纷纷说:"哟,杏花不是和石板塘姜家那个叫耀荣的小伙子相好嘛,怎么还要找呀?莫非姜耀荣那小子不是东西,把杏花给踹了?"

"那倒不是,那倒不是,"杨老太婆迅疾摇摇手,"耀荣倒没什么,只是他那个爷(父亲,念 ya,——下同)真不怎么样,心计太多,处处想算计我们家……"

"是嘛,他爷(同上)那么坏呀?那他是怎么算计你们家的呢?"哥哥姐姐们团团围住杨老太婆,异口同声地问。

杨老太婆捏住鼻子,使劲擤了一把鼻涕,带着浓重的鼻音说:"他给他那个叫耀典的二儿子找了个堂客,先给他们办了喜事,倒把他大儿子耀荣和我们家杏花的事撂到一边了。"

"哦,原来是这样,"哥哥姐姐们一个个摇头晃脑地议论起来,"姜耀荣他爷(同上)这人可真是阴坏阴坏的啊!他先给二儿子姜耀典办了喜事,也就不愁没人给他生孙子了。这样一来,他大儿子姜耀荣什么时候结婚,早几年还是晚几年,甚至结不结婚,也就无所谓了喽!——那、那不是存心要拖住杏花侄女,耗她的青春吗?"

"可不是嘛,"杨老太婆眼一瞪,白眼珠子直往上翻,"他王八蛋就是存心犯坏,要拖我们家杏花,耗她的青春呀!要真是如了他王八蛋的意,就这么拖下去,我们家杏花不就变成老闺女,再也嫁不出去了吗?"

杨老太婆的哥哥姐姐们中,跟她最亲的是二姐,最能干的也是二姐,脾气最急、办事最痛快的还是二姐。当下,二姐把杨老太婆拽到身边坐下,一只手搂住她的腰,一只手捋着她额头上的头发,扯着粗嗓门说:"难怪你急急忙忙地要我

石板塘

035

们帮忙给杏花侄女找男人喽,原来是姜家起了这么个坏心眼呀!那好办,小伙子不有的是嘛,哪里找不到几个好的呀?老妹妹,你别急,有二姐呢!这事呀,包在二姐身上!二姐也不是吹牛,不出三天,我就能给你找到一个称心如意的好小伙子!——只是这事你到底想清楚了没有啊?姜家耀荣怎么办呢,真的不要了吗?他可是跟杏花侄女从小青梅竹马一起长大的呀,杏花舍得吗?你舍得吗?"

"那有什么舍不得的,"杨老太婆转过头来,眼睛看着她二姐,"先前有意跟姜家对亲事,不过就是图他离得近,好办事,而且是看着长大的,知根知底罢了。至于姜耀荣那个人,说实话吧,条件也不是很好,配不上我们家杏花。且不说他那长相不大好看,就是他那说话办事的能力,我也不是十分中意。要是他们家痛痛快快地同意入赘呢,我也就不挑剔他,勉强将就着算了。可如今他们家这么算计我,存心要耗我们家杏花的青春,那我也就不客气了,趁早一脚端了他!"

杨老太婆她二姐是个惯做媒的,认识的人多。果然,没过两天,她就给杨老太婆找到一个备选的女婿了。这个备选的女婿姓徐,名叫徐应夒,是西乡湖区人,家就住在杨老太婆她二姐家附近不远。小伙子个头高大,人长得漂亮,年纪只比杨杏花大两岁,而且会说话,会来事,还同意倒插门。所以,杨老太婆只见了一面,便十分中意。

杨老太婆很中意,她二姐却还有些犹豫。她拉着杨老太婆的手,走到一边,悄悄地说:"老妹子呀,徐应夒家可是穷得叮当乱响啊,要田没田,要地没地,要山没山,要菜园子没菜园子,耕牛农具也一样没有,就连房子都只有一间,而且还是个破破烂烂的茅草屋,一刮风下雨便漏得稀里哗啦。就这情况,你也真心同意?要不,你就等等,我再到别处找找?"

"那有什么要紧啊?我又不是要女儿住到他家去,"杨老太婆笑笑,"我是要他当上门女婿,明白不?我家里什么都有啊,有田有地,有山有菜园子,房子也多的是,十口八口人都住得下。只要上了我家门,他不就什么都有了吗?"

"那倒是,那倒是,"杨老太婆她二姐连连点头,"那要不要把杏花喊来见一面呢?"

"不用!她心里还在想着她的耀荣哥呢,"杨老婆子诡谲地一笑,"要是让她这阵子就晓得了,还不得闹个天翻地覆?这事呀,我得瞒天过海,给她来个神不知鬼不觉,免得夜长梦多。等到生米做成熟饭了,她想闹,也就没办法了。"

"噢,那倒也是。杏花脾气急,是得防着点,"杨老太婆她二姐扫了妹妹一眼,"那你打算这生米什么时候做成熟饭呢?"

杨老太婆头一扬,用异常坚定的语气说:"十天之内就把喜事办了!"

杨老太婆是个极有决断的人,什么事说办就办,绝不拖泥带水。她和娘家人商量好一切后,就急急忙忙地回家了。但她回家了,却没把女儿杨杏花带回来。临走前,她把杨杏花叫到一边说:"闺女呀,家里没个人,我不放心,就先回去了。

你来一趟不容易,就留下来,伺候伺候你外公外婆吧,也顺便到你几个舅舅家、姨妈家住几天。你舅舅、姨妈都想到我们家去看看,过几天,你就陪着他们一起回家吧!"

"行、行、行!"杨杏花痛痛快快地答应了。她巴不得在外公外婆家多待几天呢。

八天后,杨杏花陪着舅舅姨妈们回家了。一到地坪里,她就大吃一惊,只见大门口挂着大红灯笼,贴着大红喜字,一派喜气洋洋。杨杏花愣住了,进门后,拽住杨老太婆的手就问:"娘,家里怎么张灯结彩、披红挂绿呀?是特为迎接舅舅姨妈呢,还是有什么事?"

"当然是有事喽!舅舅姨妈都是常来的客人嘛,哪还用得着张灯结彩迎接呀,对不?"杨老太婆眯起眼,笑了笑。

"哦,有事,"杨杏花又是一愣,"那、那家里有什么事情呀?"

杨老太婆盯着女儿的脸,一本正经地说:"喜事!"

"喜事?什么喜事?"

"你的喜事!"

"我的喜事?我有什么喜事呀?"

"傻丫头,十六、七岁的大姑娘了,能不嫁人办喜事吗?"

"是嘛,给我办喜事?就今天呀?"杨杏花心里就像有一头小鹿在乱撞,又高兴,又有点慌张。

"看把你急的,"杨老太婆忽地伸出一个手指头,在女儿的脑门上戳了一下,"日子定的是明天!怎么,你等不及了,想今天就结婚?"

杨杏花"咯咯咯"地笑起来了,笑声就像铃铛一样,格外清脆好听。看得出来,她很开心。笑了一阵,她忽然不笑了,抿住小嘴,轻声说:"我是笑呀,你老人家那么大年纪了,办事还跟年轻人一样,总喜欢出花招,让人意想不到。——对了,娘,云岳大叔这回怎么开通了呀,居然同意耀荣哥住到我们家来了!"

杨老太婆忽然脸色一变,恶恨恨地骂了起来:"别提姜云岳那老不死的王八蛋了!你结婚与他有什么相干呀?"

杨杏花愣住了,盯着杨老太婆的脸,嗫嚅道:"怎么不相干呢?耀荣哥是他儿子呀!"

杨老太婆不说话,拽起杨杏花的手就往里屋拖。进了里屋,关上屋门,插上门闩,她就把双手搭在杨杏花的肩头上,将她按在椅子上坐着,一回身又拖过一把椅子来放在面前。她把那椅子摆了摆,一屁股坐下,拽过杨杏花的双手放在自己怀里轻轻地抚摸着,然后就面对着杨杏花静静地看。看了一阵,她这才偏转脸,细声细气地说:"杏花呀,你是娘的好闺女,娘的心肝宝贝,从来都很听话。这回呀,你也要听话哟!你要不听话,娘可就白操心了!这回呀,娘私自拿了个主意,给你办了一件事,办了一件很大很大的大事!"

杨老太婆这模样,让杨杏花感到莫名其妙。她抬起头,看母亲一眼,愣愣地问:"娘,什么事?"

"娘心疼你,怕你的青春耽误了,就托你二姨妈替你找了个男人,"杨老太婆看着女儿的脸,眼珠子不停地转,"这男人名叫徐应夒,只比你大两岁,年纪很般配,人也长得高高大大、漂漂亮亮,比姜耀荣强多了,娘一见就觉得不错,挺喜欢。"

杨杏花头也不抬,突然甩出一句话:"谁喜欢谁要,反正我不要!"

"混帐!有这么跟娘说话的吗?"

"那你为什么不跟我商量?"

"跟你商量?用得着吗?自古以来,哪个儿女的婚姻大事不是父母说了算呀?"

"那、那我耀荣哥怎么办?"

"你一口一个'我耀荣哥',也不嫌害臊!你和他什么关系呀?有媒人牵线搭桥吗?经过父母同意了吗?订婚约了吗?下聘礼了吗?"

"反正——反正——"

"'反正'什么呀?反正一辈子认定了姜耀荣,要跟他走,是不?"

"没错,我就是认定了他,要跟他走,怎么着?"

"你敢?"

"有什么不敢的,大不了一走了之就是喽!"

"一走了之?你走哪儿去?"

"你管不着!"

"我管不着?你是我生的,我养的,我一把屎一把尿带大的,怎么管不着啊?你敢走,老子就敢打,看老子不打折你的狗腿!"

"你打,你打,你打呀!你打,我就死给你看!"杨杏花忽地一伸手,从床上的针线筐里拿出一把剪刀来。

杨老太婆眼急手快,手一抬,就把剪刀夺过来了。紧接着,她把剪刀扔到床上,胳膊一伸,又当胸抱住了杨杏花。随即,她就紧紧地抱着杨杏花,一边哭,一边用双手不停地捶打杨杏花的后背,一边絮絮叨叨起来:"我的不懂事的闺女呃,你怎么那么不让人省心呀!这一辈子,我为你劳神费力,操碎了心呀!你自己说吧,我带你容易吗?你还不到五岁,你爷(父亲,念 ya,——下同)就甩手走了,把这么大一个家撂给了我一个女人家。我又作田,又管家,又当娘,又当爷,一把屎一把尿地把你拉扯大,好不容易才熬到今天呀!现如今你大了,就不肯听娘的话了,事事都要自己做主,动不动就拿死来威胁我。你说说吧,你这样做,我寒不寒心呀?我活着,还有什么劲头呢?唉,算了,算了,干脆你爱怎么办就怎么办吧,我还不如死了好呢!"

突然，杨老太婆手一伸，从床上抄起那把剪刀来顶到了自己的喉咙上。杨杏花大惊失色，急忙伸手来夺剪刀。但她哪里夺得到剪刀呀！杨老太婆手劲很大，抓住剪刀就是不肯撒手。杨杏花傻眼了，扑通一声跪倒在地，一边哭，一边哀求起来："娘，娘，女儿错了，女儿错了！女儿一切都听你老人家的，只求你老人家别吓唬女儿！"

"你以为娘是在故意吓唬你是吗，"杨老太婆白眼珠子往上一翻，"杏花呀，你错了！娘可真不是吓唬你哟！娘是真的不想活了，活腻了，活得没有趣味了。阳世间这日子有什么意思呀，成天勾心斗角，弱肉强食。我孤儿寡母的，不仅没人可怜，反倒老受人欺负。就说你和耀荣这事吧！明摆着，让耀荣入赘到我们家来，那是最合适的。可耀荣他爷（同上）呢，死活就是不肯。为什么呢？还不就是看不起我们孤儿寡母吗？看不起就看不起吧，不同意也就算了，有话明说不好吗？可他有话不明说，反倒动心思，耍歪心眼，让老二姜耀典先结婚成家，让老大姜耀荣等着，把婚事往后拖。这是要干什么呀？这不明摆着是要拖你的时间，耗你的青春吗？反正耀荣是个男人，拖几年也不怕，但你呢？你能拖得起、耗得起吗？你是一个女人家呀！女人家最宝贵的是什么？是青春！青春拖没了，耗光了，变成黄脸婆了，还值钱吗？还有人要吗？我的傻闺女呀，姜家这歪心眼，你看出来了吗？姜家这么坏，出损招、阴招，把我们家像耍猴子一样耍，你甘心让他耍吗？娘就你这么一个女儿，还要指着你支撑门户呢！你倒好，不仅不体谅娘的良苦用心，反倒依着自己的性子要死要活地胡闹。你说说，就你这样子，娘这一辈子还有希望吗？唉，不说了，不说了，我还是早点死了好，死了就眼不见心不烦。"

杨老太婆始终抓着剪刀不松手，急得杨杏花跪在地上一个劲地磕头求饶。杨老太婆抬起手背擦擦眼睛，悄悄地瞄了瞄杨杏花，长叹一口气说："唉，女儿呀，你叫我这做娘的怎么办是好哟，活下去吧，实在是觉得没劲，现在就死吧，心里头又放不下你。"

"别、别呀，娘！你要死了，我也就没活头了，"杨杏花泪水横流，语不成声，"我，我一切都听你的，还不行吗？"

"那你跟娘说说吧，愿意跟娘给你找的那个男人成婚吗？"杨老太婆看着女儿问。

"愿、愿意！"杨杏花抽泣着回答。

"心里还在意姜耀荣那小子吗？"

"不、不了！"

"真的吗？"

"真的！"

世上会做戏的，就数老婆子。杨老太婆这出戏做得好，一下子就制服了杨杏花。杨杏花不闹了，同意和徐应夔结婚了。但她口里说不在意姜耀荣了，心里却还是想着姜耀荣。中午吃完饭后，杨老太婆陪着哥哥姐姐们搓麻将。杨杏花便趁这机会从家里溜出来,急急忙忙地去找姜耀荣。

姜耀荣和姜云岳正在地坪里搓草绳,两个人面对面地坐着。杨杏花走到姜家老屋南头的山脚下时便站住了,对着姜耀荣招起手来。姜耀荣看见了,抬头和她对了一下眼神。她正想喊姜耀荣,姜云岳却对着姜耀荣骂了起来:"混帐东西,你左顾右盼什么?见到鬼了是不?想找死呀?还不快点搓绳子,老子正等着绳子用呐!"

有姜云岳在旁边盯着,杨杏花泄气了。她知道这时候是无论如何也喊不动姜耀荣的。于是,她拖着沉重的两条腿回去了。

过了一阵,杨杏花实在坐不住了,又来找姜耀荣。这一回,姜耀荣没在地坪里。杨杏花转来转去,转到屋后头时,却看见姜耀荣和姜云岳在"揪草把子"。

当地稻草多,多用来当柴火烧。但散乱的稻草烧起来比较麻烦,需要拧成团,结成把。把散乱的稻草拧成团,结成把,就叫做"揪草把子"。"揪草把子"需要有特制的工具。那特制的工具叫做"把嘎筒"。"把嘎筒"很简单,外头是个一尺来长的空竹筒子,里头套一根约三尺长的竹片。竹片的一头弯成弓状,并用绳子固定。使用时需两人合作,一人握住稻草,将稻草拧成弯形,并套住"把嘎筒"弓形的那一端,另一个人则握住"把嘎筒"外面的那个空竹筒子一边用力转,一边往后退。

姜耀荣手里握着"把嘎筒",一边转动,一边慢慢地往后退。他看见杨杏花了,远远地向她抛了一个眼神。杨杏花懂那眼神,晓得那里头有数不清的问候、关心,也有许许多多说不清、道不明的忧郁和沉闷。她的心醉了。但就在这时,姜云岳对着姜耀荣大声呵斥起来了:"混帐东西,你东张西望干什么?阎王爷派小鬼来招你啦?莫非你要死不成?"

杨杏花知道这时候找姜耀荣没戏了,便又懒洋洋地回去了。

两次去找姜耀荣都没说上话,杨杏花仍不死心。她坐卧不宁,什么事情都做不下去了。太阳快要落山时,她又对母亲撒了一个谎,急急忙忙地走出家门,一路小跑地进了姜家门。

姜家正在吃饭,姜耀荣和姜老婆子都坐在桌子旁边,姜云岳却不在。杨杏花大喜过望,连忙对姜老婆子说:"大娘,我想找耀荣哥帮忙做点事!"

"哦,找你耀荣哥做事?那好啊!耀荣,你去吧!"姜老婆子边说边挥挥手。

姜耀荣跟着杨杏花出来了。两个人一前一后,上了去大柏树屋场的那条小路。但走到屋前三斗田旁的那道陡坡下面时,杨杏花却不往前走了,一转身上了陡坡。

陡坡的半山腰是块平地,不大,长满了青草,还有一棵很大的桐子树。走到那桐子树下,杨杏花忽然站住了,回头看着姜耀荣说:"耀荣哥,我娘给我找了个丈夫,逼着我明天就结婚,这事你晓得不?"

"是嘛,我、我不晓得。"姜耀荣头一低,眼睛望着自己的脚。他这话撒了谎。

杨杏花马上就要结婚的事,其实他清楚。杨老太婆从娘家回来后,便天天串东家,走西家,大造舆论,把自己给女儿找了个丈夫的事嚷嚷得左右邻居和附近几个村子的人全都知道。所以,姜耀荣也知道了。眼看着自己心爱的人要做别人的堂客了,他心里酸溜溜的,很不是滋味。

见姜耀荣神情不对,杨杏花心里诧异,忙问:"你大概听说了吧?"

"没、没有!"姜耀荣左顾右盼,闪烁其词。

"我娘没跟你说什么吗?"

"没、没有!"

"我娘没跟你娘你爷(同上)说什么吗?"

"好像没有吧?"

"那你娘你爷(同上)跟你说什么了没有啊?"

"也没有啊,"姜耀荣伸手摸摸后脑勺,"我娘我爷(同上)什么也没跟我说过呀!"

杨杏花眨眨眼,说:"看米,你娘你爷(同上),还有你,这回都被她蒙在鼓里了!"

"是、是嘛,"姜耀荣头更低了,"你、你娘什么时候给你找的?"

"就是前几天呗,"杨杏花低着头,不停地用脚尖划着地,"我跟你说清啊,这事与我毫无关系。人是我娘背着我找的,我事先一点也不晓得,你别怪我哟!我娘把日子都定好了,逼着我明天就成亲,你说这事我该怎么办呀?"

"哪、哪里的人呀?"姜耀荣的目光朝杨杏花的脸上扫了一下,旋即又忙不迭地移开了。

"西乡湖区的。"杨杏花依旧低着头。

"长得挺好的吧?"

"我到现在都还没见着人呢。长什么样,我也不清白(清楚、明白)。"

"哦——"姜耀荣"哦"了一声就没下文了。

"答白(回答)呀,人家都快急死了呢!"杨杏花抬起头,眼睛睁得大大的。

"说、说什么呀?"

"说怎么办呀?"

"怎、怎么办?这、这事我怎么晓得呀……"姜耀荣眼睛看着地面,说话声小得几乎只有他自己听得见。

"那、那我问你,你现在还喜欢我吗?"杨杏花往前走了一步。

姜耀荣急忙身子一闪,挪挪脚,往后退了几步,小声嘟囔道:"那、那还用说,我当、当然是喜欢你喽!"

"是一般的喜欢呢,还是特别喜欢?"

"特、特别喜欢!"

"是那种喜欢得不得了,一辈子也不想分开的喜欢吗?"杨杏花热切地望着姜耀荣,眼睛里就像有一团火。

姜耀荣没说话,抬头扫了一眼杨杏花,旋即又急速地把眼神移开了。

"怎么又不说话啦?快说话呀,究竟是哪种喜欢啊?"杨杏花急了,又往前走一大步,差点撞到了姜耀荣身上。

"是、是一辈子都、都喜欢,永、永远都不、不想分开的那种喜欢!"姜耀荣一边说,一边往后退。

"那就好,那就好,"杨杏花高兴得满面红光,手舞足蹈,"我就晓得你心里是永远有我的。那、那,耀荣哥,你带我走吧!"

"带你走?去、去哪里呀?"

"去哪里?哪里都可以去呀!平江、浏阳、长沙城里头不都可以去吗?大山里头、洞庭湖里头也行呀!咱们也别先说地方了,哪里好,哪里没人管咱们,哪里能安咱们两个人的家,咱们就去哪里吧!"

姜耀荣的眼睛瞪得老大,怯生生地说:"那不是私奔嘛,不、不行吧?你娘、我娘还不都得急死呀?"

杨杏花愣了一下,好半天没说话。过了一阵,她突然面露羞色,两只手不停地捏着衣服下摆,低头小声说:"不私奔也行,那、那咱们现在就结婚!"

"现在就结婚?在、在哪里结呀?"

"在哪里结?就在这棵桐子树下结呗,让天老爷、地老爷为我们俩作证!"

"就在这桐子树下结,那、那怎么结呀?"

"哎哟——,你可真是个呆子!我说的结婚,就是说私自把身子给你,明白吗?"

姜耀荣琢磨了好一阵,终于明白杨杏花所说的结婚是什么意思了。他胆子出奇地小。这样的事,打死他也不敢做。眼见得杨杏花在一步一步向自己靠近,他连忙一边后退,一边摇着手说:"哎哟,杏花,那可不行!失格(丢人)的事,我可不做!"

"有什么不行的?天底下私通的人多着呢,只不过做得隐秘,咱们不知道罢了!来吧,我现在就把身子给你!给了你,我就不后悔了,我娘爱怎么着就怎么着!"杨杏花拽住姜耀荣的手就往桐子树下拖。

姜耀荣脸都吓白了。他猛一使劲,挣脱杨杏花的手,一溜烟地跑了。

姜耀荣跑回家了,杨杏花却没有走。她一个人坐在那桐子树下哭,哭得很伤心。

几圈麻将下来,天就快黑了。杨老太婆要女儿做饭,喊了半天也没人答应,这才晓得杨杏花不在家。她吓出一身冷汗,急忙带着人四处寻找,结果在桐子树下找到了杨杏花。当时,杨杏花就像一尊蜡像似地坐在地上一动也不动,喊她不答应,拉她也不起来。杨老太婆没办法,只得叫哥哥姐姐们一起动手,抬腿的抬腿,拽胳膊的拽胳膊,硬把她抬回了家。一到家,杨老太婆把杨杏花往床上一放,就找了一把特大的铜锁把门锁上了。

第二天，杨家就办喜事了。喜事办得很热闹，姜云岳一家都被请去吃饭。

但姜耀荣没去杨家吃饭，他一个人躲起来了。姜云岳在杨家吃完饭后，就东跑西颠地到处寻找，结果在寺边塘尾部的水边上找到了他。当时，他躺在地上，满脸沮丧，泪水横流。姜云岳是最不待见他那种样子的，当时便阴沉着脸，连讽刺带挖苦地骂道："哟，你在这里好自在啊！我还以为你想不开，不想活了，已经投水自杀了呐！原来你还是不想死，躲在这里找清静啊！"

姜云岳的话说得相当难听，刺得姜耀荣头昏脑涨。他坐起来，眼睛看着父亲，想解释几句，但姜云岳哪里容得他开口！姜云岳嘴一张，更难听的话破口而出："不就是一个相好的女人跟人家走了呗，有什么好难过的？天下八条腿的蛤蟆找不着，好看的女人多的是，何必就认定她杨杏花一个呢！你还是个男人吗？要是个男人，有本事，完全可以自己去找一个更好的嘛，对不？就怕你没那本事！说实在的，人家长得漂亮的姑娘，哪会看得上你这张背时的猪腰子脸呀！"

臭骂了一通，姜云岳还不解气，临走时又不阴不阳地甩下几句："要是怕死呢，就给老子滚回家做事去！家里一大堆事呐，你不做，让谁做呀？要是不怕死，横下一条心决计去死呢，那就去找一个水深的地方！你待在这地方装模做样给谁看呀？水才淹到脚板呐，太浅了，根本淹不死人的！"

姜耀荣想到了死。但他往水里走了一段，忽然间觉得那水太凉，凉得刺骨寒心，便退回来了。不过，他虽没死成，人却变了，话说得少了，脸上看不见笑容了，常常一个人呆呆地坐着想心事。

第四章

樊桂枝脾气好，性子温和，很会做家务事，也很会处理和家里人的关系，所以，进姜家门后，她很快便赢得了全家人的喜欢。对樊桂枝，姜云岳自然格外喜欢，因为她是姜家的第一个儿媳妇，而且是他亲自相中的。

刚结婚时，姜耀典觉得樊桂枝长相一般，对她没多大热情。但没过多久，他就改变态度了。他发现樊桂枝有很多常人所没有的优点，特别温柔体贴，特别通情达理，特别疼他爱他，讲话还略带沙音，有磁性，特别好听。渐渐地，他喜欢上她了，离不开她了。有时只要樊桂枝那带磁性的声音一传出，姜耀典那两条腿就好像打颤似的，连路都走不动了。于是，两个多月后，家里便传开了一个喜讯：樊桂枝怀孕了！

杨杏花的婚姻生活可就远没有樊桂枝那么幸福了。结婚头几天，她就跟植物人差不多，既不说，也不笑，人不推，就不动。对新郎官，她也没丝毫反应，表情冷漠，不理不睬。新婚之夜初入洞房时，徐应夔见她态度冷漠，开始还有些担心、害怕，不敢对她动手动脚，默默地趴在床边上躺下了。躺到半夜里，他实在忍耐不住了，就开始做起了试探动作。他先是伸腿踢脚，杨杏花没反应。接着，他又用胳膊撞身子，杨杏花依旧没反应。到后来，他干脆做了个大动作，伸手摸起了胸部，揉起了乳房，杨杏花还是没反应。这一来，徐应夔的胆子就大了，一翻身骑到杨杏花的身上，便急急忙忙地解衣服脱裤子，狠劲地折腾起她来。从这以后，徐应夔就肆无忌惮了，天天一入夜就上床，一上床就没完没了地折腾她。

徐应夔的命很苦。他父母死得早，又没有兄弟姐妹，是端叔叔婶婶的饭碗长大的。叔叔婶婶的饭碗当然不好端，因此他受够了虐待，看够了白眼，尝够了寂寞、孤单。突然到了一个新家，有饱饭吃了，有好房子住了，还有一个貌美如花的年轻堂客在身边陪伴了，他就觉得自己是到了天上，做了神仙了。他太年轻，不知深浅，总觉得自己好不容易时来运转了，便要抓紧一切时间尽可能多地享受温柔乡里的滋味。他非常喜欢杨杏花，对夫妻生活的要求很高，兴趣特别浓。因此，他撂不开杨杏花，每天都要折腾她，而且常常是不顾一切，三番五次，通宵达旦，没完没够。有时大白天里，他下田干活，中间回家喝茶时，他甚至还会突然兴起，搂住杨杏花不要命地折腾一番。

人常说，房事不加节制，是最容易伤人身体的。徐应夔经得起天天征战，夜夜疲劳吗？他从小就饱受饥寒，吃不好，穿不暖，营养差，没能打好底子，因而表面看起来人高马大，实际上体质很弱，小灾小病挺多。他又特别好面子，喜欢逞能逞强，得了病也不爱说，更不肯看郎中吃药。很显然，这种身体状况，这种脾气性格，是根本经不起折腾的。果然，没多久他就开始闹病了，整天头疼脑热，咳嗽痰多，而且心里还特别容易起急，一急就浑身燥热，一热就大汗淋漓，但出汗后又会很快感到全身发冷，甚至发抖打颤。

结婚头三个月，杨杏花几乎没跟徐应夔说过一句话。她的心死了，对世界上的一切都素然无味。因此，她对夫妻生活丝毫不感兴趣，采取了完全被动的态度，既不迎合，也不抗拒，就跟植物人一样，任凭徐应夔折腾。看到徐应夔累得气喘吁吁，半死不活，她也不心疼，甚至还幸灾乐祸。"累死活该！谁叫你王八蛋那么好色呀！"杨杏花常在心里这样暗骂徐应夔。但到后来，见徐应夔病了，憔悴了，渐渐地消瘦了，一天一天地打不起精神了，杨杏花也开始心疼他了。徐应夔要折腾她时，她就不肯答应，劝他说："歇几天吧，行吗？你看你都成什么样子了，简直一把骨头，像个活鬼！"徐应夔不听劝，涎皮赖脸地爬到她身上扯衣服脱裤子，她就动手打他，拿脚踹他，同时还破口大骂："找死呀？不想活了呀？要死，死塘里去，山里去，别死我身上！"

杨杏花的骂，还真是起作用。这以后，徐应夔就真的收敛了，一连好多天没再折腾杨杏花。而且，他还主动地去看了郎中，抓了几服药，自己认认真真地把药煎好喝了。但徐应夔开始爱惜自己的身体了，时间却已经来不及了。他已病入膏肓，无可救药了。勉勉强强地拖了几个月，他就撒手走了。临走时，他好舍不得杨杏花呀，一双眼睛瞪得老大，直直地盯着杨杏花，到死都不肯闭上。

徐应夔死了，杨杏花成了寡妇。这时，她才十七岁，结婚刚半年。结婚半年就死丈夫，不到十七岁就守寡，这在当地来说，杨杏花是头一个。这情况当然令人尴尬，这名声当然很不好听。因此，杨杏花觉得没脸做人，头都抬不起来了。

杨老太婆匆匆忙忙地招赘徐应夔进门，原本是要气气姜云岳的，但她没把姜云岳气倒，却把自己气倒了。徐应夔这个女婿上门半年就一命呜呼了，没在田里打下一粒粮食，没给家里留下一丝一毫财产，没给杨家留下一男半女后代，却给她女儿留下了一个寡妇的名声。杨老太婆气得要死，结果大病了一场。

办完婚事不久，接着就办丧事，杨杏花累了个半死。丧事还没利落，杨老太婆又病了。杨杏花还没缓过劲来，又不得不忙着给娘治病，天天请郎中，上药铺，抓药，熬药，喂药，汤汤水水，洗洗涮涮，忙得脚不点地，差不多连打个盹的时间都没了。等到这一连串的事办完，杨老太婆好利落了，杨杏花都瘦一圈了。

杨家连遭不幸，左邻右舍人人痛心。大家都不约而同地来杨家看望杨老太婆，安慰杨杏花。姜老婆子心里也不好过，天天张罗着要到杨家来看看，姜云岳却不允许。他拦住姜老婆子，冷冷地说："有什么好看的？她搬起石头砸自己的脚，活该！"

徐应夔死了，姜耀荣却莫名其妙地变了。他的话多了，脸上看得见笑容了，也爱跟人打打闹闹、说说笑笑了。而且，他还喜欢往大柏树屋场那边望了、走了。好多人都看见，他有好几次走到了杨杏花家的屋门外，在那里站了好一阵。这样的现象在杨杏花和徐应夔结婚后的那段时间是绝对看不到的。

姜耀荣去大柏树屋场，当然是想看杨杏花。但杨杏花却不愿见他。她把自己关在家里，任凭姜耀荣在外头站多久都不肯开门。这情景令姜耀荣非常尴尬。他怕别人看见了，会说闲话。"寡妇门前是非多。"这话，他知道，也懂。他觉得自己是个正派人，无论如何不能让别人说三道四瞧不起。他更怕父亲看见了，会骂他。他晓得父亲此刻的心里存着幸灾乐祸的念头，是无论如何也不会允许他去杨家的。他对父亲的这种心理很看不惯，甚至是很反感，但他不愿意和父亲对着来。他觉得自己要做孝子，在任何情况下都不能和父亲发生正面冲突。

但姜耀荣心里实在是放不下杨杏花，做梦都想去看看她。"哪怕是只看一眼、只说一句话呢，那也总比不见好啊！杏花守寡了，心里一定很难过，只怕这些天眼泪都没干过，人也一定瘦得不成样子了，可怜啊！"他常这样想。

姜耀荣无时无刻不想杨杏花，想得饭都吃不下了，觉也睡不好了。终于，他下定决心破釜成舟，做一件平生风险最大的事——半夜里穿过竹山去看杨杏花。

吃完晚饭，姜耀荣就躺下了，说是肚子疼。姜老婆子问他要不要吃点"四磨汤"，他说不用，躺一躺就好了。那时几乎家家户户都备有广木香、乌药、枳壳、花蕊石等四味中药材。用这四种中药材磨成的汤汁就叫做"四磨汤"。"四磨汤"是专给小孩治病的药,治肚子疼很有效,但大人们也常吃,效果也不错。姜老太婆见儿子不肯吃药,也就不管他了。

到了半夜里,满大屋人都睡了,村里一片寂静。这时,姜耀荣却忽然起来了。他悄悄地穿好衣服,悄悄地拔开门栓,悄悄地走出家门,悄悄地来到了大柏树屋场后头那道长满小细竹子的山脚下。他这一切行动都是悄悄的,一点声音都没出,以致村里的那条大黄狗都没发觉,躺在南大门的门廊里睡得死死的。

竹林子招蚊子,也招蛇。大柏树屋场后头的那片细竹林里就有蛇,土皮蛇、银环蛇、眼镜蛇、竹叶青都有,姜耀荣亲自看见过,还不止看见过一次呢。往常时,那竹林里他是绝对不去的。他胆小,怕蛇,尤其怕那种速度极快、爬起来扬头吐舌就像飞一样、毒性也极大的眼镜蛇。但今天他的胆子大得惊人,居然一点停留都没打,就从那竹林子里穿过来了。

穿过竹林子就好办了,脚下就是杨家的菜地。姜耀荣一路小跑地穿过菜地,轻手轻脚地走到杨杏花住屋的窗根底下,伸出几个手指头,在窗棂上敲了起来。

"谁?"杨杏花醒了,大声喊了起来,声带颤音,显然很害怕。没准她还以为是徐应夔的鬼魂来了呢!

姜耀荣用手指头在窗户纸上捅了个窟窿,把嘴贴近那窟窿对里面喊道:"杏花,是我,姜耀荣!你别害怕,我来看你!"

"看我?看我干什么?你走吧!我要死了!"杨杏花边说边哭。

"别哭呀!你出来吧,咱们说说话!"

"我不出去!我不说话!有什么好说的?你走吧!"

"唉,杏花,你好歹体谅一下我吧,出来见一面好吗?就见一面行不行?见一面就去死,我也就心甘情愿了!"

杨杏花不说话了,屋里没有一点动静。姜耀荣觉得奇怪,正要把眼睛贴近窗户纸上的那个破洞往里看时,杨杏花却打开后门出来了。

"死鬼!谁要你见一面就去死呀?你死了,我、我还能活吗?"杨杏花扑了过来,猛地抱住了姜耀荣。

两个人紧紧地抱着,谁也没说话。

抱了好一阵,杨杏花才松开手。她擦了擦眼泪,盯着姜耀荣问:"你怎么想起要来看我呢?可怜我是吗?"

"也、也不完全是可怜,"姜耀荣小声说,"心里头想你呀,看不见就难受。"

"哦,你心里头想我哪?那当初为什么不听我的?"

"当初不听你的?有这事吗?当、当初你说什么了呀,我哪句没听?"

"当初,也就是我结婚头一天太阳下山那时候,我要你跟我私奔呀!有没有这事?"

"噢……"

"还有……还有……"杨杏花忽然忸怩起来,头一低,眼睛看着地,"当时,我还要你跟我就在那棵桐子树下结婚呀,有没有这事?那时候,你为什么死活不同意呢?"

"那、那时吧,"姜耀荣也忸怩起来了,一只手不停地捏着衣服下摆,"主要是不敢……"

"不敢?有什么不敢的?又没人看见!"

"不,不光是怕人看见。主要是怕、怕玷污了你!"

"怕玷污我?你这话就越说越离谱了!咱们俩谁跟谁呀?相好又不是一天两天了,从小就做好了准备要结婚做一家子的,还说得着玷污这两个字吗?反正不就是那么回子事嘛,早晚要钻一个被窝的,早一天晚一天有什么两样?"

"不、不、不,不是那么回事!要是你没找别的男人,就打算和我永远在一起呢,我倒不怎么怕了。可那天不同呀,那天你都已经找到男人了嘛,对不?我明明晓得你找别的男人了,第二天就要成婚办喜事了,我还跟你在一起,那我还是人吗?"

"哦,原来咱俩那天谈话前,你就已经晓得我要结婚了?"

"是!"

"我娘告诉你的吧?"

"不是!"

"听别人说的?"

"嗯!"

"当时你心里好受吗?"

"不好受!"

"怎么个不好受呀?"

"想死!"

"那怎么没死呢?"

"舍不得你,也舍不得我娘!"

杨杏花突然往前一扑,紧紧地抱住姜耀荣,抽泣着说:"耀荣哥,你可真是天底下最老实的好人呐,晓得我要结婚,要我把干净的身子给新郎看,就不肯粘我……"

月光如水,星星闪烁,万籁俱寂,就连平日里最爱叫唤的那些小虫子此刻也停止鸣唱了。两个人紧紧地搂抱着,似乎忘记了一切。忽然,杨杏花抬起头,晶莹的目光盯着姜耀荣,小声问:"耀荣哥,我有个事想问你,你可要对我说实话哟!"

"什么事?问吧!"姜耀荣说。

"我成小寡妇了,你、你还喜欢我吗?"

"喜欢!"

石板塘

047

"是真心！"

"当然是真心！不是真心，天打五雷轰！"

"得、得、得，谁要你天打五雷轰啦？"杨杏花忽然伸出一只手，捂住了姜耀荣的嘴巴。

"我要不是真心，今晚上也就不会冒着那么大的风险来看你了！"

"这我知道。唉，我的命苦，我的命太苦啦，"杨杏花深深地叹口气，又抬手抹了一把眼泪，"不到十七岁就守寡，这世界只怕也就我一个了。寡妇，谁能看得起呢，这一辈子只怕都没人要了！"

"哪会呢？别、别太灰心丧气！"

"哪是灰心丧气呢？这是大实话！耀荣哥，就说你吧，那么喜欢我，能娶我吗？不会吧？肯定不会的！"

"也不一定！如果我能做得了主，就一定会娶你！"

"还是呢，你做不了主啊！"

"我做不了主，还有大人们呢，对不？"

"大人们？大人们能帮咱们做主？"

"要不咱们就试试吧！你跟你娘说一声，让她到我们家提提亲，看看我们家两位老人态度怎么样，行不？"

"我娘？她不会开这种口的，"杨杏花摇摇头，"你还不晓得吧，我娘恨死了你爷（父亲，念 ya，——下同）。她要我跟徐应夒成婚，就是为了气你爷的。这回弄巧成拙，鸡飞蛋打，吃了大亏，她还不得气上加气呀！你想想，就她那心思，就这种时候，能放得下架子，去找你爷（同上）你娘谈咱俩的婚事吗？明摆着，贵贱不可能的！不过，你娘这个人心眼正，我倒觉得是可能开这种口的。她性格随和，脾气不大，对我也好。要不，要不你就跟你娘说说吧，让她到我们家来提亲，行不？"

"我？你要我开口求我娘来提亲？唉哟，我哪做得了这种事啊！"

"那有什么做不了的？自己的亲娘面前，难道你还不好意思张口？"

"是、是呀！我脸皮嫩，在我娘跟前，说别的事还行，说这种事还真是不好意思张口。二十多岁的大男人了，开这种口，那多难为情呀！"

"要不，要不，"杨杏花突然抓住姜耀荣的手，"咱们干脆一不做，二不休，这阵子就自己做主，把婚结了！"

姜耀荣脸上一阵热，结巴着说："你、你是说咱们就、就在这里睡、睡一觉？"

"对呀，不行吗？"

"那不好吧？黑灯瞎火的！"

"那就上我屋里！"

"上你屋里？那、那要是被你娘抓住了，我这脸往哪里放呀？"

"不会的，我娘睡觉死着呢！"

"那也不好，"姜耀荣使劲摇着脑袋，"算了，算了，今天就还是算了吧！提心吊胆的,没兴致。要不我壮壮胆子,找个机会跟我娘说说吧,求她老人家行个好,帮我们个忙,到你们家来提亲!"

杨杏花不说话了,默默地站在一边,静静地看着姜耀荣,眼泪围着眼眶转,一副无可奈何、灰心丧气的样子。

姜耀荣到底也还是没敢开口求娘提亲。然而,他没开口,姜老婆子自己却主动说到这事了。那天半夜里,姜云岳和姜老婆子一觉醒来,两人都睡不着,于是便东一榔头西一棒子地闲聊起来。姜老婆子忽然开口说:"要说杏花那孩子还真是不错,模样漂亮,人也能干,做什么像什么,讨人喜欢。说是寡妇,她这半年多只怕也没怎么沾过男人的身子呢,其实也就跟黄花闺女差不多。明摆着,头几个月,她冷着一副脸,对姓徐的那小子不理不睬,根本不会让他上身的。后来,她倒是理姓徐的那小子了,可姓徐的那小子又病了,天天头疼脑热,气喘吁吁,药罐子不离手,哪还做得了那种事呀,对不?"

"嗯,没准!"姜云岳有一搭没一搭地说。

"那,当家的,你说有没有可能让耀荣和杏花再结合呢?反正他们原来就好过,两家也都提过,大家心里都有数。而且吧,这时候提出来让他们结合,杨老太婆准保会让步,肯定不会再坚持倒插门了!"

"糊涂!你真是个糊涂得不能再糊涂的糊涂虫,"姜云岳声色俱厉地说,"我们姜家是望族,是大户,耀荣又是个真童男子,从来没结过婚的,怎么能把一个寡妇娶进门呢?那样做,你叫我这个族长的脸往哪里放呀?"

姜耀荣当时没睡着,见父母谈起了自己和杨杏花的婚事,就悄悄地爬起来,披上衣服,躲在门后头,尖起耳朵听。他满以为父母亲都会同意他和杨杏花结合的,心里头高兴得像有头小鹿在撞似的蹦蹦直跳。但没想到,听到后来,却听到了他父亲一通坚决反对的话。在家里,父亲的意见是做得了主的。他一旦反对,这事就绝对没戏了。姜耀荣心里头刚刚升起来的一团火,刹时又熄灭了。

父母亲的话,姜耀荣原本打算不跟杨杏花说的。他怕杨杏花听了,心里会难受。然而,在再次见到杨杏花的时候,他却忍不住,还是跟她说了。当时,他一边遮遮掩掩地说,一边安慰杨杏花,要她想开点,别着急,先等一等,兴许过些日子还会有转机。杨杏花却出乎意料,显得格外平静。她淡淡地说:"这事,我早就料到了。命,这就是命。人呀,什么不认都没关系,但是不能不认命。耀荣哥,算了吧,别抱希望了,咱俩这辈子没戏。天知道还有没有来世呢?要有来世的话,我一定还找你!"

姜耀荣要杨杏花"别着急,先等一等",杨杏花却没有等,她只守了几个月的寡就改嫁了。当然,这事她做不得主,是她娘逼她改嫁的。

杨杏花的新男人是竹山屋场的姜翼翔。这一次,杨老太婆没再坚持招赘女婿入门的主张。她见姜翼翔年纪轻,身体、长相、家境也都相当不错,而且竹山屋场离大柏树屋场也很近,招赘女婿进门与女儿外嫁他家其实也没有太大的区

石板塘

别,便痛痛快快地同意把女儿嫁过去了。

姜翼翔曾经娶过两房妻子,头一房难产死了,第二房得急心痛病死了,两房妻子结婚后都没有活过一年,而且还都没有留下孩子。一个男人娶两房妻子都短命死了,都没留下孩子,这是很不吉利的事。因此,不少人都对姜翼翔有些议论,说他天生就是"鳏夫"的命,无论娶谁做妻子都留不住的。为这事,杨杏花有些担心。她怕自己也落个短命的下场,便不大同意这桩婚事。杨老太婆却是个不信命的。她眉毛一竖,便对杨杏花大骂起来:"你还挑人家男方的命啦?人家男方不挑你的命就算不错了,明白不?他命不好,你的命就好吗?他是鳏夫的命,你是什么命呀?你是她娘的克夫的命!我说错你了吗?人家徐应夒多好的小伙子呀,进门不到半年就被你活活地克死了。你说,你不是克夫的命,是什么命呀?"

杨杏花深知母亲的性格和自己是搞不到一起的,如果不结婚,家里的日子只怕一天也过不下去。她见姜翼翔老实巴交,人勤快,身体又好,会体贴女人,家里有田产,还有一栋新屋,不愁吃,不愁住,而且还和她的耀荣哥一样,也姓姜,觉得亲切,后来便同意了。

从看见杨杏花坐上花轿去姜翼翔家的那一刻起,姜耀荣就又莫名其妙地变了。他依旧变回到了以前的那个模样:两眼发呆,表情冷漠,沉默寡言,闷闷不乐,一天到晚死气沉沉,脸上看不到一丁点笑容。

竹山屋场离石板塘很近,中间只隔着一条小河和十多块田地,直线距离最多也就两里多地。天气好的时候,站在石板塘南大门外的地坪里,能隐隐约约地望得见竹山屋场门口出出进进的人影,听得见竹山屋场人们的大声说笑和吵闹。姜耀荣就最喜欢站在地坪边上远望竹山屋场。有时,他一望就是好半天,眼睛死死地盯着竹山屋场,神情发傻发呆,似乎周围的一切都已不存在了似的。

姜耀荣还在想着杨杏花。他那心里头,无时无刻不是充满了对杨杏花的惦念、牵挂、回忆,甚至幻想。他真想去看看杨杏花,想得起急、发慌,想得坐不是、站不是、吃不下、睡不下。但她想归想,却不敢有所行动。他害怕别人知道了会笑话他,背后说他的坏话。他更害怕姜翼翔发现了会骂他,打他,和他闹场合(吵架)。他胆子小,生性最怕闹场合(吵架)。没有合适的机会,他是无论如何也不敢贸然行动的。合适的机会当然也可能有,但要等。没办法,他只能等。他这一生,多半都是在"等"的情况下过日子的。

苦苦地等了两个多月,机会终于来了。梓树屋场有个左郎中,号脉远近闻名,内科各病很有准头,看肠胃等病更是十拿九稳。姜老婆子是左郎中的老主顾,因为她有胃气痛的老毛病。这天下午,她的胃气痛又犯了,"四磨汤"吃了好几次也毫不见效。于是,他便要姜耀荣去梓树屋场走一遭,把左郎中请来看看。去梓树屋场必经竹山屋场,姜耀荣觉得这是一次就便去看杨杏花的好机会,便迅疾走了。

到竹山屋场路口时，太阳已快下山了，家家户户的屋顶上都已冒起了一团一团灰青色的炊烟。姜翼翔家的厨房也开始冒炊烟了，窗户大开着，里面时不时地闪现出一个女人的窈窕身影。一见那女人的窈窕身影，姜耀荣就再也走不动路了，一颗心噗咚噗咚地直往上蹿。他略略环顾了一下四周，见没有人注意，便低着头，猫着腰，迈着小碎步，小心翼翼地向姜翼翔家厨房的窗口挨近。窗口挨着一张门，门旁是一个粪凼，粪凼旁边栽着几棵狗根刺。姜耀荣一闪身，便躲到一棵狗根刺的后头了。

狗根刺学名枸骨，叶子比较奇特，四周长着硬刺，当地人常栽植在房屋的侧旁、后面或菜园子四周，用来防小偷或鸡鸭。姜翼翔家的那几棵狗根刺约有半人多高，枝干粗壮，绿油油的叶片密密麻麻，隐蔽性非常好。姜耀荣就躲在一棵硕大的狗根刺旁边，脑袋几乎紧挨着那狗根刺的叶片。他半蹲在地上，伸长脖了，仰着脑袋，眼睛瞪得老大，透过狗根刺枝叶间的缝隙，一动也不动地盯着窗户里头。窗户开得很低，距离又非常近，厨房里的一切看得清清楚楚。靠墙立着的碗柜和案板桌，挨着窗户的灶台，挂在墙上的筷篮，散乱放在灶台上的油盐酱醋瓶子和锅碗盆勺，包括趴伏在灶台上一动不动、半睁半闭着眼睛的一只大黑猫，全都尽呈眼底，历历在目。灶洞里冒着灰烟，灶台上的锅里冒着白气。显然，杨杏花不是在煮饭，便是在炒菜。

姜耀荣聚精会神地盯着厨房里，看得很仔细。但他看了半天，却没看见杨杏花。"奇怪！明明刚才还看见了杏花的，这阵子怎么不见了呢？灶里烧着柴火，锅里煮着东西，这工夫，杏花能上哪里去呢？洗菜去啦？换衣服去啦？去猪楼屋喂猪去啦？——噢，对了，多半是上茅厕屋（厕所）里去了。她肯定不会走远的，很快就会回来的。我得耐心点，等一等，再等一等！"姜耀荣心里想。

蹲的时间长了，腿有点发麻。姜耀荣挪挪脚，转转腰身，想换个姿势。一不小心，脑门触到了狗根刺叶片上的硬刺，他感到了一阵钻心的疼痛，差一点没叫出声来。他稍稍往后退了退，伸手摸了摸脑门，想看看是不是出血了。但就在这时，窗户旁边的那张门突然开了，只听"哗啦"一声，一盆水猛地从门里泼了过来。那盆水越过粪凼，越过狗根刺，直接泼到了他的身上。他猝不及防，被泼了个劈头盖脑，浑身上下湿淋淋的。

还好，水泼完后，门就关上了，门里的那个人没有走出来。姜耀荣暗自庆幸没有被门里的那个人发现，来不及抖搂身上的水，便弓腰缩背，矮着身子，悄悄地离开狗根刺，迅疾地往旁边的路上挪。

到了路上，借着路旁一丛密密的细竹林子的掩护，确信没有被姜翼翔家的人看见，姜耀荣才敢抬起头，直起腰，使劲地抖搂起身上的水来。那水很脏，里面还夹杂有不少烂菜叶、菜根、杂草和泥沙。那些烂菜叶、菜根、杂草和泥沙沾满了姜耀荣一身，紧紧地贴附在他的头上、脸上和衣服上，让他的样子变得十分丑陋，活像花鼓戏里常见的那种专事搞笑、诙谐幽默的小丑。他一会儿用力地晃动

石板塘

051

着身子抖搂水，一会儿双手交替着小心翼翼地摘身上的烂菜叶、菜根和杂草，一会儿又转过头去，神经兮兮、贼眉鼠眼地不断扫看竹林子的那边，深怕姜翼翔家的门会随时打开，从里边走出一个人来，或是房子周边的哪个地方会藏着一个人偷看他。这时候，他那样子真是手忙脚乱，难堪极了。

姜耀荣只顾防备姜翼翔家，却没料想路东头这时走过来一个人。这人是易家冲的，名叫朱伟般。他年纪不大，生性顽皮，平生最喜欢和人打打闹闹开玩笑，外号"猪尾巴"。他见姜耀荣站在路当中，神情古怪，老远就大惊小怪地问道："哟，耀荣哥，你在这里干什么呀，抓耳挠腮，又蹦又跳的，莫非出了什么事？"

眼前突然出现了一个人，姜耀荣不觉大吃一惊，心里更慌张了。他看都不敢看"猪尾巴"一眼，急急忙忙地转过头来，眼睛向着地面，嘴里"咕哩咕噜"道："没、没、没事。我、我能有什么事、事呀？你、你走你的吧，别管我！"

转眼，"猪尾巴"就走到姜耀荣面前了。他停住脚，瞪着大眼，上下左右地打量了一番姜耀荣，愣愣地说道："不对吧！耀荣哥，你准是遇上什么事情了。不然的话，你这一身怎么会湿淋淋的呢！"

"嗨，真不好意思跟你说，"姜耀荣回过头，看了"猪尾巴"一眼，眼神怯怯的，"我一边走路一边想事，低着头，没注意路面，结果一不小心掉水塘里了。"

"猪尾巴"的脸上充满了好奇的神色。他抬起头，张眼四望，大声问："掉水塘里了？哪个水塘呀？这近边没水塘嘛，你怎么会掉到水塘里去呢？"

姜耀荣越发慌张了，结巴着说："就、就是前边那、那个水塘！"

"猪尾巴"抬头朝前头望了望，诧异地说："前边那个水塘？不对呀！你掉在前边那个水塘里了，就得站在前边那个水塘边上拾掇衣服呀，对不？那、那你为什么要跑到这——"

姜耀荣急了，虎着脸，吓唬说："你管那么多闲事干什么？欠揍，是不？你再要胡搅蛮缠，老子就不客气了！"

"猪尾巴"可不是随便就能吓走的。他突然抬起手来，从姜耀荣的眉毛上摘下一小片鸡毛，诡谲地笑了笑说："掉水塘里了？耀荣哥，不对吧？你眉毛上还粘着一片鸡毛呐，水塘里哪会有鸡毛呀？难道你做贼了，偷鸡了？"

"胡说八道，"姜耀荣勃然大怒，声音虽不大，语气却极强硬，"我姜耀荣是那种人吗？你他娘的才会做贼偷鸡呢！"

"呵呵，别急，别急，我跟你闹着玩的。你姜耀荣我还不了解吗，最是个正派人，打死也不会做贼的，""猪尾巴"边说边笑，一副嬉皮笑脸的样子，"不过，事情也真奇怪啊，你这一身水哪来的呢？不像掉水塘里了呀！掉水塘里，首先就得湿鞋，可你只湿了衣服，并没有湿鞋呀，对不？莫非、莫非……"

"快走吧！快走吧！别为我操心了！算我求你好不好？"姜耀荣连连打躬作揖，嗓门压得特别低。那声音几乎只有他自己听得见。

"哟，耀荣哥，什么事让你那么害怕呀？——哦，我知道了，我知道了！你身上的水呀，是被人故意泼的！谁故意泼的呢？哼，哼，""猪尾巴"眯起眼睛，诡谲地呵呵一笑，用手指了指姜翼翔家，"除了他家，还能有别人？"

"你、你、你瞎、瞎说什、什么呀？"姜耀荣脸煞白，话都说不成句了。

"猪尾巴"满脸都是洋洋得意的神色，又呵呵一笑说："我没说错吧？耀荣哥！呵呵，什么事要想瞒过我，那是根本不可能的。我是谁呀？我是能掐会算的神仙，天上的事知道一半，地上的事全知，至于地下的事嘛，也只能说暂时还不大清楚。我一看你这样子，根本不用你说，就明白一切了。你呀，心里头还是舍不得杨家那大美人，于是就跑到这里来，想钻空子再占点便宜，对不？但没想到，你刚来，还没来得及进她家，兴许还刚到那窗根底下，就被姜翼翔那家伙发现了。姜翼翔那家伙眼疾手快，便提起一桶洗脚水向你泼过来了。于是乎，你这一身便成了这模样，整个一个落汤鸡。你说吧，我哪一点说错了呀？"

"唉哟，别说了，别说了，我求你还不行吗？"姜耀荣哭丧着脸。

"求我？行呀！但我要收点封口费！""猪尾巴"眯缝着眼说。

"封口费？你他娘的趁火打劫，也太狠了吧！"姜耀荣抬眼瞪了"猪尾巴"一下。

"猪尾巴"抬起脚，装作立马要走人的样子，撇撇嘴说："我也不跟你费口舌了，家里还有事呐。你舍不得钱，不给封口费是不是？那我这口可就不封了啊，敞开了说。哼哼，不用等到明天这时候，你被姜翼翔泼了洗脚水的事就无人不知，无人不晓了哟！"

"好、好、好，我给，我给，"姜耀荣又急又气，满脸煞白，"我给还不行吗？要命鬼！说吧，要多少钱才能封住你那张臭嘴呀？"

"一斤酒，送到我家里，最迟明天晚上我就要喝上！"低头对着姜耀荣做了个鬼脸，"猪尾巴"就得意洋洋地甩手走了。

满以为能看到杨杏花的，结果却是杨杏花不仅一眼都没看到，反倒被泼了一身脏水，临末了还被人家"猪尾巴"讹走了一斤酒。这一次，姜耀荣明摆着是吃大亏了。

然而，姜耀荣却不这样认为。他觉得自己亏是吃了，但还只能算小亏，不能算大亏，因为当时姜翼翔家的人没有出来，没有和他直接照面，他好歹还算保全了面子。他认为，如果当时姜翼翔出来了，或是姜翼翔家的其他什么人出来了，看到了他，事情恐怕就没那么容易结束了，少不得会有一顿臭骂，只怕还免不了一顿臭揍。臭揍，他倒不怕。他觉得那只不过是皮肉受点伤痛罢了。皮肉的伤痛好忍，悄悄地躲在家里不出门，几天就能好的。伤一好，不就万事大吉了？谁还晓得他姜耀荣被泼过脏水呀？他怕的是臭骂，因为臭骂有声音，动静大，能引来人观看。倘若骂开了，左右邻居就肯定会跑来看热闹；而左右邻居一旦知道了，那就糟了，会传得满世界都晓得。倘若满世界都晓得这事了，那他姜耀荣的名声不就彻底毁了吗？他最看重的是名声，最害怕的是名声受损失。只要名声不受损失，他什么罪都能受，什么苦都能吃。"天下最坏的名声莫过于淫。淫这名身粘上了，就一辈子脱不得皮（不得了）。千万要小心哟，淫这个字沾不得的！"他这样想。

事情过后，姜耀荣少不了常琢磨。他琢磨得最多的是：泼水的那个人究竟是谁？

"泼水的人会不会是姜翼翔呢？——似乎不大像呀！姜翼翔当时明明不在家的嘛。到他家以前，我仔细观察过，看见他还在前头田里干活呐！"姜耀荣想。

"那会不会是姜翼翔他娘或他父亲呢？好像也不大可能呀！姜翼翔他娘七、八十岁了，身体素来不好，又是个小脚老太太，没什么力气，哪能把那么多水泼出那么远呢！至于他父亲，那就更没可能了。那老头年纪大了不说，腿脚还不利落，连路都走不稳，哪还能泼得动那么多的水呢！"姜耀荣又想。

排除了姜翼翔和他娘、她父亲的可能性，姜耀荣就不得不琢磨起了杨杏花。然而，一旦琢磨到杨杏花，他的心就开始莫名的疼痛。他实在不敢设想杨杏花就是那个泼水的人。但他又不得不默认，杨杏花确实存在泼水的可能性。"我还没到她家厨房窗口附近时，明明看见她就在厨房里。但等我走到窗口附近了，却怎么也找不着她了。这事再明显不过了。她当时肯定看见我了，因为不想见我，便故意躲起来了。她准保是见我躲到狗根刺后头了，怕我待在那里不走，所以就向我泼水。她泼水，意思很明显，就是要赶我走。"姜耀荣把自己到姜翼翔家以及躲到那棵狗根刺后面的情况联系在一起，仔仔细细地思考了几遍，越来越确信自己的判断没错，杨杏花就是那个向他泼水的人。

"杏花为什么要向我泼水呢？这里头的原因只怕还很复杂，"姜耀荣琢磨道，"是因为我们家没向她们家及时提亲，以致耽误了她的婚事，她恨上我了呢，还是因为她嫁到姜翼翔家来了，觉得日子好过了，想安定下来，害怕我来生事，会影响她的生活，所以就通过泼水的方式来警告我、赶我走呢？嗯，这两个原因只怕都有。"

琢磨来，琢磨去，姜耀荣觉得杨杏花是恨上他了。而且，他也觉得，杨杏花恨他，是确有道理的。想到这里，他暗暗地下定决心，从今以后远远地躲开杨杏花，再也不理她了。

姜耀荣真的下定了决心，要远远地躲开杨杏花了。到梓树屋场请了左郎中往家走，路径竹山屋场时，他对姜翼翔和杨杏花的家连看都没看一眼。

左郎中到姜家，给姜老婆子看完病，开完药以后，天就黑了。他年纪大了，眼神不好，一到晚上，就看不见路。因此，姜老婆子要姜耀荣送一送他，并叮嘱说要把他一直送到家。但姜耀荣却没有这么做。还没到竹山屋场路口，他就不肯走了。左郎中晓得他和杨杏花过去相好过，就开玩笑说："哟，耀荣呀，你娘要你把我送到家的，你怎么到这里就不走了呀？莫非你想杨杏花了，要去她家看看？"

"哪里,哪里,我不去她家,我不去她家!你老人家可千万别瞎说啊!这事可瞎说不得的!我想她干什么?"姜耀荣一边结结巴巴地说,一边不停地摇手,样子显得特别慌张。话还没说完,他猛一转身就跑了。

左郎中本无心说的,只不过是开个玩笑而已。他没想到姜耀荣会有这么反常的举动。看着姜耀荣那七扭八歪、渐渐远去的背影,他觉得莫名其妙,不禁自言自语道:"耀荣就跟打疯了的狗似的,他这是怎么啦?"

第五章

光绪二十九年三月十七,樊桂枝生孩子了。这孩子是姜云岳的头一个孙子辈。她的到来具有特殊意义,那就是使得姜云岳升了一级,当上祖父了。为此,姜云岳颇为高兴。但高兴了几天后,他心里却又有点不大痛快了,脸上就像挂了一层霜,见谁都不爱搭理。

姜云岳为什么又不高兴了呢?这里头的原因就在于樊桂枝生的不是男孩,而是女孩。他是不大喜欢女孩的,因为女孩终归是别人家的人,没法给他姜家传宗接代。

姜云岳的心思,姜老婆子是最清楚的。她常说自己是丈夫肚子里的蛔虫,姜云岳的肚子里有多少屎多少屁,她都一清二楚。她深信自己的眼光不会出错,樊桂枝肯定是有宜男之相的。所以,晚上睡觉的时候,她就趴在枕头上对姜云岳说:"桂枝不才生一个孩子嘛,你着哪门子急呀?会生孩子的花着生。你看着吧,她第二个孩子准保是男孩!"

"第二个孩子?那得等到哪年哪月?"姜云岳依旧愁容满面。

"那也快得很呀!我看最多三年,没准不用等三年,两年就生下来了!"

"三年?两年?哼,我一年都等不及了。刘德金还没到四十岁就有两个孙子了。杨茂老倌四十岁刚过,就孙子、孙女、外孙子、外孙女一大帮了。他们的命多好啊。我这命怎么就那么苦呢?都已知天命了,孙子还没见到一个,这脸面往哪里放呀?"

"嗯,你要快的话,倒是还有一个办法。"

"什么办法?"

"你忘了?咱们不是还有一个儿子嘛!"

"你是说给耀荣找堂客?"

"对呀!赶紧给他找个堂客不久行了?没准过年就能抱上孙子呢!"

"这倒是个办法。不过,就怕人家挑剔咱们家的房子,不肯把女儿嫁过来。说实在的,咱们家的房子太紧张了,摆布不开,不好住呀!"

"总有不挑房子的嘛,对不?咱们把条件放低一点,只要有宜男之相就可以,不挑人家女孩子的长相、家境不就行了?"

"好吧,就照你的意思做,抓紧时间找媒婆吧,越快越好!"姜云岳吩咐道。

姜老婆子压根也想不到,她还没来得及去找媒婆,自己就找到一个好女孩子了。那女孩子是她在无意中发现的,名叫李英莲。

照壁山上竹子特别多,因而竹笋也特别多。每年一到三、四月份的时候,当地就有不少人上山拔竹笋。那天一大早,姜老婆子就和几个要好的邻居结伴上山拔竹笋了。到了下午将要回转的时候,她忽然感到一阵肚子疼,想要解大便的样子。她连忙把盛满了竹笋的篮子放下,找了一个隐蔽的地方蹲了下来。但等到大解完了,她却傻眼了,因为她早上起得太早,走得太急,忘了带手纸。

这事要在别人来说,根本不成问题,随手抓一把野草、树叶或比较光滑的泥土疙瘩就可以了。万一没有树叶、野草和泥土疙瘩时,小树枝也可以应急。当地不少人,包括一些妇女,平常都是用小树枝当手纸的。那东西既省钱又省事。大便解完后,抬起屁股,用手捏着小树枝拨拉一下,便可以万事大吉了。然而,对于姜老婆子来说,无论是树叶、野草、泥土疙瘩,还是草棍、小树枝,都替代不了手纸。她这个人,别的都不讲究,吃可以粗茶淡饭,穿可以破衣烂衫,住可以草棚茅屋,唯独屁股不能凑合,上厕所一定要挑干净地,刮屁股一定要用卫生纸。她嫌泥土疙瘩、小树枝那些东西脏,而且擦不干净屁股。她是一个特别讲究干净的人,手纸是必用之物。当然,她用的手纸,也并不可能是很高级的。清末那个时代,农村里还没有造纸的先进设备和技术,是造不出高级手纸的。她用的手纸,是用稻草简易制造的草纸。这种草纸,附近很多村子都可以制造。杨家纸铺、祁家纸铺、罗家纸铺还因为制造这种草纸而得了村名。杨家纸铺造草纸有几十年历史了,质量之好在当地是出了名的。别的村子制造的草纸大多粗糙,甚至还看得见纸里边夹着的一根根稻草,而杨家纸铺所制造的草纸薄而结实,细而柔软,里边不仅没有成根的稻草,就连细小的纤维也看不见。当然,杨家纸铺造的草纸质量好,价钱也相对要高一些。姜家用的草纸就都是从杨家纸铺买来的,他们从来不嫌杨家纸铺的草纸贵。姜老婆子特别喜欢用杨家纸铺所造的草纸,出门时必定要随身带着。然而,不知怎么搞的,今天她却把这最重要的东西忘带了。

身上没带草纸,没法刮屁股,那怎么办呢?喊那几个邻居吧,她们都走远了,怎么喊也听不见。姜老婆子这下着急了,提着裤子,半蹲着身子,来回转动着脑袋东瞧西看,左右为难,不知如何是好。

就在这时候,一个陌生的姑娘忽然从树丛后面走过来了。她走近姜老婆子,轻声说道:"大娘,你是找手纸吧?我这里有。"说着,她手一伸,把一搭子手纸递了过来。姜老婆子大喜过望,连忙伸手接过手纸,但待要道谢时,一回头,却怎么也找不着那位姑娘了。

大解以后,姜老婆子的肚子不疼了。她连忙提起篮子,急匆匆地从林子里钻了出来,顺着山路去追赶那几个邻居。但她赶了好一阵,那几位邻居没找着,自己却被那弯弯曲曲的山路迷住了。她站在岔路口,分不清东西南北,急得眼泪直流。正在这时候,忽然一条小路上走过来一个人。姜老婆子定睛一看,来人原来就是刚才给她送手纸的那位姑娘。

一见那姑娘,姜老婆子就像是见到了救苦救难的观世音菩萨,心里十分激动,弯腰低头,打躬作揖,两只手不停地比划,嘴里还不停地叨唠,又说感谢她送手纸,又说自己不知道路了,急急忙忙,啰啰嗦嗦,简直连一句完整的话都说不出来了。

姑娘站在一旁默默地听着,两手交叉地放在身前,脸上微微地含着笑意,眼睛里荡漾着两汪清澈透亮的水,那神态显得非常文静、雅致。一直到听完了,姜老婆子不说话了,她才淡淡地一笑说:"大娘,你是迷路了吧?"

"对呀! 姑娘,你说得太对了。我呀,还就是找不着路了。要不我为什么那么着急呢! ——哎哟,我的娘呃,这山里的路呀,七扭八弯的,尽出岔子,根本就分不清哪是南、哪是北、哪是上山的、哪是下山的。看着那路像是下山的,可走着走着就转回老地方了。"姜老婆子连忙接茬。

"嗯,这山里的路是挺乱的,"姑娘说。眼珠子一转,眼神飞快地扫了姜老婆子一下,"你老人家要去哪里呢?上山,还是下山?"

"下山! 下山! 我们几个一起上山的,说好了下午在陈家大屋会齐。"

"噢,去陈家大屋? 那好吧,"姑娘一边说,一边伸手把姜老婆子的篮子取过来挎在自己身上,"下山的路有好几条,但却是去往不同地方的,走错了,可就麻烦了。干脆我送你老人家到陈家大屋去吧。日头还早,咱们慢慢走,不用着急。"

姑娘在前头走,姜老婆子就在后头亦步亦趋地跟着。两人一边走,一边说,一边笑,不一会儿就聊得火热了。

说着说着,姜老婆子就提起了石板塘。这是她见到生人时最喜欢聊的话题。她问姑娘:"姑娘,你知道我们石板塘那地方吗?"

"不知道,"姑娘回头看一眼姜老婆子,"我没到过那地方,也没听说过那地方。我娘管得紧,不让我远走,怕我跑野了,所以我到过的地方不多。"

"我就是石板塘的,"姜老婆子眉飞色舞地说,"那可是个好地方呃,有山,有水,大门对着照壁山,屋后长着五棵巨大的松树,地方好那可是出了名的!"

"哦,那你老人家是姓石喽?"

"不,我不姓石,石板塘的人不姓石,姓姜。我夫家姓姜,我娘家姓文。对了,姑娘,我还没问你呢,你叫什么名字呀?"

"我呀,姓李,名叫李英莲。你老人家就叫我莲子好了。我娘就这么叫的。"

"李英莲? 莲子? 嗯,这名字好听。我呀,生平就最喜欢莲花。"

"我娘也喜欢莲花。我的名字就是她给起的。"

石板塘

"噢,莲子,你是哪里人呀?家就在这大山里头住吗?"

"不,我家不在山里头,在山那边。"

"山那边?哪个屋场?"

"李家坳!"

"李家坳?哪个李家坳呀?"

"高家坊附近的那个李家坳!"

"哦,你是李家坳的,"姜老婆子神情大变,"那、那李嘉道是你什么人?"

"是我祖父!"

"是嘛,李嘉道是你亲祖父?哎哟,莲子呃,你可是我亲人喽!"姜老太婆大喊一声,往前猛走一步,一把抱住李英莲,激动得热泪双流。

高家坊是个大地名,附近有大大小小数十个村子。那里有一个很大的村子,名叫张家大屋。张家大屋绝大部分人家都姓张,是一个庞大的家族,只有几户姓文。姜老婆子娘家就姓文,住在张家大屋里。由于人口太少,实力太小,她父亲又懦弱,不会跟人家讲道理,所以常受张家欺负。文家有一块十多亩大的水田,土质肥沃,位置又极佳,处在水塘之下,利于灌溉,无论遭多大的干旱,也不会缺水。张家的族长张纪徽对这块水田觊觎已久,早就想找机会夺为己有了。

水塘之下有一条渠道,就在文家的田边。那渠道是公有的灌溉设施,对下游田地有着极其重大的作用,差不多称得上是生命线了。文家的田,文家田旁边的田,以及水塘下游的所有田地,都需要通过那渠道进行灌溉。每当干旱季节,下游数百亩水田都少不了要用水塘里的水来浇灌禾苗,因而也就少不了那条渠道。张纪徽很狡猾,看那渠道的作用比较特殊,便打上了它的主意,拿它来做文章了。

一年夏秋季节,湘北遭遇特大旱灾,三个多月滴雨没下,家家都要靠那条渠道引塘水浇灌稻田。正在这个关键时刻,张纪徽深夜里派人挖断了渠道中贴近文家田地的那一截,让渠道和文家的田连成了一体。这一来,水塘里的水就全部流进文家田里了,下游各户的田一滴水也引不来。

张纪徽这一着非常阴险,目的就是要栽赃文家,激起公愤,让下游各田的田主们联合起来,一起对付文家,然后他再出面充当好人,就便趁火打劫,借机吞并文家那十多亩肥沃的水田。下游那些田的田主们大多是不认得几个字的老粗,哪里晓得这是张纪徽在使阴谋诡计呢?他们都上当了,纷纷气势汹汹地找到文家打架,结果把姜老婆子的父亲文印心打得遍体鳞伤,气息奄奄。

文印心受伤后,张纪徽立刻就上门了,又送药,又送钱,又送东西,显得非常热情。等到文印心稍好一点,勉强能坐起来了,张纪徽又来了。这一次,他拿来了写好的文书契约,开口就要文印心把那十多亩水田卖给他。文印心不蠢,看得出张纪徽的险恶用心,当即一口回绝。张纪徽见文印心不肯卖田,立刻便翻了脸,手里拿着一纸状词,恶狠狠地对文印心说:"好吧,你不肯卖田,那就等着吃官司吧！你挖断公渠，阻水下流，损人利己，罪大恶极，县太爷不打你的板子、关你的班房才怪呢！"

果然，没过几天，县太爷就传文印心上堂了，说是张纪徽等十多户田主联合起来告了他的状。文印心当时还没好，身上有伤，行走不便，家里也没别人可以代他上堂。姜老婆子当时还未出阁，正在娘家当闺女。于是，她迫不得已，挽着父亲一起进了县衙。跪在大堂上时，她见满堂都是张家的人，便以为自家肯定会败诉，心里颤颤惊惊的。但没想到，开堂不久，县衙里突然进来了许多证人。他们都异口同声地指证张纪徽要阴谋，使诡计，故意挖开渠道，栽赃文家。那些证人都义正词严，说得有根有据。结果，这场官司，文家赢了。

明明看着要败的官司，为什么忽然赢了呢？那些上堂作证的证人是哪里来的呢？文印心莫名其妙。后来经过打听，他才搞明白，这一切都源于李家坳的李嘉道。李家坳就在张家大屋附近，是一个比张家大屋还要大的村子。李家坳住的都是李姓，族长就是李嘉道。那天晚上，李家坳一个村民路过那个水塘，因为临时内急，躲进芦苇丛里解大便，结果把张家派人挖水渠的事看得一清二楚。回村后，他就把这事一五一十地告诉了李嘉道。李嘉道是个正派人，早就知道张纪徽不是个好东西。于是，他便精心安排，一边派人打点县衙，疏通县太爷，一边组织人手搜集证据，并亲自带人上堂指证。由于他做事精细，有理有据，县太爷也奈何不得。于是乎，本来难以扭转的乾坤终于扭转过来了，文家打赢了官司。

文家赢了官司，保住了赖以生存的十多亩水田，自然对李家感激不尽。所以，文印心临终时，一再嘱咐儿女说："我无能，你们记不记得无所谓，但恩人李嘉道你们一定要记住，子子孙孙都不能忘啊！"

走一路，聊一路，不知不觉地就走到了陈家大屋，找到了姜老婆子的同伴们。要分手了，姜老婆子却舍不得李英莲了。她一双手紧紧地抓着李英莲的一双手，湿润的眼睛使劲地盯着李英莲看，从眉毛看到嘴，从头发看到脚，突然间，她发现李英莲像极了自己的小时候。"小身子、小脑袋、小脸盘子、小鼻子、小嘴，快言快语，快手快脚，哎呀呀，这不活脱脱的就是小时候的我吗？"她想。

过了一会儿，李英莲就走了。她像一只欢快的小鸟似地，迈着轻快的步子，走上弯弯的山路，进了密密的树林。夕阳斜射，层林尽染，满目金黄，一个玲珑小巧、精致窈窕的身影在渐渐远去。姜老婆子独自一个站在树下，眼睛盯着那身影，自言自语道："还托媒婆干什么？这不就是现成的好儿媳妇嘛！"

回家以后，姜老婆子就迫不及待地把自己在大山上遇见李英莲的事一五一十地告诉了姜云岳。她大大地夸奖了李英莲一番，说她懂事、明理、大方、精干，长得也不错，力主把她娶进门，给大儿子耀荣做堂客。

姜云岳一向不大喜欢大儿子，对姜耀荣娶什么样的堂客不大上心。他关心的只是未来的儿媳妇会不会给他生孙子。所以，姜老婆子给他讲什么，他都不听。他只问姜老婆子说:"你看明白了? 有宜男之相吗?"

"有! 有、有、有! 这事我哪能不注意呢? 笑话! 我看得明明白白的,"姜老婆子兴高采烈,唾沫横飞,"她身上的宜男之相非常明显,比桂枝还要明显。别看她身板不大,胯可是不小呢,准能生大胖小子的!"

姜老婆子说李英莲有宜男之相,姜云岳也就同意了。没多久,他就张罗着把喜事办了。于是,李英莲进了姜家门,成了姜耀荣的堂客。

姜耀荣和李英莲的喜事办得很草率,很简陋,远没有姜耀典和樊桂枝的喜事隆重、豪华。姜云岳甚至连个镯子都没给李英莲买。后来还是姜老婆子看不惯,悄悄地把自己手上的镯子摘下来,硬塞给了李英莲。

姜耀荣和李英莲的喜事,也远不如姜耀典和樊桂枝的喜事热闹。其中有好多程序都没走,有些程序虽走了,却也只是摆摆样子,草草收兵。不少重要程序,姜云岳都只是点个卯,没有全程参加。有些重要程序,姜云岳甚至连卯都没点一下。"赞茶"时,贺客们原想照着姜耀典和樊桂枝结婚时的情况依样画葫芦,还给姜云岳化化妆、逗逗乐、开开荤素玩笑的。但他们找了半天,却怎么也找不到姜云岳。原来,姜云岳早在"拜堂"那个程序过了以后,就急急忙忙地找个地方躲起来了。没有了姜云岳那滑稽的模样、搞笑的动作、幽默诙谐的话语,婚礼的热闹气氛便大打折扣。"闹洞房"更没劲,基本上没闹起来,因为姜耀荣不在洞房里。他也学他老子的样子,偷偷地溜了出去,找个隐秘的地方躲起来了。他把新娘子一个人撂在了洞房里。

新婚大典最讲究热闹喜兴气氛的。这个时候,姜云岳和姜耀荣这两个关键人物却都摆出一幅冷面孔,不死不活、不阴不阳的,这叫什么事呀? 人们看在眼里,记在心里,觉得反常、奇怪、不可思议,于是便一传十、十传百地开始纷纷议论、猜测起来了。他们都为李英莲这个新娘子捏着一把汗。

姜耀荣和李英莲结婚了,自然要占一间房。姜云岳琢磨了好长时间,实在想不出其他办法来,只得把他自己和姜老婆子住的那间东厢房腾出来做了新房。

东厢房作新房了,家里的房子就更摆布不开了。姜云岳家里只有三间住房,两间好一点的西厢房和东厢房都给儿子结婚用了,住房就只剩下一间小黑屋了。这怎么住呢? 为这事,老两口没少费脑筋。姜云岳要姜老婆子带着两个女儿住那间小黑屋,他自己和小儿子耀希住到东厢房的阁楼上去。这主意,姜老婆子却不同意。她说:"你住阁楼? 那怎么行! 你都快五十了,腿脚不利落,天天爬上爬下的,摔着了怎么办? 再说喽,东厢房的阁楼也住不了两个人呀,那上头还放着两口棺材呐!"

阁楼上怎么还放着棺材呢? 原来,当地人最重视丧事,一般四、五十岁时就得准备好棺材,以防措手不及。姜云岳是个慎重人,最怕的就是人突然死了,来不及做棺材。所以还不到四十岁时,他就把自己和老伴的棺材都准备好了。那是两口质量上乘的好棺材,专门请当地最有名的"大木"——野鸭塘的海澄木匠做的，材质是上等的杉木，而且还用最好的桐油油得精光瓦亮。对这两口棺材，姜云岳称心如意，非常爱惜。他看到房里没地方放，又担心被别人碰坏了，便将它们放到了东厢房的阁楼上。阁楼面积很小，放了两口棺材，自然就没有多大的空地方了。所以，姜老婆子担心住不下两个人。

"嗯，你这考虑有道理，"姜云岳点点头，眼睛扫了扫姜老婆子，"我爬楼倒没事，但东厢房的阁楼上确实地方太小，住不下两个人。要不这么办吧，让耀希住东厢房的阁楼，我住西厢房的阁楼去！"

姜老婆子笑了笑："让耀希住东厢房的阁楼？那麻烦了！他本来就胆小，怕鬼，旁边放着两口棺材，他还睡得着觉？"

"他怕鬼，睡不着觉？哼，"姜云岳头一扬，白眼珠子一翻，撇了撇嘴，"我还怕他睡觉不老实，拳打脚踢，碰坏了我的宝贝寿木呐！那、那这样吧，我睡东厢房的阁楼，让他睡西厢房的阁楼！"

姜老婆子低着头，沉思了一阵，忽又抬头说："耀希就这么吧，睡西厢房的阁楼去。你把那口沉一点的大樟木箱子搬到楼口放着，好歹挡一挡，谨防他睡觉不老实，从楼上掉下来了。你嘛，年纪大了，腿脚不灵便，就别爬那阁楼了吧！咱们俩住小黑屋，让耀茗和耀芸姐妹俩去东厢房的阁楼上睡吧！"

"让她们姐妹俩住阁楼？你、你简直是老懵天灯（老糊涂），"姜云岳的说话声突然提得老高，满嘴喷着唾沫星子，"那楼板多薄啊，中间还有好多空隙呐，人睡在上头，楼底下的事情全都听得见，看得见。耀茗、耀芸要是住在东厢房的阁楼上，那还不得天天看哥哥嫂子在楼下'唱戏'！"

姜老婆子不说话了。她当然知道，两个女儿都还只有十多岁，正是长身体、学为人处事的关键时期，必须有一个清静的环境。这个时候，她们如果去睡阁楼，那就难免会看到或听到哥哥嫂子"唱戏"。那"戏"是不适合小姑娘家看的，对她们的成长没好处。

思来想去，琢磨了好一阵，姜老婆子也觉得没有别的办法，最终不得不同意了姜云岳的意见，让他去睡东厢房的阁楼。但她也顾及到老头子可能会听到或看到儿子儿媳妇在楼下的"唱戏"，担心他睡不安稳，便向他提了个建议，要他先到西厢房的阁楼上和耀希作伴，避开儿子儿媳妇新婚后的头三天。

对老婆子的这个意见，姜云岳倒很赞同。他觉得年轻人都是一股子热乎劲，结婚后的头三天往往会折腾得死去活来，但过了三天，尝够了新，便不会有那么大劲头了。于是，姜耀荣和李英莲新婚第一夜，姜云岳便爬到了西厢房的阁楼上。但他万万没想到，这一夜却吃够了苦头。姜耀希正是十多岁长身体的时候，睡觉极不老实，一夜东倒西歪，拳打脚踢，搅得姜云岳招架不住，有苦难言。那阁楼本来就很小，上面还放了好几个大柜子、大箱子，以致能睡觉的地方就只剩下那么一小长条了。姜云岳和姜耀希就挤在那一小长条空地中，伸不开腿，翻不得身，生生地受了一夜的罪。儿子一会儿把手打到他脸上，一会儿把腿搁到他胸口上，一会儿又整个身子向他压来，压得他喘不过气。他忙于招架睡得颠三倒四的儿子，整整一夜不曾合眼。

姜云岳长教训了，再也不肯和小儿子耀希一起睡了。第二天夜里，他独自一个爬上了东厢房的阁楼。他怕自己会听到或看到楼下的"唱戏"，便躲进被窝里，把头蒙了起来。但蒙了一阵，他就不得不把被窝揭开了。阁楼太小，屋顶太低，空气不流通，脑袋蒙在被窝里，出不来气，人实在受不了。

揭开了被窝，他又睡不着了。阁楼上面就是屋顶，屋顶上的瓦有很多缝隙。透过那些缝隙，能清清楚楚地看到天上的星星和云彩。平时，姜云岳是很少往天上看的。他几乎搞不清楚牛郎、织女和北斗七星都在哪个位置。这阵子睡不着觉了，他忽然对天上的星星感起兴趣来了，一会儿看看这个，一会儿瞧瞧那个。"都说人在天上有星位，都是对应着星座从天上下来的。包公是文曲星下凡，狄青是武曲星下凡，李白是太白金星下凡。岳飞、刘备、关云长、诸葛亮、左宗棠那些著名的大人物大概也都是天上最大最亮的星星下凡的。那、那我呢？我是哪个星星下凡的呀？"他不停地琢磨着。

姜云岳琢磨了一夜的星星，结果又是一夜没睡。第二天早上，他从阁楼上下来后，第一个看见的就是新来的儿媳妇李英莲。当时，李英莲正在洗脸，那擦脸、擦手、擤鼻涕、洗毛巾的一招一式都十分潇洒。默默地看着她那一招一式，姜云岳忽然想道："奇怪！昨天晚上怎么没听见他们'唱戏'呢？莫非他们前天夜里折腾得太累了，昨天夜里没唱？"

"新人哪有空过头三天不'唱戏'的！他们俩昨天夜里没唱，今天夜里一定会补唱，一定会发疯发狂地折腾一夜到天光。不行，老子今天夜里得早做准备，早上楼，早睡觉！"姜云岳这样想着，吃完晚饭不久，就匆匆地爬上阁楼了。

然而，他上楼早，觉还是睡不着。虽然不再透过瓦缝看星星了，也不再琢磨自己是天上哪颗星星下凡了，但许许多多其它乱七八糟的事却又争先恐后地向他的脑子里涌来。他一会儿想起该上大女儿家住住了，一会儿想起该去二女儿家走走了，一会儿想起李家磨坊张钦辛老倌家的牛该下牛仔了，一会儿又想起王家铺子旺秋老倌欠的那笔买猪的钱该还回来了。这些事，他本不愿意想的。但事情就是那么怪，你不愿意想它，它却越要往你的脑子里钻，赶都赶不走。没办法，他只好任由脑子胡思乱想。他就这么没完没了地想，越想血脉越贲张，越想脑子越发热，越想越睡不着觉。终于，他又一夜没睡。

第二天一早，他下楼后第一眼看见的，还是新来的儿媳妇李英莲。当时，他正朝厨房走，李英莲正从厨房出来，两个人走了个对面。忽然间，他一抬头，看见李英莲的眼睛红红的，像是没睡好觉的样子。他奇怪了，心底里暗忖道："她怎么也没睡好觉呢？她和耀荣昨晚上根本就没'唱戏'呀，一点声音都没有嘛！我一夜没合眼，他们俩要是'唱戏'了，我还能听不见？奇怪呀，奇怪！"

打从这天起，姜云岳就一直坚持早上楼早睡觉了。他总担心自己睡不着，就指不定会在哪个时候突然听见楼下"唱戏"的声音。他是非常害怕听那种声音的。一想起那种声音，他就常常会不由自主地浑身发热，脸红脖子粗。"做长辈的，听见自己的晚辈做那事，那多难为情呀！不行，我一定要争取早一点睡着！我睡着了，也许就听不见那种声音了，他们爱干嘛干嘛吧！"他这样想。

然而，姜云岳时刻担心自己会听见那种声音，那种声音却始终没来烦扰过他。他上那阁楼睡觉都快二十天了，却一次也没听到过那种声音。他不明所以，觉得奇怪，便把这事对姜老婆子说了。

姜老婆子也觉得莫名其妙，用奇怪的眼神盯着姜云岳说："莫非他们顾及你在阁楼上睡觉，害怕惊扰你，所以特别在意动作，把声音压得特别小，让你听不见？"

"那哪可能呢！那张床你也不是不知道，咱们俩睡过的，年头太久了，架子都快散了，所以声音特别大，稍用点劲，就'嘎吱嘎吱'乱响。除非他们不做那事。他们只要做那事，就肯定会出声音的！"姜云岳说。

"也许是他们懂事，忍性子特别好，故意不做那事呗！"

"那更不可能了！年轻人谁忍得住那种事？就说咱们俩吧，结婚头几个月，哪天夜里不是折腾大半夜？我记得那时候咱们俩做那事的瘾头特大，老也不满足，常常是头半夜玩了两、三次，第二天早上起来还得接着玩，劲头老也下不去。"

"呵、呵、呵，还好意思说呢，"姜老婆子手捂着嘴乐了，"谁比得过你呀？你是一头大牯牛，大公牛！"

"咳，你别挖苦、讽刺，我说的是不是实情呀？年纪轻轻的姑娘大小伙在一张床上待着，能有不做那事的吗？"姜云岳一本正经。

"嗯，你说的倒是实情，"姜老婆子忍住笑，也渐渐严肃起来，"这么说，这里头还真是可能有什么事了。要不，我抓个机会问问英莲吧！"

第二天，姜老婆子就抓着机会了。她带着李英莲去小溪边扯猪菜，便一边走，一边问了起来。李英莲倒是大大方方。姜老婆子怎么问，她就怎么答，实话实说。她对姜老婆子说，她和姜耀荣一次那种事都没做过。她还告诉姜老婆子，不是她不愿意，而是姜耀荣不感兴趣，老躲着她，不理睬她。

不做那种事，儿媳妇就怀不了孕；儿媳妇怀不了孕，又怎么能抱得了孙子呢？这事太大了。姜云岳当时就想把姜耀荣喊来臭骂一顿，但被姜老婆子挡住了。姜老婆子说："这事是骂能解决问题的吗？我看呀，耀荣心里有个结。没准呀，他还在惦记着杨家杏花呢！这个结不解开，他是不会对那事感兴趣的。但解开这个结，靠你不行，靠我也不行，得靠英莲。相信英莲吧，她会帮耀荣解开这个结的！"

姜老婆子猜得没错，姜耀荣心中确实有个结。他还是放不下杨杏花，总觉得身边没了杨杏花，这世界上的一切就都是多余的了。他对生活失去了兴趣，觉得穿衣、吃饭、做事、结婚娶堂客等都不过是逢场作戏。所以，李英莲来家后的头几天，他正眼都没瞧过一次。晚上睡觉的时候，李英莲多次试探他，悄悄地向他靠近，对他温言细语，伸胳膊搂他抱他，他都不理不睬，甚至下床躲开她。

姜耀荣这态度的来由，李英莲当然不知道。她对他产生了怀疑。她以为姜耀荣之所以这样做，是嫌她不漂亮，不喜欢她。所以，有一阵子，她也不理姜耀荣了。"你哪里比我强呀？还嫌弃我！不理就不理，看谁犟得过谁！"当时，李英莲这样想。

过了几天，李英莲发现自己的想法错了。姜耀荣只是在做那事上不感兴趣，其他事却都对她挺关心。去山里砍柴的时候，姜耀荣总是把柴火全都背在自己身上，一点都不肯让李英莲背。上菜园子里浇菜的时候，李英莲要挑粪桶，姜耀荣也不让，总是抢着挑。李英莲还发现，姜耀荣有好几次趁人不注意，往她的饭碗里夹菜。这一来，李英莲就糊涂了。她瞎琢磨道："这是怎么回事呢？她对我挺好的呀，根本就不是看不起我嘛！莫、莫非他有病，是个天阉，根本就做不了那事？哎呀，要真是这样，我可就倒一辈子臭霉了！"

家里人要是都像姜云岳那样，事情可就真麻烦了。姜耀荣得亏有个娘。姜老婆子疼姜耀荣，姜耀荣也跟姜老婆子亲。

姜老婆子晓得姜云岳偏心眼，不疼老大，所以事事都留着心眼，处处都为姜耀荣着想。她有心要维护儿子和儿媳的关系，便时不时地对李英莲做工作。她告诉李英莲说，自己的儿子没有病，对李英莲也很喜欢，只是性情上有些古怪，慢慢就会好的。她要李英莲多跟姜耀荣亲近，多用温言细语开导他，多用柔情去暖他的心。她对李英莲说："人心不是铁打的。男人心再硬，女人的温情也能化得开！"

李英莲心肠好，性情温柔，人也聪明，特别善解人意。姜耀荣的行为，一举一动，她都看在眼里。姜老婆子的话，一言一语，她也都记在心里。她品出姜耀荣是一个胆子很小、自信心很弱、个性很特别的人，便用许多独特的方法来对待他。平时，她总是常和姜耀荣待在一起，尽可能和他找话说，找事做。她这样做，目的是为了让姜耀荣不感到孤单、寂寞。做事时，她也努力做，但绝不抢活干，更不处处显摆自己能干。她总是把那些难做、应该男人们做的活让给姜耀荣做。她这样做，目的是为了让姜耀荣感受到一个男人应该有的尊严。说话时，姜耀荣说对了，她会很快表示赞同；姜耀荣说错了，她也绝不立即反驳。她这样做，目的是为了让姜耀荣提高自己的胆量和气魄，渐渐地树立自信心。晚上睡觉的时候，她也绝不因为姜耀荣不肯做那事就不和他亲近。每天晚上一上床，她照例都会主动地抱一抱他，亲一亲他，对他说几句俏皮话，逗他笑一笑。她也猜出姜耀荣心中有秘密，但她绝不主动挑这些秘密，更不有意识地激姜耀荣说这些秘密，反倒经常用"命运"、"缘分"这些话题去宽姜耀荣的心。她常对姜耀荣说："人呀，要认命,不能和命对着干。该是你的,跑不了;不该是你的,强求也没用。"她还说:"人呀,要讲缘分。俗话不是说得好嘛,'有缘千里来相会,无缘对面不相逢'。你看人家七仙女和董允,一个在天上,一个在地上,远隔千万里,就是因为有缘分,最终还是走到一起来了。要是没缘分呢,拉也拉不到一起的。"李英莲就这样从小事做起,从一点一滴做起,时时刻刻都用自己的心去暖姜耀荣的心。

姜耀荣特别在意人们对他说话时的语气和方式。姜老婆子疼他,他却不喜欢姜老婆子说话。姜老婆子说话老絮絮叨叨的,跟念经似的,他听着烦。所以,一见姜老婆子没完没了地说起话来了,他就得躲开,有时候甚至拿本《三国演义》往茅房里躲。那本《三国演义》,他不知看过多少次了,老也看不够。他对《三国演义》里的那些武将很关心,总琢磨哪个的武功能排第一、哪个的武功能排第二。他还老想,要是吕布碰上马超了,两个人打一仗,谁能赢呢?他一旦在茅房里琢磨起这些问题了,就老半天出不来。所以,这办法挺管用。姜老婆子一见他拿书进茅房了,也就不念叨了。

姜云匹说话,姜耀荣就更不喜欢听了。岂止是不喜欢听呢,他甚至是非常反感父亲的那种说话方式。"扬着头,瞪着眼,一副趾高气扬、不可一世的样子,满嘴里喷着唾沫,扯着嗓子大声吼叫,没高没低地骂人,好像全世界的人都错了,只有他一个人对似的,那哪叫父亲跟儿子说话呀?简直就是监狱里的狱官训斥犯人!我和他大概前辈子是仇家,得罪过他,要不他为什么那么看不上我呢?"姜耀荣常这样想。

姜耀荣不爱听父亲说话,也不爱听母亲说话,却爱听李英莲说话。李英莲说话委婉,从不大声吼叫,更不板着面孔说那些谁都不爱听的大道理。她话不多,不喜欢讲长话,常常是只讲三两句、四五句话就结束。实在需要多讲两句时,她就举例子,通过例子来说明问题。她举例子说话,就像讲故事似的,生动,自然,不枯燥,更没有说教的味道。但她举的例子却都寓意深刻,令人听了能长很多知识,明白很多道理。结果,李英莲所讲的话,姜耀荣绝大部分都听进去了。

女人是给男人治病的最好良药。渐渐地,姜耀荣开始变了,话慢慢多起来了,脸上也看得见笑容了。

照壁山有老虎和豹子。它们常下山窜进村子叼走猪和狗,也常悄悄地在后面跟踪路上的行人。石板塘的很多人都听到过夜里路上行人大声吆喝的声音。那就是有人被虎豹盯上了,因为心里害怕,所以通过大声吆喝来壮胆。人们还说,碰到这种情况时,最好的办法就是点火把,把火把拿在手里前后左右地甩。老虎和豹子都怕火,见到人手里有火把,也就不敢往人身上扑了。

这天清早,姜耀荣独自一个推着手推车买窑货去了。窑货就是陶器、瓷器和瓦器。这些东西,湘北一带的人家用得最多,人人个个的生活起居饮食都离不了。喝茶的茶碗,吃饭的饭碗,烧水的水罐,盛水的水缸,甚至包括洗脸、洗菜、洗衣用的各种大大小小的盆子,无一不是窑货。窑货用得多,又容易损坏,所以要常买常换。去哪里买窑货呢?窑货,界石镇上有,湘北县城里也有,但这些地方的窑货都比较贵。窑货最多最便宜的地方有两个,一个是铜官,一个是三峰窑。老百姓贪便宜,因而常去这两个地方买窑货。铜官窑始于唐代,历史上颇负盛名,其出产的瓷器曾远销江淮及日本、朝鲜、印度尼西亚等地。但铜官窑所在的那个地方比较远,单程就有近百里地,姜耀荣怕辛苦,不常去。他常去的地方是三峰窑。三峰窑的规模和名气都比铜官窑小得多,但比较近,就在湘北县城的附近,所以他爱去。今天他去的就是三峰窑。

三峰窑虽然比铜官近得多,来回却也有一百多里地,要走一整天,回程常常难免要走夜路。李英莲担心姜耀荣走夜路时遇上老虎或豹子,就叮嘱他一定要带火把。但没想到,姜耀荣粗心大意,临走时还是把火把忘了。

姜耀荣没带火把,李英莲一整天都心绪不宁。她总往坏处想,担心姜耀荣回来晚,路上会遇上老虎或豹子。还是大白天时,她就沉不住气了,东走走西看看地四处寻火把。当地的火把有用稻草扎的,有用柴火扎的,也有用"嫩竹蔑"——新长成不久的嫩竹子浸油做的。普通稻草和柴火扎的火把燃烧快,火势猛,但太不经用,烧一会儿就完了。"嫩竹蔑"火把经久耐用,燃烧的时间特别长,但成本也很高。姜云岳是个特别算细的人,平常时根本就舍不得用"嫩竹蔑"火把。他把家里的"嫩竹蔑"火把全都藏在阁楼上了,李英莲找了好长时间才找到。她避开姜云岳和姜老婆子,神不知鬼不觉地偷了一把"嫩竹蔑"火把,然后又悄悄地拿到石板路旁边的草丛中藏了起来。她的目的很明确,就是要在天黑时去路上迎一迎姜耀荣。她担心普通火把不经用,燃烧的时间太短,所以就特地找了一把"嫩竹蔑"火把。

吃完晚饭,天忽然变了,乌云翻滚,漆黑一片,像要下雨的样子。李英莲再也坐不住了。她点燃了一个普通的柴火火把,捏在手里,就急急忙忙地出了门。到了石板路旁边,她一转身进了草丛,拿出了那把"嫩竹蔑"火把。她一手捏着正在熊熊燃烧的柴火火把,一手拿着那个"嫩竹蔑"火把,就急匆匆地朝着大路上走了。那柴火火把没一会儿就烧完了,她急忙又把"嫩竹蔑"火把点燃。

天黑极了,伸手不见五指,路上没有一个人。但李英莲丝毫没有畏惧之意。她举着火把,昂首阔步地往前走,似乎不是去迎丈夫,而是去打仗。大概走了两三里路,前方忽然传来了一阵大喊大叫的声音。那声音发抖,充满了畏惧之意。一听那声音,她就知道是姜耀荣遇上老虎或豹子了。她猛地加快脚步,举着火把迅速地往前冲。大概又跑了里把路,她就看到前方有一个人。那人倒拖着小推车,一边回头朝后看,一边跟跟跄跄地往前挪,分明就是姜耀荣的身影。他身后的不远处,紧紧地跟着一个很大的动物。那动物扬着头,猫着腰,正一步一步地向姜耀荣逼近。

"耀荣哥,别害怕,我来了!"李英莲一边大喊,一边飞快地跑。跑到姜耀荣身边时,她只略略停了一下,看了一眼姜耀荣,然后又高举火把急速地往前奔,一直朝着那动物的身影猛冲。

李英莲认得老虎和豹子。那动物身上的花纹是条状，不是铜钱状，个头也比一般的豹子大不少，显然是一只成年华南虎。她见那老虎还在跟着，便不管不顾地扬着火把朝它冲去。兴许是被火把上的火焰吓怕了，也兴许是被李英莲那不顾一切的凛然气势镇住了，那老虎掉转头就往回奔，不一会儿就跑得无影无踪。

姜耀荣飞快地跑过来了。他接过李英莲手中的火把，看着李英莲问："你怎么来了？"

"我、我知道你没拿火把，所、所以就来迎、迎你！"李英莲气喘吁吁地说。

"这火把哪里来的？"

"从阁楼上悄悄拿的！"

"嗯，这火把管用。要是别的火把，咱俩只怕就没命了！你的心真好，真细，晓得来迎迎我，还特地找了一个好火把！"

"也、也没什么，是人都做得到的！"

"是人都做得到？哼，老头子就做不到！几个好一点的火把，他都得藏起来，好像这个家是他一个人的，我们都无关紧要！"

"刚才，那老虫(老虎——下同)在你后头追，都快往身上扑了，你怕吗？"

"怕！哪能不怕呢！我都吓得快走不动路了，两条腿现在还哆嗦呢！你呢？举着火把往老虫(同上)跟前跑，难道一点也不怕吗？"

"不怕，我一点也不怕！"

"你胆子可真大，连老虫(老虎)都不怕！"

"不是！刚才那阵，我根本就不知道怕了。这阵子想起来，心里却有些后怕了！"

"你是在惦记我，要保护我，对不？"

"是、是的！"

姜耀荣不说话了，把火把往地上一扔，伸手猛地抱住了李英莲。

姜耀荣和李英莲好上了。这一夜，东厢房里响声大作，一会儿是床铺板的"咯吱咯吱"声，一会儿是姜耀荣的"呼哧呼哧"喘息声，一会儿又是李英莲快乐得欲仙欲死的"哼哼唧唧"声。声音整整响了一夜，姜云岳也一夜不曾合眼。

接下来的第二天、第三天，一直到第十天、第二十天，东厢房里照样响声不断，夜夜不曾停息。于是乎，姜云岳就每夜都不曾睡好觉了。

"哎哟，这样下去怎么得了呀？他们劲头那么足，夜夜'唱戏'，我哪天能睡好觉呢？"姜云岳真的犯愁了。

第六章

　　过了几天,更麻烦的事情来了。姜云岳不仅夜夜听得到楼下"唱戏"的声音,而且还连着赶上了好几档子烦心事,看到了一些不该看到的东西。

　　家里没柴火烧了,姜云岳很着急,早就惦记着要进山了。初六一大早,他从屋顶的瓦缝里看到了蓝天白云,知道是个砍柴的好天气,便匆匆地从阁楼上下来,想去后面的那间小屋里拿把镰刀,到后头山里砍点柴火。结果,他一只脚还没下楼梯,一转眼却看见儿媳妇李英莲坐在尿桶上撒尿。那白白嫩嫩的屁股、白白嫩嫩的大腿、白白嫩嫩的肚皮都露在外头,看得清清楚楚。这叫难堪呀!姜云岳当时就愣在那里了,脸憋得通红,手脚没处放,恨不得找个地洞一头钻了进去。

　　大前天早上,他睡过了头,等到糊里糊涂一觉醒来时,只见所有的瓦缝里都透着耀眼的阳光。他忽然想起上午有田里活要做,必须赶紧牵牛到塘里饮水,便连忙翻身起来,穿好衣服,急匆匆地下楼。但没想到,他的脚刚踩上楼梯,脑袋朝下望,就赶上了李英莲换内衣。她那白白净净的上身,连同脖颈、胸脯,以及那一对颤颤悠悠的奶子,全都露在了外头。姜云岳是从上往下看的,结果看得一丝不剩,一清二楚。那楼梯只是两根长木杆连接着一些横木,很不稳当。他心里慌张,浑身不自在,站在那楼梯上头,上不得上,下不得下,颤颤惊惊,摇摇晃晃,差一点摔了下来。

　　一想起这些烦心事,姜云岳就脸红耳热,心跳不已,十分不自在。"他娘的!人不走运,喝凉水都夹牙!我这是怎么啦?"他暗地里问自己。

　　碰上这些烦心事,岂止是心里不自在呢,他简直连觉都睡不安稳了,一沾枕头就做梦,一做梦就怪事联翩。而且,这些怪事还特别荒唐。

　　大前天,也就是看见大儿媳妇李英莲换内衣的那天,中午吃完饭后,他手捧着水烟袋,坐在围椅上抽水烟,不小心睡着了,结果就做了一个怪怪的梦。梦中,他依稀是在自家菜园子里摘菜,只见满地的茄子长得非常茂盛,绿叶葱葱,硕果累累,非常惹人喜爱。他不由得蹲下身子,伸出两只手,一手抓住一个茄子,轻轻地抚摸起来。摸着摸着,他渐渐觉得那茄子有点怪,颜色不是紫红的,而是洁白的,外皮不是硬硬的,而是软软的,非常柔和可爱,头顶还长着一个蚕豆大小的紫红色小圆球,捏起来滴溜乱转。"这是什么茄子?我怎么从来没见过呢?别的茄子是不是也是这个样子呢?"他一边用手轻轻地抚摸着那茄子,一边暗地里琢磨,一边还抬起头来张目四顾,想找一找、看一看别的茄子是不是也是这个样。但就在抬头的这工夫,他突然发现自己身边有一个女人。那女人不是别个,正是他的大儿媳妇李英莲。她也蹲在地上，跟自己面对面，而且敞着怀，露着胸，两只奶子耷拉在胸前。自己捏在手里抚摸了好半天的，就正是她的奶子。姜云岳这一惊非同小可，连忙站起身来，撒腿就跑。他这一跑不要紧，只听"咣当"一声响，铜制的水烟袋掉到地上了。姜云岳吓醒了，惊呆了。他不好意思地四面望了望，见没有人，连忙弯腰捡起水烟袋。

这个怪梦实在太怪了。它搅扰得姜云岳一连好多天心神不宁，精神恍惚，总像在半天云里漂浮似的，什么事情都没心思做了。然而，越是精神恍惚，就越容易做梦，做的梦也越怪，越稀奇，越荒唐。昨天晚上，他又是一夜没合眼，直到天亮时才打了一个盹。起来后，他想去牵牛饮水，就一边打着哈欠，一边趔趔趄趄脚步往牛棚走。姜老婆子见他哈欠连天，便对他说："不就是牵牛饮水这点事嘛，有什么大不了的？我去做，你再睡一阵子吧，饭熟了我叫你！对了，你别上阁楼了，去小黑屋睡吧，反正耀茗、耀芸都起来了，不在屋里！"姜云岳见老伴一番好意，便走进小黑屋，在床上躺下了。结果，没多大一会儿，他就睡着了。而这一睡着，他又做了一个噩梦。

这个梦，比大前天的那个梦还要怪，还要荒唐。梦中，他好像是在南瓜棚上摘南瓜。他踩着棚子上的椽子小心翼翼地走来走去，细心地察看着那些大大小小的南瓜，想找几个成熟了的摘下来当菜吃。这南瓜棚子挨着路边，人来人往的，南瓜容易丢，所以一旦发现有成熟了的，就得赶紧摘下来。他找呀找，找了半天，也没发现一个成熟了的。他很失望，就转身朝下走，想下棚子。但就在这当口，他眼睛一亮，忽然看见脚跟前就有一个成熟了的南瓜。那南瓜个头很大，长得极圆，皮色光亮，特别引人注意。"奇怪！就在脚跟前，刚才来回找了好几遍，怎么就没看见呢？"他暗自沉吟着蹲下身子，拿出镰刀来，要割那连着南瓜的藤蔓。但还没等镰刀靠近南瓜藤，那个大南瓜忽然自己动起来了，骨碌碌地直朝棚子下面滚。姜云岳担心南瓜滚下去会摔得粉碎，便急忙撂下镰刀，弯下腰来，伸手一把抱住那南瓜。然而，当他把那南瓜抱住以后，张眼看时，却又发现那南瓜变了，变成了一个人，变成了一个年轻的女人。那年轻的女人是谁呢？他仔细一看，居然是他的二儿媳樊桂枝。他正把樊桂枝的屁股抱在怀里用手摸呢！

"唉呀，我怎么干出了这种猪狗不如的事情呀！"姜云岳一声大喊，猛然惊醒，这才知道自己原来是在做噩梦。

"醒着的时候就出尴尬事，睡着的时候就发梦天（做梦），做噩梦。他娘的，这日子还有法子过吗？"姜云岳苦恼极了。

"他娘的！这事等不得了，真他娘的等不得了！"姜云岳自言自语道。他低着头，翘着双腿，坐在堂屋里的椅子上，一只手撑着下巴，一只手端着一碗茶，闷闷不乐地想心事，深深地陷入了沉思之中，茶水撒了一裤子，竟然不知道。

"喂，茶水撒裤子上了！你在想什么？"姜老婆子正在全神贯注地纳鞋底子，不经意间看见老头子的裤子湿了，便抬头看了一眼他，大声喊了起来。

石板塘

"哦！哦！哦！"姜云岳急忙站起身来，用手抖了抖裤子。

"你刚才连着说了好几个'等不得了'。什么事等不得了啊？"姜老婆子停下手中的针线活，好奇地看着姜云岳。

"男人家的事，女人家别打听！你去把老大、老二找来吧，我有事找他们！"姜云岳头一扬，看了一眼老婆子，低声吩咐道。他的声音很小，语气却很坚决、严厉，是一种不容置疑、不可违抗的口吻。他对自己的女人说话，从来就是用这种口吻的。这倒不是因为感情问题，而在于姜云岳本身就是这样一个人。他一向认为，男人就是男人，女人就是女人，男人要像男人样，女人要像女人样；该男人管的事就得男人管，女人不能插手；女人是男人的附属物，天生就应该无条件地服从男人，伺候男人，听男人的使唤。其实，单纯就感情而言，他们老两口倒是蛮不错的。

"他们俩又没出远门，还用得着找？喊一声不就来了！"姜老婆子抬头斜眼瞥了瞥老头子，又很快低下头，用牙咬住钉在鞋底子上的针使劲拽了起来。鞋底子很厚，针又太小，用手不好使劲，不容易拔出来，常常不得不用牙咬住往外拽。

"别喊！别喊！大呼小叫的，别人家不知道你要干什么呢！"姜云岳低声吩咐道。

"好！好！好！我不喊，这就亲自去传达圣旨，行了吧？"姜老婆子嘴一撇，瞟了一眼姜云岳，小声嘟囔了一句，就放下鞋底子，站了起来，麻利地捋了捋头发，抖了抖衣服，一双小脚一颠一颠地走了。她一向对丈夫俯首帖耳惯了的，话里虽然带着点埋怨的语气，心里却丝毫没有埋怨的意思。

老二姜耀典先到。他一进门便拖过一把小靠背椅子来要坐，姜云岳却将他拽住了。

"你堂客呢？在屋里吗？"姜云岳问儿子。

"带着孩子去刘家坪了，说是去找刘国力的堂客要鞋样子，只怕一时半会儿回不来。你老人家找她有事？要不，我去把她喊回来吧？"姜耀典一边说，一边抬腿就要往外走。

"别、别、别，你别去喊她！她不在家正好，我们去你屋里商量事。你屋里清静，没人打扰。这堂屋里人来人往的，就跟三井头一样，说话太不方便了。"姜云岳说毕，顺手提起一把椅子，就往堂屋西边的那间房里走。"三井头"是县城里的一条街，人来人往，最繁华热闹。当地人说某个地方人多热闹时，最喜欢拿"三井头"作比喻。

姜云岳和姜耀典刚落座，老大姜耀荣就来了。他一进屋，就拖把椅子往窗户跟前走。

"坐里头来！干什么离我远远的？我又不吃你！"姜云岳对大儿子喊道，语气很硬，声音也很低沉。他脾气大，性子急，家教极严，对儿女们管得非常紧。两个大儿子都已娶妻成家，二十多岁的人了，他依然动不动就大声呵斥。

姜耀荣很怕父亲。但凡父亲在场，他就离他远远的。不过，父亲已经发话了，他就不得不听。他极不情愿地欠欠身子，提起椅子往屋子中间挪了挪。

"把窗户门子关上！"姜耀荣正要一屁股坐下，姜云岳又对着他喊起来了。

姜耀荣连忙站起来，往窗户跟前走。但他正要转身去关窗子时，姜耀典却迅即站了起来，紧走几步，一伸手把窗户关上了。

"你老人家搞那么神神秘秘的，究竟要说什么事呀？"姜耀典往姜云岳跟前凑了凑，小声问，一双眼睛不停地眨动着。姜耀典与兄长姜耀荣的脾气性格大不相同。他不但不怕父亲，反倒喜欢与父亲套近乎。

"商量商量盖房子的事情吧！"姜云岳一边说，一边朝二儿子扫一眼。他比较喜欢二儿子，所以对二儿子说话时，语气比较柔和。

"喔，盖房子？我们家的房子倒真的是要重新盖了！"姜耀典一边点头，一边说，眼睛珠子又转动了好几下。

"是呀，咱们家的房子是不能再拖下去了，要赶紧建！这事是明摆着的。但问题是，房子怎么建为好呢？是拆了重建呢，还是另找地方新建？是全大屋一起建呢，还是咱们家自己单建？这些个事情颇费脑筋，我想过好长时间了，总也拿不定主意。你们俩大了，结婚成家了，也该为家里的事操操心了。所以，今天把你们两兄弟喊来，一起议一议，听听你们兄弟的意见。你们说说看，咱们这房子究竟怎么建才好？"姜云岳说。说完，他就转头看姜耀荣，一双圆眼精光四射。

姜耀荣怕父亲是出了名的。他尤其怕父亲用那双精光四射的眼睛一动不动地盯着他，要他说话、拿主意、谈看法。所以，当姜云岳那逼人的目光朝他射来时，他连忙低下头，眼睛看着地面，小声嘟囔道："这、这事，你老人家问得太急，我还没来得及想呢！还是先让耀典说吧，他主意来得快！"

"嗯，也好！耀典，那你就先说说吧！"姜云岳转过头来，看着二儿子。

姜耀典脑子灵活，极有主见，也敢说话，平常时最喜欢当众发表看法。见父亲让他发表意见，他也不推辞，张口便说了起来："这房子嘛，确实不盖不行了……"

"这些道理还用得着你讲？闲话少扯，你就说房子在哪里建、怎么建！"姜云岳打断姜耀典的话，提醒他道。

"是，是，谈正题，不扯闲话，"姜耀典看了一眼父亲，"要建房子嘛，当然只能是在这老屋的地基上打主意喽。不用说，建房盖屋头一个重要的是选好地基。咱们这老屋的地基好是远近闻名的，弃之可惜。再说，另找地基的话，多花钱不说，你也找不到好的呀，对不？如今家家户户想盖房，附近方圆十数里内的好地基都用尽了，哪里还找得到咱们石板塘这样的好地基呀？所以呀，依我说，拆旧建新，就地重盖，这是头一条要坚持的。另找地方新建的事，根本就不能考虑！至于……"

姜耀典果然厉害，短短的几句话就打动了姜云岳。姜云岳微微笑着，慈祥地看着小儿子，轻声说："嗯，你这两句话概括得好！'拆旧建新，就地重盖'。好！不错！这就算一条原则吧！那、那你说，拆旧，都拆哪些旧呢？是拆整个老屋，还是只拆咱们这一家？"

姜耀典喜欢卖关子。人家不急的时候，他急，要争着抢着说话；一旦人家的情绪被他调动起来了，急起来了，他倒不急了，语速开始慢了起来，话音也开始小了起来。他抬了抬屁股，换了个坐姿，把右腿提起来放到左腿上，然后又朝父亲身边靠近了些，这才慢慢腾腾地轻声说道："当然是拆整个老屋喽！这事情再明白不过了嘛！咱们家的这块地，西边紧挨着我云溪叔家的房子，北边紧挨着耀柏新建的中大门房子，南边是地坪，东边就到了大门外头，四面都没有发展余地了，地基实在太小，根本不可能往外扩。只拆咱们这一家，盖不出多少房子，太不划算！如果……"

姜云岳一挥手，打断儿子的话，说："拆整个老屋，那就得各家出资合建喽！"

"那当然喽！房子是大家住，当然得大家出钱盖。难道还能让咱们一家出钱，给全族人盖屋？何况，你就是想一家出钱，为大家做这个好事，这钱也无论如何出不起呀，对不？"姜耀典双手一摊，做了个无可奈何的神态。

"没错，是出不起。现如今已不是你祖父辉阁公在世时的情况了，家里早就囊空如洗了。要拆老屋盖房，必须得各家各户拿钱，"姜云岳连忙接下茬，"不过，要各家各户都拿钱盖房，他们会不会同意呢？说实在的，这事我拿不准。他们那几家目前住房都还不是太紧张，盖新房并不在急上。我就怕他们不同意！"

"他们同不同意拿钱盖房，那就得看这房子怎么盖了。如果要拿很多钱，最后得不了几间房，他们当然是不会乐意的。但如果房子盖得好，每家都能增加好几间新房子，我看就完全有可能。"姜耀典淡淡地一笑。对这事，他似乎胸有成竹。

"嗯，话是这样说，但做起来很难，关键是老屋这块地基限制住了，无论怎么盖，房子也肯定多不出几间来。"一谈起老屋的地基，姜云岳的眉头不禁又皱起来了。

"不！这事看怎么做。表面上看，这老屋的地基好像是用得寸土不剩了，没法再做文章了。但其实不然。这里面的文章还多得很，就看咱们做不做、怎么做。"姜耀典转过头来，眼睛紧紧地盯着父亲，鼻子尖都快碰着姜云岳的脸了。

姜耀典步步紧逼，越来越挨近父亲，姜云岳显然有些不大适应了。他极不情愿地挪了挪身子，转过头来对儿子问道："文章还能怎么做？总不至于把后山挖了盖屋吧？那里头可是埋着祖宗呢！"

见父亲挪动身子，姜耀典大概也觉察出自己挨父亲太近了不大好。他一边抬起屁股，往后退了退，一边说："何至于挖后山呢，办法有的是呀！比如说，这南大门往里缩进了一大块，这上头就可以好好做做文章喽！把它往前移一移，不就腾出一大块地基来了？而且，这工程还不大，费不了几个钱，也用不了多长时间！"

姜耀典真是厉害,他这句话又深深地打动了姜云岳的心。姜云岳伸出一只手来,托住自己的下巴颏,眼睛盯着窗户外头的天空使劲地看,嘴里却不停地反复念叨道:"南大门前移!嗯,南大门前移!"

"你老人家还别说,我这主意就是不错,南大门前移肯定能腾出很大一片地方来。"姜耀典又说了一句,语气还加重了不少。

"南大门前移?这倒真是个不错的主意,"姜云岳眉头一扬,"嗯,把南大门往前面移一下,哪怕只移丈把远,都能腾出一块不小的地方,而且那地方还相当不错。但、但是,他们会同意这办法吗?这里头还有别的什么事情没有呢?他们会不会找出别的理由来反对呢?说真的,这事我拿不准,就怕他们不同意!"

姜云岳说的"他们",当然是指族里人,其中主要是指南大门里的各家各户。南大门里头的这一大片房子是族里公产,又是老祖宗手里留下来的老屋,要整体前移改造,特别是前移大门,自然要与族里人商量,征得他们的同意。

"他们同不同意,那就得看你老人家怎么跟他们说喽!你老人家要是说得圆满的话,这事他们没理由不同意。明摆着,我二叔建这北院、中院时,把两个大门都盖得很靠前,以致南大门往里缩进了一大块。这格局,说实在话,是很不好的,既不雅观,又败了风水。这事,他们未必不清楚。我看他们也都是看在眼里恨在心里,只不过忌惮咱们二房人多势众,没敢说出来就是了。咱们把这南大门往前移一移,使它与中大门、北大门处在一条线上,既可以改善祖屋的看相,又可以改善全村的风水,还可以使各家各户都增加房子,这对大家都有好处,他们凭什么不同意?"

姜耀典的这几句话显然是说到姜云岳的心坎上了。他一只手不停地摸着自己光秃秃的下巴,另一只手不停地在床帮上轻轻地敲着鼓点,眼睛眯成一条缝,脸上开始露出了一丝平常极难见到的笑容。他细细地凝视着自己的二儿子,语气柔和地说:"噢!这就算是一个想法吧!但是,仅把这大门往前移一移,也还是腾不出一块完整的地基来,这房子依旧没法往大里盖啊!你再细想想看,这房子究竟怎么建,才能盖得更大些?"

父亲居然向儿子低头问计,马屁显然是拍对了。这一来,姜耀典便得意极了。他把右手挎在椅背上,抬起左腿跷在右腿上,高高地仰起头,眼睛珠子往上翻,好一阵没说话。他没说话,当然不是不想说话。他是任何时候任何场合下都想说话的,只不过此刻想略停一停,好好地清理清理思路,以便自己的话能够更入耳更容易打动人罢了。

沉思了一阵,姜耀典觉得自己的思路成熟了。他轻轻地咳了一声,缓缓地说:"我的想法当然不只是移动一下大门喽。前移大门只是我整个想法中的一个部分罢了,甚至可以说那只是很小很小的一个部分。不瞒你老人家说,我有一整套非常完整、非常全面的想法。我的主要想法是什么呢?说到底,就是要把整个老屋尽行拆除,把大门往前移,把地基尽量扩充增大,然后再重建。"

073

可能是见弟弟侃侃而谈，说了很多话，风光得很，自己冷落在一旁，觉得有点不好意思，姜耀荣这时有意插起话来。他迅速地扫了一眼姜耀典，小声说："拆除重建？哟，那工程可就大了去了！"

"工程大是大，但唯其大，才有吸引力呀！"姜耀典回过头来，看了一眼哥哥。

"可工程太大了，别人家会不会出不起钱呢？"姜耀荣说。

"别打岔，让耀典说！"姜云岳转过脑袋，盯了姜耀荣一眼。

"是、是、是，我不说了，我不说了！"姜耀荣脸红了，低头不语。

"耀典，你接着说，接着说！说具体点！"姜云岳看着二儿子，眼睛里的神色很复杂，既像是在期待、赞许二儿子耀典，又像是在看不起、甚至鄙视大儿子耀荣。

"好，好，我再讲点具体的，"姜耀典轻轻地点点头，"这具体想法嘛，就是把后山打掉一点，地基尽可能往后面扩展。地坪里的低洼地，包括两侧的水沟，能盖住的尽量盖住。此外，所有老房子，包括木仓房，都统统拆除干净，腾出地方来。大门往前移，至少要移到石台阶的最下面那一级，以便与中大门和北大门扯齐。这样一来，地基就相当可观了，能盖一栋很大的房子了。新房子要请个真正的里手（内行）好好设计一下，要看得远一点，千万不可只顾目前。设计的思路要新，式样要新，不能盖得太小了，更不能因为顾忌要花钱就小家子气。盖新房是百年大计，甚至是千年大计，左邻右舍、后世子孙都是要加以评判的，因此一定要目光长远，宏伟大气，方便、好住。我的意思是，新房可以安两个大门，设两条甬道，分三路延伸。两个大门与北大门、中大门扯齐，建在同一条线上。大门后面嘛，自然就是甬道。甬道可以搞长一点，宽一点，漂亮一点，里面栽花种草，堆山砌池，作为内花园和交通要道。两条甬道的旁边及后面就是房屋了。房屋可以建成三进，三进之间各设堂屋、天井、单池、正房、厢房、偏房等，尽可能建得精致、阔气一些。这样的房子盖得了，嘿嘿，别说现今族里的这些人要感谢你老人家，就是数百年以后的后世子孙也得伸出大拇指称赞你老人家是个了不起的敖人（有本事的人）啊！"

姜耀典的话非常中听、顺耳，但姜云岳却没有立即点头同意。他行事做人的原则，是老子、儿子要分清。他觉得，老子就是老子，儿子就是儿子，儿子说的话对，出的主意好，那也不能"儿"云亦云，而是要有自己的主见。所以，但凡家里商量事，儿子、女儿或是其他人说了什么好主意，他从不当即点头认可的，总要在最后时说几句话，评判一下，总结一下，予以盖棺定论。

"耀荣啊，不是我说你噢，耀典的这些话，你就是琢磨一辈子，把脑袋瓜想空了，也是说不出来的，"姜云岳开始说话了。他看了老大耀荣一眼，又回头看着老二耀典，"耀典啊，你像老子我，目光看得远，想事想得深。你说的都很对。嗯，确实都很对。不错，你小子动脑子了。其实，我心里很清楚，你想的那些事，我也早就都想到了，只是没说出来罢了。就说这老屋吧，至少有二三百年历史了，如今伤痕累累，残破不堪，哪能不拆毁重建呢！哪一栋砖坯砌的老屋能维持三百年以上呀？这世上有那样的房屋吗？哼，我没看见过。我们这祖屋大部分墙都裂缝了，大部分瓦都破损了，整个基础都摇动了，修修补补，那是根本解决不了问题的。所以呀，拆掉整个老屋重建，是迟早要做的事。既然迟早要做，那就赶晚不如赶早。如果拆毁重建的话，当然是以统一建造为好。那样不仅有利于式样的选择、格局的安排、房屋的布置，以及周围环境的合理利用和整体改造，而且还有利于处理各家各户的利益关系，把那些各家各户无法单独利用的所有零碎地基完全利用起来。比如说吧，那个仓房就是一个典型的例子。那仓房原本是为了存放粮食建造的，不适宜改做他用，而且各家各户都占有一间，因此也无法拆开。这样就从根本上限制了它的改造和利用，你想要变动一下，也做不到。而且吧，它还是纯木制结构，根本就经不起老鼠咬、虫子蛀。经过数百年的风雨剥蚀，而今它已经是百孔千疮，摇摇欲倒了，既存放不了粮食，又无法作为别的用途了，这不就是一个很大的浪费吗？如果是拆掉老屋统一建造，那仓房所占的地方不就可以合理利用了吗？那仓房占地面积不小，而且还处在正中间位置，拆掉它，该是多好的一块地基呀！"

姜云岳正说得唾沫横飞，姜老婆子忽然推门进来了。她款款走近姜云岳身边，低头小声说道："亲家来了，你出来见见吧！"

"亲家？哪个亲家呀？"姜云岳抬头问，眼睛盯着姜老婆子。

"樊家的顺福老倌。"

"噢，他来啦！那、那你对他说吧，这阵子我有点事，不能陪他，中午再陪他喝酒！"

"不行呀，他说有急事，非要这时候见你不可。"

"哦，他什么事那么急呀？"

"我哪知道呀？他又没跟我说！"

"哦，那好吧，我现在就去见见他，"姜云岳看了看姜老婆子，又回头盯着老二耀典，"耀典，你和你哥再商量一下，看还有没考虑到的问题没有，我过一阵就来。"

姜云岳一进屋，樊顺福就迅即起身，紧走几步迎了上来。

"哎哟，亲家老兄，我可见着你啦！小弟屎到屁股门，有个急事，你得帮忙啊！"樊顺福握着姜云岳的双手使劲摇晃。

"什么事能让神通广大的老兄你这么着急呀？莫非床底下起火啦？要不就是老婆子又怀上了，孩子太大，生不下来吧？"姜云岳笑笑。

"咳，一言难尽，一言难尽呀，"樊顺福双眉紧皱，"上个月我去了趟西乡白泥湖，碰到了三头黄牯，都是两三年大的公牛，还没使过猛力的。对方要价每头不低于五两银子，但若是一总都要呢，就可以一总优惠三两。我见那牛长得好，实在令人喜欢,又贪他优惠的三两银子,便一横心,把三头牛都要了。当时我手头没那么多钱,便打了一张欠条,答应一个月后总付。结果,卖家今天来要钱了,坐在我家里不肯走。我原想这牛实在好,不愁卖不出去的。如果卖出去的话,一转手至少能挣二十两银子。但没想到,'人不走运水夹牙',直到今天,这牛还是一头都没卖出去,整个窝在手里了。所以……"

"呵呵,我明白老兄的意思了,"姜云岳似笑非笑,"老兄要借多少呢?"

"二十两,就借二十两,三个月就还。我这人讲信用的,决不食言!"

"那好吧,我就借给你二十两吧!不过,你也知道我的家底,"姜云岳皱着眉头,"真是入不敷出,内囊已尽了。我没房子住,还正等着这钱盖房子呢!你好歹抓紧点,最多三个月就得还——"

"那当然,三个月准还,"樊顺福点头哈腰,"我知道你手头也紧。说真的,我本不想给你添麻烦的。但我跑了十多家,左右邻居都跑遍了,也借不到银子。他们都说打背弓(手头拮据),没钱用,别说二十两银子哪,就是一两银子都没有。娘的,这阵子怎么人人都没银子了呢?银子都哪去啦?"

樊顺福喜孜孜地走了。看着他手里拿着的那包着二十两银子的小布口袋,姜云岳突然想起了一个问题:盖房子可是要花大把银子的。刚才和老二耀典谈盖房,就忙着商量如何拆旧建新、如何前移大门、如何扩展地基、如何把房子盖大盖好这些事了,一点也没涉及到用钱的问题。盖那么大的房,究竟要用多少银子呢?各家各户愿意拿那么多银子吗?如今家家户户都没钱,拿得出那么多银子吗?

姜云岳低着头,边走路边想心事。他虽然很欣赏老二耀典关于拆掉全部老屋重建新房的设想,也颇有为族人们做点好事的愿望,但这事究竟能不能做、怎么做,心里真的一点底都没有。现如今已不是父亲姜辉阁在世时的那个年代了。那个年代,父亲有的是钱,有的是人力,不要说盖座房子,就是再大的事,只要想做,喊一声也就能做成了。经过几十年来的风风雨雨,父亲的庞大积蓄已所剩无几,如今内囊将近,而人口日增,需要用钱的地方越来越多,哪里还能拿得出大把的银子来建房呢!虽说盖房子可以各家出钱,但规模搞得太大了,只怕各家也都拿不出来呀!想到这里,姜云岳的心开始下沉了,两眉深锁,愁云满面。

姜耀典是何等聪明的人,一眼便看出父亲的心思了。他挪挪屁股,向前凑了凑,若无其事地说:"我知道,你老人家是在为钱发愁。其实,钱这事也并不难办。明摆着,后山有的是树,田里有的是泥,木材和砖瓦也都是现成的,要筹措的不过就是请泥瓦匠、木匠的工钱罢了,有什么难办的?这些花销,各家各户按住房数量平摊就是了,哪还能让你老人家一个人掏!别说你老人家掏不起喽,就是掏得起,也不能那么做呀,对不?鸡婆带鸭崽——劳空神的事,谁还能干呀?"

姜耀典的这句话说得透彻,起了关键性的作用,姜云岳终于下定决心了。他侧脸看了看二儿子,说:"好吧,就按你的设想试试吧!眼下最要紧的,是赶紧把族里人召集到一起，开个会，听听他们的意见，看这事能不能行得通。要不，你去各家通知一声？”

“通知开会的事，还是让我哥去吧！”姜耀典说。

“那好吧，这事就让你哥去办，”姜云岳侧脸看了一眼老二耀典，又回头看着老大耀荣，“耀荣，你去各家喊一声，请云字辈的老人们明天上午到正堂屋开会，太阳升到神母岭山顶丈把高的时候就开，时间抓紧点！”

“会议内容要不要说？”姜耀荣怯怯地问。

姜云岳眼珠子一瞪：“你就说商议建房子的事不就得了，干嘛要说具体内容呀？刚才咱们说的事，千万不能讲！”

“好、好吧，儿子这就去，这就去！”姜耀荣躬身而退。

“二哥，忙什么啦？——啊，在泅笔！”不等主人回应，姜云涛一推门就进来了。

“胡乱写几个字，涂鸦而已！”姜云谷边答应，边捏着毛笔继续写字，头都没回。

姜云谷和姜云涛都是三房的，姜辉宇的儿子。姜辉宇有三个儿子。他把大儿子姜云溪安排在正堂屋北侧的老屋，却让老二云谷和老三云涛搬进了仓房后面、内地坪最南端的小院子里。这小院子原是姜光瀚当年为了放农具、拴牛马而盖的杂物房。姜光瀚考虑到老三儿子多，房子不够住，便将这几间杂物房也分给了姜辉宇。后来，姜辉宇把杂物搬走，把房子收拾了一下，砌上围墙，安上院门，于是这里便成了姜云谷和姜云涛的安乐窝了。两兄弟年龄相近，又住在一个小院里，所以走得勤，关系好。

“哟，二哥，士别三日，当刮目相看哪！就这几天没见你写字，你这笔柳体就大有精进了，真正笔走龙蛇，出神入化！”姜云涛眼睛盯着桌上的字，大呼小叫起来。

“形似尚且差之千里，还能出神入化？你别挖苦我了！咱们兄弟，要说写字，你的颜体算是公认最好的。对了！你来找我，不是专门谈写字的吧？说吧，何事见教啊？”

“小弟倒确实有个事要向哥哥讨教！明天上午族里在正堂屋开会的事情，哥哥知道了吧？有什么看法啊？”

“嗯，这事嘛，咱们兄弟倒真是要事先叨唠一下，理理思路，免得到时候脑子犯糊涂，乱了方寸。你先说吧，这事你怎么看？”姜云谷回头看了一眼姜云涛。他索性不写字了，拿着毛笔在笔洗里涮了涮，又挂在笔架上。

“这事嘛，说真的，我还拿不准，就不知道他葫芦里卖的什么药。他究竟是想要大家合着一起盖呢，还是他自己一家单干？”

“这还用说，他肯定是想合着盖！”

“何以见得？”

石板塘

"明摆着,他要单干的话,自己干就是了,还用得着兴师动众,把全族人喊到一起开会吗?再说喽,他那房子四周都被包围了,前有来敌,后有追兵,想单干也干不成啊!"

"如果合着一起盖的话,他肯定是要各家各户都拿钱喽?"

"那是显而易见的!他一家哪里拿得出那么多钱来呀!再说,他即便是拿得出钱来,也没有我二伯那种魄力呀,对不?"

"要各家各户都拿钱的话,这事可就要掂量了!说实在的,二哥,我没那兴趣!咱们何必跟他们掺合在一起呢,这小院子多好呀!前后左右任便发展,什么房子盖不出来呀?与其跟他们合着盖,还不如咱们兄弟两个在这个地方合着盖呢!"

"对呀!你说得太对了,"姜云谷忽地推开窗户,眼睛望着外面,招呼姜云涛说,"你过来看看,这地方多么开阔呀!咱们俩要是好好琢磨琢磨,在这地方建三、四十间房都不成问题。不要说咱们这一代,便是五六代以后都不发愁没房子住。既然咱们自己有地方盖,何必跟他们掺合呢,你说对吧?"

"对!二哥,你说得太对了!咱们自己有地方盖房,干什么跟他们裹在一起搅是非呀?那这么吧,明天咱们俩一起唱反调,把他那事搅黄了算了!"

"当然,他如果单干,自己一家子盖房,只要是不占公产,不侵犯咱们的利益,咱们也犯不着干涉,随他去算了。但他如果非要坚持合着一起盖不可,那我们就给他唱反调。不过,这反调,咱们也要唱得艺术点,不硬来,不撕破脸皮!"

"那依二哥之意,这反调怎么唱呢?"

"算账呗!把开销给他往大里算,让他知难而退!"

开个会倒不难。族里的老人不多,大家又都闲着没事,说开会,喊一声就都来了。

南大门里最后头的那排房屋,即地坪西边的那排房屋,中部是一间很大的房子。那就是正堂屋,全族的公产,族人们祭祀祖宗和开会商议重大事情的地方。正堂屋的显著特点是门多。她的正面有一张很宽的大门,两侧各有一个旁门,后墙两边还分别开着两个小门。这些门,除正面的那张大门是通向地坪的以外,其余的门都是通向各家各户的房子。正堂屋的家具摆设也明显与众不同。南北两侧的墙边各摆放着四张太师椅,而西墙正中的位置上摆放着一个很像佛龛的高大柜子。不过,那高大柜子虽然很像佛龛,却不是佛龛。它上面供奉的,既不是释迦摩尼如来佛祖,也不是大慈大悲救苦救难观世音菩萨,而是姜家的祖宗牌位。高大柜子的前边还摆着一张八仙桌,那是供桌,专为祭祀祖宗时摆放祭品而设的。

姜云岳虽是族长,但他的年龄却不是最大的。比他年龄大的,还有两个人,一个是他的叔叔,辉字辈的姜辉宇;另一个是云字辈的堂哥,长房姜辉奇的儿子姜云岱。姜辉宇向来只喜欢吟诗作赋,不大爱管杂事,族里的会议是从不参加的,加之年纪已近八十了,行动不大方便。所以,这次开会,姜云岳照例没有喊他。姜辉宇没来,会上年龄最大的,就只有一个姜云岱了。对这个唯一年长于己的哥哥,姜云岳一向尊敬有加。每次开会时,他都要让姜云岱坐在自己的上首。这次当然也不例外,他把最前头的那张太师椅搬到供桌旁边,以便姜云岱就坐,而自己则在南墙边靠里的一张椅子上坐下了。

三房的老大姜云溪离得最近,就住在正堂屋的北侧,所以来得快,早就端坐在太师椅上了。他跷起二郎腿,端着铜制的水烟袋,独自一个在那里吞云吐雾,显得悠闲自在。没多久,三房的姜云谷、姜云涛兄弟两个,也捧着烟袋,迈着四方步过来了。

姜云岱一向是最后一个到会的。每次差不多都是大家等半天了,他才摇摇晃晃地进屋。他年龄最大,又是长房,多少有些倚老卖老。并且,叔叔辉阁死后,他作为长房长子,未能当上一族之长,心里也多多少少有些不大痛快。不过,这次开会,看来是个例外。姜云谷、姜云涛兄弟两个刚刚走近太师椅,还没来得及坐下,他也就跟着进门了。见他进门,姜云岳忙起身相迎,牵着他的手往供桌旁边的那张太师椅上引。姜云岱也不谦让,只微微拱了一下手,便即坐下了。

人好像到齐了,姜云岳抬头朝四围看了看,磕磕烟袋锅,清清嗓子,抱拳拱手,准备宣布正式开会了。但正在这时,姜云岱忽然偏过脑袋,对着他的耳朵低声说道:"慢,云海老弟还没来呢!"

"呵呵,对了,对了,云海老弟是还没到!你看我这人多糊涂呀,那么大一个活人没来,我居然还不知道!老了哟!不中用了哟!快找阎王老子报到去了哟!"姜云岳边说,边伸手摸了摸脑袋,站起身来朝堂屋门口走。

姜云海是姜辉纪的儿子,四房唯一的继承人。他就住在正堂屋南边,屋门开在正堂屋里,紧挨着正堂屋的大门。姜云岳起身朝正堂屋门口走,就是要去敲姜云海家的屋门。但他手刚伸到门边,还没来得及敲,那门忽然"咯吱咯吱"地响起了声音。随着声音响起,门开了一条窄窄的缝隙,里头伸出来一个女人的脑袋。那女人的脖子又长又瘦,脑袋略呈三角形,使劲地往外探着,就像是一只伸长脖子抬头望天的螳螂。那就是姜云海的老婆子。

"云岳大哥,"姜云海的老婆子迅速地朝堂屋里扫了一眼,就又迅速地收回眼神来,使劲地盯着姜云岳,"我们家云海病了,正躺着呢,参加不了会啦!"

"哟,云海老弟病了!什么病呀?"姜云岳问。

"咳,也说不清是什么病,头疼、咳嗽,昨夜里还发高烧呐!"

"哦,发高烧?那么厉害呀?那、那我得进去看看!"

"不用,不用!我们家云海这阵子睡着了。他说过了,商量房子是大事,耽误不得,不用等他了,你们就开会吧!他没什么意见,一切都听大家的!"

"噢!云海既是这样说,那好吧,我们就开会了,不等他了。会后,我再把商量的情况告诉他吧!你跟他说,让他好好休息!吃点药,发身汗,没准就好了!"

姜云海不来，就没人来了。姜云岳走回座位，宣布开会。他扫了一眼四周，又回过头来，特意朝姜云岱点点头，大声说道："云岱大哥，各位兄弟，今天请大家来，是想商量一件大事。咱们这房子可有年头了，老祖宗从陈家手里买过来就有一百多年了，原来就是住过一二百年的老房子，买过来后又没有大修过，更不用说重新盖了。现如今，这房子不仅破烂不堪，修不胜修，而且人多屋少，挤挤挨挨，也实在住不下去了。这情况，我不说，大家也都胸中有数，对吧？各位哥哥、弟弟大概都还记得吧，先父辉阁公在日，早就有心把这老房子全部拆了重建，并且还专门请人做了设计，画了图纸，做了银子、材料、用工等各方面的准备，只可惜他老人家没来得及动工做这事，便先自走了。兄弟我接手族里事务后，也早就想为大家做点事情了。但大家知道，我这人没什么本事，胆子又出奇地小，实在是心有余而力不足呀，结果是事没做成，错误出了不少。比如说，我家老二云山建那两处房子，我知道不对，也很反感，想阻拦，但说了几次，终究还是没能阻拦住，以致全族的地基都被他一家用尽了，搞得我们大家今天想再建几间房子都没有一块可用的地方了。这些个，我心里清楚得很，我心里也愧悔莫及呀！但事已至此，又有什么办法呢？后悔也无益呀，对不？所以呀，只好请兄长、老弟们原谅兄弟无能，帮兄弟拿个主意，看能不能在这老屋的地基上做点文章出来，为子孙后代、也为咱们自己做件好事！"

三房的姜云谷是个人尖子。他年纪约摸四十五六，正是能干的时候，人又长得格外精明，一般情况下都是喜欢放开头炮的。果然，他闲不住，屁股一扭，脖子一伸，又开头炮了。"呵呵，盖房子倒真的是个大好事，我听了就高兴，"姜云谷眼光一转，扫向四周，"不过呢，这事可不是个小事，咱们就这么空泛泛地议论，是不是太费时间了呀？大家虽说稻子都收过了，粮食也都进仓了，没什么太多的事情可做了，坐在一起多聊聊也未尝不可。但天气阴凉得很，这堂屋里又空空荡荡的，连个挡风的布帘子都没有，就这么干坐着也冷啊！我不知道各位哥哥冷不冷，反正小弟我是冷得受不了啦，两个膝盖就跟在冰水里泡着似的，一点热呼气都没有。咱们能不能想个办法让这会开得快一点呢？比如说吧，要是谁有个什么现成的想法，拿出来供大家参考参考，大家就合着他这想法拿看法，说意见，速度不就快多了？云岳哥，你心里头是不是已经有现成想法啦？要是有的话，我看你还不如干脆竹筒倒豆子，说出来让大家听听！"

"对呀，这屋里确实是冷，放个屁都冷飕飕的，坐时间长了我也受不了。云岳哥，你办事一向是胸有成竹的，还不如先说说你自己的想法吧！那样可以省时间，免得大家挨冻啊！"姜云涛连忙随声附和。他比姜云谷还小一点，只有四十出头。

姜云岳是个急脾气，直性子，没人鼓动的时候尚且憋不住话筒子，更何况现在身边还有姜云谷和姜云涛兄弟两个煽风点火呢！他伸伸脖子，扬扬脑袋，向姜云谷和姜云涛看了一眼，又朝姜云岱和其他兄弟们拱拱手，便作古正经地说了起来：“不瞒各位兄弟，想法倒是有一个，但不成熟。既然兄弟们非要我先说，那我就恭敬不如从命，先说说吧，就算是抛砖引玉。我寻思，咱们这老屋残破不堪，拆毁重建只是迟早的事。与其以后再拆，那就不如现在就拆。现在人口还算不太多，动起工来还周转得开。真要是人口多了，老的老，小的小，拆房重建可就更麻烦了。那么，要拆毁重建，究竟怎么建为好呢？我的意思是，首先一点必须明确，新房子还是以统一建造为好。那样的话，式样好选择，格局好安排，房屋好布置，周围环境也好综合利用、改造。并且，这样做还有一个很大的好处，那就是可以综合利用仓房、门廊、过道、堂屋等公用设施占有的地基，把所有各家各户无法单独利用的零碎地基化零为整，完完全全地合理利用起来，从而大大扩充可用地基的面积，为多建房屋提供条件。至于具体想法嘛，就是把所有老屋设施通通拆掉，然后在扩充扩大了的地基上重建。重建的房屋，可以考虑安两个大门，设两条甬道，分三路盖房。两个大门往前盖，完全与北大门、中大门扯齐，建在一条线上。大门后面设甬道。甬道可以建长一点，宽一点，建得尽可能整齐、雅致、漂亮一点。甬道实际上既是交通要道，又可以作为内花园布置，里面可考虑多栽一些花草树木，堆砌几座假山。两条甬道的旁边及后面，都建房屋。每路房屋都可以考虑建成三进，各进之间设堂屋、天井、单池、正房、厢房、偏房，尽可能建得精致、阔气一些。我琢磨，这房子要是建成了，那气势，那派头，那宽敞，那方便、实用，只怕比中大门里头也差不到哪里了。咱们兄弟几个都有一把年纪了，怎么着也得有个养老之地吧，对不？这房子要是建成了，咱们的养老之地不也就不用愁了？当然喽，这只是我一个人的瞎想，算不得准。究竟怎么办，还得请大哥和众家兄弟们多出主意。”

姜云岳一口气说完，瞪着眼左瞧瞧，右看看。显然，他在盼着有人接茬说话。果然，没过多久，就有人开口了。那是一向喜欢开头炮的姜云涛。

“这设想多激动人心呀！只是……”姜云涛仰头伸了个懒腰，欲言又止。

“只是？只是什么呀？”姜云谷眨巴着眼，问弟弟。

“只是这大把的银子没处筹啊！云岳哥，要我拿钱不？我家里可是没钱啊，天天打背弓(手头拮据，没钱用)。”姜云涛抬起左手摸摸下巴。

“其实，费用这事也不难办。这事明摆着，木材、土砖、条石等材料都是现成的，根本用不着花钱买。要筹措的，不过就是请人的工钱罢了，那还能用得了几个钱呀？现如今木匠、瓦匠有的是，工价便宜得很！”姜云岳扭过头来，对姜云涛笑了笑。

姜云岳说了几句又停下来了。一时之间，堂屋里鸦雀无声。

姜云岳见大家都不说话，便把身子往前探了探，一脸正经地对姜云岱说：“大哥，你说说看，这事能行不？”

“噢！容我想想！容我想想！”姜云岱含着烟袋，嘴里时不时地吐着烟雾，眼睛看着那烟雾成团成圈地往上飘，说了两句“容我想想”后，就再也不吭声了。

姜云岱不吭声，不是没有主意，而是不想说话。他为人慎重，有智略，考虑问题顾忌多，喜欢深谋远虑，没有把握而又得罪人的话是从来不肯说的。他深知姜云岳合着建房子的想法是行不通的，会遭到众家兄弟的反对，自己如果出来说话，就会两边都得罪，左右不是人。所以，他不想淌这汪浑水。当然，除此之外，他今天不想说话，还有另一层更深的原因。

原来，姜云岱没有儿女，家里人口少，房子却很多，有七八间，南大门南侧的那一排房子全都是他的，根本用不着建房，所以对建房造屋之事没有任何兴趣。他现在缺的，不是房子，而是儿子。他早就过了天命之年，目前膝下无儿，零丁孤苦，眼见得绝后已成事实。没有儿子，后继无人，将来死了无人披麻戴孝，埋了坟头上没人烧纸、磕头。这才是他日思夜想、寝食难安的头等大事。为了解决这个头等大事，他绞尽脑汁，想出了一个计谋，那就是从堂弟云岳那里过继一个儿子。

姜云岳有三个儿子，老三耀希年方十一二岁，长得聪明可爱，姜云岱十分喜欢。这件事，两兄弟坐在一起商量过多次了，已初步达成默契。眼看着这事有眉目了，姜云岱怎能因为建房的事而开罪姜云岳呢？

"云溪老弟，你说说！你一向喜欢打头炮的嘛，今天怎么哑巴啦？"姜云岳转过脸来，看了看堂弟姜云溪，朝他使了个眼神。

姜云溪与姜云谷、姜云涛虽是一母所生，年龄也相差不了几岁，但长相、心性、脾气、为人处事的方式却大不相同。姜云溪五十出头的年纪，矮胖墩实的身材，憨厚诚实的模样，一看便知是个老实巴交的庄稼汉子。他没什么城府，为人直率，说话一向喜欢直来直去。姜云岳一向比较喜欢这个堂弟，遇事总爱找他商量。按理说，姜云溪对这重新建房的事情也不会感兴趣的，因为他家里目前并不缺房。他家就在正堂屋北侧，那里的五六间房子都是他家的，虽说数量也不是很多，但他家里人口少，目前也尽够住了。但是，他想事，从来不是只朝自己考虑的。听了姜云岳的一番解释后，他觉得这重新建房之事确有必要，而且深信这事一定能够做成。

"云岳兄长这想法，我觉得很不错。既然想法已经有了，花费又不是很多，那还等什么呢？排阵（作准备）干吧！"姜云溪说。

"哼，不往被窝里钻，就不晓得被窝有多宽！大哥，'花费又不是很多'这话是你说的？你算过这账？你就知道开口说大话，从来就不默神（思考）！"姜云涛两眼睁得大大的，瞪着姜云溪，高声喊叫起来。

"是呀，大哥，你说花费不多，那可真的是老懵天灯（太离谱）啊！我不妨简单跟你算算这账吧！木料虽说有的是，但树长在山里，总得要请人砍回来吧，对不？总不成它自己会从山里头走到这地坪里让咱们用吧！泥土虽然到处多的是，但要做成土砖，必须得请人吧，对不？莫不成老哥你受得了那种苦和累，能亲自下田玩玩泥巴，做做土砖？石条做地基，垫屋脚，那是万不可缺的。盖那么大的房子，需要多少石条，你算过吗？漫说家里现有的这点石条远远不够用，即便是够用的话，那也得清理出来，搬到墙基上放好垫平吧，对不？搬石条这事，最是要力气的，总得请人吧，对不？难道老哥你有那力气，能亲自做那事？建造新屋前，这老屋是要拆掉的，地基也是要清理干净的。别看这地方似乎不是很大，然而清理地基的土方工程实实在在说是相当惊人的。这上方工程也得请人吧，对不？总不成老哥你能亲自上房揭瓦，下地刨砖吧？我也不说别的了，单是这四项，就得请多少人，花多少银子，老哥你算过吗？我刚才粗粗地算计了一下，至少这个数！"姜云谷探出身子，伸出两个手指头，在姜云溪脑门前晃了晃。

"多少？二百两银子？"姜云溪问。

"二百两？开玩笑！你以为这事跟你们家蒸个鸡蛋羹那么容易，是吗？二百两银子只够砍树用！没两千两银子，这四件事准干不成！"姜云谷一撇嘴。

"这么几件事，就要花两千两银子？云谷，你是成心扯泡（撒谎骗人）吓唬人玩吧？"姜云溪不以为然。

"扯泡（撒谎骗人）吓唬人玩？哼，实话告诉你吧，我云谷哥这账算得粗，不细。真要严丝合缝地细算，两千银子只怕还未必够呐！再说，云谷哥算的这些项目还只是那些花钱少的项目，别的事情上花钱还更多呢！比如说，盖那么大的房子，瓦匠少说要请三四十个吧？而且还得是一等一的高手。木匠呢，也得三四十个吧？这三四十个木匠，还只是做粗木工活的。如果连做细木工活的一起考虑在内，只怕八十个也不够。石匠呢？石头活虽不多，但那活费工费力费时间，不请二三十个人，只怕也拿不下来。此外，油漆匠也少不了吧？怎么着也得请三五个人来。上头说的这些活都是细活，请的人虽不如干粗活的多，但工价却高得多，所以花钱也多。我粗略估算了一下，单是这几项细活用工，费用也不会少于两个数。"姜云涛说。他也伸出了两个指头。

"难道也是两千银子？"姜云溪问。

"对了，怎么着也少不了两千银子！"姜云涛点点头。

"上头说的，还只是建房本身的用工，这里面还没有包括其他方面的用工，而其他方面的用工同样是要大量请人的。比如说，这仓房拆了，大量的稻谷和米就没地方放了，怎么着也得赶紧做几个大木柜盛粮食吧，对不对？这事很急，又很重要，难道不要花钱？诸如此类的事情，请人、买料用钱也少不了！"姜云谷又补充说。

"老班子说得好：'土木之工，不可妄兴'。这建房之事，一旦动起工来，花钱可就跟流水似的，想把控也把控不住了，几乎事事少不了钱。就说这请人吧，岂止是要付工钱呢，吃饭不也得大把花银子呀？盖那么大的房子，这工期少说也得半年吧？这半年中，要吃掉多少粮食，吃掉多少时新蔬菜，吃掉多少鸡鸭鱼肉呀？这笔账算过吗？我看没几千两银子也拿不下来！"姜云涛一边掰着手指头，一边絮絮叨叨。

"据你们两个估计，这么着盖房子，总共大概要花多少钱？"姜云溪看了看姜云谷，又看了看姜云涛。

"我看没一万银子下不来。"姜云涛说。

"一万？那也就是说，均摊的话，每家得掏七八百两银子喽？"姜云溪用试探性的口气，看着姜云涛问。

"七八百？哼，七八百就行啦？我看呀，每家怎么着也得摊一千以上！搞得不好的话，兴许一千五六都打不住！"姜云涛翻了翻白眼。

"盖那么大的房子，从根本上永久性地解决整个家族的住房问题，总数花万把银子，每家摊个千把两，按说也不算多。但问题是现如今家家比不得从前了，手头都不宽裕，只怕一时半会儿凑不来。要是在我辉阁叔管事的时候，盖这房子算不了什么事，说干也就干成了。"姜云溪说。

"是呀，是呀，辉阁公有魄力，也有心思为大家谋福利，族里人哪个不念他的好啊！说实在的，我现在做梦都还想他呢！云岳哥，你就学一回辉阁公的样子，行行好，拿出点钱来，把这房子盖起来算了，也让兄弟们沾点光嘛！我给你烧香磕头行不行？"姜云涛眯起眼，似笑非笑地看着姜云岳。

"我倒真的是有那想法呢，只是往哪儿去弄那么多钱啊？把老婆、孩子全卖了也没办法！"姜云岳一脸苦笑。

"卖老婆、孩子？至于吗，"姜云谷撇撇嘴，"你那家我还不清楚？辉阁公给你留下那么多的财产，你现在就花完了？哼，鬼才相信！"

"哟，云谷老弟，你不相信？我家里翻箱倒柜全搜遍，要能找出两千银子来，我给你趴下做牛叫！"

"行了，行了！什么牛叫马叫的？我可不愿意听你做牛叫！一辈子行事做人就是两个字：抠门！你不肯让兄弟们沾光也就算了，东扯葫芦西扯叶（胡扯乱说），瞎哭什么穷呀？"姜云谷脸朝屋顶，翻了翻白眼。

姜云谷、姜云涛兄弟两个一唱一和，把用钱的账目算得很细，把盖房的开销说得很大很惊人，那用意自然是再明白不过了。姜云岳倒也见机识趣。他见姜云谷、姜云涛兄弟一味地拿钱说事，没有一点诚心，而姜云岱又闷头抽烟，一声不吭，就晓得自己的想法行不通了。于是，他拱手朝哥哥和弟弟们作了个揖，便宣布散会。

第七章

散会后，姜云岳谁也没打招呼便出了正堂屋，蔫头蔫脑地往家走。刚一进家门,姜耀典迎头便问:"怎么样?他们同意吗?"

"叫你哥来吧!"姜云岳无精打采地说,一张脸阴沉沉的。

姜耀荣很快就来了。他和姜耀典一边一个,围坐在父亲身边。姜云岳把族里开会的情况简单地讲了讲。姜耀典一听,立刻火冒三丈,大骂起几个叔叔来。

"没有张屠夫,就吃混毛猪不成!我看,干脆撇开他们,咱们一家单干算了!"姜耀典牙根咬得咯咯响。

"一家单干?怎么干?说得轻巧!"姜云岳闷声闷气地说。

"怎么不能干?你老人家也未免太小瞧自己了,"姜耀典伸头看了看窗外,故意把说话声压得很低,"我还有个想法没说出来呐!"

"是嘛,还有个想法?那昨天上午咱们在一起商量建房的时候你为什么不说呀?"姜云岳翻了翻白眼,瞪着儿子。

"咳,不瞒你老人家说,我肚子里的想法多着呢,天知道你老人家想听哪个呀?昨天嘛,你老人家一门心思想合伙盖大屋,所以我就只说了那些拆老屋盖新屋的想法,没说自己一家单独建房的想法。现如今,你老人家碰了壁,合伙建房的事干不成了,我自然要把单独建房的想法拿出来喽!"姜耀典诡谲地笑了笑。

"别耍贫嘴了!要是真有什么正经想法的话,那就快说出来吧!"姜云岳用胳膊肘碰了碰姜耀典的身子。

"好吧,我说,我说,你老人家别着急!盖房子这事吧,关键是要'三就',即就形、就势、就地基。咱们这排房屋,除了堂屋以外,其余各间房子全都是横向长、纵向短。堂屋后面有厢房,厢房后面墙下是水沟,水沟的那一侧还有些空地。另外,最东头也还有些空地。如果把咱们这排房子拆掉,把南大门往前移一移,再把水沟也往外移一点,换一个式样盖房子,即通通盖成横向短、纵向长的房子,不就完全可以解决问题了?我初步估算了一下,如果按照我说的这样子盖房的话,连堂屋、正房、厢房、偏房一起,至少能盖出九间来。九间,而且还都是大开间,你老人家想想,那该能解决咱们家多少问题呀!"姜耀典话说完,脸都兴奋得微微发红。看样子,他很得意自己的这个想法。

姜耀典这通话又说到姜云岳心坎里了。他忽地站了起来,把一只脚踩在矮凳上,一只胳膊撑在大腿上,而脑袋却又整个地伏在胳膊上。他深深地沉思着,良久,才低声说道:"耀典,你这主意确实很大胆,很新奇,有新意。看来,你小子真的动脑子了。不过,你这主意好虽好,却不大现实。你想过没有,我一家盖房,却要移动南大门,他们会同意吗?只怕开起会来,他们又要冷嘲热讽,群起而攻之了!"

"这回别忙开会,先在下面疏通。只要疏通得一两家同意了,这会不也就好开了?搞得好的话,没准还可以不开会呐!"姜耀典说完,诡谲地笑了笑。

见儿子笑了,姜云岳也笑了。不过,他的笑与姜耀典的笑是明显不同的。他的笑是因为儿子出的主意。他觉得儿子出的主意好,可以避免开会。他最怕的是开会，因为只要开会，就难免遭遇姜云谷、姜云涛那两兄弟的联合进攻。

"嗯，有道理！那你看先疏通哪几家呢？"姜云岳问。

姜耀典收起笑意，忽然一本正经起来。他坐直身子，扳着脸孔，大声说："第一个要疏通的，当然是我大伯喽！他是长房嘛，年纪又居长，说话有份量啊！只要他同意了，发话了，谁他娘的还敢放屁？"

"哟，祖宗，你小点声好不好，窗外有耳啊！那、那、那依你看，"姜云岳横眼瞪了姜耀典一下，"你大伯的态度估计会是什么样？"

姜耀典笑笑，把嘴伸过来，贴近姜云岳的耳朵，压低声音说："那还用说，我大伯肯定会支持的，你老人家就放一百二十个心吧！这事还不是明摆着的？按这样子盖房，对他也是有好处的嘛！南大门往前移动后，南边空出来的那一大块地皮紧挨着他家，还不都是他家的？他在这事上能占那么大的便宜，还能不同意？更何况他还有过继耀希的事有求于你老人家，正巴不得以找机会摸罗拐（拍马屁）呢，对不？"

姜云岳也觉得姜云岱的工作应该好做。"云岱大哥如今正急着要过继耀希呢，怎么着也得给我一点面子吧，更何况他还可以从南大门前移中得到那么大的好处呢！"姜云岳低着头边想边走，轻手轻脚地进了姜云岱的家。

姜云岱刚吃完晚饭，正坐在火盆边烤火。湘北的天气是小孩脸，变化极快，说热就热，说冷就冷。如今小雪刚过，家家便都离不开火盆了。姜云岱年纪大，身体又不很强健，因而格外怕冷。他紧挨火盆坐着，身子使劲地往前探，脑袋都快伸到火上了，却还嫌不够暖和，依然把两只手拢在袖子里，裹得严严实实的。见姜云岳来了，他勉强直了直身子，挪了挪屁股，忙喊老伴沏茶。

"不吃茶，莫费事！我坐坐就走！"姜云岳一边说，一边拖过一把椅子，靠近姜云岱身旁坐下了。他顾不及寒暄，便直接道明来意，把自己前移大门、单独建房的想法详详细细地说了一遍。他是个急性子，说话从来都是直来直去，不知道拐弯抹角。

姜云岱两只手拢在衣袖里，胳膊肘撑在腿上，身子略略前倾，脑袋微微低着，双眉深锁，额头紧蹙，眼睛一眨也不眨地盯着火盆里燃得正旺的柴火，久久没有吭声。他是一个非常精明的人，知道这事糊弄不得，话虽不得不说，但必须说得在理、中听、妥当。这事，他还没有想利落，因而觉得难以启口。他一边紧张地思索着，一边从衣袖里抽出手来，拿起火钳，轻轻地拨动着火盆里的柴灰。

那火盆的柴灰里烧烤着两个粑粑。粑粑是糯米做的年糕，姜云岱最爱吃，而且特别喜欢用柴火灰烧烤着吃。他很会享受生活，只要生火了，屋顶上就必要吊着熏鱼、腊肉，柴火上就必要吊着那把铜制的大催壶（即水壶，当地人叫做催壶），火旁边就必要煨着一个炖猪脚的罐子，而柴火灰里也必要烧烤着几个粑粑。

粑粑烧烤熟了。姜云岱用火钳夹起一个放在火盆边上，用手捏起来掸了掸灰，然后递给姜云岳。"吃吧，吃吧，柴火灰里还有一个呢！"他说。

那粑粑太烫，所以姜云岳接过来后没急着吃，而只是放在手里来回地倒腾着。

姜云岱的火钳又伸向柴灰了。他拨出了另一个粑粑，却没有立即夹出来。他眼睛一动不动地盯着那粑粑，嘴里却突然说起话来。

"云岳兄弟，"姜云岱说，"刚才开会时，老哥我一言没发，你没多想吧？"

"没、没有啊！大哥，咱们俩一向比同胞亲兄弟还要亲三分，小弟哪能多想呢！我知道，大哥不说话，肯定是为我着想。"姜云岳满脸诚恳。

"没错，老哥我当时没说话，确实是为你着想呀！当然，老哥我不是没话说，而是有话不好说，有话不能在那个场合当着大家的面说呀，明白吗？"

"噢，明白，明白！"

"明白就好，明白就好呀！跟你说句实话吧，老哥我担心你多想，本打算今晚上抽时间去你家解释一下的。另外，我也有几句休己话，想单独跟你说说。现在既然你来了，那我也就用不着再去你家了，咱们有话就在这里说了。反正我这里也清静，没人传闲话。"

"好，大哥有话就请说，小弟我洗耳恭听！"

"云岳老弟呀，老哥我要说几句实话了，你别嫌老哥我说话难听啊，老哥我可全是为了你好。老哥我要有私心，哼，"姜云岱忽地把火钳放在地上，伸出左手捡起粑粑，然后伸出右手的中指不停地掸着柴火灰，"将来要遭天打雷劈的！你听我的，拆老屋合伙建新房的事别再说了，把大门前移自家单盖房的事也别再想了。明摆着，这事他们不会同意的。不说别人，单是三房那两兄弟就会强烈反对。如果你非要固执己见，闹不好，不仅会很难堪，甚至还会落个毁坏祖屋风水的罪名。这罪名可不小啊！真要落下这罪名了，将来谁家出了事，都会找你算账的。到那时，你能顶得住吗？即便你不在世了，你的子孙后代还在呀，他们能顶得住吗？要知道，这祖屋的大门是轻易动不得的，更不要说改了。你没听说吗？板冲里张家，就是那个常来走动的张五家，因改了大门，结果三兄弟的五个儿子两年间死得一个不剩。聂家大山上的聂正洪，那个歪嘴的聂老倌，你熟吧？他也是因为乱改大门，结果一年不得清静，先是死鸡死鸭，后来死猪死牛，再后来就死人，自己的崽死完了，还连带他哥的二儿子也无缘无故地死了。当然，这事是不是真是因为改大门引起的，我有些怀疑，你也可能不大信。但你不信，我不信，却不能保他们不信啊，对不对？再说喽，他们即便不信，但为了反对你改大门，却也难保不装出信的样子来，拿这事寻理由、找借口、做文章啊，对不对？真要是那样，你会百口难辩、后悔莫及的！你家人多，房子不够住，这我理解。你要盖房，我也支持。但我劝你千万别在老屋上头打主意，更不要在大门上头动心思。那可真是一汪浑水呀，你淌不得的，淌不得的！"

"有、有那么严重吗？"姜云岳心里突然一紧，神情异常凝重起来，眉毛、眼睛、鼻子、嘴很快便扯到了一起。

姜云岱转眼盯着姜云岳的脸，神情异常严肃地说："怎么，云岳，这事难道你还看不出来？从我辉阁叔算起，这六、七十年来，族里就一直是你二房掌权，人家不知道你二房在当族长期间占了多少便宜，发了多少财呐，早就眼红得要冒火了。加之你那不晓事的弟弟云山又擅自占用公产，盖了两处那么大的房子，他们就更是气不打一处来了。现如今，三房里的那几个人尖子，正天天琢磨着怎么找你生事呢，你躲都来不及，还能自己找上门，紧赶着往他们手里送把柄？"

"哦！大哥惦记的原来是这一层？"

"惦记这一层难道不对吗？云岳，你并不是糊涂人呀，怎么就看不到这一层呢？这天底下的事，归根到底是个'权'字。朝廷里天天闹来闹去，为的是夺权。这族里也一样，你看我不顺眼，我看你不顺眼，天天使绊子，闹意见，勾心斗角，为的还不就是个'权'字？你可别小看你这个族长的位子啊，还真有几个人惦记它呐！"

"大哥对小弟可真是掏心窝子呀！听了大哥这番话，小弟如醍醐灌顶，脑子可是清醒多了！"姜云岳十分感动。他原来一直以为，对他二房长期占据族长之位有意见的是姜云岱，因为姜云岱是长房，年龄又居长，能力也很强，最有资格当族长。听了姜云岱这番话以后，他如梦初醒，这才明白对他二房当族长有意见的，不是长房里的云岱大哥，而是三房里的那两个弟弟——姜云谷和姜云涛。

姜云岱直了直身子，伸了伸懒腰，打了个哈欠，满脸诚恳地微微笑着说："嗨，什么'掏心窝子'、'醍醐灌顶'！云岳呀，你这话太见外了，把我这当大哥的都说得有点不好意思了。咱们兄弟俩，谁跟谁呀？不瞒你说，在大哥我这心里头呀，从来就没把你当堂兄弟看过。我也是把你当成最亲的亲兄弟来看，为你好，直话直说罢了。你的房子嘛，实实在在说，确实是太紧了，不好住，盖是肯定要盖的，就看怎么盖了。我的意思嘛，从目前这情况看，你要拆了老屋重建，盖个像模像样的，只怕做不到。这事，只好缓一缓，留待子孙后代去考虑算了。儿孙自有儿孙福，目前先不要为他们操这份空心。现如今能做的是什么呢？现如今能做的，也就是找个边角旮旯的地方，临时建几间房凑合着住，解决一下燃眉之急。我看你能做的，也就只能是这事了。至于这边角旮旯嘛，现成倒有一个，我觉得那地方蛮好，就不知道你能不能看得上！"

"喔，大哥说的是哪里？"姜云岳神情一振，连忙把烟袋咀从嘴里拔了出来。

姜云岱直起身子，搓搓手，慢腾腾地说："就在你家东墙下。那地方不小，足可以盖两三间像样的房子，又紧挨着你们家厨房，用起来也方便。"

"噢，你说的是那块地？——嗯，那块地面积倒是不小，盖两三间房子足够用。不过，族里人会不会说什么呢？"姜云岳犹豫不定地说。他胆子小，最怕族里人反对。

"不会的！那地方虽属于老屋地基，但它是你们家房屋的延伸地带，按理应该归你们家所有，更何况它又位于大门之外，与其他各家的房子都挨不着。放心好了，你在那地方盖房，族里任谁也没得话说的。但有一点，那地方盖的房子，最好是做厨房、猪栏屋、茅厮(厕所)或杂物房，别住人！"

"为什么？"

"地势太低，风水可能不大好，不适合做住房呀！"

"那地方真的不能盖住房吗？我缺的可是住房呀！那、那依你看，那要是把房子盖得了，临时住人行不行？"

"临时住人？那也许行吧！不过，这事我也没把握，说不准。你呀，最好还是找个风水先生看看吧！"

姜云岳只在姜云岱家坐了一会儿，连碗茶都没喝，便袖着手急急忙忙地出来了。姜云岱掏心窝子说了一番话，他听了，激动得不得了。临出门时，他紧紧握住姜云岱的手，结结巴巴地说："云、云岱大哥，你、你对小弟真心，小弟心里明、明白得很。你、你放心，只要耀荣和耀典有一个生、生男孩了，我、我有孙子了，我、我就把耀希过继给你。"

"那好！那好！只是你说话得算数啊，"姜云岱连忙接下茬，"耀荣、耀典有一个生儿子了，我就得把耀希接过来啊！说实在的，我早一点接过来，对谁都有好处。明摆着，接得太晚了，耀希年纪太大了，我不好管，就得找你帮忙管，你也麻烦，是不？"

姜云岳急急忙忙地回家，不是有别的什么事要办，而是坐不住。姜云岱出的主意太好了，让他动心了。他回到家，烟袋一扔，便喊两个儿子过来。

姜耀荣和姜耀典听到喊声，立马就过来了。

"我大伯同意了？"姜耀典扫了一眼父亲的脸。

"没有，他不同意！"姜云岳说。

"他不同意，你老人家怎么那么高兴？"姜耀典诧异地问。

"嗨，咱们误会你大伯了。他对咱们二房当族长倒真的没什么意见，有意见的是你们那两位三房里的叔叔。"

"你老人家高兴，为的就是这事？"姜耀典仍旧一脸疑惑。

"不，你大伯为咱们出了一个好主意。"

"好主意？他出了什么好主意？"

"他建议咱们在这东墙下的空地上建房。"

"喔？"

姜耀典"喔"了一声，就没了下文。他急急忙忙地站了起来，快步走到窗前，把脸贴到窗户棱子上，往东墙下的那块空地反复察看着。察看了好一会儿，他又回到椅子上坐下，不声不响地沉思起来。

"那块空地倒是不小，盖两间房子富富有余。不过……"姜耀典自言自语，声

石板塘

音小得几乎只有自己听得见。

"不过？不过什么？"姜云岳看着二儿子。

"这地方地势可是太低啊，就跟掉进了一个大深洞里似的，能住人吗？再说，这地方的风水好不好呀？这事也不能不好好考虑考虑啊！"姜耀典说。显然，对在大门外那块空地上盖房的事，他情绪不是很高。

"咱们又不是要单独建那种自成系统的大屋，只不过是在这正屋的边上建几间临时应急的偏房罢了，碍着风水什么事？我看不要紧。这事就听你大伯的吧，就在这空地上盖房，暂时先盖两间，将来有钱了再往外延伸、加盖。这样做，比较实际些，可以省掉很多烦心事。拆掉老屋重建的事，不是不做，但今天做不成，只好留待将来你们兄弟两个去做了。至于把南大门往前移的事，那就更不要再提了。那事做不得的，有很大的麻烦。咱们还是务实点吧，先盖两间房解决燃眉之急再说。你们兄弟两个从明天起就抓紧准备材料，咱们赶在霜冻下来前把这房子盖好。"

果如姜云岱所料，姜云岳要在东墙下那块空地上建房，族里没有任何人提出异议。

然而，族里没人说话，外头却有人持不同意见。

施工开始第一天的大清早，就有人说话了。说话的那人姓陈，单名一个愈字，对门田家岭下陈家湾人。他虽是个地地道道的农民，却十分精通房屋建造技艺，最喜好的，便是给人选屋基、挑墓地等等。

陈愈虽比姜云岳小了十多岁，但常相来往，关系不错，是老熟人了。那天清早，他路过姜家，一见姜云岳正在那空地上忙这忙那，便即招呼："云岳兄，这大清早阴冷阴冷的，你不在被窝里搂着老婆子睡懒觉，却在这霜地里吹北风，要干什么呀？"

"哦，是陈老弟呀！我没忙什么，就想在这地上盖几间房，一会儿工匠们就来，所以先收拾一下。你这大清早赶路，发哪路财呀？进来坐坐吧，吃了饭、抽袋烟去！"姜云岳直起腰来，掸了掸身上的土，就要进屋拿烟。

"盖房？盖什么房？"陈愈满脸疑惑。

"盖住房呀！我那几间房，实在太小，住不下了。"

"你老兄想在这空地上盖住房？"

"是呀！家里人多，没房子住，想在这空地上盖两间。怎么，这地不行吗？老弟，你可是个出了名的看地先生呀！看地基，远近几十里就数你最内行了，麻烦你帮老哥看看吧！"

"云岳兄，这要是别人家的事，我就不说话了，只当是没看见。但你老兄，就跟我自家哥哥似的，我就不能不说真话了。你这地，实实在在说，盖个厨房、茅厕（厕所）、猪栏屋、牛房，或者随便搭个棚子，搁点柴草、农具、杂物什么的，那可以，但要盖住房，可就万万不行了。"陈愈紧赶慢赶地走几步，凑近姜云岳身边，低头附耳,轻声说道。

"盖住房不行吗?为什么呀?"

"这还不是明摆着的?这地孤悬祖屋大门之外,偏处石头台阶之旁,夹在一高一低两个地坪之间,且深陷低洼,无兴旺发达之征,却有空门绝户之兆啊!"

"有这么糟糕?"姜云岳眉头一皱。

"没错,这地我看得准,你趁早收兵吧!"陈愈凑近姜云岳的耳朵根子说。

姜云岳不言不语,低头沉思。过了好大一会儿,他才把陈愈拉到一旁,压低声音悄悄说道:"老弟,我们家盖房这事是箭在弦上,不得不发啊!说实在话,这房子嘛,是屎到屁股门——拉也得拉,不拉也得拉了。俗话说,雁过留声,人过留名。人生一世,为人父母,总得给儿女留下点东西吧!金银财宝是没得说了,现如今没地方找去,但旧房破屋好歹总也得留几间吧!叫化子还得给儿女留根讨饭棍呐,是不?你老哥我也有一把年纪了,这一辈子呀,连一间房子都没盖过,我这脸面往哪放呀?现今 大家了人,男男女女一大帮,老的老,小的小,干爷(即公公,'爷'念 ya,——下同)、媳妇(儿媳妇)挤在一堆,成何体统啊?不怕你老弟笑话,老哥我自己现在还没房子住呐,迫不得已在儿子、媳妇(儿媳妇)住房的楼板上放床被窝勉强栖身。他们两口子晚上咂嘴亲吻捏奶子摸屁股,老哥我都听得清清楚楚。每天早上起来,哪怕屎都挤到屁股门了,憋不住了,那也得憋着,先得给儿子、媳妇(儿媳妇)打声招呼,让他们做好准备,回避一下,我才能下楼。陈老弟,你说说,老哥我这还叫人过的日子吗?再说喽,我好歹也是一族之长,说话办事也得顾及一点身份、地位吧,对不?我们家这盖房子的事,左商量,右商量,反反复复都好多次了,好不容易才定了下来,倘若因为你老弟的一句话就推翻不盖了,人家还不得说我是抽风打摆子犯神经病?真要是这样的话,那以后我这个当族长的说话还有人听吗?这地基嘛,确实是差了点,这我知道,但也没办法,只能将就了。你看我这石板塘,房子一栋挨一栋,连竹山、菜园子都占了盖房了,哪还能找得到好地基呀?我要不抓紧时间盖,再过几年,只怕连这地基都没了。你的意思我明白,是怕此地不利殃及家人。放心吧,我不会安排在这房里长住人的。你老弟的好心,老哥愧领了,日后再表谢意。只是你刚才说的那一番话,出你口,进我耳,也就行了,从今往后万勿再对其他任何人说起,包括我姜家族里的人和我的儿孙后代,免得人家说三道四,看我的笑话!这件事就拜托老弟了!"

"当然!当然!你我兄弟,情比同胞,这话何须叮嘱,小弟谨记在心就是!"陈愈抱拳作揖,转身要走。

"陈老弟,请客不如撞客,你是难得来的,吃了饭再走吧!"姜云岳连忙上前,拽住陈愈的手,硬往屋里拖。

"吃饭不敢当!今天小弟还有点急事要办,先不奉陪了,改日再来叨扰!"陈愈满脸诚恳,看样子不像说假话。

"哦!既是有急事,那我就不便强留了。不过,你等一下,你等一下!"姜云岳

石板塘

说着，一转身进了屋。片刻，他又从屋里出来了，手上捏着一块光洋。

"陈老弟，没留你吃饭，我心里过意不去。不成敬意，拿着打酒喝吧！"姜云岳把光洋往陈愈手里一塞。

"这地孤悬祖屋大门之外，偏处石头台阶之旁，夹在一高一低两个地坪之间，且深陷低洼，无兴旺发达之征，却有空门绝户之兆。"这话说得够重的了，要是别人说的，姜云岳不仅不会听，还得说他是故弄悬殊，胡说八道。但这话是陈愈说的，那就不得不听一听了。陈愈是个内行，也算得上是个远近闻名的人物了。

据说，田家岭有户姓黄的人家花巨资建了一栋很阔气的房子，却不料搬进去住之后，每天傍晚时分便见到大门左侧有一个女人的身影。那女人的身影时高时矮，时大时小，时明时暗，时走时停，晃晃悠悠，神神秘秘，闹得全家大小十数口人心神不宁，竟致大白天里不敢出入，左邻右舍当然也不敢来往了。这姓黄的人家，先是到庙里烧高香，拜佛祖，求菩萨显灵显圣，接着又请来几个有名的道士在家里做法事，施法术，请神灭妖，书符驱鬼，但这些却都丝毫无济于事。后来，黄家人听说陈愈名声，便请他来看了看。陈愈来后，黄家的门都没进，只在那房前屋后转了一圈，便对主人说："这事好办。你把这大门拆下来，朝东北方向斜偏四五度，再安上，就没事了。"姓黄的人家将信将疑，但既然没有更好的办法，也就只好按照陈愈的意见姑且试一试了。当下，主人立刻请来工匠，按照陈愈说的意思，把那张屋门拆下来重新安装了一遍。没想到，陈愈的这招还真是灵验。自此以后，黄家傍晚时分大门左侧见到女人身影的怪事情，就再也没有发生过了。

还有一件事更蹊跷。庞家沟有一户姓边的人家建了一座新房。那房建得很豪华，但搬进去没住几天，却时常发生令人尴尬的怪事：公公和儿媳妇两个常在厕所门口相遇。有时候是公公前脚刚进厕所，儿媳妇后脚就跟来了。有时候是儿媳妇还没出厕所门，公公便推门进来了。有天清早，公公忽然内急，来不及穿裤子，便急急忙忙地往厕所跑。但他还没进门，便和儿媳妇在那门坎当中迎头撞上了。这一撞可不轻，两个人全都倒在地上了，仰面八叉，四脚朝天。公公的额头上起了一个鼓鼓的大包，又红又痛；儿媳妇的粉脸上也划了好几道血印子，格外招人眼目。公公和儿媳妇当然不是有意的，他们是鬼使神差，行不由己。这事不雅听，自然不能声张。但这事却又不大不小是个问题，不能不请人来想个办法予以解决。请谁呢？这姓边的老头子素与陈愈相好，过从甚密，知道他是个三教九流都通的，便把他请过来了。这陈愈倒真是见多识广。他来了后，既不左看右看，也没东走西走，只粗略地问了问主人一些简单的情况，便即吩咐："你们把这厕所门顶上的砖头取下来，我看看。"主人忙找来几个人，把那厕所门顶上的砖头取下来了。陈愈走近厕所门边，用手往那门顶上一摸，结果从里头摸出两双旧鞋来了。大家仔细一看，那两双旧鞋，一双是公公的，一双是儿媳妇的。"奇怪，这两双鞋怎么到厕所门顶上去了呢？"边家人纷纷猜测、议论。这时，陈愈却格外冷静。他用手往下一按，示意大家不要说话，然后压低声音对大家交代说："这事到此为止，切莫声张，更不要对人说这事是我给解决的。你们没请过我，我也没来过你们家，明白了吗？"陈愈说完，扬长而去。说也奇怪，自从把那两双鞋取出来后，这公公与儿媳妇在厕所门口相遇的怪事就再也没有发生过。后来，人们猜测，那两双鞋是瓦匠放进去的。瓦匠恨这家人工价压得低，招待又不周，便有意捉弄，将那两双鞋放在厕所门顶上了。陈愈揭穿了瓦匠的阴谋，怕人报复，所以不愿声张。

听了陈愈说的这一番话后，姜云岳的心里犹豫不决了好一阵子。当然，他不是不想盖房了，这事是下定决心要干到底的，九头牛也拉不回转。他只是在要不要把盖住房改成盖杂物房的事情上拿不定主意。

吃早饭的时候，姜云岳把两个儿子悄悄地喊到了里屋，并关紧了屋门，说是要和他们再商量一下盖房子的事。

姜耀荣一进屋，便问道："吃完饭就要开工了，怎么这会儿还要商量呀？商量什么事情啊？刚才我在茅厮(厕所)里屙屎，好像听见陈家湾的陈愈在地坪里说话，莫非他说什么话了？"

"没、没有，陈愈来倒是来了，不过没说什么。再说，他那种人即便说了话，我们还能信？只是呀，我刚才又仔细看了看地基，认真琢磨了一下，觉得地势确实低了点，只怕这房子会阴暗潮湿，不好住人。你们说，这事怎么办？要不要改改想法，把房子盖小些，做杂务房用算了？"姜云岳忽左忽右地看着两个儿子，低声说道。他终究没把陈愈的话告诉儿子。在这件事上，他有他自己的深谋远虑。

"要依我的意见，这房干脆不盖算了，停工吧！"姜耀典说。他本来就不大同意在这地方盖房子的，见父亲露出了犹豫不决的意思，态度就更明确了。

"停工？不好吧！土砖做得了，木料备齐了，石灰买来了，材料都准备好了，现今都放在地坪里了。瓦匠、木匠、石匠都请来了，现今都在堂屋里坐着。建房的声势也都造出去了，别说石板塘的家家户户，便是吴家冲、双塘街、大柏树屋场的各家各户，也都知道咱们家今天要盖房了。如今是'箭在弦上，不得不发'，怎么能说停就停呢！耀典，这么做事情，是不是太轻率了啊！父亲大人现今当着族长，说话办事最重信誉。要依你的意思，一会儿说盖房，一会儿又说不盖了，朝令夕改，朝三暮四，那还有威信可言么？"姜耀荣两眼睁得老大，瞪着弟弟，愤愤地说。他的心里头，常窝着一腔对弟弟的气。那气因何而起，他也说不清楚。所以，一旦有个茬，他那气就会喷薄而出，劈头盖脑地砸向弟弟。

"房子不盖不行，这没的说。只是要不要改小一点，盖两间杂物房算了？"姜云岳看了看大儿子，小声问道。他对姜耀荣的话，从来是不大招耳朵听的。但这会儿却例外，因为大儿子说的当族长要重信誉的话比较对口味，他爱听。

"不，要盖就盖住房！咱们家眼下最缺的，不就是住房嘛！如果大家都觉得那房子地势低，不好住，不愿意住，那我搬过去住就是了！"姜耀荣大声说。

姜耀荣是一向不大说话的，更不喜欢拿主意，为什么这次却一反常态，竟然主动说起话来，而且话还说得如此斩钉截铁，主意拿得如此坚决果断呢？

原来，姜耀荣有自己的考虑。他非常不喜欢父亲，甚至是非常讨厌父亲，根本不愿意和父亲同在一个屋檐下。当然，他不愿意和父亲同在一个屋檐下，确实有他特殊的原因。

姜耀荣爱搓麻将，常常深夜不归。而姜云岳虽然也爱搓麻将，但却反对在夜里玩，因为他担心夜里玩会影响白天做事。所以一旦发现姜耀荣夜里搓麻将，他就要一家一家地去找，找到了就要劈头盖脑地臭骂一顿。

姜耀荣爱睡懒觉，常常太阳老高了还不起床。而姜云岳是最爱起早床的，一辈子从没睡过懒觉。一旦看见姜耀荣睡懒觉了，他就会气不打一处来，连骂带扯被窝，甚至动手打。

姜耀荣讲吃，爱吃肉，爱吃鸡鸭，爱吃鱼。他吃饭很挑剔，桌上有好菜，他就正经吃饭；桌上没好菜，他就不正经吃饭。而姜云岳是个勤俭节约惯了的，从不挑吃，见人挑吃就不高兴。所以，在饭桌上，他常要数落姜耀荣。

姜耀荣懒，不爱干活，尤其不爱干那些脏活、累活，如上屋顶捡瓦、下猪栏掏粪、钻地下掏阴沟等。而姜云岳不仅勤快，最看不得别人偷懒，而且常常是把家里所有最脏最累最烦人的活统统交给姜耀荣一个人干。

由于有这么多特殊原因，因此姜耀荣不愿意和姜云岳待在一个家里。他早就想着要和父亲分开了，他早就想着有一个真正属于自己的独立的家了，他早就想着有一天能够不受任何人约束、自己说了算了。家里要盖房子了，这是他实现这种想法的唯一机会，他怎么能让这机会得而忽失呢！所以，他毫不犹豫地支持盖房，并主动地提出要住新盖的房。

姜耀荣的话，令姜耀典很感意外。姜耀典不再言声了，默默地坐在一旁。姜云岳注视着他，接连问了好几次，他也没说出几句整话来。

姜耀荣的话，很对姜云岳的意。他觉得，男子汉大丈夫为人做事，确实要态度坚决，说一是一，说二是二，不能优柔寡断，更不能反反复复。自己是个族长，尤其要注意保持威信，不能给人背后说三道四留下把柄。再说，这风水之事，本来就是虚无缥缈的，何必那么认真呢。见大儿子态度十分坚决，姜云岳也就不再犹豫了。

新屋很快建成了，但那模样实在登不得大雅之堂。几间房子连成薄薄的一小排，独自往前延伸着，孤零零地竖立在南大门一侧。说它是祖屋的一个部分吧，它虽然连着祖屋，却又独处于祖屋大门之外，与祖屋朝向不同、风格不一，明显具有节外生枝、另起炉灶的倾向，眼见得脱离了整个祖屋风水的体系。说它是独立的一处房子吧，它却又深陷坑洼之中，面对着一排地势远高于自己的石台阶,且一无堂屋,二无大门,三无正房,根本不具备自成完整系统的起码条件,明显给人以不伦不类、残缺不全的印象,自然也得不到照壁山、神母岭、石板塘乃至四围名胜佳景等风水环境的庇荫。

当地习俗,建房造屋,是要举办落成典礼的。哪怕是盖间厨房、厕所、杂物房或猪栏屋,落成之时,也都是要放挂鞭炮庆祝一下的。新屋建成后,姜云岳也买了几挂鞭炮放了。鞭炮一响,附近村庄的人们便都知道姜家的新房子盖好了,于是个个都来道喜。大家看了这新建的房子,也都不约而同地认为这房子确实建得不好,太无看相了。双塘街的杨七公是个直性子,说话从来不拐弯抹角的。当时,他拄着拐杖,气哼哼地对着姜云岳吼了起来:"你知书识字,而且也过了知天命之年了,总应该有些见识吧?为何办事这么糊涂,盖出这样的房子来了?你瞧那房子的看相,孤零零的,矮踏踏的,尖溜溜的,活像个箭头似地独自往前伸出。我活这么大年纪了,也从来没见谁家盖过这样的房!"他要姜云岳拆掉这几间房子,如若不拆,就改做厨房、厕所、杂物房或猪栏屋。

姜云岳一向固执惯了的,岂肯轻易听从他人意见。外人议论归议论,他照样我行我素。房子盖好没多久,他就分家了。他把全家九口人分成了三个小家,然后对房屋进行了分配。他把堂屋、厕所留做公用,把堂屋西边的正房和厢房分给了二儿子耀典,把堂屋东边的正房和厢房留给了自己,却把新建的那几间下坡房分给了大儿子耀荣。

这样的分配方式明显是不公的,大家一眼就能看得出来,但姜云岳却有自己的说法。在分家会上,他当着全家人和作证的族人一本正经地说:"堂屋两边的两间正房确实好些,原本应该是耀荣、耀典两个儿子一人一间。为什么我只分给了耀典,而没分给耀荣呢?这里面有个缘故:西边的那几间房原本就是耀典住着的。他在那里头收了堂客,生了孩子,都已经住了好多年了,住熟悉了。事情既然已经是这样了,那就让他们接着住吧,何必搬来搬去的劳神费力呢!能省一事就省一事嘛,你们说对不?新建的那几间下坡房,我原本打算自己留着住的,想把东边的正房分给耀荣。这样分,明显是比较公平的。耀荣、耀典都是我的儿子,背着抱着一般沉,手心手背都是肉。在我心里头,从来没有一个看得重、一个看得轻的意思。所以呀,我对耀荣说了好几次,要他还住那间正房。但是,耀荣死活不同意,他非要把那间正房腾出来给我和他娘住,自己住到新盖的下坡房里去。我明白他的意思,他是个孝子,他考虑到我们老两口年岁大,身体不好,特别是他娘腿脚有病,怕我们住那两间地势低洼的下坡房会招风湿。他这一片孝心,我们做老人的能不体谅吗?不能吧!再说喽,他的考虑也确实在理啊!他娘那两条腿病得不轻,每年一入冬就疼,有时都疼得走不了路,如果住到新建的下坡房里去,只怕真的要瘫痪了。这事我确实不得不虑啊!另外,当初商议建这几间新房时,我和耀典都有些打退堂鼓,只有耀荣最坚决。当时,他坚持要建房,还坚持要建成住房。他还明确说过,房子建成后,他要搬过去住。说实在话,当时要不是他态度坚决,一再坚持,这房还真是盖不成。房子既然是他坚持要盖的,他又非要搬进去住,我自然也只能随他的心意了。正是考虑到这些情况,所以我就把新建的这几间房子分给耀荣住了。从表面上看,耀荣没住上正房好像亏了些。其实却不然。明摆着,我和他娘终归都是要死的人,将来我们死了,这间正房留给他不就行了!"

分家会开过以后,姜耀荣二话没说,立马急急忙忙地把自己的床搬到新建的房里去了。一进那房子,他就异常兴奋,站在屋里大声喊叫起来:"老子有家喽!老子没人管喽!老子当皇帝喽!"

喊喊叫叫闹了一通,他又横倒在床上哼起了花鼓戏:"小刘海哟——嗨——唉……,在茅棚喽——哦,别了娘——亲啦哦!"

姜云岳偏心眼,但凡处事,多半是向着二儿子耀典的。他已经习惯于这样做了,从来没觉得有什么不对。但这一次分房,他却有些不安。所以,第二天一吃完晚饭,他就把大儿子耀荣喊进了自己房里。爷儿两个关起门来,相对而坐,促膝谈心。

"耀荣啊,这次分家,你没别的想法吧?"姜云岳侧脸看着儿子,小声问道,语气显得异常平静、温和、亲切。

姜云岳异乎寻常的亲热令姜耀荣受宠若惊。在他的记忆里头,父亲对他似乎还从来没这么亲热过。他愣了愣,淡淡地说:"我哪有什么别的想法呀?你老人家可千万不要多虑啊,搬到那屋里,是我自己的主意。"

姜云岳淡淡地笑了笑,一边抽着烟,一边轻声说:"我就知道你是个孝顺的儿子,不会有什么别的想法。你坚持要住到新房里去,把那间正房让给我和你娘,是照顾我和你娘的身体,怕我们闹风湿病,这点孝心我明白,你娘也明白。但从我自己来说,没给你分正房,而让你住这几间新建的下坡房,却还有个难言的苦衷啊!我如今还当着族长,虽说这不是什么官,但结交的人却不少,平常少不了要和那些有体面的人来来往往的。我要是自己住到那几间下坡房里去,倘若来了人客,离堂屋那么远,不要说脸面不好看,就是商量起事来都没个地方坐,你说是不?"

"是的,是的,你老人家这考虑确实有道理!"姜耀荣忙不迭地点头。

姜云岳拿着烟袋锅在椅子腿上磕了磕,慢声慢气地说:"耀荣,你放心,凡事我自有道理。你知道,我和你娘都已是望六的人了,身体又素来不好,如今都是疾病缠身,还能指望长寿,活个七老八十?我琢磨,我最多也就是十年左右的光景,你妈也没多少年了。你两个妹妹也都快大了,出嫁只是早晚间的事。你弟弟耀希嘛,你大伯父已说了好几次,要过继他为子,这事看来也拖不过一两年。这么一思量,最多不出十年,我和你娘住的这两间房就腾出来了。你那几间房不好,我心里清楚得很,也早为你考虑好了。你别着急,先在那几间房里住着,只当是临时住客店呗!我和你娘住的这两间房将来腾出来了,就通通归你。到那时候,你的房子不就宽敞了？"

房子盖好了,家也分好了。姜耀荣两口子搬走的当天晚上,姜云岳就从楼上搬下来,到楼下正房里住了。其实,那间正房原本就是他和姜老婆子两个人住的。他们夫妻俩打从结婚起就住在那间屋里,一直住了几十年,耀荣、耀典、耀希这几个儿子还都是在那屋里生的呢！因为腾房子给大儿子成亲的缘故,他和姜老婆子不得不分居了一年。这一年是多么别扭啊！如今,两夫妻终于又搬回来了,住到一起了。

住在一起的感觉真好。姜云岳和姜老婆子居然都忘记了自己已经知天命的年龄,也学起年轻人的样子来,搂搂抱抱,亲亲热热,颠鸾倒凤了一夜。

不会再发生看见儿媳妇换内衣或坐在马桶上屙尿那种尴尬事了,也不必再担心睡觉时做摸儿媳妇屁股、奶子那种没边没沿的古怪噩梦了,姜云岳终于可以踏实一些日子了。

照壁山一带的人家情义重,互相之间的礼节来往格外多,婚丧嫁娶、起房盖屋那样的大事自然要隆重庆贺不说,就连分家这种小得不能再小的事也都要请请客,贺贺喜,凑在一起吃吃茶,聊聊天,热闹一番。

姜云岳家分家了,一分为三,邻居们便也都商定了一个日子,凑在一起来道喜。这一天,从早到晚,姜云岳家、姜耀荣家、姜耀典家三个小家里客来客往,人流不断。来客都是石板塘以及附近几个村落的人,有吴家冲的,易家纸铺的,李家磨坊的,双塘街的,祝家塅的,自然也有大柏树屋场的。

这种小事的庆贺,有个特定的专用名词,叫做"吃茶",贺客常以女人为多。而婆婆姥姥、小媳妇、大姑娘这些女人们来贺喜,又多是以聊家常、打哈哈、凑热闹为目的,并不是真为了吃茶。所以,她们来了以后,一般不会只道个喜、吃碗茶便走人了事,而常常会要在主人家里坐着说笑,一坐便是大半天不动身。

杨杏花也来姜家贺喜了。她是陪着她妈——杨老太婆一起来的。不过,她和别的贺客不同,她没有在姜家久坐,而是只匆匆地吃了一碗茶,屁股还没捂热板凳,就急急忙忙地抬腿走了。她为什么要那么急着走呢？原来,她来姜家的主要目的不是贺喜,而是看姜耀荣,见姜耀荣不在家里,她就坐不住了。

杨杏花实在是太想姜耀荣了。自从嫁到姜翼翔家后,半年多来,她还没有正经见过姜耀荣一面。她来过姜家好几次,但每一次都没见到姜耀荣。有一次,她明明从窗户眼里看见姜耀荣在家,但一进屋,姜耀荣却不见了。她很奇怪,当时就问姜老婆子:"大娘,我耀荣哥呢？我明明看见他在屋里的呀,怎么一会儿工夫就不见了呢？"姜老婆子也觉得奇怪,吃惊地说:"是呀,他是在屋里呀,刚才还在我身边站着呐,怎么转眼就不见了呢？就跟变魔术似的。这混帐东西死哪里去啦？"杨杏花还在路上远远地看到过姜耀荣几次,但每一次都是两个人眼见就要碰面时,姜耀荣却一转身走到旁边的路上去了。

杨杏花觉得姜耀荣似乎是在有意躲自己。"耀荣哥为什么要躲着我呢？是他

097

自己出了什么事,不想见我呢,还是我哪件事没做好,得罪他了,以致他对我有意见了呢?"杨杏花脑子里时时都在琢磨这件事,想得脑袋都疼了,却总也找不到答案。她是个急脾气,脑子里装不得事的。她决心趁着到姜家来贺喜的机会,找到姜耀荣,好好问一问。

出了姜家大门,杨杏花就往南边走。她知道姜耀荣最爱去的地方有两个,都在村子南边,一个是陡岭坡上的桐子树下,另一个是寺边塘尾巴的荒草地里。她先来到了陡岭坡上,但没看见姜耀荣。陡岭坡地方小,只有一棵桐子树。这地方,杨杏花再熟悉不过了。没嫁人以前,她经常和姜耀荣来这里。那时节,两个人在桐子树下一坐便是大半天。他们在这里产生过比翼齐飞的幻想,产生过恩爱缠绵的激情,也商量过逃走他乡的办法,甚至还打过私通做夫妻的主意。如今,陡岭坡还是那个陡岭坡,桐子树还是那棵桐子树,而她和姜耀荣两个人却都鬼使神差,各自走上了各自的路,各自有了各自的家。原本看似终生注定、不可能变的好事,最终竹篮打水一场空。世界上的事情真是说变就变,不可琢磨呀!故地重游,睹物思情,杨杏花感慨不已,泪如雨下。

下了陡岭坡,杨杏花就直奔寺边塘尾巴的荒草地。寺边塘尾巴那地方平时是很少有人去的,因为那地方树多草深,太荒凉,太僻静,而且还流传着很多妖魔鬼怪的传说。杨杏花胆子小,怕妖精,怕鬼怪,从没有一个人单独去过那地方。但这一次,她却没有害怕。她不仅独自一个去了那地方,而且还独自一个在那里待了很久,几乎踏遍了那地方的每一寸土地。然而,她在那里找了半天,却也还是没有看见姜耀荣的踪影。望着寺边塘那微风拂起的满塘涟漪,杨杏花的心里也波翻浪涌。"耀荣哥,你在哪里呢?你怎么老躲着我呢?难道你这一辈子就再也不见我了吗?我究竟怎么着你了呀?"杨杏花一边想,一边走,心里很不是滋味。

眼见得姜耀荣不在寺边塘尾巴,杨杏花泄气了,无精打采地往回走。但当走到一处草丛旁边时,突然草丛那边传来了一阵呼噜呼噜的声音。那声音不大,却很清晰。"这是什么声音呢?该不是老虫(老虎)、豹子的呼吸声吧?"杨杏花想。她心里一紧,两条腿不觉发起软来。突然间,她又想:"不!肯定不是老虫(老虎)、豹子!要是老虫(老虎)、豹子的话,我不早就没命了吗?"想到这里,杨杏花悄悄地蹲在地上,静静地听了起来。

听了一阵,杨杏花断定不是老虫、豹子的呼吸声,而是人在打呼噜。"这是哪个贼大胆躲在这里睡觉呢?莫非是耀荣哥?"杨杏花琢磨道。她轻轻地挪动脚步,悄悄地转到了草丛后面。

一到草丛后面,就真相大白了:地上果然有一个人躺着睡觉,那人正是姜耀荣,呼噜声就是他发出来的鼾声。

看到姜耀荣那四仰八叉、鼾声大作的睡觉姿势,杨杏花又急又气又好笑。她悄悄地蹲了下来,拔了一根小草棍捏在手里,将草棍的另一头伸进姜耀荣的鼻子里轻轻地捅了几下。这一来,姜耀荣的鼻子就发痒了。只听"哈欠"一声,他猛地打了一个喷嚏。但他还没醒,翻了一个身,头朝另一侧又睡着了。杨杏花笑了笑,做了一个鬼脸,起身走到了另一侧,仍复如法炮制,把草棍伸进姜耀荣的鼻子里又捅了起来。这一次,她捅得重了一些,捅的次数也多,姜耀荣受不了了,喷嚏一个接着一个地打,"哈欠"之声也连连不断。

姜耀荣终于被杨杏花弄醒了。但他没有起来,依旧懒洋洋地躺在地上。他半睁半闭着眼睛,扫了一眼杨杏花,有一搭没一搭地说:"我还以为是饭虻子(苍蝇)钻鼻子眼里去了呢,原来是你在故意捣乱。你可真是霸道啊,连睡觉都不让人安生!"

"哟,耀荣哥,这里是睡安生觉的地方吗?老虫、豹子来了,把你吃了怎么办?"杨杏花说。语音里充满了关切。

"呵呵,劳为(谢谢)你还惦记我啊!我还以为这一辈子没人管了呢!不过你这惦记是多余的,我命大,老虫、豹了都不敢吃找的!它们呀,只怕还担心我骨头太硬噎嗓子呐!"姜耀荣撇撇嘴,话说得不阴不阳。

杨杏花愣了一下,但脸上依旧带着笑意。她伸手摸了摸姜耀荣的头顶说:"耀荣哥,怎么啦?话里好像有话哟,不阴不阳的,是不是跟谁闹家攀(吵嘴打架),心里窝着气啦?告诉小妹吧,小妹给你出气!"

"我没跟谁闹家攀。我这人说话就这样,什么不阴不阳的,"姜耀荣脖子一梗,眼睛转向远处,"我姜耀荣行事做人就讲个正字,从不玩阴的。什么背后说坏话啦,使绊子啦,泼脏水啦,指桑骂槐啦,我都没做过,也永远不会做!"

杨杏花又一愣,摸着姜耀荣头顶的那只手不觉停住了,脸上的笑容也渐渐消退了。她静静地看着姜耀荣的脸,似乎眼前的这个人从不认识似的。看了好一阵,她才轻声说:"耀荣哥,你别瞒我,你这话里头还有话。说吧,是不是对小妹有意见了呀?"

"意见?我哪敢对你有意见呀?你如今嫁了个好男人,日子过得比蜜还甜,我高兴还来不及呐,哪会对你有意见呢?"

"我知道,哥肯定是对小妹有意见了。当初,徐应燮死了,我十七岁就成了寡妇,心里挺不好过。你就安慰我,要我别着急嫁人,再等一等,兴许咱俩的婚事还有转机。但是,我没等,急急忙忙地就嫁到姜翼翔家去了。这事我没听你的,是太匆忙了一点。但说实在的,我这么做,也是迫不得已呀!你不知道,那些日子里,我妈天天逼我,逼得我都快发疯了,我不嫁人真的是过不下去呀!"

"我对这事没意见。你嫁到姜翼翔家去是对的。"

"真的没意见?"

"当然真的!"

"我不信!没意见,你为什么老躲着我呀?就好像我得了什么杨梅花疮(梅毒）、麻疯病似的，你老也不肯见我。"

"躲着你？哪有这种事呀！"

"怎么没这种事？我来过你们家好几次，可每次都见不着你。有两次，我隔着窗户看见你明明在屋里头，但等到我一进屋，你就不见了，就好像凭空蒸发了似的。还有好几次，我在路上遇见你，老远地看见你走过来了，但当我要跟你打招呼时，你却一转身从旁边的路走了。我怎么喊，你也不答应。你说吧，有没有这种事？小妹冤枉你了吗？"

"事可能是有，但那不叫躲，叫回避。回避，懂吗？你想想，咱俩过去关系好过，现如今都有各自的家了，能不回避吗？大白天的，咱们一男一女站在路上说话，一说老半天的，显得蛮亲热，你说说，那能行吗？别人看见了，该怎么猜、怎么说呢？能不传闲话、嚼舌头吗？一旦闲言碎语传起来了，弄得满世界都知道，咱俩的日子还有法子过吗？你呀，真是的，也不动动脑子！"

"好吧，就依你说，路上碰见了说话不方便，那你不能上家来看我呀？咱们两家离得又不远，门对门的，没事就过来坐坐呗！"

"上你家？哼哼，那我更不敢啦！"

"不敢？有什么不敢的？姜翼翔人挺好的，没什么是非。"

"我不是怕他。"

"那你怕谁呀？"

"我怕有人朝我身上泼脏水！"

"泼脏水？谁朝你身上泼脏水啦？"

"反正有人泼过，具体是谁，我也不知道。"

"我不信！我在家，谁敢做这种缺德事？"

"信不信由你，反正我被泼过。"

"你确定，我们家真的有人朝你泼过脏水？"

"那当然！"

"什么时候？"

"半年前吧。那时，你结婚不久，最多也就两个多月。"

"在哪里泼的？"

"你们家厨房。"

"从窗户望外泼的？"

"不，打开窗户旁边的那扇门泼的。"

"当时你在哪里呢？"

"我就在厨房外头呀！"

"那你怎么没看清是谁呢？"

"不，我躲在那棵狗根刺后头，看不清人。"

"噢，我知道了，哈、哈、哈、哈、哈、哈……"

杨杏花一阵哈哈大笑，把姜耀荣弄糊涂了。姜耀荣愣了半天，才一翻身坐了起来，说："我没说错吧？你们家就是有人朝我泼过水。说吧，那水是谁泼的？"

"是我！"杨杏花忍住笑说。

"那你为什么要朝我泼脏水呀？"

"嗨，这里头有个缘故，"杨杏花抿着嘴，嘴边的脸上现出两个小酒窝，非常诱人，"那些日子，易家那个小三子老调戏我，天天到家来胡缠。我跟姜翼翔说过以后，姜翼翔骂过他一次，还扬言要揍他，他不敢来家了，就老躲在厨房外头的狗根刺树下看我。我发现他躲在那地方，就用水泼，没料想却泼到你身上了。真是不好意思呀，耀荣哥！"

"易家那个小三子是谁呀？我怎么没印象啊！"

"就是易梦初的第三个崽，叫易子仪的，二十出头，个头高挑，身体单瘦的那个！"

"噢，是他呀？一副螳螂架子，癞蛤蟆想吃天鹅肉！"

"耀荣哥，我解释清楚了，你该对我没意见了吧？"

"没意见，没意见，我本来就没意见的嘛！"

"那今后还躲着我吗？"

"不躲了！"

"还来我家看我吗？"

"那当然！"

"真的吗？"

"真的！"

"那好，来，咱们拉钩！"

"拉钩就拉钩！"

第八章

石板塘里有很多泉眼。因此，表面上看起来，水面上终日平静得像一面镜子，丝毫不见涟漪泛起，而水面下却潜流汹涌，暗潮起伏。石板塘姜家整个家族也跟石板塘的水一样，表面上风平浪静，暗地里却波翻浪滚，片刻不得安宁。四大房之间，各家各户之间，甚至一家一户之内的某些人之间，实际上都在勾心斗角。

勾心斗角的主要形式之一是比。石板塘的家家户户、人人个个之间就都在比，几乎无时无刻不在比。比什么呢？比谁钱多、田多、地多，比谁住得好、吃得好、穿得好，比谁第一个生儿子、第一个收儿媳妇、第一个得孙子，比谁的地位高、势力大、名声好听、在地方上有影响，也比子孙后代的出息、事业和前程。

四房的姜云海就是一个爱比的人。看到谁家收儿媳妇了，添孙子了，盖新房子了，便宜买了一头耕牛了，或是高价钱卖掉一头猪了，他的心里就不好受。他的老婆霍吟春甚至比他还要爱比，哪怕别人家只是打（做）了一只樟木箱子，买了一段好看的布料，来了一个有钱的客人，或是园子里的菜蔬长得比较好，多结了几个辣椒、几根黄瓜、几个茄子什么的，她的心里都会翻江倒海大半天，老也平静不下来。有人说，嫉妒是女人的影子。在爱嫉妒的女人中，霍吟春只怕排得上第一号了。

霍吟春年纪不大，四十还不到，刚刚三十九岁。这个年纪对女人来说，算不上如花似玉，至少也要算风韵犹存了。但霍吟春在人们中的眼目中，却绝没有一丁点如花似玉、风韵犹存的印象了。她特别显老，外表的模样比实际的年龄至少要大十岁以上。她很瘦，一张皱皱巴巴的皮包着一把骨头，一段长长的脖颈顶着一个细细的三角形脑袋，白天看着像个螳螂，夜里遇上了，猛一看，只怕还得以为是个骷髅呢。其实，霍吟春原来长得并不难看，年轻时还是个美人呢。人们都说，她现在的这副模样，完全是她自己糟踏的。一个女人家，放着自己的日子不安生好好过，天天算计着跟别人家比这比那，看着别人家的日子过得好心里老生闷气，怎么可能青春长驻呢！

这一段日子以来，霍吟春又开始天天生闷气了。这闷气与姜云岳有关。姜云岳在一年多时间里连收了两房儿媳妇，添了一个小孙女，还盖了几间新房子，这让她心里很不痛快。于是，有事没事时，她就把那颗瘦瘦的脑袋贴了过去，没完没了地对丈夫叨唠："云海呀，你看看人家云岳，办事那个麻利、痛快，不生风不生雨的，一年之内就把两房儿媳妇都收进门了。如今呀，人家连祖父也都当上了。虽然只是个没小酒壶的吧，但毕竟也是个接辈人呀，对不？可咱们家呢？咱们家的这两档子事早就该办了，可到现在连个影都还没有，我都快急死了，你怎么就不晓得着急呢？"

姜云海夫妻有两个儿子，大儿子姜耀成已经十九岁了，小儿子姜耀农也满十七了，都到了谈婚论嫁的年龄。霍吟春说的"咱们家的这两档子事"，指的就是这两个儿子的婚事。

两个儿子的婚事，姜云海其实也很着急。他早就在考虑了，只不过他的考虑与众不同。他不想和别人一个样，而是想出新招。出什么新招呢？他对霍吟春说："你以为我对耀成他们兄弟俩的婚事不着急哪？实话说吧，我比你还着急得多呢，天天晚上睡不着觉，睁眼闭眼就是这事。但这事是急一急就能解决得好的吗？人家云岳办这事已经走在咱们头里了，咱们跟他学，也在农村找两个姑娘招进门做儿媳妇，那能超得过他吗？实话说，云岳那两个儿媳妇可都是百里挑一的人尖子呀，长相端正，性情温柔，为人贤惠，又很能干，里里外外的活都很里手，而且还是大户人家的女儿。这样的人尖子好找吗？你能轻易找得到吗？不能吧！

倘若找不到，又该怎么办呢？随随便便找两个一般的将就算了？你想想看吧，这么办行不行？我觉得这么办是绝对不行的。明摆着，要是这样做的话，咱们家不仅没比过云岳家，反倒被他比下去了，云岳肯定要笑话咱们家的。这样一来，咱们家的面子往哪里摆呀？再说喽，这么办也对不住儿子呀，对不？咱们的这两个儿子可都是人中龙凤呀，要模样有模样，要才干有才干，比耀荣、耀典那兄弟两个强一万倍也不止，哪能随随便便找个一般的女孩子瞎凑合了事呢！那岂不是太委屈他们了！"

"那依你说，这事该怎么办呢？"霍吟春双眉深锁，脸上的皱纹更显得多了。

姜云海故作镇静，双手一摊说："怎么办？想招呗！人还能让尿憋死？"

"想招？你想出来了吗？什么招啊？"

"招倒是想了一个，算得上是个新招，就不知道能不能行得通！"

"新招？怎么个新法呀？说出来听听！"

"我这新招就不忙着说啦。我先问你个事，你觉得是农村好呢，还是城里好？"

"那还用问，当然是城里好喽！"

"城里怎么个好法呢？"

"你要我说城里的好处？嗬，那可就太多了。头一层，城里买东西方便吧，对不？出门就是街，街两旁有的是商店。布店、服装店、菜店、饭店等等，什么店都有，什么东西都买得着，路又近，东西又全。只要你有钱，没有买不着的东西，那多方便呀！不像咱们农村，有钱都买不着东西，就连买块手帕都得跑五六里路去趟界石镇，还不一定能买得着中意的，麻烦死了！"

"没错，城里买东西是方便，这算一条。还有呢？"

"城里也热闹呀，是不？街上到处是戏馆子，想看什么戏都能看得着，只要你有钱。没钱也不要紧，戏馆子进不去，街上也能看得到，只不过没有戏馆子里头的好看就是了。街上天天都有卖艺的。像摔跤、练武、玩杂耍、变魔术、吹口技、唱戏、拉胡琴这些玩艺，什么时候看不着呀？城里人多，随便找个人就能聊聊天，说说话，一起打哈哈，那多有意思！没事的时候，找人搓麻将、捉纸麻雀也容易，一喊人就来了，你要几个就有几个，那多方便呀！哪像咱们农村呀，真是太冷清了，什么热闹场面都不容易看到，有时候就连找几个人搓麻将都困难得很。这一阵子，我就很少搓麻将。为什么呢？找不着人呀！天天不是这个有事，就是那个没时间，老也凑不到一起。搓麻将都找不到人，天天憋在家里没事干，你说是不是枯燥无味烦死人呀？"

"倒也是，"姜云海连连点头，看来他深有同感，"嗯，城里是比农村热闹，这也算一条。想想看，还有没有可说的？"

"当然还有喽，多了去了。比如说吧，城里干净，街道是石头铺的，走路鞋子不沾泥。另外，"霍吟春翻眼看着房顶，不停地掰着手指头，"城里家家房子连接在一起，房檐往外伸出大半截，下雨不挨雨淋。城里街上有路灯，夜里亮堂，走夜路不害怕，睡觉也觉得踏实，就连半夜里起来屙屎屙尿都不用点灯。城里房多挡风，显得暖和，冬天都不冷，屙屎屙尿不怕冻屁股。哪像咱们这农村里头呀，一到冬三月就冷得要死，被窝里冷得钻不进去，茅厮(厕所)里冷得脱不下裤子，脸、手、脚都冷得生冻疮。城里街面上看不见满地的牲口粪，人看着心里就舒服。城里家家门口没有沤粪的粪氹，不生蠓子(蚊子)、饭蠓子(苍蝇)、鸡屎蠓子(鸡屎蚊子)，人不挨咬。而在农村，家家户户门口都有粪氹，以致蠓子(蚊子)、饭蠓子(苍蝇)满天飞，特别是鸡屎蠓子(鸡屎蚊子)尤其多，多得成团成堆，往人身上扑，围着人咬，追着人咬。鸡屎蠓子(鸡屎蚊子)可讨厌了，那么点个头，咬人却格外疼。每年一到暖和季节，我的身上就常会被它咬得起疙瘩发烂，痒得受不了……"

"嗯，行了，不用再说了。到底是个婆娘家，看事肤浅得很，看不到深处，"姜云海撇撇嘴，"你说的这些都对，但都是鸡毛蒜皮。我给你说两点重要的吧！头一点，城里人洋气，地位高。农村人土气，地位低人一等。你没看见吗？人家城里人到农村来，就连走路的姿势都不一样，个个昂首挺胸，特有气派，咱们农村人哪个不高看他、巴结他呀？城里人再没钱，到了农村也得高人一等；农村人再有钱，哪怕是家财万贯的大财主，进了城也他娘的牛气不起来。你说，我说的是不是实情呀？"

"是实情！是实情！没错，城里人就是地位高，农村人就是地位低！你再说吧，不是还有一点嘛，那一点是什么？"

"还有一点呀，就是城里好做买卖，容易挣钱，来钱快。你看长沙城里的那些大街吧，一天到晚人挤人、脑袋碰脑袋、屁股蹭屁股的，什么东西不好卖呀？只怕连死尸都得有人要！城里的生意真他娘的好做极了。城里人怎么富起来的？还不就是因为生意好做的缘故。而咱们农村呢？跟城里是反着的，东西倒是有的是，就是他娘的卖不动。也难怪，家家都有，谁还要买呀，对不？咱们家的茄子、辣椒、冬瓜、萝卜年年吃不完，要是拿到城里去卖，只怕还没到城门口就得一抢而空了，那得挣多少钱呀，嘿嘿……"

"呵呵，我知道了，"霍吟春抿着嘴笑了笑，"你的新招，就是想把农村的房子、田地都卖了，全家搬到城里去住，做城里人！"

"肤浅！也不动动脑筋，"姜云海满脸不屑一顾的神色，"事情能有那么简单、容易？且不说把全家的房子、地产都卖了，也不一定买得起城里的房子，就是买得起城里的房子，那也住不长久呀！坐吃山空，你懂不懂？没有事情做，你拿什么养活一家人呀？"

"你不是说城里好做生意吗？"

"说你肤浅，你可真是肤浅。城里好做生意不假，但那不等于说任何人都能做得了生意呀！做生意得要有资金，得要有门路，还得要有货源、销路等很多必备条件。这些条件都不是一时半会能凑得齐备的。咱们家急切之间，哪能具备得了这些条件呀！"

霍吟春笑容顿失，又开始愁眉苦脸了。她低下头，自言自语起来："房子买不起，生意又做不成，那做城里人不是没一点希望了？那、那该怎么办呢？"

"怎么办？慢慢来呗！世界上的事不都得慢慢来呀，哪有一口就能吃成胖子的！咱们分步走，第一步，先从孩子们做起——"

"从孩子们做起？噢，我明白了，我明白了，"霍吟春突然又眉开眼笑了。她似乎心有所悟，"你的意思呀，肯定是想把儿子送进城里，找个有女儿没儿子的人家当上门女婿，就像云岩当年那样，通过招郎入赘的方式变成城里人！"云岩是姜辉阁的第三个儿子，姜云岳的弟弟。他现在汉口经商，经营着一家很大的铺子。他就是通过招郎入赘的方式去汉口的。

"哼，你那脑子可真是木头做的！你细想想，这法子行得通吗？且不说城里根本就没有几家想招郎入赘的，就是有的话，你也不知道这些人家住在哪条街、哪个院子里头呀，对不？你上哪里找他们么？你能沿街一家一家地去问、去找吗？不能吧！招郎入赘那办法好是好，但得靠机缘。没机缘，一世也碰不上！云岩招郎入赘，那是碰巧了！"

霍吟春泄气了，脸上的皮挤到了一起，皱纹突然增多起来。她小声嘟囔道："这不成，那也不成，那到底要怎样才能成呀？"

"嗨，不跟你绕弯子了，直说了吧，"姜云海的嘴角边浮起淡淡的一丝笑意，"我的意思呀，就是想走走吟秋的路子，托她帮忙，在长沙给耀成找个工作，明白了吧？"

"这主意，我刚才也想到了，只不过没说出来就是，因为我觉得那根本不现实。明摆着，吟秋自己还没工作，天天待在家里，你要她上哪里给你找工作去？应麒倒是有份不错的工作，但他刚进去不久，人头不熟，也很难帮上忙啊，对不？"

吟秋是霍吟春的亲妹妹。应麒姓邢，是霍吟秋的丈夫。他俩都是农村人。邢应麒有个舅舅在长沙，是一家钱庄的老雇员。因为没有儿女，害怕死了没人收尸，做舅舅的就把邢应麒收为螟蛉之子，并将钱庄的那份工作也交给了他。于是乎，邢应麒和霍吟秋夫妇一夜之间便改了命运，摇身一变成了城里人。姜云海的新招，就是想托霍吟秋帮忙，求邢应麒在那钱庄里帮大儿子姜耀成找份工作。待姜耀成找到工作了，挣了钱，再谋下一步发展，即在城里租房子或买房子、娶妻子，慢慢地再把弟弟姜耀农和老两口接到城里去。

霍吟春觉得不大现实，姜云海却信心满满。他摸摸下巴颏，咧着嘴笑笑说："我觉得这事有戏，原因很明显：首先，吟秋会帮忙的。自家妹子，没理由不帮忙，对不？只要她肯帮忙，这事就好办了。吟秋是个大美人，枕边一撒娇，应麒能不听？再者，钱庄里用人不重文才，而重算才。如今这社会恰恰是文才多而算才少，几乎没几个算盘打得好的。我们家耀成是个算盘怪才，打算盘天下无对。这样的人才非常难找,咱们自动送上门去,他钱庄里的老板能不用?我看不会吧!"

姜云海这么一说,霍吟春也似乎觉得有那么一点点可能性了。她沉吟了一阵,心事沉沉地说:"要不就试试吧!不过,我妹那人有点势利眼,得送重礼!"

"重礼?怎么个重法?"

"要不送点银子,或是珠宝玉器?"

"不、不、不,亲姐妹之间哪用得着那些东西呀,太生分了!吟秋那人,我了解,平生最喜欢的是好听的话,多说点好听的,她就不知东南西北了。礼嘛,是要送,也确实要送得重一点,但不送金银珠宝之类,还是和惯常一样,以土东西为主。"

姜云海和霍吟春商量了半天,决定亲自带着大儿子姜耀成去长沙一趟,给妹妹、妹夫送点"土东西"作礼物。

"土东西"是什么呢?当地的"土东西"很多,但拢总说来,无非干、鲜两类。干的一类中,最著名的可以用腊、辣两字概括。所谓腊,即腊制食品,如腊鱼、腊肉、腊鸡、腊鸭、腊肠等。所谓辣,即辣椒及其制成品,如干辣椒、腌辣椒、剁辣椒、辣椒末、辣椒油等。这腊、辣二品,可以说是当地最有代表性的风味食品,也是当地人家送人的最常见最重要的礼物。鲜的一类中,以活鸡、活鸭、活鱼为最常见。

夫妻两个拿了一大堆腊鱼腊肉、活鸡活鸭和各种辣椒,又拿了许多其他土特产品,如干豆角、刀豆泡菜、自酿糯米酒、刚刚磨得做好的糯米粑粑等,满满装了一牛车,一大早就带着儿子姜耀成向长沙出发了。

霍吟秋见了一大堆自己平生最喜欢吃的"土东西",又听了姐夫姜云海说的一大通令人肉麻的吹捧话,简直高兴得合不上嘴了,当即痛痛快快地答应要帮姐姐、姐夫的忙。

到了晚上睡觉时,霍吟秋就紧着忙着地吹起了枕边风,求丈夫邢应麒在钱庄里为姨侄姜耀成找个工作。邢应麒一听,立马就说:"你真糊涂啊,钱庄里的工作能是随便找得到的?我刚进去不久,自己的地位尚且不稳,能给他找到工作吗?"

"那、那可怎么办呢?我姐姐姐夫都把人带来了,现今就住在咱们家里,能不帮吗?再说,我也已经答应了人家呀!哎哟,好老公呃,你就帮了这个忙吧!就帮这一次,下次不管了,行吗?"霍吟秋搂着丈夫的脖子撒娇。

"不是我不肯帮呀,我的美人,而是实在帮不了,明白吗?不过呢,这事我帮不了,你却是可以帮的!"邢应麒的话说得十分委婉。

"我可以帮?我怎么帮呀?我又不认得你们钱庄里的人!"霍吟秋纳闷。

"哎哟,又糊涂了是不?我的乖乖哟,非得一棵树上吊死呀?你不认得我们钱庄里的人,可你认得一个大老板的老婆呀!你找找她,这事不就好办了吗?"邢应麒说完,伸出一个手指头在霍吟秋的脑门上轻轻地戳了一下。

邢应麒说的"大老板的老婆",名叫陈青蔓。霍吟秋在一次逛商店时认识了她。后来,两人就常相来往,结成了好朋友。

邢应麒一句话提醒了霍吟秋。第二天一早,她就风风火火地带着姜耀成去了陈青蔓家。陈青蔓是个爽快人,当即便痛痛快快地答应帮姜耀成找一份工作。

姜耀成命运好,遇上了陈青蔓,又通过陈青蔓遇上了她的丈夫。陈青蔓的丈夫是个伯乐。他是姜耀成一生发展的关键人物。他慧眼识英才,为姜耀成找到了一份好工作,并破格重用,大力提拔,领着他走进了一个宏大光辉的事业,开启了他人生史上的辉煌时代。

那么,陈青蔓的丈夫是谁呢?他为姜耀成找的工作是什么呢?姜耀成从事这个工作以后,为什么能够开启自己人生的辉煌时代呢?说起这些事情,我们就不能不多花一点笔墨,缕述一下中国经济史上的一件大事了。

中国经济史上的这件大事,就是米谷(即大米和稻谷)贸易。

中国的粮食贸易由来已久。而在粮食贸易中,米谷贸易的历史尤其显赫。它是粮食贸易中地位最重要,发展最迅速,对国计民生和社会发展影响也最大的部分。米谷贸易发展迅速,长盛不衰,在中国经济史上有着辉煌的一页。它极大地促进了经济的发展,推动了社会文明的进步,具有极其深远的意义。而在中国的粮食贸易中,尤其是明清以来的米谷贸易中,湖南又占有特殊重要的地位。当时,湖南与江西、四川同为中国三大粮仓。其米谷远销江浙、京畿甚至全国各地,以致社会上"湖广熟,天下足"的谚语广为流传。乾隆皇帝甚至说得更明白,他干脆把这一谚语改成了"湖南熟,天下足"(事见《乾隆东华续录》卷二。其中记载说:乾隆二年十一月癸未,"湖南巡抚高其倬奏报收成分数,得旨:语云,湖南熟,天下足。朕惟有额手称庆耳。")由此可见,湖南当时的米谷出产是何等兴盛,其对国计民生的影响是何等巨大!

湖南水土、气候宜产稻米,这是自古皆然的。但她作为天下闻名的粮仓,以生产稻米而享誉大江南北,却并非自古皆然。史料证明,明代以前,甚至明代中后期以前,湖南的农业生产和商品经济发展水平是相当落后的。当时,在全国各省区中,她的地位几乎微不足道。湖南经济的勃兴和粮仓地位的形成完全是明清以来的事。那么,湖南为什么会在明清时代一跃而成为天下粮仓呢?

对历史稍加分析就不难发现,湖南在明清时代一跃而成为天下粮仓,主要有三个特定的原因,那就是外省移民入湘、洞庭湖区开垦、占城稻等优良稻种的引进和不断改良。

外省移民入湘,是明清时期一个非常令人瞩目的重大经济现象。关于这一经济现象,曾做过明政府文渊阁大学士的丘濬在《江右民迁荆湖议》一文中有过十分精辟的分析和论述。他说:"荆湖之地,田多而人少。江右之地,田少而人多。江右之人,大半侨寓于荆湖,盖江右之地力所出,不足以给其人,必资荆湖之粟以为养也。"(引自《皇朝经世文编》卷七十二)这一段文字中的"荆湖"即指湖南,"江右"即指江西。由此可见,外省人之所以大量移居湖南,根源全在于土地问

107

题，即外省"田少而人多"，而湖南"田多而人少"。他们正是看中了湖南"田多而人少"这一有利条件，因而携家带口，来到湖南开垦土地，谋求生存发展之路。当时，外省移民的规模是相当可观的，人数之多，速度之快，史所罕见。如果查一查地方志就不难发现，今日湖南人的祖先至少百分之七十以上是外省移民，这些移民的绝大部分是在明清时期移居湖南的，而且这些移民的相当大部分是来自江西。这一情况，在上面所引丘濬的文章中，我们已经看到了。此外，其他许多历史资料中也都有明确记载。例如：光绪《湘阴县图志》所列湘阴县233族大姓中，外省移民187族，其中江西籍就有142族。道光《宝庆府志》所列宝庆府420族大姓中，外省移民296族，其中江西籍就有168族。另外，《浏阳县志》、《沅陵县志》也都记载说：浏阳县"十户有九，皆江西之客民也"；沅陵县"皆江右来者"。外省移民大举涌入，就为加速湖南开发，发展农业生产，提供了充足的劳动力。还应进一步指出的是，湖南向称偏远，开发较晚，当时本地人在思想、文化、观念和生产技术等方面，是远远落后于江西、安徽、江苏、浙江、湖北等省的。因此，外省移民涌入所带来的劳动力，不是一般的普通的劳动力，而是具有较高素质的劳动力。他们不仅为湖南带来了劳动的双手，而且还为湖南带来了许许多多先进的知识、文化、思想、观念和生产技术，从而为湖南的全方位发展和勃兴带来了千载难逢的良机。

洞庭湖区的开垦，始于明代，盛于清代。这一情况的出现，是多方面因素共同作用的结果。它与外省移民有关，与政府劝垦有关，也与洞庭湖区本身的消长变化有关。宋元以来，特别是明清时期，由于上游自然植被被破坏，注入洞庭湖的长江、湘江、资水等河流泥沙含量日益增多，从而导致湖面不断缩小，沿湖荒地和湖中沙洲大量涌现。这就为大规模开垦提供了有利条件。正是在这一情况下，当地居民和外地移民开始大规模进入洞庭湖区围湖造田，而政府也开始有意识地进行劝垦，于是很快掀起了一个长达数百年的湖区开垦热潮。湖区的开垦对于自然生态的保护是不利的，但它对于湖南耕地面积的增加却又起了极其重大的作用。据史料统计，康熙24年，湖南民田额138924顷，到乾隆18年就增长到312287顷98亩，68年内增长了一倍多。新增耕地中，湖田占多少呢？康熙24年后，湘阴县新垦湖田145888亩。如果沿湖州县均以湘阴县为标准来估算，则当时湖南新垦湖田当不下1500000亩。这一数字还没有包括众多私围，即私人开垦的湖田。土地是农业生产中最重要的生产资料，更何况这些新开垦出来的土地还是土质极其肥沃，灌溉十分便利，而且特别适宜于水稻种植的湖田呢！毫无疑问，洞庭湖区开垦对于湖南粮食生产的发展而言是功不可没的。

占城稻等优良稻种的引进和改良，是中国水稻栽培史上的一次重大革命。这一重大革命，始于北宋。历史记载说，宋真宗曾派人从安南（今越南）引进占城稻。占城稻有耐旱、早熟两大优点，所以它一经引进后，很快便导致了中国水稻栽培的划时代的革命性进步。由于耐旱，许多灌溉不便的旱地也可以种植了。由于早熟，可以赶在夏季洪水到来之前收割完毕，因而许多易受水灾的低田洼地也都可以种植了。无疑，这就有利于绝对地扩大和增加耕地面积。同时，由于早熟，还可以发展双季稻种植及间种油菜、小麦、红薯等其他作物，变一年一收为一年两收或一年多收。无疑，这又有利于相对地扩大和增加耕地面积。耕地面积的绝对扩大和相对增加，特别是双季稻的发展，显然都有利于提高生产效率，特别是有利于提高土地利用效率。占城稻很有可能是在宋元之际由江西传入湖南的。虽然它传入湖南比较晚，但它在传入湖南前，却已在江苏、浙江、福建、江西、安徽等地经过了上百年的种植和改良，其耐旱、早熟的性状和优点更加突出。所以，这一优良稻种传入湖南后，很快便发展起来，迅速普及了三湘大地，从而导致了湖南农业生产的全面革新和进步。

外省移民带来了充足的劳动力和先进的生产技术，洞庭湖区开垦提供了丰富的土地资源，优良稻种的引进促进了生产效率的大幅提升，这三者有机结合，相辅相成，便为湖南粮食生产的蓬勃发展，粮仓地位的迅速形成，奠定了坚实的基础。

无论是"湖广熟，天下足"，还是"湖南熟，天下足"，这些谚语的中心或重点都是后三个字，即"天下足"。而要做到"天下足"，则不仅要有丰富的粮食产量，而且还要有发达的粮食贸易。倘若没有发达的粮食贸易，粮食的产量再大，也是达不到"天下足"的，因为它根本运销不到"天下"去，从而"天下"的人们也根本无法享用到它。

那么，湖南的农业生产在明清时期飞速发展起来后，其每年大量生产的米谷是怎样实现"天下足"的呢？谈到这一问题，我们就不能不涉及"米市"这一特定的概念了。

所谓米市，就是专门买卖米谷或以买卖米谷为主的粮食交易市场。这种专门市场，明清及近代时期发展最快，长江流域各省最多，且规模不一，大小不等，形式各样。小型米市多出现在县城和乡镇，一般以米谷的直接购销为主。大型米市多出现在大中型城市，一般以米谷的中转贸易为主。明清及近代时期全国最有名的大型米市，主要有汉口、苏州、芜湖、无锡、九江、南昌、重庆、安庆、湘潭、衡阳和长沙。这其中，汉口、苏州的米市兴起最早，是鸦片战争前规模最大、影响最为深远的米市。鸦片战争以后，芜湖、九江、无锡、长沙的米市迅速兴盛起来，一跃而成为闻名天下的四大米市，其规模和影响又逐渐压倒了汉口、苏州。但无论是早先兴盛的汉口米市和苏州米市，还是后来繁荣的芜湖、长沙等四大米市，无一例外都处在长江边上。这一事实，不仅说明长江流域各省在米谷贸易中担当了主要角色，而且还说明长江本身在米谷贸易中也有着非同一般的地位。确实，在明清以来的米谷贸易中，长江这一天然水道发挥了极其重要的作用。它是米谷贸易的主要运输通道。当时，湖南、四川、江西这全国三大主要粮仓的米谷，几乎都是通过长江这一主要运输通道从西往东运抵江浙，再由江浙运销北方和全国许多省区的。

明清以来，随着米谷贸易的迅速发展，湖南自然也兴起了众多的米市。以小型米市而言，全省各州县几乎都有，洞庭湖周边各县更是随处可见。至于大型米市，前已提及，主要有长沙、衡阳、湘潭三市。这其中，长沙由于有着全省政治、文化、经济中心的独特地位，加之又地近湘江水道，濒临洞庭湖区，位于米谷盛产地区的中心地带，人烟辐辏，交通发达，货源充足，购销两便，故米谷贸易的规模和影响尤为突出。

长沙的米谷贸易出现很早，宋元时期，甚至早在宋元以前，史书上就有过记载。不过，那时候长沙的米谷贸易规模还不大，没有形成足以影响全国的米市。长沙形成有一定规模的米市，开始对全国的米谷贸易产生影响，还是明清以来的事情。到了晚清时期，湖南的米谷贸易出现了从衡阳、湘潭等地向长沙集中的明显趋势，以致长沙米市迅速繁荣壮大，终于发展成了名震天下的全国四大米市之一。当时，长沙的米谷贸易规模相当可观，街上米行栉比鳞次，江边米谷堆积如山，河里运米的船只成群结队，米市上讨价还价之声此起彼伏，人群中为买卖米谷而昼夜辛苦奔忙的商人万头攒动，整个米谷贸易的场面气势如虹，热闹非凡。米谷贸易差不多成了当时长沙的第一大产业，对长沙乃至整个湖南经济的发展都有着举足轻重的作用和影响。米谷贸易的勃兴，促进了湖南商品经济的发展，导致了湖南在各个领域的全方位繁荣兴盛，改变了湖南落后的形象，同时也演绎出了一幕幕惊心动魄的历史场面，催生出了一代又一代叱咤风云、可歌可泣的英雄人物。

长沙众多经营米谷贸易的商行中，陈记福湘米行的名头无疑是响当当的。然而，福湘米行虽然冠名"陈记"，老板却并不姓陈，而是姓张，大名叫做颂臣。这张颂臣可不是一般人物，说起他和陈记福湘米行的来历，长沙城里的老人们无不津津乐道，赞不绝口。

张颂臣是湘北人，祖居卧蚕山西麓山下的杨家塘。那里离石板塘不远，大约只有三十多里路。他父亲参加过湘军，曾随左宗棠出征陕甘，虽然只赶上了一个尾巴，未能来得及立功受奖，封官晋爵，但却练就了一身惊人的武艺。他母亲隋氏出身大户人家，知书识字，为人善良贤惠，是相夫教子、当家理事的一把好手。张颂臣上无兄、姐，下无弟、妹，一个人独受父母宠爱，白天跟着父亲习武健身，夜晚跟着母亲读书识字，无忧无虑，倒也过了几年好日子。但天有不测风云，光绪十二年，他刚满十二岁的时候，父母先后得病身亡。父母死了，家也就败落了，他成了衣食无着的孤儿。好在他还有个叔父，见他可怜，便收养了他。叔父对他倒还不错，婶婶和几个堂兄却横竖看他不来，动不动就冷眼相对，恶语相加。这样将就着过了三四年，没料想叔父又一病不起了。叔叔死后，他就更惨了。婶婶动不动就给他脸色看，堂兄们随时随地就借题发挥，指桑骂槐，几个嫂子则更是常常莫名其妙地朝他身上甩闲话，啐唾沫，泼脏水。家里人把他当外人看，当贼防，就连吃饭也不例外。有时候，他在家里，家里人就不张罗做饭，即便饭菜做好了，也不往桌上端。只要他一出门，家里人就立马张罗做饭吃饭。等到他回来时，灶上、锅里早已干干净净，饭菜一点都不剩了。一日三餐都难有保障，这日子还能过下去吗？他有时也想搬出去另住，但能搬到哪里去呢？靠得住的亲人一个都没有了，拿得动的财产全都被叔父家变卖花光了，父母留下的房子也全都被几个堂兄占住了。他真的是孤身一人，分文没有，无家可归了。

张颂臣的叔父是个剃头匠，在世时曾教过他剃头的手艺。叔父死前，把那个放着全套剃头家伙的小木箱子传给了他，也把剃头的事业传给了他。从此，他成了一个小剃头匠，那个小木箱子也就成了他唯一可以自由支配使用的财产。他天天拎着那个小木箱子走东家，串西家，给人剃头、修脸、刮胡子、掏耳朵，赚几个可怜巴巴的小钱。当然，就是这几个可怜巴巴的小钱，他也是不能自我支配的，到家就必须全部掏出来交给婶母。否则，他就不仅进不了屋门，而且要挨全家人的一顿臭骂。

在剃头的过程中，张颂臣结识了一个姑娘。那姑娘名叫陈云秀，是著名穷汉陈伯里的独生女儿。陈家就住在离杨家塘不远的陈家台村。陈伯里身体不好，常年病病殃殃的，如今年近五十，膝下无儿，只有陈云秀一个闺女。他见自己年岁大了，担心晚年无靠，就想招个上门女婿。但上门女婿的名声不好听，一时之间找不到合适的。因此，云秀姑娘二十多岁了，却依然待字闺中。云秀姑娘比张颂臣大好几岁，按当地人的说法，是不大般配的，但他们两人却不在乎。云秀姑娘喜欢张颂臣身体高大壮实，张颂臣喜欢云秀姑娘温柔体贴，于是两个人就悄悄地好上了，相约缔结连理，永不变心。这事很快就被陈伯里察觉到了，但他不言不语，置若罔闻，似乎是已默认了。左邻右舍见一对苦命的年轻人如影随形，而陈伯里不闻不问，倒也不遵世俗之见，暗地里为他们祝福，希望他们能够好梦成真。

自从和云秀姑娘好上以后，张颂臣就完全变了一个人。他话多了，脸上有笑容了。人们估摸，他和云秀的好事大概八九不离十了。他穷，常年寄人篱下，而云秀家里也穷得叮当乱响，哪有能力大操大办婚事呢？既然如此，陈伯里多半会同意一切从简的，说不定哪天一高兴，就会叫张颂臣把被子铺盖搬过去一起过日子，不办什么婚礼宴会算了。真要是这样的话，张颂臣可就是平地升天了。他一文钱没花，就娶了堂客，安了家，有了房产，这是多么大的好事呀！人们这样想，纷纷以异样的眼光来看张颂臣。那异样的眼光中，有祝福，有高兴，有羡慕，却也不无嫉妒。看到人们那异样的眼光，张颂臣飘飘然了。他忽然觉得，自己是世界上最幸福的人。他迫切希望尽快搬出婶娘家，迫切希望尽快搬进云秀家，迫切希望能够早一点有一个真正属于自己的家。他日日夜夜都在盼望这一天快点到来。

然而世界上的事情总难如意。就在他的梦想快要变成现实时，意想不到的事情发生了。

那天早上,张颂臣提着剃头箱子正要出门,婶娘把他喊住了。"颂臣,眼看快过年了,家里的柴火不够,你今天别出门,进山砍柴吧!你二哥昨天砍了几捆柴,来不及背回来,说是放在土地庙前头了,你顺便背回来!"婶娘对他说。

当地人特别信奉土地菩萨,几乎每个较大的村子都建有土地庙。张家的柴山就在村后,那里林草茂密,风水很好。于是,村人们便在山的中部最高处用石板搭起来一个小屋,作为供奉土地菩萨的土地庙。土地庙在逢年过节时是人们的祭祀重地,而平常日子却是人们进山砍柴时休憩歇息的好地方。张颂臣每次进山砍柴,都要在那里闲坐遐想好半天的。

婶婶喊他去砍柴,他不得不听。无奈,张颂臣只得放下剃头箱子,拿起扦担、柴刀,走进了村子后面的柴山。一进柴山,他就直奔土地庙。然而,刚走近土地庙,他就发现了异样:茅草丛中有一只死鸡。那死鸡脖子底下有个小口在流血,身体柔软,尚未僵化,甚至还有些微温,显然刚死不久。"这鸡是谁家的呢?莫非是黄鼠狼咬死的?"张颂臣想。当地黄鼠狼很多,鸡被咬死吃掉是常见现象。看着这只死鸡,他愣住了,一时之间难以决断。他想,要是把这只鸡送到云秀家去,那就太好不过了,云秀的父亲身体不好,正需要加强营养。但是,什么时候送去呢?上午去吧,会影响砍柴,婶娘那里不好交待;下午去吧,死鸡还得在山里放半天,难免腐烂发臭。想来想去,他最终下定了决心:就在山里把鸡烧熟,晚上再抽空送到云秀家去。他觉得这样做最好,既不会影响砍柴,又不用担心死鸡腐烂发臭。而且,这样做还有一个好处,那就是可以借机展示一下自己的手艺,做一个别人从来没有做过、吃过的菜——叫花鸡,让云秀对自己另眼相看。

叫花鸡的做法,张颂臣是听隔壁三老倌说的。三老倌看过不少古书,懂得的事多。他说,叫花鸡是明朝开国皇帝朱元璋发明的。朱元璋小时候是个穷叫花子。他常把财主家的鸡抓来做叫花鸡吃。张颂臣对朱元璋佩服得五体投地,早就想学他的样子,做叫花鸡吃了。他想,自己要是做成了叫花鸡给云秀送去,云秀指不定会多高兴呐!于是,他拿着鸡飞快地跑到山下塘边,给鸡裹上了湿黄泥,然后又找来了许多柴火,用火石点燃。等到柴火烧得比较大了,有了许多滚烫的柴灰了,他就把周身裹着厚厚湿黄泥的死鸡往火里一扔,再用滚烫的柴灰盖上。柴火越烧越旺,柴灰越积越多,不一会儿,鸡身上的湿黄泥就烧干了。又过了一会儿,鸡肉的清香味就开始四散飘溢了。张颂臣悠闲自得地坐在土地庙前的条石上,一边看着熊熊燃烧的火焰,一边想象着云秀见到叫花鸡时那开心的笑容,心里得意极了。

然而,就在这时候,耳边突然响起了炸雷一般的叫骂声:"噢,怪不得我们家的鸡怎么突然不见了呐,原来是你偷了!你这个贼,居然偷到老娘头上了!"

张颂臣回头一看,只见邻居三婶双手叉腰站在一旁,正横眉怒目地瞪着自己。那婆娘是有名的泼妇,跟婶婶好得能穿一条裤子。张颂臣知道三婶误会自己了，连忙好言好语地解释说鸡是捡的。但三婶哪里肯听他解释，不仅一口咬定是他偷的，而且越骂越难听。

山里人越来越多了，婶婶来了，堂兄堂嫂子们来了，左右邻居来了，就连七十多岁的老族长都让人搀着赶过来了。人们都用异样的眼神瞪着张颂臣，纷纷指责他不该败坏门风，做贼偷东西。有人当众向老族长提议，立即鸣锣开祠堂，打张颂臣的屁股。几个堂兄当时就挽起袖子要打张颂臣，甚至扬言要当众打死。一个十六七岁的孩子哪里见过这阵势！张颂臣百口莫辩，欲哭无泪，完全吓懵了。

乡村里头，两种人名声最臭，一种是奸淫，另一种就是做贼。做贼的名声甚至比奸淫还臭。谁要是有了做贼的名声，那就无法在当地立足了。并且，乡村虽然人口稀少，信息的传递却相当迅速。一个人一旦有了做贼的名声，不出一两天，这名声就会不翼而飞，搞得十村八里人人皆知，臭不可闻。张颂臣做贼偷鸡的名声自然也很快就传出去了，附近各村的人都把他当贼防着，不让他进家，不和他说话聊天，更不找他剃头了。一时之间，他成了村里人人喊打的过街老鼠，没人理，没人可怜，也没地方可以待了。

家里住不得了，村里也待不下去了，张颂臣只得去找云秀。他觉得云秀是了解他的，相信他的，一定会开门接纳他。然而，他错了。他到了云秀家，云秀却关门不见，躲在屋里嘤嘤哭泣。陈伯里更是恼羞成怒，提着一把锄头冲出门来，要和他拼命。这一来，张颂臣真的是山穷水尽，走投无路了。到哪里去呢？上吊自尽，还是投河自杀？张颂臣没有这种念头。他不是一个容易屈服的人。他觉得自己没有错，他相信天无绝人之路，他下定决心要走出一条自己的路来。

一天凌晨，天还没亮的时候，他拎着那个小剃头箱子来到了塘堤上。一轮明月挂在半空，满天星星眨着眼睛，塘对岸的小山里树影憧憧，父母的坟头依稀可见。他远远地对着父母的坟头跪了下来，口中念念有词："父母双亲大人在上，儿子被人冤诬，难以自辩，今日不得不出走他乡，非是儿子真的有错、心中有愧、不敢见人，此中情由，苍天可以作证！而今儿子把这口小剃头箱子扔进水里，听凭天意裁决。倘若他日我沉冤得雪，父老体谅我的清白，我还能再回家乡，便请剃头箱子浮出水面！倘若我沉冤永世难雪，我今生今世难回家乡，便请剃头箱子沉落水底，永远不要再浮出水面了！"

张颂臣说完，便使劲一扔，把小箱子扔进了水里。接着，他眼睛一动也不动地盯着水面。但他足足盯了一顿饭的功夫，却始终没见那剃头箱子浮出水面来。

"嗨，看来天意是不要我回来了！娘，爷（父亲，念 ya，——下同），今生今世，儿子没法到两老坟前烧香磕头了！儿子不孝！儿子不孝！儿子不孝啊！"张颂臣一声长叹，双泪长流，站起身来，拔腿就走。

张颂臣离家出走了。这一年是光绪十七年。这一年，他刚满十七岁。

一觉醒来时，张颂臣发觉自己躺在床上。那床很窄，很简陋，似乎是用几块长木板临时搭起来的,人一翻身时,它就骨碌碌乱响。屋子好像很小,很暗,似乎没有窗户。朦胧中,他费力地睁开眼睛仔细辨认了一下,这才看出那屋子其实不是正规的房子,而是一个过道。那过道很长很窄,两头各有一个门,门上挂着布帘子;过道的两边靠墙放着好几个又大又高的柜子,柜子没有门,一格一格的隔板上堆着很多东西。

"这是哪里呢?"张颂臣纳闷。他掀开被窝,用胳膊肘撑起半边身子,想坐起来仔细看看。但他一动身子才察觉,自己头晕脑胀,浑身疼痛,竟然一点力气都没有了。

"娘,他醒了!"随着一声银铃般的叫喊,门帘一挑,一个八九岁的小姑娘端着一盏油灯,轻手轻脚地闪身进来了。她小心翼翼地把油灯放在门口的一张桌子上,踮着脚走近床边,瞪着大大的眼睛静静地看着张颂臣。

过了一会儿,一个中年妇女走了进来。她走得很慢很轻,双手托着一个茶盘,茶盘里放着一碗饭、一碗青菜、一双筷子。

"哟,醒了!你这一觉啊,整整睡了一天一夜!饿了吧?来,吃点东西!"中年妇女把茶盘里的饭菜端出来放在床头的小茶几上,然后又把茶几端起来放到床边。

"大娘,我、我这是在哪里呀?"张颂臣用手背揉了揉眼睛,边起身边问。

"在哪里?在我家呀!我家姓陈,我叫青蔓,这是我娘!我爸给你买药去了,一会儿就回来!"小姑娘说,好看的小脸上满是甜甜的笑容。

"什么?给我买药?我病了吗?"张颂臣问。

"是呀,你病了呀!不过你放心,下午郎中来看过了,说你也就是饿着了,冻着了,并没什么大不了的病,休息一两天就会好的。"中年妇女说,语气十分温柔。随即,她又伸出一只手来,轻轻地摸了摸张颂臣的额头。

"嗯,不烧了,好多了。快吃饭吧,吃点饭会好得更快的。你先把饭吃了,有话咱们过会儿再说。走,青蔓,咱们先出去!"中年妇女拉着小姑娘的手出去了。

小姑娘和中年妇女那亲切的笑容,温柔的话语,使张颂臣立刻感觉到了家的温暖。他一骨碌爬起来,风卷残云似地把那几碗饭菜一扫而光。吃完饭,他静静地坐在床边,开始慢慢地回忆自己这几天来的经历。他依稀记得自己是在一个清晨离开老家的,走得很早,没吃没喝,饿着肚子走了一百多里路,夜里才到长沙。进了长沙城以后,他先是顺着街道往西走,不知不觉地走到了湘江边上,然后又沿着湘江朝南走,来到了一个渡口。那时候,天就黑了。他想找个地方歇一歇,睡一觉,但沿着那个渡口转了好几圈,也没找到一个可以睡觉的地方。于是,他不得不又折回来,往河堤上走,想重新进街里去。当走到河堤上,快要进街口的时候,他又累又饿,头晕脑胀,浑身无力,实在走不动了,便咕咚一声栽倒在地上了。这以后的一切,他就无论如何也想不起来了。

"大概是这姓陈的一家子把我救了,"他自言自语道,"自己哪能在这里住,给人家添麻烦呢！不行,我得赶紧走！"想到这里,张颂臣站起身来就走。

张颂臣刚到门口,就迎面碰上了一个中年男子。那中年男子四、五十岁年纪,个头不高,有点弯腰驼背,一看便知身体不好,但满脸络腮胡子衬托着一张四方型的大脸,眼睛明亮,和颜悦色,却显得颇有豪爽气概。

中年男子双手一摆,笑呵呵地说:"哟,怎么起来了?该不是想走吧?这会儿你可不能走哇,我刚把药买回来呢!这药是三天的,好歹也得把这三天的药吃完了才能走!要不然,这三天的药钱岂不是白白浪费了?再说,你刚退烧,病也还没好彻底呐,就这么出门,要是死在路上怎么办?你可是不应该死的人啊!我这该死的病秧子还没死,你这不应该死的人,年纪轻轻的棒小伙子,却不等夺命无常来通知,便自己冒冒失失地闯进了阎罗殿,阎王爷也不好处理啊!我们也该为阎王老子考虑考虑是不?"

看着中年男子,张颂臣猜想是男主人回来了,便迎面喊了一声"陈大叔",并连声道谢。

中年男子双手一摊,大大大咧咧地说:"嗨,谢什么呀?我也不是特意去救你的,事情让我赶上了,我也就不得不做啦!俗话不是说嘛,救人一命胜造七级浮屠。其实呀,我救你也是在为自己积德,看将来能不能到西方极乐世界去走一遭。不过说实在话,你这命也真大,幸好被我出门倒垃圾碰上了。要不是我把你背回来,你倒在那道河堤上,这大冷天的黑夜里,不被冻死也得给野狗吃了!河边上野狗多极了,夜里见了活人走路都追着咬呐!"

听了中年男子这一番话,张颂臣不觉毛骨悚然,嗫嚅着说:"陈大叔,多亏你了!"

中年男子笑了笑说:"我嘛,姓陈不假,名叫陈星年,年纪也已四十有六了,你叫我一声'陈大叔',倒也不致辱没。估计你也就十六七吧?"

"是的,我刚满十七。"张颂臣回答。

"哦,刚满十七?那你比我差不多小三十岁,叫我陈大叔、陈大伯都行。不过呢,这年月城里头时兴叫师傅,我这人呢,也最爱听人叫师傅,你就还是叫我陈师傅吧!陈师傅这叫法好听。我是这家陈记杂货店的老板,大概也当得起'师傅'这一声叫。"中年男子说。

见中年男子为人豪爽,张颂臣就像遇见了亲人一般高兴。他平生最喜欢的,就是这种豪爽性格的人。他看了一眼中年男子,一本正经地说:"好,陈师傅,那以后我就这样喊了!我父母死了,我在这世上已经没有一个亲人了,你和你一家就是我的亲人,我的救命恩人!"

三天后,张颂臣好了,但他没走。陈星年不想让他走,他自己也不想走了。

闲谈中,陈星年问张颂臣:"你孤身一个从乡下跑到城里来,想干什么?"

张颂臣回答:"家里没活路了,出来找碗饭吃。"

陈星年问:"要吃哪碗饭呢?做买卖,学手艺,还是进厂子?"

115

张颂臣回答:"想去码头扛粮包。听人说,码头上活多,扛粮包上下船,来钱快。"

陈星年浑身上下打量了一下张颂臣,说:"嗯,你年纪虽小了点,力气还不太稳,但个头蛮高大,身子骨挺结实,当码头工倒也能干得了。那你住哪里呢?长沙有亲戚吗?"

张颂臣低下头,眼睛盯着自己的双脚,半天没言声。

见张颂臣低头了,陈星年小声说:"啊,我明白了,大概是没歇脚的地方吧?"

张颂臣抬眼看了看陈星年,小声回答说:"暂时还没找到住的地方,走一步看一步呗!"

陈星年低头看着地面不言不语,过了好一会儿才又抬起头来,看着张颂臣说:"如果不嫌弃这房子窄小,那就住我家吧!白天你去码头干活,晚上到我家里睡觉,顺便帮我值夜班,我按月给你工钱,还管你一日三餐饭,行不?"

张颂臣高兴地说:"管住还管吃,那还能不行!我巴不得已呐!不过,工钱我就不要了!"

陈星年笑了笑,忽又收起笑容,一本正经地说:"一言为定,但工钱我还是要给你的!"

"好,一言为定!"张颂臣干脆利落地回答。

就这样,张颂臣留下来了。白天,他去码头上当运输工,晚上就回店里住。店里的事情,他无一不做。他有的是力气,脑子也好使,为人又仗义,干活从不偷懒耍滑,因而深得陈家人好感。陈星年夫妇没儿子,只有一个小闺女。见张颂臣忠厚实在、聪明能干,他们很喜欢,便把他当作儿子看待了。四口人和和睦睦,欢欢喜喜,倒真像一家人。

第九章

张颂臣有工作了,有住处了,有钱花了,有饭吃了,日子一天天好起来了。然而,陈记杂货店的生意买卖却越做越艰难了。

陈老板的生意买卖为什么会日益衰落呢?这与长沙城米谷贸易的兴旺发达有关。

原来,陈记杂货店是卖鞭炮的。而陈老板之所以选定鞭炮为主要经营业务,又在于陈记杂货店所处的特殊地理位置。

陈记杂货店位于湘江东岸的朱张渡。那里正面对湘江中的橘子洲和湘江西岸的天马山、岳麓山,不仅风景极其优美,而且还有着一段离奇动人的古老传说。

很早很早以前的一天，长沙城里突然来了一个老和尚。那老和尚穿着一袭破破烂烂的袈裟，捧着一个小小的紫铜钵盂，天天沿街化斋。长沙人素来笃信佛道，乐善好施，见老和尚上门化斋，自然家家捐米，户户给食。老和尚来者不拒，无论是米面、饭菜，还是钱钞，但凡送来了，便往钵盂里一倒。然而奇怪的是，人们眼看着老和尚把东西都倒进紫铜钵盂里了，那钵盂却老也不见满。小小的钵盂怎能盛下那许多东西呢？百姓们大惑不解。于是，很多人便天天跟在那老和尚后头看热闹。老和尚连着化了三天斋，到第四天时便不再化斋了，手里也没拿那个紫铜钵盂了。百姓们给他东西，他也不要。但这时他虽然不再化斋了，却依旧继续不停地在城里到处转悠，并且还沿街喊话。喊话的内容，翻来覆去，老是那么几句："我佛慈悲，垂怜下界，欲渡信男信女去西方极乐世界。本月十五中秋节晚上明月方升之时，将有天梯搭于朱张渡口。各位信男信女莫错良机，届时务必前往乘梯升天！切记！切记！"。老和尚沿街喊话，一直喊了三天，把整个长沙城都喊遍了。长沙城里人心都沸腾了，成千上万的信男信女都盼着中秋节快点到来，好登上大梯去西方极乐世界。

大多数人都相信那老和尚是个活佛，但也有一些人是不信的。这其中有一个青年猎人就不信。他在老和尚身后跟了一会儿，发觉有些异味，便赶忙回家告诉了父亲。

他父亲是一个老猎人，经验极其丰富，当下便紧闭门窗，压低声音说："这事我已知晓。昨晚我悄悄跟踪，发现它走到城南乱葬岗的古墓堆中便身子一缩，突然不见了。那古墓堆中有一个巨大的洞穴，里面藏着一条千年蛇精。四十年前，我还只有十三、四岁的时候，你祖父便发现它经常入城掠食婴儿，曾经与它大战数百回合，用刀砍伤了它，但自己却也被它咬伤了。后来，你祖父便死于那蛇精的毒牙咬伤。他临死时，叮嘱我苦练武功，长大后为民除害。四十多年来，我一直在找那蛇精的藏身之所，却始终未能找到。现在它终于又现身了，机会难得，我们一定要想方设法将它除掉。"

当下，老猎人走到床后，拿出一张弓箭来交给青年猎人，对他说："这就是你祖父留下的西风弓、穿云箭，是我们家的传家之宝，平常打猎是不适宜用的，但关键时刻却必须用它。你祖父说，这蛇精修炼多年，能量巨大，用刀枪难以奏效，只能用弓箭射杀。我已老了，身体又不大好，难以斗过那孽畜了，这事就交给你去做吧，你用这弓箭为祖父报仇雪恨！"

"好，"青年猎人一把接过弓箭，斩钉截铁地说，"我现在就去找那蛇精！"

老猎人按住青年猎人的肩头说："不，这事不能鲁莽！我们还是去找太守商量一下吧，看他能不能派兵丁和我们一道行动。如果太守支持，我们的胜算就更大了。"

事不宜迟，老猎人父子俩连夜造访了太守府。当时，长沙府的太守姓余名镇，文武双全，精明强干，很有魄力。他也早就怀疑那老和尚是个妖精了，有心为

117

民除害，只是一时之间还未想出妥善的办法。见猎人父子两个来了，余太守十分高兴。三人经过一夜紧锣密鼓的仔细商量，定下了四条计谋：一是中秋夜月亮升起之时，余太守派兵丁假扮老百姓守住朱张渡口，拦住那些要上天梯的信男信女；二是青年猎人找一个隐秘的所在藏身，专门负责用毒箭射杀蛇精；三是余太守派武艺高强的军士守住各要害路口，一旦发现蛇精逃跑，便上前截杀；四是老猎人制造一些毒性最强的毒药并散发给各药店，一旦发现蛇精来买专治刀箭伤的药，便将毒药卖给它，以借机置它于死命。

中秋节很快就到了。太阳还没落山，信男信女们便扶老携幼，争先恐后地赶到了朱张渡。一时之间，湘江边上万头攒动，热闹非凡。人们心如火燎，急不可耐，纷纷踮起脚尖，伸长脖子，向着东方的天边远远地眺望，只盼那一轮明月快快升起。

天渐渐地黑了，一轮明月好不容易从远方的天边露头了，一点点地慢慢地升起来了，人们的心便立刻沸腾起来了。正在这时，突然间"哗啦"一声巨响，只见一道红光从天而降，朱张渡口真的出现了一道天梯。那天梯通体呈暗红色，约有一丈来宽，三四尺厚，百数十丈高，下端紧接河边，上端伸入一个巨大的椭圆型门洞；椭圆型门洞的后头，有一大团若隐若现的云层；云层前面，椭圆型门洞上方的两侧，悬挂着两盏巨大的球形灯笼，灯笼里忽明忽暗地闪着绿幽幽的光芒。

天梯真的搭起来了，信男信女们疯狂了。他们纷纷使出浑身吃奶的力气，前呼后拥，朝着天梯的入口处猛冲。但是，他们冲了一阵，挤了一阵，眼看就要上天梯了，却无论如何再也前进不得半步了。这是余太守派来的兵丁发挥了作用。他们假扮为老百姓，死死地堵住了天梯的入口处。

在河岸边的一座楼房里，猎人父子正躲在窗户后头注视着眼前的一切。青年猎人做好了一切准备，一手挽弓，一手搭箭，瞄准了那道天梯。

"先射哪里为好呢？"青年猎人悄声问父亲。

"那道天梯可能是蛇精的舌头，而那两个灯笼准保是蛇精的眼睛。眼睛是要害处，你就先射灯笼吧！"老猎人附耳低声嘱咐。

"好，先射眼睛，看我的！"青年猎人浑身使足劲，拽满弓，瞄准天梯一侧的灯笼，猛地一松手，那箭便嗖地一声射过去了。

突然间，两盏巨型球形灯笼中的一盏熄灭了。紧跟着，另一盏也熄灭了。没过一会儿，天梯不见了，椭圆型门洞不见了，那团若隐若现的云层也不见了。天空又恢复了往日的情景，万里无云，众星灿烂，明月高悬，光照如水。

天梯突然不见了，信男信女们不明所以，一个个喊的喊，叫的叫，哭的哭，骂的骂，朱张渡口立马乱成一团。余太守知道蛇精受了重伤，暂时无力复出，便立即派人晓谕百姓，讲清事实真相，劝导他们离开江边，回家休息。与此同时，猎人父子也火速带领兵丁四处搜索，寻找、截杀蛇精。

人们四处寻找,辛苦忙碌了一夜,却没有发现蛇精的任何信息。然而,第二天一大早,蛇精却主动出来了。它依旧化装成那个老和尚的模样,所不同的是头上蒙着一块白布,遮住了右边的那只眼睛。显然,它的右眼受伤了。它一进城,便直奔一家药店,扬言要买金疮药。那家药店的主人早已受到老猎人关照,就不动声色地拿出毒药卖给了它。它接过那包毒药,便掉头不顾,直奔南城而去,走到那片古墓附近便突然消失了。

　　猎人父子知道蛇精依旧藏身在古墓堆中,便昼夜不停地守候在附近。五六天后,古墓堆中开始有奇臭异味散发出来。猎人父子循着那奇臭异味细心寻找,终于在一处荆棘和茅草掩盖得十分隐蔽的乱石堆里发现了那蛇精的藏身之处——一个水桶粗细的深洞。蛇精就死在那洞里,尸体已经腐烂发臭。

　　这传说当然不可能是真的,但后世的许多长沙人却依旧笃信不疑。他们认为,猎人父子和余太守都不是一般人,而是天上的神仙卜凡。因此,每逢年节或家里人有病痛时,他们就会来到朱张渡一带的河边燃香烛,放鞭炮,以祈求神仙——猎人父子和余太守保佑自己家人消灾祛病,平安健康。而出于人们都喜欢到朱张渡的河边来放鞭炮,因而数百年来这里的鞭炮生意特别红火。

　　陈星年不是朱张渡附近人。他家祖籍长沙城北郊的苦竹坡。咸丰九年,他和父亲扛着几根竹竿,拿着几领竹席,来到朱张渡,在堤岸边支起一间茅屋,开办了陈记杂货店,专营鞭炮香烛及其它祭品。刚开始的那十几年,他们的生意倒还不错,虽没发财,却也衣食不愁。但到同治年间、特别是光绪初年后,形势就大变了。随着太平天国起义的平定,社会秩序和经济生活的恢复正常,长江、湘江、洞庭湖水路的疏通,长沙的米谷贸易迅速发展起来了。成千上万的粮船纷纷开到长沙,云集朱张渡口的河边,把这里变成了一个米码头,在这里装货、卸货。来自外地和本地的粮商们纷纷到这里购田买地,建货栈,盖粮仓。而来自周边各县的数以万计的农民们,则更是来来往往,出出进进,在这里打工挣钱、安家歇宿,甚至生儿育女。这样一来,原本十分宽敞的朱张渡便变得拥挤不堪了,几乎找不到一块可以燃放鞭炮的地方了。

　　没有地方放鞭炮了,人们还会到这里来买鞭炮吗?当然不会!于是,朱张渡的鞭炮生意一落千丈了。

　　鞭炮生意做不下去了,何以为生呢?陈星年在思考,张颂臣也在思考。几年来的共同生活,把张颂臣和陈家融到了一起。陈家高兴,他高兴;陈家发愁,他也发愁。

　　这天晚饭后,全家人聚在一起商量。毕洁芬,即陈星年的老婆,皱着眉头、满脸愁云地说:"看来,这地方是无论如何待不下去了,赶紧挪个地方吧!要再这么耗下去,非得把老本亏得净光净不可!我看南边的那段江面粮船不多,地价便宜,干脆就在那里找块地方盖个房子开店吧!"

　　"你的意思是还干老本行,卖鞭炮?"陈星年低了好半天的脑袋慢慢抬了起

石板塘

119

来,看着自己的老婆,轻声问道。

毕洁芬苦笑一声说:"当然还得干老本行喽!不干老本行,还能干什么?"

"干老本行?我看不行!朱张渡以前的鞭炮生意为什么好做?那是因为余太守和猎人父子在这里射杀过蛇精。他们为民除害,老百姓把他们当成神仙来敬。别的地方没有这段历史,鞭炮生意就肯定难做。再说,南边的那段江面现如今粮船虽不多,但保不齐今后也会多起来。一旦将来那段江面粮船也多起来了,我们难道还要挪地方不成?且不说南边那段江面将来米船会越来越多,即便是没有米船,这鞭炮生意也不能干了。明摆着,如今一般人家放鞭炮也都开始改方式了,都喜欢在自家门前的空地上放,谁还会跑那么远的路,跑到江边这地方来买鞭炮呢?颂臣,你说是不?"陈星年说。他很看重张颂臣,觉得他读过书,有学问,说话令人信服。

张颂臣在矮凳上坐着,一边静静地听,一边默默地思考。其实,他早就认为鞭炮生意不能做了,只是碍于面子,才没有出言反驳师娘的意见。这时见师傅催他说话,他便直直身子,开始娓娓而谈,说起了自己思考了好多天的想法。他的想法,就是根据码头工人大多来自湘北这一情况,开一个茶馆,经营一种带有湘北风味特色的茶。这想法并不复杂,但陈家人住在长沙,从未到过湘北,对湘北风俗人情了解不多,哪里晓得湘北有特色风味的茶呢?所以,张颂臣不得不说得详细些。

"十里不同风,百里不同俗",这话说湖南真是再恰当不过了。湘北县紧挨着长沙,县城距长沙的市中心也不过百十里地,而风俗习惯却有很多不同。

湘北一带的人,在生活习性、语言方式等方面,都有很多自己独特的地方。就说方言吧,很多称呼、说法、表达方式,湘北一带都是明显不同于长沙等周边其它地方的。例如:母亲,长沙人一般喊做娘或妈,而湘北人则是喊做"嗯婆"(婆念 bo);你,长沙人一般念做"里",而湘北人则叫做"嗯";谁,长沙人一般叫做"哪个",湘北人则叫做"喔只个";去,长沙人念做"克",湘北人则念做"切";提,长沙人念做"低"音,而湘北人则念做"嗲"音;的,长沙人念做"地",而湘北人则念做"果";哪里,长沙人就叫做哪里,而湘北人则叫做"喔只块得";哪里的,长沙人就叫做哪里的,而湘北人则叫做"喔只块得果";水,长沙人就念水,而湘北人则念做"许";这个,长沙人念做"给过",湘北人则念做"给扎";鞋,长沙人中虽也有念做"孩"音的,但更多的人还是叫做鞋子,而湘北人则几乎百分之百地都叫做"孩子";小女孩,长沙人叫做"细妹子",而湘北人叫做"细细买则"。倘若是说"你这个小女孩提着鞋子到哪里去呀"这句话,长沙人一般会说成"里给过细妹子低着鞋子到哪里克呀",而湘北人则会说成"嗯给扎细细买则嗲着孩子到喔只块得切喽"。

说话的语气、声调和话尾巴等,湘北人与长沙人也是有明显不同的。如常说的话尾巴,长沙人爱说"的"(念成低音)、"子"等,而湘北人则爱说"哩"和"果"

等。例如："干什么"，长沙人说成"搞么子"，而湘北人说成"搞么哩"；"吃什么"，长沙人说成"吃么子"，湘北人说成"恰么哩"；"谁"，长沙人说成"哪个"，而湘北人说成"喔只过"；"是谁的"，长沙人说成"哪个低"，而湘北人说成"喔只过果"；"我的"，长沙人说成"我低"，而湘北人说成"我果"。一个"哩"字，一个"果"字，大概算得上是湘北人最爱说的话尾巴了。尤其是"果"字，湘北人说得更多，说话时动不动就要带上这个字。所以，外地人常说"湘北伢仔十二只果"。

应该说明的是，湘北话中的很多字词是只可意会而不可准确书写出来的，因为字典中根本就没有那样的字词。如上面所列举的"哩"、"果"、"嗯婆"、"喔只过"、"喔只过果"、"喔只块得"等，就都属于这种情况。作者在这里这样写，纯粹是根据发音而随便找个字词代替，不可能准确，读者切莫较真啊！

至于吃喝饮食及起居生活习俗等方面，湘北人与长沙人的区别就更大了。例如，吃饭，长沙官话把"吃"念成"气"音，说成"气饭"，而湘北一带却说成"恰反（饭）"，把"吃"字念成了"恰"音。其实，湘北人不只是把"吃饭"的"吃"说成"恰"，就连"喝水"、"喝汤"、"喝茶"、"喝酒"，他们也都是说成"恰许"、"恰汤"、"恰茶"、"恰酒"的。甚至连"抽烟"，他们也都说成"恰烟"了。

与长沙等地相比，湘北一带的有些说法并不仅仅是腔、调不同，而是在意义上本来就有质的区别。即以"喝茶"一词来说，湘北一带的人说成"恰茶"，其实是自有其特定理由的，因为他们喝茶，其实不仅仅是喝，而在很大成份上就是"恰"（即吃）。当地人泡茶，不仅要在开水中放入茶叶，而且还要加放一些其它东西，如盐、姜、桂花、豆子、芝麻等。只放茶叶的茶水，当地人虽也喝，但喝得少。就连仅放茶叶、盐、姜汁的姜盐茶，人们也喝得不多，更不会用它来待客。在一般情况下，人们日常饮用和待客的茶，至少要放茶叶、盐、姜汁和炒熟的豆子，这叫做姜盐豆子茶。这是最普通不过的茶了。加放熟芝麻的，叫做姜盐豆子芝麻茶，也很常见，待客时常用。豆子、芝麻之外，再加放一点用盐腌制过的桂花的，叫做姜盐豆子芝麻桂花茶，那就是最高档次的茶了。不过，这种茶比较稀少，因为它受到的条件限制比较特殊一些。比如说，桂花就不是随处都有的，更不是一年四季都有的。姜、盐、豆子、芝麻、桂花、茶叶这些东西都是能吃的，而且都是富含营养的，弃之当然可惜，因而人们在喝茶时顺便也就将这些东西一扫而光，吃进口中，吞进肚子。所以，当地人把喝茶说成"恰茶"（即吃茶），确实是有道理的。

湖南很多地方的人，也包括不少长沙人在内，也有嚼茶叶的习俗。他们往往在喝完茶水之后，就把茶叶捎进嘴里嚼一嚼，然后咽进肚子里。但这种习俗与湘北一带人的习俗还是有明显不同的。他们只嚼茶叶，不吃豆子、芝麻，茶里也不放姜和盐。而湘北人却不仅是要嚼茶叶，而且还要在茶里放豆子、芝麻、姜和盐，并将这些所有的东西一概放进嘴里、吃进肚子里的。很多湘北人甚至把吃豆子、芝麻当成了喝茶的重点。

姜盐豆子芝麻桂花茶在湘北一带极为盛行，所以人们称之为湘北茶，也叫做湘阴茶。这种茶是由姜、盐、炒熟的豆子、炒熟的芝麻、盐腌制的桂花、茶叶六种原料合在一起泡成的,故又名六合茶。

不过,湘北茶或湘阴茶也罢,六合茶也罢,这种茶却不是近现代发明的,而是有着悠久的历史。据说,这种茶在宋代就有,最早是以药的形式出现的,其发明者不是一般民间人物,而是大名鼎鼎的民族英雄岳飞。民间传说,南宋初年,洞庭湖地区爆发了震惊天下的杨幺起义,朝廷命岳飞带兵前来剿灭。但是,岳飞部下的兵丁多为中原河南等地人,很不适应阴冷潮湿的洞庭湖区气候。结果,他们一到洞庭湖区,便都相继病倒了。这无疑极大地影响了军队的战斗力。岳飞见状,便特地发明了这种具有独特风味的药茶,用以治疗兵士的疾病。后来,这种茶传入民间,遂在当地流传开来了。

这种茶是不是始于宋代?是不是始于岳飞军中?是岳飞自己的发明创造,还是采纳了部下谋士或当地土人的献策?这种茶发明之始就有姜、盐、豆子、芝麻、桂花、茶叶这六种原料,还是只有其中某几种,如姜、盐、豆子、茶叶等,叫做姜盐豆子茶?这些问题都是有待考证的。但不管怎么说,这茶与岳飞有些关系,可能是确实的。岳飞当年确实曾经带兵到洞庭湖区平定过杨幺起义,以致至今留下了许多遗迹,如杨幺头、杨林寨等地名便是明证。杨幺头据说是农民起义的大头领杨幺兵败后被岳飞砍脑袋的地方。而杨林寨呢,顾名思义,那就肯定是农民起义的领袖之一杨林带兵驻扎过的地方了。姜盐豆子芝麻桂花茶的诸多原料,也确实具有去湿防寒的药效。这种茶与岳飞搭上了联系,于是又有了一个历史色彩极为浓厚的名字:岳飞茶。

喝茶当然要有特定的茶具,如各式各样的茶壶、茶碗、茶盏、茶杯之类。对这些茶具,国人历来是非常讲究的。尤其是茶壶,北京、上海、成都、广州、苏州等大城市里的人更是格外讲究,一定要紫砂的,而且式样要新颖、别致,以致茶壶收藏热长盛不衰,紫砂茶壶的价格也因此而扶摇直上,一把高档紫砂茶壶常要卖到几千元以上,甚至有卖到上万元的。但这些茶具,名贵归名贵,在湘北一带却都派不上用场,因为口太小了,人们无法从中取出豆子、芝麻这些好吃的东西来。倘若用这样的茶壶来泡姜盐豆子芝麻桂花茶,那湘北人可就只能是望壶兴叹,干着急了。要知道,在不少湘北人看来,茶中的水可以不喝,而茶中所泡的豆子、芝麻却是不可不吃的。他们喝茶,甚至主要就是为了吃茶水中的豆子、芝麻。

湘北人用的茶具比较独特,但大多并不贵重。泡茶用的器具叫做茶罐。这东西一般用泥土烧制而成,高可半尺有余,口大、膛大、腰略小,有一个把。喝茶用的杯子叫做茶碗,多为粗糙的瓷器,类似于人们平常吃饭用的饭碗,但略小。茶具中最有特色的,还不是茶罐和茶碗,而是姜钵和茶盘。

姜钵是专为磨姜取汁用的,多为泥土烧制,大小、样子都与小型饭碗相似。所不同的是,它比普通的饭碗浅一些,内膛布满了十分粗糙的沟棱。姜钵的功能类似于小磨子,只不过没那么复杂罢了。

茶盘一般呈长方形,长可二尺,宽约尺余,四周有一道略略高于底部的边框。当地人吃茶,很少是一碗就够的,一般都要吃个三碗、五碗方才罢手。照壁山下的朱家冲,有个年轻人特别能吃茶,曾创下过一次吃茶三十碗的纪录。因为能吃茶,人们送他一个外号:"当罐大娘"。这外号中的"当罐",乃是一种烧水的器具,外形略似于茶罐,但比茶罐大得多,且腰部也与茶罐有所不同。茶罐的腰是往里缩的,比较小,而当罐的腰则是往外鼓的,很粗。当罐是那种上下略小而中部特粗的样子,类似于鼓形。一个茶罐的茶就不少了,通常一个人是吃不下那么多茶的。当罐比茶罐大得多,一个当罐的容积差不多相当于两三个茶罐。由此可见,"当罐大娘"是多么能吃茶了。但"当罐大娘"虽然海量,创下的纪录却还上不得吉尼斯世界纪录大全,因为比他能吃茶的人实在太多了。远的不说,单是吊井塘这一个不算大的村子里,能一次吃下三十碗茶的,就不在少数。据说,在一次婚礼宴会上,这个村子里的几个年轻人比赛吃茶,大家都超过了三十碗,其中一个达到了三十七碗。后来,还是经人一再劝说,这些人才勉强罢手的。如果无人劝说,还真不知道会创下多高的纪录呐!他们实在太能吃茶了,以致人们都找不到合适的词语来给他们一个一个地起外号,干脆把他们几个统统叫做"烂马桶"。大家都如此能吃茶,倘若有个什么活动,婚丧喜庆之类的,亲朋好友齐聚,吃茶的人很多,端茶送水就是个颇费人力的事情了。这茶盘就正是为这样的场合而发明制作的。茶盘一般能盛放十多碗茶,送茶的人只要端一个茶盘,就可以同时为十多个人送茶了。这样,效率也就大大提高了。正因如此,当地人家里一般都有茶盘。而且,有些人家的茶盘还非常讲究,多用高档红木制作,用朱红大漆油得闪光发亮。

泡茶的原料独特,泡茶的器具独特,泡茶的方法自然也会独特。湘北人对泡茶有个独特的说法,叫做"煎茶"。姜盐豆子芝麻桂花茶的煎茶方法也有很多独特的讲究。茶叶一定要用嫩茶叶,最好是当年清明节前采摘的新茶叶。水一定要滚开滚烫的,最好是刚刚烧开的开水。姜,一定要新鲜的嫩姜;磨姜时,要细心,要使小劲,要磨出汁水,而不能有太多的渣滓;而且,姜汁要放得适量,不多不少,恰到好处。桂花要选用八月一次性开花的银桂,因为这样的桂花味正香浓。桂花不能用新鲜的,而必须用盐腌制。豆子要炒熟,黄豆、豌豆、黑豆、四季豆都可以,但以黄豆为最佳。实在没有豆子时,炒熟的花生米也可以代替。芝麻也要炒熟。豆子和芝麻都要炒得火候适中,恰到好处,既不能半生不熟,又不能炒糊了。茶中放豆子和芝麻的数量因人而异,可多可少。煎茶时,先将茶叶放入罐中,再将开水倒入罐内,然后用盖盖住茶罐。一两分钟后,将姜汁倒入罐内,摇匀。又过一会儿,将豆子、芝麻、桂花和盐相继放入罐内,再盖上盖等一两分钟,茶就泡好了。确信茶已泡好时,主人就开始往茶碗里倒茶了。这倒茶也有一个特定的名称,叫做"筛茶"。"筛茶"时,主人一手持茶罐,一手拿茶碗,分别将茶水及其它作料倒入一个个小茶碗之中,茶便可以奉送客人了。

石板塘

123

到这时候，主人的茶艺便都显露无遗了，客人们也便开始对主人的茶艺评头品足了。首先是主人筛茶的技巧如何，动作是否干净利落，是否做到了罐边不滴水、碗边不带水、手上不沾水、地上不掉水，每个碗中的茶水、茶叶、豆子、芝麻是不是一样多等，客人们便都看在眼中了。其次是送茶的姿势如何，走路时步子是否轻盈灵巧，端茶时茶碗是否平稳妥当，奉客时脸上是否笑容可掬等，客人也都留下深刻印象了。再次是茶的味道如何，姜、盐是否适量，茶叶是不是新的、嫩的，开水冲泡和放入各种作料的时机是否掌握得恰到好处等，客人们从吃第一口茶时也都一清二楚了。

这种评头品足，有时虽不明说出来，但心中却几乎是人人个个都在做着并且牢牢记住了的。而且，这种评头品足极为重要，它常常成为评价一个女人水平高低、能力大小、贤惠如何的重要标准。在当地，一个女人会不会做饭炒菜，未必人人知道，即便知道，也未必在意；但一个女人会不会煎茶，却几乎是人人皆知而且十分在意的。茶煎得好的女人，一般人缘也好，招人喜欢，家里常常客人盈门，热热闹闹。而茶煎得不好的女人，人缘也就大受影响了，小则引人背后议论，大则使得客人不愿上门，以致门庭冷落。

在湘北人的生活中，吃茶是极其重要的一部分。平常日子，人们一日三餐的饭后，上下午辛勤劳动的工余，夜晚闲暇无事、团坐聊天的时候，这姜盐豆子芝麻桂花茶都是必吃无疑的。到了冬天，外面刮着北风，下着毛毛细雨，阴冷阴冷，冻手冻脚的，人们困在家中，出不得门，做不得事，只好围炉向火，闲坐无聊的时候，姜盐豆子芝麻桂花茶就更是不可或缺的了。即便是夏日的夜晚，尽管热得头上冒汗，身上流油，人们却依然要煎上一罐姜盐豆子芝麻桂花茶，或自筛自吃，或家人同品，或邻里共尝。这时候，人们一边吃着热茶，一边挥着扇子，一边看着牛郎织女，一边聊着新闻趣事、家长里短、鬼怪神灵，那真是再惬意不过的了。姜盐豆子芝麻桂花茶在当地人的心目中，真的有着一日不可或缺的地位。它是人们一日三餐的重要补充，是人们解闷驱烦、寻欢取乐的重要方式。当年苏东坡"宁可食无鱼，不可居无竹"，而湘北人是"宁可日无食，不可日无茶"了。

至于在待客方面的作用，姜盐豆子芝麻桂花茶就更是格外重要了。平常日子里，邻里串门、友朋来访、亲人相聚时，自不必说，这姜盐豆子芝麻桂花茶都是最重要的待客之物。客人一进门，主人奉上的第一件礼物，便都是一碗热气腾腾、香味扑鼻的姜盐豆子芝麻桂花茶。

至于逢年过节、贵客临门，烟酒宴席隆重招待之外，轮番地送上一碗碗姜盐豆子芝麻桂花茶，也是决不可稍有忽视的重要礼节。

如果遇上红白喜事，特别是结婚、生子、过生日、新屋落成、老人过世等一类特大型红白喜事，那就不仅要以最好的姜盐豆子芝麻桂花茶款待来客，而且还要主动地请人来家里吃"抬茶"。当地人最重礼节，但逢大事，一般都要分别举行"酒宴"和"茶宴"两种宴会。其中，酒宴是专门招待亲朋好友等主要客人的，而茶宴则是专门招待左右邻居等一般客人的。所谓"抬茶",就是茶宴,因其来客众多,规模盛大,往往要用茶盘抬着许多碗茶以奉送客人,故谓之"抬茶"。

张颂臣把姜盐豆子芝麻桂花茶做了一番详细介绍,陈星年两口子都听呆了。他们压根也没想到,近在咫尺的湘北地方,单是在"吃茶"这一件事上,就有如此之多的学问。

毕洁芬毕竟是个女人,胆子小些。她看着张颂臣,不无担忧地说:"要不你就把你们湘北那个姜盐豆子芝麻桂花茶泡两碗来让我们尝尝吧,看看味道究竟怎么样。豆子、芝麻、姜、盐都是现成的,只是没有桂花。"

"没桂花不要紧,没芝麻也不要紧,只要有茶叶、姜、盐和黄豆就行。这茶我吃过不少,就是没泡过,可能泡不好,师傅、师娘别笑话我啊!"张颂臣说完,立马便动手炒黄豆、芝麻,满满地泡了两碗姜盐豆子芝麻茶端给陈星年夫妇。

毕洁芬一边喝茶水,一边吃黄豆、芝麻,慢慢嚼,细细品尝,好半天才把那碗茶吃完。而陈星年却是一口气先把茶水喝干,然后再吃黄豆、芝麻。

"还行!还行!这味,我能接受。你呢,能接受不?"陈星年擦了擦额头,看着毕洁芬问道。他吃得太急,额头上都出汗了。

"我也能接受,"毕洁芬说,"星年,你别说,这茶的营养绝对错不了,黄豆、芝麻可都是好东西,真的能顶饭!"

"那你说,这茶馆的事能干不能干呢?"陈星年问。

"试试就试试吧!"毕洁芬说。

"好吧,咱们就破釜沉舟,试一把!好在做这事成本不高,万一搞失败了也不要紧,亏不了大本钱。不过,这店名怎么改呢?颂臣,你想过没有?"陈星年说完,转过头来看了看张颂臣。

对于店名的事,张颂臣其实早有考虑。他本来想等师傅、师娘拿准了意见后再谈自己看法的,但这时见师傅问出来了,他就不得不先说了。他一边端着一碗姜盐豆子芝麻茶递给陈青蔓,一边慢声慢气地说:"店名嘛,我觉得不必大改,只要改动一个字,把那个'杂'字改成'南'字就行了。"

"你是说店名叫做'陈记南货店',以南货的名义卖茶?"陈星年急着插话。

"对呀,店名就叫'陈记南货店',以南货的名义卖茶,"张颂臣一本正经地说,"茶也是南货嘛,南货店卖茶也说得过去的。另外,我们还可以借这个店名经营别的南货嘛,如饼干、糕点、红枣、荔枝、桂圆、水果、干货等。南货这个名头大得很,里边的东西好多好多,我们什么不可以经营呀?比如说,绿豆稀、糯米酒酿,我看就完全可以兼卖。绿豆稀,夏天肯定好卖。不过,长沙的绿豆稀做得不好,里边掺米太多,最好是纯用绿豆熬,一点米都不搁,熬得烂烂的,多放点糖,而且要把里边的豆皮撇干净。我们湘北人最爱吃这东西了。糯米酒酿呢,长沙做得也不好,没我们湘北的好吃。我们湘北人做糯米酒酿,汤少糯米多,而且里边

石板塘

还要放很多东西,如桂圆干、荔枝干、柿饼、红枣、香元条、果脯等。这样做出来的糯米酒酿,真的特别好吃,绝对能顶饭。"

当地经营销售的食品多来自广东等南边地方,所以食品也叫做南货,而食品店也叫做南货店。张颂臣说的"陈记南货店"也就是"陈记食品店"的意思。

事情就这么定下来了,陈记杂货店改成了陈记南货店。鞭炮香烛不再经营了,针头线脑、油盐酱醋也不再卖了。满店堂的大货架子搬走了,摆上了几张小方桌和二、三十把小椅子。门口原来做广告用的长挂鞭不见了,取而代之的是一张金底红边的广告纸,那上面写着几行端端正正的大字:"本店专卖湘北岳飞茶,兼营各色南货,欢迎光临品尝!"

焕然一新的陈记南货店一开张,便很快引起了轰动,天天顾客盈门,热闹非凡。

"岳飞茶?岳飞茶是什么茶呀?来一碗尝尝吧!"长沙本地人和来自外地的人不晓得姜盐豆子芝麻桂花茶,但晓得岳飞。那可是流芳千古的大英雄啊,世上无人不尊敬的。见这茶与岳飞挂上了联系,人们在诧异之余,便还多了几分亲切和肃然起敬的感觉,于是纷纷走进店来,你买一碗,我买一碗,要尝尝新鲜滋味。

"这店卖岳飞茶啦?好极了!走,吃几碗去!他娘的,好长时间没吃过老家的岳飞茶了,心里头都快憋出病来了!"在码头上做工的湘北人特别多。他们是吃惯了姜盐豆子芝麻桂花茶的,晓得那种茶就是岳飞茶,既能解渴,又能解饿,还能解馋。他们早就因为出来打工喝不到家乡的姜盐豆子芝麻桂花茶而深感遗憾,见这店里突然卖起了岳飞茶,自然十分高兴,于是一传十,十传百,三五成群地相约而来,你吃三碗,我吃五碗,吃个痛快。

湘北人纷纷进店吃茶解馋解饿,长沙人和外地人纷纷进店买茶尝新鲜,岳飞茶的生意于是很快就做开了。店里终日人来人往,川流不息,生意十分红火。

岳飞茶的生意做火了,陈老板日进千文,没多久便小有积蓄了。有了积蓄,便想扩大规模,这是自然而然的事情。陈星年两口子都想把南货店拆了重建,建成三层小楼,楼上住人、存放货物,楼下做铺面卖茶卖南货。对这事,张颂臣却不大同意陈星年两口子的意见,他另有新的想法。

张颂臣的新想法是什么呢?原来,他天天在码头上扛粮包米袋,看到了粮食生意的巨大潜力和发展前途,因而打上了经营米谷贸易的主意。他的具体想法是:南货店不动,继续保持原有的小规模经营,以维持老顾客,而把主要的财力、精力腾出来向米谷经营发展。也就是说,他主张乘着长沙米谷贸易方兴未艾的大好时机,赶紧杀入米谷贸易,借米谷贸易兴家致富,做大买卖,当大老板。

做米谷贸易,当然要找个好地方。米谷是大宗商品,经常要大批量长途运输。因而,做米谷贸易的地方,关键是要便于交通运输。这其中,尤以临近大河大江、便于水路运输的地方为最好。张颂臣常年在米行里当搬运工,在码头上行走得多,看得多,对湘江的粮食水路运输印象极深。他觉得,湘江东、西、南三面与湖南米谷的盛产地区直接相连,而北面又通过洞庭湖与长江相接,并通过长江与汉口、芜湖、苏州等各大米市连通在一起,正是米谷贸易的黄金水道。因此,要做粮食生意,就离不开这条黄金水道。而要充分利用这条黄金水道,那就不能不在湘江长沙段的两岸找一个适于建码头、建厂房、办行栈的好地方。

那时的长沙城不大,湘江流经长沙的江面只有很短的一段。而就是在这很短的一段中,也只有朱张渡那一块地方比较繁盛。当时的绝大部分粮商都把米行设在那里,而很多想做粮食生意的人也都是把目光投向那里。但是,张颂臣独有远见。他没有把目光投向朱张渡,而是投向了另外的一个地方。那地方在朱张渡的南边,是湘江东岸边上的一大片荒地。那地方面积不小,附近的人口却不多,而且地势还较高,不容易被洪水淹没,很适于建码头和仓房。他觉得,如果把那一大片荒地买进来,兴建一大批简易平房,用来做粮栈、开旅馆,专门接待外地来长沙做米谷贸易的商人,不仅成本不会很高,而且生意肯定会发展很快。

张颂臣是个有心人。找到了这个地方后,他就常到那里进行考察。包括那地方的地形、地价、河道的深度、河岸的坡度、岸边居民的构成成分等情况,他都了解得非常清楚详细。经过一段时间的详细考察和思考,张颂臣觉得有十拿九稳的把握了,于是便把自己的想法详细地对陈星年说了。

那是一天傍晚,趁着饭后没事,张颂臣便拉着陈星年在店前的小树下坐了下来。他沏了两大杯姜盐豆子芝麻茶,自己端了一杯,给陈星年递了一杯。他抿了一口茶,轻声对陈星年说:"师傅,从古到今,你老人家见过开茶馆发大财的吗?没有吧!为什么呢?因为茶馆本太小,利太微,根本发不了大财。所以呀,没本钱的想寻碗饭吃,开个茶馆还是行的,但不能指着它发大财。做什么生意能发大财呢?实在说,做粮食生意是最能发大财的。自古至今,做粮食生意发大财的多的是。我听人家说,咱们中国商人的老祖宗白圭、范蠡还都是经营粮食起家的呐!现如今长沙的米谷贸易势头正盛,机会难得呀!我们为什么不赶紧乘机杀进去呢?朱张渡南头江边有一片很大的地方现今荒着,很适合建码头、栈房,做米谷买卖,而且这时买,价格也特别便宜。我们赶紧买过来,到那里去做米谷生意吧!做这事,动作要快,不能拖。拖得时间久了,别人就难保不打那地的主意了。而别人一旦盯上了,那地的价格就肯定会往上抬了。到那时,我们再想买,只怕就来不及了。"

陈星年当然知道米谷贸易是个好买卖,也早就想做,但他心有疑虑。疑虑什么呢?那就是自己的资金不够,担心做不起来。粮食生意不同于茶馆南货。茶馆南货是小本生意,不需要很多投资。而粮食生意是大买卖,是需要大本钱、大投资的。

有了资金不足的疑虑,陈星年便犹豫不决了。他打断张颂臣的话说:"颂臣,你真是个有心人,连建码头、建行栈的地方都找到了,难为你呀!但你这想法好是好,就是不大现实。米谷贸易是做得,有大赚头,但那可是大买卖啊,本钱少了

石板塘

是做不成的。我倒是想做呐，做梦都想做，可钱呢？我起早贪黑没命地做事，吃舍不得吃，穿舍不得穿，连一袋烟都舍不得抽，辛辛苦苦积攒了一辈子，现如今手头也就五六百块大洋，哪做得了粮食生意那样的大买卖呀？颂臣，南头江边那块荒地，你这一提起，我也有印象了。那地离城不远，挨着城边，地势又高，还临近江边，确实是一块好做粮食生意的宝地。而且，那地如果现在动手买，价格肯定不会很高。说真的，那地很不错，将来肯定会有不少人打它主意的。咱们今天不动手，赶紧把它买过来，只怕明天就得被别人买走了。所以呀，我现在就想去买过来。但是，买地是大买卖，要很多钱的！可钱呢？钱在哪里呀？那么大一块地，少说也得两三千大洋吧？这还只是买地的钱，没包括盖房盖屋的花销。倘若加上盖房盖屋的花销，再加上置办家具、雇请人工等其他费用，那还不得上万银子？往哪里去找这上万银子呀？我不是不想买那地，真他娘做梦都想，但手头哪有那么多钱呀？我是没钱干着急啊！他、他娘的，要是有人买老头子就好了，我把老子自己当街卖了算了，当牛做马都行。"

"师傅，你先别着急，"张颂臣扫了一眼陈星年，随即又把目光移向远处，"这钱的事嘛，我琢磨过，其实也不难解决。首先，我手头就有二百多块大洋。我这几年在码头上扛米袋，也挣下一点钱了。这些钱，我拿着也没用，你就先拿去用呗。"

"那哪行呢，那可是你的血汗钱，"陈星年连忙插话，"你多不容易呀，平常一点零钱都不舍得花，全都积攒下来了，好多年也才积攒那么一点点，我看着都心疼，哪能拿来用呢！"

"嗨，没事！我的钱还不都是你老人家和我师娘给的？你老人家拿去用，那也是该当的呀！放在我手里，闲着也是闲着，谁用不是用啊！你和师娘对我那么好，我待在这里就跟待在家里一个样，有吃有喝有住还有穿，要存着那闲钱干什么？再说喽，你老人家如果实在觉得不好意思的话，就算借用不成吗？将来你老人家有余钱了，再还给我不也一样啊？"张颂臣一脸诚恳地说。

"那、那也不够哇！你的钱和我的钱，全部加在一起，也还只有七八百块呐！七八百把块钱够干什么的？"陈星年摆摆手说。

张颂臣看了看陈星年，一本正经地说："不够没关系呀，师傅，找朋友借一点不就行了？现如今做事情，都讲究用借贷的方式来筹款子，凑本钱，这叫做借鸡生蛋。真正做大事，像开米行这样的大事，都得找人借钱的，谁家能一下子拿得出那么大的本钱呀？"

"找朋友借？颂臣，"陈星年面露难色，眉毛都拧到了一起，"那怕不行吧？谁家能借得出那么多的钱啦？我认识的人少，而且认识的人中也没几个有钱的。"

"啊，那好办，借钱的事我来做，"张颂臣淡淡地笑了笑，"我码头上朋友多，他们都有钱，不难借到。"

"找码头上的人借？那、那他们肯借吗？"

"我和他们关系好,他们会借的!"

"借了他们的钱,将来怎么还呢?只还本呢,还是连本带利?"

"只还本也可以,但我想,多少还是给一点利吧!给一点利,让他们感到有收入,觉得钱没有白借,将来我们再借的话,也就更容易了!你老人家说,是不是这个理呀?"

"是这个理,是这个理,人家的钱,咱们哪能白使呢!在这事上,我不会让你为难的。只要生意好,赚了钱,我就肯定会连本带利一起还,决不拖欠。我绝不是那种不讲信用的人。怕就怕什么呢?怕就怕生意不好做,挣不到钱,亏了本,到头来没钱还人家!"

"哪会呢?师傅,这事我看准了,咱们做粮食生意绝对有赚没有亏!你老人家就放一百二十个心吧!"

张颂臣的这个主意出得非常好。码头上的那些工人,全都是从农村来的,离家比较远,而且多数是老婆孩子留在乡下家里,自己孤身一个在城里,手里大多捏着不少钱,却苦于无处存放,巴不得借出去生息呢!张颂臣人缘好,喜欢交朋友,码头上的工人们都喜欢他,把他视为信得过的知心朋友。张颂臣一开口,他们便都争先恐后地把多年的积蓄拿出来了。结果,不到三天时间,张颂臣就筹措到了一万三千大洋。

有了钱,事情就好办了。陈星年当即把那块荒地买了过来,又很快盖起了房子。于是,一个有模有样的米谷商行便初具规模了。房子自北向南依次排列,北头做客店,南头做栈房,中间做经营大厅兼日常杂用。陈星年和张颂臣商量好,他自己把主要精力放在茶馆和客店上,而张颂臣辞去码头活,专门负责栈房和经营大厅的事务。茶馆、栈房、客店和日常粮食贸易四大块经营业务独自成账,独自收支,但又共同组成为一个大商行。大商行的大老板当然是陈星年。他拿总,负总责。在这个问题上,他是当仁不让的。但在为这个大商行起名字时,他却有些犹豫了。这事很显然,买地盖房的钱差不多全都是张颂臣筹措的,商行如果还叫做"陈记",就似乎不大合适。考虑到这一层,陈星年便对张颂臣说,要在店名的前头嵌入一个"张"字,叫做"陈张记"。

对陈星年的这个意见,张颂臣却坚决不同意。他诚恳地说:"师傅,我这条命都是你老人家捡来的,你老人家对我有再生之恩,再造之德,我哪能和你老人家平起平坐呢!你老人家不要再说了,店名只能叫'陈记',永远只能叫'陈记'!不过嘛,在'陈记'二字的下头,我倒觉得应该再加上两三个字,如'福湘'、'福益'、'福祥'、'福昌盛'、'福德隆'等。这样的话,店名不仅好听些,而且也有利于和别的商行相区别,免得和它们重名了。"

张颂臣的这个主意好,陈星年当然乐意。他高兴得一拍大腿说:"好、好、好,颂臣,你这主意好,就加'福湘'两个字吧,叫做'陈记福湘米行'!"

光绪二十一年六月,陈记福湘米行正式开张营业了。米行开张后,生意越做

石板塘

129

越红火,没多久便小有名气了。但这时,陈星年却突然病倒了。显然,他是累倒的。他的身体本来就很不好,三天两头地闹病,哪里经得起米谷贸易经营繁琐复杂业务的煎熬呢!米行刚开张的头几个月,他还强打精神硬撑着,但到后来就实在撑不住了。在这种情况下,他不得不把全家的所有经营业务统统交给张颂臣来管,自己躺在床上慢慢调理。他原以为自己只是累过头了,没有太大的毛病,休息、调理三五个月就能缓过来的,但没想到阎王爷硬是不买他的账,天天逼着他去报到。渐渐地,他饭也吃不下了,水也喝不下了,路也走不动了,全身瘦得只剩下几根骨头,只有等死的工夫了。

不过,陈星年不愧是个干过大事业的人,身体虽不行了,脑子却还明白清醒得很,考虑问题周到细致,有条有理,多大的难处也不会慌神。他清楚地知道,自己去阎罗殿报到前,女儿的婚事是无论如何必须办妥的。这是他最大的一桩心事,也是他最后的一桩心事。这桩心事不解决,他是死不瞑目的。他没有儿子,只有青蔓一个女儿。女儿就是他陈家的根,就是他陈星年的全部寄托和希望。他死后,整个家就要全部交给女儿了。女儿不仅要承担起奉养母亲的责任,而且还要继承、管理偌大一笔家产。这是一副非常重的担子。很显然,这副重担子,女孩子家是担负不起来的,因而家里必须有一个顶天立地、能够担得起全副重担的男子汉。这个顶天立地、能够担得起全副重担的男子汉,自然只能是女儿的丈夫、自己的女婿。所以,他急急忙忙地要给女儿找个好丈夫,给自己找个好女婿。

其实,陈青蔓的婚事,陈星年已经考虑很长时间了,只是由于她年纪太小,到现在也才十五六岁,所以一直没来得及张罗。在这件事情上,他曾经设想过很多种方案。但是考虑再三,他最终否定了其他所有方案,而只保留了一种方案,那就是招郎入赘。他觉得,只有招郎入赘,才能让女儿将来生下的儿子姓他陈家的姓;而只有让女儿的儿子姓他陈家的姓,才能确保自己后继有人,因而也才能确保自己的财产不至旁落他姓。他的事业已经做得很大了,有成就了,志得意满了,人生的唯一遗憾就是没有儿子。这个遗憾当然是要弥补的,而弥补的办法只有招郎入赘这一条路。

至于招郎入赘的人选,陈星年也曾经暗地里物色过很多个。但是考察、掂量再三,他最终还是否定了其他所有人选,而只保留了一个,那就是张颂臣。张颂臣是他深更半夜里亲自从河堤上背回来的,他对张颂臣有救命之恩。不说别的,单凭这一点,张颂臣就应该对他和他全家有感激之情。而且,张颂臣到陈家已经整整七个年头了。七年来,陈家对他视同亲人,从来没有当外人看过。就凭这七年来同住一屋、朝夕相处、共同生活的深厚情谊,张颂臣对他陈家也应该知恩报德。陈星年一向认为自己会看人,有知人之明。他认为,凭着自己七年来深入细微的认真观察,对张颂臣的了解和掌握已经十拿九稳。他相信,张颂臣为人豪爽,讲信义,重然诺,人品上信得着、靠得住,而且脑子聪明,处事灵活而又不失稳重,非常善于交际和经营管理,绝对有能力把他陈家的事业发扬光大。他确信自己的选择没有错,未来的女婿必须是张颂臣;否则的话,陈家的财产就难免旁落他姓,孤儿寡母就难免衣食无靠。而这,当然是他所最担心的。

十五六岁的女孩子出嫁,在农村里不新鲜,在城里却极稀罕。城里的女孩子出嫁,比农村的女孩子至少要晚三四岁。陈青蔓刚过十五岁,还不到出嫁的年龄,但陈星年眼看即将油尽灯枯,事情也就只得从速处理了。看到自己快不行了,陈星年便提起最后一口气,打起全部精神,紧着忙着地张罗起了女儿青蔓的婚事。他先找张颂臣聊了聊,敞开心扉郑重其事地谈了几个要紧的问题。其中最要紧的一个问题,便是将来子女的姓氏问题。对这个问题,陈星年是绝对不肯让步的。他恳切地对张颂臣说:

"颂臣,我、我们家的情况,你也清楚,子嗣艰难,门庭冷落,就、就剩下我这一条根了。如今,我要走了,我这一条根也留不住了。我要、要是没个后人,那、那我们老陈家可就真是绝户了,祖宗就没人祭祀香火了,我陈星年这一辈子也就算白来世上了。这、这可真是有负祖宗啊!你是一个好心人,总不会忍心看着我们老陈家断子绝孙吧?我没儿子,就青蔓一个女儿,没办法,只好招郎入赘,委屈你做我陈家的半个儿子。你好歹体谅师傅的一番苦心,看在往日的情分上,将来生了儿子时,把一个跟我姓陈,好不?"

招郎入赘后所生的子女,能不能姓女方的姓呢?这个问题,当地并没有明确的约定俗成,一切都取决于男女双方的力量对比和商谈情况。从道理上讲,招郎入赘后所生的子女,可以姓男方的姓,也可以姓女方的姓。但在实际生活中,却还是以姓男方姓的多,姓女方性的只占极少数。张颂臣是一个讲信义、重然诺、有良心、知恩报恩的人。他深知自己能有今天,离不开陈家,陈家对自己有救命之恩、收养之情,自己决不能忘恩负义。所以,陈星年的话还没说完,他就跪下了。他紧握着陈星年的手,恳切地说:

"师傅,没有你老人家和我师娘,我哪有今天!你老人家和我师娘就是我的重生父母、再养爷娘。这一辈子,我生是陈家人,死是陈家鬼,决不相负!你老人家说的这桩事,我决不会含糊的!你老人家放心好了,将来我和青蔓若生了儿女,头一个男孩便让他姓陈。若是我们生的儿女多,我会多把几个姓陈的。哪怕我和青蔓将来只生一个儿子,我也绝对会让他姓陈,而不会让他姓张的!"

和张颂臣谈完,陈星年又找女儿探了探口风,说了说心事。嫁给张颂臣,陈青蔓当然没意见。她的心里头早就装着张颂臣了。打从很小的时候起,她就喜欢上这个突然来到她家的张大哥了。她喜欢他的个头高大,喜欢他的长相英武,喜欢他有文化、会武术,喜欢他的精明干练,更喜欢他的通情达理、善解人意。她和他朝夕相处七八年了。七八年来,他们实际上早就心心相印,情投意合了。

见张颂臣和陈青蔓两个人都同意,没别的什么想法,陈星年便下定了决心。他选定了一个大吉大利的好日子,办了一个极其盛大的喜筵,遍请亲朋好友光临,迫不及待地把小两口撮合到了一起。

石板塘

俗话说，"女婿半边儿"。张颂臣是陈家救活过来的人，早就和陈家结下了生死相依的关系，自然比一般女婿还要亲得多。结婚以后，他和陈青蔓非常恩爱，对陈星年老夫妻两个十分孝顺，对家里的大小事情，特别是对米谷买卖的业务经营，也更加尽心尽力。这一切，陈星年都看在眼里，记在心里，自然很高兴。但高兴之余，他又似乎心里头还有什么事放心不下似的，眼光里常带着一丝疑虑不安的神色。直到快要咽气的时候，他的眼睛还睁着，就是不肯闭上。

什么事情让他不肯合眼呢？毕洁芬见他眼睛睁着，知道他还有话说，便把耳朵贴到他的嘴边，轻声问道："当家的，你还有事不放心吧？什么事呀？快对我说吧！"

"没、没、没有了，该、该、该说的我都、都说过了，你、你去歇、歇着吧！"陈星年用手推了推毕洁芬的肩头。

陈青蔓以为陈星年是有话要对自己说，便连忙走近床头，握住他的手，对着他的耳朵根子哭着喊道："爸，女儿在这里听着呐，你有话就对女儿说吧，女儿给你办就是了！"

陈星年喘了喘气，对女儿说："快、快，喊、喊、喊你颂臣哥来，我、我、我有话要……要……要对他说！"

张颂臣就在门外。他现在是全家最忙的人，里里外外都得靠他来安排打点。这时候，他正在对米行里的几个管事训话，安排米谷的购销事项。听到陈青蔓在喊，他以为陈星年马上就要咽气了，便连忙跑了过来。

见张颂臣过来了，陈星年一把抓住他的手，浑身颤抖着说："颂、颂、颂臣，还、还有一件事得、得、得说说！"

"师傅，有什么事你老人家就说吧，我听着呢！"张颂臣说。

"米、米行的名字还是改一改吧！改、改、改叫陈张记或张陈记、记、记吧？"陈星年说，声音越来越小。

张颂臣抬起头来，看了一眼陈星年，然后又迅速低下头来，把嘴巴贴近陈星年的耳朵根，大声说道："师傅，米行的名字不改，绝对不改，还叫做'陈记福湘米行'！这事我不是早说过了嘛，米行是你老人家一手创下来的产业，名字永远不能改，永远只能叫'陈记'！你老人家就放心吧！"

"那、那、那多、多不好啊！"陈星年喘着粗气。

"那有什么不好呀？你老人家多想了！我和青蔓是一家，都是你老人家的儿女，无论什么事都是连在一起的，根本就分不开，又何必在乎店名上多个字少个字呢，你老人家说是不是呀？你老人家放心吧，我会永远对青蔓好的！"

张颂臣话刚说完，陈星年眼睛里陡然光芒闪动，流露出异常兴奋的神色。但一瞬间，那光芒和神色就暗淡下来了。随即，他的眼皮也渐渐地合上了，脸上流露出十分安详的神色，一点也没有痛苦不堪的样子。

光绪二十三年仲秋时节，陈星年无可奈何地走了。张颂臣为他办了一个非常隆重的丧事,并接替他当上了陈记福湘米行的大老板。从此,张颂臣的人生走上了光芒闪耀的巅峰,陈记福湘米行也开始了一个崭新的时代。

毕洁芬本来就有严重的心脏病。陈星年的死对她的打击实在是太大了。她经受不住这个打击,一下子就病倒了。她在病床上躺了半年多,张颂臣为她延医问药,端屎端尿,尽够了孝道,她很感激。她的病实在太重了,无药可治,后来就死了。

两个老人都不在了,家里就只剩下了张颂臣和陈青蔓。一对年轻人,无忧无虑,日子倒也过得简单、快活。张颂臣一门心思全在生意上头。他把米行的事,全都担在他一个人的肩上了,天天跑码头,跑栈房,跑市场,看行情,跟商人们谈生意,忙得不亦乐乎。忙,他倒不怕。他身体好,扛得住。他天生就是个做生意的人,有生意做就忘记了一切。陈青蔓的性情和张颂臣有点不同。她喜欢待在家里,精心地处理家务,照顾丈夫。张颂臣心疼她,不想让她做米行里的那些又伤神又费力的事,她就真的撒手不管了。她全心全意地做家庭主妇,日子倒也过得有滋有味。

一年多后,陈青蔓生了一个男孩。张颂臣给这孩子起名叫陈以恒。他终于兑现了自己的承诺,第一个儿子就姓陈了。

第十章

霍吟秋把姜耀成留在陈青蔓家了。陈青蔓很喜欢姜耀成,但却没有立即给他找工作。她对姜耀成说:"工作嘛,你放心,我肯定能给你找。我们家开着那么大一个米行呢,找个工作还算一回事?但是呢,这几天还不行。为什么呢?我雇的两个佣人都回家办急事去了,搞得我家里的事情没人做,乱成一团糟。无论如何你得先在我家里帮几天忙,做点零碎事情。你看能行不?"

姜耀成一扬头,痛痛快快地说:"那有什么不能行的?我会做家务,扫地、擦桌子、洗衣、烧火、买菜、摘菜、炒菜都会。我还插过田、割过稻子呢!"

"插田、割稻子?呵呵,那倒不用你做,我家里没田插,也不种稻子,"陈青蔓淡淡地笑了笑,"要你做的嘛,无非就是打酱油、买醋、买菜、挑水、搬煤之类,有时间的话,再帮着带带孩子。"

"噢,就这些事?那容易!"姜耀成说完,立马就走到孩子睡觉的摇床前,手扶着那摇床轻轻地摇了起来。

姜耀成做了一天杂事,挺主动,做得挺好。陈青蔓见他勤快,会做事,也懂礼貌,便很喜欢他,常和他聊聊天,问问他乡村里的事情。其实,陈青蔓比姜耀成大不了几岁,脾气性情很相似,和他很说得来。

傍晚时，张颂臣回来了。他胳膊上挎着一个包，肩头上搭着一件衣，手里还拿着厚厚的一摞账本，满脸的不耐烦、不高兴。陈青蔓纳闷，问他怎么回事，他苦笑两声说："嗨，还能有什么事呢？生意上的事呗！上个月的买卖看着不错，挺红火，可就是不挣钱，账面上的盈余总共才三千多两银子，比上上个月还少八百！要照这样下去，盈余逐月减少，那还不得亏损、关门？我怕这账有问题，所以就拿来查查，结果弄了一整天，搞得精疲力尽，脑袋发胀发麻，可也没能查出个子午卯酉来。哎呀，'书到用时方恨少'啊，我这算盘水平呀，也实在太差了，打得慢不说，还老出错。"

"算账的事哪能着急呀，那得悠着性子慢慢来！先洗把脸，踏实吃饭吧，"陈青蔓一边说，一边往饭桌上端菜，"吃完饭，我来帮你算！"

吃完饭，张颂臣、陈青蔓筷子一丢，就忙着算起账来。张颂臣报数字，陈青蔓打算盘。姜耀成站在灶台边，手里洗着碗，脚还搭在摇床上不停地摇。

米行里的账目非常复杂，账目有进有出，数字有大有小，还牵涉到价格变动问题、人力成本问题，以及银两、铜钱和银元之间的换算问题。每一笔账的数字还相当多，报起来、算起来都很费时间。张颂臣好不容易才把一笔账的所有数字报完，他正看着陈青蔓拨拉算盘珠子，等着出结果时，姜耀成忽然对着他说起话来了。

"张老板，你刚才报的这笔账，总数应当是三万七千一十三两零五钱六分。"姜耀成一边说，一边把洗好的筷子放进筷子筒里。

张颂臣大惊，不禁瞪大眼睛盯着姜耀成问："哟，你是神算子下凡啊，心算这么快！"

姜耀成笑笑："嗨，反正也没事嘛，算着玩。"

"算着玩？你觉得算账这事好玩吗？"张颂臣说。

姜耀成收拾完了碗筷。他擦了擦手说："是呀，我觉得算账这种事挺好玩的！"

"唉哟，算账还好玩呀？那得算是天底下最烦人最枯燥最没有意思的事情了！"张颂臣撇撇嘴。他觉得姜耀成这人好笑，居然说算账这种枯燥无味的事好玩。

又过了好一阵，陈青蔓才把那笔账算完。她推推算盘，看了看姜耀成，不好意思地笑笑说："惭愧，我的算盘比你的心算还慢得多啊！没错，你算对了，这笔账的总数确实是三万七千一十三两零五钱六分。"

"好、好、好，小伙子，你有两下子！来、来、来，你再给我算几笔，都算对了，我就给你安排个好工作！"张颂臣说完，便又报起了数字。

这一次张颂臣报数字的速度比刚才快得多，但他再快，却还是难不倒姜耀成。姜耀成依旧是手里洗着碗筷，一只脚摇着摇床，而心里却算着账目。张颂臣的数字刚报完，账本还没放下，他的账目却已经算完了。

"这笔账的总数是三万三千四十二两零七钱九分。"姜耀成说。

"呵呵,好快呀!"张颂臣盯着姜耀成看,脸上满是佩服的神色。

过了好久,陈青蔓才把账算出来。她把算盘推到一边,两只手握在一起揉着手指,不好意思地对张颂臣笑笑说:"是、是三万三千四十二两零七钱九分。哎哟,我跟不上,太累了。干脆,你让他给你算吧,我歇歇。"

后来,所有账目就都由姜耀成一个人算了。他没用算盘,全都是心算。结果,张颂臣算了一整天也没理出个头绪的那几个账本,姜耀成一会儿功夫就理得清清楚楚。张颂臣服了,问他会不会打算盘。他说会一点。张颂臣把算盘推到他面前,给他报了一大堆数字,他立马就算了出来,全都准确无误。

姜耀成拨动算盘珠子的速度快得惊人。可他那么快,却不乱,账算得准确极了。张颂臣在一旁不言不语地看着,心里不觉想道:"这小伙子貌不惊人,可真是身怀绝技啊,是个难得的人才,得好好用一用!"

夜深了,张颂臣还不想睡,没完没了地和姜耀成聊。他盯着姜耀成问:"你这手好功夫是怎么学来的?"

"我呀,天生就喜欢算术,从小就是个算术迷。我父亲的算术就很好,算盘尤其打得好。我还只有五六岁的时候,他就教我学算术和打算盘。"

"啊,原来你家学渊源。那你父亲今年高寿啊?"

"家父快要知天命了!"

"算盘功夫比你如何?"

"实话说吧,我父亲的算盘功底确实不错,但他毕竟年纪大了,反应没我快——"

"呵呵,我知道,你父亲不如你。你谦虚,不好意思说,"张颂臣笑笑,"那你这门绝好的功夫看来是天生的喽?"

"不,我后来又拜了一位算盘高手为师。应该说,我的这点子功夫,主要还是从那位高手那里学来的。"

"哟,还有能给你当老师的算盘高手?那高手姓什名谁呀?"

"刘齐佳,我老家的一个老头,跟左宫保去过陕甘、新疆,在粮台做过事,算盘打得鬼神莫测,人称鬼算子。"

"哦,世上还有这么一位神仙!那、他还在你老家吗?"

"死了,上个月初五死的!"

"死啦?怎么死的?"

"他疯了,掉进水沟里,活活冻死了!"

"哎呀,太可惜了,多么好的一个人才呀,"张颂臣搓着双手,连声叹息,"不过还好,老师死了,学生还在。我不愁没人才可用啦!"

第二天一早,张颂臣把姜耀成叫醒了。他对他说:"跟我去米行吧!从今天起,你就到米行上班,临时到账房帮忙!"

石板塘

135

张颂臣带着姜耀成一起走。走到米行门口，他忽然停下脚步，郑重其事地对姜耀成说："你只是临时帮忙，不算正式的，明白吗？事情不一定忙着做。人家喊你做，你就做，不喊就不做。要学聪明点，少说话，多看、多记、多想、多问、多向我汇报，懂了吗？"

张颂臣把姜耀成领到账房，对一个名叫陈师傅的老头吩咐了几句就走了。但他刚走出账房，就又在门口停下，回头把姜耀成喊过来叮嘱道："你别着急，只要努力做，对我忠心，凡事都对我说，不瞒着我，我就一定会好好重用你的，明白吗？"

"明白！"姜耀成连忙答应。

从这天起，姜耀成就天天到账房上班了。这一天是光绪二十九年的五月初六，端午节后的第一天。

账房里除姜耀成外，还有五个人，一个姓李，两个姓刘，还有两个都姓陈。姓李、姓刘的，还有一个姓陈的，都还年轻，约摸三、四十岁。唯有那个张颂臣叫陈师傅的老头，年纪比较大，至少五十岁了，还有点驼背。他就是账房里的头。后来，听别人说，姜耀成才知道，陈师傅是米行里资格最老的员工，据说还是前一任老板的什么亲戚呢。

陈师傅资格老，人人都尊敬他。只要他在场，别人都不敢说话，更不敢做主。但他每天上班都来得晚。常常是所有的人都到了，坐半天了，他才慢慢悠悠地进门。

姜耀成照例是每天第一个进账房上班的。到了以后，他就擦地、擦桌子、打开水、沏茶水、倒垃圾、洗痰盂、清理废纸废物等，天天如此。对账房里的事，他从不过问。但他不过问，却绝不是不留心。他很留心，对账房里的所有事情，包括账本、账目、往来信件、商量或谈过的事情等，他都无不留心。甚至对账房里人们互相之间的招呼、谈笑、眼神、话语、手势等，他都很留心，常常要悄悄地记下来，默默地思索一番。渐渐地，他看出陈师傅和另一个姓陈的关系很好，互相之间的眼神对得多，暗示也打得多，有时候说话还语带双敲，似乎含有别的什么意思。渐渐地，他又发现，下面各部门送来的账簿，全都是由那个年轻姓陈的收管，别人不仅无权收管，而且连看都没有权力似的。算账时，报数字的事也全都是由那个年轻姓陈的做。报完数字，他就会匆匆地把账簿收起来，锁在柜子里。看到这些情况，姜耀成多心起来了。他琢磨道："他娘的，这两个姓陈的好像在搞什么见不得人的名堂，我倒是要多留点心了！"

姜耀成没有白留心。终于，他发现问题了。一天，他上班来得早，看到桌上放着一本账簿。他拿起那账簿一翻，突然发现，里面有些数字好像是经过改动的。当天下班后，他就把这情况告诉张颂臣了。

"改动？那怎么可能？"张颂臣似乎不大相信。

"怎么不可能？比方说吧，假使一石稻谷的买价是二两一钱银子，我在这

'一'字中间加一竖一弯钩，这价钱不就变成二两七钱银子啦？这样一来，一石稻谷的成本无形之中就增加六钱银子了。一石增加六钱，那十石呢？百石呢？千石、万石呢？那得增加多少成本啦！成本增加了，盈余不就减少了吗！什么事情都怕日积月累，做买卖尤其怕。他一天抠你一两银子，十天就能抠你十两银子，一年就能抠你三百六十多两银子。老板，你说，这改动数字的事可怕不可怕呀？"

"哦，我明白了。那，耀成，"张颂臣恍然大悟。他平常对姜耀成都是喊小伙子的，这时候却改称"耀成"了，"你看，这事要怎么做才能揭穿？"

姜耀成年纪不大，性格却天生沉稳。他沉思着，过了一阵才慢悠悠地说道："账簿不会是孤本吧？"

"那当然不会，"张颂臣说，"有两套，一套存在总账房，另一套存在下面报账的各部门、各下属单位。"

姜耀成眉头一展，喜滋滋地说："下头还有账簿，那就好办。可以把那些账簿都调上来，统统查对一遍。只要心细、认真，问题就一定能查出来！"

"好，我立即派人收账簿，明天就开始查！但这事，你千万别对任何人说！另外，查账的事，你也别参加，我有考虑，明白吗？"

"明白！"姜耀成说。

果真，张颂臣第二天就派人查账簿了，一直查了两个多月。这一查，查出了一个大问题：账房里两个姓陈的互相勾结，私改账簿，贪污账款，数额巨大。仅仅是去年一年，他们就私改账簿四百多次，贪污了近万两银子。

问题查清了，张颂臣断然决定：赶走那两个姓陈的。但姓陈的走了，谁来负责账房工作呢？对这事，张颂臣颇费踌躇。姓李的吧，算盘打得不错，但性情沉稳不足，说话随便，办事毛躁；年纪大一点的那个姓刘的吧，人老实厚道，办事踏实，可以放心，但能力太弱，力难胜任；年纪轻一些的那个姓刘的吧，能力还可以，人也算本分，但身体又太差，一年四季老要请假。扒来扒去，张颂臣左右为难，下不了决心。

姜耀成已正式进账房了，这是张颂臣赶走那两个姓陈的时当即就决定了的。姜耀成发现了一个大问题，堵死了一个财源流失的大漏洞，使得米行每年可以减少上万两银子的损失，为他张颂臣立了一大功。单纯从这一点来说，他张颂臣也应该把姜耀成正式用起来。但张颂臣觉得仅以这种方式来酬功还远远不足，他想到了任命姜耀成负责账房工作的事。但他后来还是推翻自己的想法了。他觉得现在就任命姜耀成负责整个账房的工作，时机还不够成熟。他不是担心姜耀成有没有足够的忠心，而是担心姜耀成有没有足够的能力。"他的算盘倒是打得飞快，账算得清，但账房可不是纯粹算账的呀！衙门要有师爷，帅府要有军师。账房就是我米行的师爷和军师呀，得能为我出谋划策、定计做主才行！这事耀成能行吗？他才十八岁，只怕还嫩了点！不行，还是再看看吧！"他想。

张颂臣虽没提拔姜耀成当账房的头,但他对姜耀成格外照顾。他亲自兼任了账房总管的职务,却把实际职权全都放在了姜耀成的身上。他信任他,喜欢他。他比姜耀成只大七八岁。两个人一样的年轻,一样的开朗活泼,一样的有雄心,有壮志。工作中,他把责任统统揽在自己身上,让姜耀成不背任何包袱,放开手脚大胆地干。闲暇时,他就带着姜耀荣去江边散步,去岳麓山看风景。有时,他也带姜耀荣去茶馆喝茶,去饭店吃饭、喝酒。他们都能喝酒,常常在一起边喝边聊,聊家长里短,聊企业的发展前景,聊个人的志向和经历,也聊国家的兴衰强弱。他们各自都发现,两个人互相之间竟然有着那么多的相似之处。

姜耀成不是一般的人,他具有特殊的素质。他务实,想事办事讲究立足实际,脚踏实地,决不好高骛远。他好学,爱看书,也能不耻下问。他知道自己刚进米行不久,人头不熟,业务不精,便虚心向同行以及周围所有的人学习。他好琢磨问题,遇到了自己感兴趣的问题便要一钻到底,不搞个水落石出决不罢休。他脑子好使,思维活跃,看问题不喜欢人云亦云,总爱寻求新的角度、新的深度、新的独到的见解。他性格沉稳,不尚空谈,不喜欢随便发表意见,说话的语速通常也比较缓慢。他不是那种想到了什么就要立即说出来的人。一般情况下,他是不会随便说话的。但他不说则已,说则常能语出惊人,甚至常能使人产生拨云见日、茅塞顿开的感觉。

姜耀成还有一个最大的特点,那就是对商业经营具有格外浓厚的兴趣。平时,他喜欢"闲逛",逛大街,逛集市,逛商店,也逛农村。但说是"闲逛",他逛时却从来没有"闲"过。每到一地,他都会看个不停,问个不停,有时还会拿笔记一记。包括商品的品种、式样、性能、特点、价格、来源、销路等,他都特别关注。他也喜欢逛湘江,在江边走,或是坐船在江里游。但他每次去江边,看得最多的却不是花草树木和旖旎风光,而是江里来往穿梭的商船、江边络绎不绝的商人、码头上搬来搬去的商货。他喜欢思考,而他思考得最多的问题却是生意买卖。他似乎天生就是个商人。

姜耀成一直在紧张地思考。这一天,他终于憋不住了,要把自己思考了好几个月的想法和盘托出了。

中午,当两个人又在饭馆里吃饭、喝酒时,姜耀成忽然抬头扫了一眼张颂臣,缓缓地说道:"张老板,我有一个想法,琢磨了好久,想说给你听听,你想听吗?"

"有想法?好啊!我还就怕你没想法呢!什么想法呀?说吧!"张颂臣一边说,一边举起酒杯。

"这些日子,我搞了些调查,发现了一个重大问题。什么问题呢,"姜耀成端起酒杯,浅浅地抿了一口,"我发现,在咱们湖南做米谷生意的,有本地人,也有外地人,但本地人斗不过外地人。咱们湖南本地人的人数虽然比较多,但规模普遍不大,资本、运销数量等基本方面都处劣势,盈利方面就差得更多。而外地人在湖南做米谷生意的人数虽不多,但他们的经营规模一般都很大,比咱们本地人的经营规模要大得多,在资本、运销数量等各个主要方面都占了绝对压倒的优势。并且,从长远看,两者之间的差距还有日益扩大的趋势。这种趋势可是相当不妙啊!长此下去,咱们湖南的米谷商行,包括张老板你的福湘米行在内,都难保没有被他们挤垮、压倒的可能啊!"

"是呀!你的观察很准确!但这种现象可不是一天两天的了,由来已久啊!有什么办法呢?人家外地人,特别是江苏、浙江、安徽等地的商人,他们在进入咱们湖南做米谷生意前就已经是大老板了嘛,资本就是比咱们足啊!"

"张老板,事情恐怕也不能完全这样看,"姜耀成端起酒杯向张颂臣敬了一下,"事在人为嘛,后来居上的可能性也不是完全没有的!这和打仗不是一个道理吗,以少胜多、以弱胜强的战例自古皆有啊!"

"事在人为?事情要怎么做才能有所为呢?这事我细细想过,"张颂臣满脸忧虑,"外地人的米谷买卖之所以比咱们做得大,做得好,关键就是两个字:船运。他们有船运,就可以做大买卖,就可以做长途运输,所以来钱快。咱们本地人没有船运,就搞不了长途大买卖,所以只能赚点小钱。这就是问题的根本所在。"

"人家外地人能搞船运,咱们湖南本地人难道就不能搞船运吗?谁也没限制咱们搞船运呀,对不?"

"不,你只知其一,不知其二,"张颂臣苦笑了一下,"这里头有个运输成本问题。而这个运输成本问题,又牵涉到食盐买卖。食盐买卖是最赚钱的买卖,这个买卖自古以来都被大盐商垄断了。到咱们湖南来做米谷生意的安徽、江浙商人就多是盐商。他们垄断了食盐运销,可以在来程时运盐、回程时运粮,盐、粮两种商品经营互相兼顾。这样,船无空舱之虞,货无滞销之虑,因而成本上划算,利润上有保障。正是因为能够盐、粮两种生意兼顾,船不空舱,降低了运输成本,保证了利润,所以外地商人在米谷经营上可以大力发展船运,尤其是发展长途运销。但咱们湖南本地商人可就没有这样的便利条件了。咱们本地商人没有经营食盐的特权,湖南经济的自给性又很强,一方面有大量的米谷需要外运销售,另一方面又不需要从外地运进其他什么货物。这样,咱们如果搞船运,经营米谷长途运销的话,成本上就很不划算。问题很明显,咱们从本地运出米谷时,船是满舱的,而从外地回来时,船却常常不得不空舱。正因如此,咱们湖南本地人很少有经营米谷长途运销的,外销米谷的长途贩运就几乎全部被外地的盐商们垄断了。"

"那要是咱们能找到某种或某几种湖南需要并且可以从外地大量运进的商品呢?"

"那当然就太好了喽!但那怎么可能呢?跟你讲实在话,我们已经找了好长时间了,可至今也没找到这样的商品啊!"

"张老板,不瞒你说,我今天要跟你谈的,重点就是这件事。"

"重点谈这件事?呵呵,看来你胸有成竹啊!说吧,有什么具体想法?"

石板塘

"我觉得有几种东西是完全可以作为发展船运时的返程载运货物的！"

"呵呵，那也就是说，你找到了咱们湖南需要并且可以从外地大量运进的商品喽？好事，大好事呀！说说看，你找到了哪些商品呀？第一种是什么？"

"第一种？第一种大概要算棉花。这东西如今用途极广，城市农村都需要。城里的棉纺织业发展快，急需棉花做原料。农村人对棉花的需求也与日俱增，穿衣、盖被都少不了。咱们湖南不出产棉花，完全可以大量运销。"

"嗯，棉花的需求倒是很旺，但那东西体积大，重量轻，不好运输。"

"那没事呀！可以通过压紧打包来缩小体积嘛！"

"好吧，棉花就算一种吧。第二种呢？"

"第二种？第二种应该算棉纱！这东西，城里急需，农村也急需。如今农村里也开始兴起制袜业了，一家一户的制袜小作坊遍地都是。他们都很需要棉纱！"

"呵呵，棉纱也算一种吧！往下说，往下说，第三种呢？"

"第三种？第三种就得算黄豆了！"

"黄豆？黄豆也需要大量运进？咱们湖南不也能种嘛！再说，那东西的需要量也不会很大呀，最多也就是做豆腐吃！"

"不！张老板，你可是太低估咱们湖南对黄豆的需求量了！黄豆这东西，对长沙城里人来说，也就是做豆腐吃，那不假。但它对湘北、益阳等地的人来说呢？那用处可就大得多了。就以我们湘北人来说吧，黄豆可以说是不可一日无的。我们湘北人天天要吃姜盐豆子芝麻桂花茶，而且还特别喜爱吃豆腐。我算过一笔账，一个普通的湘北五口之家，黄豆的年消费量绝对不下于一百斤。湘北是个大县，人口不下五十万，倘以十万户计，年需要黄豆量就在一千万斤以上。这是多大一笔生意呀！当然，黄豆这东西，我们湖南也有出产，但农民多数只是利用田边地头的零星碎地进行种植，很少有大规模栽种的，不仅产量极小，质量也不行，远不如东北等地的好。所以，综合来看，黄豆的需求量还是相当可观的。"

"哦！就依你说，黄豆也算吧！那、那还有别的东西吗？"

"有啊！芝麻、荔枝干、桂圆干、红枣等不也都是咱们湖南不出产的吗，但却都需要啊！"

"你很聪明，也很爱动脑子。应该说，你想到的这几种东西在湖南都还是有一定市场需求的。但你别忘了，它们都有一个致命的弱点。这个致命的弱点，就从根本上决定了它们很难成为船运的返程商品！"

"什么致命弱点？"

"需求分散，难以集中销售，利润太过微小，也就是说基本无利可图。就以黄豆来说，确实有人需要，但都是一家一户的零散需要。这样的零散需求，你能挣到大钱吗？"

"我不同意你的意见，张老板，"姜耀荣微微笑着，语速依旧很慢，"能不能挣钱，不决定于商品本身，而决定于经营方式。我认为，做任何买卖，要想挣大钱，就一定要有自己的腿和网！你现在的生意已经有一定的规模了，但继续扩大规模却很难。为什么？因为你没有自己的腿和网！所以，你下一步的重点，应该是伸腿和结网！如果你把腿伸下去了，把网结起来了，那几种商品也就不愁挣不到钱了！"

"伸腿？结网？怎么伸腿？怎么结网呀？"张颂臣往前探着脑袋，好奇地问。这样的名词，他还是听一次听说呢。

"伸腿，就是说把自己的势力往下面伸，往县、乡一级伸，往农村伸，总而言之是往市场的直接需求层面伸。结网，就是说在众多的地方，特别是基层市场，建立和发展自己的网点。我觉得当务之急是要派人下去，派人直接下到县、乡、镇去，找下面的店铺、摊贩建立相对稳定的购销联系，请他们代购米谷，代销棉花、棉纱、黄豆、芝麻等商品。如果全省的各个大小城市、县城、乡镇，你都有腿有网了，那还发愁挣不到钱吗？"

张颂臣经商多年了，可还从来没听说过伸腿、结网的问题，更不用说思考这问题了。姜耀成提出的这问题多么新颖、深刻啊，一下子便打动了张颂臣的心。湖南米多价贱，外地米少价高，这中间有一个很大的价格差。这个很大的价格差就是利润，就是巨额的利润。这些巨额的利润都被外地的盐商们独占了，作为湖南本地商人的一分子，张颂臣能心甘吗？他当然是心有不甘的。实际上，他早就有发展米谷长途运销的想法了。然而，长期以来，他虽然有这样的想法，却不敢贸然从事这样的实践。为什么呢？因为他解决不了运粮船在销完米谷后回程时的空舱问题。现在，姜耀成不仅为他找到了几种可以解决返程空舱问题的重要商品，而且还为他提出了一个联通购销、大规模扩大经营的好主意——伸腿、结网，从而为降低船运成本提供了现实的可能性。有了这种现实的可能性，他从事船运，发展米谷长途运销，从外地盐商们那里分取一杯羹，也就不再是幻想了。这样的好事，他何乐而不为呢？

张颂臣不愧是湖南商界的精英人物。他敢用人，听得进别人的意见。他有魄力，有雄心，敢冒风险。他的决心很快就下定了，并立即着手对米行进行大刀阔斧的改造。他的改造措施主要有三大步骤。他的第一大步骤，是乘着朱张渡一带房地产价格迅速高涨的时机，卖掉原来的茶馆兼南货店，腾出所有的财力和精力来集中经营米谷贸易。他的第二大步骤，是撤销客店经营业务，扩大米谷经营业务，并广泛地伸腿、结网，在全省、特别是长沙周边各县大量设立收购站和分销店，迅速建立分布全省各地的购销网络。他的第三大步骤，是购买十多条运粮船，开始大力发展米谷贸易的长途运销业务。这三大步骤，无疑都是大动作，对于陈记福湘米行后来的发展有着极大的作用。特别是第三大步骤，其作用尤其显著，对陈记福湘米行后来的大规模发展差不多是起了决定性的作用。

通过一系列改造措施，陈记福湘米行获得了极大发展。到光绪三十年（1904年）春天时，她终于跻身于长沙八大米行之列。这样大的发展，当然有姜耀成一份功劳。张颂臣是不会埋没姜耀成的功劳的。他立即决定：提升姜耀成为账房总管。

账房工作非同一般，地位比一般职员的工作不知要高多少倍。姜耀成刚刚步入二十一岁就当上了福湘米行的账房总管，那是多么荣耀的事情呀！

姜耀成的名字很快就在家乡传开了，石板塘、吴家冲、双塘街、大柏树屋场、陈家大屋等附近十村百里都传得沸沸扬扬，几乎人人个个都翘起大拇指夸他是个了不起的人物。而且，还有很多人干脆直接跑到长沙来找姜耀成了，纷纷求他在米行里找个工作做。一时间，姜耀成名声大振。

人人都夸姜耀成，但有一个人例外，那就是三房姜辉宇的小儿子姜云涛。他公开对人说："士农工商，商为末业，有何荣耀？胡吹什么牛皮呀？"

姜云涛为什么看不起姜耀成呢？他有他的见解和说法。他认为，古训说得对：万般皆下品，惟有读书高。人生只有读书才是正途，其他事都是歪路、邪路、末路、不正经的路。他自己就喜欢读书，而且学问做得不错。他对子女们的要求，也是只要好好读书就行了，别的事都不要管。他规定他们只有一条路可走，那就是："仕宦而至将相，衣锦而归故乡"。

姜云涛和姜云海、霍吟春一样，也是一个非常喜欢比的人。他几乎每天都在和别人比。但他不比别的，只比读书，特别是比儿女们的读书。不过，他这样比，也并非全无道理。他的儿女，确实才华出众，书读得格外好。

姜云涛有两个儿子：姜耀礼和姜耀宗。两个儿子的书都读得不错，但小儿子姜耀宗的智力更为出众些。姜耀宗聪明绝顶，博闻强记，而又非常好学，真是前途无量。姜耀宗还只有十三岁，正是认真攻读的最好时期，自然要抓紧施教。姜云涛心里很明白，在这个关键时候，请个德高望重、学问悠长的好老师乃是最最重要的。所以，他便借着为父亲姜辉宇祝寿的机会，从县城里请来了名重一时的老学究邓宪恭。他的意思很明显，是要请邓宪恭帮忙，把自己的儿子耀宗收为亲传弟子，以便将来好提携他出人头地。

邓宪恭是湘北人，世居县城三井头街。邓家是湘北县有名望族，其先人名垂青史的相当多。例如，在唐代末年时，邓家一位先人曾经率领家丁剿灭过逃入湘北玉笥山中的黄巢起义余部，由此终结了黄巢起义的历史。此事载诸史册，闻名乡里。另外，湘北县城的兴建，也与邓家有着密不可分的关系。县城东门外的大湖之上，有一座总长度达数十丈、孔洞多达十数个的石拱桥。这座石拱桥对于湘北县政治、经济、交通、文化的发展都有着极其重要的作用。它横架湖上，把一个连通湘江、方可数万亩的大湖从中隔开，将县城与对岸的八甲镇以及广柔富裕的东乡大地连成一体，不仅是湘北县城乡连接、南北交通、东西往来的重要枢纽，而且是阻隔湘江洪水、保护县城及东乡人民生命财产安全的重要屏障。同时，，这座石拱桥还将两个大湖纳入城中，就好像是在城中嵌入了一双明珠，无疑极大地改善了城市景观和生态环境。而这座石拱桥据说就是邓家先人帮忙修建的，邓家一位俗称"邓婆"的老太太对它的修建起过至关重要的作用。民间传说，当年建这座桥时，因为缺少一块足够长、足够大的石条，因而桥拱无法合龙。正是在这一关键时刻，"邓婆"将她床底下的一块石头拿出来了，为桥的合龙做出了重要贡献。后来，人们为了感谢她，就把这座桥叫做"邓婆桥"了。这传说虽然有趣，却未必可信。人们猜想，"邓婆"的贡献可能不在于拿出了床底下的一块石头，而在于为建桥贡献出了一笔数额可观的资金。毫无疑问，建桥最缺的，不是一块大石头，而是巨额资金；邓家所有的，也决不是石头，而是钱。

邓宪恭就是"邓婆"的直系后代。邓家世代望族，在湘北一带有着很大的影响。邓宪恭出身望族，身份地位自然贵重，但他却并不是只靠望族身份地位吃饭的。他的书读得好，学问做得深，学识非常渊博，颇得曾经当过两江总督的道光朝进士李星沅赏识。

姜辉宇和邓宪恭年纪相仿，年轻时同在一个老师手下读过几年书，还一起参加过几次科考，算得上是同窗好友。但他们虽是同窗，后来得到的功名却是不可同日而语的。清沿明制，京师设国学，直省设府、州、县学。各学教官，府称教授，州称学政，县称教谕。所有应科举考试者，无论年龄大小，皆称童生，亦称儒童。童生先要参加县里的考试，录取后便成为秀才。这是功名的起点。正式科举考试分为三级。第一级是乡试，考中的称为举人。第二级是会试，由礼部主持，考中的称为贡士。第三级是殿试，由皇帝主试，考中的称为进士。进士的前三名，依次称为状元、榜眼、探花。邓宪恭便通过了第一级的考试，得到了举人的称号。而姜辉宇读了一辈子书，参加了无数次考试，直到八十岁，却还是个老童生。

两人的身份地位相差很多，实在无法相提并论。但姜家对邓宪恭却总是拼命地巴结。每当逢年过节，姜家都要拿着一大堆干鱼腊肉和土产鲜货去看望邓宪恭。每当邓家有事，姜家都要花钱送重礼。每当家里有喜庆之事，姜家也总要派人抬着八抬大轿去央求邓宪恭赏光来参加。这次姜辉宇过八十岁生日，姜家照例没有忘记请邓宪恭，前天下午便派人抬着大轿子去县城接人了。

大轿半上午才到，姜辉宇领着全家二三十口人在石板路上恭迎。轿帘掀开，邓宪恭低头弯腰走了出来。他只张着没牙的嘴向老同学姜辉宇略略笑了笑，算是打了招呼，便径直走到一个十二三岁的小男孩面前，伸手摸了摸他的头顶。

那个小男孩便是姜耀宗。他很乖巧，当即伸手轻轻地扶住邓宪恭，领着他往前走，一直走进正堂屋里，安排他在正中间上首位置的客位上坐下。旋即，姜耀宗又转身端起桌上的茶杯，双手恭恭敬敬地奉给邓宪恭。

邓宪恭没有接那茶杯，却朝着姜耀宗看了一眼，微微地笑着说："童奉茶。"

这是要姜耀宗接下联的意思，姜耀宗已经有过多次这样的经历了，哪能不晓得？他转身不慌不忙地将茶杯放在桌子上，稍稍往后退一步，垂首站立一旁。他不仅丝毫没有怯意，反倒主动迎着邓宪恭那紧逼的目光看了一眼。见邓宪恭帽子戴得很低，脑门都快被遮住了，他张口便道："帽遮头。"

邓宪恭闻言，连忙伸手把帽子往上抬了抬，扬头笑了笑说："噢，笑话我帽子戴得太低了是不是？小伢子呀，你人小，胆子可不小啊！你这对联嘛，文字倒还工整，且是即景而作，要说还算可以，只是气势小了些。不过呢，现如今我把帽子往上抬高了，你这对联可就文不对题了啊！"

邓宪恭话音刚落，姜耀宗立刻说道："雾遮山！这气势可以吧？而且，也与你老人家的帽子毫不相干了，不会文不对题吧？"

"嗯，气势倒是上来了，不算很小了，也不存在文不对题的问题了，"邓宪恭笑笑说，"只是情景方面还略嫌不够雅致！小伢子呀，还能再对个气势、情景俱佳的吗？"

姜耀宗略略迟疑了一下，张口答道："云掩月。这联如何？"

"云掩月？嗯，还算行吧，但还是有些勉强。这联气势、情景俱佳，文字也好，只是不大切近当前实景。明摆着，这会儿是大白天，一轮红日高照天空，何来月亮啊！小伢子，你还能对得出更切近当前实景的吗？"邓宪恭说。

"噢，要切近当前实景的是吧？能啊，"姜耀宗忽闪着大眼睛，一本正经地回答，"日照云！你老人家看，这联行不行啊？"

邓宪恭大惊。他没想到眼前这个孩子年纪那么小，文思却如此敏捷，竟然出口成章，一口气便对出了好几个下联。他有心再考考他，就站起身来，挪步朝外走。姜耀宗连忙伸过手来，扶住了他。姜辉宇、姜云溪、姜云谷、姜云涛、姜云岳等人也连忙站起身来，一个个低头哈腰，跟着邓宪恭亦步亦趋地朝外走。

走出堂屋，慢慢地踱到地坪中间，邓宪恭站住了。他抬头仰望，前后左右地细心察看起来。姜辉宇、姜云溪、姜云谷、姜云涛、姜云岳等人也连忙学着他的样子，背着双手，仰着脑袋，眼睛朝着前后左右看了起来。

"小伢子呀，你刚才对的那几联都还算得上不错，但太短，看不出真学问，"邓宪恭将将胡须，仰头远望着照壁山，"我再出一个长联，你对对看！倘若你长联也能对得好，那就算有真学问了。你听仔细了！我出的上联是：一日贯东西，千年辉照。我这上联，乃是根据你姜家祖屋的地形地势而出的。你呢，也必须顺着我这上联的思路来对下联，关键是要切近题意，不可牵强附会！"

姜耀宗毕恭毕敬地站在邓宪恭身边，也学着他的模样，仰头远望起来。略略望了一下，他便转头看着邓宪恭的眼睛张口说道："两山翼南北，万里鹏程！"

"呵呵，好！对得好，"邓宪恭说，伸手摸了摸姜耀宗的脑袋，"你这一联对得真的是好，不惟字句工整，兼且意境深远，气势宏大！小伢子呀，你对联是写得好，诗词、文章写得如何呀？干脆，我再出个题目考考你吧！你以前面这座卧蚕山的形状为题写首诗如何？不必写长诗了，就写首短的吧，五言绝句、七言绝句就行。不过，你得听明白了，我的题目是要你写前面这座山的形状，不是要你写别的。你只要就这山的形状略加发挥即可，不要脱离此题意而漫无边际地空发议论。我这个人，你可能还不大晓得吧？你祖父、父亲跟你说过吗？我是最不喜欢空发议论的,明白吗?"

"噢,我明白,"姜耀宗不假思索,张口便说,"王母何时赴衡山,临空遗落一支簪。千年灵气钟斯地,万姓人民赖以安。"

邓宪恭沉思有顷,缓缓说道:"嗯,诗倒是写得不错,颇富新意。不过,这山名卧蚕,又名照壁,都是就其形状而言的,且很容易出此而引伸出绝佳诗意、上等文字。你为何不就从山的这两个名字上做文章,而要另辟蹊径呢?"

"围绕前面这座山写诗写文章的人实在太多了。他们大多是从卧蚕、照壁这两个名字上去写的。我觉得那种写法虽然不错,但写的人太多了,也就不新鲜了,难免给人以俗套之嫌。我不想走人家走过的老路,学人家的样子写诗作文,所以就改了个写法,将前面这座山比喻为王母娘娘遗落在人间的一支金簪了。你老人家觉得这比喻不妥吗?请指教!"姜耀宗走到邓宪恭身前,弯下腰来,就要下跪磕头。

"不,没有不妥,没有不妥!好孩子,你这比喻很恰当的,难为你小小年纪就有如此创新之见,不简单,孺子可教呀!"邓宪恭一把拽起姜耀宗,将他搂进怀里,轻轻地抚摸着他的头,高兴得赞不绝口。

连着考了几道题目,姜耀宗都应对自如。这不禁让邓宪恭刮目相看了。但事情至此还没有完。他还想从知识学问的更深层次考考姜耀宗,并要亲自看看他写的字。于是,他牵着姜耀宗的手,一边朝堂屋里走,一边说:"左宗棠左宫保是咱们湘北的骄傲。你可否就其一生主要经历、功名、成就写几首七言绝句,书写在纸上给我看看呀?"

"是!小学生遵命!请你老人家宽坐片刻!"姜耀宗也不推辞,轻轻答应一声,便走到八仙桌旁,拿起笔洋洋洒洒地挥写起来。

邓宪恭一杯茶还没喝完,姜耀宗的诗已经写完了。他把一张写满了字的纸递给邓宪恭。邓宪恭接过一看,只见纸的上端写着"左文襄公咏"五个中楷颜体字,其下用小楷颜体写着九首七言绝句。那九首七言绝句的具体内容是:

其一、贵贱何曾分管鲍,英雄相见即神交。一联写透三湘愿,两心相印说左陶。
其二、江寒风冷小灯明,人影船窗语轻轻。千里相逢非叙旧,一样忠诚两颗心。
其三、大将西征胆气豪,黄沙千里裹征袍。莫道书生非战将,青史功追霍骠骁。
其四、领兵西出战天山,古道天青地生寒。敢将千里栽柳树,引得春风度玉关。
其五、万顷海涛似马惊,将军夜卧不能宁。起坐观书思良策,心头忆起魏默深。
其六、外国兵轮快如飞,千里海疆已濒危。谋臣为国心良苦,始有船局设马尾。
其七、烽火硝烟起边关,朝使飞传老臣还。运筹帷幄降魔计,一战功成复谅山。
其八、莫道老臣逾古稀,腹有孙吴妙计奇。夜来偷渡台湾峡,孤岛明朝困西夷。
其九、曾公生前我常轻,曾公死后我极重。可见曾左平日争,两心相印谋国忠。

邓宪恭一边看,一边点头,一边摸着下巴颏缓缓说道:"那么快就写出了九首诗,可谓神速,不简单呀!你这第一首是写左陶之交。道光十七年,陶澍阅兵江西,顺道回湖南安化老家省墓,途经醴陵。时左侯正主讲醴陵渌江书院,乃奉县令之邀,写了一首对联迎接陶公。那对联写的是:'春殿语从容,廿载家山印心石在;大江流日夜,八州子弟翘首公归。'那对联写得好,深得陶公之心。从此,两江总督陶澍便和一介布衣左宗棠结成莫逆之交了,后来还结成了儿女亲家。左侯一生事业,与陶公的全力荐举不无关系。嗯,这件事该写。"

"老先生过誉了!"姜耀宗低头说。

"你这第二首诗嘛,写的就是左林之交了,"邓宪恭端起杯子喝了一口茶,"道光二十九年,时任云贵总督的林则徐因病开缺回籍,途经长沙,坐船停靠在湘江边上。当时,湖南的大小文武官员都来拜访他,而他却一概挡驾,唯独派人到柳庄请来了还是一介布衣的左宗棠。由此可见,林则徐对左宗棠是多么看重。左宗棠对林公自然也是心仪已久。他急于拜见林公,走路太快,结果在上船时,一脚不慎,掉入水中,浑身都湿透了。这一夜,两人秉烛深谈,直至天明方罢。林公独具慧眼,当时便已看出左宗棠是个难得的大将之才,必能镇守和保卫国家西部的领土。他将自己在新疆任内整理的宝贵资料全数交付给左宗棠,并预言将来'西定新疆者,舍君莫属'。后来,左侯平定陕甘,收复新疆,实与林公不无关系。嗯,左林之交这一段脍炙人口的历史佳话应该写,应该写!"

"谢老先生夸奖!"姜耀宗小声说道。

邓宪恭回头看着姜耀宗,缓缓地说:"你的第三首诗是写西征之事。西征是左宗棠一生事业的巅峰,平定了内乱,收复了新疆,为国家为民族立了大功。你的第四首诗嘛,写的是千里栽柳之事。这件事可谓左侯独出心裁之作,于当世后世皆有莫大之意义。你的第五首诗,写的是海防之事。海防之事嘛,左公用心良苦,深谋远虑,功不可没。你的第六首诗,写的是在福建设立福州船政局之事。福州船政局乃中国制造兵轮之始,为中国海军的创建奠定了重要的基础,功劳亦很重大。你的第七首诗,写的是谅山大战抵御法国侵略之事。谅山大战,中国军队是打了大胜仗的。在中国近几十年来的历史上,这是难得见到的胜仗之一,对保卫国家领土、振奋军心民心都有重大意义。你的第八首诗,写的是台防之事。台防之事是左侯晚年之重大事业。他老人家目光远大,规划宏远,功劳之大,众所周知。你的第九首诗嘛,写的是曾左之交。曾国藩与左宗棠的关系,历来谈论者甚多。不少人都说他们关系不好,颇有微词。我赞同你的看法,他们在国家大事上,态度和意见是很一致的,并没有明显分歧。这几件事嘛,确实都是该写的,写得也不错。不过,有一点老夫却还不大明白,平定长毛、收复浙江和福建之事为何只字未提呢?那可是左侯一生功业的大手笔啊!"

姜耀宗一直垂首站立一旁,见邓宪恭相问,便略略抬起头来,轻声说道:"学生以为,与御俄、抗法、筹设台防、设厂造船、千里栽柳、底定新疆等事相比,左侯平定长毛的功业实在算不得最大者。平定长毛,只不过是领兵打仗、平定内乱、镇压造反罢了,其意义哪能与保卫国家边防、建立和发展新式工业、筹设新式海军、收复国家领土这些事情相比啊！再说，平定长毛的首功应归曾文正公，左侯功劳再大，也只不过是襄助者，且中间还有杀戮过重的问题，哪能拿来作为最重大的功业大书特书呢！"

邓宪恭一惊，目光灼灼地盯着姜耀宗问："嚯、嚯，有道理！有道理！孩子呀，这看法是你自己的，还是你祖父他们教你的？"

"是我自己的看法。"姜耀宗低头淡淡一笑。

"噢，是你自己的看法？不简单！想不到你小小年纪竟有如此深刻、独到的见识，后生可畏，后生可畏呀！"

邓宪恭真的是被姜耀宗折服了。后来闲坐聊天时，他当着姜辉宇、姜云涛父子的面一再夸奖姜耀宗，说他是"天才神童，堪比唐王勃、明解缙"。他还当场表示说，愿意收姜耀宗为关门弟子，尽毕生之力来栽培他，使他尽快成才。

邓宪恭这话，姜辉宇、姜云涛父子听了当然高兴，当即便拉着姜耀宗的手下跪拜师。下午，邓宪恭回家时，姜耀宗便跟着他一起走了。从此，姜耀宗成了他的弟了，天天在县城邓家的大宅院里刻苦读书。

第十一章

搬入新建的房子后，姜耀荣变多了。他话多了，有笑模样了，跟家里人的关系也好多了。他跟李英莲越来越亲密了。两个人经常有说有笑，经常一起出入走动，经常一起到田里、山里、菜园子里做事，配合得非常默契。他跟姜云岳的关系也明显缓和了不少，能坐在一起说说话了，有时还能主动打打招呼了。这是一个很大的变化。以往的相当长一段时间里，他是从不喊父亲的，见了面只不过点点头、对对眼神而已。

姜云岳似乎也变多了。他对儿子大声嚷嚷的时候少了，动辄没高没低的怒吼臭骂就更是很难听到了。当一家人坐到一起，说起一些好笑的事情时，他那张四方形国字脸上常常还能看得见一丝肌肉的跳动。那就是他的笑容了。他的笑容是很难见到的。他一年四季都在紧绷着那张四方形国字脸，轻易不会开口笑的。即便是笑，他也不会哈哈大笑，最多不过是嘴巴咧咧，眼皮挤挤，眉毛耸耸而已。他认为，当族长就是要经常保持严肃，不能老笑，更不能大笑，那样才能有威严。

姜耀荣和姜云岳是家里的两个关键人物。以往家里的剑拔弩张，多半都是他们引起的。如今，他们的关系缓和了，家里自然也就是"升平世界"、"朗朗乾坤"了。阿弥陀佛，难为他们两个变好了！这真是姜家八辈子修来的福分！

奇怪！姜耀荣和姜云岳一向很固执的，为什么会突然之间变好呢？

147

这事情,明眼人都看得很清楚。他们两个的变化都是缘于一件事,那就是:李英莲"害肚"了,快"生崽"了。

"害肚"就是怀孕。这是照壁山西麓一带的叫法。其实,怀孕的叫法,当地还有好几个,如"驼肚"、"怀肚"、"有喜"等。不过,石板塘、吴家冲、双塘街、周家塅、李家磨坊等附近比较大的村子,乃至界石镇等地,都还是以"害肚"的叫法最为普遍。"生崽",顾名思义,那就是生孩子。

当地关于妇女怀孕的讲究特别多。例如:妇女"害肚"后,为保母子平安,一般都要在孕妇床前"关符"、"立禁"。所谓"关符",就是请道士作法,用黄纸画符,贴在孕妇床上的床楣(床架上方一侧)上。所谓"立禁",就是用泡制酱豆腐的坛子盛上水,加盖碟封住坛口,然后倒立着放在孕妇的床前。"关符"、"立禁"还只是一般的做法。讲究更多的,往往还会要采取其他别的措施,如在孕妇床门(床架正面)的上方悬挂宝剑、桃木剑或铜镜,在孕妇的床顶罩上一个破渔网,在房内用插桃符的方式圈定孕妇的活动范围,规定孕妇不得超越等。倘若妇女曾经有过孩子生下来即夭亡的前例,那讲究和规矩可就要更多更严厉了,往往还会要加上"立长生符"、"讨百家线"、"关叫鸡"等做法。"立长生符",顾名思义,就是请道士作法画符,并将符纸贴在木头上,置于孕妇床下。"讨百家线",就是孕妇家要派人到一百户人家讨线,并将讨来的线搓成带子,给孕妇作裤腰带系上。"叫鸡"就是公鸡。"关叫鸡"也就是把一只公鸡关起来。但这只公鸡不能随意关在别的地方,而必须关在孕妇的床下,让它天天在孕妇床下值班守夜,驱妖赶鬼。

"关符"、"立禁"、"立长生符"、"讨百家线"、"关叫鸡",以及悬挂桃木剑、罩破渔网等这一切关于妇女"害肚"的做法,目的都是为了辟邪,其用意自然是好的,但对孕妇的束缚作用却也相当严重,常使得她们畏首畏尾,不知所措。幸好,姜老婆子虽然讲迷信,却还比较开通。李英莲"害肚"后,她只做了"关符"、"立禁",并没有搞"罩破鱼网"、"插桃符"、"立长生符"、"关叫鸡"等那些格外繁琐扰人的事。

女人"害肚"是受罪,但李英莲不怕受罪。别看个头小,挺着个大肚子,就像路都快走不动了,但她依旧是家里的主要劳动力,天天田里地里山里菜园子里到处跑,白昼夜晚连轴转,做饭洗衣栽菜摘菜做鞋做袜缝缝补补样样亲自动手。直到临盆的前三天,她还从田里背回来了三亩多地四十多捆稻草。那些稻草,每一捆的重量都有三、四十斤,而且体积还特别大,很不好背。旁人看着她背稻草那样子都咋舌了,一个个惊叹道:"唉呀,这姜家的媳妇不一般呀,舍得死,霸得蛮,样样活都不让男子汉,挺着那么大的肚子还背草,莫不成是樊梨花再世、穆桂英重生?姜耀荣呀,命可真好啊!"

李英莲终于要"生崽"了。那天夜里,她忙着钉鞋底子,想给姜耀荣做一双鞋,活做到很晚,直到快子时了才收工。她伸伸腰,打了个哈欠,正要躺下睡觉时,肚子忽然疼了起来,而且是一阵一阵的疼,一阵比一阵疼得厉害。她意识到是时候到了,便叫醒了姜耀荣。

姜耀荣见李英莲疼得满头大汗,知道情况紧急,忙一翻身从床上爬了起来。他顾不得披衣服,拖上鞋子便出门去喊母亲。这是姜老婆子特意交待过的,只要李英莲的肚子开始发疼,而且是一阵比一阵疼得厉害,姜耀荣就必须去喊她。

"娘!娘!娘!"姜耀荣一边喊,一边用力敲门。

"呃!来了!来了!我、我这就起来了!英莲肚子痛得厉害了,是吧?是不是一阵连着一阵地痛,老也没停下来的时候,而且痛得越来越厉害呀?"姜老婆子扯着嗓门,对着门外的儿子大声问。她孩子生得多,这方面特别有经验,不比一般专门接生的稳婆差。她早就揣摩到儿媳妇生孩子也就是这一两天的事,所以夜里不敢踏实睡着,连衣服、袜子都不敢脱,正和衣躺在床上听动静呢。

"是的,是的,娘,英莲疼了好一阵了,都疼得满头大汗嘞,估计是差不多了!"姜耀荣回答,声音显得很急。

"好、好、好,别急,别急,我这就起来了!"姜老婆子掀开被了坐了起来,拿过上衣往身上一套,用双手撑住床边,旋即就把两条腿伸到了床下。紧接着,一双小脚便轻轻易易地穿上了鞋。那双小脚鞋是晚上临上床前就整整齐齐地放在床边的,正好放在脚伸下来就能立刻够得着的位置。

姜老婆子一起来,姜云岳立马也跟着起来了。他披着衣,提着裤子,踏拉着鞋,窸窸窣窣地摸黑走进厨房的灶角落里,低下头,弯下腰,伸手摸到火钳子,把火钳子伸进灶洞里,扒开柴灶的烟灰,从里头拨拉出一根燃着的柴火棍,点亮了灶台上的油灯,然后又小心翼翼地把灯芯往外拨了拨,这才端着灯走到门边打开了门。

"爷老子,你老人家怎么也起来了?天亮还早着呢,再去睡一觉吧!"姜耀荣忙从姜云岳手里接过油灯。

湘北地方的语言习俗有些怪,儿子称呼父亲,从不喊爸爸,偶尔有人喊爹爹,绝大多数人却都喊"爷爷(念 yaya,——下同)"。有的时候,不少人还喜欢把"爷爷"一词简化为"爷(念 ya)",或与"老子"一词合在一起称为"爷(念 ya)老子"。姜耀荣、姜耀典兄弟惯常就是喜欢喊父亲做"爷(念 ya)老子"的。这种颠倒称呼的情况在外人看来似乎不可理解,但在当地却很普遍。例如,当地人对祖父的称呼,也同样存在类似的情况,他们是喊"爹爹(念 diadia)"而不喊"爷爷"的。

姜云岳的手似乎有些发抖。天知道这是因为儿媳妇快生孩子了呢,还是因为听到儿子喊他"爷老子(同上)"和"老人家"了呢?他颤颤悠悠地把灯递到儿子手里后,就忙着系起了裤带。那裤带是根很宽的布带子,太长,而裤子的档口又特别宽,要折两折,他费了半天劲,才把那裤子系好。

"是呀,你鬼打起啊!接生是我老婆子的事,与你老头子有什么相干?你又冇(意义同没,音 mao)得事做,深更半夜的,爬起来搞么子哟?要吃冻肉(挨冻)呀?

夜里的山风怪凉的，冻病了可不是好玩的啊！还不给我上床睏觉(睡觉)去！"姜老婆子低声对姜云岳说道。"鬼打起"是当地人常说的一句土语，意思大约相当于"莫名其妙"。姜老婆子的话虽是埋怨、命令的口气，但却极温和、极细柔，充满了关心、体贴的意味。老两口的关系非常好，非常亲密，姜老婆子对姜云岳说话，通常都是用这种口气。

"唉哟，睏觉(睡觉——下同)，睏觉，你这个人呀，一天到晚就知道让人家睏觉！你也不想想，媳妇快生了，这会子我能睏得着吗？与其躺在床上睏不着，干瞪眼，憋得难受，我还不如起来坐坐舒服呢！没事做？没事做又怎么啦？我就在这房里坐一下，活动活动腿脚，难道不行吗？我又不碍你的事，你管我干什么？"姜云岳对着老婆子一通叨唠。当地的语言中，几乎没有"儿媳妇"这个词。人们喊儿媳妇从来都是喊"媳妇"的。所以，姜云岳也把儿媳妇喊做"媳妇"了。

"不睏觉？嚯嚯，不睏觉也好，那就干脆帮我做点事吧！我正好忙不开身呢，没时间去敬祖宗。那你就替我去敬祖宗吧，行吗？反正你待着也是待着，闲得慌，还不如找个事情做痛快一点呢，对不？"姜老婆子说。当地有个讲究，孩子出生时要敬祖宗，也就是要拿着鞭炮、香烛和三牲祭品等到祖宗牌位前跪拜祭奠，以求祖宗保佑母子平安。

"好、好、好，那太好了！我去敬祖宗！我去敬祖宗！香烛、祭品都预备好了吗？"姜云岳异常高兴地答应。

在家里，凡是大事，如儿女婚嫁、耕田下种、奉陪贵客、买卖牲口及掌管银钱出入等，姜云岳是绝不容许女人干涉的，甚至女人连问一声都不可以。他认为，这些大事都是该男人做的，是男人必须牢牢掌握在手里的权利。但日常小事，该女人们管的事，如洗衣做饭、扫地擦桌子、做衣服做鞋袜，带小孩子之类，他却从不拿主意，总是一门心思听老婆子的安排，老婆子吩咐他干什么，他就老老实实地干什么。敬菩萨、敬祖宗，包括准备香烛祭品等，也属于该女人们管的事。这事，姜云岳一向是不管不问的。

"香、鞭炮和蜡烛嘛，都放在灶门(厨房)的柜顶上了。祭品嘛，就是一块腊肉、一只熏鸡、一条干鱼，还有一点花生、干果什么的，我都装好三个盘子了。三个盘子也都在灶门(厨房)的柜顶上。摆放祭品的时候要当心哟，位置一定要摆正了，千万别斜了歪了撒了，免得祖宗怪你不诚心，晓得不？鞭炮嘛，不放呢，好像不大像样，怕祖宗怪罪；放呢，天太早了，又有点吵人睏觉(睡觉)，也有点不好意思。这事可真是左右为难，不好办哪。究竟放不放，我也拿不定主意了，干脆你自己看着办吧！"姜老婆子一边使劲缩肚皮系裤带，一边忙不迭地往外走。

"放！放！少放一点就是了！这么大的喜事，哪能不放鞭炮呢？吵人，那也没办法了，不也就这一回嘛，谁家能不体谅？你快去吧，媳妇(儿媳妇)只怕快生了，耽误了她的事可不是好要的！"姜云岳大声吩咐道。

150

"爷老子,英莲都已经开始生了,娘要你赶紧磕头敬祖宗!"姜云岳刚刚走进正堂屋,姜耀荣就急急忙忙地跑了过来,对着他大呼小叫。当地风俗,敬祖宗要选准时间,最好是在孩子刚刚开始出生时的那一刻进行,太早了不行,太晚了也不好。因此,姜老婆子特意要儿子跑来通知一声。

"喔,生得那么快呀,很顺利嘛!"姜云岳心里一喜,急忙摆好鱼、肉、干果等祭品,燃亮香烛,点燃鞭炮。

但姜云岳正要下跪祭拜的时候,一件意想不到的事情突然发生了:只听神龛上头"哐"的一声巨响,祖宗牌位后面忽地扑出来一条蟒蛇。那蟒蛇足有六七尺长,茶碗口大,头扬得老高,舌头吐得老长,样子十分吓人。它从神龛上溜了下来,在堂屋中间迅速穿过,出门后顺着水沟朝屋后头飞快地爬行,一会儿工夫便不见了踪影。姜云岳胆子很大,从来不怕蛇。山里蛇很多,蛇特别爱吃老鼠,而房屋离山很近,家里的老鼠又特别多,所以蛇在家里出没也是常有的事。但尽管如此,姜云岳也还是吓得尖声大叫,老半天还静不下心来。蛇藏在祖宗牌位后头,又正好赶上祭祖的时候出现。这样的事情,他有生以来听都没听说过,更何况还是亲身遇上呢!

"祭祖遇上蛇,这是好兆头呢,还是坏兆头?"姜云岳心里忐忑不安。他急急忙忙地下跪磕了几个头,连祭品都来不及收拾,便慌慌张张地回家了。

李英莲生了个男孩。那孩子四方大脸,眉清目秀,身长体壮,重达七斤八两多。真也多亏了李英莲,那么瘦小的身子骨,却居然生了那么大的一个胖小子。

姜云岳对大儿子耀荣不大喜欢,对大儿媳李英莲也说不上很喜欢,但对他们生的这个孩子却异常喜欢。当然,他格外喜欢这孩子是有道理的,因为这是他的头一个孙子,具有特殊的意义。虽然他早就当上祖父了,但二儿媳樊桂枝去年生下的那个孩子是女孩,只能算孙女,不能算孙子。大儿媳李英莲生的这个孩子,才是他姜云岳名副其实的头一个孙子,头一个真正意义上的接辈人。有了这个孩子,石板塘姜家中他姜云岳这一脉的香火也才有了继续下传、发扬光大的希望。

终于有头一个孙子了,终于看到香火传承的希望了,终于当上真正意义上的祖父了,姜云岳怎能不格外高兴呢!他终日里喜滋滋地笑,常常笑得嘴巴都合不拢了。记日子是他的嗜好。凡有特大喜事的日子,他都是要一个不落地牢记在心的。于是,他默默地把孩子出生的这一时刻——光绪三十年六月初三寅时三刻,牢牢地记在心底的最深处了。

新生了孩子,当然是要隆重庆祝的。当地非常重视孩子的新生,有一整套相传沿袭、十分讲究的诞生礼仪。这一套礼仪中,最重要的是三个日子的庆典。这三个日子,就是"三朝"、"满月"、"周岁"。

"三朝"就是孩子出生的第三天。这个日子非常重要,是要隆重庆祝的。庆祝的方式依次有"报喜"、"做小三朝"、"做外婆"、"三朝酒宴"、"送号"等。惯例,婴儿出生后,主家应按"男茶女酒"的方式立即到外婆家(产妇娘家)送茶或酒。这就是"报喜"。外婆得知喜讯后,凭着"男茶女酒",即能判别自己女儿所生婴儿的男女性别,分别发还蛋、糖、鸡等礼物。这就是做"小三朝"。随后,按照主家择定的举办"三朝酒宴"的日期,做外婆的要备好红蛋、红糖、褓褓衣物饰品和摇窝(摇篮)坐栏(带栏杆的婴儿座椅)等,到主家祝贺并参加"三朝酒宴"。这就是"做外婆"。"三朝酒宴"由主家举办,是"三朝"全部庆典活动的高潮。其丰盛、隆重与否,常能清楚反映主家对产妇或新生婴儿的重视程度。"三朝酒宴"过程中,常会有"送号"的举动。所谓"送号",就是客人为新生的婴儿送名字。

"满月",顾名思义就是孩子出生后满一个月时的那一天。在当地,产妇叫做"月婆子"。惯例,"月婆子"自分娩起,都必须"坐月"。但"坐月"的时间,当地却并不完全统一,大体有两种做法,一种是一个月,另一种是四十五天。"月婆子"坐月期间是不能出门的,更不能随意到别人家里串门。"月婆子"倘若随意串门,或误跨他家门槛,照例要披红挂彩,赔礼道歉。"满月"这一天,主家也是要举行隆重庆祝活动的。庆祝活动的主要方式,就是举行酒宴,请客喝酒、吃饭和喝茶。

"周岁",也就是婴儿出生后的第一个生日。这一天,同样有很多的特殊讲究和庆祝方式,如"酒宴"、"抓周"、"出窝"、"吃回窝茶"等。"酒宴"是"周岁"庆典的重头戏,由主家举办,这是不待说的。婴儿到了满周岁这一天,做外婆的以及亲戚朋友,都要拿着婴儿生活所需用品和儿童玩具等礼物去看婴儿,而主家此时则应设"酒宴"款待。在"酒宴"的过程中或其后,一般要举行"抓周"的活动。"抓周"的做法,一般是先由主人在祖宗牌位前敬香,再将文具、算盘、胭脂水粉等物置于盘内,任由婴儿随意抓取。这种做法的目的,是预测婴儿的未来志向。婴儿过了周岁这一天,做外婆的就要将他(或她)以及他(或她)的母亲接到自己家里来住几天或一段时间。这就是所谓"出窝"。"出窝"时,婴儿的母亲要带一些茶点或长生面等物,交给婴儿的外婆、也即自己的母亲,请她代自己邀村邻们吃茶,这就是所谓"吃回窝茶"。

"三朝"、"满月"、"周岁"的这些讲究和庆贺方式,各村各户的侧重点、具体做法都有可能不完全一致。有些人家可能不让孩子"抓周",而增加一些别的方式,如让孩子拜干娘、敬菩萨等。至于所敬的菩萨也不完全一样,敬观音菩萨、送子娘娘、南极仙翁、长寿仙翁、太白金星、玉皇大帝、山神、塘神、土地菩萨的都有。石板塘姜家给孩子做"周岁",一般都喜欢拜塘神。这里边的原因,就在于石板塘这个水塘实在是太过神奇了。拜塘神的仪式倒也并不复杂,只不过是把孩子带到石板塘的正堤上,让他跪下来,朝着水面磕三个响头,然后大放鞭炮,热闹一番,便算了事。

尽管具体做法可能稍有不同,但总的来说,"三朝"、"满月"、"周岁"这三大庆典都是绝对必须举办的。这三大庆典的重点或中心,其实都是一个,那就是酒宴。而酒宴的实质,无非就是请人吃餐饭。但别看这餐饭似乎不起眼,不过是花点钱而已,其意义却很重大。

姜云岳疼孙子,对"三周"、"满月"非常重视,因而这两个庆典都搞得非常隆重。客人来得格外多,酒筵也举办得格外像模像样。比如,酒宴上的酒,就不是一般乡间自酿的谷酒,而是专门派人从城里买来的名酒,如贵州茅台、泸州老窖、五粮液等。酒宴的饭菜那就更非平常可比了,不仅上了很多鱼、肉,而且还上了不少乡间难以见到的珍稀菜肴,如海参、鱼翅、熊掌、燕窝、蛏子、扇贝、对虾、鲈鱼等。做菜的大师傅,也没用乡间的,而是专门从城里的大饭馆请来的。他们的手艺极高,做的菜味道相当好。

酒宴下了很大的本钱,获得了来客们的一致好评,因而送号的人也就特别多。但对客人们送的号,姜云岳却不大在意。当姜耀荣拿着一大摞写着号的红纸请他看时,他头都没抬,只挥挥手说:"拿走吧,拿走吧,我不看了!"

"看看吧,爷老子!还真有几个不错的呢,"姜耀荣满脸是笑,眼睛都眯得成了一条缝,"我看,孩子的名字完全可以从这里头选一个!"

"那哪行!"姜云岳撇撇嘴。

"哦,你老人家想亲自给孙子起名字,是吧?那当然是最好不过的了,更富有意义嘛!"

"不,我不自己起,"姜云岳摇摇头,"这孩子是我头一个孙子,名字哪能随随便便呢,必须得请一个有大学问的人来起!"

"噢,那倒也是。那你老人家打算请谁呢?吴家冲吴宏照老先生行不行?"

"吴宏照?学问倒是不错,可惜没有功名!"

"那,双塘街杨景福呢?他倒是有功名,中过秀才的!"

"杨景福?学问不错,也有功名,但年纪太轻!"

"刘宏照、杨景福都不行,那我就真想不起这附近还有谁了!"

"干什么老盯着这附近呢?不能往远处看看?"

"远处?你老人家莫非想去县城请?那里倒是读书人多!"

"没错,我还就是想去县城请。城东八甲街有个郭举人,学问冇得讲(没得说),天下都闻名,又中过举人,而且是年过九旬的老寿星,名字起得极好。我想过一两天,亲自去趟八甲街,求他起个名字!"

"好是好,只是——"

"只是?只是什么?"

"只是这礼钱,恐怕他也会要得不少啊!"

"花点钱就花点钱呗!他名声大,功名高,又是个长寿的老寿星,孩子的名字请他起,花点钱也值得呀!"

果然,两天后,姜云岳就带着姜耀荣和姜耀典两个儿子亲自去了趟县城八甲街,请郭举人为孩子起了一个名字:鹤年。郭举人说,这名字颇有讲究,是希望孩子身强体健、仙寿不凡、前途远大、鹏程万里的意思。

姜云岳自然对这名字很满意。他逢人就说:"郭举人起的这名字好,对我的意,符合我们家这孩子的情况。我们家鹤年生得好,骨骼清奇,相貌出众,尤其是那脑袋瓜长得奇特,头顶往外鼓着,就跟长寿仙翁似的,将来必定会有大出息。姜家这一族,辉字辈出了我父亲辉阁公,云字辈出了我弟弟云山,耀字辈嘛,四房的耀成还可以,再下一辈可就得看我们家鹤年了。只怕我姜家繁荣昌盛,荣宗耀祖,还在鹤年身上呢!"

樊桂枝的肚子也眼看着一天天地大起来了。四个月后的十月初九,她也生了一个孩子,而且也是一个男孩。

一年之内添两个孙子,姜云岳那高兴劲可就没法形容了。他逢人就说:"光绪三十年,我姜云岳连得两个孙子,好年头啊!"他还见人就夸,夸自己的儿媳妇争气,会生男孩,夸自己的老婆子有眼力,会挑儿媳妇,夸自己的儿子有能耐,是好男子汉。以往,他是从不夸老大的,这时候却时常夸起姜耀荣来了,似乎姜耀荣那张猪腰子脸也并不是那么难看了。

家里多了两个男孩子,就多了许多热闹。和姜云岳一样,姜老婆子、李英莲、樊桂枝、姜耀荣、姜耀典、人人忙得连轴转,却个个脸上带着笑。一时间,他们忘了辛苦,忘了疲劳,忘了互相之间的疙疙瘩瘩、争争吵吵,成了石板塘最和睦最欢乐最幸福的一家了。

其实,这时候石板塘还有一个人最高兴。这个人就是长房的姜云岱。他高兴得一连好几个月睡不好觉了。他的高兴,与姜云岳得孙子的事有关。

这天晚上,姜云岱一只手拿着一瓶酒,一只手捏着两个铜官窑的小酒杯子,直接来找姜云岳了。

姜云岳刚洗完脚,正把两只脚提起来悬在空中,喊姜老婆子拿擦脚布。见姜云岱进屋,他忙指着旁边的一把椅子说:"哟,大哥来了!坐吧!坐吧!今天怎么有空啊?那么晚了来找我,莫非有什么事?"

"哟,云岳,看你说的!我没事,就不能来你家里坐坐啦?"姜云岱提过椅子来坐下,脸上微微笑着。

"那是!那是!大哥来,小弟当然欢迎喽,"姜云岳接过姜老婆子递过来的擦脚布,三下两下地擦完了脚,随即又把鞋穿上了,"大哥手里提着酒瓶子,莫非是碰上了好酒,舍不得独自喝,要小弟陪两盅?"

姜云岱笑笑:"哪好意思要族长大人陪酒呢!族长大人吉星高照,连连喜事临门,值得庆贺。哥哥家里穷得很,实在没有什么好东西可以拿来祝贺的,就找瓶酒来陪你一起喝几杯,也算是意思一下吧!云岳,你可别小看哥哥我这瓶酒啊,名气不大,来历可是不小啊,而且还有些年头了呐!"

"呵呵,来历不小?那是什么地方的酒啊?"姜云岳好奇地问。

姜云岱把那两个铜官窑小酒杯子放在桌子上摆好,拿起酒瓶子往里倒酒。然后又伸出右手的两个手指轻轻地端起一杯,一边小心翼翼地往姜云岳手里递，一边慢慢腾腾地说："嘿嘿，这酒是华容的'华容道'！"

"'华容道'？这名字好熟啊！对了，对了，关羽捉放曹操的那地方不就是华容道嘛！这酒是那地方出产的？"

"不错，这酒正是当年关老夫子捉放曹操的那个华容道出产的，所以有了个'华容道'的酒名。据说，明末时，这酒就已问世了，只是一直没有打出名气罢了。我一个远房亲戚家在华容，好多年没见过面了。前不久，他特地从华容来看我，说是没有拿得出手的礼物，便把这瓶珍藏了多年的'华容道'带来了。据他说，单是在他家，这酒就存放快两百年了。你说，这酒的年头还行吧？"

"呵呵，巧啦！我正要去华容，你就给我拿华容的酒来了！可见我和华容那地方的缘分不浅啊！"姜云岳接过酒杯，笑了笑。

"怎么？你要去华容？"

"是呀，我要去趟华容！"

"什么事呀？"

"嗨，一言难尽呀，"姜云岳轻轻地端起酒杯，浅浅地抿了一口，"一个朋友给我四女儿耀茗找了个婆家，男方就是华容那地方的。男方一家子现在都在岳州城里做买卖，人也都住在岳州城里，但他们却非得坚持到老家华容去办喜事，时间定在端午节前。所以没办法，我只得亲自跑一趟，送耀茗去华容。"

"哦，跑一趟华容也不错嘛，可以顺便看一看华容道啊，对吧？那可也是个有名的古迹呢，值得一看的！"

"你刚才不是说也有个什么亲戚在华容嘛，那干脆咱们兄弟俩一起跑一趟吧，行吗？咱们兄弟俩一起去，那可就有意思多了，一路上不孤单，不寂寞，还可以去华容道那地方好好看看，琢磨一下诸葛孔明当年为什么会在华容道那个地方埋伏下关羽一支奇兵的。说实在的，这事我还真感兴趣呢！"

"呵呵，这次不行了，你一个人去吧！我暂时没空。再说，我那个亲戚刚来看过我，我现在又去麻烦他，也不大好意思！对了，你打算什么时候成行啊？"

"十天之内吧！"

"呵呵，那么快，十天之内就要走了？这么说，我今天来对了喽？再晚几天，你可就走了，我的事不就耽误了？"

"哟，我走不走与大哥有关吗？"

"当然有关喽！"

"什么事有关呀？"

"哟、哟、哟，你答应得好好的事难道忘啦？人说'贵人多忘事'。看来，不只贵人多忘事，'福人'也多忘事啊！"

"唉呀，我还真是记不起来了。大哥，小弟答应过你什么事呀？"

"什么事？耀希的事呀？那事不是你答应过我的？你盖房前亲口对我说的，说是耀荣和耀典只要有一个人生了儿子，你就把耀希过继给我。这事我没记错吧？去年耀荣和耀典都生儿子了，如今你已经有两个孙子了，难道你还不肯把耀希给我？我说云岳呀，你都升两级了，当祖父了，我还一级没升，连个父亲都没当上，这是不是也有点太、太、太那个啦？你好歹也体谅一下我好不好？也让我升一级，弄个父亲当当吧，行吗？"

姜云岱说得动情，以致声音都变了，眼泪都快流出来了。姜云岳连忙端起酒杯，对他说道："来、来、来，大哥，喝酒！喝酒！"

"你就知道喝酒，也不想想，这酒我怎么喝得下去哟！"

"呵呵，怪我！怪我！是我一时糊涂，忘记了这件事。大哥，这事好办呀！你现在就可以把耀希领走！从今天晚上起，他就是你的儿子了！对了，我现在就去喊他来，你领走！"姜云岳站起身来，就要去里屋喊姜耀希。

"慢！你先别去喊他，我现在也不领他走，"姜云岱站起来，双手一伸，拦住了姜云岳，"这是何等大事啊，岂能这样草率！"

"哟，这不就是你我兄弟二人之间的事嘛，也就跟平时送鱼送肉送鸡送鸭差不多呀，对不？你同意，我同意，互相都没意见，就可以领人走了嘛，难道还要搞个什么仪式不成？"

"当然要搞个仪式喽，"姜云岱满脸严肃，"过继儿子，历来挺慎重的，实际上跟自家生儿子大同小异。自家生儿子，要办三朝，要办满月，还要办周岁，一连串的仪式庆典。过继儿子，那么大的事，哪能一点仪式庆典都不办呢！俗话说得好，不以规矩就不能成方圆。仪式庆典就是规矩呀，对不？"

"哦，好、好、好，那就依大哥的意见，搞个仪式！你说吧，都要搞哪些仪式庆典呢？"

"这事老班子都有现成说法的，咱们只要按照那些说法做就行了。首先嘛，是要挑个黄道吉日。这事我已请人做了，黄道吉日挑好了，后天就是。其次嘛，是要把族里的老人请在一起坐坐，让他们做个见证。再次嘛，是咱们两家的大人要带着孩子拜祭祖宗，对祖宗说明事情的老龙去脉，请祖宗保佑孩子平安。此外嘛，就是要办个宴会，把族里的老人、两家的主要亲戚、特别是孩子的舅舅们请来参加宴会。'舅舅为大'，这可也是一条重要的规矩呀。这样大的事，哪能不让他们拿意见呢？以上这些仪式都搞完了，才谈得上领孩子进家门的事。领孩子进家门，也是有讲究的，不能胡来。一般要由孩子的亲生父母送出门，然后再由孩子的继父母领进门。送出门、领进门时，双方父母都要对孩子说几句话。那话要说得特别妥当、慎重、干脆、利落，千万不可拖泥带水、犹豫不决，更不可哭天抹泪，免得孩子无所适从，甚至慌了神，受了惊吓。"

"呵呵，还有这么多的规矩呀，我还真是不知道呢，"姜云岳不停地搓着双手，"那好吧，大哥，一切都按你说的做就是了。时间嘛，既然后天是黄道吉日，那就定在后天吧！中午办宴会，你家的亲戚你请，我家的亲戚我请！"

"不、不、不，"姜云岱边说边摇手，"中午的宴会由我来办，两家的亲戚都由我来请！我一切都安排好了，鱼、肉也都买好了，你就别跟我争了！"

姜云岱想得周到，说得也很明白，但过继姜耀希的仪式却还是办得不大顺利，中间出了不少疙疙瘩瘩的事。

邀请族里老人坐在一起说一说的事，是在上午办的。姜家云字辈的几个人全都到堂了，姜辉宇也来了。姜云岳抢着先说话，结果说得稀里糊涂。他说自家二房后代旺，子孙多，儿女成群，应该照顾一下人丁稀少的其他房兄弟，所以就愿意把小儿子耀希过继给长房。这话的刺激意味很浓，明显带有显摆他二房，看不起其他房的意思。因此，他的话一说出口，姜云岱的脸就立马拉长了，坐在一旁直生闷气，而姜云海则更是"嘻嘻嘻"地阴笑着，敲起了边鼓："哟，云岳哥心肠好，要照顾我们人丁稀少的兄弟了！那好啊，你那刚生下的孙子，把一个给我吧，行不？"

拜祭祖宗的时候，姜云岳又说错话了。这种场合，本来大可不必多说的，最多说几句如何思念祖宗、团结族人、培育好儿女后代之类的话也就行了。然而，他跪在祖宗牌位前却老半天不起来，自顾自地说个没完，说的内容大多是族里的一些鸡毛蒜皮的事，如哪家的猪婆下崽了呀，哪家的山里林木长得不错呀，哪家今年的田里种了些什么庄稼呀等等。到后来，他忽然又话题一转，说起了自己。他说族里事情多，族里的人不服管，自己这个当族长的不容易，吃苦受累不说，还要落很多埋怨等等。他话说了一大堆，却一句也没涉及耀希过继的事。姜云岱陪他跪在祖宗牌位前，两条腿跪得酸疼，但听他絮絮叨叨地说个没完没了，却还不好意思打断他，气得哭笑不得。

中午摆宴会的时候，姜云岳的笑话更多了。宴会是姜云岱出钱张罗的，本来应该由他坐主位。姜云岱考虑到姜辉宇是族里唯一的辉字辈老人，年纪又最大，所以便扶他到主位上坐下了。但没想到，姜云岳却趁着姜辉宇起身脱衣服的机会，急急忙忙地坐到他的位子上去了。姜辉宇脱完衣服，转身朝椅子上坐，结果一屁股坐到了姜云岳的身上。当时，好多人都笑了，姜辉宇老大的不高兴。这时，姜云岳却跟没事人一样，一边扶着姜辉宇往旁边的椅子上坐，一边笑嘻嘻地看着他说："三叔，这位子是主位，该出钱办饭的人坐的。你老人家虽然年纪大、辈分高，但既不是今天这档子事的主人，又没出钱，哪能坐这主位呢！当然喽，这顿饭我也没出钱。但我虽没出钱，却出了人，出了耀希，那得值多少钱呀，对不？所以，我该坐这主位。你老人家虽然地位尊贵，但再尊贵也只是个客人，所以只能坐客位。对了，你老人家是最爱吃扣肉的吧？我给你老人家夹扣肉，夹块最大的！"姜云岳一边说，一边伸筷子夹扣肉。但那扣肉蒸得太烂，根本没法用筷子夹。姜云岳夹了半天，也没能夹起一块扣肉来，结果流汤滴水，搞得满桌子都是扣肉沫和油汁。

宴会是姜云岱出的钱，姜云岱请人办的，姜云岱张罗的一切。但宴会自始至终却被姜云岳一个人唱了主角。他一会儿给这个夹菜，一会儿给那个夹菜，满嘴里嚷嚷："吃菜呀！吃菜呀！你们怎么都不夹菜吃呀？莫非嫌这菜做得不好吃？"过了一会儿，他又给人敬酒，端着酒杯一个桌子一个桌子地串，一边敬酒，一边大声喊叫："先干为敬！你看，你看，我喝完了啊！该你了，该你了！"

吃完中午饭，本来就该把孩子接走的。但到这时候，姜老婆子却动了母子感情。她舍不得耀希走，搂着他没完没了地哭，而且还哭得很伤心。姜老婆子这一哭，不觉把姜云岳做父亲的感情也哭起来了。忽然间，他心里也觉得有点难受，舍不得孩子了。他抬起手，用手背擦了擦眼睛，走过来对姜云岱说："大哥，会也开过了，祖宗也敬过了，饭也吃过了，耀希就已经是你的孩子了。反正他也跑不了，横竖都是你们家的人，你也就别在乎这半天时间吧？吃完晚饭后，你再来接他，行吗？"

"好吧！那就晚饭后再接吧！"姜云岱双手一摊，怏怏不快地说。

吃完晚饭，姜云岱两口子就跑到姜云岳家门口候着了。

姜云岳家还在吃饭，一大桌子鸡鸭鱼肉。姜耀荣、姜耀典两个小家的人也都过来吃饭了，全家人都不停地往姜耀希的碗里夹菜。

姜老婆子一眼瞥见姜云岱两口子站在门口了，便拽过姜耀希来，搂着他又哭了起来。

姜云岱大概是觉得自己来早了，有点不好意思。他伸着脖子朝里面扫了一眼，小声对老婆子说："要不，咱们先回去，过一阵子再来吧！"

过了一阵，姜云岱老两口又来了。这时，姜云岳一家人吃完了饭，正围坐在一起说话。姜老婆子还在搂着姜耀希哭个不停。见姜老婆子哭哭啼啼，姜云岱心里有些不快，脸上阴沉沉的。他对着屋里喊道："云岳，云岳，这回差不多了吧？"

"呃，呃，来了，来了，这就来了，这就来了啊！"姜云岳一边说，一边从姜老婆子怀里拽过姜耀希就往门口走。

刚到门口，姜老婆子忽地冲了过来，一把拖住了姜耀希的袖子，怎么也不肯放手。姜云岳使劲地掰着姜老婆子的手，但掰了好几次，也没能掰开。他红着脸，不好意思地朝姜云岱笑笑说："哎哟，你看，你看，这多麻烦呀！大哥，要不这样吧，你先回去，在家门口等着，我过一阵亲自送过去，行吗？"

"那不符合规矩！按规矩，你只要送出门就行，明白吗？"姜云岱满脸严肃，话说得很硬，斩钉截铁。

"我解不开老婆子的手啊，那怎么办呢？"姜云岳一脸苦笑。

"古人早说过了：当断不断，反受其乱！亏你还是个族长呢，磨磨蹭蹭，犹犹豫豫，这点子屁大的事都办不成，还老说自己是敖人（有本事的人）呢，其实他娘的不压锚（窝囊，不能干）！"姜云岱翻着白眼瞪着姜云岳。

姜云岳这人，平生不怕人指着他鼻子骂，骂什么都可以，就连骂娘、骂祖宗八辈子都没关系，但就怕人说他"不压锚"。此时此刻，姜云岱说他"不压锚"了，他就再也受不了了，一腔怒火忽地从心底升起，直冲脑门。他当即猛一使劲，掰开姜老婆子的手，再顺势一推，把姜耀希推出了门外。只听"哐"的一声，姜耀希四脚朝天地倒在地上了。这一跤跌得不轻，姜耀希立马大声哭了起来。

见姜耀希倒在地上了，姜云岱就跟疯了似地猛冲过来。他一把抱住姜耀希，大声喊道："哎哟，我的宝贝儿子，摔疼了吧？你看，你看，他们家对你多不好呀，竟然那么使劲推你！走、走、走，咱们回家，咱们回家，咱们再也不进这家的门了！"

几天后，姜云岳就带着四女儿耀茗去华容了。他这一趟不容易，路远不说，中间还有很长一段水路，必须坐船。水路一段是湘江，另一段是洞庭湖，都是水深浪大的地方，总难免会有风险。姜云岳担心的就是水路上的风险。他倒不是担心风险会殃及人身安全，而是怕风险会耽误行程，以致延误归期。他的大孙子姜鹤年已经出世八九个月了，再有两三个月就要做周岁庆典了。他想早点赶回来，亲自为大孙子做周岁庆典。"天知道洞庭湖的风浪会不会影响行程呢？该不会耽误我给鹤年做周岁庆典的大事吧？"姜云岳就带着这样的担心，忐忑不安地走上去华容的路了。

由于要走四十多里路，赶到湘北县城去坐船，姜云岳一行动身很早，天刚亮就挑着行李出发了。一家人哭哭啼啼地送到石板塘的正堤上。石板塘的所有人家，接人、送人一向都是在这个正堤上进行的。姜老婆子和女儿姜耀茗抱在一起，哭得昏天黑地。五女儿姜耀芸也站在一旁抹眼泪。看着五女儿那悲伤的样子，姜云岳突然想到："女儿嫁得太远确实不好。将来给耀芸找人家，一定要在近处找。"

姜云岳这样想着，就想嘱咐五女儿耀芸几句，要她搀扶母亲回去。但当他向五女儿身边走近时，一转眼又看到了四女儿耀茗。耀茗哭得太伤心了，都快晕死过去了。见到她那样子，姜云岳的主意不觉又变了。"唉呀，耀茗的命太苦了。一个人在华容，孤苦伶仃，连个人家都没得走，太可怜了。不行，耀芸还是不能嫁近处，得把她嫁到华容去，让她和耀茗做个伴。姐妹俩离得近一点，也好有个人家走啊！"他这样想。

姜云岳刚走，族里就出大事了：三房的姜耀午突然死了。

姜耀午是姜云谷的儿子，只有十五六岁，还不到娶妻成家的年龄。姜云谷女儿多，儿子就姜耀午一个，因此看得极重，对他抱的希望也极大。姜云谷和姜云涛虽是亲兄弟，互相之间却也常存着比高较低的心。姜云涛的小儿子姜耀宗会读书，名震乡里，而且还被县城里的名儒邓宪恭收为关门弟子，带到家里去亲传亲授。这件事对姜云谷来说，是个不小的刺激。因此，他对自己的儿子常有恨铁不成钢的想法。

姜云谷对姜耀午的要求非常严格。每天一大早，太阳还没露面，他就要姜耀午起来读书。白天的一整天时间，除了吃饭和上厕所之外，姜耀午都必须全部用来读书、写字。晚上，他常常亲自抓姜耀午的学习，检查他的功课，一直到半夜三更之后。在姜耀午面前，姜云谷从来不露笑脸。姜耀午学习认真时，他一般不说什么。姜耀午学习不认真时，那可就要大祸临头了，轻则一顿臭骂，重则"家法"伺候。那"家法"是一根三尺来长的鞭子，看起来不起眼，打在人身上却是疼痛无比。姜耀午常被姜云谷按在凳子上用鞭子抽打，有时还会被打得皮开肉绽，鲜血淋漓。

这天一早，太阳升到神母岭山头丈把多高了，姜耀午还没起床。这一来，姜云谷便大发雷霆了。他打开房门，揭开被窝，拿起鞭子，照着姜耀午的屁股就是一鞭子。只这一下，姜耀午的屁股、大腿就留下好几道血印了。

姜耀午急急忙忙地爬起来，拿过裤子就慌慌张张地往身上套。忙乱之中，那裤子拿错了头，错把裤腿当裤裆了，怎么也穿不上。这一下，姜云谷的火更大了，高高地抡起鞭子，就一下接一下地狠狠抽了起来。

姜耀午也不躲避，一翻身从床上滚了下来，跪在地上说："父亲大人，儿子不是偷懒，不是不想起来读书，而是人不舒服，起不了床！请父亲大人原谅！"

三房的人，无论大人、小孩，对长辈的称呼都比较特别。他们是从来不用"爷爷"、"爷老子"、"娘"、"娭毑"这些称呼的。他们的称呼都是字面话，如"祖父大人"、"父亲大人"、"母亲大人"等等。这是姜辉宇立下的规矩。他认为只有"祖父大人"、"父亲大人"、"母亲大人"这些称呼才是正经的文明教化，而"爷爷"、"爷老子"、"娘"、"娭毑"那些称呼却都是粗俗下流的市井胡言。

"鬼话连篇！你以为我会相信你的鬼话吗？你骗谁呀？'人不舒服'？哼，怎么个不舒服呀？你给老子说说！"姜云谷对着跪在地上的姜耀午大声吼道。

"儿子是、是不舒服，浑、浑身的不、不自在……"姜耀午说，声音有点发颤。

"浑身不自在？那当然喽！鞭子抽在身上了，那还能自在好受？"姜云谷又把鞭子高高举起来了，眼看着就要往下抽。

"哎哟，父亲大人，儿子求你老人家了！你老人家好歹就饶了儿子这一回吧，行吗？儿子从今往后再也不敢了，再也不敢了！"姜耀午趴在地上使劲磕头。

"还演戏呀？混帐东西！你给老子听好了：今天上午我和你母亲去看你外祖父，吃完中午饭就回。你留在家里好生读书，除完成规定的功课外，还要写一篇文章，题目是'君子务本议'，不能少于一千字！"

姜云谷说完，拿着鞭子，迈着四方步，从屋里扬长出去了。姜耀午还没起来，跪在地上不断地发抖。

过了一阵，姜云谷来了。他拿来了两大碗米饭、一碗苦瓜炒腊肉、两个煮鸡蛋、一碗冬苋菜、一碟盐水花生和一壶茶水。这是姜耀午早上和中午的饭菜。姜云谷把饭菜放在桌子上摆好，就甩手出去了。

没过多久,姜云谷又回来了。这次,他提来了一个尿桶。他把那尿桶提到床背后的角落里放好,看着姜耀午说:"屎、尿就在屋里屙。我回来后再收拾!今天不许出门!出了门,老子回来就要扒你的皮,抽你的筋!"

姜云谷两口子走了,姜耀午一个人留在了家里。他真的一天没出门。

傍晚时分,姜云谷回来了。他一进家门,就先奔儿子的住房。推开门一看,却见姜耀午脸朝下躺在地上,桌上的饭菜一点没动。

"喔,怎么啦?难道没撒谎,真的是病了?"姜云谷又像是问姜耀午,又像是自言自语。他连忙走近儿子,伸手摸他的额头。

"哟,烧得滚烫,还真是病了!老婆子,快、快来!"姜云谷大惊,连忙喊老婆子过来。

姜云谷的老婆子很快就过来了。她连忙和姜云谷一起使劲,把姜耀午搬到床上。姜耀午满脸通红,嘴流涎液,浑身就像喷着火一样发烫。

儿子病得不轻,这事耽误不得。姜云谷拔腿就去请郎中。

郎中很快就请来了,是吴家冲的吴文恭老先生。他会看风水,也会给人看病。他号了号脉,看了看舌苔,又扒开眼皮看了看,连连摇头说:"这病有些奇怪,不像是伤风感冒,也不像是出麻疹。恕老朽无能,老朽实在看不出这病的来由,只好告退了!云谷老弟,你另请高明吧!快去!快去!千万别耽误了啊!"

吴文恭药方都没开,就不断地叹着气,袖着手走了。姜云谷片刻都不敢停留,一路小跑地去陈家湾请陈子博。陈子博是附近数十里内最有名的郎中,最会看疑难杂症,救过好多人的命。但陈子博医术虽好,条件也苛刻,酬金要得很高不说,还要有好饭好菜好烟好酒好茶招待,一点也不能马虎。

陈家湾离石板塘远一些,所以陈子博来得也迟一些。直到快半夜了,他才来。这时,姜耀午早已不省人事了,上吐下泻,屎尿不禁,搞得满床都是,口里也只有出的气,没有进的气了。陈子博略略号了号脉,看了看神色,就眉头一皱,叹了口气说:"安排后事吧!人要走,拦也拦不住的!这是命中注定的,非医药所能为也!"

姜耀午死了。他咽气后,姜云谷的老婆子抱住姜云谷的脑袋就要拼命。她一边拳打脚踢,一边嘶哑着嗓子喊:"我儿子不是病死的,是你害死的!他病了,浑身烧得滚烫,你还要打他,抽他的鞭子,打得他直喊求饶,你还不肯放手!你他娘的是什么东西变的啊?心那么狠!畜牲!你还我儿子!"

病魔在石板塘的肆虐还远远没有完,姜耀午死一个多月后,姜耀仕又病了。姜耀仕是三房姜云溪的二儿子,十九岁,堂客都已经定好了,就等着办喜宴成亲。他的病比姜耀午还来得快,一上来就是高烧不退,上吐下泻,神志不清,样子非常吓人。他使劲地瞪着大眼,一动不动地盯着房门口的楼梯,老说那楼梯上站着一个穿粉红色单裀、模样十分标志的年轻女人,那女人正在向他笑,还向他招手。姜云溪拿着"响铃扫把"——一种用单根竹子劈开做成的赶鸡工具,壮着胆子走近楼梯,使劲地往楼梯上打,结果什么也没有发现。但姜耀仕却说他父亲打着那女人了。他声嘶力竭地喊道:"打着她了!打着她了!她下楼梯了,到房中间了,往床边上来了!快!快!快!快赶她!快赶她!快把她赶走呀!唉哟,不得了啦,不得了啦,她、她、她上床了,要、要吃我!"

姜耀仕就这样不停地喊喊叫叫,老说有个女人要吃他。姜云溪请了十多个人在房里陪他,把他躺着的那张床前后左右团团围住,姜耀仕却依旧害怕得要命,全身蒙在被窝里头,还说看见那女人的脑袋也钻进被窝里了。他这么一喊叫,房子里人人毛骨悚然。

姜耀仕比姜耀午死得还快,仅仅拖了一天。他咽气时,房子里异常寂静,静得连一根针掉地上的声音都听得见。然而,越是寂静,就越是令人害怕。当时,待在房子里的人个个都怕得要命,不敢说话,不敢看四周,更不敢看躺在床上的姜耀仕,简直都快要窒息死了。

姜耀仕死了,死得很凶,嘴脸歪斜,眼睛都闭不上。按乡村里的说法,死得很凶的人,尸体是不能久留的,而且不能葬入祖宗的坟山。因此,他刚一咽气,人们就赶紧把他抬到野外的乱葬岗子里埋了,连口像样的棺材都没用。然而,他埋了,那死时的气氛却并没有被埋掉。一连好多天,姜云溪的家里,连带挨着他家的那个地坪和后面的那个山角,都始终笼罩在那种异常寂静、特别令人害怕的气氛之中。人们稍一走近,就会很快感觉到有一个女人的身影在不知不觉地逼近自己。那女人非常年轻漂亮,穿着粉红色单衣,时时刻刻都在不停地笑,不停地向人招手。

那穿粉红色单衣的年轻女人肯定就是鬼怪了,姜耀仕无疑就是被那鬼怪害死的。人们都这样认为。但那鬼怪是哪里的呢?它为什么要害死姜耀仕呢?这事很快就成了周围十村八里人们的热议话题。

附近有个山坡叫和尚坡,是石板塘去往界石镇的必经之地。那坡特别长,树木特别茂密,妖精鬼怪的传说也极多。人们都说,和尚坡那山里有个白羊精,它就经常幻化成穿粉红色单衣的女人样子,姜耀仕看见的那女人多半就是它。段家村有一个人甚至说得非常肯定:"没错,那鬼怪肯定就是和尚坡的白羊精。白羊精就常变成女人样,坐在和尚坡入口处的大枫树底下向人微笑、招手。我们村里还有个姓刘的看见过它呐。那天,姓刘的拖着车子去界石镇买石灰,走到和尚坡入口处时,猛一抬头,忽然看见大枫树底下坐着一个年轻女人。那女人穿着一件粉红色单衣,手里正拿着一个篦子梳头,样子特别风流。它向姓刘的微笑、招手,姓刘的害怕,丢下车子就跑了。那白羊精是不能招惹的,招惹了就会惹祸上身。姜耀仕得病前多半是去过和尚坡吧?要不白羊精怎么会来找他呢?"

大家的议论有鼻子有眼,不由得人不信。石板塘姜家炸锅了,因为姜耀仕得病前确实去过和尚坡,而且他还是跟着好几个人一起去的。这些人中,有姜云岳的女儿姜耀芸,有姜云溪的大儿媳妇、姜耀科的妻子朱春玲,有姜云山的大儿子姜耀松,还有姜云涛的大儿子姜耀礼。大家琢磨:姜耀仕是跟着大家一起去过和尚坡的,白羊精害死了姜耀仕,难道就不会害死其他人吗?想到这一层,家家户户都人心惶惶,好些人还整天哭哭啼啼,似乎和姜耀仕一起去过和尚坡的那些人马上就要死了似的。

有些大人开始为儿女的死做准备了。他们一天到晚守着儿女,半步也不肯离开。他们的眼睛始终盯着儿女,关注着儿女身上的变化。哪怕是一丁点变化,少吃一口饭、少喝一口水或者喘了一口气什么的,都会使得他们心惊肉跳。

有些大人不甘心自己的儿女被白羊精害死,千方百计地要"羊口夺食"。怎样才能"羊口夺食"呢?他们想到了华光庙里的老道士。他们用八抬大轿把老道士抬到家里,请他画符作法,驱赶白羊精。

还有些大人想到了另一种办法,那就是"躲",即把儿女带走,离开石板塘十天半个月,躲到一个比较隐蔽的地方,让白羊精找不到。这个办法据说有效,但也麻烦。"躲"的时间,要选在深更半夜,要在人不知鬼不觉的情况下进行;"躲"的时候,要穿蓑衣,戴斗笠,穿草鞋,双脚最好不沾地面;"躲"的地方,也要尽可能远一点,让鬼怪找不到。

姜云涛就采取了"躲"的办法。他把姜耀礼藏到一个亲戚家里去了。那亲戚家离石板塘很远,而且还是在深山里头。他这次"躲",做得非常神秘,可谓万无一失。走的时候是深更半夜,没有一个人知道。姜耀礼穿着蓑衣,戴着斗笠,穿着草鞋。姜云涛让亲戚带人抬着轿子来接。因为怕白羊精知道,那轿子就停在外面的路上,根本没进姜家大门。

但没想到的是,他的大儿子姜耀礼却还是没能保住,半个月后竟然死在亲戚家了。不过,郎中明确告诉他,姜耀礼不是白羊精害死的,而是死于麻疹。他在"躲"的路上受了风寒,降低了抵抗力,结果一到亲戚家就染上了麻疹。当时,亲戚住的那个村里就有好几个人得了麻疹。姜耀礼的身体太弱,抵抗不住麻疹来势凶猛的进攻,因此丧了性命。

姜耀芸、朱春玲、姜耀松都没"躲",结果都没死。而姜耀礼"躲"了,结果却死了。这事反差很大,很明显。因此,很多人都有议论。他们说姜云涛不该把孩子送出去"躲"的。对别人的议论,姜云涛不置可否。他认为自己儿子姜耀礼的死是命中注定的,而与"躲"无关,因此毫不后悔。"人能躲得过鬼怪,躲得过灾难,却绝对躲不过命!"他这样说。

第十二章

姜云岳真不走运,坐船经过洞庭湖的时候,还是赶上了狂风巨浪,耽误了好几天行程。结果,回到家里时,大孙子姜鹤年的周岁庆典都已经开始了。他匆匆忙忙地撂下行李,脸都来不及擦一把,就使劲地倒腾着两条腿,往石板塘的正堤上跑。

周岁庆典有许多仪式,其中最重要的是两个仪式,一个仪式是在石板塘的塘堤上拜祭塘神,另一个仪式是举行宴会。拜祭塘神的仪式倒也不复杂,无非是大人拉着孩子在正堤上朝水面跪下,磕几个头,然后再放一通鞭炮罢了。如今,头已经磕完了,就差放鞭炮了。

石板塘的正堤上人山人海,挤得水泄不通。姜家老屋里自然是一个不落,全族各家各户全部出动。左邻右舍看热闹的,包括吴家冲、双塘街、大柏树屋场、李家磨坊等村的大人和孩子们也来了不下数百号。

人来得多,姜云岳自然格外高兴。他平生是最喜欢热闹的,更何况这还是为他的头一个孙子做庆典呢!他一边在人堆里钻,一边匆匆忙忙地和人们打招呼。突然间,他看见朱春玲手里提着一挂鞭炮在到处走,似乎是在寻找适合放鞭炮的地方,心里的火便立刻上来了:"哎哟,放鞭炮怎能让朱春玲做呢!女人家胆子小,是做不得放鞭炮这种事的呀!老婆子、耀荣、耀典都不压锚(不能干),做事从来不默神(思考),看来家里没我还真不行呀!"

姜云岳从人堆里钻过来,一把拽住朱春玲,对她说:"春玲,把鞭炮给我吧,我来放!你做别的事去!"

"哟,叔叔,你回来了?什么时候回来的?"朱春玲忙和姜云岳打招呼。

姜云岳一脸严肃,急急忙忙地说:"刚回的!刚回的!有话回家再说,这阵子乱毛鸡公(零乱不堪)的说不清,你赶紧把鞭炮和香火给我吧!"

"好嘞,那你老人家接住了啊!"朱春玲一手递过鞭炮,一手递过香火。

姜云岳一只手拿着鞭炮,一只手捏着一根点着了火的香,往塘堤上一蹲,就要着手点燃。正在这时,他忽然感觉肩头上有人拍了一下。他忙回头一看,原来是自己最要好的伙伴——吴家冲的吴振邦老倌。

"噢,振邦兄,难为你也来为我捧场,兄弟我感谢不尽啊!"姜云岳忙打招呼。

"咳,捧场谈不上,来凑凑热闹呗!你什么时候回来的?"吴振邦问。

"呵呵,刚到家!有时间来家喝酒啊,我带回来了几瓶华容的酒!"姜云岳说。

吴振邦点了点头,笑着说:"酒是肯定要来喝的,正想听你扯扯华容道呐!不过,我说云岳老弟呀,你挪个地方再放鞭炮不好吗?这地方离正堤可是太近了,只怕对你孙子的耳朵不大好啊!鞭炮声音那么响,小孩子家耳朵嫩,震坏了可不是闹着玩的!"

"喔!对、对、对!你老哥说得对!这地方确实离正堤太近,人太多,我还是挪个地方去放吧!"姜云岳说着,提起那挂万字鞭便往塘堤下走。

姜云岳在塘堤下找了个安全的地方,亲手点燃了鞭炮。随着一丝青烟飘起,只见火花四溅,刹时间电闪雷鸣,万子鞭那轰天巨响把塘堤都震得簌簌发抖。这时刻，几乎所有的大人、小孩都纷纷捂着耳朵迅速往旁边躲闪起来。但有一个人例外，他不仅不捂着耳朵往外躲，反倒拍着巴掌往前跑。这个人就是小鹤年。

看见小鹤年忽然乱跑了起来，而且是往放鞭炮的那地方跑，塘堤上所有的人都吓得大惊失色。姜云岳、姜耀荣、李英莲都急急忙忙地拨开人群，不约而同地朝着小鹤年冲了过去。姜耀荣毕竟年轻有力气，腿长胳膊粗，他一伸手抄起孩子转身就跑，这才避免了一场眼看就要发生的滔天大祸。

就在鞭炮轰鸣的时候，吴振邦老倌分开人群，挤到了姜云岳跟前。他把两只手做成喇叭状捂住嘴巴，附着姜云岳的耳朵说道："云岳老弟，咱们两兄弟是无话不说的，有句话可能不大中听，但愿是多余，兄弟你别介意啊！"

"喔，振邦老哥！你有什么话就直说吧，我听着呐！"姜云岳转过头来，满脸疑惑地看着吴振邦老倌。他不明白自己从小一起光屁股玩大的老伙伴有什么特别要紧的话，非要在这时候急着说不可。

"我估摸着呀，你那个宝贝孙子的耳朵只怕是有点问题，那么大的鞭炮声他都不怕，莫非听不见？你赶紧找个好一点的郎中给他看看吧，千万别耽误了他啊！"吴振邦老倌正儿八经地对姜云岳说。

"多谢老哥提醒！回头我就去喊郎中！"姜云岳似有所悟。他也觉得自己的孙子好像是耳朵不大好，要不然为什么那么大的鞭炮声居然不害怕呢？平常一两岁的孩子，听到鞭炮声就吓得直哭，而小鹤年却不仅不害怕，反倒高兴得手舞足蹈，一个劲地往前冲。

姜云岳暗自琢磨着，心里头一个劲地打鼓："小鹤年怎么不害怕鞭炮声呢？这事太反常了，令人不可思议啊！"

姜云岳急急忙忙地往家赶，一到家门口，就碰上姜老婆子了。他一把拉住姜老婆子的手，就往最里头的那间屋里拽。

"哎哟！老胳膊老腿的，你瞎拽什么呀？把我拽倒了不说，要是让别人看见了，该多不好意思啊！不就是两三个月没见面嘛，至于那么想我吗？"姜老婆子使劲挣脱姜云岳的手，一屁股坐在床沿上，眼睛笑咪咪地瞧着姜云岳。

"老婆子呀，你想哪去了？别说才两三个月没见面，就是再多两三个月，我也不会想你的，你别自作多情！"姜云岳笑笑。

"是嘛，不想我啦？那为什么心急火燎地拽着我的手就往屋里拖呀？"姜老婆子眯着眼，笑嘻嘻地看着姜云岳。

"咳，老婆子，你还真是想错了。这阵子，不说没工夫想你，就是有工夫，老头子也没那份闲心，"姜云岳说，脸色忽然变得异常严肃起来，"刚才放鞭炮的时候，我怎么觉得小鹤年好像有点不大对劲啊！别人家的孩子没有不怕放鞭炮的，他怎么就不怕呢？你看他刚才那样子，朝着放鞭炮的地方使劲跑，就好像根本没听到鞭炮声似的。他怎么啦？是天生就胆大，不怕放鞭炮呢，还是他耳朵不大好使听不见呀？这些日子我不在家，没抱过他，不大清楚他的情况。你在家里，抱他

165

的时候多，难道没觉察出什么吗？"

姜老婆子那张皱皱巴巴的脸忽然变了，笑容顿失，阴云密布，眉毛、眼睛、鼻子、嘴全都扯到一起去了。显然，她心里头有天大的事愁得不行。她看了一眼姜云岳，叹气说："唉，要只是耳朵不好，倒也罢了，只怕嘴巴子还有大问题呢！你说的这事呀，我和英莲两个早就有所觉察了，因为怕你心里难受，刚才就没急着跟你说。"

"喔！怎、怎么啦？难、难、难道他嘴、嘴、嘴巴不会说话？"姜云岳神情大变，连话都说不利落了。

姜老婆子眼泪都掉出来了。她抬起手背擦了擦眼睛，哽咽着说："俗话说，天聋地哑。凡是耳朵听不见的，多半也都是哑巴。你想想，咱们家小鹤年要是耳朵听不见的话，还能学会说话吗？老班子的话说旧了的，'七个月学滚，八个月学爬，十个月的伢仔喊爹爹'。小鹤年都已经满一周岁了，却还什么都不会喊，什么都不会说，无论对着谁都只知道呜呀呜呀地乱叫一通，你说他那耳朵和嘴巴能没问题吗？我看呀，他八成是个小哑巴！"

"小哑巴？哦……"犹如一个晴天霹雳突然打来，姜云岳片刻之间神情大变。他一脸愁云，半晌不语，两只手使劲地抠着头皮，就像要把自己的那满脑袋乱七八糟的头发连同头皮完全揪下来似的。这个打击对他来说，实在是太大了。

"唉，咱们姜家命苦呀！天天盼星星盼月亮似地盼孙子，谁知道盼来的孙子却是个聋子、哑巴！"姜老婆子都哭出声音来了。

"哎呀，这事只怕，只怕……"姜云岳忽地抬起头，看了一眼姜老婆子，说了半截话又停下来不说了。

姜老婆子的脾气也急。她朝姜云岳的脸上扫了一眼，急急地说道："只怕？只怕什么？有话你倒是痛快说呀！"

"只怕这事与我有关！"姜云岳耷拉着脑袋，低声说。

"与你有关？怎么会呢！这是命中注定的事，怎会与你有关呢？瞎说八道！"姜老婆子斜眼看了一眼老头子，撇了撇嘴。

姜云岳手托下巴颏，声音低沉地说："嗨，你不知道，那天敬祖宗的时候，我正好赶上了一件奇怪的事！"

姜老婆子一惊，忙抬头问："奇怪的事？什么事呀？"

"敬祖宗的时候，我刚刚点燃鞭炮，还没来得及行跪拜祭奠大礼，一条巨大的蟒蛇突然从祖宗牌位后头蹿了出来，穿过堂屋，爬进地坪沟里，一溜烟地不见了！"姜云岳说着，浑身直起鸡皮疙瘩。

"哦，有这种事？那、那你怎么没跟我说起过？"姜老婆子眼睛瞪得老大。

姜云岳躲开老婆子的眼光，低着脑袋，小声说："我、我怕这事兆头不好，招你心里不痛快，所以就没跟你说。不过，这事我对谁都没说过的。"

"那你当时看清没有？肯定是蛇吗？"

"没错,就是蛇。那蛇个头很大,足有一丈来长,茶碗口粗细,好像是条菜花蛇。不过,那么大的菜花蛇,平时也是少见的,我还是头一次看见呐!"

"哟,这么大的菜花蛇,那、那可能吗?咱们这山里头会有吗?该不是别的什么吧?你当时真的看清了?头上没长角?"

"我看清楚了,头上肯定没角。"

"哦,那、那身上有脚没有?"

"也没有!"

"这么说,那真的是蛇啦?还好,碰上的是蛇,不是龙。要是碰上龙了,那可就不得了啦,说不定会有灭族之祸!"

"这你放心,我当时看得很清楚,绝对是蛇,不是龙!"

"那你当时喊没喊?"

"喊了。当时事起突然,我丝毫没提防,心里紧张,就不由自主地喊出声音来了。"

"喔!难怪小鹤年会是个聋子、哑巴,原来有这个经历在里头!这种事是常有的,关键是不能喊,一喊就破了福分,轻则伤身,重则丧命。你要是不喊的话,小鹤年没准是个大富大贵之命。你这一声喊,他的富贵命就破了。还好,他的富贵命虽破了,性命却没丢。这还得算是不幸中的万幸呢!"

"罪过!罪过!这得算是我的罪过呀!"姜云岳双手抱头,一副痛苦不堪的样子。

"算了吧,别再埋怨自己了!一切都是命中注定,该怎样就得怎样的,是祸是福谁能躲得开呀!要说这事也不能全怪你,我也有责任,不该让你去敬祖宗的。我明明知道你没有做过敬祖宗这种事,缺少经验呀,对不对?从今往后,凡是敬祖宗敬菩萨这些事,还是我亲自做吧!"姜老婆子说完,叹了口气。

"好吧,以后这些事我就不插手了!"

"行,这些事不用你操心!对了,你那天敬祖遇上蛇,这事该没别人看见吧?"

"没别人看见。绝对没别人看见。时候那么早,谁都没起来,家家都关着门窗呢,哪会有人看见呢!"

"那就好!这种事,晓得的人越少越好。你可得把你自己嘴巴的大门把好啊,千万别往外说,明白吗?"

"笑话,这事还用得着你来叮嘱?你把我当几岁孩子了?这种事,我晓得厉害,是无论如何也不会往外说的,只要你把住自己嘴巴的大门就行了!"

姜老婆子关照姜云岳"千万别往外说",姜云岳也叮嘱姜老婆子"把住自己嘴巴的大门",但这事却还是让外人知道了。没多久,吴家冲、双塘街、大柏树屋场等附近几个村子就都传开了一个说法:李英莲生小孩的那一刻,一个穿着红衣服、拿着红布口袋的年轻女人来到了石板塘村。她是专门来给姜家送孩子的送子娘娘。但她刚刚走进南大门,就突然掉头往回走了,而且还一边走一边喊:

"蛇精！蛇精！"于是，姜家后来就生了一个哑巴。

这事传得沸沸扬扬，把姜老婆子气得肺都快要炸了。生了一阵气，她静下心，暗暗地琢磨起来："到底是谁在往外嚼舌头呢？当时天还没亮，全大屋的人都还没起来，能看到正堂屋里敬祖情况的，也就只有紧挨着正堂屋的辉宇叔和云海两家了。辉宇叔会是嚼舌头的人吗？不可能吧？他那么大岁数了，耳朵、眼睛都不好，连正堂屋里有人没人只怕都搞不清，哪还会看得见蛇呢？再说，辉宇叔也不是爱嚼舌头的人呀！他一辈子只晓得看书写字，从来不爱管闲事的。他自家的闲事都懒得管，哪会操心别人家的闲事呢！看来，辉宇叔是绝对不可能的。辉宇叔不可能，那就只有云海一家了。会不会是云海家的人呢？嗯，云海家倒是有可能，两口子都有可能，尤其是云海的堂客霍吟春可能性更大。那女人耳朵灵，眼睛尖，又喜欢打听别人家的事，准保从门缝里悄悄窥见当时敬祖的情况了。那女人嘴巴还特别爱说，是个出了名的是非精，一天到晚走东家、串西家，有事没事地瞎传瞎说别人家的事。嗯，没错，嚼舌头的人准保是她！"

姜老婆子和霍吟春向来不对付。两人常为了鸡婆鸭仔到田里吃谷、园里吃菜的事吵得沸沸扬扬。姜老婆子越想就越觉得嚼舌头的人是霍吟春。终于，她怒火上攻，再也忍耐不住了。她急匆匆地冲出屋门，叉开两腿站在南大门的门廊里，对着正堂屋西侧姜云海家的窗户，扯开嗓门破口大骂："冇得屁眼的是非精呃，老子压（骂人的话）你八辈子祖宗啊！老子家生孙子敬祖宗，遇上点事，有什么大不了的？你幸灾乐祸干什么呀？老子家的事，碍着你们家什么事啦？用得着你他娘的管吗？你一天到晚没事干，专门算计别人家，不安好心，将来能得着什么好处呀？我看呀，你他娘的良心都让狗吃了，一辈子不做好事，将来肯定好不了，只怕会生几个冇得屁眼的孙子出来！"

姜老婆子骂得正带劲，正堂屋西侧的屋门突然"吱呀"一声开了，霍吟春那螳螂般的三角脑袋从门缝里伸了出来；紧接着，她那瘦骨嶙峋的身子也从门缝里头挤了出来。

霍吟春出来了。她轻轻地挥动着手帕，缓缓地扭动着杨柳腰肢，慢腾腾地走出正堂屋，在台阶上站定，看都没看姜老婆子一眼，便抬头望着天，阴阳怪气地自言自语道："哟，鸡年不是还没过去嘛，怎么狗就叫起来啦？"

"你、你骂谁？你、你他娘的才是狗哪！"姜老婆子脸色煞白。

"哟，这天底下的人好生奇怪哟，"霍吟春故作惊讶地说，随手挥动了一下手帕，"真是捡什么的都有哦！从来只听说有捡钱捡物捡猫捡狗捡孩子捡破烂的，却没听说过还有捡骂的。怎么今天连骂都有人捡了呀？看来，这世道真是变了！"

"谁捡骂啦？你他娘的一肚子坏水，阴坏阴坏的，背后说了人家坏话不承认，还骂人！老子今天非教训教训你不可！"论吵架，姜老婆子根本不是霍吟春的对手。霍吟春只不阴不阳地说了两句话，姜老婆子就气得暴跳如雷了。

"哟嗬，二嫂，"霍吟春朝姜老婆子扫了一眼，叫了一声，话音依旧不阴不阳，不紧不慢。姜云岳在堂兄弟中排行老二。所以，她喊姜老婆子作二嫂，"看来，你是在骂我喽？你说我阴坏阴坏的，在背后说坏话，有根有据吗？你既然这样说我了，那就得把事说清楚了噢，我可是不能无缘无故受冤枉的！说吧，我究竟说了你们家什么坏话呀？"

霍吟春直截了当地把话题挑开了，逼得姜老婆子没有退路可走了。但姜老婆子正要说话，李英莲忽然从大门外冲了过来，一把拽住了她。

"娘，你老人家好糊涂呀！这种架能往下打吗？再这么打下去，你一言我一语的，还不得越描越黑，把咱们家敬祖遇上蛇的事全抖漏出来啦？那样的话，是谁吃亏呀？是你老人家吃亏，是咱家吃亏，明白吗？走，快走，快回屋里去！"李英莲一边小声说，一边扶住姜老婆子的肩就往屋里推。

明知天生的聋子、哑巴是医药无能为力的，可姜家还是四处延医问药，遍请高人。当然，银子花了不少，郎中请了不少，丸散膏丹也吃了不少，效果却一点也无。小鹤年铁定是个聋子、哑巴了。

日思夜想盼孙子，孙子盼来了，却是个聋子、哑巴。姜云岳夫妻这一急，人就跟霜打了的南瓜花似的，一下子蔫了。

其实，最急的还不是姜云岳老夫妻两个，而是李英莲。她天天抱着小鹤年在屋里转来转去，既不敢见公公婆婆，更不敢见左邻右舍。她心里背负着极为沉重的负罪感，总觉得生了一个聋子哑巴是自己不可饶恕的错误和罪过，对不起姜家。

姜耀荣心里也不好受，但比李英莲却要宽松得多。晚上睡觉的时候，两口子谈起小鹤年来，李英莲长吁短叹，珠泪双流，姜耀荣却跟没事人似的，一点也不着急。他安慰李英莲说："生个把残废孩子，这不奇怪，太正常不过了。张家坝桂松家头一个生的也是残废，比咱们家鹤年的残废还要严重得多呢，是个瞎子，眼睛一点光亮都没有，什么都看不见。另外，界石镇西头打铁的那个李铁匠家，文家铺镇上那棵大槐树底下的杂货店杨家，还有杜家坝挨着坝堤住的田木松家、李家磨坊门口有两棵大李子树的子元老倌家、莫家坪瞎着一只眼睛的运兴老倌家，最近不也都是生了残废孩子嘛！而且吧，那几家子的女人都已经年纪大了，没法再生了，这一辈子也就只能这样了。他们哪能跟咱们两个比呀！他们年纪大了，咱们两个可是还正年轻呢！他们没法再生了，咱们两个可是还有的生呢，对不？你发哪门子愁呀？不刚生第一个嘛，以后咱们还有得生呀，对不？反正你有的是肚皮，我有的是精力，咱们接着干接着生就是了，生他十个八个不成问题，有什么可怕的？我就不信，第一个是聋子哑巴，第二个、第三个还会是聋子哑巴！"说着说着，姜耀荣的手就不老实了，一下子伸了过来，在李英莲的胸脯上乱摸一气。

三房不到三个月就死了三个人，死了三个耀字辈后代。这对姜辉宇和云字辈三兄弟来说，当然是极其惨重的打击。他们一向是以耀字辈后代多而自豪的，

石板塘

这时候却反而要因为耀字辈后代少而愁眉不展了。姜云谷没儿子了,姜云溪和姜云涛也都只有一个儿子了,整个三房传宗接代的重任全都落在姜耀科和姜耀宗两个人身上了。这样一来,姜耀科和姜耀宗在整个三房中的地位也就显得格外突出了。他们成了三房承上启下的两条宝贵的根。如何保住这两条宝贵的根,让他们多多地生儿育女,发扬光大三房,一时之间便成了姜辉宇和云字辈三兄弟日思夜想、焦虑不安的中心。

姜耀宗还在县城邓府读书,随时都有回家探视的可能。而一旦他回家了,被白羊精缠上了,那可就不得了啦。"不行!绝对不能让耀宗踏进家门!"姜云涛这样想。他怕儿子贸然踏进家门,便天天下午去石板塘堤上等候。

终于,这一天让姜云涛等着了。他站在石板塘的正堤上远望,发现对面的大路上出现了一顶四人抬的小轿子。那小轿子走过莫家桥,走过吴家冲,很快就走到了石板塘的堤上。姜云涛急忙迎上去,站在轿子前头候着。

坐在轿子里头的,果然就是姜耀宗。他一钻出轿子,就朝姜云涛扑了过来,嘴里还不停地喊:"父亲大人,父亲大人,儿子想死你老人家了!"

"站住!别过来!"姜云涛对着儿子厉声大喝。那神态就像面对仇人似的。

姜耀宗站住了,莫名其妙地看着父亲。

"儿子呀,别过来,站在那里听我说,"姜云涛恢复了往日的神态,慈祥的笑容浮上脸颊,"最近家里出了不少事,和尚坡的那个白羊精钻到家里来了,附上了你耀午哥和耀仕哥的身体,害死了他们。你耀礼哥也死了。他的死也和那个白羊精有关。现在,白羊精可能还在家里。我的身上没准也有它的附体。你如果回家,或者靠近我,它就有可能缠上你的。所以,你不能回家去,也不能靠近我,明白吗?父亲是为了你好,知道吗?你赶紧走吧,快回县城里邓府去!"

"哟,耀礼哥、耀午哥、耀仕哥都死了?怎、怎么会这样啊?他、他们太可怜了,太可怜了!可怜的哥哥们呀,你们就、就这么走了,小弟我连最后一面都没见上呀!"姜耀宗跪倒在地,放声痛哭。

"别哭!别哭!哭坏了身子可不得了!你身上的担子重,是出不得任何问题的!快起来吧,你现在就走,赶紧打倒(打回转)回邓府去!"

"邓府我回不去了!"姜耀宗快快地说,眼睛里满含泪水。

"哟,邓府回不去了?怎么回事?莫、莫非你读书不好,惹恼了邓老爷,他不要你了?"姜云涛大惊失色。

"不、不、不,姜老爷,不是这么回事,"站在旁边的一个中年轿夫连忙插嘴说。他姓邓,是邓府的心腹仆人,姜云涛和他打过几次交道,关系相当熟,"我家老太爷五天前过世了,所以小少爷没法继续在我们家读书了。"

"哦,是这么回事,"姜云涛沉吟,"那好吧,你们就在此地略等片刻,我回家一趟,拿点东西立刻就来!"

没多久,姜云涛就来了,手里多了一个包袱。他看了一眼姜耀宗,轻声说:"儿子呀,不是父亲心狠,到家了还不让你进门,实在是没有办法呀,你就多体谅吧,好吗?你到长沙去找你耀成哥吧,让他想办法给你找个住处,并联系进岳麓书院或城南书院读书。这里有二百两纹银,是你的学费和生活费。我怕银子上头也有白羊精附体,就不放在你身上了。我把它放在老邓手里,让他到长沙后直接交给你耀成哥。总之,你所有的事情,我都托付给你耀成哥了,有事你就找他吧!"

"找他?你老人家不是向来最看不起他的吗?"姜耀宗撇撇嘴。

"不,我不是看不起他那个人,而是看不起他走的那条路!如今也没有更好的办法了,只有让你去找他了。不过,我让你去找他,只是要你求他帮忙找学校读书,而不是要你学他走他走的那条路。这事,你可得记住哟!"姜云涛满脸严肃地说。

"儿子记住了!"姜耀宗回答。

姜云涛把包袱交给那个叫做老邓的轿夫,随后又从身上掏出一包散碎银子来。他一边把散碎银子递给老邓,一边说:"老邓,实在不好意思,到家门口了,都没让你们进门喝口茶、吃餐饭。欠你们的情意,容我姜云涛来日再补。情况确实特殊,没办法,今天只好辛苦你们跑一趟长沙了。这二十两散碎银子,你们拿去喝酒吧,不成敬意,请务必笑纳!天不早了,麻烦你们现在就起程,把小少爷直接送到长沙,到坡子街四十七号找一个名叫姜耀成的年轻人。这包里有二百两纹银和一封信,请你交到姜耀成手里。至于具体的事情,我都写在信里了,你不必多言。"

"好的,你放心,我一定办到!"老邓连连点头。

轿子就要起程了,姜耀宗却当着父亲的面撒起娇来。他含着眼泪说:"父亲大人,你老人家就行行好,让我回家见一见母亲大人吧,好吗?"

"不行!我刚才不是跟你说过了嘛,现在家里有白羊精作祟,你不能进家门,怎么那么快就忘了呢?"姜云涛面色异常严厉。

"那你老人家去家里跑一趟,把我母亲大人喊过来,我就在这里见她老人家一面、磕个头不行吗?"

"那也不行!你都满十五岁了,吃十六岁的饭了,说话就要大人了,怎么还那么不懂事呀?老婆婆妈妈的!走!老邓,快起程!"

轿夫们一声喊,抬起轿子就走。姜云涛站在路边默默地望着,望着那轿子走过寺边塘下头那个小水塘的转弯处,走上寺边塘正堤下面的石台阶,走进北面的那个小山坡。一直望到完全看不见了,他才慢慢地转过身来,那张从来没皱过眉头的脸上不知不觉地挂满了泪花。

姜耀宗到长沙了,见到了堂兄姜耀成。姜云涛看不起姜耀成,姜耀成却看得

171

起他的儿子姜耀宗。他很喜欢这个小堂弟，头一天就带他去看湘江。

一到朱张渡，姜耀宗就被湘江里那千帆竞渡、万舸争流的热闹场面惊呆了。他一边瞪大眼睛看那些船，一边感叹地说："哎哟，河里那么多船呀，都快把整个河面铺满了！它们运的都是什么呀？"

"米谷！"姜耀成说。他大概是怕姜耀宗没听懂，紧接着又加了一句："米谷也就是大米和稻谷的合称。"

"米谷？运那么多米谷干什么呀？"

"给城里人吃呀！"

"城里人吃？城里没有米谷吗？"

"当然没有喽，"姜耀成望着姜耀宗笑了，"城里哪有田地种粮食呀？要是床底下能开田种粮食，那就好了。"

姜耀宗也笑了，嘴一撇说："哥，我尽闹笑话是吧？"

"呵呵，也难怪，你没见过嘛！"

"这么多米谷都是给长沙人吃的吗？"

"长沙人哪能吃得了这么多呀，大部分都是运往外省的！"

"外省？湖北呀？对吗？"

"对，你说的没错，有相当大一部分米谷是运往湖北的！湖北的汉口、汉阳等地，特别是汉口，就需要大量的米谷。"

"有一部分是运往湖北的？那也就是说还有很大部分不是运往湖北的喽？耀成哥，听你这口气，好像还有很多米谷，甚至是这些米谷中的绝大部分，是要运往其他省份的，对吧？那都是哪些省份呀？"

"你说的没错。湖南的这些米谷运往湖北汉口等地的确实只是一小部分，大部分都是要运往湖北以外的其他地方的。至于咱们这里所说的其他地方，那可就多了。比如说吧，安徽的芜湖、江苏的苏州等地，就会有大量的湖南米谷运销。"

"哦，原来芜湖、苏州这些地方也要靠咱们湖南供应米谷呀？难道那些地方人特别多，粮食不够吃吗？"

"不，不是这么回事，你理解错了！那些地方也都盛产米谷，他们本地的粮食可能不缺，也可能还有剩余，甚至还可能有大量的剩余米谷外运到其他地方去。湖南的大量米谷之所以运到那些地方去，是因为这里面有个中转、集散的问题。芜湖、苏州等城市，包括湖北的汉口，全都是天下最有名的米市。米市，说白了，就是米谷的集散地，也就是集中购销米谷、大宗买卖米谷的地方。咱们湖南的米谷运到汉口、苏州那些城市后，要在那里集散，只有一小部分就地销售给当地市民吃，相当大的部分还要由那里再转运到其他地方去，如福建、浙江、山东、京师等地。"

"呵呵，这么说，就连京师都能吃到咱们湖南产的米谷喽？"

"那当然！咱们湖南可是天下一等一的米谷盛产地呀！全国很多地方都要靠咱们湖南供应米谷呐！所以呀，就连乾隆皇帝都亲口说过'湖南熟，天下足'。汉口、芜湖、苏州那些米市上的米谷，有相当大一部分就是从咱们湖南运去的。"

"哟嗬，'湖南熟，天下足'，咱们湖南的地位也蛮重要嘛！哥，你刚才说的米市那个词，我还没太明白。能不能这样理解呀，米市也就是专门买米卖米的地方？"

"你这样理解，当然也未尝不可以，但不大准确。米市指的是大宗米谷的集散地。这里的关键是要准确理解集散这个词，明白吗？所谓集散，它指的不是一般的零售，而是大宗买卖、大批量的买卖。米市实际上就是米谷的大型集散地，即大规模集散米谷的地方，里面有买也有卖，有购也有销，但不是小打小闹的零售，而是大规模的大批量的贸易。米市的主要作用是大规模集散、转运米谷，而不是零售。"

"哦，那咱们湖南也有米市吗？"

"哟，看你说的！咱们湖南是全国最大的米谷产地，天下仰赖的粮仓，怎么可能没有米市呢？长沙不就是米市嘛，她还是全国最大的米市之一呢！衡阳、岳阳、常德、益阳等城市不也都是米市吗？那里天天都有大量米谷在集散、转运呢！另外，咱们湘北县的县城其实也是米市呀，只不过规模没有长沙大罢了。难道你没有看到过吗，在县城西关水门附近的好几条街上，每天都有很多人在那里买卖和中转运输米谷呢！"

"呵呵，不好意思，我没去那里看过！"

"也难怪，老师管得严，你可能没时间去看呗！"

"也不完全是没时间，主要是过去不大留心这些事。"

"以后可要多留心这些事哟！这才是真学问、大学问呢！"

"好，成哥，你说得对，小弟今后一定多留心这些事！"

"也不能只留心米谷贸易这一件事。今后呀，凡是实际的事，如做工务农的事，牵涉国计民生的事，你都要多留心！"

"是，凡是涉及国计民生的事，我都会留心的。噢，成哥，这么说，你现在就是在米市里做事喽？"

"对，你说得没错，我现在就是在米市里做事。我所从事的就是米谷的集散、转运工作。湖南出产的米谷有相当大一部分，就是通过我的手转运、销售到全国各地许多人家的餐桌上去的。倘若没有我的工作，他们就难免要挨饿了！"

"伟大！伟大！民以食为天。成哥，你现在做的是'天'的事，太伟大了！从今以后，我对你可真要刮目相看了！"

第二天，姜耀成又带姜耀宗去看米谷加工场。一进加工场，姜耀宗就大发感慨："哎哟，这场面可真壮观啊！几千人在一起加工米谷，推的只管推，碾的只管碾，运稻谷的就只运稻谷，运大米的就只运大米，这样做是不是为了就便督促，

石板塘

防止偷懒呀？"

　　姜耀成又笑了。笑了一阵，他停住笑，看着姜耀宗那稚气的脸说："小老弟，看来，老哥我带你来这里看看还真是对了，要不然你会搞不明白这世界上的许多事情的。实话告诉你吧，耀宗，把这些人集中到一起做事，让他们分开来各干各的，可不是为了就便监督、防止偷懒呀！这是一种新的作业方式，目的完全是为了提高效率！"

　　"提高效率？我不懂！什么叫提高效率呀？"

　　"呵呵，这事可就不是一两句话能够说得明白的喽。要不这样吧，哥给你打个比方说吧，"姜耀成一边说，一边伸出右手摸着下巴颏，"在咱们乡下，加工大米这种事一般是一家一户自己做的，甚至是一个人做的，对吧？咱们乡下在加工前，先要把稻谷搬到加工地点来；在加工中，要用推子推稻谷，要用两种不同的筛子分别筛去细小的沙粒、稗子和没能加工好的稻谷，要用风车吹掉稻壳，要用碾子或碓臼加工刚刚推出来的糙米；加工后，要处理稻壳，清理加工场所，收拾并保养加工工具；最后，还要把大米搬运回家，放到柜子里收好。总之，一个人要做完这所有的活。那末，一个人包打天下，累死累活，把所有的活全做完，一天能加工多少斤大米呢？你猜猜看！"

　　"哥，这事你可把我问住了。那事我不仅没做过，就连看都没怎么细看过呀，哪知道能加工多少呢，"姜耀宗摊开双手，面露难色，"能加工一百斤不？"

　　"一百斤？那他除非是个神仙！小老弟，哥跟你说实话吧，在咱们乡下，做加工米谷这种事，是最累最烦心不过的。一个人累死累活，拼命干，一天最多也就能加工七十斤大米，这还得是非常麻利、能干、技术好的。但在我们这个加工场里，每天加工的大米不下一百万斤，平均每人加工五百多斤。这也就是说，我们这个加工场的人均加工大米数量比乡下农民高六倍还多。这就是效率问题，明白了吗？"

　　"哎哟，这里的效率高那么多呀？"

　　"是呀，确实高多了。但这还只是手工操作。倘若我们引进西方的先进技术，购买西方的机器设备，采用大型机械化生产加工，那效率可就还要高得更多了，只怕一个人一天加工几千斤、几万斤大米也不成问题！"

　　"可是你们这里并没有采用机械化生产呀！工具跟乡下也差不多嘛，怎么会效率高那么多呢，真正匪夷所思！"

　　"这就是这种作业方式的好处了。这种作业方式，西方叫做工厂化生产方式。别小看这种生产方式啊，它可是能够大幅度提高效率的，因为它便于分工，便于协作，便于进行流水线作业。"

　　"分工、协作、流水线，这可都是新名词呀，我还从没听说过呐！"

　　"你哪会听说过这些新名词呢？这都是国外来的，英吉利、美利坚、法兰西那些西方国家传过来的。这些新名词都很深奥，要说清还真得费点时间。今天没时间了，来不及详细解释了，咱们以后再慢慢说吧！你刚才不是问这种生产方式为什么效率会高那么多吗？我就简单给你分析一下吧。你想想看啊，无论做什么事，包括加工米谷这种事，一个人要是包打天下，那他就得什么都得干，什么事都得会做，对吧？而他什么都得干，什么都得会，他在某一件事上的专门技术可能会提高很快吗？不可能吧！全面性的要求必然会限制他在专门技术上的进步。这样一来，他就必然是什么都会干，什么都不精了。而工厂化生产方式就不仅不存在这种缺陷，相反还是有利于促进技术提高的。因为很多人集合在一起从事一种作业，就有利于他们互相学习、共同钻研技术，从而促使技术水平整体提高。"

"嗯，不错，是这么回事。"

"再说喽，如果是一个人包打天下做某一件事，那他就必然是一道工序一道工序地慢慢来。也就是说，他要干完一样就停一下工，因为他必须换用不同的工具，琢磨不同的加工方式方法，对吧？这样一来，他在整个加工过程的各个环节中，就必然会有很多时间上的浪费，从而拖慢生产效率。而工厂化生产方式，就明显不存在这样的问题。在工厂化生产方式中，生产者只需要使用一种生产工具，根本无需换用工具，因而也就不会出现因换用工具而浪费时间、拖慢效率的问题。一切浪费归根结底都是时间的浪费，一切节约也都可以归结为时间的节约。时间就是效率。这种方式能够最大幅度地节省时间，减少时间浪费，自然也就能够导致效率的大幅度提高喽！"

"精辟！节省时间就是提高效率！成哥，你说得太好啦！"

"另外，一个人包打天下的生产方式还有一个最大的弊端，那就是没有竞争，因而也缺少使人奋进的动力。就以加工米谷这事来说吧。这种事，我在家时也做过，推过推子，也踩过碓臼，做过舂米的活，还赶牛碾过米。说真的，一个人干那些活实在是太枯燥无味了。有一次踩碓臼舂米时，我还不知不觉地倒在横梁上睡着了。做活还睡着了，你说那事干得还有劲吗？所以呀，一个人包打天下的做法，低效率是不可避免的。但工厂化的作业方式就明显不同。它把许多人集中在一起，让他们在众目睽睽之下做同一种工作，自然就会使大家产生比的心理。谁都是争强好胜的，谁都不会甘于落后。因此，大家在一起比着干活，那劲头可就大不一样了。还有，这种方式也有利于管理者对工人们的管理监督，分别他们的优劣高下，从而分别不同情况对他们支付报酬，并予以不同的奖惩和激励。这对激化工人们的干劲，促使他们产生动力，无疑也是有很大促进作用的。工人们的积极性高了，动力足了，生产的效率不也就提高了吗？"

"好！分析得真好！成哥，这些道理，你是从哪里学来的呢？"

"一部分是自己琢磨来的，一部分是向别人问来的，还有很大一部分是从书刊、报纸上看来的。"

"有这样的书买吗？"

石板塘

"我还没有看到。"

"噢,那你的书是从哪里来的?"

"找人借来的。"

"找谁借的?"

"英国人。"

"英国人?你能见到英国人?"

"当然喽!我们米行打算从英国引进技术、购买设备,所以就请来了几个英国人。我负责和他们打交道,常和他们在一起,也就常找他们借书看。"

"他们的书是中文的?"

"不,英文的。"

"那你能看得懂?"

"看不懂就学呗,反正老师是现成的,就在自己身边嘛!"

"你的英语学得很不错了吧?"

"马马虎虎能看懂书吧!"

"哦,成哥,你能不能找个人把那些英文书翻译成中文,也让我学习一下呀?说真的,你这一介绍,我心里也痒起来了,真想看看那些书。"

"没问题!我已经找人在翻译,等翻译出来了,我就给你拿过来。不过,从长远来说,你应该学学英文,争取将来能直接看英文书。你毕竟还很年轻嘛,对不对?英文书籍中有很多是非常值得认真读一读的。你聪明,记忆力好,接受能力也比我强得多,读了那些书,肯定会眼界大开的!"

第三天,姜耀成又领着姜耀宗出去逛。但这回逛的不是湘江,不是米行里的加工场,而是长沙城里的大街小巷。他们逢店就进,边走边看。

挨住处最近的一家店铺是南货店,里边的南货琳琅满目,柿饼、桔饼、红枣、桂圆、荔枝、芝麻、花生、饼干、各式糕点等一应俱全。姜耀成一边走,一边指着那些南货问姜耀宗:"你知道这些南货是从哪里来的吗?"

"哪里来的?这事我还真没过问过,大概都是咱们湖南本地产的吧?"

"错!这些东西大部分不是咱们湖南本地的。我告诉你吧,"姜耀成回头看了姜耀宗一眼,指着那些南货一一介绍起来,"荔枝是广东来的,桂圆是福建来的,红枣是沧州来的,芝麻是河南驻马店来的,花生和柿饼是河北来的,饼干大部分是汉口来的,只有那些糕点是咱们长沙产的。"

"哦,原来这么多的东西全都是从外地运来的呀?咱们湖南可真是可怜得很,出产不多呀!"姜耀宗说。

南货店旁边是一家很大的绸布店。姜耀成领着姜耀宗迈着方步踱了进来。刚进门,迎头便看见一个柜子上摆满了丝绸。姜耀成立即抬手指着那些丝绸问:"耀宗,你晓得那些丝绸是哪里产的吗?"

"会不会是汉口来的呀?不是说湖北出丝绸嘛,对不?"姜耀宗话虽这样说,眼睛里却满是犹豫不决的神色，因为他也搞不清这些丝绸究竟产自何地。

"你又错了，"姜耀成笑了笑，"这些丝绸可不是来自湖北，而是来自浙江的湖州。浙江的丝绸名闻天下，其中尤以湖州、杭州等地出产的最佳。"

"呵呵，我又长了一个见识。成哥，你要是不说，我还真搞不清楚天下哪个地方出产的丝绸最好呢！"

丝绸柜子旁边是一个很大的棉布柜，里面的棉布林林总总，花色繁多。姜耀成伸出右手，轻轻地捏起一块青底黄色条纹布细细地看了看，对姜耀宗问道："耀宗弟，你晓得这块布是哪里出产的吗？"

姜耀宗眯起眼睛看了看那块布，头摇得像货郎鼓似地说道："哎哟，这我哪里说得上来呀？成哥，你就直接告诉我吧，这布是哪里产的？"

"英国！英国的兰开夏！"姜耀成轻声说。

"哟，英国的棉布都卖到咱们这里来啦？"姜耀宗大惊小怪地说。说完，他又低下头，睁大眼睛，仔仔细细地看起那块布来。

"那有什么奇怪的！现如今咱们长沙商店里卖的外国东西可多了，岂止是棉布呢？"

"我孤陋寡闻，见识浅薄啊！"姜耀宗不好意思地笑笑。

"那倒不要紧！今后凡事多关注一下，自然也就见多识广了。我领你来看这些东西，并不是要你来了解这些东西本身的。我的目的是想让你开阔眼界。你刚才都看到了吧？街面上的好些货物都不是本地产的。它们有的来自外地，有的甚至远涉重洋，来自外国。这说明什么呢？这说明贸易，也就是咱们平常所说的生意、买卖，确实是非常重要的，它直接关系到国计民生。如果没有商人，没有贸易，咱们湖南人能吃到这些来自外地的南货吗？能穿到来自浙江湖州的丝绸和来自英国的棉布吗？同样的道理，如果没有贸易，没有我们这些买卖粮食的商人，江浙人、山东人、京师人能吃到我们湖南出产的大米吗？要承认，我们这些商人做生意，目的只是为了赚钱，但客观上是我们在赚钱的同时却不知不觉地做了利国利民的好事。倘若没有我们这些谋利的商人，天下真还不知道要落后到什么地步呢！只怕饿死人都在所难免喽！"

"是，成哥，你说得很对！以往我对商人的看法是有些偏颇的。来长沙后，就这么几天，我就大开眼界了，心里明白了许多。以后，倒是要多向你学呀！"

"向我学？呵呵，"姜耀成笑了笑，"我有什么值得你学的，你要学的是实际！"

"实际？什么实际呀？"

"国计民生的实际！"

"哟，那怎么学呀？"

"很简单！多务实，多关心国计民生方面的大事不就行啦？"

"国计民生方面的大事？那都有哪些呀？"

"呵呵，那可多了。造枪造炮造轮船，挖煤炼钢修铁路，包括我刚才说的经商贸易做买卖,不都是嘛!这一切呀,加总在一起,可以概括为两个字:经济!"

"噢,经济?这我明白,左宗棠就最重经济,"一谈起左宗棠,姜耀宗就兴趣大增,"他对自己的评价就是一副对联:'文章西汉两司马,经济南阳一卧龙。'这对联中就嵌入了'经济'二字。可见,他对经济是多么重视呀!"

"是呀,左宗棠这个人特别务实。他最关心的就是国计民生,"姜耀成点点头,"他虽然戎马一生,忙于征战,却始终没有放松过对经济的关注。他在福州创设船政局学造机器轮船,在兰州创建制尼局学造西方的布料,在陕甘一带的千里荒漠栽种柳树,这都是人所共知的了。此外,他还在家乡推广过优良茶种;在西北兴修过水利,推广过栽桑养蚕;在京师督修过永定河水利;在安徽、苏北一带疏浚过运河和淮河;在江苏创办过利国驿煤矿。你呀,就应该像左宗棠那样,多务实,多关注国计民生。"

姜耀宗本来是奉父命到长沙求学的。但他赶得不巧,错过了考试时间。等到一年多后考试期限再次来临时,他却又改变想法了,不愿意去报考了。结果,他终于放弃了到岳麓书院和城南书院读书的机会。

姜耀宗为什么要放弃到岳麓书院和城南书院读书的机会呢?原来,来长沙后的一年多时间里,他的思想发生了翻天覆地的变化。他了解了长沙这座城市,了解了姜耀成这位堂兄,也了解了米谷贸易这个伟大的事业,不想再走父亲为他设计的那条路了。他自己选择了一条新的道路,那就是投身米谷贸易。

姜耀宗公开提出要到米行工作。他要姜耀成为他在米行谋个职位,找份工作。对于他的这个要求,姜耀成理解,也支持,但却不敢答应。这问题很明显,他怕姜耀宗的父亲姜云涛有微词。他对姜耀宗说:"工作我可以为你找,但你必须先征得你父亲同意。我怕落埋怨!最好是你回家一趟,亲自跟你父亲商量一下。"

姜耀宗坚决不肯回家,他摇了摇头说:"回家?那不行!我回去了,他把我关起来,不让来了怎么办?"

"要是实在不想回去,那就写封信吧!"

"写信倒是个办法,但我写不行,他不会听的!"

"总不能信也不写一封呀!"

"哥,要不你写吧?你如今在乡下的名气大着呢,说话有人听!"

"不行!不行!我的话,别人能听,你父亲不会听!"

"要不这吧,"姜耀宗盯着姜耀成,"咱们俩都写信,每人写一封,都对他做做工作,行吗?"

姜耀宗的意见,姜耀成倒也同意。于是,他们每人写了一封信,大讲了一通米谷贸易的重要意义和辉煌前途。姜耀成把两封信装好,又买了一大堆长沙特产,专门派了一个人送到乡下家里去了。

第十三章

李英莲又怀孕了,肚子一天天大起来了,就像一口大锅似地扣在身上,眼见得很快就要生了。但直到这时候,她的心里头仍然没有即将做母亲的那种喜悦,天天愁眉苦脸的,老也看不见一丝笑容。其实,自从知道鹤年是个小哑巴以后,她的心情就一直是这个样子,从来没有好过。她很苦恼,心里翻来覆去地老琢磨:"我的命怎么就那么惨呢?打从嫁到姜家来,这日子就几乎没有过舒心、顺利的时候。新婚办喜事那天,公公只在婚礼酒宴上照了一面就躲起来了,给了我这个新入门的儿媳妇一个难堪。入洞房那个晚上,作为新郎官的姜耀荣又躲起来了,把自己这个做新娘子的撂在了一旁,整整坐了一夜的冷板凳。两年多来,自己低眉俯首,强颜欢笑,夹起尾巴做人,一门心思只认做事、伺候人,伺候完了公公,伺候婆婆,伺候完了婆婆,又伺候丈夫,好不容易熬到看得见他们脸上有了一点点笑容了,满以为从今以后会有几天舒心日子过了,却没料想自己的肚子又不争气,硬是给家里生了个招人讨厌的小哑巴!唉,命好苦啊!这苦命何时是个了呢?眼见得第二胎又快要生了,肚子里的这块肉疙瘩会是个好模好样的男孩吗?要是又……"

李英莲不敢再往下想了。她生怕自己肚子里的那块"肉疙瘩"又是个残废,或者是个女孩,不觉疑虑重重,忧心忡忡。

姜耀荣却不像李英莲那么忧虑。他觉得老天爷绝对是公平的,要不然为什么会叫做"老天爷"呢?第一胎让人生个残废,第二胎哪还有再让人生残废的道理呀?所以,一见李英莲忧心忡忡,他就大大咧咧、嘻嘻哈哈地说道:"你无缘无故地瞎琢磨什么呀,老天爷还能不公平吗?再说,我姜耀荣的种子也是健康、正常的呀,绝对没有半粒不合格的。不信,你就等着瞧!放心吧,老婆,这次准保让你生个又大又好又正常的男孩子!"

两年多的共同生活,姜耀荣了解了李英莲,熟悉了李英莲,深深地爱上了李英莲这个既非常精明强干又十分温柔贤惠的小个子女人。他是个不善言词的人,是个不善于讨女人喜欢的男人,根本就搞不清楚在自己心爱的女人面前应该说些什么样的话,做些什么样的事。在他看来,男人爱女人的表达方式就只有一种,那就是让天生的本能恣意发挥,畅快淋漓地做"那事"。所以,尽管李英莲又怀孕好几个月了,快生了,他仍不肯稍稍收敛自己的激情,几乎每天夜里都要缠着李英莲做"那事"。

夜里一上了床,姜耀荣的手就不老实,在李英莲身上乱摸一气。李英莲心里烦得很,见他的手上来了,就没好气地嚷嚷:"别摸了!我心里烦!"

"烦！烦！整天就是烦，没完没了地烦！烦来烦去把身体烦坏了怎么办？别忘了啊，你肚子里还种着我的种子呢！嗯，该有六个多月了吧？来，我听听，我听听，看看他在肚子里老实不老实。"一句话没说完，姜耀荣就忽地掀开被子，一翻身横着躺到了李英莲的身子上。他把脑袋放到李英莲的肚子上，耳朵紧紧地贴着她的肚皮。

"嗨、嗨、嗨，你轻点好不好？孩子嫩胳膊嫩腿的，哪经得起你那么大的重量呀，压坏了怎么办？"李英莲用双手使劲往上抬姜耀荣的脑袋。

李英莲用的劲很大，姜耀荣不得不把脑袋从她的肚子上挪开了。但他的脑袋挪开了，整个身子却又压过来了。他一翻身骑在李英莲的肚子上，双手乱摸着她的胸部，嘴里"嘻嘻嘻"地淫笑着说："压坏孩子？哪至于呢！你也说得太邪乎了吧？照你这么说，那这几个月我还不能干那事了？那、那我受得了吗？"

"唉呀！下去！下去！快下去！真要是压坏了孩子，我可负不起责任！"李英莲使劲往外推姜耀荣，但她哪里推得动，不一会儿便气喘吁吁了。

李英莲不愿做那事，倒不完全是因为心里烦，而是真的担心会对肚子里的孩子造成不利的影响。这种事不是没有的。她就听娘亲口说过，张家山那边有个姓杨的人家，女人怀孕七八个月了，男人还缠着她做"那事"，结果活生生地把个孩子弄流产了。"如今我都快生了，他还天天缠着我干那事，要是把孩子弄早产了，或是把孩子的嫩胳膊嫩腿弄坏了，弄成了一个残废，那可怎么办呀？"李英莲这样想。

姜老婆子接受了教训，李英莲生第二个孩子的时候，她没让姜云岳去敬祖宗，而是自己去了。当然，她没有分身之术，不可能既去敬祖宗，又亲自给儿媳妇接生。这是一个不大不小的矛盾。为了解决这个矛盾，她特意去了一趟双塘街，把当地最有经验的稳婆——杨三槐的堂客杨婆婆请来了。同时，她又再三交代二儿媳樊桂枝，要她打起一百二十分精神来，认认真真地给杨婆婆当好助手。她深信自己这一次的安排是滴水不漏、十拿九稳，再不会出任何差错的。

李英莲生第二个孩子的整个过程环环紧扣，真的没出任何差错，然而意想不到的事情却还是发生了。

姜老婆子祭完祖宗，正收拾好祭品准备回家，二儿媳樊桂枝急急忙忙地跑过来了，婆媳两个差一点在正堂屋门口撞个满怀。

一见儿媳妇慌慌张张的样子，姜老婆子就知道事情不妙，一颗心立马便提到嗓子眼儿上头来了。她一把抓住樊桂枝的肩头，使劲地晃了两下，急急忙忙地问："桂枝，怎么啦？孩子出生不顺利？"

"不！不！不！顺利！顺利！孩子都已经生下来了，是个男孩！"樊桂枝回答。她满头大汗，显然心里很着急。

"哎哟，祖宗，你就象鬼打昏了脑壳似的慌慌张张，可把我吓坏了！我还以为出了什么事情呢！"姜老婆子听说生了个男孩，悬着的一颗心迅即放了下来。

"不！不！有、有、有事！"樊桂枝张嘴结舌。

"有事？有什么事呀？快说！"姜老婆子刚刚放下来的那颗心忽地又开始往上吊了。

"你、你老人家还是快回去看看吧！杨婆婆让我来喊你的！"樊桂枝说。她的心慢慢静下来了，话也说得利落些了。

"喔！好！好！我马上回去！这些东西，你拿回去吧！"姜老婆子把祭品往儿媳手中一塞，拔腿就跑。

"姜嫂子，你回得正好，快来看看你孙子吧！个头不小，快七斤了呢！长相也不错，我怎么瞧，都觉得脸盘子像你们家耀荣，而眼睛、眉毛却像英莲。"杨婆婆正在洗手，见姜老婆子推门进来，连忙起身相迎。

姜老婆子顾不得寒暄，只微微一点头，便直奔床边。她三下两下解开包裹布，探头一看，只见其中躺着一个小男孩，那小男孩的后背上鼓着一个肉包。老婆子随手摸了摸那肉包，心便立刻凉了半截。"糟了！是个驼背！"她自言自语道。

"姜嫂子，你是个明白人，这事可怨不得我呀！我接生可是顺顺利利的，没出半点差错啊！孩子这情况，显然是天生的，与我接生毫无关系喽！要是我给弄坏的，他就不会这么安详自在了，起码会大哭大闹，对不？再说，他后背上的那个肉包，你也看得出来，硬硬的，里边有大块骨头，那是经过很长时间慢慢长成的，不是人为一下子能弄得出来的。"杨婆婆一个劲地解释着，生怕姜老婆子会把孩子驼背的责任栽到她头上。

姜老婆子心里正烦，见杨婆婆絮絮叨叨地没完没了，便挥手打断她的话，没好气地说："哎哟，杨姐，你叨唠这些干什么，我又没怪你！孩子驼背，是我命中注定的，哪能怨你呢？你辛苦了，上那屋里歇息去吧！"

心里老害怕生残废孩子，可偏偏又生了个残废孩子。这一下，李英莲更茫然了。"怎么会这样呢？难道是老天爷有意为难我，故意惩罚我？可我从来没有做过违背天意的事呀！莫非真是……"突然间，她想起了娘对她说过的张家山那个女人怀孕了还做"那事"结果导致流产的事情，心里头不觉涌起了一股对姜耀荣的怨气。

"是了，一定是耀荣那个冒失鬼造的孽，把一个好端端的孩子压成了驼背。我马上就要生了，就差几天了，他还缠着我没完没了地干'那事'呢。不行，这事得好好跟他说说。不然的话，他老不改，我还不得老生残废孩子？老这样下去，那还得了？"李英莲这样想。

李英莲越想，就越觉得责任是在姜耀荣身上。她埋怨姜耀荣道："都怪你！女人怀了孕，是不能受重压的！你那么大的重量天天往我身上压，使起劲来，跟牛似的，我都受不了，孩子还能受得了吗？我好话说了一箩筐，叫你别沾我，别压我，先忍几个月，等孩子生下来以后再干那事，可你就是不听呀！结果怎么样？出

石板塘

181

大事了吧！这回你还有什么话说？好端端的一个孩子硬生生地被你压成驼背了，看你后悔不后悔！"

"后悔？后悔什么？我绝对不后悔！不就是生了个残废孩子嘛，有什么可后悔的？有老婆就行了，孩子有没有不吃劲！守着老婆不能玩，天天干瞪眼看着，往嗓子眼里咽唾沫，那才后悔一辈子呢！你趁早别拿这驼背孩子说事！要我不沾你，根本做不到，一天都做不到！我宁可什么孩子都不要，也不能不沾你！"姜耀荣斜着眼，歪着嘴，满脸淫笑，双手伸了过来，又要往李英莲的脖子上箍。

"你把话说清楚了啊，我可没说要你永远不沾我！我只是说，怀孕的时候，特别是怀孕三四个月以后不要沾我！"李英莲使劲推开姜耀荣的手，郑重其事地说。

"怀孕的时候不沾你？那、那我也做不到！哼，哪怕你明天就要生了，我今天都得沾你！"姜耀荣似笑非笑。

"怀孕的时候还要沾我？要是再生出残废来了怎么办？"李英莲气急败坏地嚷道。

"什么怎么办？好办得很呀，接着干接着生就是了！我早说过，你有的是肚皮，我有的是精力，孩子不怕多，能生多少就生多少。我就不信，这一辈子咱俩生不出一个正常、健康的儿子来！"姜耀荣嬉笑着，猛地一伸手，紧紧地抱住了李英莲。

姜耀荣嘴里说"不后悔"，心里头却是后悔莫及。他承认自己太鲁莽，承认第二个孩子的残废自己有责任，后悔自己不该在李英莲快要生的时候还缠着她做"那事"。第二个孩子又是个残废，是他万万不曾料到的。这对他来说，打击实在太大了。但他受了打击，心里不痛快，却不肯在李英莲的面前露出来。他太爱李英莲了。

李英莲生孩子三个多月后，樊桂枝也生孩子了。与李英莲不同，她生的是个健康、正常的男孩子。她一连生了三个孩子了，三个孩子都很正常、健康，没有一点毛病，长得结结实实、漂漂亮亮，而且其中还有两个是男孩。而李英莲虽然也生了两个男孩，却都是残废。这一来，家里的冷热炎凉就越来越明显了。

姜耀荣表面上嘻嘻哈哈，嘴里说生了残废孩子不后悔，老缠着李英莲要"接着干，接着生"，实际上心里比黄连还苦。他看得出来，父亲对他，对他一家，对他生的这两个残废孩子，是越来越不待见了。樊桂枝的孩子刚生出来，姜云岳就立刻给他起好名字了。而他的孩子生出来好几个月了，姜云岳却不理不睬，就好像根本没有这回事情似的。对这事，他心里很不是滋味。

当地有个风俗，那就是开春以后喜欢做"打春"的活动。"打春"也就是庆祝春天的开始。这活动很简单，就是一两个人手里拿着胡琴或小铜锣一家一家地串，到一家便拉拉胡琴或敲敲小铜锣，再哼哼几句戏文或说上几句好听的，如

"万事如意"、"风调雨顺"、"丰收在望"之类。说完这些话之后，主人要拿出一点钱、米或饭菜等予以答谢。这种活动实际上跟叫花子要饭差不多。从事这种活动的人，也多半是叫花子。

那天下午，"打春"的人来了。他们站在南大门内的门廊里玩"打春"活动，姜云岳站在旁边看。姜耀荣见父亲的样子好像很高兴，便抱着小驼背过去了。他笑嘻嘻地对姜云岳说："爷老子，麻烦你老人家给孩子起个名字。他都好几个月了，还没个正经名字呢。老'毛伢'（当地对婴儿的通称）、'毛伢'地叫，多不好听呀！"

姜云岳扫了一眼那两个"打春"的人，眼光停在那"打春"人的胡琴上了，脸上的肌肉不经意地跳动了一下，一个想法忽然跳上心头："这小孩的驼背样子倒挺像那胡琴的，中间弯进去，两头弯出来，要不就给他起名叫'鹤琴'吧！"

"嗯，耀荣，这孩子的名字我想好了，就叫鹤琴！"姜云岳说。

"鹤琴？哪个琴字呀？"姜耀荣问。

"胡琴的琴！"姜云岳顺手指了指叫花子拿着的胡琴。

"哎哟，爷老子，这名字是个女名呀，不大好吧？要不你老人家费费心，帮忙再起一个，行不？"姜耀荣试探着说。

姜云岳不高兴了，梗着脖子，瞪着眼睛嚷道："给你起个名字就不错了，还要挑三拣四？女孩名怎么啦？要是个正经健康的女孩子，我也喜欢呢！哼，驼背，还不如女孩好呢！算了啊，就把他当女孩养吧！"

比，这大概是人的天性，人人都迈不过它。不过，虽然人人都好比，但比的对象、内容、方式却不尽相同。有的人爱和自己一个单位的人比，有的人爱和自己做相同工作的人比，有的人爱和左右邻居比，有的人爱和亲戚朋友比。而姜耀荣不同，他也喜欢比，但他最喜欢比的却既不是左右邻居，也不是亲戚朋友，而是他自己的一母同胞、亲弟弟姜耀典。他从小就喜欢和姜耀典比，比长相，比能力，比穿衣吃饭，比父母亲的宠爱，比一切的一切。但是，他比来比去，却发觉自己几乎哪方面都比不过弟弟姜耀典。

"哎哟，耀典的命那么好，我的命怎么就那么苦呢？自己就长得不好，落了个背时（命运不好）的猪腰子脸，生两个儿子却又都是残废！"姜耀荣抱着小驼背一边走，一边想，越想心里就越难受。

姜耀宗天天望眼欲穿，盼着父亲同意和批准他到米行工作的来信。但这封来信，他没有盼到，却盼来了堂兄姜耀科。姜耀科一见姜耀宗，就郑重其事地对他说："你父亲病了，想你了，你赶紧回家看看吧！"

姜耀宗一听说父亲病了，便立刻急急忙忙地往家赶。回到家一看，却见父亲好好的，根本就没病。他茫然了，问父亲是怎么回事。姜云涛却不急于回答儿子的问话。他把老祖宗姜辉宇请出来了，把自己的兄长姜云溪、弟弟姜云谷和大侄子姜耀科也请出来了,全家人坐到一起,极其庄重、严肃地开了一个会,以家族的名义对姜耀宗安排了一件大事,那就是:结婚成家,娶妻生子。

姜耀宗本不愿那么早结婚成家的,他想去长沙做事。但面对父母,面对全族的长辈,特别是面对八十多岁高龄的老祖父,他实在没办法了。父命难违,更何况"父命"之外,还有"祖命"和"族命"呢!

但在答应留下来结婚的同时,姜耀宗也还是提出了自己的要求,那就是结婚之后,就得去长沙进米行找事做。面对儿子的这个要求,姜云涛点了点头。

姜耀宗还只有十七八岁,按理说年龄还小,为什么全家人都急着要他结婚成家呢?原来,三房出现了人丁孤单的严重局面,繁衍后代成了当务之急。

姜家四大房中,三房姜辉宇和二房姜辉阁一样,本来也是后代兴旺,子孙满堂的。他有三个云字辈后代,那就是云溪、云谷、云涛。这三个云字辈后代,一共生下了五个耀字辈后代,那就是耀科、耀仕、耀午、耀礼、耀宗。但没承想,前两年的那次病魔突袭,一下子夺走了耀午、耀仕、耀礼三条人命,使得三房一下子突然变得人口凋零了。目前耀字辈后代虽然还剩下了姜耀科和姜耀宗两个人,但姜耀科却又出现了子嗣艰难的问题。他结婚多年了,堂客朱春玲虽说还年轻,却早早地就变成了一块寸草不生的荒地,老也显不出开花结果的迹象来。姜耀科为了延宗续后,耕云播雨,夜夜不空,然而却只有播种而不见收获。于是乎,三房传宗接代的重任便全都落在姜耀宗一个人身上了。

姜耀宗留在家里了,全家人便都忙开了托媒婆、相女孩的事情。但这事情看起来不难,做起来还真不容易。姜家东看一个,西找一个,扒了来,扒了去,一年时间过去了,合适的人选却一个也没找到。这一来,全家人都着急了。

"明明自家的条件很不错嘛,为什么就老也找不着一个合适的女孩子呢?"姜辉宇疑惑了,想找个高人来指点指点。

一天,门前来了一个老道士。那老道士脚蹬云履,头戴道冠,身背宝剑,仙风道骨,自言能为人降妖捉怪,祛病消灾。姜辉宇对佛、道两家是最为崇信的,一见那老道士相貌奇特,谈吐不俗,像个有真本事的,便立即邀进门来,请他为自己的宝贝孙子相面。那老道士也不客气,略略看了看姜耀宗,便眼珠子一瞪,故作惊讶地说:"此子贵不可言!老丈一家之兴旺发达,尽在此子一个人身上。不过,此子虽是富贵之命,命中却也有不顺之时、不利之事、劫难之灾。即以目下来说,便有一场大劫横在眼前。倘若脱得眼前此劫,以后三十年可保一路平安,顺风顺水,旺家旺族。倘若脱不得此劫,则老丈一家可就难免香火之困了。"

姜辉宇见老道士开口便点中要害,说到了他的心病,更是笃信不疑,连忙端茶上饭,好生款待,央他想个禳解劫难之法。那老道士也不推辞,茶来就喝,饭来就吃,茶、饭之后,眯着眼睛沉吟了好一会儿,便慢慢腾腾地说:"禳解之法嘛,贫道倒是想到了一个,只不知此子已有妻室否?"

"我请老神仙进家门,便正是要问此事,"姜辉宇郑重其事地说,"想我姜家,门户不错,我这孙子也才貌双全,找个把好一点的堂客应该是不成问题的吧?可如今媒婆请了四五个,地方跑了二三十处,费了好大的劲,却总也找不到门当户对的,这是何故呀?"

那老道士眼珠子骨碌碌地转动了好半天,才又说道:"呵呵,老丈是为找不到'门当户对'的孙媳妇而着急呀?恕贫道直言,为此子娶妻,可不能拘泥于门户之论啊!'门当户对'这四个字会害他一世,坑你一家的!"

姜辉宇一听,陡然一惊,脸色都白了,手也开始颤了,因为在他的心目中,"门当户对"四个字历来是谈婚论嫁时必须奉行不悖的基本原则。他端过茶杯喝了一口,定了定心绪,轻声问道:"喔!何以'门当户对'四字会害他一世、坑我一家呢?自古以来,谈婚论嫁,讲的不都是'门当户对'这四个字么?老朽愚钝,请老神仙指点迷津!"

老道士不以为然地笑了笑,随即将椅子挪近了些,故意压低声音,神神秘秘地说:"是呀,自古以来,谈婚论嫁讲的都是'门当户对'四个字。然而,以贫道看来,'门当户对'这四个字恰恰是世俗之见,在谈婚论嫁之时,用之平常人家尚无不可,用之子孙不昌、劫难当头、呈衰微之势的人家则断不可。老丈是个高寿之人,这近百年来的历史必定了然于胸。当今圣上一家三代,数十年来子嗣艰难,这是天下咸知、非贫道道听途说、造谣惑众吧?咸丰帝只生了同治帝一个,同治帝却是一个后代都没能生出来。光绪帝虽春秋鼎盛,但大婚已久,也至今未有龙种问世。帝王之家,后妃成百上千,却难得一个龙种下界,这是为何?贫道以为,这其中的缘由就在于被'门当户对'四个字所误。不是老道危言耸听,慈禧老佛爷再英明,这大厦将倾的趋势也是有目共睹的了。当此之时,岂能再循旧路,依样画葫芦呢!倘若帝王家打破门户之见,下到平常百姓之家,找几个寻常女子进宫,这子嗣艰难之事断不会发展到如此地步的!"

"喔!老神仙的高见还真是振聋发聩呀,老朽闻听,如雷贯耳,茅塞顿开了!不过,老朽家业小,再讲门当户对,也不过是在这百十里内的乡村间和一般田舍翁比高低罢了。依老神仙的意思,莫非是要老朽攀高枝,到城镇大家富户之中找个才貌双全的女子来培添寒族的底蕴么?"姜辉宇说。

"不,老丈错了!你家境不错,门望不低,住乡村间也算得上是大家望族了。石板塘姜家,这方圆数十里谁人不知,哪个不晓呀?贫穷富贵,皆有定数,是强求不得的。恕老道直言,你姜家虽衣食不愁,良田广有,但财气巅峰已过,'富贵'二字再无更大的文章可做了,目下最要紧的是繁衍门户,昌盛子孙。而以繁衍门户、昌盛子孙而言,攀高不如就低,老丈何必定要高攀呢?岂不闻'高处不胜寒'、'水往低处流'么?贫道劝老丈不要在'门当户对'四字上做文章,可不是要你眼睛向上看,找个门第更高的。恰恰相反,我是要老丈把眼界放低,眼睛向下看,找个门户更低的。如若那女子脾气、性情与此子是反着的,甚至行为怪异,不落俗套,不遵世情,则更好。世间之事,有相辅相成的,也有相反相成的。柔能克刚,阴

石板塘

阳互补,不就是这个道理嘛!"老道士双目微闭,缓缓而言,仿佛入定了一般。

"呵呵,有道理,有道理!听老神仙一席话,真是胜读十年书啊!"姜辉宇一叠连声地说道。老道士的一番话如雷贯耳,真的让他开窍了。

自从听了那老道士的一番话之后,姜辉宇就注目下望,开始忙着在穷家小户中找孙媳妇了。他想,乡村间有的是穷家小户,穷家小户中有的是女孩子,找个孙媳妇还不容易?然而,事情却远不是他想的那么简单。乡村间女孩子是不少,但符合条件的却极难寻觅。女孩子们不是年龄偏大,就是年龄太小;而年龄合适了,长相却又未必如意。有几个女孩子倒是年龄、长相都比较合适,但八字却又与姜耀宗不合。姜耀宗是姜家三房传宗接代、延续香火的唯一希望,这件大事怎能草率!所以,姜辉宇把吴家冲、双塘街、枯井坝等附近村子的女孩子们搜罗了一个遍,却也没能找到一个合适的。后来,他又把目光投向了武家铺、黎家塅、界石镇等稍远一点的地方,托人去寻找,但费了好大劲,也还是一无所获。眼见得时间一天天地过去,孙媳妇却还不知身在何方,姜辉宇心里好不着急。

"踏破铁鞋无觅处,得来全不费功夫。"这句古话说得真好。正当姜辉宇着急上火的时候,一个现成的孙媳妇送上门来了。

冬至节前一天,多日连绵阴雨的天气突然放晴,阳光灿烂,碧空万里。当地素有冬至晾晒棉服的习俗。于是,姜辉宇也把自己身上的那件羔羊皮袄脱了下来,交给儿孙们去晾晒,自己就便睡个午觉。但他刚刚入睡,还没来得及进梦乡,姜云涛就把他推醒了。

"父亲,你老人家起来一下!这件皮袄另找时间再晒吧,你老人家先穿上,别冻着了!"姜云涛说完,顺手把羊皮袄放在床上。

"我正想好好睡一下午呐!这么早就喊我起来,有什么事?"姜辉宇从被子里探出那颗皮包骨头的瘦脑袋问道。

姜云涛走近了些,凑近身子,小声回答:"栗子冲景家的老大胜和来了。"

"喔,景胜和来了?刚到的?"

"是呀,刚到的。"

"这景老大也真是的,干嘛不赶在饭前来呢?往年不都是来吃中午饭的嘛!"

"他带了好几个孩子来了,多半是顾及来的人多,不好意思在咱们家吃饭呗!"

"是来交租子的吧?"姜辉宇依稀记得,景家每年都是冬至节前一两天来交租子的。

"是来交租子的。他那四十三亩七分地,原定租子每亩二石五斗,共计应交租粮一百二十九石三斗。按时价折合现银,交一百三十七块银元也就够了。他拿来了一百五十块鹰洋,说是要凑个整数,图个吉利。我要找些零头给他,他死活不肯要。这老头礼节多,又带来了一大堆山货,有二十多只山鸡、十多只野兔、一麻袋猴头菇、两麻袋黑木耳,瓜干、茄干、刀豆条等应有尽有。对了,他还带来了几根上等虎骨,说是给你老人家泡酒喝的,要不我这就去拿来给你老人家看看?"。

"别、别、别忙,那东西你先收着吧!"姜辉宇挥挥手,打断了儿子的话。

"是,儿子先收着,哪天泡好了酒,再拿来。不过,景老大说是家里忙,不肯久坐,这就张罗着要走。你老人家要不起来见一见他吧,行吗?"姜云涛以商量的口气问。

"那当然要见一面喽!景家重情重义,又送了那么多礼来了,我岂能不见上一面!我这就起来,这就起来!"姜辉宇连忙翻身坐起,穿衣下床。

姜辉宇一进堂屋,就见几个人迎面走了过来跪倒在地。跪在中间的,是一个五十多岁的老头。那就是景胜和,姜辉宇认得的,每年交租几乎都是他来。跪在两旁的,是几个年轻人,姜辉宇就不认得了,似乎没有见过面。

"快起来,坐着说话,不要那么客气嘛!"姜辉宇略略弯腰伸手,将客人们一一扶了起来。低头注目之时,他这才发现,客人们中间还有一个姑娘。那姑娘十四、五岁年纪,身段苗条,五官端正,眉目清丽,面色红润,处处透着聪明灵秀,却又绝无轻浮之气。

"景老大,好几个月没见了吧?你这老东西还是那么硬朗、结实啊!干嘛不来吃中午饭呢?你这景老大呀,跟我是越来越生分了,一餐便饭都不肯在我家吃!这几位都是你的孩子吧?"姜辉宇一边打量那几个年轻人,一边说。

"是呀!是呀!奴才还是上半年过端午节时来过的,又有好几个月没见到你老人家了。你老人家越发硬朗了呀!其实呀,奴才这心里头没一天不想你老人家的,可就是老也抽不出时间来向你老人家问安。你老人家不知道,奴才家里事情多,大清早一睁眼就是事,忙到半夜里还有事,老也做不完。眼看着冬至节都到了,年关也逼近了,奴才寻思再不来就也太不像话了。所以呀,就趁着天老爷开恩放晴,带着这几个孩子过来了,一来呢,向你老人家拜节问安,二来呢,就便把今年的租子也交了。虽说你老人家业大财大,不在乎奴才这几个租子,也从来没向奴才催过租,但种地交租是祖宗定下的规矩,奴才再愚钝,可也不敢忘了祖宗的规矩呀!奴才孩子多,他们都争着抢着的要来拜见你老人家。但我怕搅了你老人家的清静,所以就把那几个大些的挡住了,只带了这几个小的来。那个穿黑衣的小子叫进新,是老四,过年就二十一了,已经说好了堂客,是桃林垸章秀才的远房本家章桂明的女儿,打算明年就收进门。这个穿蓝衣的小子叫进清,是老五,这个月初三刚满十九,还没看堂客,不过上门提亲的也有好几家了。但不瞒你老人家说,他这档子事情呀,奴才不想急着办,想往后拖拖。奴才说心里话吧,儿子呀,没有不行,多了也不好。奴才兴许是活该受苦受累的命,儿子也生得太多了些,光是为他们娶亲,就把奴才累得不行了。这个小姑娘嘛,就是奴才的女儿了。老奴才就这么一个宝贝女儿,叫满贞,平时奴才看得紧,从不让她出门的。今天一早出门时,她吵着闹着的非要跟着来,说是想见见你老人家,听听你老人家的教导,也好长长见识。我寻思,你老人家对我们景家好,算不得外人,再说多来一个人,就多一个帮手,也好多给你老人家带点零碎东西,于是就把她也给带来了。山里头实在没什么好东西可以孝敬你老人家的,奴才只好将就着带点木耳、蘑菇、虎骨等山货来了,请你老人家别嫌弃!那几根虎骨,还是奴才一个亲家从东北那边买来的,据说是上等品,平常难以见到的。他知道奴才有腰腿痛的毛病,就不惜花了大价钱,托人买来送给奴才。奴才寻思自己还年轻,暂时还用不着,而你老人家那么大岁数了,比奴才更需要,所以就给你老人家带来了。"景胜和毕恭毕敬地坐着,自顾自地絮絮叨叨。

姜辉宇好不容易逮着一个空隙,连忙打断他的话,见缝插针:"哦,好、好、好,年轻人跟着来走动走动也好!你年纪大了,走不动了,今后就多让他们年轻人来吧!你们来一次不容易,今天下午就别走了,在这里吃餐便饭吧!"

景胜和本来打算说几句话就走的,但姜辉宇死活拉着不肯放,非要留他吃饭不可。盛情难却,景胜和只得勉强留下了。结果,景家四口人坐在堂屋里,屁股没挪窝,陪着姜辉宇说了整整一下午的话。而这一下午说的话,差不多有一大半是关于景满贞的。显然,姜辉宇是喜欢上景满贞那小姑娘了。

晚饭后,刚送走景家那四口人,姜辉宇就把儿子喊进屋来了。"云涛,咱们满世界为耀宗找堂客,想不到他那堂客竟是远在天边,近在眼前啊!"姜辉宇喜滋滋地说。

"喔,你老人家是说景家那小姑娘吧?"姜云涛笑笑。

"是呀,我说的就是景家那小姑娘。那小姑娘个头、身条、模样都挺不错的,人又聪明,年纪也正合适,配得上耀宗。"姜辉宇神色严肃。

"嗯,要说年龄、长相、聪明劲,那是没得挑的,配耀宗满合适。不过……"姜云涛忽然变得吞吞吐吐起来。

"不过什么?有话就快说嘛,吞吞吐吐的干什么?"

"景老大家可是咱们家的佃户啊,这主佃关系上头有什么别的讲头没有?"

"讲头?那能有什么讲头啊,"姜辉宇侧转头看着儿子,眼睛眯成了细细的长条,"主佃关系就不能结亲吗?《大清律令》上好像没有这一条吧,咱们祖宗家法上好像没有这一条吧,从古到今的历史典故上也好像没有这一条吧!卫青是平阳公主家奴,后来却和平阳公主结成了夫妇;武则天是唐太宗宠姜,后来却被唐高宗立为皇后;杨玉环是唐玄宗的儿媳妇,后来却被唐玄宗据为己有,并立为贵妃;本朝虽没听说太出格的事,但初期太后下嫁的传闻却也是沸沸扬扬,家喻户晓,恐非空穴来风。帝王家尚且如此,何况民间呀?再说,主佃结亲与人伦大防也毫不相干,有什么讲头不讲头的?要依我说,主佃结亲不仅再正常不过,而且还是亲上加亲的好事,大好事。咱们姜家和他们景家关系非同寻常,真还巴不得有这么一个机会和他们亲上作亲呢!你说是不?"

"是、是、是,你老人家从这层上考虑,确实是深谋远虑。儿子没别的想法,全听你老人家的吩咐就是了！"

姜云涛说姜辉宇"深谋远虑"，可不是有意奉承。在和景家结亲这件事上，姜辉宇确实是有深意的。

原来，姜家和景家的租佃关系非同一般。景家是姜家的老佃户，世世代代都租种姜家在栗子冲的那些田地，拥有永佃权。

永佃权又叫做永佃制，是盛行于中国封建社会后期和近代时期的一种土地租佃制度。有人考证，这种租佃制度起源于南宋时期，而且还很可能就是起源于湘北县这个地方。

南宋时，著名爱国将领岳飞曾领兵驻扎在湘北洞庭湖区，还在这里镇压过杨幺起义。岳飞被宋高宗和秦桧冤杀后，其一部分属下便留在湘北居住下来。他们在洞庭湖区开垦湖地，筑围耕田，逐渐拥有了一部分土地。但是，这些人会打仗，却不会经营，有了土地也守不住，不久便开始出售了。然而，他们出身兵士，为人强悍，又是成群结伙的，一般人惹不起。因此，他们的土地出售给新的主家后，新的主家也不敢将土地另租给别人耕种，而往往是允许他们继续长久地耕种这些土地，只向他们收取额定的地租。甚至在他们死后，土地的主家也不更换佃户，而是允许他们的子孙后代继续长久地耕种这些田地。这样，这些土地的租佃关系就渐渐地相对稳定下来了，带有一定的固定性、永久性了。再到后来，这种租佃关系进一步发生变化，田主不仅允许佃户永久性地佃种这些土地，还允许佃户出售这些土地的佃种权，也允许佃户将土地另行出租给其他人耕种。这里必须注意的是，老佃户出售的，只是土地的佃种权，而不是土地的所有权。土地的所有权还是属于田主的。因此，他们虽然将这些土地的佃种权出售了，原来的土地租佃关系却依然存在，他们还必须向田主缴纳地租。老佃户如果是将土地转手租给别人耕种，他们可以向新佃户收取地租，但他们和田主之间的租佃关系也还是没有改变。也就是说，他们仍然还要向田主缴纳地租。当然，他们向新佃户收取的地租肯定会要高于向田主缴纳的地租。否则，他们就无利可图了。后来，这种租佃方式渐渐地延续下来，并不断地向社会推而广之，久而久之就形成了一种在历史上具有深远影响的土地租佃制度——永佃制。

南宋以后，到了元明清时期，特别是到了晚清时期，永佃制在全国的很多地方获得了迅速的发展。不过，这时候永佃制的发展远不像南宋时期湘北一带那么简单。其方式远比那时候复杂得多，其原因也比那时候要复杂得多。比如说，有的田地之所以实行永佃制，是与田主和佃户双方的力量消长有关。有的田主虽有田地，但后来因家里人丁不旺，只剩下孤儿寡母或老弱病残等，实在无力管控佃户，迫不得已，只好允许佃户拥有自己某些田地的永佃权。再比如说，有的土地之所以实行永佃制，是与住房有关。农民一般都喜欢在自家田地旁边起房盖屋，但他们后来出售田地时，却并不一定将房屋也连同出售。这样，在田地出售给新田主后，他们从方便生产起见，往往会向新田主要求租种这些位于自家房屋旁边的田地并拥有永佃权。而新田主考虑到人情关系,考虑到管理难度,同时还考虑到别的佃户可能不敢租种这些紧挨着原田主房屋的土地等多方面的原因,往往也会顺水推舟,允许原田主拥有这些田地的永佃权。此外,还有些田地实行永佃制,是与祖坟有关。即某些农民在属于自家所有的田地里埋葬了亲人,修建了祖坟。后来,他们出售这些田地时,当然不可能把祖坟也连同卖掉。这样,在田地出售后,就不可避免地出现了许多复杂而难于处理的问题。在这种情况下,农民从方便祖坟管理的角度考虑,往往会在出售田地时即提出对这些田地拥有永佃权的要求。而购买田地的新田主,考虑到这些田地的复杂关系和管理难度,也就不得不重新考虑,给这些农民以永佃权了。

景满贞家对姜家在栗子冲的田地拥有永佃权,就属于田地中有祖坟那种情况。这些田地原本是景满贞家祖上的,他们家祖上有好几代人就埋葬在这些田地里。

景胜和的祖父当家时,正赶上多事之秋,战乱不已,匪祸连绵。他胆小怕事,要带着全家人出外躲兵灾,因而就想卖掉这些田地。当时,姜家正是姜辉阁当家理事。他是一个胆大而有远见的人,极善经营,当时就乘机把这些田地压价收购过来了。栗子冲在照壁山最北头的无壁寨岭下,离石板塘很远,差不多有三四十里路。这么远的路,姜家要亲自去经营,当然很困难。于是,姜辉阁一度想卖掉这些田地,但由于价格问题,一时间难以找到合适的买主。正在这时候,景胜和的祖父又带着一家人回来了。他向姜辉阁提出,要租种这些田地。姜辉阁起始时没有答应,没有把田地租给他,而只让他当了两年长工。后来,姜辉阁看到景家确实是老实厚道的人,值得信赖,又考虑到这些田地离家太远,自己实在不便管理,田中还有景家的祖坟,便做了个顺水人情,给了景家以永佃权,允许景家世世代代耕种。这样一来,景家便成了姜家世世代代的佃户了。

对于田主来说,永佃制这种租佃方式有利也有弊。这就要看碰到的是什么样的佃户了。倘若佃户好,老实本分,则实行永佃制确实管理简易方便,省事省力,利益也有保障。但若碰到的是居心不良而又蛮横难缠的佃户,则实行永佃制就极容易造成主弱佃强、尾大不掉的情况,不仅地租收益难保,甚至还有可能造成田地流失,使得土地所有权名存实亡。

姜家四大房分家的时候,栗子冲这几十亩田地分给了三房姜辉宇。姜辉宇是个只晓得读书写字而不晓得经营管理的人,而且胆子还特别小,最怕的就是收租讨债一类的事。万幸的是,他碰到了一个好佃户。景家世世代代都是诚实本分、守信用、靠得住的好人,不仅从未拖欠过地租,且执礼甚恭,自称奴才,逢年过节时还常到姜家来请安问好。因此,姜辉宇对景家的印象极好,早就想找个办法来进一步稳固两家的租佃关系,以确保自己栗子冲那几十亩田地每年的收益不受损失。

当然，姜辉宇不是担心景胜和不交地租。他知道，景胜和为人厚道，老实巴交，最是个讲诚信、重义气的好人，只要他在世，景家应交的租子一粒也不会少。他担心的，是将来的事，以后的事，即将来景胜和逝世以后的事。他的心里很清楚，从目下来看，姜、景两家的力量消长变化是明显不利于姜家的。姜家人丁不旺，耀字辈五兄弟只剩下了耀宗一条根还有繁衍后代的希望，而这唯一的希望能不能变成现实却还未可预料。而景家呢？不说景老大的那两个兄弟，单是景老大一家，那蓬勃发展的势头就足以令人胆颤心惊了。景老大有五个儿子，个个身高力大，精明强干，那敢做敢为的劲头远胜乃父。照这样下去，将来姜家还能控制得住景家吗？景家那五兄弟将来还会像景老大那样规规矩矩地交地租吗？倘若他们将来依仗人多力强，拒不缴租，姜家又何以为制呢？每当想起这些事，姜辉宇就不寒而栗。

姜辉宇自幼熟读历史，清楚知道联姻结亲自古以来就是实现互相牵制最常用、最有效的手段。他想：远的不说，单是本朝自开国到如今，历朝历代的皇后、妃子来自蒙族者就不乏其人。帝王们与蒙古王公贵族通婚，难道不正是出于笼络、牵制的目的吗？国家大事尚且可以借用婚姻方式，更何况平民百姓的日常生活呢？因此，他极想和景家联姻结亲，通过婚姻关系来约束景家。他觉得，只要自己的小孙子耀宗娶了景满贞，两家成了血脉相连的至亲，也就永远不用担心栗子冲那四十多亩田地的收益受损失了。

姜辉宇不在乎主佃关系，姜云涛也就更没有什么顾虑了。当时他就要把媒婆喊来，吩咐他去景家提亲。但正在这时，姜辉宇又挥挥手阻住了。他看了一眼姜云涛，郑重其事地说："云涛，你先别去喊媒婆。婚姻大事要慎之又慎，含糊不得。你还是先找个妥当的人去访一访吧，看看那孩子在地方上的评价如何，有没有什么不守规矩的毛病？"

"访一访"，也就是调查的意思。这原本也是结亲前所必须做的一个重要工作。姜云涛一听，连忙说："还是你老人家想得周到。你看看，我还不老，这脑子就不中用了，怎么把这么重要的事情忘了呢？好的，好的，我马上要耀科和春玲去一趟吧！"

第二天一大早，姜耀科和朱春玲就去景家附近"访一访"了。结果晚上回来时，他们就反映了一个重大的问题：景满贞是大脚。

景满贞的脚确实大。她是一个人见人笑的大脚婆。她那双脚比一般女人的脚都大得多，几乎赶得上男子汉的脚了，伸出来跟蒲扇似的，特别惹人注目。并且，她那双大脚差不多成了她的标志。许多人在背地里说起她时，甚至不叫名字，而直接喊她"大脚"、"景家大脚"或"栗子冲大脚"。还有些人甚至把她那双大脚当成了一个标杆。一说起某个女人脚大时，他们就会说："她脚大，能赛得过景满贞吗？"

那时节，中国很多地方都有女人缠足的习俗。而且，这种习俗由来已久，根

石板塘

191

深蒂固。不过,中国的国土面积辽阔,人口众多,这种习俗在各地的普及程度并不完全一样。一般来说,京、冀、晋、鲁、豫、陕等北方各省,由于地处封建社会的政治、文化中心地带,故缠足的风气最浓。按理说,湖南地处偏远,开发也相对较晚,直到清初才独立建省,又是少数民族相对较多的地区,女子缠足这种风俗的普及率不应该很高。然而,事实却恰好相反,在湖南,特别是在湖南北部的洞庭湖滨一带,女子缠足的普及率不仅高得惊人,而且是名闻天下。明清时代,全国有两个地区女子缠足是最著名的。这两个地区,一个在南方,一个在北方。在北方的是山西的大同,而在南方的就是湖南的益阳。这两个地方都盛产"妙莲",但各自所产的"妙莲"在缠足的方法、形状等方面都有不同的特点。大同所产的"妙莲"以尖脚闻名,而益阳所产的"妙莲"则以"纤小非常,且无脚背,平直瘦秀,宛如春笋"而独步天下。(藤窗寄叟:《莲钩碎语》,见姚灵犀《采菲录》正编)当时,益阳女子缠足的风气之盛、名气之大,丝毫也不亚于大同。有人甚至认为,"吾国产莲之区,首推益阳"。(凫凫子:《莲影心痕》,见姚灵犀《采菲录》正编)"龙阳女子益阳脚"的谚语一度传闻天下,几乎人人皆知。由此可见,益阳的女子缠足之风何等兴盛!

湘北县紧邻益阳,受益阳的影响自然很深。所以,湘北县一带的缠足之风也十分兴盛。当时,在湘北城乡各地,无论是诗书大族,还是穷家小户,女子缠足的习俗都是遵行不悖的。在当地人的心目中,女人的脚缠得小不小,不仅是相貌美不美的一个重要方面,而且是品行端正不端正、教养规范不规范、举止文明不文明的一个重要标志。寻常人家为儿子相亲,首先就要看姑娘的脚缠得小不小、好看不好看。因此,女孩子从很小的时候起,甚至还不到五六岁,做母亲的就要为她缠足了。

景满贞生长在晚清缠足之风仍然盛行的年代,又正好处在湘北那样一个最讲究女子缠足的环境之中,自然也是难逃缠足这一习俗约束的,却为什么长成了一双大脚呢?

原来,景满贞和别的女人不一样,她没有缠过脚,从小就没有缠过脚。她的脚天生就比别人长得大一号,而且是从小就放开了任其生长的,所以大得格外出奇。那么,生活在缠足习俗根深蒂固的晚清社会,她为什么没有缠过脚呢?

这事完全是景满贞自己造成的,与她的父母无关。她不愿意缠脚。

景满贞刚满五岁的时候,她母亲就拿出长长的裹脚布来,要给她缠脚。她不乐意,又哭又闹。她父亲有六个儿子,却只有她一个女儿,格外疼她,对她娇生惯养,百依百顺,见她哭闹得厉害,就对她母亲说:"孩子还小,过几年再说吧!"于是乎,这第一次缠脚的尝试还没有正式开始便结束了。

过了几年,景满贞七八岁了,她母亲又要给她裹脚。她自然还是不乐意,依旧到处跑,到处藏,甚至躲进后面山里不回来。这一回,她母亲可就不依她的性子了,穷追不舍,终于把她逼到屋墙的角落里跑不出去了。她母亲一把将她抓住，使劲按在床上，就要强行给她缠脚。她当然不肯屈服，一双脚乱蹬乱踢。结果，一脚蹬到了床边的一张桌子，把桌子上一只盛满了热汤的饭碗打翻了。那饭碗滚落到地上碎了，刚刚出锅的汤水沾满了景满贞的一只脚，把那只脚烫起了潦浆大泡。这一下，问题大了，全家人都围着她母亲埋怨不已，她的脚自然也缠不成了。她又躲过了一劫。

又过了几年，景满贞快十二岁了，眼看着就要大人了，再不缠脚不行了。她母亲心急如火，却又鉴于前次的教训，不敢自作主张，于是就耐着性子和她父亲商量好，准备夫妻俩一起合作，给女儿缠脚。他们打算先做思想工作，好好劝说，万一劝说不成，就用强，硬给她缠上，并把她关在家里，一两个月不让她出门。这一次，景满贞既没跑，又没躲，而是稳稳当当地坐在床边上听父母亲说。她父母见她这副态度，心里很高兴，以为她年纪长大了几岁，懂事了，愿意缠脚了。但没想到，父母话刚说完，景满贞"嚯"地从身上掏出了一把剪刀。她一边脱下一只袜子，一边扬着那把剪刀对父母说："我不缠脚，这一辈子都不缠脚！你们非要我缠脚，我就把这只脚剪了！""你敢！还不快把剪刀放下！"她母亲大喝一声，眼睛珠子瞪得老大。她压根儿也想不到女儿会是这种态度，居然拿出剪刀威胁父母。"有什么不敢的？不信，你看！"景满贞手一挥，剪刀从自己的小脚趾头上划过。顿时，她那只又白又嫩的小脚趾头便血肉模糊了。"孩子呀，你怎么那么傻，怎么能真的剪自己的脚呢！"母亲吓得目瞪口呆，连忙向景满贞扑了过去，抱住她痛哭起来。

从此以后，景满贞的母亲再也不逼女儿缠脚了。当然，她还经常提起这件事。而且，每一次提起这件事的时候，她都难免要泪水满面，鼻涕横流。她这样做，用意当然是十分明显的，她是想用自己的眼泪来感化女儿，让女儿回心转意，好好缠一缠那双越来越大的脚。但任凭母亲使出什么招数，景满贞都不为所动。终至于长到十五、六岁的时候，她那双脚定型了，再也没法缠了。

景满贞脸盘子长得特别标致，身段也苗条可爱，皮肤更是白里透红，洁净光滑。小时候，几乎人见人夸，都说她是个美人胚子。但到长大了，她却没人夸了。这其中的原因，不是脸盘子变了，也不是身条变了，更不是皮肤变了，而是她那双脚丫子变了。她长了一双其他女人都比不上的大脚。小脚是美女的标志，而大脚则是丑女的标志。民间俗谚称"宣府大同出美人"、"益阳桃江出美人"、"天下美女出扬州"。这几个地方以盛产美女而闻名天下，并非真的是美女出得多、女人长得格外漂亮，而是因为小脚缠得好，是天下最有名的"妙莲"产地。景满贞有了一双那么大的脚，谁还会说她漂亮呢？

不过，景满贞虽然长了一双大得吓人的脚，却从来没有怨过自己。别人都说她的脚大难看，她自己却不以为然。景满贞毫不在乎自己的脚大，她母亲却特别在乎，天天闷闷不乐，一副心事重重的样子。看得出来，她是在为女儿的婚事担忧。这也难怪，在那个时代，男人挑女人，都是要看脚的。女儿的脚那么大，远近出了名,哪个男人敢要她呢?做母亲的经常忧心忡忡地对她说:"儿呀,你不缠脚,将来怎么嫁得出去哟!"景满贞笑着说:"娘,你发愁这事干什么呀?嫁不出去就嫁不出去呗!一辈子待在家里,陪着你和父亲,不是更好吗?我还正发愁要出嫁呢!"

俗话说得好:儿孙自有儿孙福!景满贞的母亲天天发愁,担心她一双大脚会嫁不出去。没想到,她这份担心还真是多余了,姜辉宇不在乎景满贞那双大脚。他说:"脚大就脚大呗!这又有什么不好呢?明太祖的马皇后还是一双大脚呢!谁不夸赞她是自古以来的第一贤后啊?而且,就我们家当下来说,兴许脚大还更好哪!那老道士说的话,你们又不是没听见!咱们家耀宗当前正有劫难,就是要找一个门不当、户不对、行为禀性不同一般的女子为妻。满贞脚大,不是正好符合那老道士说的条件么?"

第十四章

姜辉宇拿定了主意,事情就好办了。姜云涛纵然主意再多,但对老父亲还是百依百顺。父子两个稍稍合计了一下,就把媒人张嫂喊了过来,要她趁着天放晴、路好走,赶紧到栗子冲跑一趟,找景家商量商量,并问问满贞的八字。如果景满贞和姜耀宗的八字相合,命里不想克,姜家就想赶在年前放定,把聘礼下了,年后找个吉日办喜事。

张嫂是个老做媒的,年纪虽然快六十了,但依旧腿脚利落,口齿清楚,办事精明,做媒的经验相当丰富,和姜家的关系也极好。姜家托付的事,她从来没有办不利落的。当下,她拍着胸脯说:"这事包在老身身上,老身明天就去,管保手到擒来!"

"唉呀,看你说的,又不是要你去打仗、抓人,干嘛'手到擒来'啊?"姜云涛觉得张嫂用词不当,嘟囔了一句。

"噢、噢,老身这话说得不妥当,那就改一改。'手到擒来'不好,那就马到成功——马到成功吧!就你老人家这门第,这人望,这家产,整个湘北县方圆数百里,谁家不想高攀啊?漫说是他景家,就是知府、县太爷的家里,老身也能说动了。这事好办!你老人家就听我的喜讯吧!不过,话可说在头里哦,这喜酒老身可是要多喝几杯的喽!"

张嫂第二天就起了个大早,风风火火地跑了一趟景家。但她这一次的牛皮吹大了,事情并没有"马到成功"。姜家自贬身份,以高就低,张嫂巧舌如簧,能言善道,十拿九稳的事,为什么没能马到成功呢?原来,这事出在景满贞身上。她不愿意。

景老大夫妻俩对这门亲事倒是一百个愿意。景满贞她娘尤其高兴，又挤眉，又弄眼，又拍巴掌，又打哈哈，嘴都笑得合不拢了。没等张嫂把话说完，她就打岔说："姜家看上我们家满贞啦？哎哟，天底下哪有这么好的好事呀？莫非太阳从西边出来啦？也不晓得我们家满贞是哪辈子修来的福分，竟然让姜家看上了！张嫂，这事我们没意见，上赶着还来不及呐，哪会有意见呀！你就去对姜家说吧，怎么办都行，什么时候办都行。要是他们家来得及准备，年前办都行！"

"唉哟，满贞她娘，你能不能少说两句呀，瞎掺合什么？年前办？年前哪来得及！年前总共才个把多月了，"景老大打断满贞她娘的话，横了她一眼，回头又看着媒婆张嫂，"要不这么办吧，张嫂！这事呢，麻烦你上复姜家两位老主人，就说我景胜和打心底里感谢他们两位老人家，这辈子还不尽他们两位老人家的恩情了，下辈子做牛做马也得还。是他们两位老人家看得起我们景家，不嫌我们景家穷，不嫌我们景家地位低，不嫌我们景家是佃户、是下人，有意抬举我们，这才派你来说这事的。这事嘛，说真的，确实是我们景家高攀呐，还能不同意？还能有什么别的想法？当然不会喽！所以呀，张嫂，你就干脆直截了当地对我那两位老主人说好了，我们景家一切全都听他们的，他们说行就行，他们说怎么办就怎么办，我们横竖听吩咐就是了。"

"好、好、好，你们景家我知道，个个的心思都是吹火筒——直来直去的，一向办事干脆、痛快。不过呢，话又说回来，婚姻毕竟是终生大事，非同儿戏，要不要跟满贞姑娘打个招呼，商量商量，听听她的意见哟？"张嫂歪着脑袋看了一眼景老大，又回过头来看了一眼景满贞她娘，低声问道。

景满贞她娘剥了一个桔子递给张嫂，眼一斜，嘴一撇，张口就说："哎哟，张嫂，这事还用得着跟满贞打什么招呼呀？自古以来，婚姻大事还不都是父母之命、媒妁之言，哪还用得着跟儿女商量，听他们的意见！再说喽，我们家满贞也绝不会有意见的呀，对不？这么好的人家，千里挑一，万里挑一，打着灯笼满世界找，也找不到的，她还能不同意？我们家满贞那孩子呀，你是不知道哟，她心气高，眼皮也高，嫁到姜家去，巴不得呐！张嫂，你就放一百二十个心。"

"谁说我'心气高，眼皮高'啦？姜家的事，我不同意！"满贞她娘的话还没说完，景满贞就突然一掀帘子冲进屋，招呼也不打一声，大喊起来。原来，她就在里屋。刚才她父母和张嫂的一席话，她全都听见了。

"给我进屋去！这事还有你插嘴的份吗？女儿家，一点教养都没有，见到客人来家了，连个招呼都不打，算怎么回事？这是你张大娘，还不快来见过！"满贞她娘气呼呼的，对着景满贞就是一通叨唠。

"哎哟、哟、哟，多美多亮丽的姑娘呀，就跟麻篮七仙女似的，那眉眼，那鼻子，那小嘴，那耳朵，那脸盘，那身条子，真是没一样不标致！难怪姜家那么高的门槛都来巴结，原来长得这么漂亮呀！我老婆子有眼福，这回算是大开眼界了！景家嫂子啊，不是有意奉承你，老身我做了那么多的媒，姑娘见得多了，这么水

石板塘

195

灵的姑娘可还真是头一回看见呐！可惜呀，我没个好儿子。我要是有个好儿子呀，非头一个就来抢她不可，哪还会给人家跑腿做介绍，便宜人家呀！不过，满贞姑娘，你漂亮，姜家那小公子可也不错哦，和你配得上的。这话可不是我老婆子信口胡言，姜家那小公子我是亲眼见过好多次的，个头高挑，皮肤白净，长相英俊，标准的国字脸！"张嫂一边说，一边欠起身子，伸过手来，攥住景满贞的一只手，轻轻地抚摸着。

景满贞把手从媒婆张嫂的手中抽出来，看了看她娘，嘴里嘟囔道："我不是不同意姜家，我是嫌路远！"

"哟，你看看，你看看，多孝顺的孩子呀！满贞姑娘呀，你是嫌路远，怕回娘家不容易，难得见父母，是吧？姑娘，这你就错了，路可真是一点也不远呀，总共才三十里，我老婆子一上午能打个来回呢，你说远吗？"张嫂说着，把景满贞拉到自己身边坐下，一双眼睛从上到下地打量个不停。

"那、那我也不愿意！他们姜家是财主，家大业大，哪会真心看得起我们穷家小户的人呀！将来要是嫁过去了，还不得把我当丫头使唤！"景满贞嘟囔道。

"哎哟，姑娘，他们姜家把你当丫头使唤？看你说的！你这么一朵花儿似的人，谁见了都得当宝贝供着，还能当丫头使唤？再说喽，姜家也不是那样的人啊！姜家的人呀，上上下下，大大小小，老老少少，我老婆子统统都见过的，都是好人，脾气好，心眼好，又读过书，有文化，知书达理。"

"那我也不愿意！你们谁愿意，谁就嫁过去吧，反正我是不嫁的！"景满贞一边嘟囔，一边转脸看着别处。

"混帐！有你这么说话的？"满贞她娘大吼道。她真的动火了。

"嗨，景嫂子，别、别、别发火！她不还是个孩子家嘛！要不，"张嫂转脸看了看景老大夫妻说，"这事你们再合计合计，过几天我再来听回话，行不？"

"也好，就是还要辛苦你再跑一趟了！不过，这姜家那里，麻烦你千万说得圆满些，我们景家可是一万个同意的，没说过半个不字哟！"满贞她娘拉着张嫂的手不放，千叮咛万嘱咐的，一直把她送出老远。

"这事你一万个放心，包在我老婆子身上，好歹要成全了。姜家那里，我就先不去回话了。他们要是问起来呢，我就撒个慌，假说这两天身子不大好，吹了风，着了凉，有点头晕脑胀什么的。不、不、不，不这么说，不这么说，我干脆就说吃坏了东西，肚子有点拉稀，走不动远路，因此还没来得及到你们景家来。你回去后，好好说说女儿，别动火，别骂，多讲讲姜家的好处，自然而然的，满贞姑娘就听了。"张嫂说完，头也不回地走了。

回到家后，满贞她娘就钻进里屋，盘腿坐在床上，对着景满贞自顾自地说了起来。但是，她说她的，景满贞却半句也没听进去。说了好半天，要做午饭了，景满贞还是不松口。这一下，满贞她娘又火了，不由得张口大骂，什么"剁颈的"、"砍头的"、"茅坑里屙的"、"没屁眼子的"、"臭婊子养的"等等骂了一大通。到后来,她见说不动女儿了,就气呼呼地甩了一句:"不嫁到姜家去,就别在家里待着了,给老子去死!"

"去死就去死!你以为我不敢呀?不信,我死给你看!"景满贞说完,刷地一声拉开抽屉,从里面抄起一把剪刀。

满贞她娘见状,脸都吓白了,飞快地扑了上来,一把抱住景满贞,边哭边叨唠:"唉哟,我的小祖宗,你真是我的小祖宗呀!我造了八辈子的孽,才生了你这个屁事也不懂的小祖宗!不嫁就不嫁呗,干嘛寻死觅活呀?娘跟你说气话,你也认真?"

景满贞的脾气跟她娘有点不对付,好多事说不到一起,但她跟父亲却说得来。所以,但凡娘儿俩闹僵时,景老大就得出来打圆场。景老大正要牵牛去饮水,见娘儿俩又对上嘴了,连忙把牛拴在树桩上,转身进屋。"还不做饭啊?我都饿了!"他一边朝满贞她娘使了个眼色,示意她出去,一边就便在床边上坐了下来。

"闺女呀,我就搞不懂,你究竟是个什么想法哟?姜家那么好的人家,为什么不愿意嫁呢?"景老大看着女儿问,语气很柔和,脸色也很柔和。

景满贞一条腿盘着坐在床上,另一条腿奔拉在床下,两只手交叉地握在一起,不停地跪着手指头,好一阵没吭声。

见女儿不说话,景老大便只好自顾自地说开了:"不好意思说实话,是吧?实在说,你也不大不小了,出嫁总是迟早的事嘛!既然如此,有这么好的机会,可就不能错过喽,对不?错过了这一次机会,你上哪里去找这么好的人家呢?姜家那条件,说实在的,那可真是打着灯笼也找不到的呀!他家田多、地多、山多、房多、钱多,不愁吃,不愁穿,日子好过得很,那是没得说的了。你嫁到他家去,就可以衣食不愁,享一辈子福了。好吧,这些你都不在乎,那我就不多说了,但人的长相、气度、才干、家教、人品,你总得在乎吧?姜家小少爷,那可是千里挑一、万里挑一的人物呀!你不是嘴里经常说喜欢读书人吗?姜家小少爷就是一个读书人呀!论长相,他有长相。论才干,他有才干。论人品,他有人品。他又斯文,又有学问,又有气度,性情也柔和,还喜欢读书。这样的人不嫁,你要嫁谁呀?难道你要嫁一个大字不识、脏话连篇的粗野横蛮汉子?动不动就打架骂人,动不动就撒野使坏,动不动就拿堂客们出气,外带着三天两头地发酒疯、偷女人,一天到晚浑身臭汗脏兮兮的,连脚都不洗就钻被窝睡觉,这样的汉子你喜欢?孩子呀,不瞒你说,这样的汉子倒是好找,多得很,还不用上远处找,就咱们家这附近就到处都是。"

"别说了,别说了,"景满贞抬起头,瞪着大眼,噘着小嘴嘟囔道,"什么打架骂人、撒野使坏、发酒疯、偷女人呀?我又没说要嫁大字不识、脏话连篇的粗野汉子,你跟我说这些不相干的话干什么呀?"

"这、这、这哪是不相干的话呢?你不肯嫁姜家,那当然就只能是嫁那些大字不识、脏话连篇的粗野汉子喽!这事还不是明摆着的?咱们家附近没有一个像样的读书人,只有大字不识、脏话连篇的粗野汉子嘛,对不?"

"嫁大字不识、脏话连篇的粗野汉子?哼,那还不如不嫁呐!"景满贞气呼呼地说。

"不嫁?天底下哪有不嫁人的女儿呀?男大当婚,女大当嫁。这是天经地义的大道理,自古以来都这么着的,你能违背?"

"什么天经地义的大道理?我就不信世间没有不嫁人的姑娘!不嫁人有什么不可以呀?我又不要别人养活,自己能种田搞饭吃!"

"不扯远了,不扯远了!扯那些没边没沿的话有什么意思?干脆你就直说吧,为什么不肯嫁姜家小少爷?"景老大粗声粗气地说。

"我说过不肯嫁姜家的话吗?"景满贞反问道。

"哟,你、你没说过这话吗?我怎么觉得你好像说、说过……"景老大愣住了。

"没说过,我压根就没说过这话,"景满贞突然打断父亲的话,眼皮一抬说,"跟你老人家说真心话吧,我并不是硬不肯嫁姜家。我只是不待见我娘那样子,低三下四的,恶心人。他们姜家不就是田多点、钱多点嘛,咱们干嘛上赶着巴结呀?"

"上赶着巴结?你娘上赶着巴结了吗?她没有啊!她天天在家里待着,根本没去过姜家,连姜家的大门朝哪边开都不知道呢,哪会上赶着巴结呀?"

"哦,我娘没上赶着巴结,那、那你呢?"景满贞回头看着父亲。

"我?你说我上赶着巴结他们姜家,"景老大连连摇头,"我是那种人吗?没错,我对姜家好,那是真的,但那能叫做上赶着巴结吗?我为什么要对姜家好呀?因为他姜家对我们好,几十年来一直对我们景家好,看得起我们景家,明白吗?人呀,要有良心,孩子!人心换人心,一好还一好,人世间不就是这个道理嘛,这哪是上赶着巴结呢!"

"我说的不是这个事!"景满贞的嘴角边露出一丝诡秘的笑意。

"那你说的是什么事呀?"景老大忙问。

"哼,别以为我年纪小,是个孩子,就什么事都不知道,"景满贞的嘴角边又浮起一丝诡秘的笑意,"咱们前脚刚从他姜家出来,他姜家请的媒婆就后脚跟到了咱们景家,天底下哪有这么巧合的事呀?"

"噢,我明白了,"景老大恍然大悟,"闹半天你是误会了!你以为那天咱们去姜家,是我有意把你带去送给姜家的人看,是吗?"

"不是吗?你以为我年纪小就好骗哪?跟你说实话吧,一到姜家,我就明白是怎么回事了。那老头整个一下午,连带吃晚饭的时候,就完全是围着我一个人说话,问这问那,问东问西,几乎什么都问到了。你们要不是事先预谋过,他哪会对我那么热情呢?"

"呵呵,你这小东西呀,精明也太过头了,"景老大摸摸脑袋,情不自禁地笑了,"一件根本没影的事照你这么一说,就跟真的似的。算了吧,你别瞎猜瞎想了，事情根本就不是你想的那个样！在咱们去姜家以前，两家人根本就没有通过声息，他们姜家从来没有说过要看看你的话，我们景家也从来没有过要把你送到姜家去让他们看看的意思。当时，甚至就连姜家小少爷要找姑娘成亲的事，我都不知道。而且，我估摸着，他们姜家也未必就知道我还有你这么一个女儿。咱们那天去姜家，那就是去缴租子的，根本就没有其他任何事。说实在话，那天去姜家，我本意是不想带你去的，后来还是你自己非得要去，我被你缠得脱不开身，实在没办法，才勉强同意带你走的。你自己想想，当时的情况是不是这个样？要是真像你说的那样，我们事先就有预谋，是有意把你送到姜家去让他们看的，那我为什么不主动带你走呢？你这孩子呀，尽没边没沿地瞎想，为什么不好好动动脑子呢？"

　　景满贞愣住了。她低头沉思着，琢磨了好一阵，才抬头说道："哦，真是没有事先预谋？那、那姜家那老头为什么对我格外热情呀？他不跟你们说话，尽跟我一个人说，没完没了地问这问那，而且那眼神也特别，明显是在有意跟我套近乎。"

　　"那能证明我们事先有预谋吗？不能的，"景老大撇撇嘴，"那只能说明什么？那只能说明他一看到你就觉得你很不错，很中他的意，所以当时就灵机一动，产生了一个想法，要招你做孙媳妇，对不？"

　　景满贞不说话了，眼光里怀疑的神色渐渐消退，脸上也泛起了一丝略带羞涩的笑意。景老大见女儿态度明显缓和，便趁热打铁，又絮絮叨叨地说了起来："儿呀，也难怪你，我头两天带着你去姜家，姜家过了两天就请媒婆张嫂来咱们家说媒，这两件事确实离得太近了，不由得你不瞎想。好啦，现在事情说清楚了，咱们也该商量商量正事了。你明白了吧，这回还真不是咱们景家'上赶着巴结'他姜家，而是他姜家主动托人来咱们景家说媒的。这档子事，我和你娘的态度你都清楚，现在就看你了。我嘛，是一颗好心全为着你。你娘嘛，说话是有点不得体，但她就是那性子，你要体谅她。她也是一颗心为你好呀！"

　　"娘是为我好，这我知道。但嫁人是一辈子的终身大事，好歹也得听听我的意见吧，对不？怎么就她一个人说了算，不容我说一句话呢？再说喽，"满贞低着脑袋，眼睛看着脚尖，两只手不停地捏着衣服下摆，"我不愿意去姜家，也不是从我自己的角度考虑的，我是为了家里好，为了你老人家好，也为了我娘好。说白了，我就是想找个近一点的人家，将来好经常回来照顾你和我娘。"

　　景老大看了满贞一眼，柔声说："傻孩子，你这心思，我知道，你娘也知道。但那不现实啊！我和你娘哪用得着你来照顾呢？家里不是还有你好几个哥哥、嫂子嘛！我们有他们照顾，难道还不够？还需要你跑回来照顾？孩子呀，你的心肠好，我知道，但你还是为你自己考虑吧，别尽为你娘和我考虑了。另外，条件嘛，你也要放低点。你又要人好，又要家庭环境好，可这样的人家近处哪有啊？再说喽，女孩子家嫁得远一点也未尝不是好事呀。那样可以避免好多是非，倒会跟家里更亲些，明白吗？嫁得太近了，亲人就变成邻居了，常难免磕磕碰碰，倒容易伤情面，显得不亲了。你没见上屋里刘家月桂吗？她倒是嫁得近，就在娘家近边上，可她如今不但照顾不了娘家，反倒和娘家人结上仇了，天天和她哥嫂怄气吵架。你呀，脾气还没月桂温柔呢！就你这脾气，要是嫁得近了，三天两头往家跑，还不得常和你娘你哥你嫂子她们闹别扭？你说，我说的在不在理呀？"

"是倒是这个理，不过，"景满贞欲言又止。她似乎有些被父亲的这番话打动了，显得有些犹犹豫豫。

"不过？不过什么？你说出来吧！"景老大紧追着问。

景满贞愣了一下，头一低，脸一红，扭扭捏捏地说："姜、姜家的那个人，我、我还没见过呢，总得先看看吧！"

"姜家小少爷你没见过？不对吧！那天去他们家缴租子，他还陪咱们吃晚饭呐，就坐在你的下手边！"

"我没注意。姜家那白胡子老头老缠着我说话，问这问那的，我回答他的问话还来不及呐，哪还有工夫去看旁边的人呀！"

"噢，原来如此！不过，孩子呀，你提的这要求是不是太过分了？自古以来，谈婚论嫁，哪有女方要先见男方一面的理呀？"

"那我就不嫁算了。你老人家就当没生我这个女儿吧，别逼我了，我宁死不从！"景满贞说完这一句，抬腿下床就要走。

"好、好、好，见一面就见一面，我去安排，行了吧？不过哦，我把话说在头里，你见了面就得嫁过去，不能反悔！"景老大的话说得斩钉截铁。

"那还得看他合不合我的意！合我的意，我就嫁！不合我的意，我就不嫁！"景满贞的话也说得掷地有声。

"哎哟，我前世造的什么孽哟，怎么生下了你这么一个牛脾气犟种？"景老大手一摊，三脚两步走出去了。

吃过中午饭，景老大连水都没喝一口，烟也顾不上抽，拔腿就直奔媒婆张嫂家。女儿要先见姜家小少爷一面，这是个难题，他解不了，不得不去找张嫂请教。

张嫂不愧是个老做媒的，见识多，经验老到。听景老大说了满贞的意见后，她略作沉吟，便说道："要满贞到石板塘来见姜家小少爷是断乎不可的，那太失你们景家的面子了，而且也有伤风化，传出去了太难听。自古以来，只有男方到女方家里去相亲的，哪有女方送上门去给男方看的道理呀！这样一来，就只剩下一条路可走了，那就是让姜家小少爷到你们景家去，送上门让满贞姑娘见一见。怎样才能让姜家小少爷到你们景家去一趟呢？嗯，这事得想个法子。这法子吧，不仅要做到让姜家小少爷主动地去你们景家，而且还要做到天衣无缝，既不能让姜家看出来，也不能让旁人看出来。总之，无论是谁，都不能知道让姜家小少爷去你们家的真实目的。这、这事琢磨起来，还真有点费脑子。呃，对了，景老大，你们家最近有什么喜庆事情没有呀？"

"喜庆事？你问这个干什么？"

"唉哟，我问有没有，你就直截了当说呗！我问这个事，当然是为了帮你办事喽，还能害你不成？"

"这我知道，这我知道，你是一颗心全为了我好。那、那让我想一想，"景老大低头沉思，好一阵才抬起头来，"嗯，我还差点忘了呢！喜庆事嘛，倒、倒还真是有一个，不过不是什么大喜事。"

"什么喜庆事呀？快说吧！管它是大还是小呐，"张嫂急忙催问。她是个急性子，说话、办事、走路都性急，"只要是个喜庆事就行！"

"嗨，大后天便是小老儿生日。今年呀，小老儿进六十了。张嫂，你说这事算不算得上是个喜庆事呀？"

"这不算喜庆事，那天下还有什么事能算得上喜庆事呀？你真是的！"

"是呀，家里人也都说这是个喜庆事。他们，特别是几个儿女，兴头都很大，非得要给我办几桌不可。我呢，张嫂，不瞒你说，生平最不喜欢的就是做寿。做寿有什么意思呢？把亲戚朋友们喊来，凑到一起吃吃喝喝，今天到你家，明天上他家，那还不就是对饶（凑钱做好吃的——下同）、糟蹋钱？"景老大说。

"哎呀，哪能这么想呢？你这人呀，也真是个老糊涂、吝啬鬼。人这一辈子到阳世间走一遭是干什么的？纯粹就是为了挣钱积财呀？钱财能带到棺材里去吗？做寿是好事嘛，什么对饶、糟蹋钱呀？你那脑筋也太陈旧古板了！"

"那依你说，我这寿辰还是要做一做喽？"

"当然要做喽。这是一个现成的好机会嘛，哪能不做呢！有这么一个好机会，事情就好办了，"张嫂眼珠子转了转，"这么办吧，今年的生日，你就破费一点，庆贺一下。'男做进，女做满'，进六十也算得上是个大寿嘛，花点钱庆贺一下也应该。到那天，你请个好一点的戏班子唱几出花鼓，热闹一下，顺便就以这个名义请姜家老太爷父子俩带着耀宗小少爷去看戏，事情不就妥了？姜家父子几个都是最爱看戏的。"

"请姜老太爷去看戏？那不妥吧？我是个下人，是给他们家种田的奴才，下人请主人为自己祝寿，自古以来哪有这个理呀！再说，姜老太爷虽爱看戏，但路也忒远了些，三十多里呐，他那么大一把年纪，会来吗？"景老大说。

"噢，确有这个问题，"张嫂沉吟，"不过不要紧，我再教你一招，这招准管用！不管用，你把我张婆子的名字倒写起！姜家那父子俩毛笔字都写得好，而且又都是最喜欢显摆自己学问的，对不对？干脆你就以庆贺六十整寿为由，求他们父子俩为自己写几幅中堂、对联、寿字或福字什么的呗！你们景家和他们姜家是几辈子的交情了，这事他们还能不给情面？但这事呀，你别赶在白天里去！"

"喔，不赶在白天去？那为什么？"

"这事还不明白？白天，他们有写字的时间呀！你赶在白天去，他们就有可能当即就写，写完了当即就交给你带回家。这样一来，他们就不一定非参加你的寿

石板塘

筵不可了。而他们不参加你的寿筵，你要姜家小少爷去你们家的事不就整个泡汤了？"

"噢，有道理！你是说我晚上去求他们写字，他们就不可能当时写出来，只好第二天再写。而他们第二天写好后，不好意思让我再跑一趟去他们家取，自然就只得派人送了。这样一来，他们就有可能派人去我们家送那些写好的中堂、对联了，是不是？但、但如果他们家派的不是姜家小少爷，而是别的什么人呢？那、那不是照样见不着姜家小少爷吗？"景老大心事重重地说。

"唉呀，你真是个死脑子，聪明一世，糊涂一时！谁要你只求他们写字啦？你不是还要办寿宴、唱大戏嘛！你既求他们写字，又求他们去你们家参加寿筵、看大戏，不就得了？你这样一说，姜家那老爷子自然而然地就会把这几件事连在一起办的，而且肯定会派那小少爷当代表去你们家的！"张嫂说。

景老大如梦方醒，脸上露出了几丝高兴的神色。他搓着一双又大又粗糙的手说："嗯，是的，是的，他们家多半会派小少爷当代表的。老东家八十多了，走不动了，怕折腾。大东家也快六十了，走三十多里路去看戏，只怕也没那瘾头。张嫂，你真是个智多星！我要是能赶上你一半，也就不错了。事情就这么办吧，我听你的，明、后天晚上去他们家一趟。将来事情办成了，我重重谢你！"

做媒人的喜欢听奉承话。景老大这几句话对了张嫂的胃口，张嫂那满腔的高兴劲不觉又起来了。她一拍巴掌，喜笑颜开地说："嗨，谁跟谁呀，咱们俩又不是外人，干嘛言谢啊？对了，我看干脆这么办吧，这阵子天也不早了，你就别走了，干脆在我们家吃顿便饭，饭后你就去姜家走一遭吧！事情呀，早做早了早宽心，你干嘛非要拖到明、后天再去呢？事不宜迟，夜长梦多呀，对不？"

景老大是个随和人，见张嫂诚心相待，便不讲客气，留在张家吃了晚饭。饭后，他没久坐，只喝了一碗茶，就抬腿去姜家了。姜老太爷见他又来了，大吃一惊，还以为他是那天来交租时把什么东西落在姜家忘带走了呢。

景老大早已经过深思熟虑了，这时见机得快，便解释说："不瞒老主人，奴才我也老了，不中用了，办事老丢三落四的。那天来交租子时，见到你老人家了，心里头那高兴劲真是没法形容。但心里一高兴，便把一件想好了的事忘得一干二净了。所以呀，老奴才今天不得不再跑一趟，把这事跟你老人家禀报一声。什么事呢？大后天是老奴才的生日，今年还是进六十的大日子。老奴才虚度六十岁了，虽说奴才命贱，不值得庆贺，更不能劳动你老人家大驾光临。但是吧，人生一世，草木一秋，逢了个进六十的大日子也难得，这心里头也有点痒痒，想借机高兴一下。再说吧，家里男女老少一大帮，我不高兴，他们也不干呀！于是，我那些不争气的晚辈们便撺掇办个寿筵，顺便请个班子来唱几出花鼓，图个吉利。我寻思，老奴才能有今天，全都是托主人的福啊！要不是姜家好几代的主人信任我们，给了我们几十亩田的永佃权，我们景家上哪里去找那么好的田地呀？'吃水不忘挖井人'，老奴才无论怎么高兴，怎么着都不能忘了主人呀，对不？所以这寿筵呢，就想请主人们抽个空赏光参加，顺便看看戏，一起热闹一下。"

"呵呵，做寿是好事，是好事。想不到你景老大也六十岁了啊，不容易，不容易呀，应该庆贺一下。按理说，你这寿筵，我是真应该亲自参加的。好几十年的老交情了，难得啊！不过，我那么大年纪了，想去可也是去不成呀。这把老骨头，心有余而力不足了，对不？所以呀，参加你那寿筵的事，我就只好说对不起了，你谅解啊！至于那看戏的事嘛，那就更是不用说了。你可能还不知道吧？我一辈子从来不爱看那玩艺的。景老大，这话说出来你也许不信，无论是花鼓还是大戏(指湘剧)，我这一辈子活到快九十岁了，至今还没看过一个整场呐！"姜老太爷边说边打哈欠。

"不、不、不，不光是看戏，不光是看戏，"景老大见姜老太爷有推辞的意思，连忙打断他的话，"奴才还有一个不情之请，那就是想恳请两位老主人赐恩抬爱，为奴才写一幅中堂、一幅寿联、两幅寿字、两幅福字——。"

"噢，写中堂、寿联这些个事情，那倒是该当的，"姜老太爷手摸着下巴颏沉吟，"唔，要不这么吧，中堂嘛，找来写；寿联嘛，让你云涛哥写；寿字和福字嘛，那就我们两个人都写，每人写一幅。景老大，你看行吗？至于寿宴的事嘛，我是肯定去不了的了，这你能体谅吧？你云涛哥，只怕也去不了，他岁数也不小了，精力也不行了，家里事情又多，一时半刻都离不开，路又太远。你耀科侄子呢，本来是该当能去的，但他近来身体不太好，心情也不太好，没那个心思去赴宴看戏。算来算去，去得了你们家的，看来就只剩下你耀宗侄子一个人了。但他年轻，没经过事，愿不愿意跑一趟，也还不好说呀！"

姜云涛迈着方步从里屋出来了。他看了一眼姜老太爷，回过头来对景老大说："景老大，这么办吧，我让耀宗去你们家，让他当个代表参加你的寿筵。他不愿意去，我也肯定会让他去的，这你放心。待会儿，我就跟他说。你不是大后天的好日子嘛，到时我让他去就是了，写好的那几幅字也让他带去。"

事情就这么说定了，景老大心里很高兴，连夜往家赶。腊月的西北风从洞庭湖上吹了过来，带着浓重的水汽，刺骨透心地凉，但景老大丝毫不觉得寒冷。他依旧把外衣的钮扣解开，敞着胸，露着怀，迎着寒风往前走。

寿庆那天，景老大起了个绝早的早床，亲自带着两个儿子，抬着一顶轿子，天没亮就赶到了姜家，说是要接小少爷去吃寿面。吃寿面，各地虽然都很讲究，但时间安排上略有不同。有些人家时兴晚餐吃寿面，也有些人家讲究早饭吃寿面。栗子冲一带的人家，吃寿面历来喜欢安排在早餐。

景老大担心路太远，时候又太早，姜家小少爷不习惯走路，所以就抬着轿子来了。但是，姜耀宗却无论如何不肯坐轿子。他恭恭敬敬地对景老大说："老伯，这轿子，只有你老人家能坐，你老人家就坐吧！我是绝对不坐的。我一个年轻人，还没满十八岁，在你老人家面前只能算个孩子，哪能坐轿子呢，那会折阳寿的！"没办法，景老大只好要儿子们抬着空轿子头里走，他自己和姜耀宗在后面跟着。

姜耀宗不肯坐轿子,令景满贞刮目相看。她没想到,出身书香门第的姜耀宗不仅懂礼,而且还不怕吃苦。

吃完寿面后不久,戏就开锣了,唱的是《五女拜寿》。班子是平江那边请来的,功底很好,唱做俱佳。山沟里头的平民百姓哪看过什么好戏,陡然间看到这样有场面的戏,自然一个个都全神贯注,陶醉戏中。但是,姜耀宗却没什么兴趣。他是不爱看戏的,常说"编戏的是骗子,唱戏的是疯子,看戏的是傻子"。

景老大怕姜耀宗寂寞,便派了自己的小儿子景进清专门伺候他。姜耀宗在戏台下坐了一会儿,便回头对景进清说:"这附近有什么好看的风景没有,咱们去转转?"

"有啊,水石壁不就挺美的嘛,还是远近闻名的风景胜地呐!"景进清还没反应过来,景满贞就抢着说了。她一直坐在姜耀宗旁边。

"喔,水石壁?水石壁就在这里?我早就听说那地方风景美,是个游玩的好地方,早就想去看看了。哎哟,太好了,太好了!走吧,进清,你陪我看看去!"姜耀宗一把拽起景进清,回身就走。

"我也去!那地方我熟,去过好多次的。我给你们带路吧!我晓得一条抄近的路,而且那条路还特别好走!"景满贞说完,连忙起身走在前面。

地名带"冲"字的,多半是山沟。栗子冲就是山沟。但是,栗子冲这条山沟,与别的山沟却不尽相同。别的山沟,多半是两山相夹,而栗子冲却是夹在三座大山之间的。栗子冲的南面是康家大山,北面是谢家大山,东面是景家大山,而景家大山再往东,就是照壁山最北端的主峰无壁寨了。

水石壁就在无壁寨大山的下方。而且,它本身就是无壁寨大山的一个不可分割的组成部分。无壁寨的山峰并不高,但很绝,绝就绝在它西面的山坡上有一块特别巨大的怪石。那怪石呈青黑色,高约数十丈,宽约十数丈,上大下小,上凸下凹,悬崖突兀,横向而出,就像人为插进去似的,临空悬在半山腰,气势极其雄伟险峻,令人不敢仰视。怪石与山体相连的地方嶙峋不平,而正对山谷的那一面却十分平整光滑,俨然一道人工刀砍斧削而成的墙壁。怪石的上部与无壁寨峰顶那巨大的山体直接连在一起,因而每当雨季来临之时,山顶上汇聚的雨水便会越过怪石倾泻而下,在石壁的一面形成一道颇为壮观的巨大水帘。水石壁的名字便是由此而来的。

这时候正是冬季,老天爷虽也难免下雨,但多为毛毛细雨,山顶积聚的雨水不多,故形不成巨大的水帘,少了许多巍峨的气势。然而,毛毛细雨常下,细小的瀑布便也常有。几缕瀑布临空高挂在石壁之上,一条小溪欢腾流淌于山谷之中,四围青山缀满了五颜六色的花朵和姹紫嫣红的枫叶,映衬着白云青雾、绿草鲜花,再加之百鸟穿飞、鸣声上下,那风景真是别具情趣,令人目不暇接、心旷神怡。

三个小青年一边聊,一边笑,忽走忽停,时快时慢,越过景家大山,下到深渊谷底,沿着小溪一直走到石壁的底部,然后又四肢着地,身体紧贴悬崖,沿着陡峭的石壁攀援而上,爬到了巨大怪石的顶上。

一路上,姜耀宗总是走在头里。他那矫健的身影、充沛的体力、不畏艰难险阻的精神,颇令景满贞佩服不已。景满贞不由得暗想道:这哪里像个大家富户的公子哥儿呀,分明比我们农家子弟还厉害呐!

天放晴了。站在怪石顶上,放眼四顾,风景如画,美不胜收。脚底下是深不见底的山谷和蜿蜒爬行的小溪。眼前方是错落有致、色彩斑斓的丘陵。丘陵之间,红花绿树、农田茅舍、羊肠小道、袅袅炊烟历历在目。丘陵的前面,再往远去,便是洞庭湖了。那里云蒸霞蔚,烟波浩淼,万里无垠,水天一色,蕴藏着无穷无尽的神秘。姜耀宗长到这么大,还从来没有看见过如此美景。他目不转睛地看着眼前的这一切,遐想联翩,感慨万端,不由得高声赞叹起来:"多么壮丽的河山啊,难怪人才荟萃,英雄辈出!"

"人才荟萃,英雄辈出?我们湖南都出了哪些了不起的人物啊?"景满贞略略侧过头来,瞟了一眼姜耀宗,突然问道。

"俗话说,风水轮流转。如今这风水转到咱们湖南来了,"姜耀宗说。他没有回头,仍旧自顾自地看着远方,神情若有所思,"近数十年来,湖南人才之出,可以毫不夸张地说,绝对是甲于天下。太远的地方,我们暂且先不说它,就单以我们脚下这方圆百数十里的范围来讲,所出的人才就足以令人震惊了。例如:从这里往西,不出十里,便是左家墩,那里出了个左宗棠。再往西数十里,便是益阳,那里出了个胡林翼。从这里往北,不出二十里,便是乌龙嘴,那里出了个李星沅。再往北不数里,便是湖区,那里出了个郭嵩焘。从这里往东数十里,便是浏阳,那里出了个谭嗣同。从这里往南数十里,便是善化,那里出了贺长龄、贺熙龄两兄弟。如果再往南,到了湘乡、湘潭、邵阳等更远一些的地方,人才就出得更多了,如魏源、陶澍、曾国藩、彭玉麟等,简直数不胜数。"

"左宗棠、胡林翼、谭嗣同、曾国藩、彭玉麟,我都知道,听老人们说过,那些都是了不起的英雄豪杰。李星沅这个人嘛,我好像也听说过,似乎中过进士,当过巡抚、总督等大官。乌龙嘴有个很高的宝塔,据说就是为了纪念他中进士而修建的。那个宝塔,我见过,好雄伟哟!"景进清说。

"别打岔!你说的左宗棠、胡林翼、谭嗣同、曾国藩那几个,我也知道的,有什么稀罕,"景满贞瞥了哥哥一眼,又侧脸看着姜耀宗,"姜少爷,魏源、郭嵩焘、贺长龄、贺熙龄这几个人,我不大清楚。他们都是干什么的呀?"

姜耀宗稍稍挪动了一下脚步,略作沉思,缓缓地说:"魏源、郭嵩焘、贺长龄、贺熙龄这几个人,跟左宗棠、胡林翼、谭嗣同、曾国藩那几个人是有所不同的。左宗棠、曾国藩那些人多是军功出身,或者说都是以带兵打仗而建功立业、名震天下的,而魏源、郭嵩焘、贺长龄、贺熙龄这几个人则主要是以经世致用的学问而闻名于世。贺长龄和魏源、贺熙龄等人一扫迂腐之风,力倡务实之学,注重国计

石板塘

民生,曾经编订了一部鸿篇巨著《皇朝经世文编》。这部书的实用价值极高,对国家、民族的振兴大有益处。魏源这个人尤其富有远见卓识。他还继承林则徐的未竟事业,编写了一百卷《海国图志》,并在书中提出了'师夷长技以制夷'的主张。这个主张确实很有远见,只可惜朝廷未能采纳。郭嵩焘就是咱们湘北人。他曾出任驻英国的公使,思想开放、务实,主张革故鼎新,学习外国,兴办铁路、矿务等实业,以富国强兵。魏源、郭嵩焘、贺长龄、贺熙龄等这几个人都是富有真才实学、深谋远虑的。朝廷要是采纳了他们的主张,国家肯定早就不是今天这个破破烂烂的样子了!"

"看来,你挺佩服这些名人喽?那、那你将来是不是也要像他们那样,到外面去闯天下,干一番轰轰烈烈的事业,以光宗耀祖、留名青史啊?"景满贞问。

姜耀宗略略回转头来,声音不大,语气却极坚定地说:"能不能光宗耀祖、留名青史,现在说这些还为时太早了吧?但不管怎么说,作为一个男子汉、大丈夫,来到阳世间走一遭,当然是要为国为民为家族做些事情的,总不能光守着老婆孩子,一辈子在温柔富贵乡中讨生活,茶壶酒杯里度时光吧!"

"好!姜少爷这番话说得好,像个真正的男子汉、大丈夫,有雄心,有志气。说真的,我景满贞虽是个小女子,平生却最佩服有雄心有志气的人,"景满贞高扬着头,目光凝视远方,"姜少爷,你们姜家历史上出过著名的人物吗?"

"姜家历史上的著名人物?那可多了去了!姜子牙、姜维不都是嘛!"景进清一边往山下抛石头子玩,一边插话。

姜耀宗遥望着远方,淡淡地笑了笑,不以为然地说:"姜子牙、姜维倒是都姓姜,但都只能说是姜姓历史名人,而不能算是我们姜家的。我们姜家不敢贪天之功为己有啊!其实,姜姓源流很杂,有好几个出处。我们姜家的姜姓和姜子牙的姜姓可能还不属于同一个源流。我查过历史书,我们姜家真正算得上著名人物的,近一二百年来还没有出过一个呐!如果降格以求之,我有个堂伯父倒也勉强可以提一提。他叫做姜云山,早年曾跟随左宗棠西征,到过新疆,运过军粮,也立过一些小功,后来在陕甘等地做过几任知县。他这个人吧,功劳并不大,事业并不显赫,官位并不高,为人也并不怎么好,贪慕虚名,喜好财利,但有一点还是挺令人佩服的。"

"哦,只要有令人佩服的地方,那也就得算不错了。那姜少爷,你堂伯父哪一点令你佩服呢?"景满贞问。

姜耀宗从远处收回眼神,侧转头,慢慢地说:"我堂伯父那个人眼光比较独特,时势看得相当准确、清楚,而且性格异常坚韧、果敢、刚毅,有一种霸蛮的精神。霸蛮,你晓得吧?那种精神最宝贵,很令人敬佩。凡是做大事的人,都必须有那种精神。只有具备了那种精神,做事才能持之以恒,一往无前,不成功决不罢休。我堂伯父那个人就具有那种精神。他认准了的事情,那就不管不顾,非要一做到底不可。他不喜欢读八股文章,认为那是误人子弟的无用之学。当时,我堂祖父辉阁公要他读书上进，走科考道路，他却坚执不从，非要学班超、霍去病那样，追随左宗棠西征，凭一刀一枪的真本事建功立业。我堂祖父当然不答应，把他关在家里，派人看守，还锁住了房门。结果，他趁人不注意，半夜里私自打开房门，一个人走了上万里路，跑到左宗棠的军队里去了。"

景满贞听得很认真、很入神。过了好一会儿，她才又回过神来，转头问姜耀宗道："看来，你对你那位堂伯父还是挺佩服的喽，那将来是不是也想学他那样，走当兵打仗、军功立业的道路啊？"

"我倒是挺佩服他那种霸蛮精神的。男子汉大丈夫确实应该像他那样，坚毅果敢，一往无前，有所作为，为国家、为民族、为家乡父老做点真正有意义的事情，不能被八股文章、迂腐之学消磨了青春、锐气。但是，具体落实到个人身上，这一辈子究竟应该走什么样的道路，从事什么样的行业，做些什么样的事情，那可就不能一概而论了。人各有志，人各有能，人亦各有自己的长处、优势、喜好和独特的条件。再说，时事、情况也都千差万别，而且还都处在不断的变化之中。因此，世间可走的路多得很，可做的事也多得很，大可不必人人都抢着挤一条路，都抢着做一件事。实在说，我堂伯父走那条路是对的，但那条路只适合他，不适合我。为什么呢？因为我和他的具体情况不同，而且时代也变了。因此，投笔从戎、建功立业这条路，我走不了。"姜耀宗淡淡地说。

景满贞的脸上显现出一丝怀疑的神色，诧异地问道："哟，他走的那条路你走不了？那、那是为什么呀？"

姜耀宗没有立即回答。他望着远处，静静地思索了一会儿，声音虽小但却极坚定地说："当今朝廷腐朽已极，大厦将倾乃是必然之事，我何苦为他们冲锋陷阵、流血拼命呢！再说，我祖父、父亲也决不会允许我去当兵打仗的呀！我姜家分为四大房，目前唯有我三房人丁最为艰难。我们三房耀字辈本来是有五个兄弟的。没料想前不久突然遭受罕见疾病的侵袭，一下子便病死了三个，如今就只剩下我一个人还有娶妻生子的可能和希望了。所以，我的身上担负着繁衍子孙、昌盛姜家三房的全部重任呐！在这种情况下，我又怎么能够忍心违背我祖父和父亲两位老人家的心愿去当兵打仗，流血拼命呢！假使我在战争中不幸被打死了，那我姜家三房不就得绝种了吗？'夫不孝有三，无后为大'。先贤圣哲的教导，我姜耀宗也是无论如何不能违背的呀，对不？"

景满贞微微低头，似有所思，脸上和眼光中的怀疑神色更加浓重了。过了好一阵，她忽然抬起头来，眼睛忽闪忽闪地看着姜耀宗，大声说道："这、这么说，那你是打算听你祖父、父亲的话，做一个老实本分、平庸无能的孝子贤孙，专门为姜家生儿育女，繁衍子孙，一辈子老死家乡喽？"

"哪会呢！我是那种人吗？"姜耀宗显然从景满贞的话里受到了刺激，说话的声音陡地提高了许多。

景满贞弯腰摘下一枝山花捏在手里，眼睛全神贯注地盯着，似乎是在细心

石板塘

地欣赏那洁白无瑕的花朵,嘴里却柔声细语地说:"你不是那种人,这我看得出来。但当今世界,男子汉建功立业无非两途,要么当兵打仗,走军功出身;要么读书治学,走科考道路。看样子,科考那条路,你是决计不会走的了,你不喜欢八股文章。我也觉得那条路没多大意思。但军功这条路还是可行的。大清天下不可保,还可以自己打天下、自己闯天下嘛!再过几年,还真不知道这天下是谁的呐!而今你又说走不了军功出身这条路。这么说,两条路你都无望了,那你将来打算做什么呢?"

姜耀宗折了一根小树枝在手里,轻轻地转动着,慢条斯理地说:"天下的路多得很,岂止从军、治学两条!男子汉大丈夫只要有志气,无论走哪条路,建功立业都是大有可为的。比如说,从工从商就不失为建功立业的好路子,于家于己于国于民都是大有好处的。自古以来,工商都被视为末业,许多有志之士不屑为之,有的人甚至是耻以为之。其实,这完全是错误的。要依我说,从国家兴旺发达而言,工商不仅不能视为末业,反倒应当视为首业,视为最重要的当务之急。如今欧美泰西各国之所以能够繁荣强盛,称雄世界,原因就在于工商各业兴旺发达,国家的经济基础雄厚。表面看,我国近数十年来老受列强侵略,动不动就投降议和、赔款割地,似乎是军事上弱于人家外国,其实不然。要以我看,我国之弱,根子不在于兵,更不在于民,而在于经济。经济乃国家、民族之基础。经济弱,则一切无从谈起。西方之英吉利、法兰西、美利坚、德意志,东洋之日本,之所以船坚炮利、无所不摧,皆因背后有强盛的经济作基础。所以,我国要强盛,要兴旺,首先要振兴经济,振兴实业。而要振兴经济,关键就在于兴办新式的工商业。同、光以来,随着曾宫保、左宫保、李宫保、张宫保(即曾国藩、左宗棠、李鸿章、张之洞)等人新式军火工业的创办,铁路、矿业、轮船运输、纺织、面粉、火柴制造等各种新式工商业都已开始兴起。当务之急,就是要顺应这一趋势,予以大力推进。我对经世致用之学向来很关注,对兴办新式工商业颇有热情。再说,我们姜家也已经有不少人在开始从事这些产业了,我参与进去也是比较容易的。我的堂叔云岩公和他的三个儿子都在汉口经商。我的堂兄姜耀柏在陕甘经商。我的另一个堂兄姜耀成在长沙米行里做事。他是个了不起的人才,年纪大不了我几岁,如今却已经在米谷生意上颇有成就了。前不久,我去了一趟长沙,在那里待了近一年,长了不少见识,也和我堂兄姜耀成说好了,请他为我在米行里找个事,将来就学做粮食生意。"

"哦,到长沙经商做买卖,那倒也是一件好事,你怎么不赶紧去呢?"景满贞突然打断姜耀宗的话,插话说。

姜耀宗看了一眼景满贞,语气坚定地说:"长沙我是肯定要去的。只是目前家里人不大同意,所以耽误至今。"

景满贞低头思索了一会儿,突然抬起头来,用火辣辣却又略带点怯意的眼神打量着姜耀宗,迟疑不定地说:"姜少爷,我这个人吧,见少识浅,什么事都不懂,可又很关心,想知道,所以就问得多,你不介意吧?"

"不介意。什么事呀?你问吧!"

"就你刚才说的做粮食生意那件事,那、那有前途吗?"

"怎么没有前途呢?俗话说得好,'民以食为天'嘛!人生在世,谁能不吃饭呀?谁能少得了一日三餐呀?我国那么大,人口那么多,吃饭可是整个国家、民族头等重要的大事情啊,"姜耀宗嘴角边微微带着笑意,眼光不断地变换着,时而望望远方的云山雾海,时而又看看脚底下的小草小花,"你可别小看咱们湖南的粮食生意啊,那可是牵连全国、震动天下、几乎关系到所有黎民百姓的大事情呐!千百年来,长江流域数省都是全国的粮仓。所以,南粮北运自古皆然。但在宋元时期,粮食的来源主要是江、浙等地,因而当时流行的谚语中有'苏杭熟,天下足'的说话,还有'苏湖熟,天下足'的说法。进入明、清时期以后,江、浙等地由于本身的人口太多了,粮食不足以供应外地了,所以也就不再成为粮食的主要供应地了,代之而起的便是江西、四川和咱们湖南。尤其是咱们湖南,明清以来粮食供应几乎遍于全天下。因而,时卜流行的谚语,已经不再是'苏杭熟,天下足'和'苏湖熟,天下足'了,而是'湖广熟,天下足'。湖广是湖南和湖北的合称。这两个省中,真正的产粮大省,不是湖北,而是咱们湖南。这件事,就连乾隆皇帝都知道得非常清楚。所以,他在一道谕旨中,干脆把'湖广熟,天下足'的谚语改成了'湖南熟,天下足'。你看看,连皇帝都如此重视湖南的粮食生意了,这粮食生意还能没有前途吗?"

"噢,有前途就好!姜少爷志气宏远,将来一定会在粮食生意上做出成就的!"景满贞看着姜耀宗嫣然而笑。

第十五章

景满贞和姜耀宗见过一面之后,两人的婚事进展神速。经过媒婆张嫂的牵线搭桥,姜家年前就赶着把彩礼送到了景家。过年以后没多久,姜家就乘着春暖花开的好季节,挑了一个大吉大利的好日子,抬着花轿接走了景满贞,为她和姜耀宗办了喜事。

洞房花烛之夜,姜耀宗急不可耐地挑开红盖头,一把搂住景满贞。这时,景满贞却张开双手,使劲推开他,一本正经地说:"先别急,我还有事没跟你说呐!"

见景满贞一脸严肃,姜耀宗很纳闷,连忙松开手,退向一旁说:"喔,还有事要说?莫非你要学苏小妹三难新郎?好吧,有事你就尽管说吧,是填词还是写诗?以何为题?小生今日奉陪就是!我姜耀宗虽没有秦少游那样大的才学,家里也没有一个苏东坡那样的文章泰斗可以相助,但自小刻苦读书,凡楚辞、乐府、唐诗、宋词、元曲乃至各名家的词赋文章无一不通,总还不至于在你手上轻易吃败仗吧!说吧,什么事?"

"就这事,"景满贞忽地腿一伸,伸手一把扯掉袜子,露出一双大脚丫子,诡谲地笑着说,"嘿嘿,大脚丫子,你不反感吧?"

"哎哟,我的妹子,闹半天你说的是这事呀?这算哪门子事呀?不瞒你说,哥哥平生喜欢的就是大脚丫子!"姜耀宗喜滋滋地,使劲抱住景满贞的两只大脚丫子就亲了起来。

"慢、慢,我还有话说呐!"景满贞双腿一缩,将脚丫子缩进了被子里。

"哟,还有话说?我的好妹妹,你怎么那么多事呀?"姜耀宗盯着景满贞美如天仙的脸,真想抱住她使劲地亲,使劲地啃。

"水石壁山顶上说的话还记得吗?"

"当然记得喽!这才多久呀,哪能就忘了呢!"

"算数吗?"

"当然算数!男子汉大丈夫,一言既出,驷马难追!"

"算数就好!你晓得,我这人是最不喜欢男人一辈子守在老婆跟前的。男子汉大丈夫应该有志气,到外面去闯世界,打天下。那天在水石壁的山顶上,你说过打算到长沙米行去做事的,我觉得你这想法也还算不错。做生意买卖,当商人,虽然成不了什么人才,更当不了大官,比不上金榜题名、领兵打仗那些事风光耀眼,但至少也能算得上是出外做事吧,总比天天憋在家里守着堂客强!"

姜耀宗突然神情一变,右手往上一抬,打断景满贞的话,一字一顿地说:"不!你这看法不对,我得纠正你!"

景满贞一愣,立马瞪大眼睛,反问:"怎么不对?难道你要一辈子待在家里不成?"

"不,我不是说这事!在这事上,咱俩的看法是完全一致的。男子汉大丈夫,确实不能一辈子守着老婆孩子过日子,到头来老死床褥。人生一世,无论如何也得出去闯闯天下,做一番轰轰烈烈的事业。但你说做生意买卖成不了人才,这观点我却不赞成。做生意买卖怎么成就不了人才呢?在你眼里头,究竟什么是人才呀?难道只有做官,只有读书仕进、金榜题名,只有上阵杀贼、领兵打仗,最后博个封妻荫子才是人才吗?满贞,你的看法错了!古人说得好:三十六行,行行出状元。既然行行都能出状元,那作为'士农工商'四大行业之一的'商'怎么就成就不了人才呢?你是不是对人才的概念有偏见呀,满贞?你晓得什么是人才吗?我觉得,作为人才,他的标准不应该是显赫的声名,不应该是大大的官帽,更不应该是金榜题名、封妻荫子等特殊际遇。作为人才,其实只需要具备两个条件,那就是:有一技之长或有较高能力,能实心实意为国家为民众做事并确有成就。我认为,只要符合这两大条件,那就不管他是干什么的,不管他的书是读得多还是读得少,更不管他是不是当了官或官大官小,都应该视为人才。从这个角度而言,我非常看好商业,觉得商业这个领域才是最能成就人才的地方。为什么这样说呢?因为商业与国计民生的关系最为密切,而且在当今的社会中发展速度最快,正日益显现出不可限量的生命力,影响有不断扩大、加深、拓远并远远超过其他行业的趋势。从世界各国的情况来看,特别是从欧美等世界强国的情况来看,商这个行业也是成就人才最多的。当今欧美各国的许多政要,甚至包括一些国家的政府首脑,如总统、首相等,还多是从商出身的呢。至于欧美各国在社会上有影响的著名人物,如学者、教授、社会名流等,由商人出身或是从过商的,那就更是多如牛毛了!"

姜耀宗的话显然触动了景满贞。她眉眼一挑,迅疾地说:"从商那么好,那你就快去吧!十天以后就去,行吗?"

"哎哟,新婚没满月就赶丈夫走,你也忒急了点吧?干嘛那么急呀,我的新娘子?咱们才见面,才成亲,我还没新鲜过来呢,哪能就离开你,出远门呢!我好歹也得先把被窝捂热了才能走呀,对不?三个月,就三个月,好不好?好妹子,算哥哥我求你了行不行?"

"不,三个月时间太长了,我最多只能给你一个月!一个月以后,你就必须给我去长沙做事,不能坐在家里吃现成饭!"

"好吧,好吧,一个月就一个月!一个月以后,我就去长沙做事,进米行,行了吧?我的姑娭毑!"姜耀宗说完,一下子猛扑过去,使劲抱住了景满贞。

姜耀宗答应得痛快,但他却没能兑现。一个月过去了,他终于没能走成。问题在哪里呢?问题就在于他做不了自己的主。姜家三房是一个以诗书礼义传家的家族,上下等级森严,尊卑界限严格。姜耀宗生活在这样一个家庭里,上面有祖父、父亲两个家长严格管控,怎么能够做得了自己的主呢!当时,他向父亲提出要去长沙做事,姜云涛正眼都没看他一下,只背对着他甩下了一句话:"去米行做事不是不可以,但现在不行。当前我们家的头等大事是添丁增口。你刚成亲,一个孩子都还没影呢,就想去外头做事,那怎么行?"

姜耀宗是个孝子,向来对父亲唯命是从的。见父亲说得异常坚决,没有丝毫松口的余地,他便没敢再坚持,只是随意问了一句:"那要生几个孩子才能放我走啊?"

"两个吧!嗯,至少得两个,"姜云涛伸出两个手指头,作古正经地说,"不过,话可给你说明白了啊,我说的两个是男孩子,女孩不算!"

说好的事情没兑现,景满贞心里不痛快。晚上睡觉时,她不让姜耀宗挨她碰她。这一来,姜耀宗便急了,跪在床上,死皮赖脸地求她说:"满贞,你好歹也要体谅我一下呀,父亲大人不放我走,我也没办法,是不是?"

景满贞侧身躺在床上,两只眼半睁半闭地瞄了瞄姜耀宗,揶揄道:"那当然喽,你是天底下第一号大孝子嘛,你父亲大人不放你走,你哪能走呢!"

"不、不、不,话也不是这么说,"姜耀宗连连摇手,"我只是说,这一次嘛,我就先听他的,因为他毕竟是我父亲大人喽,对不对?等到过些日子了,那我就不一定听他的,而是自己拿主意了!"

"呵呵,是嘛,过些日子,你就自己拿主意?那是什么主意呀?"

"去长沙进米行做事呀!"

"那、那你说的'过些日子'是什么时候呢?"

"'过些日子'是什么时候?嘿嘿,这话我就说不准喽,因为我做不得主呀,对不对?"

"你做不得主?这就奇怪了!你什么事做不得主呀?"

"喔喔,这事不是明摆着的嘛,"姜耀宗眯起眼,诡谲地笑笑,"我父亲大人说过了,只要咱们有两个儿子了,他就放我走。你说说,这生儿子的事是我能做得了主的吗?"

景满贞不说话了,两只眼微微闭着,只留一点点缝隙,静静地瞅着蚊帐上的蓝色印花。显然,她陷入沉思了。

姜耀宗晓得景满贞的心里开始活动了。虽然结婚还只个把多月,他却已经完全掌握了景满贞的心理特点。他知道景满贞不是那种横蛮不讲理的人,只要话说得巧妙,能点到要害处,特别是在讲话时能采用激将的方式,她还是完全能够听得进别人的意见的。姜耀宗抬手轻轻地碰了碰景满贞的胳膊,柔声细语地说:"满贞,平心静气地想想,我父亲大人的话还是有一定道理的。事情很明白呀,结婚成家的目的就是生儿育女、繁衍后代嘛,对不对?咱们三房如今人丁艰难,后代难以为继,这也是现实的问题呀!眼看着后继无人,我父亲大人作为一家之主,怎么能够不着急呢?说真的,满贞,在传宗接代的问题上,咱们俩可是责任重大哟!但话又说回来,咱们两个虽然都有责任,但其实最重要的责任还是在你身上。事情不是明摆着的嘛,你是女人,儿女可是要你来生啊!要是你生不出儿子来,那、那……"

景满贞急了。她突然身子一挺,爬了起来,端坐在床上,手指着姜耀宗,疾言厉色地说:"那、那什么呀?你以为我生不出儿子来是不?"

"不、不、不,不是这意思,不是这意思,"姜耀宗边说边笑边摇手,"我晓得你有能耐,准保五六年内就能生得出两个儿子来!"

"五六年?笑话,"景满贞鼻子眼里哼哼,"多说着三四年,没准还用不着三四年,我就能生出两个儿子来!不信,你就走着瞧!"

景满贞好打交道,天生就是个自来熟。嫁到石板塘姜家后没多久,她就跟妯娌们打得火热了。她熟得最快、关系最亲的,大概还得算李英莲。打从和姜耀宗结婚的第二天起,她就开始时常往李英莲家跑了。有事没事,她都喜欢找李英莲。有时,哪怕没有别的任何事,仅仅是家里炒了一碗茄子、辣椒等新鲜蔬菜,她也要拨出一小碗来,亲自端着送到李英莲家里,和她有滋有味地说半天话。

当地有个风俗:"三月三,地菜煮鸡蛋。"这就是说,三月初三这天是一定要吃地菜煮鸡蛋的。据说这天吃了地菜煮鸡蛋，身体就好，一年都不会得病。这个风俗由来已久，几乎人人都笃信不疑。所以，到了三月初三那天，几乎家家都会打发孩子到野地里去挖一把地菜(一种野菜)，然后洗干净，放在锅里和整个的鸡蛋同煮。吃的时候，只吃鸡蛋，不吃地菜。用地菜煮鸡蛋，实际上只是借一点地菜的那个味。不过，事情也真怪，鸡蛋和地菜放在一起煮过以后还就是不同，别有风味，吃起来特别香。

三月初三这天上午，吃过早饭没多久，景满贞就提着一个盖篮到李英莲家来了。她是来给李英莲家送地菜煮鸡蛋的。她晓得李英莲家经济情况不好，平常连饱饭都难得吃上一餐，担心她没鸡蛋吃，所以就把鸡蛋煮好了送过来。她打开盖篮，从里面拿出一个碗。那碗里有三个鸡蛋。她从碗里拿出那三个鸡蛋来，递给了小哑巴一个，递给了小驼背一个，又把最后剩下的那一个顺手递给了李英莲。李英莲接过那个鸡蛋来，却没有吃，一转身放到了灶台上。那意思很明显，她舍不得吃，要留给姜耀荣。

景满贞撇撇嘴，扫了一眼李英莲，然后又迅即挪挪屁股，半蹲着身子，一伸手从灶台上把那个鸡蛋拿了过来。她三下两下就剥掉了鸡蛋的壳，顺手递给李英脸说："就知道惦记我耀荣哥！他惦记你吗？他一天到晚趴在麻将桌上，只怕连这个家都不想要了！哼，你呀，吃苦受累的命！快吃吧，这个鸡蛋是给你的，别给他留！他的呀，在那个碗里呐！"

"哟，还有一碗呀？满贞，你鬼打起(莫名其妙)哟，给我们家送那么多鸡蛋干什么呀？"李英莲咬了一口鸡蛋，边吃边问。

景满贞没有即刻回答李英莲的话。她两只手撑着下巴颏，眼睛睁得大大的，神秘兮兮地看着李英莲吃鸡蛋。直到李英莲把鸡蛋吃完了，她才笑笑说："谁给你送那么多鸡蛋呀？不就三个嘛，正好你们娘儿三个每人吃一个，哪多了呀？"

"你不是说还有一碗嘛？"李英莲抬起手背擦了擦嘴巴边。

"嗯，还有一碗不假，但那碗可不是地菜煮鸡蛋！"景满贞又笑了笑。

"哟，不是地菜煮鸡蛋？那是什么宝贝呀？莫非是红烧肉、酱肘子、酸菜腊肉、干烧鲤鱼？"李英莲也笑了。

"哼，胃口还不小啊，动不动就要吃红烧肉、酱肘子、酸菜腊肉、干烧鲤鱼！等着吧，下次再送，"景满贞一边笑，一边打开盖篮，从里头拿出了另一个碗，用手指了指碗里头，"这碗里是什么，我就不说了，你自己看看不就知道了？"

李英莲接过景满贞手中的碗一看，原来那碗里盛着的是泡菜野藠头。

野藠头就是藠头的野生品种，当地人常把它叫做野藠藠。这种东西当地特别多，几乎遍地都是。野藠头其实是一种很好的食物，可以当菜吃，干鲜均宜，炒煮都行，尤其是做泡菜味道更好，有独特风味，不少人都喜欢吃。然而，这东西虽然好吃，不少人也喜欢吃，平时却极少有人吃。这是为什么呢？原来，当地流传着一个说法："胡葱葱，野藠藠，妹崽吃了屙野尿。"这话的意思就是说，胡葱(野葱)

石板塘

和野藠头这两种野菜,妹崽(女人)是不能吃的,因为她们吃了,就会形成一种不好的习惯,常要跑到外面去撒野尿。这话表面说的是"屙野尿",其实内里还明显含有"不正经"、"不正派"的意思。这说法把野藠头和女人的作风联系在一起了,哪个女人还敢吃呀?而女人们不敢吃了,自然也就懒得去摘它做它了。这样一来,男人们也就很难吃到它了。

"呵呵,野藠头!这东西好吃,"李英莲捏起一个野藠头往嘴里一扔,"满贞,你刚来几天,就敢吃这东西呀?"

"那有什么不敢吃的!"

"不怕别人笑话吗?"

"别人笑话?我又没拿到外面去吃,谁晓得呀?"

"是和家里人一起吃吗?"

"是呀,他们吃,我也吃。"

"耀宗也吃?"

"对呀,他也吃。他可爱吃这东西呢!昨天晚饭时,我弄了一碗,刚端到桌上,就被抢光了,一大半都是他吃掉的。"

"你公公、婆婆不吃吧?至少是吃得很少,对吧?"

"哪有这事!他们也爱吃着呐!哼,他们呀,一点也不少吃。别说他们两个喽,就连我们家那老神仙都特别爱吃。他一颗牙都没了,嚼不碎,就含在嘴里啄那股子酸水,一啄就是老半天。酸水啄没了,他还舍不得把野藠头吐出来,要整个地往肚子里吞。"

"呵呵,有意思,一家人抢着吃野藠藠。那,你是当着他们的面吃吗?"

"当然喽!我就是在饭桌上吃嘛!你这话问得好奇怪啊!不当着他们的面吃,我还能躲到茅厮(厕所)里去吃呀?"

"这,姐可就要说你了,你别不爱听啊!满贞,我们这边的人讲究多,胡葱葱、野藠藠这种东西,女人家是不时兴吃的。"

"我知道,不就是'胡葱葱,野藠藠,妹崽吃了屙野尿'那句话嘛!这话,我们那边也照样传得很厉害。好多女人就是因为信了这句话,所以不敢吃胡葱葱、野藠藠了。但这话,我从来不信,从小就照吃不误。我吃了十多年的胡葱葱、野藠藠,可也没到外头去屙过野尿啊,可见这话没道理。"

"是呀,我也觉得这话没道理,"李英莲把景满贞的一只手拉过来,握在自己的手心里,轻轻地抚摸着,"可大家都这么说,咱们就得不注意了。女人呀,名声要紧,千万别让男人们瞧不起啊,知道吗?"

"哼,'别让男人们瞧不起'?姐,你这话没道理。我可是不信这个邪的。不就是吃点野藠头嘛,有什么大不了的。我又没干别的事,他们男人凭什么瞧不起我呀?身正不怕影子斜。只要不做出格的事,谁都说不出什么来。至于日常小事,没必要顾忌太多,大大咧咧最好。男人们能吃的,我们女人就能吃。男人们能做的,我们女人也能做。别说是吃野蓇蓇这种事了,就是脱鞋脱袜子,把大脚露出来让人看,我都敢!"

李英莲"咯咯咯"地笑了起来。笑了好一阵,她才忍住笑,半开玩笑半认真地问:"是吗?你那两只举世无双的宝贝大脚也敢露出来让人看?"

"哟,你以为我说假话呀?不信,哪天我脱给你看!"

景满贞说要把大脚露出来让人看看,这还真不是假话。没过多久,她就果真把鞋袜脱了,露出大脚让人看了。

那是一天下午,李英莲、樊桂枝、朱春玲在对面的小溪里洗猪菜。大家正一边洗猪菜,一边嘻嘻哈哈地说笑,忽见景满贞也提着一篮子猪菜匆匆忙忙地跑过来了。李英莲见她过来了,忙挪挪脚,给她让了个地方,对她喊道:"来吧,到我这里来吧!我这里水清,还有块大石头,好站脚!"

景满贞却没到李英莲身边去。她只把手一伸,把篮子往前一递,打趣地说:"你老人家能干是出了名的。我猪菜不多,就这么一点点,干脆就麻烦你老人家一起洗了行不?"

"嗨,我还以为你是来帮我老人家洗的呐,闹半天不是呀,"李英莲伸手接过景满贞手中的篮子,"自己偷懒不洗,却要我老人家给你洗,是不是看我老人家老实,好欺负呀?哼,我老人家也不是好欺负的。帮你洗也行,但得要报酬!"

"要报酬?行呀!说吧,要什么报酬?"景满贞笑笑。

"什么报酬?什么报酬都行呀!最起码也得煎罐姜盐豆子芝麻茶吧,对不?当然喽,你要是愿意的话,煮几个鸡蛋、蒸碗腊肉、杀只鸡,或者宰只麻鸭,放点当归炖了,那就更是求之不得了,反正我老人家不嫌多!"李英莲笑着说。

"对了,炖鸭子好,炖鸭子好,鸭子肉好吃。英莲,吃鸭子的时候,得算上我一个啊!"樊桂枝笑嘻嘻地说。

"吃炖鸭子?那太好了!什么时候炖鸭子吃呀?英莲,跟你们说好了啊,别吃独食,到时候得喊我一声哟!"朱春玲也喊了起来。

"呃,行、行、行,落不下你的,到时候一定喊你,"李英莲朝朱春玲扫一眼,又朝樊桂枝看了看,"当然喽,桂枝,你也放心,也肯定落不下你的。不过,话可是得给你们说清,这事不能对别人说哟,要不就不够分的了!"

"那当然喽!这种好事还跟别人说,让别人也来占便宜,我们能有那么傻吗?"樊桂枝和朱春玲异口同声地说。

"哦,闹半天,你们几个是联合起来一起算计我,"景满贞脸上露出一丝诡谲的笑意,眼神从樊桂枝、朱春玲、李英莲脸上一一扫过,"想吃鸭子,是吧?那好呀,也不必等到明天、后天了,就今天吧!"

"今天?今天就请我们吃鸭子?"朱春玲笑嘻嘻地问。

"是呀,今天就请你们几个吃鸭子!"景满贞诡谲地笑笑。

"什么时候？中午饭还是晚饭？"朱春玲一双眼睛瞪得老大。

"干嘛要等到中午饭、晚饭呀？我现在就请你们吃鸭子！"景满贞边说边笑，突然弯腰蹲在地上，脱起了鞋袜。

"哟，鬼打起（莫名其妙），你脱鞋袜干什么？"李英莲不解地问。

"你们不是要吃鸭子嘛，"景满贞三下两下脱下鞋袜，身子一仰，躺在地上，把一双光脚伸向空中，"来呀，来呀，我请你们吃鸭子！"

"噢，闹半天你是请我们吃大脚丫子呀？"樊桂枝和李英莲纷纷喊了起来。她们一边好奇地看着景满贞那闻名已久的大脚丫子，一边哈哈大笑。

朱春玲也笑了，但她笑得不厉害。突然间，她停住笑，飞快地跑到景满贞身边，一只手抱住景满贞的脚，另一只手便伸向景满贞的脚心使劲地挠了起来。她一边挠，还一边喊叫道："你不是要请我们吃脚丫子嘛，好呀，我现在就吃，非吃个痛快不可！"

"哎哟，痒死我了，痒死我了！春玲姐，我求求你啦，我求求你啦，别挠了吧，我喊你做祖宗还不行吗？"景满贞满地打滚。

朱春玲和景满贞正闹得不可开交，李英莲忽然急匆匆地走过来了。她把嘴巴贴近朱春玲的耳朵边，悄声说："嫂子，快别闹了吧，那边田里有好几个男人正看着呐，满贞的大脚让他们看见了不大好！"

"哦，是吗，有男人看见呀？那、那是不好！"朱春玲连忙松开手。

"男人看见有什么要紧的？他们爱看，那就让他们看呗，反正我不怕！"景满贞说。说完，她忽然身子一转，跳进了溪水里。

乡村三、四月间的溪水很凉。平常洗衣洗菜时，经常下水、耐得住寒冷的手伸进溪水里都会感到凉意飕飕，更何况现在泡在溪水里的是一双整整包裹了一个冬天、很少脱鞋袜、从来不曾下过凉水的女人脚呢？很快，景满贞那双白嫩的脚就被凉凉的溪水泡红了。此刻，红红的脚，清清的水，蓝蓝的天，粉妆玉琢般的身影，娇羞、靓丽、嫩得出水的面容，再配上漂浮在水面的几缕绿绿的水草，那情景真是一幅美得不能再美的风景画。面对站在溪水里的景满贞，李英莲、朱春玲、樊桂枝三个人全都看呆了。

欣赏了一阵，李英莲似乎清醒了。她对着站在溪水里的景满贞大声喊道："要死的，快上来，水太凉，会冻坏的！"

"水凉吗？我怎么不觉得呀？这水蛮舒服的哪，一点也不凉。不信，你们试试！"景满贞嘻嘻哈哈地笑着，突然一弯腰，用手大把大把地捧起溪水就往岸上泼。

李英莲、朱春玲、樊桂枝三个人的身上全都泼上水了，头发、衣服湿淋淋的。她们惶急慌忙地抱着头四散躲开。

四个人在溪边上闹着玩，泼的泼水，躲的躲水，嘻嘻哈哈，热热闹闹，好一阵才收场。临走时，李英莲特意一个一个地叮嘱大家说："满贞脱鞋脱袜子的事，咱们千万保密啊,不能跟别人说的!"

但饶是李英莲千叮咛万嘱咐,景满贞在外面当众脱鞋脱袜子的事却还是让姜云涛知道了。姜云涛是一家之长,这事自然不能不管。当天,他就把姜耀宗悄悄地喊进里屋,叮嘱他好好说说景满贞。

姜耀宗是个直性子,当晚睡觉时,他就搂着景满贞埋怨道:"你也真是的,居然脱掉鞋袜让人看脚。女人的脚宝贵着呐,哪能让外人看呢!那多不好啊,有伤风化……"

姜耀宗的话还没说完,就被景满贞打断了。她猛地甩开姜耀宗的手,一掀被子坐了起来,大声说道:"有伤风化?谁说的?男人的脚能让人看,没人说有伤风化,女人的脚就不能让人看,让人看了,就是有伤风化!天底下哪有这道理呀!"

"哟、哟、哟,别发火,别发火,"姜耀宗连忙伸出双手,硬把景满贞拖进被窝里,"你发哪门子火呀,我又没骂你,是不?我只不过是轻轻地说了你一句嘛,你干什么起急呢?再说,你细想想吧,我说的那句话是不是也有一点道理呀?自古以来,女人不都是一双脚深藏不露的嘛,哪有动不动就脱鞋脱袜子给人看的!"

"怎么没有脱鞋脱袜子给人看的!我就听人说过,有些地方,好像是大同、益阳那些地方吧,还专门举办赛脚会,让人看脚呢!人家的脚能拿出来比赛,让那么多的人欣赏,我的脚拿出来让几个人看看怎么就不行呢?"景满贞振振有词地说。

"呵呵,那没法比,那没法比。赛脚会赛的是小脚,不是大脚,可你是……"姜耀宗边说边笑,话没说完,忽然自动打住。

"噢,我明白了。你是说小脚好看,能拿出来让人看,大脚难看,就不能拿出来让人看,要深藏不露,对不?闹半天,你还是看不起我这双大脚呀!"

"没有的事啊!我早就说过,我是喜欢你这双大脚的!"姜耀宗急忙解释。

"喜欢我这双大脚?哼,只怕是心口不一说假话吧!刚才还说我有伤风化呐,这阵子又忽然说喜欢我这双大脚了。你的话,谁信啊?"景满贞的话里满是挖苦、讽刺的意味。

"不、不、不,有伤风化可不是我说你的。那、那不是我的意思!"

"哦,不是你的意思,那是谁的意思?"

"这事我可以告诉你,但你千万得保密啊,"姜耀宗把嘴巴贴近景满贞耳边悄声说,"那、那话是我父亲大人说的。他说女人露脚不好看,有伤风化,所以要我劝劝你,要你今后稳重点。满贞,父亲大人这样说也是一番好心,咱们要正确理解,对不?"

"哼,好心?他这好心,我不能理解。看来,你们家还是看不起我这双大脚啊!好吧,既然你父亲大人怕我有伤风化,败坏门风,那我也就别留在这里自讨没趣了!我走,我这就走!"景满贞一翻身坐了起来,拿过衣服就往身上穿。

"走?你往哪里走?"姜耀宗一跃而起,猛地抱住了景满贞。

"往哪里走？看你问的！我哪里来的,自然还往哪里去喽！"景满贞说。

"回娘家？不行！我绝对不会让你走的！你非要走,那我就不活了,往石板塘里跳！"姜耀宗死死抱住景满贞不放。

姜耀宗好说歹说,说了大半个晚上,才好不容易把景满贞稳住了。第二天,姜云涛问姜耀宗说没说过景满贞,姜耀宗就实话实说,把和景满贞说话的全部过程一五一十地告诉了姜云涛。姜云涛听了,心惊肉跳了好一阵。他悄悄地对姜耀宗说:"哎哟,满贞这小家伙脾气那么急呀？看来,咱们今后对她还得讲究方式方法,不能来硬的。算了吧,她脱鞋脱袜子这事,今后就别再提了！"

一场风波就这么过去了,景满贞大获全胜,姜云涛全军覆没。从此之后,姜云涛对景满贞服软了,甚至是有点怕她了,再也不敢指使儿子对景满贞说三道四了。姜云涛是一家之长,素有严厉、精明、能干之称,怎么会对景满贞这个刚进门不久、年纪还只有十六、七岁的儿媳妇服软呢？原来,这里头有个秘密:景满贞害肚(怀孕)了,她怀着的是姜家三房传宗接代、发扬光大的全部希望。姜云涛要保她的胎,生怕她动了胎气,误了传宗接代的大事,所以不得不让着她。

李英莲又怀孕了。对于她这次怀孕,姜老婆子格外上心,采取了只有在孕妇有婴儿早夭这种特殊经历的情况下才能采取的三大措施,那就是"立长生符"、"讨百家线"、"关叫鸡"。而且,这三大措施都是姜老婆子一个人亲手操办的。有些事,甚至就连李英莲这个孕妇本人都被瞒住了。例如:"讨百家线",李英莲就不知道。姜老婆子一个人跑上跑下,跑遍了吴家冲、大柏树屋场、双塘街等附近几个村子,好不容易才凑够了一百家的线,搓成了一根粗粗的裤腰带。当她把这根裤腰带交给李英莲时,李英莲还不知道那是干什么用的呢。她手里攥着那根裤腰带,好奇地打量着,一个劲地问姜老婆子说:"娘,这是牛绳吧,你让我交给耀荣吊牛用的？"至于"关叫鸡"姜老婆子也没跟李英莲说。结果,李英莲睡得正香时,那鸡忽然在床底下打起了鸣。那鸣声异常嘹亮,李英莲猝不及防,被吓了一跳。

女儿连生两个残废孩子,李英莲她娘大出意外。她百思不得其解。得知李英莲又有身孕的消息后,她既高兴又害怕,居然扭着一双小脚,一个人翻山越岭几十里,跑到石板塘来看女儿。她给女儿带来了两件东西,一件是汉代的铜镜,另一件是宋代的桃木古剑。这两件东西都是李家的传家之宝,李老太太看得最重的。几个儿子找他要过好多次了,她都没给,今天却主动给女儿李英莲拿过来了。据说,这两件宝贝都有镇宅、驱邪的作用,对孕妇和婴幼儿的保护作用尤其显著。所以,李老太太一到姜家,顾不得歇歇脚,便忙着登梯爬高,亲自把这两件宝贝挂在女儿床架正面的顶上了。

李英莲床架正面的顶端原来就挂着一把宝剑。那是一把真正的宝剑,是姜云山在新疆从军运粮时的随身佩带兵器,据说杀过敌人、砍过野狼、沾过很多血迹的。姜辉阁过世时,姜云山回来守丧,就把这把剑送给哥哥姜云岳留作纪念了。姜耀荣和李英莲搬进新盖的下坡房时，姜云岳也担心那房子的地基不好，会妨人，便把这把真正的宝剑挂在了他们的床架上。当然，他那也是一番好意。

李英莲她娘挂桃木古剑时，觉得床架上原来挂着的那把真宝剑有点碍事，便把它往旁边稍稍挪动了一下。没想到她这一挪动，后来被姜云岳发现了。姜云岳当即便勃然大怒，对着儿子姜耀荣吼道："谁挪的？瞎挪什么呀？这是真正的宝剑，沾过血的宝剑，能辟邪的。那是什么东西呀？一根木头！"

"不、不、不，爷老子，这可不是普通的木头，"姜耀荣连忙解释，"这是桃木做的，有好几百年历史呐，英莲娘家的镇宅宝物，她娘特意拿过来挂在这里辟邪的！"

"镇宅宝物？狗屁！桃木不是木头啊？木头能当宝剑用？谁信？谁看见过？哼，就你这样的蠢家伙好蒙骗，给你根木头，你就当针（真）！那东西就是一根柴火棍，有屁用！"姜云岳气哼哼地说。

李英莲原本不在屋里的。这时，她正巧进屋。姜云岳的话，她显然全都听见了。姜云岳的话中满含着对她娘的不敬，她当然听得出来。她是个孝女，别人说她什么都不要紧，唯独不能对她娘不敬。所以，她一进屋，就很不高兴了。她什么话也不说，直愣愣地走到床前踏板上，伸手就摘那柄桃木古剑。把桃木古剑拿到手里后，她又顺手一扔。只听"哐当"一声，那柄桃木古剑被扔到了柜顶上。

姜云岳从来没看见过李英莲发火。在他眼里，李英莲是好性子，好脾气，似乎是好欺负，可以任意拿捏的小女人。然而，刚才发生的这一切却让他愣住了。李英莲什么话也没说，只那么简简单单地一摘一扔，就把他姜云岳闹了个下不了台。他傻眼了，张口结舌地站在那里，走也不是，不走也不是，什么话都说不出来。"唉呀，这个女人我没看透啊！不简单，不简单哪！别看她个子小，不起眼，平时言语不多，只闷头干活，可为人行事还真是有主意，有招数，不愠不火，泼辣干练，不好惹哟！"姜云岳暗地里这样想。

景满贞怀孕了，李英莲怀孕了，樊桂枝也怀孕了。几个月后，她们三个人就跟比赛似的开始生孩子了。

最先开始生孩子的是景满贞。她生了一个男孩，结结实实，漂漂亮亮。姜辉宇终于见到第四辈人了，有了传宗接代的根了，自然高兴异常。他搜肠刮肚，左思右想，亲自给孩子起了一个很有讲头的名字：鹤坤。孩子的三朝、满月等庆典也都办得非常隆重，非常热闹。尤其是孩子满月那天，姜云涛还特地请了一个有名的花鼓班子来唱戏。

开锣前，戏班子的班主拿着戏单子给姜辉宇过目，请他点戏。那戏单子上写着三个戏名：《七姐下凡》、《断织教子》、《五女拜寿》。姜辉宇拿着戏单子，颤颤悠悠地走到窗前，对着斜射的阳光，眯起老花眼一看，就连连摇头说："不行！不行！这些戏都不行！这些戏都是娘们戏。我们家生的是个男孩，你们唱这些娘们戏干什么？"

"噢、好、好、好，这几出戏就都撤了，改别的吧！不过，启禀你老人家，改戏这事挺麻烦的。改太生疏的戏吧，一时半会儿上不来，怕唱不好，扫了你老人家的兴。改比较熟的戏吧，可又都是你老人家看过多次的，怕你老人家不爱看。说实在话吧，这定戏单的事，我们也、也挺挠头的呐。你老人家看这样行不行：我们先上一出《刘海砍樵》，然后边唱边准备，再上别的！"班主一边说，一边忙不停地打躬作揖。

"《刘海砍樵》？那更不行了！我正希望这新生的重孙子将来为官做宰、光耀门楣呢，你要唱《刘海砍樵》，莫非是故意扫我的兴，咒他将来是个砍柴的？"姜辉宇说完，眼睛使劲地瞪着班主。

班主慌神了，连忙低头赔罪："哦，不好意思，不好意思！小人无知，惹你老人家不高兴了！那、那就这么办好不好，你老人家报个戏名，我们尽力演就是了！"

姜辉宇看都不看那班主，头一扬，张着没牙的嘴说："就唱《陶澍访江南》吧！这是老戏了，谁都会唱的，你们总该不生疏吧？好生唱啊！唱得好有赏，唱得不好的话，那就别怪我老头子砸你的饭碗喽！"

"呃，是、是、是，我们好生唱，好生唱，保你老人家满意！"那班主弯着腰往后退，头也不敢抬，出门时差点被门槛绊了一个跟头。

姜辉宇点名要唱《陶澍访江南》，意思很明显，是要预祝他的重孙子姜鹤坤将来像陶澍那样出将入相，做大官，当名臣，扬名青史。但他的要求也实在太苛刻了，戏班子根本来不及准备，仓促上阵，哪能唱得了《陶澍访江南》那样的大戏呢！结果，那场戏唱得很一般，看戏的人几乎没有说好的。

接着生孩子的是樊桂枝。她生的也是一个正常、健康的男孩子，姜云岳、姜耀典自然也都高兴得很。孩子一生下来，姜云岳就忙着看书查字典，给他起了一个名字，叫鹤季。这名字据说也是很有讲头的。当然，这讲头只有姜云岳知道，别人多半搞不清。景满贞生孩子，三房热热闹闹地办庆典。这回樊桂枝生男孩子了，二房自然也得热闹一番，而且气势还绝对不能输给三房。姜云岳、姜耀典父子两个挖空心思，合计了好几天，才最终确定了三朝、满月两次酒宴的规模、档次和菜谱。结果，这两次酒宴都办得非常好，大大地超过了三房。三房的酒宴，请来了 364 位客人，摆了 48 桌，每桌上了 12 道菜，鸡鸭鱼肉之外，还上了鱼翅、海参。而二房的酒宴，请来了 400 位客人，摆了整整 50 桌，每桌上了 14 道菜。显然，无论在客人人数、摆的桌数以及每桌上的菜数等方面，二房都绝对压倒了三房。而且，三房只上了鱼翅、海参两样名贵菜，二房却不只上了鱼翅、海参，还上了燕窝、熊掌。

三房唱了戏，二房当然也得唱戏。二房是无论如何不肯输给三房的。所以，庆典开始前头几天，姜云岳就特地交待姜耀典提前到县城里去请戏班子。唱什么戏为好呢？为这事，姜云岳、姜耀典父子两个关起门来琢磨过好多次。他们琢磨来琢磨去，最后定了一出戏，那就是有名的神仙戏《八仙过海》。他们担心戏班子仓促上场唱不好，便提前打招呼，让演员们事先多排练几次，做好充分的准备。这出戏定得好，上台的演员多，文武兼有，尤其是各种武打动作、搞笑动作多，演员的话语、动作幽默滑稽，很招人喜欢。而且，演员们事先又提前进行了好多次排练，准备得非常充分，唱词、剧情都很熟，演技更是炉火纯青，结果演得十分成功。演员们尽情地演，随意发挥，演得满台风生水起，热热闹闹，把台下的观众都看得目瞪口呆了。结果，戏散后，远近各村的邻居们都纷纷议论，几乎人人都说这戏看得过瘾，比三房那天演的《陶澍访江南》好得多。听到了这些议论，姜云岳、姜耀典都像打了大胜仗似的开心地笑了。

三房和二房为着办庆典的事你争我斗，比来比去，结果是二房胜了，三房败了。这结果，三房始料不及，懊恼不已，竟至互相埋怨起来。姜云涛就埋怨老父亲姜辉宇不该瞎点戏名的。这天饭后，一家人坐在房里聊天，说起了那天唱戏的事。姜云涛忽然拖着长音对姜辉宇说："那天唱戏，咱们败就败在不该唱《陶澍访江南》的。明摆着，这出戏，戏班子不熟啊，对不？父亲大人，你老人家为什么非得自作主张点那出戏呢？在这时候唱戏，怎么唱，唱什么，那可都是大有讲究的呀！你老人家又不是不知道，二房跟咱们三房不对付，那是有年头了。云岳、耀典那几个人，可都是一肚子坏水，专门喜欢算计别人的。他们歪点子多，爱耍名堂，一双眼睛天天盯着我们三房呢。我们三房，我、云溪大哥、云谷二哥，全都加起来，打起一百分精神，只怕还应付不过来呢。你老人家这把老骨头还想应付？你老人家可不是跟人斗心思的料，根本就没那份能耐，如今都九十岁了，说句不好听的，骨头都快能打鼓了，还操这份瞎心、闲心干什么呀？那不是给我们添乱……"

姜云涛话还没说完，姜云溪就挥手打断他，径自插上话了。他气急败坏地说："什么'瞎心'、'闲心'、'添乱'呀？云涛，你这说的都是什么话呀？你这是在跟父亲大人说话吗？什么态度呀？戏没唱好，那是戏班子的事，能怪老人家吗？你怎么不怪你自己呢？明摆着，戏班子没唱好，与你有很大关系呀！你事先没跟他们说好要唱哪出戏嘛，对不？"

"得、得、得，大哥，"姜云谷挥着手说，"老三说的也有道理，父亲大人确实不该自作主张，非要点《陶澍访江南》的。说实在话，那出戏真的太难唱，事先不作精心准备，哪个班子也唱不好。父亲大人那么高的威望，非要看这出戏，戏班子也就没办法，不得不打肿脸充胖子，硬撑着唱了。不过还好，三朝、满月虽然过了，后头还有周岁。咱们从现在起就做准备，好好给孩子做个周岁庆典，酒宴搞得更隆重些，戏也唱得更好些。我就不信，云岳、耀典他们二房能斗得过咱们三房！"

景满贞正抱着孩子站在门口。这时，她突然翻了翻白眼，插嘴说："斗、斗、斗，一年到头斗、斗、斗！在这些小事上斗呀斗比呀比的，有什么意思嘛？要依我说，这全都是瞎花冤枉钱，拿钱出气！"

三妯娌中，最后一个生孩子的是李英莲。她生的倒是一个健康、正常的孩子，但却不是男孩，而是女孩。不过，虽然生的是个女孩，大家却没有像小驼背出生时那么不痛快不高兴。姜老婆子的脸上有一丝笑容。姜耀荣的眼神里也透着那么一点喜兴气。就连姜云岳那张老脸上平常日子老挂着的那层霜忽然之间也看不见了。这是为什么呢？原来，二房虽然希望李英莲生个男孩，但却也不反感她生个把女孩。在他们看来，作为一个大家庭，个把女孩总还是需要的。姜云岳自己就常说："男孩要生，女孩也要生。男孩女孩都需要。家里要是不生个把女孩，死了人连个哭丧的都没有，那哪行啊！"

李英莲生的这个女孩子长得非常好，五官匀称、秀气，眼睛大而有神，脸盘子挺像李英莲，一看就是个讨人喜欢的小家碧玉。对这个女儿，姜耀荣非常疼爱，几乎是成天抱在怀里不撒手。见孩子长得好，天生是个乖巧样，姜云岳也不知不觉地喜欢上了。这一喜欢，他就主动给孩子起了个名字：鹤莹。他说鹤莹这名字非常好，"莹"是玉的意思，而"鹤莹"也就是仙鹤衔来的宝玉。

不过，喜欢归喜欢，孩子的庆典却办得很一般，请的客人少，办的酒宴不隆重，更没有请戏班子唱花鼓。对这事，左右邻居们有些议论。有人半开玩笑半认真地对姜云岳说："云岳大叔，头些日子你二媳妇生男孩，你请班子唱大戏。这回你大媳妇生了个女孩，你怎么不请班子唱戏呢？你是不喜欢女孩呢，还是有偏心，不疼老大耀荣呀？"

这话问得好，一针见血，点到了姜云岳的要害处。但姜云岳是从来不肯承认自己有错的。他歪着脑袋想了想，一本正经地说："你说哪里话呀？我姜云岳是那种偏心人吗？大家都看得见的嘛，我一向是一碗水端平，老大老二一样疼，男孩女孩一样喜欢。老大耀荣生孩子，我为什么没张罗唱戏呢？这事太容易理解呀，因为自古以来都是这样的，生男孩唱戏，生女孩不唱戏。你见谁家生女孩唱过戏呀？"

第十六章

姜云岳性子很倔，不喜欢做的事绝对不做，不喜欢的人也绝对不招。他最不喜欢的人有两类，一类是要饭的叫花子，另一类就是算命的瞎子。他常说："瞎子瞎了眼，自己连路都走不了，还能未卜先知，算得准别人的过去未来？这事明摆着是骗人的把戏。这样的把戏能信吗？鬼才相信！老子生平就讨厌叫花子和算命的瞎子，有饭剩下了，宁可拿去喂狗，也不给他们吃！"

姜老婆子和姜云岳恰好相反。她生平最同情和最可怜的，恰恰就是那些要饭的叫花子和算命的瞎子。她相信命，认为人的一生是命中注定的，而人的命又是由天老爷安排和决定的,谁也改变不了。她也相信那些算命的瞎子,认为他们确实有先知先觉的能耐,掐指一算,就能推算出一个人的命运来。但她再同情再相信算命的瞎子也没办法,姜云岳讨厌那些人,她就不敢把他们请进家里来。

但姜老婆子也有自己的高招,不把算命的瞎子请进门,照样也能找他们算命。这高招没别的,就是预先和要好的几个邻居打好招呼,一旦发现算命的瞎子到了谁家,就来通知她。这天,吴家大山的吴瞎子到大柏树屋场杨茂先家了,杨茂先的堂客杨老婆子连忙打发女儿来喊姜老婆子。吴瞎子是当地方圆百里出了名的算命先生,算命很有准头。他来了,姜老婆子自然不肯错过机会。她刚从茅房出来,手都来不及洗,就一边系裤带,一边颠着小脚急急忙忙地朝杨家跑。

这一次,姜老婆子让吴瞎子一气算了七个人的命,几乎家里所有的人都算到了。但这七个人的命中,她最上心的还是大儿子姜耀荣。姜耀荣都快四十岁了,却还没有一个正常、健全的儿子,面临着断子绝孙的困境。这事,她实在太着急了,着急得几乎吃不下饭,睡不着觉了。"我的大儿媳李英莲还会怀孕吗?她还有生下一个正常、健全男孩的希望吗?我家老大耀荣会不会绝后呀?"当把这些问题提出来,向吴瞎子一一询问时,姜老婆子的心"扑通扑通"地跳得十分厉害,都好像快要从嗓子眼里跳出来了。她不敢正面看吴瞎子,真害怕吴瞎子那张略略外鼓、有点发尖的嘴会说出几句不好听的话来。

还好,吴瞎子不仅没有说出什么不好听的话,反倒给姜老婆子吃了一颗定心丸。他明确地告诉姜老婆子说,李英莲还有得生,姜耀荣也肯定不会绝后。听了吴瞎子的这些话,姜老婆子无异喜从天降。她喜滋滋地往家跑,刚到地坪边上,兜头碰见姜耀荣,便一把抓住他的手,牵着他直往里屋走。

姜老婆子的这神态让姜耀荣莫名其妙。他愣愣地问:"娘,你怎么啦?什么事让你老人家这么高兴呀?"

"喜事,喜事,大喜事,"姜老婆子气喘吁吁,抬手擦了把汗,"你别着急,你堂客还有得生,你也肯定不会绝后!"

"哦,是嘛?那、那这事你老人家怎么知道的?问神仙了,还是问菩萨了?"姜耀荣显然也高兴,话音里带着几分喜兴气。

"既不是神仙,也不是菩萨,"姜老婆子又抬手擦了擦汗,"是吴瞎子告诉我的,刚才我请他给你算命了!"

"噢,吴瞎子呀!他说的话,你老人家也信?"姜耀荣的那一点点刚刚冒上来的喜兴气立马下去了,脸又开始阴沉下来。他的性格既不同于父亲,又不同于母亲。他的心很善,对叫花子和算命的瞎子一向很同情。在这一点上,他和母亲姜老婆子有点像。但他也不相信瞎子算命,认为瞎子"连自己的命运都掌握不了,还要给别人算命,纯粹是瞎胡闹,骗人玩"。在这点上,他和父亲姜云岳又很相似。

"怎么能不信呢,他说得对呀!说得对,当然要信喽!你呀,跟你爷老子一个样，一辈子死活不肯信命的！"姜老婆子翻着白眼，扫了儿子一下。

"哟、哟、哟，娘，你可别拿我和爷老子一起说。他是他，我是我，我和他不一样，"姜耀荣连连摇头。他和父亲姜云岳不大对付。因此，只要有人把他们父子俩相提并论，他心里就起反感，"对了，你老说那吴瞎子说得对，那究竟怎么个对法呀？"

"吴瞎子说呀，你命中不该绝后，终归会生个能够传宗接代的好儿子，但目前还不行。他说，你目前走的这条运很不好，是魔窟运。人走这条运，是要背时(倒霉)的。有的人走这条运，还会得大病，病得九死一生，甚至生不如死呢！还好，你走这条运，还没得大病，只不过生了几个残废孩子罢了。说实在话，这还得算是不幸中的大幸喽！"

"还说'不幸中的大幸'哪？哼哼，"姜耀荣拖着长音，苦笑了两声，"我都快被这'不幸中的大幸'拖死了！对了，你老人家没问他吗，我这条魔窟运还得走多少年哟？"

"这事我哪能不问呢，当然是要问的喽，"姜老婆子撇撇嘴，"吴瞎子说了，你这条魔窟运特别长，前后加在一起得有十多年。不过呢，这条运已经过了一多半了，再走四五年，也就能过去了。"

"还有四五年哪？我的娘！真倒血霉，"姜耀荣突然张开双手捂住脸，旋即又很快松开，"那岂不是说，我下一个孩子还得是残废？"

姜老婆子那张老脸突然变了，一下子便阴沉下来，眼睛望着远处，眼眶里泪花四溅。

姜老婆子的神情突变，姜耀荣丝毫没有察觉。他依旧低着头，自顾自地催问道："你老人家倒是说话呀？我下一个孩子是不是还得是残废？"

姜老婆子抬起手，用衣袖擦擦眼睛，小声说："儿子，认命吧！他说了，你下一个孩子不是残废，就是女孩！"

"嗨，命，命！同是你老人家一个人生的儿子，耀典的命那么好，我的命怎么就那么糟糕呢？我、我他娘的这是招了谁、惹了谁呀？"

"你恨命干什么呀？'人的命，天注定'，"姜老婆子突然严肃起来，一副一本正经的样子，"那是天老爷定的，你能恨天吗？人呀，不认命不行，但也不能怨天尤人，躺着不动，任由命来摆布，对不？"

"不任由命来摆布，那还能怎么样？人能改变自己的命运吗？不能吧！你老人家不是老说吗，'人的命，天注定'，那是一辈子也改变不了的！"

"是呀，人的命是改变不了的，但那只是说人自己改变不了，不是说天老爷也改变不了呀！人的命是天老爷定的，天老爷当然有改的权力喽！他可以帮人改呀，对不？"

"天老爷帮人改变命运？哼，天老爷管的事太多了，要打雷，要下雨，要刮风，要扯闪(闪电)，要惩罚那些做坏事的恶人，还要帮人牵线搭桥，让有情的男女们成就鸳鸯好事,哪还有闲工夫来管生驼背、生瞎子等这些人间的闲事、杂事、乱七八糟的事呀!"

"天老爷没空不要紧呀!他手下不是有好多神仙、菩萨嘛!人可以求那些神仙、菩萨帮忙嘛!人只要诚心求求神仙、菩萨,神仙、菩萨自然就会上天去告诉天老爷的!"

"呵呵,你老人家转来转去,最终还是转到说了一辈子的老事上了,"姜耀荣笑了,"还是要我去求神仙、拜菩萨,对不?"

"求神仙、拜菩萨有什么不好?不去求神仙、拜菩萨,你这命运能改变吗?你呀,一辈子就是个死脑筋!要是听我的,早一点求神仙、拜菩萨,事情哪会到今天这个地步呢?说你像你爷老子,你还不乐意听。其实呀,你这性子真的跟他一个样,又倔又拗,死不开窍!"

"得、得、得,你老人家别说了,别说了,"姜耀荣一挥手,打断了姜老婆子的话,"你老人家不就是要我去拜菩萨、神仙嘛,我去不就行了吗!你老人家说吧,是要我和英莲一起去呢,还是就我一个人去?"

"英莲就别去了。她又害肚(怀孕)了,挺着个大肚子去拜菩萨,那不大好!"
"那就我一个人去喽?"
"不!我也去!我跟你一起去!"
"好吧!那、哪天去呢?"
"赶早不赶晚,明天就去!"

"行,明天去就明天去!这回呀,我什么事都不管,只认磕头下跪,一切全都听你老人家的,行了吧?"

"好吧,明天上午就去,到时我叫你!"

第二天一大早,姜老婆子就带着儿子姜耀荣开始拜菩萨了。出了门,到了石板路上,姜耀荣一边走,一边问:"先上哪个庙呀?"

"先从近处来吧,去岳家坊!"姜老婆子边说边系扣子。

"岳家坊?岳家坊供奉的既不是如来佛,也不是观世音,去那里管用吗?"姜耀荣问。

"怎么不管用?最近庙里的三老爹神通挺大的呢,好多人家都去拜他。"

"咳呀,三老爹?娘,你知道庙里供奉的那三尊菩萨都是谁吗?"

"都是谁呀?我没听说过,只知道是大老爹、二老爹、三老爹三个老爹。咳,管他是谁呢,只要他有灵性,能帮咱们办成事不就行了嘛,你说对不?"

"实话告诉你老人家吧,那三个老爹就是刘、关、张,大老爹就是刘备刘先主,二老爹就是关羽关云长,三老爹就是张飞张翼德。他们根本就不是什么佛爷、菩萨,也没有什么救苦救难的神通法力。人们把他们供奉在庙里,只不过是敬重他们的义气,推崇他们'桃园结义'的行事为人罢了。咱们又不是要搞什么'桃园结义',去拜他们干什么?"

"胡说！他们怎么没神通法力？没神通法力，怎么那么多人都去拜他们求他们呀？"

"嗨，也不能说他们一点神通法力都没有，但也得看是哪方面的事喽！有些小事，比如说什么心灾病痛之类的，求他们，兴许管点用。但像咱们家这种事，要求他们保佑生儿育女，那肯定是没用的！"

"你还没拜过他们呢，怎么就知道没用？"

"我读过历史嘛，当然知道喽。刘先主呀，堂客搞了一大堆，可儿子就生了一个，而且还是个又蠢又笨、一点能耐都没有的阿斗。这个阿斗啊，可真是一堆糊不上墙壁的烂稀泥，诸葛亮和姜维忠心耿耿，竭尽全力扶持他，可他还是不行。结果，后来他的蜀国最先被司马昭灭亡了。你看，刘先主在生儿育女方面不行吧？他要是有能耐的话，也就不会只生一个儿子了，更不会只生阿斗那么一个蠢家伙儿子了。他自己的事情都搞不好，还能帮别人吗？明摆着是不可能呀，对不？娘，我看岳家坊就别去了吧，去也没用的！"

"不行，必须去，"姜老婆子火了，头一扬，脚使劲朝地面踩了一下，"你这也不去，那也不去，要干什么呀？串门搓麻将是不是？搓麻将就能搓出儿子来吗？没出息的东西！都四十岁了，还没个人样，事事要人操心费力！"

"哎哟，娘，别骂了好不好呀，多难听啊！我去，我去，我去不就行了嘛！"姜耀荣拔腿就往岳家坊走。

第二天，姜老婆子说要去华光庙，姜耀荣又有不同意见了。他说华光庙供奉的华光菩萨也是不管人间生儿育女这些杂事的，拜他没用。姜老婆子一听，当时就火了，跳起脚来大骂道："你这个瘟神，总有他娘的歪理！昨天去唐家坊，你说大老爹、二老爹、三老爹是刘关张，只管'桃园结义'，不管生儿育女。今天去华光庙，你又说华光菩萨也不管人间生儿育女的事。这个菩萨，你说拜他没用；那个菩萨，你又说他不管人间生儿育女。你这么说，那么说，这附近就没庙可去了。这回呀，老子什么也不说了，一切全都听你的。你说去哪里，我就跟你去哪里。你说拜哪个菩萨管用，我就跟你去拜哪个菩萨。这总行了吧？你说吧，这附近哪个庙里的菩萨是管人间生儿育女的呀？"

姜老婆子这一问，就把姜耀荣问住了。当地人虔心信佛的不多，信其他宗教的也很少，所以佛教寺庙以及其他宗教寺庙都极少。附近虽也有一些小寺庙，但都是祭祀神仙的，如真武大帝、火德星君、二郎神、吕祖等。这些神仙似乎都不是管人间生儿育女的。去求他们，拜他们，有用没用呢？这附近究竟那个庙里的菩萨能管人间生儿育女的事情呢？姜耀荣搜肠刮肚，琢磨了半天，到底没能想出点名堂来。

姜老婆子一个劲地催，一个劲地骂，姜耀荣就只得服输了。他点头哈腰地说："娘，你老人家别着急嘛！我也没说华光庙就一定不去呀，对不？我只是担心你老人家年岁大了，腿脚又不大利落，怕你老人家走不动，明白吗？既然你老人家说那庙该去拜一拜，那就去拜一拜好了！今后呀，还是这样，去哪个庙，不去哪个庙，一切都由你老人家说了算，我不拿主意，只认下跪磕头，这总行了吧？"

当地的寺庙实在少得很。姜老婆子性子急，做事喜欢连轴转。她带着姜耀荣天天不停地跑，不到一个月，就把方圆二三十里路以内的所有寺庙都跑遍了，拜遍了。正规的寺庙拜完了，姜老婆子还不肯停，她还要拜那些寺庙之外的散仙游神。这一天早上，她又早早地把姜耀荣喊醒了，说是要带他去拜邢家五爹。

姜耀荣从梦中醒来，翻身坐起，一边揉眼睛，一边伸懒腰，嘴里叨唠道："邢家五爹？邢家五爹是哪路神仙呀？唉呀，你老人家对神仙、菩萨也信得太过分了，害得我整整一个月没睡过一个早觉！不睡早觉倒也罢了，真能管用也行，就怕还是白跑一趟！"

"白跑一趟？怎么会白跑一趟呢！这个邢家五爹可是特别灵验的神仙！如今邢家冲一带都传遍了，人人都说他是吕祖下凡、麻姑再世呢！"姜老婆子振振有词地说。她是特别信神仙、菩萨的。只要一说起神仙、菩萨来，她的话就特别多。

"是吗？我怎么觉得邢家五爹这个名字不像个神仙、菩萨，倒像个普通老百姓呀！你老人家没搞错吧，别把普通人当神仙、菩萨供了，让人笑话哟！"姜耀荣穿好衣服下了床。

"哪会呢！你把我当傻子啦？这事我问过好几个人了，还能有假？"姜老婆子撇撇嘴。

姜耀荣饭都没吃，就跟着母亲出了门。到了路上，姜老婆子就一边走，一边絮絮叨叨地说，把邢家五爹的事细细地讲了一遍。原来，邢家五爹这尊菩萨在邢家冲。邢家冲在照壁山的山脚下，离石板塘约有二十多里路。这村子名叫邢家冲，住的人家却都姓张，没有一个姓邢的。一天晚上，村子里一个名叫张云启的年轻人正在睡觉，忽然做了一个奇怪的梦。梦中，一个满头白发的老头对他说："年轻人，赶紧叫醒全家人逃命吧，你们家的房子要倒了！"张云启忙问："老人家，你是谁呀？这房子不是好好的嘛，怎么会倒呢？"白发老头说："这村子原来是我们邢家的，后来卖给你们张家了。我就是邢家的先祖，名叫邢家五爹。我现在就住在你们家隔壁的那棵大银杏树下。我晓得这地方的情况，见你心眼好，为人良善，所以特来救你一命。你信我的没错，赶紧叫醒家人逃命吧！再拖一阵，可就来不及了！"白发老头说完，还使劲推了张云启一把，大喊了几声"快走！快走！"张云启从梦中惊醒，张眼四顾，却不见了白发老头。他将信将疑地喊醒全家人，稍许收拾了几件东西，便往门外走。也真奇怪，他们刚从屋里出来，后山一块巨大的石头便突然滚落下来，把房子砸得粉碎。白发老头救了张云启一家，张云启一家自然非常感激。他们在那棵银杏树下盖了一座石板小屋，并刻上了"邢家五爹神庙"六个大字。从此以后，他们天天都到那石板小屋前烧香磕头。左右邻居见了，便也跟着学，有事便来石板小屋前跪拜，求邢家五爹帮忙。邢家五爹也真是不负众望，只要有人求他，他就显灵显圣，为人解困扶危。结果没多久，邢家五

石板塘

爹的名声就迅速传开了,成了远近闻名、神通广大的神仙。

姜老婆子年岁大了,力气衰了,腿脚又不利落,走路很慢。结果,走了整整一上午,直到家家都吃过中午饭了,太阳都有点西斜了,母子俩才好不容易来到了邢家冲。他们找到了那棵大银杏树,看见了树下那座小得可怜的石板屋,便急急忙忙地跪了下来,磕了几个头,放了一通鞭炮,还杀了一只鸡。

拜过邢家五爹以后,姜老婆子又领着姜耀荣跑了一些地方,求了一些神仙、菩萨。这些神仙、菩萨,有的只是一条小河沟,有的只是一口小水塘,有的只是一个小山包,有的只是一座小石板屋,有的甚至只是一棵大树或一块大石头,基本上没什么名气。对这些神仙、菩萨,包括邢家五爹,姜耀荣都是不大信的。但他没办法,母亲信,他就不得不跟着跑;母亲拜,他也就不得不跟着拜。

跑了两个多月,附近所有的寺庙和神仙、菩萨就都拜遍了。但这时,姜老婆子仍不满意。他对姜耀荣说:"耀荣,咱们拜了那么多神仙、菩萨,恐怕还是不行!"

"哟,咱们都拜遍了呀,怎么还不行呢?"姜耀荣不解地问。

"咱们拜的都是一些小神小仙小菩萨呀,没一个大的!"

"嗨,你老人家要拜大菩萨呀,这附近哪有啊?那除非去南岳!"

"对呀,我还就是想去南岳!"

"你老人家这么大年纪、这副身子骨、这双腿脚还想去南岳?哼哼,说句实在话,就是把南岳搬到家门口来,你老人家也上不去!"

"我上不去不要紧呀,你上去不就行了吗?"

"行啊,我上去就我上去,拿钱来吧!去南岳有近千里路,要花很多钱的。反正我没钱。除非你老人家给钱,否则我寸步难行!"

说到钱,姜老婆子不说话了。家里的财权被姜云岳牢牢地抓在手里了,她哪有钱啊!

景满贞、樊桂枝、李英莲三个人的新一轮生孩子比赛又开始了。这一次,李英莲占了先,她头一个生的。但她生的却还是个女孩。而且,那女孩还没能保住,不到两个月就死了。

紧接着生的是樊桂枝。随后不久,景满贞也生了。她们两人生的又都是男孩,不仅健康、正常,而且还非常结实、活泼、漂亮。

樊桂枝生孩子以后,三朝、满月两大庆典,二房都办得并不隆重,不仅没请班子唱戏,就连酒宴上的饭菜和酒也都相当一般。这事有点出人意料。当时,有人不解地向姜云岳提出了这个问题。姜云岳笑笑说:"这事难道你还想不到?明摆着,我们二房桂枝生孩子在前,他们三房满贞生孩子在后。所以,我们二房无论怎么办庆典,也都竞争不过他们三房。他们的庆典办在我们的后头,我们无法学他们、超他们,而他们却有的是办法学我们、超我们,对不?既然竞争不过他们,那我们何必花冤枉钱呢?钱是自己家的,挣来不容易,留着干别的用不好吗?

反正他们三房有的是钱，不怕花钱多，那就让他们花去吧！"

姜云岳这番话后来传到姜云涛耳朵里去了。当时，三房的两大庆典都已办完了，办得很隆重，钱也花了很多。热闹的时候没顾忌花钱，但热闹过后算起账来，姜云涛自然就难免要因为钱花得太多而心疼了。正在这时，猛然听到了姜云岳的那番话，姜云涛就如同被人喂了一只活苍蝇似的，心里头说不出有多难受。

辛辛苦苦地跑了好几个月，拜了那么多神仙、菩萨，可大儿媳妇李英莲最终还是生了个女孩，而且就是这么个女孩还没能养活，不到两个月就早夭了。这是为什么呢？姜老婆子日思夜想，总觉得这里面的原因还在于求神拜佛的心不诚，没有拜到真正神通广大的活神仙、大菩萨。她翻箱倒柜，找出来了几个玉镯子，小心翼翼地递给大儿子姜耀荣说："耀荣，拜佛心要诚。咱们虽然拜了那么多神仙、菩萨，可到底还是没能拜上如来佛和观世音菩萨，那哪能行啊？没办法，你还是替为娘的跑一趟南岳吧！这几个镯子，还是你外婆给娘的呢，虽值不了多少钱，但跑一趟南岳估计够用。你抓紧时间收拾一下，明后天就动身吧！家里的事，你放心，娘替你管着！"

姜耀荣心里也不好过，但没有姜老婆子那么难受。他接过那几个镯子看了看，又仍复放回到姜老婆子手里，一本正经地说："镯子还是你老人家先收着吧！我看呀，南岳不必着急去，倒是吴瞎子那里，却还是有必要再去问一问！"

"还去问吴瞎子干什么？他不是给你算过命嘛，算得挺准的！"姜老婆子说。

"是呀，吴瞎子算得真准。他说我这个孩子还得是残废或者女孩，我就真的又生了个女孩，"姜耀荣叹口气说，"我原来不信算命的，这回真服了吴瞎子了。他可真是个活神仙呀！不行，我还得去找找他，问问他我这条魔窟运究竟要走到哪年哪月哪天才算个头，顺便再求他帮我想想办法，看能不能早一点结束魔窟运，早一点生个好儿子出来！"

"找吴瞎子，那还不容易？他就住在吴家大山，路不远嘛！"

"路虽不远，但要找到他只怕也不那么容易啊！他是以算命为生的，饭碗攥在人家手里头，天天得往外跑，你知道他什么时候在家呀？"

"哦，那倒也是。你干脆晚上去，晚上他准在家，他得回家睡觉是不！"

"晚上去？那不好，我不喜欢走夜路。"

"那就赶下雨的时候去。下雨天，路上溜溜滑滑的，他出外不方便，准保猫在家里不出门。我看这天呀，阴沉沉的，只怕要变，"姜老婆子抬头朝天上看了看，"嗯，没准明后天就得下雨。你做准备吧，明天不去后天去！"

姜老婆子猜得没错，天果然变了，第二天一早就开始淅淅沥沥地下起雨来。姜耀荣这回很积极，特意起了个早床。等赶到吴家大山时，吴瞎子刚起床不久，正没精打采地坐在屋门口听雨声呢。他一年到头天天都是去人家里算命的，没想到今天却有人主动上门来求他算命了，心里头那份高兴劲真是没法形容。他连忙举起手里的探路棍朝着窗根底下的椅子指指点点，嘴里还不停地喊道：

"坐、坐、坐！坐、坐、坐！唉呀，真是稀客啊！难怪今天一早有只喜鹊在我门口叫个不停呢，原来是有稀客临门！"

下雨天，鸡出不去，都窝在家里了。吴瞎子举起棍子指指点点，不小心打着了正把脑袋窝在翅膀里头睡觉的几只鸡，吓得那几只鸡急忙"咯咯咯"地乱飞乱跑起来。这场面，逗得姜耀荣直想笑。他连忙用手捂住嘴巴，拖过窗根底下的一把椅子来，一屁股坐下。

"对了，还没动问贵客呢，贵客仙乡何处啊？"吴瞎子其实没念过几天书，比文盲也强不了多少。但他却最喜欢摆出一副有学问的架子，动不动就拽斯文。

吴瞎子喜欢拽斯文，正对了姜耀荣的脾气。姜耀荣也是一个没读过几天书却最喜欢拽斯文的人。他抬起屁股，直直身子，正了正衣冠，然后再坐下，客客气气地回答道："在下姓姜名耀荣，文义都（都是清末湖南乡村编制名称之一，类似于乡）石板塘村人也。家父姜云岳，现任石板塘姜家族长。"

"哦，原来你是姜云岳老族长的长公子，失敬、失敬，"吴瞎子突然异常兴奋，仿佛是见到了久别重逢的老朋友，"令尊大人，我知道的，亲耳聆听过他老人家的教诲呢。至于令堂大人嘛，那我就更熟了。不瞒兄台说，我给她老人家算过好多次命呢。对了，我好像还通过令堂大人，也给兄台算过命啊？"

"是呀，先生是给在下算过命。在下的情况，先生还有印象不？那可真是人世间最苦最苦的第一苦命啊！只怕除我之外，天底下再无如此苦命了！"姜耀荣感慨唏嘘。

吴瞎子笑容顿敛，脸色变得凝重起来，头微微仰着，一点光亮也没有的白眼珠子不断地往上翻。过了好一阵，吴瞎子叹了一口气，才低声说道："兄台的情况特殊，世所罕见，瞎子我当然记在心中，至今印象深刻。但兄台也大可不必如此忧虑啊！眼下走的虽是魔窟运，坎坷颇多，前途可是一片光明呢！"

"在下今日冒着大雨来找先生，正是要求先生指点迷津啊！请问先生，在下这魔窟运究竟要走到哪年哪月哪日才算完呢？在下眼看着已到不惑之年了，可如今还没有一个能够传宗接代的好儿子。请问先生，在下哪一天才能生个正常、健全、能够传宗接代的好儿子呢？七八年来，我的老弟姜耀典连生三个儿子，个个正常、健康、聪明、漂亮，好不令人羡慕，而在下却连生两个残废儿子，哑巴的哑巴，驼背的驼背，看着就让人窝心、难受。我们兄弟同是一母所生，命运为什么如此大不相同呢？在下不是不认命，在下更不是不信天，但天老爷老让别人得好儿子，而让在下没完没了地生残废，生女儿，是不是也太不公平了呀？先生给我算算看，天老爷这么不公平的原因究竟是为什么呀？在下究竟要怎么做，才能感动天老爷，让他知道在下的苦楚，动动恻隐之心，稍微对在下公平一点呢？"姜耀荣越说越动情，说到后来，竟至泪流满面。

"是呀，兄台的命确实太苦了，"吴瞎子翻了翻白眼，两只手一上一下地不断摸着那根探路棍，"但这也怨不得天老爷啊！'人的命，天注定。'而天老爷给人定命,那也绝对不是随随便便、糊里糊涂定的呀。天老爷总有天老爷的道理,对不?有的人可能是因为前世造了孽,有的人可能是因为今生做多了坏事,如不忠不孝不仁不义等等。前世的事情,就不好说什么了,咱们不知道呀,对不?但今生的事情,总还是有办法弥补、改过的。对了,兄台这辈子该没做过什么不忠不孝不仁不义的事情吧?兄台别怪瞎子话说得直啊!兄台既然要瞎子帮忙,瞎子也就不能不直话直说了!"

"那没有!那绝对没有,"姜耀荣明知吴瞎子看不见,却还连连摇手,"在下虽说不上忠孝两全,但至少也还晓得礼义廉耻。不忠不孝不仁不义,那些猪狗不如的事情,在下是绝对没有做过的,这我可以发誓。"

"是呀,是呀,瞎子我也知道兄台不是那种人。石板塘姜家的家教严,那是整个湘北都出了名的,怎么会出不忠不孝不仁不义的人呢,对不?那么,行善积德的事情,兄台平时做得多不多呀?"

"行善积德?不瞒你说,我姜耀荣心地善良,是出了名的好人。平常见了要饭的叫化子,都恨不得脱条裤子给他穿的,一生最爱做的事就是行善积德。"

"哦,"吴瞎子又抬起头,不停地翻着白眼,"那,杀生呢?有没有杀过生啊?"

"杀生?我胆子小得很,哪敢杀生啊!不瞒你说,我平时连杀鸡都不敢的!"

"呵呵,那不是一回事,"吴瞎子笑了,白眼珠子不停地往上翻,样子挺吓人,"杀生是杀生,杀鸡是杀鸡,两码事,扯不到一块去。鸡是人间一口菜,养它就是为了吃肉的,不杀行吗?所以呀,鸡尽管杀,那没事,那不是杀生!"

"哦,杀鸡不是杀生,那杀什么是杀生呀?"

"杀那些不该杀的,那就是杀生。"

"不该杀的?那不就是猫呀、狗呀、蛇呀、喜鹊呀,以及山里的那些大大小小动物嘛,那我更没杀过。"

"呵呵,"吴瞎子又笑了,"兄台顾大不顾小啊,只看见大的,看不见小的。其实呀,杀生的面很宽,既包括人,也包括猫、狗、蛇等大动物,还包括那些成千上万的小东西,如蚂蚁、虫子、禾跳跳等等。"

"禾跳跳?禾跳跳那么小的东西也不能杀?"姜耀荣猛地一惊。禾跳跳学名叫做蝗虫,也叫做蚂蚱,农村里最多,夏秋季节时简直遍地都是,孩子们最爱捉来玩。而姜耀荣小时候就捉过不少禾跳跳,还用各种残忍的方法弄死过不少禾跳跳。所以,吴瞎子不经意间说出来的"禾跳跳"三个字着实吓了他一跳。

"当然喽,禾跳跳虽小,也是一条命嘛,哪能随便杀呢!姜兄,你可别小看禾跳跳这不起眼的小东西啊,它的名堂还真不小呢,"吴瞎子摸了摸探路棍,神情突然变得严肃起来,"我跟你说个事吧。这可是个真事,绝不是我吴瞎子吃饱了没事干瞎编的。我们这吴家大山往上走五六里,就是莫家大山。莫家大山过去,再走三四里,就是展家大山。展家大山下头有个罗塘村,一村百十口人都姓罗,也是一个有名的望族。那村子,我去过多次,也认得村里的不少人。村里有个叫罗友林的,现如今约摸有三十多岁年纪吧,也算得上是个老实忠厚的人。但他人虽好,却有个很不好的毛病,那就是特别喜欢捉禾跳跳。从很小的时候起,他就爱玩禾跳跳,常把禾跳跳捉来捏在手里玩,直至弄死。而且吧,他还跟一般人不一样,不仅是爱捉爱玩禾跳跳,还爱吃禾跳跳。他经常把禾跳跳放到火里烧,烧到半焦时,就拿来吃。禾跳跳这东西,咱们谁吃过呀?祖宗以来,没人吃过,对吧?祖祖辈辈,人人个个,谁也不吃它,对吧?但凡是个正常人,看了就恶心,谁还敢吃那东西呢!可他就不一样,不仅吃禾跳跳,还特别爱吃。当着人的面,他就敢把烧熟了的禾跳跳拿在手里,撕碎了,丢进嘴里嚼着吃,吃得津津有味,甚至边吃还边喊:'好吃!好吃!味道好极了!'有一次,他竟然捉了一百多只禾跳跳,丢进火里烧熟了,然后一次吃了个精光。他简直是把禾跳跳当饭吃了。兄台知道,禾跳跳这东西是绝对吃不得的,因为那是杀生。要是能吃的,不是杀生,祖宗不早就吃了嘛,对不对?罗友林居然敢做杀生的事,吃禾跳跳,而且还是那么明目张胆地吃禾跳跳,你想想,那还能有好结果吗?当然不会有好结果喽。果不其然,没多久,他老婆就生了一个残废孩子。那残废孩子的腿伸不直,老蜷缩在一起,走路也不会,只能像禾跳跳那样一蹦一蹦地往前跳,样子像极了禾跳跳。人都说,他生了个禾跳跳孩子,那就是杀生的因果报应。姜兄,你看,你看,这禾跳跳的名堂厉害不厉害呀?"

"厉害!厉害!"姜耀荣连忙回答,但他只说了两个"厉害",便不再往下说了。

吴瞎子显然还在等着姜耀荣的下文。见姜耀荣好久不说话,他就径自说了起来:"禾跳跳这东西,谁小时候没捉过,没玩过?但那不要紧,因为那是小时候的事,人还不明白事理,而且捉得也不会很多,更不会像罗友林那样捉了烧着吃,所以虽也不对,但还算不上杀生。姜兄,你小时候大概也捉过禾跳跳吧?你不说话,莫非是想起了小时候的事,心里头不大舒服?咳,小时候的事就是小时候的事,那早就过去了,别去想了。那不会有因果报应的,姜兄不要放在心里啊!"

此刻,姜耀荣的心里就像翻江倒海一般,再也平静不下来了。吴瞎子的话,无疑勾起了他的记忆。他想起了自己从小到大的许多龌龊事。他也是个爱捉小动物、爱玩小动物的人。小时候,他最喜欢玩蚂蚁,经常把蚂蚁捉到一起,挑逗它们互相打架,他自己就蹲在旁边有滋有味地看。有时候,他还用开水烫蚂蚁,用开水浇蚂蚁的洞穴,浇得蚂蚁成窝地死,死得一堆一堆的。他喜欢捉菜叶子上的大青虫,常把那些大青虫捉来丢到火里烧。他也喜欢玩禾跳跳,常常是一见到禾跳跳就猛追,非追到捉住不可,捉住了就撕碎喂给鸡吃。他最喜欢捉的,大概还得算蚂蟥了。他从小就讨厌蚂蟥,因为蚂蟥爱叮人,爱吸人的血。当地水田多,因而蚂蟥也特别多。不知怎么回事,他的身体特别爱招蚂蟥。别人下水田,蚂蟥不怎么叮,而他一下水田,蚂蟥就成堆成簇地往腿上爬,常常叮得他满腿都是。蚂蟥爱叮他,所以他也就最恨蚂蟥了。一见到蚂蟥,他就把它捉住,用小草棍子从它的身体中间穿过去,把它的身体从里到外翻过来,然后再把它放到太阳底下晒死。"自己那么讨厌蚂蟥，弄死了那么多蚂蟥，会不会也有因果报应呢？"姜耀荣暗暗地想。

想到这里，姜耀荣不敢再往下想了。他扫了一眼吴瞎子，轻声说："不瞒先生你说，我刚才确实是联想到了自己，因为我也是一个爱捉小动物、爱玩小动物的人。我玩过蚂蚁，玩过青虫子，玩过毛虫，玩过壁虎，也玩过禾跳跳。但说实在话，这些小东西虽都玩过，但还不太多。我玩得最多，杀死最多的，还得算蚂蟥。蚂蟥那东西实在太讨厌，咬人，叮人，吸人的血。所以，我特别恨它们。先生，你说，蚂蟥跟禾跳跳一样吗？它们应该不一样吧？禾跳跳不咬人，不伤人，不吸人的血，蚂蟥可是咬人，叮人，吸人的血啊！蚂蟥是地地道道的害虫，应该消灭的，杀死它们，不算杀生吧？"

"嘿，兄台，你错了，"吴瞎子那没有光亮的白眼珠子往上一翻，"这些小动物中，数蚂蟥的名堂最多！"

"是嘛，蚂蟥名堂多？那、那怎么个多法呀？"姜耀荣心里一惊，话里都带点颤音了。

"这么着吧，反正这下雨天，我出不去，你也没事做，我就干脆一条心陪你多扯扯谈吧，只要你不嫌我瞎子啰嗦，"吴瞎子又往上翻了翻白眼，"我再给兄台说个事吧！低岭山那边有一对夫妻，关系一直不错，从来冇相过反（没吵过架。相反即吵架之意——下同）。有一天，两口子忽然相反了，而且吵得还很厉害，竟至打起架来。为什么事情呢？其实，这事很简单：丈夫发现，只要自己一出门，家里厨房的屋顶上就冒烟。刚开始，他还没在意，但次数多了，他就上心了，以为妻子是在有意瞒着自己做好吃的。久而久之，丈夫对妻子生意见了，决心找个机会揭穿妻子，和她说道说道。一天上午，丈夫假意说出门做事，实际上是一出门便在就近找个地方躲了起来。果然，他出门不久，家里厨房的屋顶上便开始冒烟了。丈夫立即返回家里，怒气冲冲地走进厨房，只见锅里煮着一锅开水。丈夫正在火头上，也来不及思索，便指着那锅开水大骂妻子：'你这婆娘，好没道理！我一出门，你就做好吃的！'丈夫的话令妻子莫名其妙。妻子气急问道：'我做什么好吃的了？这是烧的开水！''烧开水不就是准备做好吃的啦？不然的话，无缘无故烧什么开水呀？'丈夫又说，声音很大，脾气很急。'胡说八道！烧开水就是做好吃的啦？老娘烧水是为了洗头！'妻子说。丈夫的话激怒了她。她的脾气也上来了，竟至于自称老娘。妻子自称老娘，无异于火上添油。丈夫怒火填胸，猛地挥起一掌，朝妻子的脸上打去。这一掌打了个正着，妻子的粉脸上结结实实地落下了一个巴掌印。妻子被打急了，抄起锅铲就朝丈夫身上砸来。眼看着那锅铲就要砸到丈夫脑袋顶上了，丈夫头一偏，躲开那锅铲，然后猛地一伸手，薅住妻子的长头发就使劲一拽。他的意思，原本只是想通过这一拽，把妻子拽进自己怀里打几下就算了事的。但他压根也没想到，他那一拽，没把妻子拽进自己怀里来，却把妻子的脑袋盖掀开了。这一来，问题大了。他妻子的脑袋分成了两半，一半连着头

石板塘

发,在他手里攥着,另一半还在妻子身上。而且,连着妻子身体的那一半脑袋还整个开了瓢,里面血肉模糊,翻翻滚滚,似乎有成千上万类似蚯蚓一样的东西在里面涌动。他傻眼了,赶忙去扶妻子,但他晚了一步,只听'哐当'一声,他妻子的身体轰然倒地。妻子死了,丈夫趴在妻子身上痛哭失声。哭了好一阵,丈夫这才想起要赶紧找棺材入殓。但当他站起身来,正准备把妻子的尸体搬到床上去时,这才发现,他妻子脑袋里的那些类似蚯蚓的东西全都是活的,正在纷纷往外爬,有好几条还爬到了他的身上呢。那些东西浑身软乎乎的,爬起来身体一伸一缩,特别恶心。"

"是嘛,从人的脑袋里爬出来的?那、那是什么呀?"吴瞎子说得活灵活现,姜耀荣听得浑身直起鸡皮疙瘩。

"你猜?"

"那哪猜得出来呀!"

"蚂蟥!一脑袋的蚂蟥,成千上万条!"

"唉哟,我的娘,"姜耀荣浑身一激灵,说话的声音都变了,"蚂蟥怎么会进脑子里去呢?那、那女的不整个就是让蚂蟥吃死的?"

"可不是嘛,那女人就是让蚂蟥吃死的!"

"也真奇怪啊,蚂蟥一般只叮腿呀,怎么会进到人的脑子里去呢?莫非她吃的菜不干净,里头混进了蚂蟥?要不就是蚂蟥爬到了她的衣服上,再顺着她的衣服爬到了脸上,然后从鼻子眼里、耳朵眼里爬进了她的脑子里!"

"不,这事不是偶然的,肯定是因果报应。据邻居们说,这女人特别讨厌蚂蟥。她经常去田里摘猪菜,一下水,蚂蟥就叮她的腿,常常叮得她满腿都是,打都打不下来。所以,她恨急了蚂蟥。蚂蟥那东西生命力特别强,无论怎么打都打不死。用石头砸它,把它砸成碎末,它也死不了。拿剪刀把它拦腰剪断,它也照样能活,而且还能一条变两条,甚至变好多条。那女人用各种办法试了好几次,都没能弄死蚂蟥,后来就想出了一个绝招。什么绝招呢?她摘了一把水毛子(一种带剧毒的植物),煮成汤,盛在一个罐子里,然后就提着那罐子下到水田里。只要发现了蚂蟥,她就把它捉住,扔进罐子里。你想想,水毛子毒性最强,人都能毒死,还能毒不死蚂蟥?结果,那些扔进罐子里的蚂蟥全都被毒死了。就这样,没几天时间,她就毒死了成千上万条蚂蟥,塞满了整整一个大罐子。蚂蟥也是生命,毒死它也是杀生,对不?那女人毒死了那么多蚂蟥,杀了那么多生,哪会不受报应呢!所以呀,要依我说,那女人脑袋里的蚂蟥绝不是偶尔爬进去的,而是神灵的有意安排。"

"唉,那女人死得可真惨喽!不知道她有小孩没有?要是有小孩,那就更惨了,"姜耀荣连声叹息,"不过,她虽然是罪有应得,但蚂蟥那东西也确实可恶。蚂蟥不仅是爱叮人、咬人、吸人的血,样子也特别可怕,软乎乎的。不瞒先生说,我平生最怕的就是这些软乎乎的东西,如蚂蟥、蚯蚓、大肉虫子等等。对了,还有百节虫和蜈蚣。一想起这些软乎乎的东西，我就浑身起鸡皮疙瘩。"

"是呀，这些东西是可怕、可恶。我眼睛没瞎以前，也见过这些东西。那时候我也怕极了这些东西，恨死了这些东西，见到它们就打，真还打死过不少呢！现在想起来，我还后悔。它们虽然可怕，可也是生命呀，对不？佛经里说过'众生平等'的话。由此可见，那些东西虽然很小，在生命的角度说，跟人却是平等的。既然它们跟人是平等的，人杀了它们，能不遭报应吗？跟兄台说句实在话，我眼睛虽然瞎了，却从不后悔。我知道这是天老爷对我的报应，因为我也杀过生，残害过蚂蟥、蜈蚣、蚯蚓等很多生命。"

"先生不必过于自责。如果说先生也杀过生该遭报应的话，那我姜耀荣岂不是罪孽深重，万恶不赦，该千刀万剐、五雷轰顶啦？"

"哟、哟、哟，话重了，话重了！姜兄，以前做的事，那都过去了，别老记在心里头，只要今后注意就行了！"

"今后注意？不瞒先生说，我还就是担心今后注意不了呢！比方说吧，我总得进山砍柴吧，砍柴时，刀下没长眼，怎么能完全做到　条小生命也不伤呢？那树上头，草上头，到处都有小生命啊，对不？我稍不留心，不就有可能砍着它们了吗？再比方说吧，我是个作田的，总得使犁使耙动锄头吧，那犁、耙、锄头也都是没长眼的，它们一进泥里，就难免不会碰到泥鳅、鳝鱼、嘎毛(青蛙)等小动物，甚至要了他们的性命，这不又是杀生吗？"

"这好办，这好办，"吴瞎子睁着没有光亮的眼睛笑了笑，又一上一下地摸了摸那根探路棍，"我给兄台出个主意吧！兄台按我说的去做，准保万事大吉。兄台如果是要砍柴或做田里活的话，事先在山边或田头放挂鞭炮，并祷告一番，说些请虫虫蚂蚁赶紧回避的话，这事就成了。另外，咱们逢年过节，只给人放鞭炮，那是不对的。动物也是生命呀，而且好多动物，如牛、猪、猫、狗、鸡、鸭等，还都为人做了很大贡献呢，难道它们就不应该过节日吗？所以呀，逢年过节的时候，姜兄最好也给它们放挂鞭炮，说几句祝福的话，让它们对你心存感激。这样的话，就一切问题都没有了。"

"呵呵，太好了，太好了，先生真是神人呀！听了先生一席话，胜读十年书啊！"

第十七章

和吴瞎子聊过以后，姜耀荣整个变了一个人。

他不再杀生了，连鸡、鸭都不杀了。平常日子走路，他老是弯着腰，低着头，眼睛瞪得大大的，聚精会神地看着地面，生怕踩死了什么小虫子、小蚂蚁。看见树上的小虫子掉下来了，他会小心翼翼地捡起来，再小心翼翼地放回树上。看见路上的蚂蚁、小虫子太多，他就要小心翼翼地绕开。他不再捉"禾跳跳"了，更不有意识地去危害蚂蟥和百节虫了。

并且，姜耀荣还听取了吴瞎子的建议，对小动物们采取了许多关爱、保护的措施。每一次进山里砍柴时，他都要先站在山边放一挂鞭炮，说是提醒动物们预先躲避。他常常是一边放鞭炮，一边磕头，一边对着山里大声嚷嚷："各位虫子动物，姜某今日进山砍柴，刀下没长眼睛，难免伤及无辜，请各位先行走避！"每一次下田里使犁使靶动锄头等工具时，他也会这样做，放一挂鞭炮，然后就念念有词："鱼呀、泥鳅呀、鳝鱼呀，嘎毛（青蛙）呀，你们先都躲一躲吧！等我干完活，你们再回来！"

姜耀荣不只是进山、下田时给野外生灵、蛇虫蚂蚁放鞭炮。他放鞭炮的时候多得很，格外与众不同。例如：大年初一时，别人家从来只敬祖宗、菩萨，而他却还要在猪栏、牛屋门口放一挂鞭炮，祝牲畜们"节日欢乐平安，来年吉利"。开春头次下水犁田时，别人家从不放鞭炮，而他不仅要放鞭炮，且还要亲自跪倒在耕牛前头，求"牛老爷"出力帮忙，并请"牛老爷"原谅自己在万不得已时可能对它实施鞭打吆喝。至于杀牛宰猪时，他就更是要大放鞭炮了。他常常一边放鞭炮，一边对着被杀的猪、牛放声大哭，求猪、牛原谅主人的无情，祝猪、牛下辈子超生世上做人，而不要再做猪、牛了。

同时，姜耀荣在其他方面也变了很多。他对父母更孝顺了，对左邻右舍更客气了，对亲戚朋友更和蔼可亲了，积善行德的事也做得更多更勤了。看到田边的路坏了，他就拿着锄头去修。哪怕到半夜三更了，他也要坚持到底，不修好决不收工。看见叫花子从大路上经过，他就要跑过去，扶他们到家里来，请他们吃饭，给他们东西。看到左邻右舍缺什么东西了，他就翻箱倒柜，把自己家的东西找出来送给人家。

姜耀荣变了，变好了，好得都有点傻乎乎了，有时甚至还会做出一些令人莫名其妙、啼笑皆非的傻事来。

一天清晨，他刚刚从麻将桌上下来，正准备回家睡觉。当走过后山时，不经意间突然发现一个人在自己山里砍树。他低下头，弯下腰，悄悄地走近了些，细细地看了看，认出那个人是邻村吴家冲的刘得崇。这时，他不仅不去制止刘得崇，反倒像是自己做了贼似的，赶紧转过身来，慌急慌忙地跑回了家。他关紧门，低着头，红着脸，结结巴巴地对李英莲说："我刚才从山边上走过，你猜我看见什么了？"

李英莲见他慌张得厉害，像是受了惊吓似的，便说："你该不是见着鬼了吧？"

姜耀荣摸了摸自己的胸口，压低声音说："鬼倒是没看见，但看见吴家冲的刘得崇了。他在我们家山里锯树。"

李英莲一听，不禁火冒三丈，说话声立马高了起来："他在我们家山里锯树，你为什么害怕？你应该上前抓住他呀！走，咱们一起去，把他抓住！"

姜耀荣一听妻子说话那么大声音，而且要拉着自己一起进山抓人，心里更是又急又怕了。他一把拖住李英莲的胳膊，央求着说："哎呀，我的姑娭馳，你说话不会小点声？这事让别人听见了多不好！刘得崇家里急着用木材，不得已才到我家山里来锯树的，却不幸被我看到了。这大冷天，他起那么早，干这特累人的力气活，也就很不容易了，咱们哪能去抓他呢！你赶紧到后头房里挑几根上好的木材给他家送过去，告诉他，就说我没看见他锯树，让他尽管放心，今后要用木材时，只管进山锯，拣大树锯。"

李英莲听了姜耀荣这番话，真是哭笑不得，不禁抢白他道："刘得崇专好偷东西，不是个好人。他锯了我们家的树，本身就不对，我们不找他麻烦也就算便宜他了，十什么还要给他送木材去？你又没吃迷魂散，脑子怎么那么糊涂呀？你老是这么着让人占便宜，赴明儿十脆把老婆也送人算了，省得我在你跟前碍事！"

姜耀荣对别人是从不发火的，但对自己的老婆孩子却又另当别论，他一听李英莲说风凉话了，立马吹胡子瞪眼睛，张口就骂："人在阳间做事，是好是坏，阴间阎家五爹(阎王爷)全知道！他都记在账上呢，将来都有报应！你一个没见识的女流之辈，晓得什么？"

后来，姜耀荣到底还是挑选了几根好木料，亲自背着，送到刘得崇家里去了。然而，他对刘得崇好，刘得崇却不领他的情。刘得崇是个得寸进尺、不知好歹的人。从此以后，只要需用木材，他就进姜耀荣家的山里锯。还有一些不守本份的人见刘得崇占了便宜，便也跟着学。结果，不上几年，姜耀荣家山里的成材大树便一根不剩了。

杀生的事牵扯面太广，完全躲开是根本不可能的，因而有时候也就难免出现令人尴尬的事了。这天上午，姜耀荣在园子里摘菜，低头从园墙上的树下经过时，不小心碰到了树枝，那树枝上的一条百节虫忽然爬到了他的头发上面，怎么也弄不下来。那条百节虫很大，足有半尺来长，小手指般粗，身体圆乎乎的，软乎乎的，还长有上百条短短的肉乎乎的腿，特别难看，令人恶心。而且，它还有个最令人讨厌的习性，那就是爱粘人的头发，一旦沾上了人的头发，就很难弄下来。姜耀荣最怕的就是百节虫，平时看都不敢看，更不用说用手捉它了。这回百节虫爬到头发上了，那该怎么办呢？他傻眼了，心里又急又怕，慌慌张张地跑回家里，要李英莲帮他弄下来。

李英莲仔仔细细地看了看，想了想，对姜耀荣说："要不在虫子身上戳一刀吧？它一疼，不就自动下来了？"

“哟、哟、哟，那不行，那不行，”姜耀荣急忙扯着嗓子大喊，“那怎么能行呢！你给它戳一刀，它还有命吗？它没命了，你不就是杀生了吗？人怎么能杀生呢！我不是早给你说过啦，宁可伤我一下，也不能伤它！”

“那要不我去喊剃头匠来吧，让他给你把头发剃了算了。头发剃掉了，百节虫不也就下来了？”李英莲说。

“那也不行！我脑袋上没辫子还行呀？”姜耀荣又嚷嚷起来了。那时候还是清末，男人们的脑袋上都必须留着一根长长的辫子。

李英莲急了，不耐烦地叨唠道：“这不行，那不行，你叫我怎么办呀？干脆我不管了，你自己看着办吧！”

“别、别、别，别走，别走，”姜耀荣连声大喊，“你就拿剪子把百节虫粘着的那些头发剪下来吧！千万别伤着它啊，等会儿我还要送它回山里去的！”

李英莲没办法，只得耐心地帮他剪头发，好不容易才把百节虫弄下来。但百节虫弄下来了，姜耀荣的头发也弄掉很多了，那根留了几十年的长辫子差不多只剩了半边。姜耀荣摸着辫子，嘴里不住地自言自语：“哎哟，辫子是男人的标志，我这辫子都被你剪成这样了，就剩下几根头发了，怎么出门见人呀？”

百节虫剪下来了，李英莲随手一扔，扔进了地坪边上的田里。姜耀荣一见，大声嚷嚷起来：“哎哟，我的祖宗，怎么能往田里扔呀？鸡吃了怎么办？”

“那往哪里扔呀？要不塞你被窝里吧？”李英莲笑笑。

“行了，行了，祖宗，你别管吧，我来，我来！”姜耀荣拿了个簸箕急急忙忙地下到田里，小心翼翼地把那百节虫撮到簸箕里。他要把那百节虫送到山里去放生。

时间过得快，转眼间，光绪皇帝和慈禧太后逝世三年了，宣统皇帝也继位三年了。过了年，到了二月十六日，姜耀宗便特意起了个早床，急急忙忙地往县城赶。他的老师邓宪恭早过世了，但邓宪恭的老夫人还在世，二月十六日便是她的大寿之期。每年的这一天，姜耀宗都必须赶到邓府为师母拜寿的。

过了邓婆桥，一进东门，只见满城鞭炮齐鸣，锣鼓喧天，人人个个喜气洋洋，高高兴兴。姜耀宗纳闷了：“年都过完了，城里干嘛还那么热闹呀？”

一个五十左右的男子肩头上驮着一个三四岁的孩子，正袖着手站在三井头的街边上看热闹。姜耀宗连忙上前一步，毕恭毕敬地站到那男子跟前，客客气气地问道：“请问老人家，今日如此热闹，所为何事呀？”

那老者一愣，瞥了一眼姜耀宗，笑嘻嘻地说：“哟，客官还不晓得这热闹为的什么事呀？莫非你是刚从国外回来的？”

“不、不、不，我不是刚从国外回来的，我就是这湘北县人，只不过没住在这城里罢了！”姜耀宗一本正经地回答。

“呵呵，就是湘北人！那就奇怪了，”老者又笑了笑，“莫非你是个长年在山洞里隐居、修行的道士或者和尚？"

"不是，不是，我就是个普通人，就是个普通人！"姜耀宗连连拱手作揖。

老者扫了姜耀宗一眼，好奇地说："普通人？那这么大的事，你怎么不晓得啊？"

"嗨，不好意思，"姜耀宗不好意思地笑了笑，脸都羞红了，"我那个家离此虽不远，却十分僻静，处在深山之中，差不多是世外桃源，与世隔绝，根本搞不清外头发生了什么事。所以，小人愚钝，不知道今日城里热闹所为何事，还请老丈多多指点！"

"哦，原来你是深山里来的，这也就难怪了。看样子，你也是个聪明人。今天高兴为的是什么事，我也不明说，你看看我这脑袋上头有什么变化，想必也就能猜得到了！"老者脱掉帽子，将头一低，示意姜耀宗看他头顶。

姜耀宗抬头一看，只见老者头顶上只有短短的一簇头发，却没有昔日常见的长辫子。他一愣，脱口而出道："老人家，你的辫子呢？怎么不见了呀？"

"是呀，我是没辫子了，"老者笑了笑，顺手一指大街上的人，"你再看看，大街上的男人们都还有辫子吗？"

姜耀宗朝大街上一望，果见满大街的男人们个个都留着短发，没有一个是留着长辫子的。他恍然大悟，惊喜地说道："噢，我明白了，满清王朝倒台了，是不？"

"没错，算你聪明，猜出来了，"老者笑笑，"满清王朝是完蛋了，所以大家兴高采烈，忙着敲锣打鼓放鞭炮搞庆祝活动呐！"

"这是哪天的事呀？"姜耀宗笑眯眯地问。

"就是前几天的事呀！据说隆裕太后是十二那天宣布皇帝退位的。我们城里头直到昨天上午才知道。"

"哦，这么说，天下该改元了喽？叫什么年号呀，老人家？"姜耀宗问。

"是呀，该改元了。南京的民国政府早就成立了，北京的民国政府据说也快成立了，年号当然得叫民国喽！"老者说。

"好事，喜事，大喜事，值得庆祝！我这就剪辫子去！"姜耀宗说完，一溜烟地跑了。

在邓府吃完饭，姜耀宗就兴冲冲地往家跑，刚跑到外地坪，就迎面碰上了姜耀荣。

姜耀荣正端着簸箕从田里上来，要往山里去送那条百节虫，见姜耀宗风风火火的，脸上充满了笑容，觉得奇怪，便连忙问："哟，耀宗，什么事那么高兴呀？"

姜耀宗站住了，笑嘻嘻地说："好事！天大的好事！"

"天大的好事？这时节能有什么天大的好事呀？扯泡（撒谎）的吧？"姜耀荣说。

"哟，荣哥，你什么时候看见我扯过泡呀，"姜耀宗不笑了，忽然变得严肃起

石板塘

239

来，"告诉你吧，皇帝退位了，满清王朝完蛋了，统一的民国政府很快就要成立了，一个崭新的时代即将开始了！荣哥，你说这是不是好事呀？"

"那当然是好事喽，"姜耀荣的脸上显出了难得一见的笑容，"对了，耀宗，这消息你是怎么知道的？"

"县城里听来的呀！我去县城里邓家看望老夫人，刚刚回来呢！哎哟，咱们乡下这地方真是太闭塞了，这么大的事居然都不知道，县城里可是早就传开了，满大街的男人没一个带辫子的了！"

"大街上的男人没带辫子的？那、那他们的辫子哪去啦？"

"剪掉了，统统剪掉了！"

"哦，现在时兴剪辫子？"

"对呀！这辫子是满清皇帝强迫咱们留的，现在他们倒台了，咱们当然得剪掉呀！"

"那太好了，我正发愁脑袋上的这根辫子不好办呐！"姜耀荣头一低，露出脑后的辫子让姜耀宗看。

姜耀宗一看就乐了，指着姜耀荣的辫子笑着说："呵呵，这可太好看了，连猪尾巴都不如。荣哥，你这是怎么回事呀？"

"怎么回事？还不是因为这小东西，"姜耀荣用手指了指簸箕里的百节虫，"我去园子里摘菜，它跑到我头发上待着了，怎么也不肯下去。没办法，我只好剪掉了一些头发，结果就成了这鬼样子！"

"呵呵，没事，没事，这辫子反正是要剪掉的。你先去山里放生吧，回头到我家来，我给你剪辫子！"

姜耀宗一到家，就让景满贞拿剪刀把自己的辫子剪掉了。姜耀荣一进门，他就拿把剪子迎了上来，要替姜耀荣剪辫子。这时，景满贞却一伸手把剪刀夺了过来。

"呵呵，剪猪尾巴这事，大脚婆最乐意干！"景满贞嘻嘻哈哈地笑着，走到姜耀荣身后，伸手一剪，姜耀荣的辫子便掉下来了。

姜耀荣弯下腰，捡起自己的辫子拿在手里看，景满贞又说话了："看什么看？有什么好看的？你还舍不得那根猪尾巴是不是？"

"舍不得？这猪尾巴有什么可舍不得的？在脑袋上吊着，我老背时（倒霉），到现在连个正经好一点的男孩子都没有呢！去它娘的，沤粪去吧！"姜耀荣说完，顺手一扔，把那根辫子扔了出去。

那时候，家家屋门口都有沤制农家肥的粪坑，叫做凼。姜耀宗家门口就有一个很大的凼。姜耀荣使劲一扔，那辫子"哧溜"一声掉进了凼里。

"好，扔得好！扔到凼里让它沤粪去吧！耀荣哥，扔了它，你就时来运转了，没准好儿子很快就有了呢！"景满贞作古正经地说。

"是呀，是呀，"姜耀荣满脸是笑，"天变了，朝代换了，我他娘的这倒霉的命运也该变变了！满贞，借你吉言，但愿你嫂子今年就给我生个好儿子！"

"会的，会的！英莲姐不是又害肚了嘛，今年肯定会给你生好儿子的，你就等着吧，"景满贞笑嘻嘻的，"不过，耀荣哥，我可先打招呼了，到时你得请我好好吃一餐啊！"

"那还用说吗？请你吃饭，一餐哪够呀，我得连请三天！"姜耀荣边说边往外走。

"喂，耀荣哥，别走呀！"姜耀宗对着姜耀荣喊。

姜耀荣站住了，回头问："哟，还有事？"

"当然有事喽，"姜耀宗面容严肃，一本正经，"光剪咱们俩的辫子哪行啊，全村人的辫子都还没剪呢！"

姜耀荣一愣，说："哟，你还想给别人剪辫子呀？"

"那当然！好多人的辫子都得咱们去剪的。哼、哼，咱们要不帮他们剪，他们只怕会永世留下去，一辈子都不会剪！"

"那、那你就各家各户跑一趟，帮他们把辫子剪了呗！"

"光我去哪行啊，你得跟着！"

"要我跟着？有必要吗？我算那颗葱啊？"

"哟，大哥呀，怎么没必要呢，你跟着可太有必要了！明摆着，你是我们耀字辈的老大嘛，我们哥儿二十几个都得唯你的马首是瞻哪！"

姜耀荣一向自卑，以为堂兄弟们都看不起自己。所以，姜耀宗这句话令他很感动。他连忙回转身来，满脸诚恳地说："哦，是、是嘛？耀宗，你可是太抬举我了！那好吧，我就跟你跑一趟吧！咱们先跑哪家呀？"

"当然是先去你们家喽，"景满贞插话说，"你爷是族长，影响大，把他的辫子剪了，剪别人的辫子也就不难了呀，对不？"

"嗯，我爷的辫子应该先剪，但我估计他的辫子可能还不是最难剪的。你们三房的这几位，嘿嘿，"姜耀荣笑了笑，"只怕是比较麻烦的哟！"

"没错，我们三房的这几位是比较麻烦，"姜耀宗点点头，"我父亲可能就有点麻烦。我云溪大伯、云谷二伯，甚至我耀科大哥，也都可能不大愿意剪辫子。但他们的问题都还不是最大的，真正问题最大的，可能还是我们家老祖宗。明摆着，我们家老祖宗年岁大了，老书又读得多，而且还是咱们石板塘辈分最大的一个，思想最守旧。你想想，就他这辈分、岁数、资历、威望、性情、思想，谁要去剪他的辫子，那还不是老虎头上拔毛、太岁头上动土吗？他那根稀稀落落的辫子，留了九十多年，经历了好几个朝代，平常看得比自己的命都重要，哪会轻易让人剪掉呢！"

景满贞眉毛一挑，扫了一眼姜耀宗，说："问题有那么严重吗？不至于吧？老祖宗思想守旧不假，对辫子看得重也不假，但还是通情达理的。我觉得他的辫子不难剪，就看你怎么跟他说喽，对吧？"

石板塘

姜耀宗诡谲地笑了："是嘛,满贞,老祖宗的鞭子,你敢去剪?"

"那有什么不敢的?"景满贞眼一瞪,身子一挺,立马站了起来。

"你一个人去!"

"一个人去就一个人去!"

老祖宗就是姜辉宇。他正歪躺在围椅里养神,一双眼微微眯着,静静地看着窗户外的蓝天白云。他耳朵不好,听不见脚步声,直到景满贞走到身边了,他才看见。见景满贞手里拿着剪刀,他以为她是来给自己剪指甲的,便连忙抬起枯瘦如柴的右手,微微地摇摇说:"刚剪过的,刚剪过的,不用剪,劳为(谢谢)你了啊!"

景满贞微微笑着,慢慢地弯下腰,把嘴巴贴近他的耳朵根子,大声喊道:"老祖宗,我不是来给你老人家剪指甲的。你老人家的指甲剪过了,我晓得。那还是我前天上午给你老人家剪的呢,记得不?"

"记得,记得,是你剪的,是你剪的。那不剪指甲,你拿剪刀要搞么子(干什么)喽?"姜辉宇使劲瞪大眼睛,一动不动地盯着景满贞手中的那把剪刀。

景满贞手捏剪刀,把刀口张了张,微微笑着说:"我拿剪刀搞么子,你老人家不晓得是吧?要不,你老人家猜猜看!"

"要我猜?呵呵,"姜辉宇咧嘴乐了,"剪鬓毛,是不?"

"不是!"景满贞拖着长音说。

"那、那就是剪胡子喽?"

"也不是!"

"呵呵,我猜不出来了!"姜辉宇晃晃脑袋。

"猜不出来是吧,"景满贞眯眯眼,"我告诉你老人家吧!我呀,是想用这把剪刀给你老人家做件大事、好事、特大特大的大好事!"

姜辉宇使劲睁着眼,好奇地盯着景满贞手里的剪刀,嘴里咕噜道:"用剪刀做特大特大的大好事?那、那是什么事呀?我都这么大岁数了,要去阎罗殿报到了,还能有特大特大的大好事吗?"

"别瞎猜了吧,"景满贞突然左手一伸,捏住了姜辉宇那根黑不黑、白不白的长辫子,"我呀,想给你老人家把这根辫子剪了!"

"剪辫子?信古(胡闹)哟,辫子哪能随便剪呢!满贞,你开玩笑的吧?这玩笑可开不得的!"姜辉宇回头看着景满贞。

"我可没跟你老人家开玩笑啊,真是来替你老人家剪辫子的!"景满贞绷紧脸,话几乎是一字一顿,说得很认真。

"真要剪辫子呀?那哪行啊!辫子可是剪不得的!"姜辉宇连忙把两只手放在脑后,死死地捂住了那根又细又长的花白颜色辫子。

景满贞的脸绷得更紧了,撅着嘴,嘟囔着说:"什么剪不得的,老祖宗,你老人家落伍啦!实话告诉你老人家吧,宣统皇帝已经退位了,满清王朝完蛋了,民国时代开始了！你老人家说说吧，天都变了，皇帝都倒台了，你还留着这根猪尾巴干什么呀？"

"哟、哟、哟，快、快别瞎说，快别瞎说，"姜辉宇的脸吓得煞白，"这、这种事哪能瞎说呀？要杀头砍脑壳的！"

"什么'杀头砍脑壳'？这时候剪辫子，谁敢杀你的头，砍你的脑壳呀？老祖宗，我没骗你老人家，"景满贞大声喊道，"清朝真的完蛋了，皇帝真的退位了，天下真的变了，要改元了，民国时代开始了！"

"皇帝退位了？你听谁说的？"姜辉宇直直身子，把脑袋往前伸了伸，小声问。

"耀宗说的！他刚从县城里回来，亲眼看见满城的男人都把辫子剪掉了！"

姜辉宇最喜欢的是姜耀宗，最信任的也是姜耀宗。听说这话是孙子姜耀宗说的，他有些相信了，咕噜道："哦，耀宗说的呀！这么说，皇帝真的退位了？"

"是呀，我没骗你，皇帝确实真的退位了。你老人家说吧，皇帝都退位了，这猪尾巴辫子还留着干什么？莫非还想等着清朝皇帝复辟？"

"唉哟，满贞，你吓死我了，"姜辉宇连连摇手，"这复辟二字哪是随便能说的呀，要杀头的！快、快别说了！"

"不想复辟，那就得剪辫子，"景满贞似笑非笑，"不然革命党来了，我们不好交待！"

"革命党要来呀？"

"是呀，他们要来检查的。像你这样的在满清读过书、考过学、还有点小名气的遗老，尤其是检查的重点。他们看到谁没剪辫子，没准就得抓走，定个想复辟的罪名。你老人家想想吧，要是被他们抓走了，那一世英名不就毁了？"

"哦，有、有这么严重？"姜辉宇眉头紧皱。

"当然有这么严重喽！你老人家自己掂量吧，看是剪掉辫子好呢，还是被他们抓走好？反正话说在头里啊，你老人家要是被抓走了，关进牢里了，我们可不去看，也不去送饭。我们丢不起那人呀，对不？"

"哦，这事确实不小，确实不小！要不让我想想吧，行不？"姜辉宇边沉吟边摇晃脑袋。过了好一阵，他才突然一扬脑袋，大声说：

"那、那就剪了算了吧！不过，满贞，你别剪得太多了，好歹给我留一点！万一皇帝复位了，我还可以再扎起来呀，是不？"

"好嘞！我听你老人家的，少剪一点，多留一点！"景满贞一边说，一边走。转到姜辉宇身后，她突然伸出左手一把捏住姜辉宇的辫子，右手紧握剪刀使劲一剪，那根辫子就被齐根剪了下来。她答应姜辉宇少剪点，多留点，但实际上却剪得特别干净，差不多是贴着头皮剪下来的，一点都没留。

"剪下来了？"姜辉宇回头问。他大概听见剪刀响了。

"是呀，剪下来了！"景满贞手里捏着辫子晃了晃。

"来，给我看看，给我看看！"姜辉宇手伸得老长。

"唉呀,这有什么好看的呢,难看死了,"景满贞手一扬,把辫子扔进了姜辉宇的怀里,"行、行、行,你老人家非要看,那就看吧!"

姜辉宇拿起辫子,双手捧着,递到眼前细细地看了看,又送到鼻子底下吸气闻了闻,长叹一声说:"唉呀,这辫子有年头了嚛,都九十多年了!九十多年的东西,也算得上是个宝物了,不容易哟,要留起来,存着,给后代做个纪念。"

"行、行、行,留着,留着,留一千年,留一万年,当传家之宝,这总行了吧?"景满贞伸手拿起辫子就走。

景满贞神采飞扬,一边扭动着腰肢往屋里走,一边拿着姜辉宇的辫子左右两边甩,一边自言自语:"马到成功,嘿嘿,马到成功!"

姜耀荣朝景满贞的手里一看,眼睛立马亮了。他对着景满贞竖起大拇指,说:"哟,满贞,真没想到啊,你那么快就把老祖宗的辫子剪掉了!行,满贞,老哥服你了!你有能耐,你有两下子,你了不起!"

景满贞咧开嘴乐了,眉飞色舞地说:"那当然嚛!你想想,我是谁呀?我是天底下第一号大脚婆嘛!"

"吹牛,"姜耀宗眼一斜,瞟了一下景满贞,"那是你的功劳吗?"

景满贞双眉一竖,瞪着眼喊了起来:"我拿剪刀剪掉的,怎么不是我的功劳?"

"你拿剪刀剪的,这不假,可那是我的面子呀,"姜耀宗俏皮地笑着,"老祖宗要不是看在我的面子上,能让你剪他的心爱宝贝辫子吗?"

"你的面子?你有什么鬼面子哟?笑话!"

"我没面子,那就奇怪了!我是他的孙子,我为他生了好几个重孙子,我为三房续了后,我为他免除了断子绝孙的后顾之忧,我是三房的特大功臣呢,怎么没有面子呀?"

"呵呵,呵呵,"景满贞哈哈大笑,"大男人说这话,也不嫌害臊!没有我大脚婆,就凭你,能生得出孩子来吗?你手拍胸膛想想,这几个孩子是你的功劳吗?"

"当然是我的功劳嚛!明摆着的事情嘛!"

"还贫嘴?看我不抽死你!"景满贞说完,挥起姜辉宇的辫子就朝姜耀宗的身上抽来。抽了两下,她不抽了,忽然将手中的辫子高高举起,身子一扭,双眉一竖,学着花鼓戏的腔调唱了起来:"老娘我,手中鞭,高高举起,小畜生,哪里去,还不求饶?"

姜耀宗脸色一变,对着景满贞直摇手,说:"别唱了,别唱了!你这大锣嗓子一唱,还不得把父亲大人唱醒了呀?"

姜耀荣低声道:"怎么,我涛叔还在睡觉?"

"嗯,他喜欢晚上看书,中午睡觉!"

"得睡多久呢?"

"也就个把多时辰吧,"姜耀宗抬头望一眼天上的太阳,"嗯,太阳快偏西了,估计他也差不多该起来了！"

"那还不如这样呢，"姜耀荣故意压低声音，"等会儿我涛叔醒了，就让满贞去给他剪辫子呗！她是你们家的大功臣，地位高，说话分量重。她去剪辫子，我涛叔还能不让剪吗？"

"不、不、不，我父亲的辫子，满贞剪不了！"

"不会吧？老祖宗的鞭子，满贞都能剪得了。我涛叔的辫子，她还能剪不了？"

"你不明白这里头的道理，"姜耀宗微微笑着，"老祖宗的辫子，满贞为什么轻而易举地就剪了呢？满贞为他生了好几个重孙子，招他高兴、喜欢，这是一个最重要的原因。除此之外，还有一个缘故。什么缘故呢？老祖宗九十多了，年纪比满贞大了六十多岁，辈分也隔着两代。因此，他老把满贞当孩子看，默许满贞的言行随便一点，放肆一点。满贞做什么，他都无所谓，心里不会有别的想法。但我父亲可就不同了。我父亲只比满贞长一辈，而且又是公公和儿媳这种特殊关系。所以，在满贞面前，他就比较矜持，比较注意身份、地位，比较讲究自尊、自重和男女之别，或者说是比较摆谱。他不把满贞当孩子看，而只把她当儿媳妇看，因此对满贞的言语行为就比较挑剔了。别说是满贞了，就是我，虽然是他儿子，那他也不会允许我在他面前随随便便，言语行为有任何放肆的。"

"噢，我明白了。你说得有道理，"姜耀荣连连点头，"那这么说，你和满贞都没法去给他剪辫子喽？"

"是呀！"

"那怎么办呢？谁去给他剪呀？"

"你呀！"

"我？我行吗？他会让我剪吗？他能看得起我吗？"

"你行！你绝对行，"姜耀宗头一抬，看了姜耀荣一眼，"你想想啊，你和我们不同，对不？你不是我们家的人，年纪又比我和满贞大得多，因此我父亲对你多少会有几分尊重的，不会拿你当孩子看。另外，我父亲对你的印象也是不错的。他觉得你人老实、厚道，没什么坏心眼。跟你说句实话吧，在整个二房，他信任的只有你和我英莲嫂子。"

听了姜耀宗这几句话，姜耀荣心里很感动。他拿起剪刀，藏在衣兜里，战抖着声音说："那好吧，我就去试试看吧！"

姜耀宗说得不错，姜云涛对姜耀荣很客气。姜耀荣拿出剪刀，战战兢兢、结结巴巴地说了来意，姜云涛便痛痛快快地让他把辫子剪了。

剪了姜云涛的辫子，姜耀荣的心里说不出有多高兴。他压根也想不到，自己还能做成这样的事。所以，一出姜云涛的屋，他就心血来潮了，也不跟姜耀宗和景满贞商量，竟自拿着剪刀就往姜云溪的屋里走。

姜云溪在家。姜云谷和姜耀科也都在他屋里。他们都已经知道了皇帝退位的消息，正在悄悄地议论呢。看见姜耀荣手里拿着剪刀，脑袋顶上已经没有辫子

石板塘

了，他们便也就明白了他的来意。他们都不是死脑筋，当即便接过姜耀荣手里的剪刀，自己动手剪掉了辫子。

没怎么费口舌，就剪掉了四个人的辫子，而且这四个人中还有三个都是自己的长辈，姜耀荣这一下大出意料之外。他心里油然生起了一股成就感、自豪感，就好像完全变了一个人似的，说不出有多高兴。从姜云溪屋里出来后，姜耀荣就再也憋不住了。他忽地扯开破锣嗓子，手舞足蹈地哼起了花鼓戏《刘海砍樵》的段子："小刘海呀——啊，在茅棚喽——哦，别——了——娘——亲啦哦——哦——，背千担，往山林，去走一呀啊——程啦——哦——哦——"

照壁山一带虽是山区，人烟稀少，家家户户的房子都离得比较远，但消息的传递却一点也不慢。姜耀宗从县城回来时，路上碰到了几个熟人。当时，他就把自己在县城听到的消息告诉了那几个熟人。那几个熟人当即便奔走相告。结果，消息不胫而走，一传十，十传百，百传千，很快就传遍了附近的百十个村庄。这是一个激动人心的好消息。大家听了，都高兴异常，激动不已，纷纷敲起了锣鼓，放起了鞭炮。于是，刹那间，照壁山下的方圆数十里，鞭炮齐鸣，锣鼓喧天，热闹非凡。

姜耀荣顺利地剪掉了姜云涛、姜云谷、姜云溪和姜耀科四个人的辫子，这也大出景满贞的意料。她竖起大拇指，对着姜耀荣夸了起来："耀荣哥，不错嘛，你也长能耐了！好，今后啊，你就得这样做，敢说敢想，敢作敢干。男子汉，大丈夫，就得有这么股子闯劲，千万不要胆小怕事，畏首畏尾！"

"是，是，是，满贞，你说得对，"姜耀荣举起手里的剪刀扬了扬，"那你们说吧，下一个该剪谁的？"

"下一个？那就一家一家来呗！"景满贞说。

"一家一家来？我看用不着，"姜耀宗看看景满贞，又望望姜耀荣，"其实，别人家都用不着咱们帮，他们自己都会主动剪的。只有我云岳大伯这个人思想比较守旧，脾气也比较固执，恐怕不会主动剪辫子的，倒是应该帮一帮。但他那个人，脾气大得很，向来好面子，又是个族长，自以为是个了不起的官，谁敢去剪他的辫子呀！你们说，这事怎么办？"

"他的辫子，最该剪，"景满贞脸一沉，咬咬牙，"他是族长嘛，该带这个头，对不？"

"是呀，云岳大伯是该带头。但他就是不带这个头，你又拿他怎么办呢？"姜耀宗说。

"怎么办？你去帮他剪呀！你去，没准行！"景满贞的眼睛紧盯着姜耀宗。

"笑话！我去？我去哪能行呀！在他眼里，我是外人，是手下，是小字辈，有什么权力干涉他的事呀？而且吧，我还是三房的。明摆着，他对我们三房向来看不上眼，有很大的成见，就好像我们三房的人欠了他八辈子血债，是他不共戴天的死敌似的。就这种情况，我要是贸然拿着一把剪刀去剪他的辫子，他还能高兴得了？他要是把我的好心当成驴肝肺，对着我发起脾气来，张口大骂，甚至动手打，那我能受得了吗？我要是受不了，忍不住，也对着他发起脾气来，那不就得坏大事了？"姜耀宗说。他大概是话说得多了，嘴巴有点发干，两片嘴唇不断地互相舔着。

景满贞倒了一碗茶递给姜耀宗，转眼看看姜耀荣，说："耀荣哥，我和耀宗是外人，你可不是外人哦！你是我云岳大伯的儿子呀，而且还是他头大的大儿子呐！他的辫子就该你去剪，对不？你不剪，谁剪呀？再说喽，剪我云岳大伯的辫子，你也完全有这种能力呀！刚才你不是没费一点口舌，就把我干爷公(公公，爷念ya，下同)他们几个的辫子剪掉了嘛！剪我干爷公那种老顽固的辫子你都那么容易，剪我云岳大伯的辫子，那还不是一眨眼的事呀！"

姜耀荣的脸都白了。他连连摇手说："哎哟，你饶了我吧，他的辫子我哪敢剪呀！他那么不喜欢我，我要剪他的辫子，那还不得把我吃了？"

"满贞，别逼耀荣哥了，"姜耀宗说，"让耀荣哥去剪，那还不如咱们两个外人去剪呢！"

"那就我去！"景满贞说着，一伸手从姜耀荣的手里拿过剪刀来。

"你去？你有那个胆，不怕？"姜耀荣问。

"哼，你怕，我不怕！我去剪！我就不信他那个邪！今天，我大脚婆非在他那个太岁头上动土不可！"景满贞拿着剪刀就往姜云岳家跑。

姜云岳刚洗完脚，正坐在窗根底下聚精会神地剪脚指甲。姜老婆子紧挨着他坐着，一边细声细气地说话，一边做针线活。见景满贞拿着一把剪刀进门，姜老婆子便问："哟，满贞，剪刀不好使了，要我磨磨，是不？"

"不、不、不，这剪刀好使得很，不用磨，"景满贞举起剪刀扬了扬，扫了一眼姜老婆子，又转眼盯着姜云岳，"我拿剪刀来呀，是要干一件大事！"

"干大事？奇怪啦，干什么大事呀，非得要用剪刀？"姜老婆子停下手中的针线活，转头看着景满贞。

"我呀，是想帮我大伯剪掉那根辫子！"景满贞用手指了指姜云岳头上的辫子。

"胡闹！这时候剪什么辫子呀？我不剪！"姜云岳说，抬头看了一眼景满贞。说完，他立刻低下头来，依旧一门心思剪脚指甲。

"哟，大伯，宣统皇帝退位了，满清王朝倒台了，民国时代已经来到了，这事莫非你还不晓得？"景满贞说。

"我又不是聋子、瞎子、傻子，满世界都在放鞭炮、敲锣鼓庆祝呢，我还能不晓得？"姜云岳撇撇嘴，头都没抬。

"那你既然晓得，为什么不肯剪辫子呀？"景满贞满脸纳闷神色。

"你黄毛丫头一个，晓得什么？哼，"姜云岳依旧低着头细心地修理指甲，"这国家大事呀,不是你们女人家该管的,趁早别参与!"

"哟,大伯,我可只是要帮你老人家剪辫子,没参与国家大事呀!"景满贞笑了笑。

"没参与国家大事?那我问你,"姜云岳抬起头来,看了看景满贞,"我这辫子是不是皇帝让留起来的?"

"是呀,是满清皇帝让留起来的!那又怎么啦?"景满贞反问。

"那不就得了!皇帝让留的,你硬要把它剪掉,那不是对抗皇帝是什么?"姜云岳说,神态一本正经。

"对抗就对抗呗,皇帝还能把我怎么着?他反正已经倒台了,说话没人听了,对不?"景满贞振振有词。

"哼,皇帝倒台了!倒台了,他就不能再上台呀?"姜云岳满脸不屑一顾的神色。

"再上台?那怎么可能?"景满贞说。

姜云岳剪完脚指甲了。他手一伸,把剪子递给姜老婆子,回头看一眼景满贞说:"怎么不可能?你没见去年的武昌起事呀?刚开始时,革命军的声势多大呀!结果呢?结果是袁世凯派曹锟领兵到武昌,一仗下来,革命军就溃不成军了,黄兴吓得溜之大吉。再有,咱们湖南不也是一样吗?武昌起事后,焦达峰、陈作新两个没长胡子的年轻人也跟着学,闹起了革命,还当了都督。结果如何呀?结果是这两个年轻人的都督瘾还没过足,脑壳就被人砍下来了。满贞,你还嫩得很,晓得什么屎臭屁臊呀!世事难料,明白不?皇帝今天下台了,明天他就有可能再上台,晓得吗?我要是把辫子剪掉了,他明天要是重新上台了,找我要辫子,我上哪里找辫子去?剪辫子容易,长辫子难呀,是不是?"

姜云岳兀自还在振振有词,景满贞却没耐心听了。她身子一转,脚步迅急移动,眨眼便到了姜云岳身后。突然,她伸出左手,一把抓住了姜云岳那根白花花的长辫子。

"别胡来啊,满贞,小心我跟你急!"姜云岳一边说,一边伸出双手护住辫子。

"大伯,快松手,你抓住我的手了!男女授受不亲啊,这道理你也不懂吗?"景满贞大喊大叫起来。

景满贞这一叫,姜云岳就不得不松手了。他平生最忌讳的,就是男女之间的事情。但他刚一松手,景满贞的剪刀就立刻上去了。只听"咔擦"一声,一根白花花的长辫子从姜云岳的头顶上掉了下来。

姜云岳的辫子掉到了地上。他低头看了看,声嘶力竭地嚷嚷起来:"唉哟,我没辫子了,怎么见人啊?满贞,你真是个混世魔王!"

第十八章

人变好了,不杀生了,行善积德的好事做得多了,时代也变了,姜耀荣觉得自己的命运怎么着也该改一改了。但他万万没想到,转过年后,李英莲又给他生了一个女孩。而且,这个女孩还是一个严重的残废,一个生下来就坏了眼睛的瞎子。这一下,姜耀荣彻底寒心了,顿时陷入了极大的痛苦之中,一连好多天没出门。

儿子天天憋在家里不出门,姜老婆子见了,心里很难受。她手心里捏着一条手绢,一颠一拐地进了儿子家,兜头便对姜耀荣埋怨起来:"难受吧?怪谁呀?谁都不能怪,就怪你自己!我早就要你去衡山拜佛的,你就是不肯去。这回好了吧?又生一个残废!家里的残废都齐了,哑巴、驼背、瞎了个有。"

"唉哟,娘,你少说几句好不好?人家正难受呢,你还要朝人心窝里戳刀子,什么意思呀?非要把我气死是不是?"姜耀荣打断母亲的话,朝她瞪了一眼。

姜老婆子不说话了。她把手绢往姜耀荣手里一塞,低声说:"好了,我不说了,不说了。你也别难过了吧!天天关在家里难过,自己折磨自己,又有什么用?我看呀,还是得拜佛。这手绢里头包着几个镯子和几块光洋,你拿着吧,赶紧去趟衡山!"

"我、我不要!娘,你老人家的这点东西攒起来太不容易了,我哪能要啊!"姜耀荣说着,伸手一递,又把手绢塞给了姜老婆子。

"少废话,"姜老婆子低声吼道,"拿着吧!别跟你爷老子说,我的东西他是不知道的!"

姜耀荣伸手接过手绢,嗫嚅道:"非得去衡山拜佛啊?平时不烧香,急时抱佛脚,管用吗?我看管不了什么用。再说,家里事情正多呢,田里有活,山里有活,菜园子里也有活,到处都有事等我做,我哪抽得开身呀?要不再等等吧,忙完这一段再去,行吗?"

"不行!忙完这一段再去,那怎么行呀?这一段忙完了,下一段呢?事情天天有,你哪一天能忙完呀?少废话,必须去,明天就走,"姜老婆子瞪着眼,竖着眉,神情异常严肃,话说得十分坚决,"家里的事,你别担心,英莲能干,我也能帮着做。万一田里的活我们娘俩做不了,我就喊耀典来做,反正不耽误你的事就是了,放心吧!"

"那好吧,既然你老人家下命令了,那我就跑一趟!不过,明天动身不行,要准备行李,要买香烛,怎么着也得等到后天!"姜耀荣无精打采地说。

"不行!我说明天就明天!"姜老婆子斩钉截铁地说。

母亲的命令，姜耀荣不得不听。他终于跑了一趟衡山。这一趟，时间不短，从头到尾四个多月。在衡山上，他拜了不少寺庙。例如，南岳大庙、祝圣寺、黄庭观、藏经殿、方广寺、上封寺、南台寺、福严寺、铁佛寺等有名的寺庙，他就都去拜了。回程路过长沙时，他又特意去拜了开福寺和麓山寺。这两个寺庙也都是湖南有名的寺庙。

南岳回来，姜耀荣很高兴。这一趟，他觉得收获很大，特别是拜过了如来佛和观世音菩萨。"南岳去过了，如来佛和观世音菩萨拜过了，功德圆满了，我这一生应该不会再出任何问题了，今后肯定是一帆风顺了。"姜耀荣这样想。

但这一回，姜耀荣还是想错了。他回来后的第三天，家里又出了一档子令人伤心欲绝的大事：他那个唯一正常、健全的孩子——女儿鹤莹死了。

姜鹤莹是被水淹死的，就淹死在石板塘里。那一年，她刚刚满六周岁。那一天，她正好过六周岁的生日。

姜鹤莹虽然是个女孩，姜家上下却都很疼爱，就连最不喜欢女孩的姜云岳也不例外。姜鹤莹长得好，眉清目秀，聪明伶俐，特别招人喜欢。对这孩子，姜耀荣看得极重。即便忙得脚底朝天，他每天也都要抱抱她，还经常亲自带着她玩。去亲戚家或朋友家串门时，他也最喜欢把她带在身边。

农村习俗，最重视小孩过生日。因此，那天姜家来了不少客人。午饭以后，客人们坐在屋里聊天，李英莲便忙着沏茶。这时，小鹤莹皱着眉头过来了。她那天有点不舒服，一清早起来便嚷嚷头晕，中午也没有吃饭。

"娘，我想吃个烧红薯！"小鹤莹牵着李英莲的衣服下摆不松手，李英莲走到哪里，她就跟到哪里。

李英莲惦记着孩子中午没吃饭，知道她饿了，便柔声细语地说："乖，你先玩去吧！我沏完这罐茶，就去给你烧红薯。给你烧一个最大的，好吗？"

"好！"小鹤莹对母亲说，但她却还是不肯走开，仍然紧紧地跟着母亲走来走去，这下就把李英莲惹火了。

"你干什么老跟在我屁股后头呀？像个跟屁虫似的！没见我正在做事？中午那么多好饭好菜你不吃，这会儿却闹着要吃烧红薯！我这会儿忙着呢，哪有闲功夫伺候你！那么大的孩子了，一点都不懂事！"李英莲对着女儿一顿数落。

见母亲不高兴了，小鹤莹连忙松手走开，独自一个在窗根底下站着。站了一会儿，见大人们都在喝茶、说话，没人理她，她就一转身出去了。

李英莲又是沏茶，又是陪客人说话，忙得不亦乐乎。好不容易把客人送走了，她又忙着洗碗筷、扫房子、擦桌子，收拾厨房。一直忙到太阳快下山了，几件要紧的事才忙完，她也才得空歇下来。突然间，她想起还没给孩子烧红薯，便连忙挑了一个个头最大的红薯塞进火灶里。大约过了一炷香的功夫，她估摸红薯快烧熟了，便喊小鹤莹回来吃，但这时却怎么着也找不到孩子了。

李英莲水都顾不上喝一口，便急急忙忙地出门，房前屋后地到处寻找起来。

看见人,她就问:"喂,你看见我们家小鹤莹吗?"

"刚才还看见呢,就在上头菜园子里,好像是在摘猪菜,手里还提着一个菜篮子呢!"好几个人都这样说。

小鹤莹年龄虽只有五六岁,却特别懂事。家里人虽多,但老的老,小的小,残废的残废,能干活的人极少。她见母亲太辛苦,一个人忙不过来,就经常帮母亲干活,扫地、洗衣、擦家具、拾柴火,几乎什么活都干,摘猪菜更是她天天必做的事。家里养的那头猪,差不多就全仗她一个人摘猪菜了。

"小鹤莹这会儿准保饿极了。孩子今天过生日,偏又赶上身体不舒服,中午饭都没吃一口,要吃个烧红薯,却被我骂了一顿。她不仅不生气,还去摘猪菜,真也就难为她了。我干脆把烧红薯带着,让她快点吃了吧。然后,我顺便把她摘的猪菜拿到塘里洗干净了带回来,就不让她去塘里洗猪菜了。"李英莲想着,便从火灶里取出那个烧熟了的红薯来,掸干净上面沾着的草灰,又用干净毛巾擦了擦,拿在手里,直奔菜园子。

李英莲一边走一边喊,从菜园子这头走到那头,又从那头走到这头,把整个菜园子都找遍了,也没看见孩子。

"是不是跑到山里玩去了呢?"李英莲一边琢磨一边走,三脚两步就进到了山里。但她在山里转了好几圈,也没见一个人影。

"园子里没有,山里也没有,奇怪,她跑到哪里去了呢?对了,该不是到石板塘洗猪菜去了吧?"李英莲心里头一紧,撒腿就往石板塘跑。

下午的石板塘虽然阳光明媚,但却格外寂静,充满了令人发怵、心慌的气氛。李英莲一边跑,一边找,一边喊,找遍了石板塘的前后左右,也没有看见孩子。突然间,她发现塘边的石凳上有一个菜篮子,里面还有一些猪菜。那菜篮子是自家的,她当然认得。很明显,小鹤莹来过石板塘,在塘里洗过猪菜。

李英莲心知大事不妙,失魂落魄地跑回家,急急忙忙地把丈夫喊来了。姜耀荣站在水边,把一根长长的竹竿往塘里伸去,一步一步地使劲拨弄着水底。忽然,随着长竹竿浮出水面,一个小女孩猛然飘了上来。那小女孩披散着头发,光着脚丫子,眼睛睁得大大的,肚子胀得鼓鼓的,脸色煞白,显然早就没气了。她穿着一件带有大块补丁的红花衣服,手里还紧紧地攥着一把绿绿的猪菜。一看见那件带有大块补丁的红花衣服,李英莲便知道是自己的女儿了,因为那件衣服她再熟悉不过了。那件衣服是小鹤莹最喜欢的一件衣服,一般只在过年过节和过生日的时候才舍得穿的。为了让女儿过生日时能穿上一件像样的衣服,她昨天晚上还连夜加工,大半夜没睡,在那衣服的破口处缝了一个大补丁呢!

小鹤莹淹死了。姜耀荣把女儿捞了上来,摆放在石板塘的正堤上。小鹤莹依然睁着那双大大的眼睛。姜耀荣几次动手去摸她的眼,却都没能把她的眼睛合上。小鹤莹依然紧紧地攥着那一把绿绿的猪菜。姜耀荣几次去掰她的手,却都没能把那猪菜从她的手中取出来。

石板塘

"耀荣哥,小鹤莹既是舍不得那把猪菜,那你就让她带走吧!"樊桂枝带着哭音说。说完一回头,那豆粒大的泪珠儿便从她脸上滚落下来了。

一家人围着小鹤莹抱头痛哭。石板塘、吴家冲、双塘街、大柏树屋场等村的邻居们也都闻讯赶来了,把塘堤围了个水泄不通。大家相对无言,泪如雨下。

"我的苦命儿呀,你要死,怎么不跟娘说明白呀?你今天过生日,却一口饭都没吃呀!你想要吃个烧红薯,娘都没能给你及时烧呀!你就这么饿着肚子走了,你叫为娘的心里怎么受得了呀!孩子呀,娘可真的是对不住你哟!"李英莲捶胸顿足地哭着,喊着,嗓子都哑了。她手里还拿着那个烧红薯。

"英莲,给我!"樊桂枝看见李英莲手里还拿着一个烧红薯,便明白是什么意思了。她一步上前,从李英莲手中拿过那红薯来,郑重地放在小鹤莹身旁。

"孩子呀,你带着这个烧红薯上路吧,这是你娘刚刚给你烧好的!"樊桂枝带着哭音说,豆大的泪珠哗啦哗啦地往下流。

大家都说,人不能空着肚子死,要不为什么犯人临刑前都得给口饭吃呢!小鹤莹死了。她死得很冤,是饿着肚子死的,临死前连口烧红薯都没能吃上。也许就是因为这个缘故吧,她死后的近一年时间内,石板塘附近隔三差五地闹鬼。

有人说,他从石板塘路过的时候,看见塘边那伸入水中的长条石上蹲着一个穿红花衣服的小女孩。那小女孩身旁放着一个菜篮子,她的手里还攥着一把绿绿的猪菜。人们都说,那是小鹤莹在洗猪菜,她惦记她娘没人帮着摘猪菜呢!

还有人说,他傍晚走过石板塘的时候,看见塘边的红薯地里有个穿红花衣服的小女孩在挖红薯。但当他走近去看时,那个穿红花衣服的小女孩却又突然不见了。人们都说,那是小鹤莹在挖红薯,她想吃烧红薯了。

还有一个说法更离奇:有一天中午时分,吴家冲的两个小姑娘从石板塘经过,突然看见姜鹤莹站在塘堤上。她一只手捏着自己那件红花衣服的下摆,另一只手却指着那下摆的地方让那两个小姑娘看。那两个小姑娘吓得胆战心惊,一路哭喊着跑回去了。

姜鹤莹为什么指着衣服下摆让人看呢?人们百思不得其解,但樊桂枝却很快就找到答案了。那答案是在梦中找到的。当天晚上,樊桂枝做了一个梦,梦中见到了小鹤莹。小鹤莹还是穿着那件红花衣服,但破了,破口就在那衣服的下摆处。小鹤莹指着那衣服的破口处让樊桂枝看,对她说:"姊,你看,我衣服破了,是在塘底下被小石头刮破的。麻烦你对我娘说一声,让她再给我做一件吧,行吗?"

第二天一早,樊桂枝就把做梦的事告诉了李英莲。李英莲一听,二话没说,就找出一张红纸做了一件纸衣服,拿到姜鹤莹坟前烧了。她一边烧那纸衣服,一边哭着说:"儿呀,你对娘有意见了?为什么托梦给你姊,却不托梦给娘呀?你这么做,让娘好伤心哟!红花衣服,娘给你做了,你拿去穿吧!也不知合身不合身?你先试着穿吧,行吗?要是不合身的话,你就托个梦给娘吧,娘再给你做!"

也真奇怪,打这以后,就再也没人梦见过姜鹤莹了。

姜鹤莹被埋在了后山北坡的坡地上。那地方满坡都是大松树、山茶花和栀子花。姜耀荣在坡地的正中间，几棵大松树的前面，为小鹤莹起了一个小小的坟头。那坟头，前面正对着石板塘的塘堤。

姜耀荣经常去看小鹤莹。看牛的时候，他就经常去那山里。他把牛拴在树上吃草，自己则一个人坐在小鹤莹的坟边默默地流泪。

李英莲也经常去看小鹤莹。每逢过年过节或小鹤莹生日的时候，李英莲都会带着一件红纸做的衣服和一个烧红薯去看她。

五个孩子，残的残，死的死，一个好的男孩子也没有。这对姜耀荣的打击实在是太大了。他受不了这一切打击，终于彻底变了，完全变了一个人。

姜耀荣原来就会玩麻将，但并没有上瘾，只不过偶尔玩玩而已。这时候，他却完全变成了一个赌徒，成了地方上出名的赌棍。凡是带有赌博性质的棋牌类游戏，如玩骨牌、掷色子、捉纸麻雀等，他都无所不好了。然而，他最喜欢的，还是搓麻将。一旦上了麻将桌，他就认不得张三、李四、王五麻子，分不清早晨、傍晚、白天、黑夜，常常是连轴转、通宵干，饭也顾不上吃，觉也顾不上睡了。他在麻将桌上时，任谁也喊不下来。李英莲喊他吃饭、睡觉时，他理也不理，说急了还要骂上几句："臭婆娘，管那么多干什么？你见哪个男人不打牌呀？"有时候，李英莲也跟他急，特意去喊公公来。姜耀荣对老父虽然惧怕三分，但却也有对付的办法。见姜云岳来了，他就换副嘴脸，满脸小心，急急忙忙地下桌不玩了。但姜云岳一走，他就依然故我，照玩不误。有时，他干脆和姜云岳、李英莲捉迷藏，打一会儿麻将就换个地方，让他们找不着。姜耀荣搓麻将，与别人不同。别人一般都是小打小闹，他却喜欢场合大，嫌小打小闹不过瘾。然而，他搓麻将的技术却又不大高明，常常是输的次数多赢的次数少，有时甚至是只输不赢。他玩得多，玩得大，输得自然也就惨了。这样一来，不上几年工夫，他家里的钱财便往别人手里送去了一大半。

姜耀荣原来是不大爱说话的，这时候却突然变得话特别多了。他虽然进过几天私塾，其实只比文盲略强一点，肚子里并没有多少真东西。他是个地道农民，却最喜欢把自己打扮成斯文模样，穿着长袍马褂，串东家、走西家，或村前树下，或房侧街边，与人议论些古今兴废，吊几句"子曰诗云"。平常说正经事，他话很少，有时甚至连一句像样的话都说不上来。但若谈起关云长、诸葛孔明、秦叔宝、程咬金、岳飞、宋江等人物来，他就像换了个人似的，眉飞色舞，唾沫横飞，话不仅极多，而且也说得很利落。如果有一杯酒或者一杯茶在手里头，那他的话就更多了，常会吃饭的时候忘了端饭碗，睡觉的时候忘了盖被子，甚至内急了都得忍着，非要把话说完了不可。他最爱谈的话题，是刘备和曹操，常说那刘先主是古今以来第一仁义君子，惜乎天道不公，不然的话，只怕至今天下还得姓刘；而那曹阿瞒却是古今以来第一阴险小人大奸臣，要不为什么他曹家的皇帝位子没坐几年就被人家司马氏夺了去呢！有人不同意他的观点，和他争论，说曹操的谋

石板塘

略远胜于刘备,会打仗。他便驳斥说:"你懂得什么?君子重仁义,不尚权谋;小人尚权谋,不重仁义!"

姜耀荣原来还比较忠厚实在,虽然不爱做庄稼活,但并不偷懒。而这时候,他却完全变成了一个好吃懒做的懒汉。他常说"下田一脚泥,进山一身汗"是下等人的营生,不是他姜耀荣的平生志向。春天时,他嫌田里湿气重,水阴冷,还有蚂蟥。夏天时,他嫌田里闷热难当,蚊子、苍蝇、黄蜂多。到了秋天,他又嫌田里杂草多,刺得人手脚痒痒难受。所以,一般日子,他是绝对不去田里的。田里有水没水,杂草多不多,庄稼长得如何,要不要施肥、除草、撒药、灭虫,他都懒得管。只有季节到了,实在等不得人了,有事非他出面不可了,或者是姜云岳一而再再而三地硬逼他了,他才会迫不得已地往田里走一遭。菜园子里,他是长年不去的。他把它完全交给李英莲了。他觉得种菜摘菜的事麻烦,活零碎,不值得男人们去做。山里头,他更不爱去。他嫌山里毛虫多,还有蛇、蜈蚣和百节虫。

好赌、懒惰、玩麻将,这一切都还不是姜耀荣最大的变化。他最大的变化是什么呢?是和李英莲的感情、关系产生裂缝了。他和李英莲的感情原来是非常深厚的,这从他每天都要缠着李英莲做"那事"就可以看得出来。自从小鹤莹淹死以后,他就常常琢磨:"小鹤莹为什么会淹死呢? 她那天有病,英莲晓得的呀,她为什么不给孩子吃'四磨汤'呢? 小鹤莹没吃中午饭,要吃烧红薯,那是应当的呀,她为什么不赶紧烧好了给孩子吃呢?"

姜耀荣不断地琢磨,越琢磨就越觉得小鹤莹的死,李英莲有很大的责任。到后来,他琢磨得更多了,由小鹤莹的死又发展到了老生残废孩子的事情上了。"自己不是一个坏人呀,从来就没做过什么坏事,为什么一而再再而三地老生残废孩子呢? 莫非这事与英莲有关? 她前世造了孽,或者今生做了坏事,老天爷算在我头上了?"姜耀荣这样想。

姜耀荣不敢再往下想了。他觉得自己想的有道理,家里那么多的不如意事多半是与李英莲有关。而每当想到这里,他的心里就开始作痛,因为他实在不想把这些事和李英莲连在一起。他太爱这个女人了。

这天晚上,姜耀荣突然发现自己变了:和李英莲在一起亲热时,没有了往日那种近似于疯狂的热情和冲动,以至于"那事"都有点做不下去了。好不容易才勉强把那事做完,他躺下来歇息时,脑子里还忽地浮起了一个念头:英莲这人好像也没多大意思啊! 算了吧,今后还是少跟她做这事吧!

"好事不出门,坏事传千里。"姜家一连生了五个孩子,早夭的早夭,残废的残废,一个正常、健康的也没落下。这事就像一阵风似地传遍了十村八里,成了乡邻们茶余饭后的热门话题。对这事,人们说什么的都有。

李英莲是个守本份的人,凡事从不喜欢打听,更不喜欢瞎传、乱说、嚼舌头。她为人处世所坚守不渝的信条,是十多年前出嫁时娘对她说过的一句话:"孩子呀,世上有些事,女人家不知道比知道要好,知道得少比知道得多要好。你千万要管好自己的耳朵和嘴巴呀!"所以,对于人们的议论,她不想打听,甚至压根就不想知道。然而,事情有时候就是这样巧,你不想知道,可它偏偏要让你知道,躲也躲不开,甩也甩不掉。

一天上午,李英莲去玉石桥的集镇上卖茶叶,由于离家远,一大早就出门了。刚刚走到凤盘山出山口那棵大株树下面时,却见几个看牛的老头坐在不远处的水塘堤上对着她指指点点,那眼神、那手势都有些特别。

"是头发没梳好,还是脸没洗干净?"李英莲心里一紧,连忙快走几步,顺着塘堤下到塘边,对着水面检查起自己来。塘堤不高,离水边很近,但那几个老头因为背对着水塘,所以没看见正蹲在下面水塘边上的李英莲,他们兀自在那里指手划脚地高谈阔论。李英莲正仔仔细细地梳理着头发,那几个老头说话的声音却突然飘了过来,溜进了自己的耳朵里。

"看见了吧?刚才过去的那小娘们就是石板塘姜家的媳妇,姜耀荣的堂客。姜家那一窝了残废就是她生的。姜家也个知道前辈子做了什么造孽的事情,不然为什么聋子、哑巴、瞎子、罗锅都一个劲地往他家生呢?这下子好了,他们家的人可真是齐全得不能再齐全了,要瞎子有瞎子,要驼背有驼背,要哑巴有哑巴,什么模样的全有,演戏都不用到外头去找戏子了!"说话的是个公鸭嗓子,话音里不无幸灾乐祸的意思。

"姜家要说有人造孽的话,那就是姜云山了。他在西北陕甘、新疆等地领兵打仗,镇压回回,天知道杀了多少人呢!这下好了,遭报应了!"接下茬的是个粗嗓门。

"你这话不对吧?姜云山杀了人,是该遭报应,但也不该报应到姜耀荣的身上啊!姜耀荣又不是他的后代!"有人立即反驳。他是个尖嗓门,说话声特别细。对这个尖嗓门的说话声,李英莲有些熟悉,似乎在哪里听见过。

"杀、杀了人就该遭报应?这、这事我看不、不一定吧!那得看杀的是什、什么人,该不该杀,对不?依、依我看,姜云山杀人是不、不该遭报应的。明摆着,那些人都他娘的该、该杀。如果杀了那些该、该杀的人也遭报应,左宫保一家不、不就完了?他杀的人可、可是比姜云山多、多了去了呀,是不?"说话的是个结巴,口吃得非常厉害。他这里说的"左宫保"是左宗棠。

"平心而论,姜家自打搬到石板塘以来,也还算是忠厚传家,诚信待人,几代人都没有做过什么出格的事情,更没有过违背天理良心造孽。即便是姜云山领过兵,打过仗,杀过人,那也是奉命行事,而且是为国做事,不仅算不得造孽,还得算是立功。姜家的历史是清白的,这事你清楚,我清楚,大家都清楚。单从姜家而言,按理说是没有理由出这种残疾后代的。依我看,这事的原因只怕不在姜家,而在女方身上。这事明摆着,孩子可是从女人肚子里爬出来的呀,对不对?"说话的是个哑嗓门。他话题一转,把矛头引到李英莲身上了。

"你、你这话有道理！我、我赞同。自、自古以来，后代出事的，多、多半都是因、因为女人不好。这、这是有、有史可查的，不、不是我高结巴在这里信、信口雌黄，胡说八道。姜、姜耀荣那堂客小身子小鼻子小眼睛的，一身的小、小里小气，贼眉鼠眼的，我看就不、不像个能下好种子的！"结巴立即随声附和。

"嗯，要说这后代出得不好主要是女人的事，这话我也信。古人不是早就说过嘛，女人是祸害男人的祸水。这女人怎么祸害男人呢？无非是两种祸害法，一种是以色迷人，迷得你他娘的神魂颠倒，再无心思治国持家；另一种是耗尽你的精血，又不给你生儿育女，让你断子绝孙。"粗嗓门接下茬。

"老兄，你这话还没说完呢！怎么不说完了呀？拉屎也得拉痛快嘛！要依我看，女人祸害男人最厉害的，还不是你刚才说的那两种，而是另外一种，那就是让你耗尽精血，给你生一大堆残废，让你一辈子操心劳力，着急上火，最终还得竹篮打水一场空——断子绝孙。姜耀荣娶的这李家小娘们，我看就属于这种。她可是最坏的，真正坏到了家，坏透了顶，坏得不能再坏的！"公鸭嗓子咬牙切齿地说，好像这事与他们家有关系似的。

"各位老哥，你们说的这话，小弟可是不敢苟同啊！历史书我也不是没看过。什么《封神榜》、《东周列国志》、《三国演义》、《隋唐英雄传》、《今古奇观》，这些书哪一本我没看过呀？女人是红颜祸水，专门祸害男人，这话古人确实是说过，但说的都是以色迷人。比如说，商代的妲己、周朝的褒姒等，就都是以色迷人，以色乱国的。至于什么通过生儿育女、特别是生残废孩子来祸害男人的，我还真是从来没听说过呢！要依我说，这生残废孩子不能算作祸害。明摆着，残废孩子能不能生得出来，不是女人自己能说了算的，对不？女人用生残废孩子的方式来祸害人的，哪朝哪代有过呀？哪本书上写过呀？你们凭空瞎说，嘿嘿，我可不信！"尖嗓门说。那声音真像女人。

"唉呀，老弟，你也真是个死心眼！女人祸害男人的事多了去了，未必都写进书了吧？你在书里没见过，难道就没这事？好吧，你不是说没见过女人生残废孩子害人的吗？那我问你：大树张家张德兴的那个傻儿子你见过吧？他是怎么生的？"说话的是哑嗓门。

"大树张家？哦！我记起来了！你说的是那个小傻子？大脑袋瓜，小身子，见人就傻笑的那个？"尖嗓门问。

"对呀！我说的就是那个傻子！他是怎么生出来的，你知道吗？"哑嗓门说。

"这事我还真是不知道！那傻子怎么生出来的，这事你清楚？"尖嗓门说。

"笑话，这事我怎么能不清楚呢！张德兴是我拜把子弟兄嘛！他和他堂客是姨表兄妹，两人近亲通婚，血缘太近，所以才生了这个小傻子，晓得不？"哑嗓门说。

"'近亲通婚，血缘太近'？你这话，我从来没听说过，什么意思呀？"尖嗓门说。

"废话！你成天就在你们家那巴掌大的地方窝着，没日没夜地躲在床上摸老婆的奶子、屁股，哪会听得到这些在理的话！这话叫做科学，懂不懂？这可是新名词，新道理！实话告诉你吧，这些新名词、新道理，我原来也不知道，还是我侄子告诉我的呐！我侄子在德国留过学，前不久才回国，现在长沙一家大医院里当医生。据他说，凡是近亲通婚的，比如说堂兄妹、姑表兄妹、姨表兄妹等，由于血缘关系太近，生下来的孩子多半都不会太好，不是傻子，就是残废，要不然就长不大，早夭早死。"哑嗓门说。

"嗯！这话倒在理！你看，就咱们这附近各村的小傻子、小残废，哪个不是近亲通婚的结果呀？刘子茂和他堂客是姨表兄妹，生下的头一个孩子不就是个残废嘛！李贵和他堂客是姑表兄妹，生下来的头一个孩子就不大聪明，而第二个孩子就更傻了，简直就是个废物典型，连吃饭都要人喂，拉屎都要人帮着擦屁股。那天我去李贵家讨要卖猪的钱，还没走进他家，就被那小傻子缠上了。他愣说我是他堂叔，还说我上过他家的床，和他妈钻进一个被窝里睡过觉。嘿、嘿，你说这傻子要不要命！"粗嗓门边说边笑。

"你们说的这些虽在理，可我还是不大明白。没听说过姜家的耀荣和他堂客是近亲通婚呀！"尖嗓门说。

"要不刚才我说你是个死心眼呢！不是近亲通婚，难道就不能近亲乱搞啦？这近亲乱搞的事，天底下多的是。有堂兄妹乱搞的，有表兄妹乱搞的，有堂叔和堂侄女乱搞的，有亲叔叔和亲侄女乱搞的，甚至还有亲兄妹乱搞的呐！其他乱搞的先不说，单是亲叔叔和亲侄女乱搞的事，咱们这凤盘山里不就有个现成的例子？"哑嗓门说。

"是嘛，咱们凤盘山里头有亲叔叔和亲侄女乱搞的事？我怎么没听说过？谁呀？"尖嗓门问，样子很吃惊。

"噢，这事我知道，王哥说的是庆齐家。庆齐的堂客不是生了个小傻子嘛，据说那堂客与娘家亲叔叔有一脚，小傻子就是她亲叔叔下的种。"粗嗓门说。

"噢！我明白了！我明白了！王哥，你是怀疑姜耀荣的堂客和娘家什么人有不正当关系？对吧？"尖嗓门问。

"你认为不可能吗？要不为什么哑巴、驼子、瞎子不生在你家、我家、张家、刘家，却单单全都生在他姜家呢？"哑嗓门说。

"哦……"

李英莲明白，姜家生了好几个残废孩子的事，远近十村八里都已传遍了，乡邻们都在议论。而且她也知道，乡邻们的议论中，有关她的内容肯定少不了，只怕她还是个被议论的中心人物。这事根本用不着外人告诉。她早就从人们那欲言又止、藏头露尾、声音压得极低、故意躲着她说悄悄话的神态上，特别是那左顾右盼、躲躲闪闪的眼神上，一清二楚地看出来了。但她虽然知道人们在议论她，却压根也没有想到，人们会把这一切的责任完全归结到她身上，说她"小里小气"、"贼眉鼠眼","不像一个能下好种子"的好女人，骂她是"祸害男人"的"祸水"，而且还是"祸害男人最厉害"的，"坏到了家"、"坏透了顶"的"祸水"！当然，她更没有想到，人们不仅骂她，还要无端造谣生事，往她身上泼脏水，怀疑她和娘家什么人有不正当关系。陡然听到这些议论，李英莲又羞愧，又委屈，心里难受极了。

其实，即便人们不议论，或者她听不见这些议论，李英莲的心里就已经很难受了。她常想，女人嫁到夫家来，就是生孩子的。生儿育女，传宗接代，这是女人天经地义的责任。自己至今没能给姜家生下一个健全的儿子，那就是没有尽到一个女人应尽的起码责任。倘若姜耀荣将来真的绝后了，那该是自己多么大的罪过啊！每当想到这里时，她的心里就充满了负罪感，总觉得自己是姜家的罪人。但她又想，自己生了好几个残废孩子，究竟是谁的责任呢？能算在自己身上吗？自己也不是成心要生残废孩子的呀！再说，生了那么多的残废孩子，对自己来说，也不是好事，而是坏事，是天大的坏事呀！远的不说，单是这脸面，就已经是很不光彩的了！平常时，女人们都喜欢抱着孩子走东家，串西家，自己却从来没有过。为什么呢？还不就是觉得抱着个残废孩子在手里不好看，怕人家笑话吗？逢年过节时，女人们都领着孩子欢天喜地地回娘家，自己也从来没有过，总是孤身一个匆匆地看一眼娘就回来，而且还跟做了贼似的，特别害怕娘家人问起孩子的情况。这是为什么呢？这不也是因为觉得生了残废孩子不光彩，怕人家看不起吗？俗话说，儿女是娘的胭脂水粉，给娘脸上贴金。可那是好儿女！残废儿女给娘脸上贴的不是金，而是疤癞。那疤癞连着娘的心，让娘丢不开，舍不得，却又天天心里烦，心里痛！自己嫁到姜家十多年来，和男人们接触总是小心又小心，不仅和夫家的男人们从来不苟言笑，就是和娘家的男人们也好多年难得见上一面，怎么可能和他们有不正当关系呢？这不明摆着是造谣生事，胡说八道吗？李英莲左思右想，越想越烦，脑袋就跟快要爆炸似的，昏昏沉沉，晕胀得难受。她真想一头扎进水里淹死算了。

看牛老头们的话就像重磅炸弹，一发接一发不停地轰袭而来。李英莲实在听不下去了，也没心思去卖茶叶了。她拖着两条像灌了铅一样沉重的腿，高一脚低一脚地爬上塘堤，晃晃悠悠地向家里走去。

见李英莲又突然回来了，看牛老头们相顾错愕，目瞪口呆，议论声嘎然而止。

李英莲踉踉跄跄地回到家，天色已经不早了。家里就跟来了强盗似的，一片乱糟糟的样子。小瞎子正趴在地上号啕大哭。她拉了屎，抓得手上、身上、鞋上、地上、椅子上到处都是。小驼背正在尖声大骂妹妹，骂得很难听。他找出了几件衣服，想帮妹妹换上，但小瞎子身上没洗干净，刚上身的衣服又弄脏了。小哑巴正在擦洗地面，水泼了一地，脏水、稀泥和屎尿混到一起，流了一地。看着这乱糟糟的样子，李英莲的脑袋胀得更大了。

"滚开！全都给老子滚开！"李英莲对着小哑巴和小驼背一声大吼。

小哑巴和小驼背连忙怯怯地走开了。李英莲疾步上前，提起小瞎子往盆里一丢，三下两下帮她洗干净了身子，又提起她来往床上一扔。这一丢一扔，小瞎子哭得更厉害了。李英莲也不管她哭不哭，径自忙着收拾起小瞎子的脏衣服和乱糟糟的家具、地面来。

好大一会儿工夫，李英莲才把家里收拾干净。她急急忙忙地走到门边，探头往天上看了看，见太阳都快升到头顶了，连忙走进厨房开始做午饭。她抓了几把米，细心地看了看，拣出沙粒、糠皮和稗子，用水淘净，倒进锅里，往灶里放进柴，点着火。姜耀荣牙不好，吃饭又特别讲究干净，饭里是绝对不能有沙粒、糠皮和稗子的，所以李英莲淘米时格外认真。然后，她又翻箱倒柜地找出了一小把酸干菜和几根干红辣椒放在碗里，加上水，加上盐，淋上一点猪油，再放进锅里蒸上。酸干菜蒸干红辣椒，这是姜耀荣生平最喜欢吃的菜。李英莲知道丈夫爱吃，就把酸干菜和干红辣椒全都藏了起来，自己一点儿也舍不得吃。今天一早出门的时候，她看见丈夫找砍柴刀，便估摸他上午进山砍柴了。她知道，砍柴这活最累人，又脏，又费力气，因此特意给丈夫做了一个他最爱吃的菜，算是犒劳。"只可惜没有腊肉了！腊肉蒸酸干菜，才是他最爱吃的。"李英莲心里想。

姜耀荣爱喝茶，常常是一进门就要喝茶。所以，饭菜安排好了以后，李英莲便忙着给姜耀荣沏茶了。她打开碗柜，从最上头那一格的最里头掏出一个带盖的陶瓷罐子来。那是一罐精心拣选的细茶叶，真正清明节前摘的头道茶。家里茶树少，"明前茶"就摘了这么一点儿，她都给姜耀荣藏起来了，只给他一个人喝。她揭开盖子，从罐子里面捏了一把茶叶放进一个专门为姜耀荣沏茶的茶罐里，再灌上开水，加上盐、姜、豆子，然后将茶罐端起，轻轻地放在瓮罉的铁盖上。瓮罉是一种铁制容器，深埋于灶台里，宜于热水，也宜于保存热水，还可以为茶水饭菜保温。姜耀荣讲究多，喝茶时，茶水既不能太热，又不能太凉。他说茶水太热了烫嘴巴，又说茶水凉了伤脾胃。所以，李英莲沏好茶后，通常都是把茶罐放在瓮罉盖子上保温的。

姜耀荣特别爱干净，每次从外面回来，进门就要洗脸洗手。而且，他对洗脸洗手的水也有特殊讲究。水太热了不行，太凉了也不行。所以，精心细致地为他准备洗脸水，就是李英莲每天必做的重要工作。李英莲从水缸盖上拿起一个竹筒做的水舀子，从灶台上的瓮罉里舀了几勺热水放进一个木头做的小盆里，伸手试了试水温，再拿条毛巾覆在水面上，把小木盆盖得严严实实，然后就端起小木盆放到厨房的门坎上。姜耀荣最喜欢把脸盆放在门坎上洗脸。他说，门坎比周围地势高，脸盆放在门坎上，洗脸时，腰不用使劲往下弯，头也不必使劲往下低，最舒服。

姜耀荣是衣来伸手、饭来张口的主。平常吃饭时，李英莲都是把饭盛好直接递到他手里的。但今天她做不到了。她太难受了，不想吃饭，只想早点上床躺一躺。她从灶台上拿过一块揩布来，细心地擦干净饭桌，摆好椅子，放好碗筷，又站在屋子当中看了看，想了想，确信没有遗漏什么事了，就擦了擦手，走出了厨房。

一进里屋，李英莲就和衣躺下了。她浑身没劲，头疼得厉害，脑子里乱糟糟的，真想找个没人的地方痛痛快快地大哭一场。

她刚躺下，姜耀荣就回来了。姜耀荣一进门，就随手一扔，把砍柴刀丢进了门角落里。紧接着，他又立刻扒下上衣，再随手一扔，丢到了床上。那上衣正好盖在了李莲英的脑袋上，李英莲忙用手一拨，把它扒拉到一边。

"怎么啦，病了？"姜耀荣问。声音很大，语气也很生硬。他见李英莲躺在床上，心里就有点气。平常时，他最怕老婆病。

"没事，头有点疼，不厉害，歇歇就好了。你洗把脸吃饭吧，饭在锅里！"李英莲回过头来，看着丈夫，柔声说。她从不计较丈夫说话的语气。她知道，男人们多少都有点脾气。再说，干了那么长时间的活，也累了，哪能心里没火呢？

"茶叶卖了吗？"

"没卖！"

"没卖？怎么啦？没人买，还是价钱不合适？"

"都不是！我根本就没到玉石桥去！"

"没到玉石桥去？不对呀，我明明看见你出门的，怎么没去呢？"

"走到半道回来了！"

"半道回来了？什么事？"

"心里烦！"

"噢！那你这大半天在家里都干什么了？茶都没给我送一碗！"

姜耀荣一句接一句地逼着问，李英莲听了很难受。她受了那几个看牛老头的一阵冷嘲热讽，心里又委屈，又憋闷，本想跟丈夫好好诉说诉说的。没想到姜耀荣见她躺在床上，不仅不上来安慰、温存，反倒一个劲地盘问她在家里干了什么，并且还埋怨她没送茶。李英莲越想越难过，头一扭，脸朝向床里边，不搭理他了。

见妻子不搭理自己了，姜耀荣更有气了。他站在门口愣了一会儿，闷声闷气地说："你倒是真会享福啊，大中午的，知道自己躺在床上舒舒服服地睡一觉！我可是干了大半天牛马活，到现在连饭碗都还没端上呢！饭呢？"

"刚才不是说过了嘛，在锅里！"

"就我一个人没吃？"

"孩子都没吃！"

"他们都没吃？"

"嗯！"

"那你为什么不安排他们先吃呢？非要让他们跟我裹在一起吃，烦死人！"

"烦死人？不就是带着他们吃餐饭嘛，又不要你背着、抱着，有什么可烦的？

我刚才还折腾大半天了呢,又洗衣服,又拾弄地面,还要给小瞎子洗身上的屎。她拉屎了,拉得满身满裤子满房满地都是屎!"

"啊!我说呢,今天怎么摆那么大的谱,躺在床上不理人,原来是立功了!对不起啊,我不知道,埋没了你的功劳,该给你谢罪!"

姜耀荣在外面是个窝囊废,遇上吵嘴打架的事情时,常常正经话都说不出几句来。但在家里和老婆吵架时,却一点也不窝囊。他阴一句,阳一句,东拉西扯,挖苦讽刺,话相当噎人。李英莲本来就憋了一肚子气,这会儿听了他一大堆无头无脑的气话,心里就更是感到委屈不已,不禁趴在枕头上嘤嘤哭泣起来。

姜耀荣见李英莲突然哭了起来,觉得莫名其妙,心里的火更大了。他站在房门口一动也不动,硬生生地憋了半天,但最终还是没能憋住,一句更令人伤心的话夺口而出:"哭什么?生了一窝残废,你有功呀?没给你庆功,委屈了是不是?要不要请个戏班子来给你唱几出大戏,给你庆庆功啊?"

姜耀荣这句话绝不是信口开河。它是多年郁闷情绪日积月累、层层积淀的结果,是心中火山的一次猛然爆发。他脾气虽不大,但性格内向,有事常憋在心里。对于生了几个残废孩子的事,他表面上不大在乎,常对李英莲说"接着干接着生就是了",其实心里头很着急,很难受,很憋气。这着急、难受、憋气的缘由,当然有害怕断子绝孙的意思, 但更主要的还在于他和弟弟姜耀典的暗中较劲。他是哥哥、老大、姜家门里的长子,而姜耀典是弟弟、老二、姜家门里的次子。论在家族里的地位,老二不及老大,次子不如长子,这是自古皆然的。然而,在如今的现实中,他这个做哥哥的,却时时、事事、处处落在了弟弟后头,远不如弟弟风光如意。从小时候起,父亲就喜欢弟弟而不喜欢他。娶亲成家以后,姜耀典虽然头一个生的是女孩,但后头几个却都是男孩,并且个个都四肢健全,五官端正,聪明伶俐,招人喜爱。而他呢?孩子虽然生了不少,却死的死、残的残,健全正常的,至今一个也没有。由于后代出得不一样,老父母对兄弟两个的态度也显然更不一样了。平时,老父母常往弟弟家里跑,却很少到他家里来坐坐。农忙时,老父母常到弟弟田里帮忙,却很少主动给他做做事,看看孩子。同是孙子,弟弟的那几个孩子,老两口常领着走人家、串亲戚;而他的孩子,老两口几乎一次也没有带出去过。家里来客人的时候,老父母对孩子们的态度不同就更明显了。他们常把弟弟的孩子们往客人跟前领,一个一个地细心介绍。那神态,就跟欣赏家藏珍宝似的,爱不释手,高兴异常。而他的孩子,老父母就不仅不往客人跟前领,反倒常常还要跟做贼似的藏着掖着,生怕客人们看见了。这一切,姜耀荣都看在眼里,记在心里,憋得难受极了。"这一切都怪谁呢?"他经常这样想。他想过自己做没做坏事的问题,想过杀生的问题,还想过很多很多的其他问题,想来想去,最后他想到李英莲身上了。他认为,是李英莲给他生了一大堆残废孩子,而正是这一大堆残废孩子使得他输给了弟弟,使得他脸上无光。渐渐地,他把一肚子怨气都归结到李英莲身上了。他和李英莲本来是相当好的,但由于脑子里有了这

石板塘

些想法,心里头便渐渐产生感情的裂缝了。他忍性好,刚开始时,感情的裂缝也还不太大,所以他忍耐过来了,从没有对李英莲说过太出格的话,更没有动过手,打过架。但他忍性再好却也是有限度的。随着生活中的磨擦日益增多,心中的疙瘩越琢磨越大,感情的裂缝也不断扩宽增深。他忍了再忍,实在忍不住了,憋在心中很久的那股怨气终于在此刻喷涌而出了。

姜耀荣的话实实在在地刺痛了李英莲那颗已经受了重伤的心。她一边哭,一边叨唠道:"我哪有功呀?我没功,你有功!你的功劳可是太大了,姜家第一,石板塘第一,全天下第一!可不是嘛,我肚子老大的时候,你还要爬在我身上拼命使劲呢!要不鹤琴怎么会残废呢!你……"李英莲越哭越伤心,大半个枕头都湿了。

一病二哭三叨唠,这是女人对付男人的三种武器,也是男人最害怕、最反感女人的三件事情。李英莲病了,哭了,接着又开始叨唠了。她的叨唠就像唐僧对付孙猴子的紧箍咒,直念得姜耀荣脑袋发胀,头皮发麻。

"废话!驼子是我搞出来的?"姜耀荣喊道。

姜耀荣嘴笨,平时说话就颠三倒四,极容易出错,脑袋发胀、头皮发麻的时候就更是容易胡说八道了。他这话就明显有问题,很容易让人误会。果然,李英莲产生误会了。她停住了哭声,愣了愣神,猛地抬头问道:"噢,驼子不是你搞出来的,那是哪个王八蛋搞出来的?你说!你说!你说呀!"

姜耀荣愣住了,脸红了红。他显然意识到自己随口一说的这句话说错了。但他是个男人,男人怎能在老婆面前低三下四,改口认输呢?他脸红脖子粗地站在那里,呼哧呼哧地喘着粗气,老半天也说不出话来。

姜耀荣不说话,李英莲更来气。她紧接着大声逼问:"你怎么不说话了?哑巴了是吧?"

"好吧!就说驼子是我搞出来的,那哑巴呢?瞎子呢?那两个也是我搞出来的?"

姜耀荣虽然意识到自己刚才那句话说错了,但他却没有能够及时改正过来。结果,新说出来的这句话依然故我,错上加错,使得李英莲误会更深了。李英莲脸色气得煞白,眼睛瞪得老圆,气势汹汹地吼道:"怎么?哑巴、瞎子不是你姜耀荣搞出来的?不是你姜家的种?你王八蛋敢不承认?"

"姜家的种?哼!"

"哼什么?你王八蛋敢不承认他们都是你姜家的种?"

"'姜家的种'?哼!我们姜家门里没这样的种!"姜耀荣大声嚷道,牙根咬得咯咯响。

"什么?'姜家门里没这样的种'?这是你说的?那你王八蛋说清楚,是谁的种?"李英莲勃然大怒,一翻身坐了起来,紧接着又一蹦,蹦到了床下。

要在平日,吵架根本到不了这时候就收场了。两口子都不是会打架的人,更不是爱打架的主。再说,两口子的感情也一向不错,凡事都能互相谅解,虽然锅碰勺子、勺子碰碗的事平时难免有,但从没有撕破过脸皮。然而,这一次与往日大不相同。两个人都有气,都在火头上,而且火气都积蓄了很长时间,就跟火山爆发似的,已经到了非喷发不可的时候了,更何况言谈话语还涉及到了残废孩子究竟是谁家的种子这一问题,而这一问题又恰恰是夫妻吵架时最怕涉及的最敏感的问题,因为这一问题直接关系到女人的贞操。

女人家最怕的,就是牵扯上不明不白的男女关系。但凡牵扯上了这样的事情,烈性子女人常会要大哭大闹,寻死觅活,折腾个七进七出,不搞清楚了决不罢休,甚至还要搭上性命的。李英莲就是这样的女人。那个时代,贞操就是女人的生命。李英莲性子烈,又出生于大户人家,从小受过严格的家教,对贞操看得极重。嫁到姜家十多年来,她一直安分守己,规规矩矩,在和男人们打交道时格外注意自己的言行举止,不要说和他们打打闹闹,就是和他们单独说几句话的时候都很少有过。她自信没有任何越轨的言行,没有任何可以让人说三道四的把柄,因此从来就没有想到过自己还会牵扯上男女关系问题。在凤盘山水塘边听到那几个看牛老头的议论时,她虽然心里很不痛快,但还没有太在意,总觉得那只是人们的瞎说八道,无稽之谈,偶尔一说的,不会产生实质性影响,更不会危及到她和姜耀荣的夫妻关系。当时她甚至还想,回到家里后,一定要把听到的这些混账话原原本本、一五一十地全都告诉丈夫,让他好好安慰安慰自己。然而,她压根也没有想到,自己还没有来得及把听到的混帐话告诉丈夫,丈夫却已经把更混帐的话说出来了。

"'姜家门里没这样的种子',这话说得多么明白,多么清楚,多么露骨呀!看来,那几个看牛老头的混帐话,别人也说过了,大家都议论开了,而且姜耀荣还听到过了。姜耀荣只怕还是赞同这些混帐话的,要不为什么会说这几个残废孩子不是他姜家的种呢?"李英莲这样想。她越这样想,心里就越委屈。她心里越委屈,就越想说话,越想大声吵闹,越想把事情搞个彻彻底底,明明白白。她好强,脾气硬,绝不是那种自甘认输,受了欺负就自认倒霉,把气往肚子里咽的女人。

"姜耀荣,你给我说清楚,哑巴、驼子、瞎子都是谁的种?"李英莲停住哭泣,迈步向姜耀荣逼近,一字一顿地说道。她说话的声音不大,语气也不激烈,但话中的意思却十分清楚、坚决。看得出来,她认真了,下定破釜沉舟的决心了。姜耀荣不把话说清楚,她是绝对不会善罢甘休的。

如果姜耀荣这时候能说出几句服软的话来,李英莲也许就会回心转意了。但可惜,姜耀荣没有这样做。他不肯这样做。他虽然能力不大,但心气却极高傲,从来不肯在女人面前服低做小、俯首认错。他觉得自己从小就被父亲看不起,比弟弟矮半截,在家里没地位,如今要是再输给堂客们了,那还算得上是个男人吗?"不行,老子宁肯对不起老婆,也不能失格(丢人),给人留下怕老婆的话柄!"

姜耀荣这样想。面对李英莲的步步紧逼,他脚下虽然在悄悄地后退着,眼神、脸色和嘴巴子却依然十分强硬,毫不示弱。

"哑巴、驼子、瞎子是谁的种?那还用问吗,当然是你的种喽!是你带来的,不是我们姜家的!我们姜家别说是人了,就连猪、牛、狗、猫、鸡、鸭都没残废种子!前两天那头大白猪还下了十多个小猪仔子呢,个个都是四肢健全,耳聪目明,你见哪个残废了?就你动不动就他娘的生残废,不是哑巴、聋子、驼背,就是瞎子!你他娘的真是一个扫帚星,谁沾了谁倒他娘的八辈子臭霉!"姜耀荣粗声粗气地吼道。显然,他不仅没有丝毫认错的意思,反倒把事情越扯越远,越扯越离谱,越扯越没边了。

"噢!说了老半天,我这才听明白,你王八蛋认为哑巴、驼子、瞎子都是我的种,都是我带来的,对不?"

"不、不是你带来的,是谁带来的?"

"就是你们姜家的,我们李家没出过残废人!"

"你们李家没出过残废人,我们姜家就出过啦?"

"姜家原来没出过,你就不会下啦?你王八蛋一肚子全他娘的都是残废种子!"

"我下残废种子?我可从来没下过残废种子!"

"你没下过残废种子?那家里头这一大堆残废种子是哪个王八蛋下的?"

"谁下的?我哪知道!这事你别问我,还是问你自己吧!要不,回家问你娘去!"

姜耀荣随口而出的那句"回家问你娘去"的话,说糊涂又好像不糊涂,说明白又好像不明白,其中似乎含有欲言难言、欲隐难隐的深意,令人琢磨不透。李英莲完全被这句话弄懵了。"姜耀荣这句话好像不是信口说的。难道他也怀疑我和娘家的男人们有不正当关系?难道这事传到娘家去了,娘也怀疑?不行!这事太大了,我得弄明白!"李英莲暗自想道。她手一抬,擦了擦眼泪,夺门而出,径自朝着回娘家的路上走去。

第十九章

姜云岳老夫妻两个早就站在门外了。儿子儿媳妇的吵闹声,他们听了个八九不离十。见儿媳妇冲出屋门,要回娘家,姜老婆子急了,对着儿子骂了起来:"还不快去拦住她呀,忍心让她饿着肚子翻山越岭吗?两口子拌嘴,你让她几句不就行了,无边无涯地说那些没深没浅的话干什么?吃饱了撑的?"

"是、是,儿子这就去把她喊回来!"姜耀荣拔腿往门外走。其实,即便母亲不说话，姜耀荣也要去把李英莲喊回来的。他已经后悔自己说那些混账话了。

"不！别、别，"姜云岳手一抬，挡住了儿子。他盯着姜耀荣，冷冷地说，"别拦她，让她去！我就不相信她不回来！不就是听了男人几句气话嘛，干什么发那么大火！女人家凡事都要忍气吞声，息事宁人，哪能动不动就冲气出走回娘家呀！"

"耀荣，你进屋来，我有件事要问你，"姜云岳边说边往屋里走，"你们俩刚才吵了这大半天，又喊又骂的，闹得挺凶，就差动手了，究竟为的什么事呀？"

姜耀荣的眼睛正紧随着李英莲那小巧玲珑的身子转动着。眼看着李英莲急步匆匆地走过姜家溪上的小桥，走过对面高坡西北角上的小石塔，走过高岸塘和低岸塘两个小水塘的塘堤，穿过双塘街和村南红土坡上那一片郁郁葱葱的杉树林子，进入神母岭下那条弯弯曲曲的羊肠小道，突然往左一转身便不见了，他心里陡地空落下来，很不是滋味。他本想出去玩玩牌，散散心的，见父亲喊他，也就不得不进来坐下陪着说说话了。

"也、也、也没什么大不了的事，就、就是心里有点儿气，憋得慌，说出来就完了。"姜耀荣耷拉着脑袋，一副儿精打采的样子，连说话都不利落了。

"你说的那些话都有来头吗？"姜云岳问，声音虽不高，语气却极严厉。

"噢，你老人家问的是刚才我骂英莲的那些话吧？那、那都是没来头的，纯粹是为了气她瞎说的。"姜耀荣抬头看父亲。见姜云岳的眼睛正盯着自己，他又连忙把头低下来了。

"既然没来头，那你瞎说什么？混帐，"姜云岳气不打一处来，嗓门提得很高，几乎是在大声吼叫，"那些话是能随便瞎说的吗？你那些话，没头没脑的，自己家里人知根知底，听了后还都满头云雾，分不清是真是假，更何况外人呢！要是别有用心的人听见了，还不得乘机添油加醋，胡编乱造，给咱们家的脸上抹黑吗？现如今家里生了这几个残废孩子的事就已经传得满世界都知道了，大家说什么的都有，咱们一家一户地去解释都还说不清，你难道还想乱上添乱，把这个家搅得鸡犬不宁、妻离子散吗？再说喽，你几句话把她气跑了，嘴巴倒是一时痛快了，可这家里乱七八糟的一大堆事谁来管呀？谁来做呀？你能做饭吗？你能洗衣吗？你能天天晚上带着小瞎子睡觉，给她穿衣服、盖被窝、擦屎擦尿吗？我可是给你交代好了哦：你家里的事，她不在，你就自己做，别喊你娘做！你娘老了，身体有病，腿脚又不利落，做不动了，你也心疼一下她吧，让她过几天轻松日子！"

"是、是、是，儿子知错了，再不瞎说了！"姜耀荣灰心丧气。他最害怕的，就是侍弄这几个残废孩子。一想起晚上要带着小瞎子睡觉，经常要半夜里起来好几次，替她盖被子、把屎把尿、擦屁股、哄她不哭，他就心烦意乱。

"你这会子心神不定，要出门是吧？上哪里去呀？"

"不、不，我不远走，我不远走，就在附近转转，一会儿就回来！"

"是去找人玩牌吧？"

"不、不，我哪有心思玩牌呀！"

"你这玩牌的心思也该收一收了！快四十岁的人了，身子骨要紧不说，一大家子人可都指着你穿衣吃饭呐！眼下田里活正多，你不抓紧做，将来怎么办呀？等着喝西北风啊？"

"是、是，儿子抓紧时间做就是了！"

"毛公坝四斗坵的稻子早就熟了，得赶紧去收回来！这天呀，说变就变，没准什么时候就会刮北风、下毛毛雨。一旦下起毛毛雨了，稻子就会趴伏。真要是趴伏了，再裹上泥浆脏水，那点粮食可就全都泡汤了！"

"是、是，儿子知道，明后天就去收回来！"

"还要等明后天呐！我看就是今天吧，别再等了！"

"好、好，今天就收，今天下午就收，儿子这就去！"

吃完午饭，姜耀荣就真的到毛公坝四斗坵收稻子来了。他独自一个站在田里，一边懒洋洋地干着活，一边暗暗地想着心事，觉得孤单寂寞，索然无味。他正想找个人说说话，忽然听见有人喊他。他心中一喜，连忙抬头一望，只见田边站着一个年轻好看的女人。那是杨杏花。她手里提着一个茶罐子。

杨杏花嫁到竹山屋场后，过了十多年好日子。但没想到，半年前姜翼翔突得暴病，一夜身亡。结果，杨杏花第二次成了寡妇。这时，她刚三十多岁，身边还有个五岁的男孩子。

杨杏花在十多年时间内两次结婚，两次守寡。这在当地搅起了不小的风波。人们都说她是克夫的命，哪个男人娶了她都活不长。因此，尽管她还年轻漂亮，却没有一个男人愿意上门提亲。对这事，杨杏花表面看似乎满不在乎。其实，她心里头的那份苦恼、懊丧、焦急，人们不用问，猜也能猜得出来了。她真是一个苦命人啊！

突然看见杨杏花出现在自己的眼前，姜耀荣不禁发愣了，那刚刚扬起的脑袋又迅即低了下来。这阵子，他最担心最害怕看见的，恰恰就是杨杏花。

"寡妇门前是非多"，这是千百年来相袭不衰的古训。这古训，姜耀荣一向是牢记心头的。他是一个老实人，一个老实得近乎窝囊的人，一个见了女人就脸红耳热、心动过速、说不出话来的人。平常时，他看见女人就要躲的，寡妇就更是不敢打交道了，更何况现在站在面前的，还是与自己相好过一场、刚刚新寡、风姿绰约的杨杏花呢！

"哟，耀荣哥，怎么没人送茶呀，我嫂子呢？"杨杏花站在田边搭拉话了。

"她不在家！"姜耀荣闷声闷气地回答，头都没抬。

"嫂子不在家？哟，那她干什么去了呀？"杨杏花扭动着好看的杨柳腰，迈着轻盈的步子，径自向着姜耀荣走过来了。

"回娘家了！"姜耀荣手里拿着镰刀，自顾自地割稻子，还是没抬头。

"回娘家？非年非节的，又是田里活正忙的时候，她回什么娘家呀？莫非我嫂子娘家有什么事？"杏花莲步轻移，三步两步就走到姜耀荣身边了。

"她娘家没事,是我们两口子拌了几句嘴!"见杨杏花靠近,姜耀荣忙侧身躲开。

见姜耀荣有意识地躲开自己,杨杏花撇撇嘴,诡谲地笑了笑。她微微地抬起右胳膊,伸出细长白嫩的两根手指,轻轻地捋了捋飘在额前的一缕头发,又轻移步子,向前走了走,故作惊讶地问道:"噢,耀荣哥,你们两口子吵架了?为什么事情呀?"

"还能为什么事呢?为家里的事烦心呗!"见杨杏花步步逼近,姜耀荣又往后退了两步。

"喔!心里烦!也难怪!要说你家里事情也真够多的,没法心里不烦,"杨杏花把箩筐倒扣在地上,一屁股坐了下来,"行了,要烦也待会儿再烦吧,这阵子先歇歇,吃碗茶!"

"我不渴!你快走吧!"姜耀荣回头看了一眼杨杏花,又抬头向四周望了望,焦急地说。他生怕这时候会有个什么人偷偷地躲在哪儿,看见了他和杨杏花在一起。

"不渴?干这大半天活了,怎么可能不渴呢?你骗谁呀,"杨杏花眼眶里流光四溢,"我见你一个人在田里干活,老半天也没见人送茶来,便找了些今年下来的好茶叶,给你沏了这一大茶罐子。这茶叶可不错哟,真正的明前茶,我亲自到园子里摘的!"

"好妹子,多谢啦!我真的不渴!你快走吧!"姜耀荣丝毫没有停下来歇一歇的意思。

"哟、哟、哟,人家好心好意送茶来,干嘛这么不通情理呀?莫非你嫌我这做妹妹的人不好,或者哪儿得罪你啦?我还有事要求你帮忙呢,你一点情面都不给,连茶都不喝一口,那我还怎么好意思开口呀!"杨杏花不管不顾,边说边拿茶碗倒茶。

听说有事相求,姜耀荣只得停下手里的活计,伸手把杨杏花手里端着的茶碗接了过来。但他接了茶碗,却没坐下。他站在田里,后背对着杨杏花,一手端茶,一手叉腰,眼睛时不时地望望四周,又望望远处的照壁山。

"什么事要我帮忙啊?说吧!"姜耀荣目不斜视,直直地看着对面的照壁山。

"噢,其实也没什么太大的事。就是我们家的那坵田,"杨杏花转身走到姜耀荣的正对面,用手指着旁边不远处的一块稻田,"稻子早就熟了,想请你就手帮忙收了。"

"噢,就这事?那容易!你说吧,哪天?"姜耀荣转过身子,侧面对着杨杏花。

"那得看你的时间喽!"

"要不,就明天吧!"

"明天就明天,一切随你的便!只是要辛苦你了!那说好了,明天中午、晚上,你都在我们家吃饭。耀荣哥,你想吃什么菜呀?苦瓜豆豉炒腊肉,木须烩丝瓜,肉片烧茄子,山菇童子鸡,这几个菜行不？啊,对了,再给你做个红烧肘子。你最爱吃红烧肘子的！"

要在平日,听到这些菜名,姜耀荣就得流口水了。但今天不同,今天他没有丝毫食欲。他踮起脚尖,扬起脑袋,朝四周望了望,焦急地说:"明天不到你们家吃饭,别准备了！"

"不到我们家吃饭,那我就不请你干活了！"杨杏花瞪瞪眼,翘翘嘴,一副娇嗔模样。

"好吧！到你们家吃饭也行,但你千万别给我特意弄什么菜！你还不知道,我这人吃饭最不讲究的,吃什么都行！"

"行！不给你弄什么菜！就一碗糙米饭、一碟腌咸菜,外加一碗凉水,行不行？"

"得了,得了！别斗嘴了！你赶紧走吧！让人家看见了,咱俩可就说不清了！"

"说不清？咱俩干什么啦？怎么说不清呀？耀荣哥,你胆子也忒小了！动不动就怕人看见,怕人说闲话。有什么可怕的呢？"

姜耀荣三口两口就把一碗茶喝完了。他扭过身子,弯下腰来,拿着茶碗,想往地上放。杏花见了,连忙伸手接了过来。就在这当口,姜耀荣有意无意地瞟了杨杏花一眼,正好赶上杨杏花也正在看他,两个人的眼神突然相撞在一起了。

杨杏花长得漂亮,最漂亮的是那双眼睛。她那双眼睛,真比石板塘的水还蓝,比神母岭的山头还绿,就像是春天里两汪子深不见底的潭水。平日里,那两汪子潭水碧波荡漾,风情万种,春光无限,就足以令人神魂颠倒了,更何况此时那潭水中还饱含着绵绵无尽的情意、火辣炽热的光芒和令人琢磨不定的神色呢！

姜耀荣不敢看杨杏花。他最不敢看的,就是她那双迷人的眼睛。他一直在有意躲着那双迷人的眼睛,却没料想最终还是碰上了。姜耀荣就像是被马蜂蜇了一下似的,浑身一打激凌,脸立马便发烧火燎的了。他赶紧回转身子,躲开了杨杏花的目光。

杨杏花却没有躲。她不仅没有躲,反倒像打了胜仗似的,穷追不舍,盯得更紧了。

"耀荣哥,你怎么啦？干嘛老躲着我呀？就好像咱俩是冤家对头似的！咯、咯、咯！"杨杏花说完,开心地大笑起来。

这一夜,姜耀荣没睡好。他睁眼看见杨杏花,闭眼也看见杨杏花,眼前老晃动着杨杏花那勾魂摄魄的眼睛。天亮时,他好不容易迷迷糊糊有点睡意了,却又被瞎眼女儿一阵哭闹声吵醒了。他索性不睡了,起身下床,擦了把脸,盛了碗剩饭就着瓮罐里半热不热的温吞水吃了,便开门往外走。他记得自己昨天答应了杨杏花的,今天要去毛公坝给她家收稻子。

深秋时节,早晨天气很凉,虽然太阳出来了,路上行人却极少,田里更是看不见人干活。姜耀荣独自一个迎着小北风向田里走去。虽然那小北风颇有些凉意，他却丝毫不觉得冷，依旧敞着怀，露着胸。他自己也觉得奇怪，为什么一夜不曾合眼，精神头却还那么大。

姜耀荣走着走着，猛然间一抬头，忽地发现杨杏花家的那坵田里依稀有个穿花衣服的人影。那人影忽而伸腰站起，忽而低头蹲下，似乎是在割稻子。"莫非杏花早就来割稻子了？"姜耀荣暗自琢磨着，立马加快了脚下的步伐。

"耀荣哥，天还那么早呢，你就来了？"杨杏花正在田里割稻子。一见姜耀荣来了，她连忙站起身打招呼。她上身穿一件淡黄底带粉红色小花的紧身褂子，下身穿一条素青色裤子，半挽着裤腿，一只手拿着一把弯弯的镰刀，另一只手略略抬起，轻轻地捋着飘在前额的一缕头发。太阳刚刚出来，天格外蓝，阳光格外明媚。杨杏花站在田里，迎着几缕初射的朝阳，衬托着背后那一片涟漪起伏的金黄色稻浪，真像一幅绝妙的风景画。

"杏花，这么点活，还不够我一个人干的，哪用得着你女人家起早贪黑地干呀！这早晚，田里水气多重呀，着凉了可不是好耍的！"姜耀荣说着，连忙放好扮桶，准备打稻子。

"你心肠真好，会体贴人！"杨杏花抬眼看着姜耀荣，眼睛里水波粼粼。

收稻子有两大步骤：一是割稻子，二是摔打稻子。这两大步骤，可以一人做，也可以两人分工做。但如是两人分工做，割稻子的人必须手脚更快一些。否则的话，就容易导致窝工，使得打稻子的人常常无事可做，只得站在一旁干着急了。

杨杏花哪里赶得上姜耀荣那速度？没多一会儿，她费了一大早上工夫才好不容易割下来的稻子，就被姜耀荣三下五下地统统摔打完了。见没活干了，姜耀荣站也不是，坐也不是，觉得怪不是滋味的。待了一会儿，他终于鼓起勇气，走到杨杏花面前说："杏花，你就别干了，回去吧，把镰刀给我！我待着也是待着，还不如干点活痛快呢！"

"你就歇一会儿呗，耀荣哥！我过一会儿就回去给你做饭，"杨杏花说完，抬头瞟了一眼姜耀荣，"耀荣哥，你昨晚没睡好觉吧？想嫂子了？"

"睡，睡好了！"姜耀荣连忙躲闪着杨杏花那水波粼粼的目光。

"睡好了？不会吧？我才不信呐！瞧你那眼睛，周围一圈黑！耀荣哥，这么吧，我再割一会儿，你去打个盹！"杨杏花那逼人的目光又瞟了过来。

杨杏花死活不肯把镰刀给姜耀荣，姜耀荣也没法，只得讪讪地折了回来，一屁股坐在稻草上。但他刚坐了一会儿，心里头就烦起来了。"这叫什么事呀？帮人家做事，吃人家的饭菜，却让人家干活，自己躲在一旁清闲！不行，这事不能这么做！"他自言自语道。

姜耀荣拿定主意了。他三脚两步赶到杨杏花面前，弯下腰来，伸手便要夺杨杏花手中的镰刀。杨杏花见他来夺镰刀，连忙将拿着镰刀的右手往回一抽。就这么一夺一抽的功夫，一件意想不到事情发生了：镰刀那带锯齿的锋利刀刃不知怎么碰到了姜耀荣的手，在他的小手指头上拉开了一道口子。那口子虽不大，却也流出血来了。

手伤了，流血了，姜耀荣自己倒没觉着什么要紧，杨杏花却着急了。她一把拽住姜耀荣受伤的那只手，就把自己的嘴贴了上去，在伤口上轻轻地啄了起来。

"刀口有铁锈，不啄干净会感染的！"杨杏花说。她朝地上吐了一大口污血，随即抓住自己的衣服下摆使劲撕了起来。显然，她是想从衣服上撕一块布给姜耀荣包扎伤口。

"别，别，别撕！我不包！"姜耀荣说。他见杏花撕扯衣服，连忙直起身子要走开。但他一直起身子，却从杏花的领口处看见了女人身上那男人最不应该看见的地方——乳房。

那时候女人穿的上衣，纽扣都是开在旁边的，领口开得很小，根本不会露出胸部，姜耀荣怎么能看得见杨杏花的乳房呢？原来，杨杏花衣上领口处的那个扣子开了。扣子是布做的，很结实，按说不会自开，天知道它是怎么开的呢？

杨杏花半蹲在地上，脸微微泛红，眼睛里闪烁着火热撩人的目光。

"耀荣哥，别走呀！来，我给你包上！"杨杏花的声音极温柔极亲切，略带点颤音。

"还……还……还包吗？不……不……不流血了！"姜耀荣声音发抖。他做着想走开的动作，但他那两条腿却不听使唤。

"不包哪行！感染了怎么办？真是的！你就知道心疼别人，不知道心疼自己！"杨杏花娇嗔地叨唠道。她也不管姜耀荣愿不愿意，伸手抓住他的手就使劲往下一拽。

杨杏花这一拽，事情就一发不可收拾了。只听"扑嗵"一声，姜耀荣直直地倒了下来，一下子倒在了杨杏花的身上。

杨杏花被压在姜耀荣身下，却不仅没有急，反倒异常兴奋。她双手紧紧地勒住姜耀荣的腰，娇喘微微地说："耀荣哥，我好想你呀！"

姜耀荣呢？天知道是有意还是无意！反正他倒下来，便正好压在杨杏花身上了。他愣愣地看了一眼杨杏花，突然像发了疯似的，伸手便乱扯杨杏花的裤子。

李英莲是带着一肚子气回娘家的，可她还没走到娘家，气就消了。一路上，她想了许多。但她越想，就越觉得是自己不对。"那么多残废孩子都是从自己肚子里爬出来的，不怨自己，能怨谁呢？哪个男人见了那么多残废孩子能不生气呀？耀荣快四十岁了，还没见着一个可以传宗接代的健康儿子，怎么能没火呢？自己嫁到姜家来，不仅没有生下一个正常、健全的儿子，反倒生了一大堆残废，给姜家找了麻烦，添了忧心，受点埋怨、挨几句骂不也是应该的吗？这事确实是自己做得不好，要负主要责任呀！"李英莲这样想。

李英莲原本打算回娘家后好好问一问娘的，为什么自己无缘无故地会生出那么多残废孩子来，这事跟娘家究竟有没有关系，为什么姜耀荣要说"回家问你娘去"那句话,娘家究竟还有没有什么秘密自己不知道等等。但她一走进娘家门,看到娘那白发苍苍、老态龙钟的样子,想法就全变了。"俗话说,'打架没好拳,骂人没好言'。人在气头上说出来的话,是不能句句当真的。姜耀荣嘴笨,不会说话,常常是吵起架来,就立刻火冒三丈,脑子犯晕,特别容易说过头话、糊涂话、没边没沿的话。他这脾气性格,自己不是不清楚呀,哪能跟他较真呢!明摆着,他说的那些话也都是一时气话,没有半句是真有来头的。这事自己稍许想一想就明白了,何必问娘呢!娘操了一辈子心,现如今那么大年纪了,身体又多病,眼见得后头的日子不多了,自己这个做女儿的不能常在身边伺候她,何苦惹她烦心呢!再说,让娘知道了姜耀荣说的那些话,娘倘若一时糊涂,耿耿于怀,岂不会对姜耀荣产生不好印象吗!"李英莲这样想。结果,她不仅没有把姜耀荣说的这些话提出来问娘,而且就连和姜耀荣吵架的事,她也整个儿都瞒住没有说。

老太太虽然上了年纪,脑子却依旧精明。她一见李英莲那心神不定的样子,便明白是怎么回事。晚上睡觉时,娘儿俩钻在一个被窝里,老太太便仔仔细细地盘问起女儿来了。

"莲子呀,你和耀荣吵架了吧?为什么事呀?说出来听听,娘给你做主!"老太太说。

"没有的事,你老人家别瞎猜瞎想!"李英莲忙解释。

"我不信!没打架,干嘛这时候回来呀?非年非节的,又正是忙的时候!"

"我想你老人家了呗!想你老人家了,还不许我回来看看啊?"

"真的没和耀荣打架?你给娘说实话!"

"真的没有!撒谎骗人,我就是小狗!"

"没打架就好!没打架,娘还可以留你在家住。你回家一趟不容易,这次回来就多住些日子吧!要是打架了,娘可就不能留你了。两口子打架,最忌讳女方冲气回娘家。要是女方在娘家住的时间久了,事情就更不好办了,明白吗?"

"明白!这事我哪能不明白呢?我又不是三岁小孩子!娘,这次呀,你留也好,不留也好,我反正是不走了,一定要陪你老人家长住!"李英莲搂着娘的脖子撒娇。

李英莲原本真是打算在娘家多住些日子的。她回一趟娘家确实很不容易。家里孩子多,事情多,她离不开身。这还不说,回娘家的这条路也极不好走。夫家与娘家虽说离得并不很远,但毕竟隔着一座照壁山,好几十里羊肠小道七扭八弯,坎坷崎岖,而且还有好几段直上直下的陡坡路,走起来很费力气,没大半天工夫爬不下来。她想,自己好不容易回来了,就应该多住些日子,借此机会尽点孝心,多帮娘做做事,顺便还得去弟弟妹妹家里看一看。当然,她想在娘家多住些日子,还有另外一层深意,那就是要让姜耀荣体贴一下料理家务的苦和累,尝尝一个男子汉没有老婆在身边的滋味。

"男人家没有料理过家务事,就不知道做家务的苦和难,只怕他还以为我平

271

常在家里是空坐着享清闲、清福呢！这回好了，我躲开一阵子，也让你自己洗洗衣，做做饭，带带孩子吧！要是小瞎子每天多拉几次稀屎，弄得手上、身上、衣服上、床上、地上都是，要他一天到晚不停地擦，不停地收拾，那才好呢！"李英莲这样想着，不禁暗暗地笑了。

老太太要留女儿多住些日子，李英莲自己也打算多住些日子，但说归说，想归想，做起来却很难。事到临头，李英莲很快就改变主意了。她在娘家只住了三天，好几个弟弟妹妹家里都还没去看一看，便闹着要回家。她娘连哄带骗，一把鼻涕一把眼泪地说她劝她，却怎么也留不住。她丢不开家，丢不开孩子，更丢不开自己的丈夫。她时而想："不知道这几天他是怎么过来的，又要当爷，又要当娘，白天要做田里活，也要做家务活，做饭、洗衣，给孩子擦屎擦尿，一大堆事，晚上还要带着孩子睡觉，实在太不容易，只怕觉都没法睡了！"她时而又想："也不知道他这几天吃好饭没有，会不会自己搞点可口的菜吃，只怕是餐餐咸菜、凉水就剩饭，人都饿瘦了！"过了一阵子，她又想："没人给他打洗脚水了，他会自己烧点热水洗脚吗？只怕那双脚会臭死人，把被窝铺盖都熏臭了！"她就这么白天黑夜里不停地想呀想的，都快想出病来了。

李英莲要回家了。她走的时候，天上还爬满了星星。她一夜没合眼，起来后连饭都顾不上吃，只匆匆忙忙地擦了把脸。老太太担心女儿肚子饿，硬给她手里塞了两个烤红薯，她就一手捏着一个烤红薯上路了。老太太见她走得太早，怕路上不安全，拉着她的手不肯松，千叮咛万嘱咐的，要她路上小心，最好在前面山脚下的镇上等一等，找个人就伴。

见娘一百个不放心，李英莲却坦然地笑了。她掰开娘的手，一边使劲把她往家门口推，一边顽皮地笑着说："哎哟，看你这不放心的，我是几岁小孩子呀？三岁，还是五岁？你老人家既然这么不放心，那我干脆不出门得了，哪里都不去，就在你怀里躺着，行了吧？娘，你就放一百二十个心吧！一条走惯了的熟路，摸也能摸回去了，哪会出什么事呢？再说，有这么大的月亮照着，哪里不是亮堂堂的呀？你老人家也忒小看女儿了！娘，不是莲子我自夸，我胆子可大呐，从来不怕鬼！我呀，这辈子什么都见过了，可就是还没见过鬼，也不知道鬼究竟是个什么样子，正想逮个鬼亲眼看一看呐！路上要是遇到鬼的话，那我就太高兴了，正好逮一个回来给你老人家瞧瞧！"

说自己胆大，不怕鬼，那是李英莲编的瞎话。说实在的，大清早天还没亮时走山路，就是身强力壮的男子汉也都害怕的，何况她是孤身一个女人家呢！当地人都信世上有妖魔鬼怪，也都怕妖魔鬼怪，有关妖魔鬼怪的传说故事特别多。人们都说，大清早天还没亮时，路上的妖魔鬼怪是最多的，因为妖魔鬼怪出来活动了一夜，这时都要赶回去，因此都挤在路上了。由于有这一传说，所以一般人都不在这时候赶路。他们都害怕在这时候赶路会碰上妖魔鬼怪。李英莲知道这传说，也相信有妖魔鬼怪，又从来没有过一个人夜里走山路的经历，因而一路上老是心惊胆颤的。山里的雾气大，月光照着，就像罩上了一层轻纱似的，到处影影绰绰，变幻迷离，充满了神秘、奇异、阴森可怖的色彩。李英莲的眼神偶尔触及哪里，哪里就会现出一团若有若无、变化不定的幻影，就好像那里藏着一个人或动物什么似的。山里的气氛异常宁静，而气氛越是宁静，稍遇动静，就越会令人毛骨悚然。树丛中有时会突然冒出一声怪叫，山顶上有时会突然滚落一块石头，而路旁的犄角旮旯里有时还会突然蹿出一条蛇或一只小动物来。这些动静突然发生，即便是在大白天里也都会吓人一跳的，更何况是在寂静无人的夜里！李英莲索性哪儿也不看，什么也不想，只低着头，咬着牙，一门心思走路。她脚步匆匆，走得非常急，踢得路上的小石子、小泥块四处乱蹦。

看得见姜家溪上的那座小桥了，看得见村子后面山头上的那五棵大松树了，看得见南大门前面那一排高高的石头台阶了，看得见自家屋檐下挂着的那根用来晾晒衣服的长竹竿了，李英莲一阵欣喜，不由得加快脚步，性急地向家里扑去。

一到家，李英莲顾不得亲亲孩子，就急急忙忙地问婆婆："娘！耀荣呢？怎么没见他？他上哪去了，干什么去了？"

儿媳妇一连串急匆匆的问话，把做婆婆的问得一愣一愣的。姜老婆子瞪着眼看着李英莲，张口结舌好半天，这才回话道："噢，你问耀荣呀？他、他一大早就到毛公坝去了，说是竹山屋场杏花家请他帮忙收稻子。"婆婆说。

"哦，耀荣帮杏花家收稻子去啦？那、那，"李英莲心头一沉，咯噔了一下，"我给他送罐茶去，顺便给他打打下手，割割稻子！我一会儿就回来，孩子就麻烦娘照看了！"

李英莲风风火火地走进厨房，随手从灶台上拿过茶罐，放好茶叶、盐、姜、豆子，倒上开水，就拎着罐子急急忙忙地出门往毛公坝走了。

李英莲刚刚淌过小溪，就迎面碰上了杜尚老头。杜尚老头心肠好，为人随和，爱说笑话，是个老顽童。什么时候看见他，他都是一副笑眯眯模样。

"英莲，给我送茶来了啊？"杜尚老头把牛绳往树桩子上一拴，就径直走了过来。

"是呀！我是诸葛亮的徒弟，会神机妙算，晓得你老人家在这里看牛，没茶喝，所以就沏了这一罐子茶，给你老人家送过来了。来，你老人家就在这土堆上歇歇吧！"李英莲顺手倒了一碗茶，双手捧着，递给杜尚老头。

杜尚老头接过茶，却没急着喝。他静静地看着李英莲，喃喃地说："多好的闺女呀，又秀气，又能干，又贤惠，真是招人喜欢，可就是命不大好！你给耀荣送茶？"

"是呀！怎么没见耀荣啊？你老人家看见他了吗？"

"他呀？刚才我还看见来着，就在那田里收稻子，一个人忙得挺带劲的，这会儿不知哪儿去了。嗯，我猜呀，他多半唱戏去了！只怕这时候唱得正来劲呢，未必顾得上喝你的茶！"

"唱戏？唱什么戏呀？"

"游龙戏凤呗！"

"游龙戏凤？"

"对呀，游龙戏凤，正德皇帝调戏豆腐西施的故事。"杜尚老头使劲地眨着眼睛。显然，他在有意暗示李英莲。

李英莲知道姜耀荣和杨杏花的特殊关系，她听姜耀荣亲口对她说过这件事。她也知道姜耀荣和杨杏花旧情未断。这事，她早就从他们两个人偶尔见面时的眼神中看出来了。因此，嫁到姜家十多年来，她一直保持着高度的警惕，严密提防姜耀荣和杨杏花暗中来往。刚才在家里时，听婆婆说姜耀荣今天给杨杏花帮忙收稻子，她的心里就情不自禁地咯噔了一下。女人的直觉告诉她，"杏花的肠子里头只怕没憋好屁"。所以，这会儿见杜尚老头神神秘秘地说起游龙戏凤的事，便自然而然地心有灵犀一点通了。

"唱戏也得有个戏台呀！戏台在哪里呢？"李英莲朝杨杏花家的田里望了望。

"傻闺女，戏台自然是在家里呀！"杜尚老头噘起嘴，朝竹山屋场杨杏花家指了指。

"哦！谢谢老伯指点，英莲这就去看游龙戏凤的戏了！你老人家在这里好好歇一歇，慢慢喝茶吧！"李英莲转身就走。

杜尚老头猜得不错，杨杏花和姜耀荣果然是在屋里"唱戏"。李英莲刚一走近墙根窗户下，就听见他们在里面正说得甜甜蜜蜜呢。

"耀荣哥，使劲抱紧我吧！我好喜欢呀！打小时候起，我就天天盼着能和你在一起，盼了几十年，原以为这辈子没指望了，却没料到今天终于实现了！让自己心爱的男人搂着，亲着，无拘无束，痛痛快快，这滋味多好啊！说真的，要是能够经常这样，我就是现在立马死也心甘情愿！"这是杨杏花说话。声音虽很小，但却十分清晰，李英莲听得明明白白。

"啊！难为你一直想着我！"姜耀荣说。

"你不想我吗？天下男人都一样，喜新厌旧！娶了李英莲，就把我忘了吧？"杨杏花说。

"天理良心！你无时无刻不在我心里装着呢，怎么能不想呢！"姜耀荣说。

"想我？那怎么不娶我呀？假招子，骗人玩！"杨杏花说。

"我当然是想娶你喽，可你也不默神(琢磨)，那时候我能做得了主吗？"姜耀荣说。

"好吧，就说那时候你做不了主，那现在呢？现在你还想娶我吗？"杨杏花说。

"当然还想娶你喽！别说你才三十多岁，你就是七老八十了，我还想娶你！宝贝！我的心肝宝贝！"姜耀荣说。屋子里又传出来一阵亲嘴咋舌的声音。

"那你打算哪天娶我呀？这事，我是作古正经问你的，你也得作古正经回答我。我要的是实实在在的大实话，不许打马虎眼！"杨杏花说。

"你、你别急嘛！这事挺麻烦的，容我好好想想行不行？"姜耀荣说。

"你还要好好想想呐？我盼你盼得好苦哇，都盼了那么多年了！这些年我是怎么过来的，哭了多少回，掉了多少眼泪，你知道吗？老天爷都在成全咱们哪，你还有什么可想的呢？莫非你是舍不得李英莲？"

"不、不、不！不是这么回子事！"

"不是这么回事？那、那是怎么回事呀？"杨杏花说，声音越来越急，也越来越大。

"只、只是你英莲嫂子生了一大堆孩子，这事我不能不有所顾忌啊！"

杨杏花冷笑一声："哼，你可真会自己找理由！是呀，李英莲是生了一大堆孩子，可那又怎么啦？那值得你顾忌吗？老实说，你不提孩子呢，倒也没多少话可说，你一提起孩子来，那话可就多了！你想过没有，女人家嫁到男人家里来，主要是干什么的？纯粹是来陪男人睡觉的吗？不是吧！女人的本分就是生儿育女，这我没说错吧？她嫁到你姜家十多年来，为你姜耀荣生出好儿子来了吗？一个都没有吧！我不是吓唬你，照这样子下去，你会断子绝孙的！耀荣哥，赶快猛醒吧！现在回头还来得及，再拖几年可就麻烦了！好在你年纪还轻。而我呢，精力也旺盛，正是最能生孩子的时候。并且，我还生过一个儿子了。我那儿子，你是知道的，又正常，又健康，又结实，又聪明漂亮，谁见了不夸呀？这说明什么呢？这就说明我杨杏花和她李英莲大不相同，她是生不出好儿子来的，而我能，我杨杏花有这个本事！要是咱俩结合在一起，不是我吹牛，我保你不出十年，准能生出四五个又白又胖结结实实的好儿子来！这事你信不？说呀，你信不？"

"信、信、信！我哪能不信呢！咱们两个是谁呀？一对干柴烈火！咱们两个要是结合了，天天黏糊在一起，生四五个孩子，哪用得了十年呀！我看最多四五年，你就能生出四五个孩子来，平均一年一个。没准你比我们家的那条大黑狗还能生呐，一胎就能生十个八个的！来、来、来，别动，别动，让我摸摸，让我摸摸！哎呀，你看，你看，你这肚子里头鼓鼓囊囊的，到处都搁着孩子呐！"姜耀荣说完，就"咯咯咯"地笑了。

"死鬼！人家掏心窝子给你说真心话，你还要骂人！我不理你了！"

"哟，姑娭毑，我可没骂你啊！"

"没骂我？那你为什么说我比你们家的那条大黑狗还能生？"

"那是打比方嘛，哪是骂人呢！好吧，这比方算我打错了行不行？我认错！要不，你骂我几句，打我几拳吧，就求你别不理我！"姜耀荣说。

"不扯闲话了！你就正经说吧，娶不娶我，打算什么时候抬花轿来把我接到家里去？"

"嗯，这事……我作古正经地问你，你愿意做二房吗？"

"做二房？亏你说得出口！我杨杏花和你青梅竹马，一颗心全给了你，你就用二房来打发我吗？你做梦吧，那是绝对不行的！而且，我不仅绝不做二房，还不允许你有二房！"

"啊！这么说，事情可就没那么简单了！看来先得把你英莲嫂子休了，你才肯进我们家的门！"姜耀荣说。他的话说得很慢，声音比较低沉。显然，他在犹豫不决。

"是的！你得先把李英莲休了，我才能进你们家门！这事没得商量！"

"是的，你比你英莲嫂子强。这我承认，只是……"姜耀荣支支吾吾，欲言又止。

"姜耀荣，今天我可把话说头里了！你们家的门，我是非进不可的！别的不说，单凭今天你上了我的床，你就得抬花轿来接我！并且，花轿还得快点来，越快越好。这倒不是我急着要钻你的被窝，而是害怕出大事。明摆着，刚才咱俩这一番死去活来的折腾，我这肚子里没准就已经怀上你的孩子了。你的花轿要是来晚了，我这肚子一旦鼓起来，咱俩的事还能瞒得住人吗？到那一天，我这张脸往哪儿搁呀？就说我脸皮厚，不怕人家笑话，可也经不起族里的处罚呀！通奸，那是死罪，要沉塘的！真要是我被族里沉塘了，你能心安吗？到那时候，人人个个都会骂你是奸夫淫贼，说你是负心郎、黑心汉，良心被狗吃了。你想想，真要是到了那一天，你的日子怎么过呀？说真的，那还不如死了好呐！"

李英莲实在听不下去了。她气得头发晕，眼发黑，真想一脚踹门进去，把一对狗男女痛揍一顿。但她又想，自己一个女人，能斗得过奸夫淫妇两个人吗？再说，如果进去捉奸的话，事情就肯定得闹开了，左邻右舍也全都会知道得一清二楚。到那时候，杏花能保证安全吗？倘若杏花真被实行族规沉塘淹死了，虽说她是咎由自取，但毕竟也与我李英莲有些关系呀！我何苦害她一条性命呢！俗话说得好，"救人一命，胜造七级浮屠"，我就行行好，放过她这一次，既为她做件好事，也为自己积点阴德吧！李英莲这样一想，心里倒开朗多了。她一跺脚，抽身便走，连放在毛公坝堤上的茶罐茶碗也不拿了，直接就奔家里。

回到家，李英莲显得异常平静，就像什么事也没有发生似的。她匆匆忙忙地做好了饭菜，安排孩子们吃完了，打发他们出去玩后，便一转身进了婆婆房里，把自己听到的、看到的一切原原本本地告诉了婆婆。

姜老婆子和李英莲关系好。听了儿媳妇的诉说，她气急败坏地说："英莲，你别着急，这事娘一定替你做主，绝对轻饶不了那个畜牲！你呀，先回屋里去歇一歇，我这就找他爷老子去，把他的丑事告诉他爷老子！"

姜老婆子当即便找到了姜云岳，把事情一五一十地对他说了。她的意思很明白，是要姜云岳拿出一家之长的威风来，好好管教一下儿子，为儿媳妇出出气。

听完老婆子的话，姜云岳并没有发火。他淡淡地笑了笑，语气异常平静地说："你要我怎么管教耀荣呢？打，还是骂？他都四十岁的人了，能打能骂吗？男子汉在外头找个把相好的堂客们玩玩，是再平常不过的事情，有必要大张旗鼓，搞得全家鸡犬不宁,左邻右舍全都知道吗?再说啦,耀荣这么做,也是事出有因的,不能说全都是胡来乱搞!他和杏花自小里就在一起摸爬滚打,原本就是打算做夫妻的,这多年来日积月累的深厚感情始终被压抑着,能不找个机会发泄出来吗?更何况他现在又遇上了个极挠头的特殊事,心情一直不好。媳妇一连生了五个孩子,就有三个是残废,哑的哑,驼的驼,瞎的瞎,另两个正常一点的又都没能活下来,这事搁在谁身上心不烦啊?耀荣说话就奔不惑之年了,却还一个正常、健全的儿子都没有,眼见得绝后之事就在目前,我们能不为他考虑考虑吗?"

"嗯,你说的倒也确实在理。唉,老头子,"姜老婆子嗫嚅着说。她原本对儿子恨得牙根直痒的,这会儿听了姜云岳的话,那满腔怒火也立马消下去大半了,"你说英莲怎么就老生残废孩子呢?这事是不是也忒奇怪了呀?嗯,你说,你说,这事与咱们家新盖的那几间房子有关系没有啊?"

"瞎说什么呀?生儿育女自古以来就是女人家的事,与风水有什么相干?你没见历朝历代的帝王家么,刚开始几代,生的儿女个个优秀,到后来就一个比一个窝囊了,可他们并没有搬家呀!一样住在皇宫里,风水没变吧?什么变了呢?女人变了!刚开始的那几个皇帝呀,还挑挑女人的品德、才干,到了后几代的皇帝呀,就什么都不看了,只看女人漂亮不漂亮。你没见那正德皇帝么?一个卖豆腐的女人,他也要,而且还要立为贵妃!为的什么?还不就是因为她漂亮?女人没品德、才干,光漂亮,有屁用!九九归元,明朝还是亡了!你看看,一样的好风水,女人不一样,生的儿女就不一样。这说明什么呢?这不是正好说明生儿育女是女人决定的,与风水无关嘛!"

"噢,原来是这样,"姜老婆子恍然大悟,"那、那依你说,这事怎么办?"

"等耀荣回来后再说吧,先冷一冷,找他谈谈。这事呀,我来管,你就别操心了!"

天已麻麻黑了,鸡、鸭都进笼了,房间里都掌灯了,姜耀荣才披着衣服,抄着手,拖着两条腿,懒洋洋地往家走。姜云岳早就在门前堵着了。他把他喊进了最后边的那间厢房里。后边的这间厢房是整个石板塘村最僻静的一间房子。因为僻静,所以保密性能非常好。一般要紧的大事,姜云岳都是安排在这间厢房里进行的。这当然是为了保密。

厢房里已经点上油灯了,但只点着一根灯芯,灯光一片昏黄,不甚明亮。这是姜云岳的规矩。他一般只允许点一根灯芯的。姜云岳一进门,先把灯芯往外拨了拨,又拿出剪刀来,把灯花剪了剪。房间很小,除了一张床,只放着两把小木头椅子。姜云岳习惯性地掸了掸身上穿的那件蓝布长衫,拖过床边的一把椅子来,稳稳当当地坐下。

姜耀荣一进屋,就懒洋洋地靠在门边上站住了。姜云岳扫了他一眼,撇撇嘴,指指床边的一把椅子,说:"坐吧!今晚上你得耐着点性子啊,麻将可是不能去搓了,我有话问你!"

石板塘

姜耀荣见父亲用手指椅子，只得极不情愿地拖过那把椅子来，慢慢地坐下了。

"你这几天好忙呀，都在忙什么呀？"姜云岳盯着儿子问，语气显得异乎寻常地平静。

姜耀荣悄悄地抬了抬眼皮，小心翼翼地说："是呀，儿子这几天确实够忙的。前两天呢，是给自家收稻子。这两天呢，又帮杏花家收了收稻子。你老人家晓得的，杏花家没有劳动力了，她求我帮她收稻子，我不能不答应。我们自家的稻子，加上杏花家的稻子，只怕也有十多亩地吧，我一气都收完了。连着干了几天力气活，这一身骨头架子都快累散了！"

"哦，帮杏花家收稻子，那倒是该当的，"姜云岳拉长着声音说，"不过，就这点活，也不至于累得骨头架子都散了吧？你那么累，是不是还干了些别的什么好事？"

"'别的好事'？哪有什么'别的好事'可干啊？除了收稻子，儿子就真的没做什么了。"姜耀荣说。他压根没想到李英莲会突然回来，也想不到李英莲会钻进菜园子去看他和杏花"唱戏"，当然也就更想不到老头子已经完全知晓了他和杏花所做的"好事"。

姜云岳冷不丁地扫了儿子一眼，怪腔怪调地说："哦，那就奇怪了，没干别的什么，却又那么累！那你怎么会那么累呢？该不是用过了力，伤了元气吧？"

"就做这点子事，哪会用过力、伤元气呢！你老人家别操心，我不会有事的！"

姜云岳脸上突然露出一丝诡谲的笑意。他撇撇嘴，漫不经心地说："要说也是啊，和杨家杏花就偶尔睡这么一次觉，应该不会伤元气的！"

姜耀荣一愣，迅速回头看了一眼父亲，脸上露出一丝异样的神色。但没过一会儿，那异样的神色就消失得无影无踪了。

"嗯，没错，我是和杏花好上了。这事，你老人家是怎么知道的呀？"姜耀荣的神态异乎寻常的平静，就跟什么事也没发生一样。

姜云岳满以为他一语道破玄机绝对具有雷霆万钧的效力，儿子听了以后肯定会立马惊慌失措、低头认罪的。但他万万没有料到，姜耀荣不仅没有慌张，没有认错，反倒抬起了头，挺起了胸，两只眼睛直直地盯着人，显得比平日还要镇静得多。"他这是怎么啦？怎么没有一点畏惧之心了？"姜云岳暗地里琢磨道。

"做了丑事，还想瞒天过海？你以为自己行动诡秘，天衣无缝，我就没法知道是不是？"姜云岳眼睛一瞪，脸色突变，对着姜耀荣厉声喝道。

"你老人家晓得了就晓得了呗，这事也没必要藏着掖着的，要打要骂随你老人家的便就是了！但这事你老人家别怪杏花。要怪，就怪我吧，是我主动找她的。大道理，我都懂，你老人家就省着点唾沫吧！"姜耀荣扬着头，眼睛从破门转向屋顶，再从屋顶转向破门，脸色显得镇静自若，话也说得不慌不忙、不阴不阳，颇有点破罐子破摔的味道。

四十年来，大儿子在自己面前，从来都是唯唯诺诺、胆颤心惊的，而今天却反常了。这异乎寻常的情况令姜云岳吃惊。他实在忍不住了，心里头不禁狠狠地骂道："兔崽子，做了错事还不肯夹起尾巴做人！看来，不给他一点厉害瞧瞧，他是不知道东南西北的！"

"混帐东西！你这是在跟谁说话呀？你做的那下流事光彩吗，体面吗？老实告诉你吧，你那事是犯'七出'的！老子既是家长，又是族长，就有把你抓起来打板子的权利！你趁早老实点，别撩老子的火！把老子的火撩着了，老子六亲不认！"姜云岳双手发颤，脸色铁青。

骂了一顿，姜云岳的气消掉不少了，而姜耀荣也老实多了。姜耀荣低下了头，眼睛里也多了几分怯怯的神色。他就是这种人，人家软，他硬；人家硬起来了，他就软下来了。

"你老人家别生气！儿子知错悔改还不行吗？"姜耀荣低声下气地说。

"知错悔改？怎么改？说得好听，"姜云岳一字一顿地说，"这毛病就跟猫吃鸡似的，一旦有了头一回，就改不了啦。再说，即便你想改，也难做到啊，杏花能放过你吗？好吧，这些事我都不说了，说也没用。老子这回就依你的，既不跟你讲大道理，也不骂你。但你总得说说吧，为什么要这么做？"

姜耀荣佝偻着身子，把脑袋深深地埋在臂弯里，两只手放在头顶上来回不停地捋着满头乱七八糟的头发，就像是在一根一根地数着似的。过了好一阵，他才抬起头，睁开细长的眼睛，扫了一下父亲，嗫嚅着说："其、其实，也、也没什么其他的理由，就是心里烦得慌，碰上了杏花，觉得投缘，于是就旧情复燃……"

"无缘无故的，为什么心里烦呢？烦什么呀？"

"你老人家也不为儿子想想！儿子都奔四十的人了，可至今还没有一个正儿八经的后代，这心里能不烦么？这事搁谁身上能不烦呀？"

"烦？烦？平时看你挺悠闲自在的嘛，麻将桌上哪天也没缺过你，怎么今天突然烦起来了？烦？烦什么？烦就能烦出儿子来啦？两口子不都还年轻嘛，还可以接着生啊！"

"接着生？你老人家说得轻巧！英莲都生过五胎了，还能再生几胎？如果她不能生了，或生的还是瞎子、驼背、哑巴或者女孩，我不就断子绝孙了？"

兴许是儿子的话引起了父亲的共鸣，姜云岳也低头沉思起来了，好半天没言语。

"是呀，英莲生过五胎了，往后想再生是越来越难了，只怕生不出来了，"姜云岳盯着地面，既像是在跟儿子说，又像是在自言自语，"倘若生不出来了，或者生的还是残废、女孩，那你可就真的是要断子绝孙了！我姜家门里人丁并不十分兴旺啊！这件事不小，确实不能不虑！不过，你和杏花暗地里勾搭，明摆着是苟且偷欢，只图一时快乐，与生儿育女这事也搭不上关系呀！莫不成你想和她生一个野种带回来养着，将来传宗接代？你想过没有？你这样做可是非常危险的呀，纸终归包不住火的！你就这么轻率地和杏花好上了，你自己的名声搞臭且不说，她族里的人知道了怎么办？那可是要沉塘的！"

"沉塘？哪能让她沉塘呢！我做的事我负责！"

"你负责？你怎么负责？"

"把她娶回来不就行了？我想娶她！"

"娶她？她就一定能生儿子？"

"我看没问题！再说，她即便不能再生了，也不要紧，她现成就有一个儿子了。到时候，她把她那儿子带过来不就行了吗？"

"你这算盘打得好是好，但你想过没有，英莲怎么办？你打算怎么安排她？"

"这个，这个……"姜耀荣"这个、这个"地念叨了半天，却连一句完整的话也没有说出来。显然，怎么处理李英莲的事情让他感到为难了。

"你跟杏花说过吗，她能不能委屈一下，做二房？"

"我倒是有这个想法，想让她做二房，也正儿八经地跟她提过，但她死活不肯。"

"喔，她不肯，这事就有些费脑筋了，"姜云岳低头沉吟，"那你估摸一下看，英莲会不会愿意做二房？"

"让英莲做二房？那不合适吧？要说做二房的话，那也只能是杏花喽！"

"让英莲做二房，怎么不合适呀？"

"明摆着，她是明媒正娶，一顶大花轿抬过来的，原本就是正妻，凭什么要把她降为次妻呢？她又没做错什么事！"

"她没做错什么事？一连生了三个残废孩子还不算错吗？害得你这一脉都快断子绝孙了还不算错吗？害得我们姜家在这地方上丢人现眼还不算错吗？如今地方上有些人背后是怎么称呼我的，你晓得吗？他们不叫我姜大爹，也不叫我姜老倌，而叫我哑巴他爹、驼背他爹、瞎子他爹。娘卖x的，老子活了一辈子，从来没人敢在背后指手画脚的，如今七老八十了，称呼却和哑巴、驼背、瞎子连在一起了，连姓名都给人家丢到一边去了！这叫什么事？罪过呀！我姜家前辈子欠了她李英莲的债还是怎么的？她要这么害我姜家！"

"可是，可是这、这生孩子也不完全是她一个人的事吧？"

"怎么不是她一个人的事？生儿育女不就是女人的事嘛，和男人有什么相干？"

"那、那、那让英莲做二房，英莲也不会同意呀！她那性子，你老人家也不是不知道，那是头一份刚烈的。"

"她不同意？这事能由得了她？刘先主说过，兄弟如手足，妻子如衣服。衣服是可以随时更换的嘛！她不同意做二房，那就走人！"

"你老人家别急。这事说起来容易，办起来棘手。明摆着，无论是让她做二房，还是让她走人，我都没法说出口呀！一日夫妻百日恩，更何况我和她还做了十多年的夫妻呢！"

"你看，你看，整个一个水牛肚子——草包吧，哪像个男子汉！对女人就是不能婆婆妈妈、小仁小义，'无毒不丈夫'嘛！唉，扶不起的阿斗，"姜云岳连叹数声，"算了吧，你不好意思说出口，那就由我来说吧！其实呢，我来说可能更好。我是家长，又是族长，说话底气更足，她不听也得听。自古以来，男人家讨堂客，就是为了生儿育女、传宗接代的。她生不出健全的儿子，让人家断子绝孙，那还要她干什么？她要是听我的意见，伏低做小，事情还可商量。她要是不听我的，那就卷铺盖走人！"

姜耀荣刚走，姜云岳就立刻把儿媳李英莲喊进了门。但他没有把李英莲领进后头那间最僻静的厢房里，而是领到了他和老婆子住的那间正房里。并且，他还把屋门敞开，要姜老婆子坐在那里守候。这里头的意思有两层：一是要老婆子做个见证，证实他和儿媳妇在屋子里没有做出格的事；二是要老婆子当个岗哨，防止外人闯进来干扰他和儿媳妇之间的秘密谈话。"男女授受不亲"，人伦关系中头等重要的"大防"，姜云岳是知道得最清楚，遵守得最严格的。后头那间厢房人僻静，他怕引起误会。

一进门，姜云岳便指着东头门口的一把椅子示意李英莲坐下。然后，他自己又搬起一把椅子放在西边窗根底下，两手提起长袍下摆，双腿并拢，目不斜视，规规矩矩地坐下了。

"英莲啊，时间过得真快，你来姜家都十三、四年了吧？这十三、四年来，我和你干娘待你如何呀？"姜云岳故意拖着长音说。

"干娘待我情同骨肉。"李英莲回答。

"你说的确实是实话。十多年来，我们老两口没把你当儿媳妇，真的是当亲闺女看了。那么，耀荣呢？他待你如何呀？"

"耀荣？耀荣待我也不错。"

"嗯！凭良心说吧，耀荣虽说时不时地和你拌两句嘴，但他对你确实是非常好的。十多年来，他没惦记过别人，心里头只装着你一个呀！这你承认吧？"

"以前是这样，但现在……"。

"只要你承认他以前对你没二心就行了。至于现在嘛，那就要另说着了。我知道你要说什么，"姜云岳一挥手，打断了李英莲的话，"你干娘早就把耀荣和杏花勾搭的事情对我说过了。耀荣回来后，我臭骂了一顿。这事嘛，从根子上说，是他错，所以我骂他了。不过呢，这里头还有个特殊情况，是你所不知道的——"。

"特殊情况？不就是他和杏花从小就相好嘛！这事我知道，耀荣亲口跟我说过。"

"喔，你知道了？知道了就好！知道了就好！不过，你只知其一，不知其二。你不可能全知道的。这其中的好多原委，就连耀荣都是不知道的。我没跟他说过嘛。今天，我是第一次说这事。你耐着性子听我说。我说完了，你自然就全都明

石板塘

白了。这事说起来话长啊！"姜云岳说话历来急，但今天却有些反常，话说得很慢，声音也压得很低。

"干爷怎么啦？他干嘛跟我说起这些事情来了？神态也怪怪的！"李英莲暗地里琢磨道。"干爷"就是公公。当地人一般把公公叫做"干爷"，有时还在"干爷"二字的后头加上一个"公"字，叫做"干爷公"。

姜云岳点燃烟袋，抽了几口，接着又说："不瞒你说，耀荣和杏花自小里就相好，原本是要结夫妻的，而且还曾经有过好几次结夫妻的机会呐。但可惜，这些机会都被我们做父母的耽误了。这事全都得怪我和你干娘，是我们耽误了他们的终身大事，对不起他们呀。耀荣和杏花的事，你都知道了，我也就不多说了。你是你干娘亲自相中的。你和杏花都是千里挑一、百里挑一的好女人，各有各的长处，说不清谁高谁低、谁好谁差。我今天说这些，并不是要卖后悔药，后悔当初没为耀荣娶杏花而娶了你。我没那意思。我说这些，只是要告诉你，我们姜家确确实实是有愧于杏花她们家的。一想起这事来，我这心里头就难受啊。英莲啊，你是个明理、懂事、贤惠的好媳妇，凡事都能忍让的。我这心思，你能理解吗？"

听了大半天，李英莲就像在云里雾里。她不明白公公为什么要对她说这些，她也不明白公公夸她"凡事都能忍让"是什么意思。当然，她更不明白公公要她理解的究竟是什么"心思"。她脑子里一团乱麻似的，怎么也理不出一个头绪来。所以，姜云岳问她，她就好像没听见，呆呆地坐在那里直愣神，没有出声。

姜云岳见李英莲不吭声，便抬起头来，双眼直直地盯着她，仍复问道："英莲，我刚才说的，你都听清了吧？我这心思，你能理解吗？"

"你老人家的意思，是不是要我把度量放大一些，原谅耀荣和杏花，不和他们吵闹，也不把这事说出去？是不是呀？实话告诉你老人家吧，这事你老人家不叮嘱，我也能做到。耀荣回来后，我不和他闹就是了。不过，你老人家必须跟他说清，他和杏花从今往后不能再来往了！"李英莲说完，抬眼看了看姜云岳。

"不、不、不！我不是这个意思！我不是这个意思！英莲，你完全理解错了！我是说，我是说……"姜云岳嗫嚅了好一阵，也没把话说明白。

"不是这个意思，那你老人家是什么意思呀？难道是想让我把这事挑开，和耀荣闹一场，治治他，让他收收心，改邪归正，从今往后不再和杏花胡来？"李英莲看着姜云岳问。

"更拧了，更拧了！"姜云岳一边说，一边摇手。

"你老人家究竟是什么意思呀？"李英莲满脸都是疑惑不解的神色。

姜云岳扭转头，避开李英莲的眼神，小声说："我的意思，我的意思，是你能不能让点步，成全耀荣和杏花两个算了？"

"让步？成全耀荣和杏花两个？那、那我呢？我怎么办？"李英莲大惊失色。

姜云岳看了一眼李英莲，轻声说："你嘛，我刚才已经说过了，让点步，回娘家去吧！反正他们生米做成熟饭了，你夹在中间也没有意思，对不？"

姜云岳这句话犹如半天云里一声惊雷,一下子就把李英莲打懵了。她越想越急,越想越气,不等姜云岳把话说完,便大声吼道:"喔,说半天,你是想让耀荣另娶,休掉我!"

"英莲!你别着急嘛!说话小点声,别让外人听见了。我的意思不是要休掉你,而是要你自动回家去。'休掉'和'自动回家',那是大不一样的。这样,你面子上就好看多了。至于你的生活,我也会为你考虑周全,尽可能多给你一点钱,让你这一辈子衣食无忧。当然喽,你如果还想往前走,想要再嫁人呢,也可以,我们姜家不会过问的!"

"什么'自动回家'?说得好听!那跟休掉有什么两样?我怎么对不起你们姜家了,非要把我休掉?"李英莲边哭边叨唠,眼泪哗哗地往下流。

李英莲又哭又叨唠,一句接一句的话问得姜云岳张口结舌。姜云岳不觉有些急了,一会儿搓搓手,一会儿跺跺脚,一会儿又唉声叹气,脸憋得通红,半晌说不出话来。

过了一会儿,姜云岳才又回过头来,悄悄地看了一眼李英莲,说道:"英莲,要说日常间你做了什么错事呢,我真的是说不出来。你确实做得不错,没有让人挑得出来的毛病。不过,要说你对不起我们姜家呢,我可是有根有据,真的没冤枉你。我也不说别的了。你至今没给我们姜家生下一个可以传宗接代的男孩子,这没错说你吧?你给我们姜家生下了一大堆哑巴、聋子、驼背、瞎子,还有早夭的,这没错说你吧?"

"那能全怪我吗?是我一个人的错吗?"

"怎么不是你一个人的错呢?自古以来,孩子不都是女人生的嘛!有男人生孩子的吗?同样是女人,人家生得出好儿男,你怎么就生不出来呢?好吧,就依你说的,生一大堆残废孩子不是你一个人的错,耀荣也有责任。但你在姜家生活十多年了,姜家待你不错吧!你是不是该知恩报恩,为姜家想想呢!耀荣眼见快四十了,再过几年就精衰力竭了,生个健康、正常的儿子传宗接代乃是当前最要紧的事,你怎么就不能为他想想呢!你忍心让他绝后吗?你自己生不出来了,怎么就不能让让步,行行好,让他再娶一个能生儿子的女人呢?"

"你怎么知道我已经生不出来了呢?"

"这不明摆着,你已经生过五胎了呀!"

"生过五胎了,就不能再生吗?"

"当然,生七胎八胎的也有,但那是极少数。一般女人也就三两胎,四五胎的都少,更不要说生六胎七胎了!"

"我现在就怀上了!"李英莲说。在公公面前说害肚(怀孕)的事,她似乎有点不好意思,声音怯怯的,脸也有点红。

姜云岳一愣,神情突然变得异常复杂起来。"喔,又害肚(怀孕)了?真的吗?你没骗我吧?"姜云岳说,眼睛直直地盯着李英莲。

石板塘

283

"嗯！是真的！这事我能骗你老人家吗？"李英莲微微低头，眼睛看着地面。

"多长时间了？"

"也就一两个月吧！"

"怪了！耀荣怎么没跟我说？"

"他也不知道。这些日子里，他老跟我闹别扭，眼睛不是眼睛，鼻子不是鼻子的，所以我没跟他说。"

刹那间，姜云岳就像换了一个人，刚才还阴云密布的那张脸此刻堆满了笑容，眼睛、鼻子、嘴也都舒展开了。他一只手捧着水烟袋，一只手撑着椅子靠背，缓缓地站了起来，在房间里踱开了方步，渐渐陷入了深思之中。

又过了好一阵，姜云岳终于停住脚步了。他站在房中间，看着李英莲，柔声细语地说："英莲，我刚才说的那些话就算没说吧，你别往心里去！从今以后，你还在这家里住，你还是姜家的好媳妇！耀荣和杏花的事呢，你放心，我去处理，行吗？"

"有件事我不明白，不知当问不当问？"李英莲说。

"有什么不当问的呢？你就问吧！"

"刚才让我回家去的那话，是你老人家的意思呢，还是耀荣的意思？"

"那话是我说的，当然就是我的意思喽！英莲，你别多想，耀荣对你可是一片真心啊！他从来没说过要你走人的话。我知道他的心，他是不愿意让你走的，他舍不得你！"

"噢，我明白了！你老人家不用说了。我照你老人家的意思做就是了。耀荣和杏花的事，我不掺合。孩子没生出来前，我还在姜家住，照样孝顺你老人家。我不是脸皮厚，非得赖在姜家不走，而是考虑到我肚子里的这块肉，他是姜家的骨血，不能流落到外头。"

"对！英莲！你这话说得对，我姜家的骨血无论如何也不能流落到外头去！你现今怀上孩子了，当然要住在家里。别说你不想走，你这会儿就是想走，我也不放！"

"那好，你老人家既然留我，我就不走了。但话说在头里，我不走，只是现在不走，将来孩子出生以后，我走不走，还在不在姜家住，暂时还说不准，得看那时的情况再说。要是生的是个男孩，而且是个又正常又健康的男孩呢，那我就得在姜家长久住下去了，再也不走了。姜家不就是嫌我没生个好儿子，不能传宗接代，所以要赶我走吗？我生了好儿子了，为姜家传了宗、接了代、立了功，姜家还有什么理由要赶我走啊？再说，儿子是我生的，当然也有我一份，我不能丢开他不管，将来也还需要他养老送终，对不？到那时候，你老人家可别赶我走啊！要是生的是个女孩，或者是个残废呢，那就不用你老人家赶，我也不在姜家住了。真到了那一天，我会自动走人的，你老人家大可放心。我李英莲别的本事没有，志气还是有的，决不会当癞皮狗，赖在姜家不走的。再说喽，天下那么大，何至于就没有我李英莲去的地方呢？万一不成，大不了往水里一跳就是了！这附近不是正好还有一口石板塘嘛！我这意思，你老人家明白吗？同意吗？”

李英莲这一番话说出来，铿锵有力，掷地有声。姜云岳听得头皮都发麻了。他坐也不是，走也不是，只呆呆地站在当地，一个劲地点头哈腰。

第二十章

姜云岳真是老了。早些年在这阁楼上住的时候，哪天上下楼梯不得四五趟啊，他哪一趟为难过？那时，他爬上爬下就如同饭后散步似的，连哼哼带唱小曲，轻松自如，悠闲自得。可如今他不行了。那木头梯子多说也就丈把来高吧，他却视同天梯，见了就发怵。上楼的时候还稍稍好一点，虽然使尽了浑身吃奶的力气，但总算还勉强爬得上去。下楼的时候可就更麻烦了，手发抖，脚发颤，头发晕，两眼不敢看下头，真有“难于上青天”的感觉。

姜云岳上楼，是去拿一口箱子的。那箱子不大，也就二尺来长，一尺来宽，七八寸高，材质也并不特别，只是普通樟木做的，但做工精细，上面漆了一层厚厚的桐油，还安了一把特大的铜锁。然而，别看这小小的箱子不起眼，它却是姜云岳的宝贝。姜云岳对它看得极重，管得极严。他把它藏在自己住房的阁楼上，那阁楼是任何人也不准上去的。箱子终年锁着一把大大的铜锁，而那铜锁只有一把钥匙。他把那钥匙带在身上，从来不交给别人，就连自己的老婆子也不给。所以，那箱子里究竟有些什么东西，不要说外人，就是姜老婆子和姜耀荣、姜耀典兄弟也是不知道的。

姜云岳一只手抱着小箱子，一只手抓住楼梯的顶端，伸出脚来去够那楼梯的横梁，想踩到楼梯上去。但他使劲地往前伸脚，那脚却怎么也够不着楼梯。他一连试了好几次，浑身的汗都流出来了，却依旧没有成功。他探头朝楼下的地面望了望，那阁楼与地面之间的距离不像是只有丈把多，而像是一眼望不到底的万丈深渊。他浑身一哆嗦，脑袋一阵眩晕，差点没从阁楼上摔下来。他确信自己抱着箱子是无论如何下不了楼了，于是便缓缓地弯下腰来，将那箱子重新放回到楼板上，想自己先登上楼梯回头再来拿箱子。他双手紧紧抓住楼梯两边竖起的长木杆，小心翼翼地迈脚踩到楼梯的横梁上，然后慢慢地转过身子，用后背死死地靠住楼梯，再伸手去拿箱子。

费了好大力气，姜云岳终于将箱子拿到手里了。他暗自佩服自己的主意高明，心想这次应该能够顺顺利利地把箱子拿下楼了。然而，事与愿违，他的高兴劲还没完全下去，新的问题便又来了。原来，那楼梯很窄，只有一尺来宽，很不稳当，不用手扶是无论如何下不来的。他背靠楼梯，两只手朝前抱着箱子，自然就

285

无法伸出手来扶楼梯了。而他的手没有扶住楼梯，两只脚自然也就不敢往下迈了。他就这样抱着箱子站在楼梯上一动也不敢动。那箱子虽然不大，却不轻。再说，"远路无轻担"，年轻人拿着轻物时间长了也会感到沉重的，更何况一个年逾古稀的老人呢？渐渐地，他感到手软筋麻，腿酸腰痛，有些支持不住了。

"坏了，老子拿不住了，箱子要往下掉！这可是辉阁公留下的传家之宝，损坏不得的啊！不行，得赶紧喊人帮忙！可是，喊谁呢，喊耀典？"姜云岳沉吟着。

"老婆子，你过来一下！"姜云岳喊道。他原来是打算喊二儿子耀典的，但思忖了好一会儿，还是决定改口喊老婆子了。他觉得，老婆子虽然力气小些，未必能顺顺利利地帮上忙，但毕竟有利于保密。这事是需要保密的。他不是不想喊老二耀典，而是担心喊了老二耀典，就会惊动老大耀荣。两个儿子在他心中的分量不一样，这早已是公开的秘密了。有不少事情，他是不想让老大耀荣知道的。

姜老婆子就在厨房里摘菜。听到姜云岳的喊声，她立马就过来了。对于老头子的吩咐，他从来都是随喊随到的。

"你搬把椅子放在梯子下，人站到椅子上来，帮我接一接这箱子，"姜云岳抱着箱子，汗流满面，气喘吁吁，"稳当点啊，椅子放牢靠了，脚踩踏实了，箱子接住了，别撒手！"

"呃！你坚持一会儿，别着急！我马上就过来，马上就过来！"姜老婆子迅即说道。她见老头子站在梯子上动弹不得，心里很着急，一双小脚颠颠地往前走去搬椅子，而脑袋却回转过来朝后看，眼睛直直地盯着姜云岳。

椅子很快就搬来了，姜老婆子也很快就站到了椅子上。她高高地举起双手，接住了那箱子。姜云岳慢慢地放开手，绷得紧紧的一颗心才松了下来。

"这箱子好重啊！里头放的什么呀？"姜老婆子喘着粗气问。

"别说话！不该女人家管的事，趁早别问！"姜云岳一边下梯子，一边说。那声音虽不大，却极具威严。

姜云岳从梯子上爬下来了。他叉开双腿站在地面上，伸手接过箱子放到床上，然后回过头来对姜老婆子说："去，守住门口，别让任何人进来！有事时，我再喊你！"

姜老婆子乖乖地走到门外去了。姜云岳关上房门，匆匆地打开箱子，从里面取出一个沉甸甸的蓝印花布口袋。他解开系在蓝印花布口袋上的绳子，里面露出了许许多多白花花的银元。他坐在床边上，细心地数着那些银元，一连数了好几遍。数过后，他把银元分成两堆，一堆数量多，约摸有几百块，一堆数量小，最多也就一二十块。他对着那两堆银元目不转睛地审视着，沉思了好大一会儿，这才回过神来，重又把那堆数量多的银元放回蓝印花布口袋，然后把蓝印花布口袋放回箱子，把箱子放到床底下藏好。床上只有那堆数量少的银元了。姜云岳捡起那一二十块银元，放在手心里掂了掂，看了看，然后塞进了枕头底下。

"老婆子,把耀荣叫来吧,我找他说点事!"姜云岳对着门外喊了一声。

"哦,我这就去!"姜老婆子应声道。她正在门外坐着,随时听候姜云岳的呼唤。

姜耀荣很快就过来了。他耷拉着脑袋,一副忐忑不安、神不守舍的模样。他不知道父亲叫他干什么,以为还是为的他和杏花的事。为着这件事,这些日子他常挨父亲骂。

"坐吧!坐吧!站着干什么?家里又不是没椅子!"姜云岳没好气地说。

"你老人家找我有事?"姜耀荣拖过一把椅子放在门边,慢慢地坐下了。

"不找你有事,叫你来干什么?尽说废话,"姜云岳使劲盯了一眼儿子,"这几天没和英莲相反(吵架)吧?"

"没、没有!"姜耀荣小声回答。

"别再跟她相反(吵架)了啊,凡事让着点她!她又害肚(怀孕)了,生不得气的,该清静清静、保养保养!害肚生气,对孩子不利,明白吗?"

"喔,她又害肚(怀孕)啦?那好,那好,"姜耀荣神情突变,脸上立马堆满了笑,"我对她好,不跟她一般见识,不跟她一般见识!"

"回头我跟你娘说一声,把我家里的那两只黄鸡婆捉过去吧,也下几个蛋给英莲吃。这时候她正需要营养。她营养好,孩子才能长得好,懂不?"

"不用了!我家里不是有三只鸡婆嘛,下的蛋还不够她吃?"

"就这样吧,别罗嗦了!我找你来,不是说这些鸡毛蒜皮的,有个大事要商量!"

"好的,你老人家说吧,儿子听着呢!"

"英莲又害肚(怀孕)了,这是好事,但能不能生个接香火的,却还说不定。我琢磨,这传宗接代的事是万万耽误不得的,不能完全等到英莲生了以后再作别的考虑,从现在起就得有个新的办法。什么办法呢?干脆花点钱,买个生孩子的……"。

"我不要!我不要!"姜耀荣打断父亲的话,抢着插嘴。他以为父亲是要花钱给他买妾。

"老子的话还没说完呢,你瞎插嘴干什么?"姜云岳翻着白眼。

"是!你老人家接着说,接着说!"姜耀荣慌里慌张地答应。

"我不是要给你买妾,你别白日做梦,想得美!我是想给鹤年买个童养媳,明白了吗?鹤年残疾太重,凭他那样子,将来是娶不上堂客的。谁家愿意把女儿嫁给一个哑巴、聋子呀?所以呀,现在要趁早给他买个童养媳放在家里。这事,你想过吗?"

"想倒是想过,只是……"。

"只是什么?只是没钱,对吗?这事老子都替你考虑好了!"姜云岳回转身子,从枕头底下掏出了那十多块银元。

姜云岳一语中的,说中了要害,姜耀荣家里穷,确实缺钱。见父亲拿出来十多块光芒闪闪的银元,伸手就要接。他好多年没见过银元了,他是多么需要银元啦。

"慢!你先别动这钱,我有话要说,"姜云岳一声断喝,斜着眼睛扫了一下儿子,"这钱我交给你,但话要先说清楚!你听好了:这钱是给鹤年的,不是给你的,你无权私自处置!第一,不许用来搓麻将;第二,不许用来打酒喝;第三,不许用来买其他东西;第四,不许用来还旧帐!四不许,总之这钱不许做他用,而只能用来给鹤年买童养媳!明白了吗?"

"儿子明白!你老人家放一百二十个心,这钱我决不会乱花的!"姜耀荣说,刚刚缩回去的那只手又伸了出来。

姜耀荣的手虽然伸得老长,姜云岳却并没有立即把银子给他。他仍然在絮絮叨叨:"这钱不多,但来之不易。你知道这钱是哪来的吗?是你爹爹留给我的。你爹爹英雄一世,辛苦经营,赚下了偌大一个家产。但他老人家一颗公心,从来顾大族不顾小家,临走时把绝大部分家财都分给了族里人,只给我留下了一千多块银元。几十年来,我给你们兄弟娶亲,给你几个妹妹置办嫁妆,后来又盖房子,用的都是这一千多块银元,结果就剩下这十几块了。十几块银元不算多,但看你怎么用。这钱拿到长沙城里人市上去,要想买个像模像样的童养媳,那肯定是差得远。但若就在乡村间买,特别是到深山老林里去买,不挑模样标志的,只照着一般过得去的条件选一个,我看这点银元没准还有剩。但话又说回来,我说'只照着一般过得去的条件选一个',是指模样儿不必太讲究,只要过得去就行了,但身体条件可不能太随意,那是要好好挑一挑的。首先一条,手脚、五官要齐整,绝对不能有残疾。这条是最要紧的。我们家已经有三个残废了,再来一个残废可就真成了残废窝了。其次一条,身体要好,不能有大病、暗病,买个痨病腔子进门养着也不得了。还有一条也很重要,那就是要挑将来能生男孩的。"

"是!你老人家交待的事,儿子一定照办,抓紧办,三个月内保准你老人家见着孙媳妇!"姜耀荣连忙起身,手里紧攥着的那十多块银元一片叮当乱响。

知道了李英莲怀孕的消息,得到了一笔买童养媳的钱,片刻之间遇上两件特大好事,姜耀荣高兴得忘乎所以了。一进门,他就伸开手掌,让李英莲看那些光洋。李英莲只扫一眼,便回头做自己的事,什么话也没说。姜耀荣走近她身边,忽地一下子从背后抱住了她,嘻嘻笑着说:"又有了啊,太好了!"

"太好什么呀?又是个女孩!"李英莲使劲扭动腰肢,甩开了姜耀荣的手。

"女孩就女孩呗,那我也喜欢!"姜耀荣伸开手,又抱住了李英莲的腰。

"别使劲抱了啊!抱出了麻烦,生个残废,我又该落埋怨了。真到了那时候,只怕这家子的人都得拿扫把(笤帚)赶我走呢!"

"胡说!谁敢赶你走,老子跟他拼!"

"哼!说的比唱的还好听!只怕巴不得我快滚呢,要不然,杨杏花哪进得来呀！"

　　姜云岳起身往门外看了看，见姜耀荣走远了，便回转身，从床底下拿出那个小樟木箱子，又从箱子中拿出那个沉甸甸的蓝印花布口袋。他提起蓝印花布口袋，打开通向堂屋的那扇房门，急匆匆地穿过堂屋，走进了姜耀典的正房里。一进屋，他回手便关上了房门，然后又急急地走近窗户跟前，一伸手关上了窗户门子。

　　姜耀典正在写字，桌上摊着纸，手里捏着笔。见父亲突然进屋，举止怪怪的，他有些诧异，便连忙停下笔来，给父亲让座。

　　"不忙坐，"姜云岳一边说，一边伸手把蓝印花布口袋递向儿子，"这里头是八百三十块光洋，你赶紧拿去收好，回头我还有要紧话和你说！"

　　"喔，好、好、好，我这就收起！"姜耀典连忙把那个蓝印花布口袋接了过来，转身走到床后，塞进了大柜子里。

　　"这点钱还是你爹爹留下来的，"姜云岳对老二耀典说，声音很低，"当时他老人家给了我一千多块大洋，这几十年来川来用去，最后就剩下不到八百五十块了。刚才给了你哥十多块，其余八百三十块呢，我就都拿过来了，统统给你。给你的多，给你哥的少，你不要往外说，免得人家闲话，说我偏心，只疼你，不疼他，明白吗？"

　　"明白！儿子哪能不明白这事呢！"姜耀典边说边点头。

　　姜云岳摸了摸下巴颏，缩缩鼻子说："其实，你们兄弟俩，我都疼，一样对待。之所以给你那么多，而只给他十多块，是因为心里头另有个想法。什么想法呢？居家过日子的大事无非是两个，一个是人，一个是房。在这两个大事上，你们兄弟俩的情况不一样。从你哥来说，目前缺房，但将来终归是不缺房的。我和你娘年纪不小了，身体又都不好，活不了几年了，我们住的这几间房快要腾出来了。这几间房原本说定是给你哥的。他有了这几间房，基本上也就够住了。所以，你哥不缺房。但是，他缺人，至今还没见着一个能接辈的。我给你哥十多块光洋，就是让他给鹤年买个童养媳，以便给姜家留个种，解决传宗接代这个大问题。十多块光洋不多，但在乡村里买个童养媳也尽够了。你呢，与你哥正相反，家里不缺人，但缺房。目前来说，你的缺房问题还不突出，鹤康、鹤仲、鹤季、鹤翔、鹤鹏毕竟还小。但十年以后，他们就都大了，要娶妻成家了。到那时，你的缺房问题不就突出了吗？所以，从长远看，你是缺房的，现在就得开始谋划房子问题，不能等到将来临时抱佛脚。我给你的这八百三十块光洋，就是给你解决房子问题的。"

　　"你老人家可真是深谋远虑呀，这时候就想到十年以后儿孙们的事情了！"

　　"古人说的在理：人无远虑必有近忧！哪能等到屎到屁股门再去买手纸呢！"

　　姜云岳说"三个月内要见人"，姜耀荣也答应"三个月内"让他见到"孙媳妇"。但三个月内，姜耀荣却没有买到童养媳。这事不能全怪他，他也尽力了，问题是一时找不到合适的。

买童养媳也有很多讲究,不是说一家有人要卖、另一家有钱又想买就一定能顺利成交的。买人的人家不用说,挑人的条件都比较苛刻,残废的不要,有病的不要,长得难看的不要,年纪太大或太小的不要,毛病太多或太大的不要,离自己家太近的也不要。一般人家买童养媳,都喜欢到比较远的地方去买,因为他们担心离得太近了,买来的孩子不好调教,难以培养亲情,甚至还有可能自己跑回娘家去。卖人的人家呢,也不是一切只朝钱看的,他们对买方也有很多挑剔。比如说,男方不能年纪太老,不能是严重残废,家里要有饭吃,养得活人,不能太穷等。由于买卖双方都有许多条件,所以童养媳买卖急切之间是难以做成的。

三个月没买着童养媳,姜云岳便有些急了。他对姜耀荣说:"你把光洋还给我吧,我去买,准保一个月内买到!"姜耀荣正想从这笔买卖中赚几块光洋,当然不会把钱还给父亲。他笑了笑说:"你老人家这一大把年纪了,何苦定要亲自出马呢,还是我来做吧!多托几个人,多跑几个地方,不就成了?你老人家放心,端午节吃粽子的时候,准保会有个孙媳妇站在身边帮你老人家剥粽子叶的!"

姜耀荣的童养媳还没买到,姜耀典的房子问题却顺利解决了。他买了两处房地基,并盖好了一栋房子。

姜耀典买的一处地基在村子北边,石板塘的南侧。那里原是一片地势平缓的荒草岗子,后面有一座树林茂密、终年常绿的小山,左侧有一棵参天大树。那参天大树,就是那棵远近闻名、有数百年树龄、树干粗得好几个人伸开手都合抱不过来的巨大樟树。地基右侧的不远处,便是那位由于对塘神不恭敬而得病夭亡的陈姓第十三代族长的坟墓了。也许是因为有坟墓在旁的缘故,这块地虽然不错,却从没有人打过主意。姜耀典独具慧眼。他用极低的价格买了过来,雇人砍光杂草树木,稍加修整,一块上等地基的雏形便呈现在人们面前了。他又在东侧筑土垄,并在土垄上遍植细小毛竹,使之成为一道隔开地基与那座坟墓的屏障。这道竹林屏障,终年青翠欲滴,四季婀娜多姿,与后面郁郁葱葱的小山、南面气势如虹的巨树交相辉映,相得益彰,地基就更是锦上添花了。

这处地基修整成型后,姜耀典没有立即兴工建房。他把它搁置下来了。他之所以这样做,当然有财力不继的原因,但主要的原因却并不在这里。他觉得,地基左右两面虽已限制住了,后部却还有很大的拓展空间。因此,他不忙于立即建房,想先搁一搁,将来逐步把后面的小山都买过来,进一步扩大规模,盖一座气势宏伟的大房子。

姜耀典的这处地基,几乎人人见了都赞叹不已,唯独姜耀荣不以为然。原来,那巨大樟树的大半截树干是空的,下部露出了一个巨大的树洞,洞中有一尊灵官菩萨的神像。那灵官菩萨的神像是先人安放的,极有灵验。每逢节庆或家中有事,人们都要来祭拜她。姜耀荣的不以为然,就源于这座灵官菩萨的神像和那个陈姓先人的坟墓。他逢人就说:"左有菩萨庙,右有古人坟,这地基夹在神鬼之间,弄得神不神鬼不鬼的,有什么好?"

对哥哥的看法，姜耀典不赞同。他说："夹在神鬼之间，神鬼都来保佑，不是正好吗？"

姜耀典买的另一处地基就在南大门里边，正堂屋南侧，紧挨四房姜云海家的南厢房。那里原来是一处无主的低洼地。姜云海为了钓鱼、养鸭子，就把那块低洼地挖深了些，改做了一口小水塘。姜耀典对姜云海说了一番甜言蜜语，结果只用了两块光洋，就把那口小水塘连带附近的几畦菜地全都买过来了。他雇请人力，把临近小水塘的一个山角打掉，将土填进小水塘，没费多大功夫，便修整成了一处像模像样的宅基地。

村北的那处地基，姜耀典搁置下来了，而南门里头的这处地基，他却没有丝毫耽搁，很快就紧锣密鼓，兴工建造，赶在开春前盖成了房子。新房没有采取独门独院或独栋的方式，而是直接与老屋建在一起。从外表看，新房纯粹就是南门里头最后一排老屋的向西延伸，不仅墙体相连，屋顶相接，就连门窗、台阶也都式样一致。这种建法比较合理、自然，没有招人显眼之嫌，因而赢得了许多人的好评。然尽管如此，族里还是有不少人对姜耀典有意见。不过，他们的意见，不是源于建房的方式，而是源于建房的规模。

新建成的房子一共有七间，那就是堂屋一间、住房四间、杂物房两间。其中一间杂物房面积很大，差不多有三间住房加在一起那么大。人们原以为姜耀典只不过是小打小闹，盖三四间小房子罢了，没想到他竟然盖出了那么大的规模。这一下，族里炸锅了，人们议论纷纷。长房、三房、四房的人都说："二房出人精，出了一个姜云山、一个姜耀柏还没够，又出了一个姜耀典！这三个人精把族里的公产全占没了，倘若再出一个人精，我们还有活路吗？不行，这事没完，要跟他说道说道！"

面对人们的议论和埋怨，姜耀典既不着急，也不辩白，只淡淡地笑着说："我还要施工呢，你们等我完工了再说不行吗？"

果然，姜耀典接下来又进行施工了。他后来的施工，重点就是改造那间规模庞大的杂物房。他花钱买来了许多质优价昂的石料和硬木材，又雇请了几个技术高超的石匠、篾匠和木工，做了一副石碓、一副推子、一副石磨、一架风车以及篮盘、笸箩等许多日用器具。他把石碓、推子、石磨、风车和日用器具安放在那间规模庞大的杂物房里，收拾得整整齐齐，干干净净。一切就绪以后，他就挨家挨户地串门，以十分诚恳的态度对各家主人说："我姜耀典盖房，承蒙各位伯伯、叔叔、哥哥、弟弟们关怀照顾，大力支持，感激不尽，无以为报，所以就特意建了一间碓屋以表寸心。从今以后，这间碓屋，连同里面的石碓、推子、石磨、风车和所有器具就都是族里的公产了，请大家都去推米、春米、磨粉吧！什么时候去都可以，不用和我打招呼，也不要怕把里面的家伙搞坏了。家伙搞坏了也不要紧，我负责修！"

当地主粮是大米，大米的加工是需要石碓、推子、石磨、风车等许多专用器

石板塘

具的。这些专用器具大多价格昂贵，体积庞大，一般穷家小户不仅置办不起，而且即便是置办得起，也没有地方安放。所以，当地人一般都习惯以家族为单位，或几家几户联合在一起，共同集资置办这些专用器具，并找一间较大的房子来集中安放。这种集中安放专用器具并集中加工粮食的房子，就是所谓"碓屋"。

在当地，这种"碓屋"相当普遍，各村都有。石板塘姜家原来的"碓屋"早已毁坏无遗了，姜云岳身负族长之责，倒是有心新建，但他既缺钱，又缺地，还缺魄力，哪里做得成这种事！多少年来，由于没有"碓屋"，石板塘各家各户需要加工粮食的时候，都不得不挑着稻谷走东家，跑西家，求人帮忙，或是找人借家伙。这种求人的事，使得姜家人吃够了苦头，丢尽了面子，遭受了许许多多说不尽、道不明的难处。尤其是在过年过节的时候，家家户户都要大批量加工稻米，不少人家还要磨粉做年糕和粑粑，各村的"碓屋"都忙得不可开交，姜家人为着借工具加工粮食的事就更是愁上加愁了。因此，兴建一间属于自己村里人所有的"碓屋"，对于他们来说，是迫在眉睫的事，是做梦都在幻想的最大愿望。

今天，他们的愿望终于实现了，族里有"碓屋"了，从此再也不必求人帮忙了。而且这"碓屋"的兴建还没有让他们掏一分钱、出一份力，他们能不高兴吗？姜耀典为全族做了这么大一件好事，他们能不感激、夸奖吗？结果，"碓屋"完工后，人们对姜耀典的态度一夜之间大变，议论、埋怨、咒骂之声悄然停息，而赞美、夸奖、褒扬之声突然兴起。

姜耀典建了一间"碓屋"，获得了人们的赞誉，但他的施工仍然没有停息。接着，他又做了两件不大不小的事。他做的一件事，是在老屋的最南头筑了一道围墙，并在围墙上安了一张门，使老屋和后面的山以及菜园子等完全隔开了。他做的另一件事，是在新建的围墙外，菜园子的近旁，后山的前面，开凿了一个半亩大小的水塘。这两件事都是有益之举。前一件事增强了村子的安全性，使得后面山里的野兽不至于可以轻而易举地蹿进内地坪吃鸡咬鸭。后一件事则不仅方便了人们用水，使得人们可以就近洗刷农具，浇灌菜园，以及养鱼养鸭等；而且还对整个村子的防火，特别是对那座木制结构仓房的防火，提供了用水保障。这两件事都做得非常好，族里人个个赞不绝口。

建"碓屋"、筑围墙、凿水塘这三件事，使得姜耀典征服了族里大多数人的心。人们隐隐约约地感觉到，一向偏疼姜耀典的姜云岳将来肯定会把族长的位子留给他的。

姜云岳会把族长的位子留给姜耀典吗？这事，姜云岳也在考虑。无疑，小儿子的一系列举动，姜云岳也很欣赏。但欣赏之余，他却也有了一些别的想法。

"我十多年前盖房时，耀典出过很多主意，如前移大门、拆除仓房等，但他自己现在买的这两块地基当时却只字未提过。这是为什么？莫非他当时就存着心思，要把这两块地留给自己？——哼，这小子心眼多呀！他对老子都留心眼，也就太自私了！看来，他心里头深不可测，还得多看看！"姜云岳暗地里琢磨道。他越这样琢磨,就越觉得自己以前对二儿子太偏疼了,甚至都有点后悔,不该把那八百三十块光洋统统交给姜耀典的。

姜耀典的新屋落成不久,姜耀荣买童养媳的事情也终于有眉目了。这天中午,豹子冲的成老倌来找姜耀荣,说是相中了一个小女孩,条件相当不错,价格还不贵,要他同去看看。当地人称呼中老年男子,一般不叫"老汉",而叫"老倌"或"老倌子"。称呼的时候,一般是在姓的后面加上"老倌"二字,或是在名字中择一字再加上"老倌"二字,如张老倌、李老倌或荣老倌、德老倌等。倘若是在说话时谈及外村的中老年男子,有时还会在他的姓或名前再加上村名,如吴家冲的德老倌、双塘街的杨老倌等。成老倌姓吴名顺成,已经四十好几了,膝下孙男弟女一大帮。他与姜耀荣关系极好,是可以一个碗里扒饭吃、一张床上共枕头的密友。当时,姜耀荣刚开始搓麻将,正在兴头上,但见是好朋友来了,且还带来了好消息,所以虽有些不大情愿,却也只得讪讪地走下麻将桌来。

成老倌相中的小女孩名叫刘六娥,是刘公山上猫眼村刘柏林的第六个女儿。刘家住在山上,没田没地,仝靠砍柴卖钱,收入有限。刘柏林年纪大了,妻子有病,孩子又多,光女儿就有六个,一家人经常是吃了上顿没下顿,生活异常贫困。这年春上,妻子又病倒了。当时正值阴雨连绵,山里都进不去人了,不仅砍不到柴,就是砍了柴也没法运到山下去卖。刘柏林既无钱,又无粮,眼看着老婆病得形销骨立,孩子们饿得面黄肌瘦,却一点办法都没有。无奈之下,他只好打起了卖儿女的主意,想把最小的女儿六娥卖掉,得点钱,来救活一家人。

成老倌说他相中的小女孩"条件相当不错",这话倒是不假。刘六娥六七岁了,既离得开父母,又容易养活和带驯,正是买卖的最佳年龄。她长得虽然又瘦又小,但身体相当结实,模样也不错,眉眼清秀,五官端正,人也聪明伶俐,小小年纪便已能做不少家务活了。姜耀荣一见她那乖巧可爱的样子,便有似曾相识的感觉,心里很中意,但有一点拿不准,那就是她有没有"宜男之相"。为这事,他特意跑回家请教了娘,并要娘同去刘家看看。

姜老婆子认真听了儿子的介绍,又详细问了许多具体的问题,如屁股有多大、腰有多粗、胯骨宽不宽等。把一切都问清后,姜老婆子一边剔牙齿,一边闭目凝神思忖,过了好一阵才发话道:"同去刘家看看,就没有必要吧!我腿脚不好,爬不动那山。再说,买人卖人这事,也不兴亲自登门入户去看的。这里头有忌讳。"

"这事儿子明白。我去看那孩子时,也没进她家。是成老倌把她带到后头竹山里,我躲在后头悄悄看的。娘要是去看的话,也让成老倌把她带出来就是了。"姜耀荣急忙解释。

刘家愿卖,姜家愿买,这事就好办了,但在商量价钱时,却还是很费了一番周折。刘柏林一口咬定,非要十八块光洋不可,少一块也不行。而姜耀荣呢,他是无论如何只同意给十块光洋,多一块也不干。成老倌从中穿针引线,两家来回跑,反复磋商,最后终于说定了一个价格:十二块光洋,外带半斤盐和一石五斗稻谷。

买卖双方在价格这个关键问题上达成了一致意见,就可以签文书契约了。文书契约怎么签呢?按当地不成文的规矩,签文书契约可以有两种方式。一种方式是签两份契约,即卖方先与中人签一份契约,中人再与买方签一份契约。这种方式的好处是,买卖双方不直接见面,也不直接在同一份契约上签字留名,因而可以避免日后出现意想不到的麻烦。比如说,倘若卖方日后后悔了,要找买方的麻烦,买方就完全可以置之不理;同样的道理,要是买方后悔了,想找卖方的麻烦,卖方也可以置之不理。但在这种方式中,中人的作用特殊,类似于人贩子,因而有些做中人的不大愿意按照这种方式签契约。他们害怕自己的责任太大了,将来难以应付可能出现的纠纷,夹在买卖双方中间不好做人,而且也不愿意担人贩子的名声。在当地,买卖人口的事情虽然极平常不过,但人贩子的名声却还是很不好听的。一般正经人家,都不愿与"人贩子"这三个字搭上联系。另一种方式是签一份契约,买方、卖方和中人都在同一份契约上签字画押。这种方式的特点与第一种方式恰好相反,中人的作用小,责任轻,名声也好听些,但买卖双方直接见面,日后扯皮、闹事的可能性也就增大了。

姜耀荣当然是希望按照第一种方式签契约的。他担心的是,如若按照第二种方式签契约,刘家会从契约上的签名找到姜家,从而日后来找他要人。他一本正经地对成老倌说:"老哥,好人做到底,帮忙帮到家。麻烦你跟刘家说一声,就签两份契约吧!我觉得还是签两份契约好。我没在他那份契约上留名留姓,他也就不知道我是张三、李四,还是王五麻子,神不知鬼不觉的,安全可靠!"

成老倌是不想按照第一种方式签契约的。他是个本分人,不想担太重的责任。再说,吴家是望族,自老祖宗以来,就以耕读传家,从没做过伤天害理的事,没出过三教九流的人,名声也要紧。但他在对姜耀荣说时,却并不说是自己不同意第一种方式,而说第二种方式对姜家更有利。他笑着说:"老弟呀,你真是幼稚得可笑!猫眼村离你们石板塘最多也就二十里地,站在地坪里相互都望得见,他刘柏林要找人的话,还能找不到?所以,你不要太在意他能不能在契约上看到你的名字这件事,他横竖都能知道女儿到了哪家的。要依我说呀,还是按照第二种方式签契约好。那样更安全,对你更有利。你想想啊!如果是按照第一种方式签契约,他刘家日后到你们姜家要人,你凭一家之力,能对付得了吗?刘柏林,儿子就有四个,女儿嘛,去掉六娥,还有五个,这是多大的力量啊!不用很长时间,只要五六年,最多七八年,他的儿女就都大了。到那时,他带着四个儿子、五个女儿、五个女婿一起来找你算账,你怎么办?你们姜家人虽不少,可哑的哑、驼的驼、老的老、小的小,没一个能顶事的呀!我说这话,没贬低你们姜家吧,对不?但如果是按照第二种方式签约呢,我和你的名字都签在一张契约上,那情况就不同了。他刘柏林要找麻烦的话,就得掂量掂量了,因为他面对的不是你一家,而是我和你两家。我和你两家是什么关系？那是铁杆的关系呀！到时候，我们两家联合起来对付他，两家对一家，他能不害怕吗？"

成老倌这么一说，姜耀荣没意见了。于是，契约按照第二种方式签了，三个人的名字都签在了一张契约上。但签约的时候，姜耀荣和刘柏林还是没有直接见面。按成老倌的意思，最好是三个人见见面，坐在一起扯扯谈，喝喝酒、吃吃饭，顺带着就把契约签了。但是，姜耀荣死活不同意。他还是害怕和刘柏林见面。他担心见了面，刘柏林会记住他的模样，将来会更容易找到他。

契约文本是成老倌起草的。刘柏林斗大的字认不得一筐，自然写不出契约文本来。姜耀荣肚子里没货，动不得笔，自然也写不出契约文本来。没办法，这事只得劳动成老倌了。成老倌当时倒也不推辞，磨好墨，摆好纸，拿起笔来，略一沉吟，便一挥而就。其中的内容，除载明被卖者的姓名、年龄、被卖原因等情况外，最重要的是以下几句话：刘六娥任由买家管教、责罚、使唤，生死概由天命，如有伤残病亡等情，买家不负任何责任，卖家亦无权干涉过问。这几句话是要害问题，写得清清楚楚，毫不含糊。

契约签了，事情就基本办妥了。但没想到，在商量何时接人的问题时，两家又出现了不同意见。姜家要在当天就接人，而刘家坚持要留女儿在家过完端午节。为这事，两家各持己见，已说成的买卖又差一点黄了。最后经成老倌再三交涉，两家各做让步，这事才最终说定：姜家多给刘家两斗稻谷，刘家同意姜家在端午节当天吃完午饭后太阳当头照时接人。

买卖商量定了，姜耀荣很高兴。在回家的路上，他把外衣脱下来往肩头一搭，一边甩着胳膊，一边哼着小曲，踢踏得小石头子满山乱滚。成老倌不像他那么兴奋，只一个劲地低头走路，似乎是在琢磨什么事情。

"耀荣老弟，人买成了，你打算怎么接回去呢？"成老倌突然发话，头低着，步子没停。

"怎么接回去？让刘家把事情对孩子说清楚，我来领她回去不就行了？"姜耀荣回过头来，对走在后面的成老倌瞧了一眼。那眼睛里露出一丝奇怪的神色，显然是在怀疑成老倌为什么会提出这样的问题。在他看来，这样的问题实在太简单了。

"'领她回去不就行了'？事情怕没有那么简单吧！你领她不动怎么办？她不跟你走怎么办？她走到半路，又折回去，或者躲起来，你怎么办？你领她回去了，她不跟你一条心，你带不驯、养不熟、培养不出亲情来，她三天两头往娘家跑，你干花钱、空费力、鸡飞蛋打一场空怎么办？"成老倌忽然不走了，在路边停了下来。

"哦！还、还会有那么多麻烦事吗？"姜耀荣一愣，也停下了脚步。

"怎么不会呢？这种事可太多了！你难道没听说过？欧公坝阚家，就是那个烂掉了半边鼻子的阚信和阚老倌家，新买了一个童养媳，七岁多一点，花了二十多块光洋，但刚领到家就跑了，至今也没找到，据说到了长沙。"

"真有这事？那依你说，我该怎么办呢？"

"怎么办？老办法呗！用麻袋背！"

"用麻袋背？那行吗？这可是人，不是猪啊！"

"这可不是我想出来的办法呃，自古以来，老班子都这么做的。你还别说，这办法确实管用。人装进麻袋里，手、脚就束缚住了，想跑也跑不了，绝对安全可靠。这话没错吧？麻袋有孔，但孔很小，人在麻袋里能透气，却又看不见外面。这样，她就搞不清路是怎么走的。对不？买童养媳这事，最怕外人知情，一定要秘密进行。你若是领着女孩子随随便便地在路上走，她不情愿，哭哭啼啼的，外人就一定会过问，甚至横加干涉。这样，你的秘密也就保不住了。但如果是用麻袋装人呢，这麻烦就可以避免了。外人看不见麻袋里头的人，还以为装的是猪是狗呢，谁还过问呀。"

"恐怕未必吧？那她要是在麻袋里拳打脚踢，又哭又叫，外人不是照样会知道，照样会过问吗？"

"那还不简单，先用酒把她灌醉不就行了？她喝醉了酒，就老实了，既不会大喊大叫，又不会拳打脚踢，跟个死猪似的，躺在麻袋里睡死觉，你背着走就神不知鬼不觉的啦！"

"噢，我明白了！不过，这把人灌醉和装麻袋的事，恐怕都得刘家做吧？你得先和刘家打好招呼啊！"

"那当然！但这事，你得同意了才行呀！协议都已经签完了，人已经不是刘家的，而是你姜家的了，你说是不？"

"好，我同意，就用麻袋背！"

难怪刘家非要留女儿过了端午节再走，端午节在当地人心目中的份量确实不轻。

当地离屈原自沉殉国的汨罗江很近，也就三四十里之遥，受屈原文化的影响极深，因而对端午节特别重视。到那一天，家家户户都要插艾叶，吃粽子，喝雄黄酒，县城里还要组织乡民进行划龙船比赛，热闹非凡。到那一天，出门在外的人，只要条件允许，也多半是要回家过节的。他们要和家人一起吃一餐丰盛的团圆饭。至于出嫁了的女儿，以及另立门户的儿子，到了这一天，就更是必须回到父母身边承欢膝下了。

刘家很穷，一年到头也吃不上鱼、肉，但今年端午节的饭菜却很丰盛。刘柏林用卖六娥的钱来送六娥，买了鱼、肉，买了糯米，包了粽子，还酿了一小瓷罐糯米酒。当然，那一小瓷罐糯米酒不只是饯行酒，它还是安眠药、麻醉药。

吃饭时，刘柏林的病老婆也起床了。她和刘柏林把女儿六娥夹在中间坐着。她眼泪横流，一边忙不停地往六娥碗里夹菜，一边断断续续地说："孩子，娘坏，娘不好，娘不是人，你恨娘吧，你把娘忘了吧！"说着说着，她就泣不成声了，身子伏在饭桌上颤抖不已。

刘六娥不明白娘说这话是什么意思，更不明白娘为什么要哭。她只默默地吃着饭，时不时地低下头来，斜着眼睛，从几个手指的缝隙中，偷偷地瞅一眼娘。

吃完饭后，刘六娥忙张罗着要洗碗，娘却把她拽住了。"孩子，你别洗碗了，让你姐姐洗吧！来，过来，让娘再抱抱，坐在娘怀里把它喝了！"娘说着，从那个小瓷罐里倒了一碗糯米酒递给刘六娥。那是刘六娥最爱吃的东西，做梦都想吃的东西。

"娘为什么只给我一个人吃糯米酒呢？我要不要让一让哥哥、姐姐和弟弟呢？"刘六娥一边看着碗里的糯米酒，一边想。她坐在娘的怀里，有点受宠若惊的感觉。但她只稍微想了一下就不再想了，端起碗来，一口气把那碗糯米酒喝光。她实在太爱吃糯米酒了。

喝完糯米酒后不一会儿，刘六娥便依偎在娘的怀里昏昏入睡了。小脸上露出甜甜的笑意，嘴巴边上还沾着一点点江米酒。娘一只手紧紧地抱着刘六娥，一只手抬起来轻轻地擦拭着她的嘴巴边，眼睛看着她的小脸，眼泪扑簌簌地往下流。

见刘六娥渐渐睡踏实了，刘柏林便开始紧张地行动起来。他掰开病老婆的手，从她怀里抱过刘六娥来，转身便毛手毛脚地塞进了麻袋。他的病老婆泪流满面，嘴里喊着"六娥，我的儿"，跌跌撞撞地扑了过来，不小心碰到了桌子腿，一跤摔倒在地，突然不省人事了。刘柏林看了一眼躺在地上的病老婆，也顾不得管了。他手忙脚乱地拽起麻袋，扛在肩上，打开门，拔腿就走。几个半大不小的孩子，早被刘柏林关进里屋了。他们躲在门后头，从门缝里悄悄地张望着，见母亲倒在地上，又见父亲用麻袋背走了妹妹，搞不清家里究竟发生了什么事，个个都吓哭了。

成老倌躲在门外不远处的竹林里，时不时地伸头探脑。见刘柏林背着麻袋过来了，连忙走出竹林，迎了上来。

"给！你接过去吧！要不要解开麻袋验一验？"刘柏林一边说，一边从肩上卸下麻袋。他走得太急，身体又极为亏虚，所以有些气喘吁吁。

"不用！乡里乡亲的还信不过？哪用得着当面验看呢！你交给我就行了，快回去吧！这一折腾，大嫂的病只怕更得加重了！"成老倌慢慢地提起麻袋，轻轻地放到肩头上。

按照约定，姜耀荣在山腰的路口等着。那里离刘柏林家只有三四里地。成老倌扛着麻袋晃晃悠悠地走到路口时，姜耀荣都有些急了。他一见成老倌，便疾步上前，伸手就要抱麻袋。成老倌连忙打手势，轻声说："动作轻一点，把她弄醒了可不是好耍的！"

"哦，是、是、是，我轻点，我轻点！"姜耀荣连连点头。

刘六娥不重，但路远，背在身上也不轻松。不过，对姜耀荣来说，头等为难的事,倒不是怕重,而是怕人看见了会盘问。他把麻袋横搁在肩上,低着头,弯着腰,两条腿使劲地往前拨弄,两只眼睛却眯成一条小细缝,左边偷偷地看两眼,右边悄悄地瞧两眼。那鬼鬼祟祟、偷偷摸摸的样子,真像是做贼。还好,赶上过节,人们都在家里喝雄黄酒、吃粽子,一家子团圆,路上人少安静,只是在快到家的时候才碰上了几个熟人。

姜耀荣碰到的第一个熟人,是易家纸铺的巧珍嫂。当时,她在路边林子里采蘑菇,远远地看见了,打了一声招呼便没再说话。

姜耀荣碰到的第二个熟人是樟树湾晏家的贵老倌。他和姜耀荣走了一个对面。那老倌子和姜耀荣很熟,平时常在一起说话的。所以,看见贵老倌远远地走过来了,姜耀荣很害怕,想找个犄角旮旯躲一躲。但犄角旮旯还没找到,贵老倌已经走到面前了。没办法,他只得壮起胆子,主动迎了上去,向贵老倌打起招呼来。"哟,是贵爹(念 dia,——下同)呀?这过节的好日子,不在家里喝酒,上哪里去呀?"姜耀荣说。贵老倌正一门心思走路,兴许还没看见姜耀荣呢,见他打招呼,连忙还礼:"噢,我到邢家山去一趟。不耽搁了,耀荣,你忙吧!"贵老倌说完一句话就走了,头都没回一下,姜耀荣虚惊一场。他以为贵老倌肯定会要盘根究底的。"谢天谢地,这老头自己心里有事,急着赶路,放过我了。不然的话,只怕我会脱不开身!"姜耀荣想。他松了松肩膀,腾出一只手来,擦了擦脑门上的汗。

姜耀荣正在暗自庆幸躲过了贵老倌这一关,还没来得及回过神来静静心,第三个熟人很快又到面前了。这个熟人与巧珍嫂和贵老倌都不同,他让姜耀荣扎扎实实地吓了一跳。这个熟人是谁呢?他是刘公塘的刘子善。

刘子善是出了名的闲汉,地地道道的二百五,年纪虽只十七八岁,却是连鬼见了都害怕的"鬼难缠",平生最喜欢的就是打听消息、拨弄是非。他本来没在路上的。他在路边的山里赶野鸡,一眼瞥见姜耀荣背着一个麻袋,觉得有些蹊跷,便三脚两步地赶过来了。

"哟,耀荣哥,背的什么东西呀?看样子挺沉的嘛,来来来,给我吧,我替替你!"刘子善伸手就要拽麻袋。

姜耀荣见刘子善伸手要拽麻袋,吓得脸都白了,连忙闪身躲在路边。他知道,对刘子善这种人,来不得硬的,于是柔声说:"子善,谢谢你了。但这麻袋不重,我一个人就背得了,你忙你自己的去吧!"

刘子善是个软硬不吃的人,认准了的事,就非要做到底不可,姜耀荣哪里糊弄得了他。他用怀疑的目光紧盯着姜耀荣的眼睛,嬉皮笑脸地说:"我好心要帮你背一背,你倒不让,为什么呀?莫非你那麻袋里有名堂?麻袋里装的究竟是什么呀?有没有糖呀饼呀糕点呀什么的?有的话,给兄弟一点尝尝不就行了嘛,干嘛躲躲闪闪呀?耀荣哥,你怎么那么胆战心惊呀,就好像做了贼似的!"

刘子善一只手伸了过来,又要夺麻袋。姜耀荣连忙闪身躲开。

"麻袋里装的就是一点棕皮,哪有什么糖、饼的?你要吃,我下次给你买不就成了？"姜耀荣央求着说。

"不对吧？我刚才摸了一下，里面装的不是棕皮呀！好像有一根茶碗大小的东西，圆圆的，长长的，像小孩腿。对了，耀荣哥！你这么推三阻四不肯说实话，莫非这里面装的是人？你在做人贩子生意？卖的是谁家的孩子呀？你赚了不少钱吧？老哥，兄弟要劝劝你哟，这事可是做不得的呀！人都说，这辈子当人贩子，下辈子不长屁眼，会屙不出屎来的！"刘子善说着，又要上前来抢麻袋，非要打开麻袋看个究竟不可。

刘子善这句话是随便说的，但却着实把姜耀荣吓坏了。他以为刘子善知道了实情，脸都吓白了，话也说不利落了。"什、什、什么小孩腿？那、那、那是猪腿！我、我买了一只猪，装、装、装在麻、麻、麻袋里了！"姜耀荣结结巴巴地辩解道。

姜耀荣的辩解欲盖弥彰，刘子善的疑心更大了。他死死地盯着姜耀荣的眼睛说："不对！耀荣哥，你没说实话！那里面装的，绝对不是猪！买猪干嘛装在麻袋里呀？又不是偷的、抢的！再说喽，猪装在麻袋里，还能不折腾？我不信，你别骗我了！"

"是、是猪！我、我给它吃醪糟了，把、把它灌、灌、灌醉了！"姜耀荣边说边往后退。

"耀荣哥，你就别撒谎了，乖乖地打开麻袋，让兄弟看看吧！兄弟不看个究竟，就决不放你走！"刘子善两腿叉开，横在路当中，一副强盗打劫的架势。

姜耀荣傻眼了。他用两只手死死地攥着麻袋，站在路旁发愣，不知道该怎么对付眼前这个难缠的"鬼难缠"、"弼马温"。

正在这关键时刻，忽然不远处的小河堤上传来了一声大喊："子善，你这个混账东西，还不快闪开！你耀荣大哥有要紧事呢！耽误了他的事，看老子不把你的皮扒了！"

喊话的人是刘德海，刘子善的父亲。他出来看牛，路过小河边，看见自己那讨人嫌的儿子在和姜耀荣胡搅蛮缠，便出来解围了。他这一声喊得好，吓退了刘子善，也喊醒了姜耀荣。他举起手，对着刘德海扬了扬，算是打了招呼，然后急匆匆地从刘子善身边一冲而过。

到家的时候，姜耀荣浑身都快散架子了。他歪歪扭扭地冲到床边，松开手，一斜身子，只听哧溜一声，麻袋就滚到床上了。随即，他又大声喊起李英莲来。

"我的祖宗，你不会轻点？那里面是人，不是铁疙瘩！摔坏了怎么办？"姜老婆子埋怨儿子道。她的声音虽压得很低，样子却显得很急。她早就在门口等着了，见儿子回来了，忙颠着一双小脚，七扭八歪地跟了进门。

"我背着她一口气跑了十多里路呢，又累又担惊受怕的，容易吗？"姜耀荣一边擦汗，一边说，话里充满了抱屈的意味。

"担惊受怕？怕什么？"李英莲问，同时随手一递，把毛巾递给了丈夫。她在厨房里做饭，听到姜耀荣的喊声，便撂下锅铲，飞快地跑来了。

石板塘

299

"怕什么？当然是怕人看见喽！"姜耀荣一边说，一边把汗湿了的衣服扔到椅子上。

"怕人看见？这有什么怕人看见的？你做贼了？偷人家鸡了，还是偷人家鸭了？"李英莲斜眼瞧着丈夫。

"哼，你是看人挑担腰不疼，这、这事可比做贼还难受呐！明摆着，人家问起来，多不好解释呀！"姜耀荣说。他又脱下来一条湿透了的裤子。

"哟，不好解释？这有什么不好解释的？直说就是了嘛！这事瞒得了一时，还能瞒得了一世？再说喽，你越是瞒得紧，人家就越起疑心，反倒更不好办了！娘，你说是不是这理？"李英莲转脸看了一眼姜老婆子。

"是这理！是这理！"姜老婆子点了点头。她正在解麻袋上的绳子。那绳子系得紧，她力气小，好半天也没解开。

"以后人家要是问起这孩子的来历来，我们就实话实说吗？"姜耀荣既像是在问妻子，又像是在问娘，眼光在李英莲和姜老婆子的脸上反复扫着。

"真要是有人问，那就说实话好了！不过，我估计，没人会问的。他们又不蠢，还能看不出来？再说，他们难道不知道，这种事是忌讳盘根问底的？娘，你老人家说，我说的对不对？"李英莲又转眼看了看婆婆。

"对！你说得对！有人问，就实话实说好了，但不要说得太具体，尤其孩子是哪个村的、父母叫什么名字这些事不要说！"姜老婆子说。

姜老婆子和李英莲两个好不容易才把孩子从麻袋里抱了出来。糯米酒的作用真强烈，这一番折腾居然没把孩子弄醒。她只微微地睁了睁眼，翻了翻身，便面朝里又睡踏实了。李英莲拿过一个小枕头垫在孩子脑袋下，细心地摘去粘在脸上的麻袋毛，又拽过一条夹被来，盖在她身上。就这工夫，姜家的男女老少都进来了，一个个围在床边，伸头探脑，聚精会神，就像看猴子耍把戏似的，瞪着眼睛紧盯着躺在床上睡得烂熟的刘六娥。

"长得还挺好呢，鼓鼻子鼓眼的！"樊桂枝说，说完又回头看了一眼站在身旁的丈夫。

"嗯，还可以，就是瘦了点！"姜耀典习惯性地捏捏鼻子。

"瘦有什么要紧？吃好一点不就胖起来了？"姜耀荣正双手捧着毛巾洗脸。他松开脸上的毛巾，斜眼看了看弟弟。

"是、是、是！给她吃好一点就能胖起来！"姜耀典讪讪地说。他觉得哥哥今天的眼神有点怪，声音也不大对头，连忙抽身往外走。

"都出去吧！都出去吧！让孩子好好睡一觉，等会儿再叫她起来吃团圆饭！"姜老婆子伸开手，做出往外赶人的样子。

刘六娥这一觉睡得踏实，直到太阳落山了，天麻麻黑了，神母岭顶上的天空中隐隐约约地看得见星星了，鸡婆"咯咯咯"地叫着急急忙忙进笼子了，她才醒。一睁开眼，见不是自己熟悉的那个环境，床边又坐着一个陌生的女人，她就哭了。

李英莲见刘六娥醒了,连忙伸手去抱。刘六娥见她的手伸过来了,一边使劲地用脚蹬,一边缩着身子往后躲,哭得更厉害了。

"你走开!你快走开!走得远远的!我不要你抱!我要娘!"刘六娥一边哭喊,一边用手背擦着眼泪。

"孩子呀,我就是你的娘!你原来那个娘好狠心啊,她把你扔到山里不要了!我到山里捡菌子,看见了你,就把你捡回来了。要不是我呀,你就麻烦了。好险啊,孩子,你知道吗,山里头有红毛野人呀!"李英莲看着刘六娥说,眼睛里满是温柔、亲切的神色。

当时,湖北正在盛传神农架大山有野人的事。这事也传到湖南来了,说是湖南很多大山里也有野人,那些野人个头比人还高大,浑身长满了长长的红毛,手和脚上的爪子又长又尖利,样子特别阴森可怖,而且还专吃孩子。这事越传越邪乎,渐渐地便成了大人们教训孩子的口头禅。孩子不听话时,大人们就常常拿红毛野人来吓唬。还别说,这办法真管用,只要大人们一提红毛野人,孩子们往往就听话了,不敢哭闹了。

李英莲刚刚说出"红毛野人"四个字,刘六娥便立马不哭了。她最怕的就是红毛野人。她突然抬起脑袋,瞪大眼睛紧盯着李英莲,浑身颤抖着喊道:"红毛野人?"

"是呀,红毛野人,孩子呀,你没听说过吗?"李英莲俯身向前,柔声细语地问。

刘六娥颤抖着身子回头看着床后,小心翼翼地朝前挪了挪屁股,仿佛那床后头就有红毛野人似的。

"我听说过红毛野人,是外国来的。"她怯生生地看着李英莲,小声说。

"不,孩子,红毛野人不是外国来的,是外地来的,湖北来的!"李英莲慢慢地走进床边,伸出一只手来,轻轻地摸了摸刘六娥的头顶。

"啊!红毛野人可怕吗?吃人吗?"刘六娥问,眼神里依旧露出丝丝怯意。

"红毛野人当然最可怕喽!它个头很高,足有一丈多高,比两个大人加在一起还高,浑身长满了红色的长毛,脸像猴子,眼睛像豹子,爪子像老鹰,嘴里经常流着粘粘的唾液。它吃人,吃活人,喝人的血,而且最爱吃小孩子的肉和血!"李英莲边说边比划。

"啊!山里头真的有红毛野人吗?"刘六娥又往前挪了一步。

"真的有啊!到处多的是呢!平常,它就躲在山里头或者野地里。发现小孩了,它就出来抓。抓到小孩的时候,它先不吃,而是使劲地抓着小孩的手,然后就大笑不止,直到笑得晕过去。但它晕过去的时间不会很长,一会儿就会醒。它一旦醒过来了,孩子就没命了,因为它很快就会张嘴吃人。吃人的时候,它不是先吃肉,而是先吸血。它用爪子撕开人的胸膛,把长长的嘴伸进人的胸口里拼命地吸呀吸的,直到把血全都吸干净为止。吸光了血以后,它就要吃肉了。它吃肉的时候，不像蛇，蛇是整个地往肚子里吞，红毛野人是一块块地撕着吃。比如说，它先吃大腿，就用爪子撕下人的一条大腿来，慢慢地啃着吃。"

李英莲一边说，一边呲牙咧嘴，手舞足蹈，学着野兽吃人的动作，简直神形毕肖。刘六娥听说过红毛野人的故事，本来心里就很畏惧，现在又突然听到李英莲如此详细、活灵活现的描述，就更是怕得要命了。她脸都吓白了，身子瑟瑟发抖，眼睛时不时地偷偷地看看床后头。李英莲见状，知道她怕得不行，连忙伸过手去，一把拽过她来，抱在自己怀里。她一边慢慢地抚摸着刘六娥的身子，一边轻轻地吻着刘六娥的头顶。

"六娥呀，别怕！有我在你身边，红毛野人就不敢来了，"李英莲柔声细语地说，"它怕我，怕大人。从今往后呀，你就跟我在一起，天天跟着我。我对你好，比你原来那个娘对你还要好十倍，好百倍。我不打你，不骂你，保护你，给你做新衣穿，给你做好饭好菜吃，还领着你走人家、串亲戚，到镇上去玩。你说，好吗？"

刘六娥早就不哭了。她被红毛野人的故事吓住了，也被李英莲的柔情感动了。也许就是畏惧和感动这两种情感的共同作用，她渐渐地和李英莲亲近起来，眼睛里虽还流露着怯怯的神色，身子却缓缓地向李英莲靠近。

"孩子，从今以后，你就做我的女儿，我就做你的娘，好吗？"李英莲的嘴从头顶慢慢地滑向额头。

"好！"刘六娥说。声音很小，还带着些许怯意，但很亲切，充满了柔情，极像是孩子做错了事，受到了娘的责骂，又得到了娘的原谅之后，在向娘撒娇时的那种神态。

"好！乖孩子，乖女儿，娘的乖宝贝女儿，娘太喜欢你了！你喊我一声娘，好吗？"

"娘！"

刘六娥这一声喊，声音虽不大，但很清楚，李英莲听得真真切切。她欣喜若狂，搂住刘六娥使劲地亲了起来。刘六娥又重新感受到了亲切而又温柔的母爱，心里也激动不已。她主动地向李英莲贴近，就像要吃奶似的，小脑袋依偎在李英莲怀里，小脸蛋紧贴着她的胸脯。

"孩子呀，六娥这名字不好听，娘给你改一个好听的名字好吗？"李英莲双手捧着刘六娥的小脸蛋，鼻子贴着她的小鼻子，眼睛看着她的眼睛。

"好！"刘六娥的羞涩少多了，这一声"好"回答得挺干脆。

"孩子呀，你看叫姜月娥好吗？这名字倒是挺好听的！月娥，月里嫦娥嘛！嫦娥，你听说过吗？那是天上的仙女呀，最漂亮的！"

"姜月娥？好！娘说好就好！"

"那就叫姜月娥吧！姜是你的姓，月娥是你的名字。平常呀，我就叫你月娥好了！"

"好，月娥这名字好听极了！嫦娥，我知道，是月亮里的仙女！"

"乖孩子,娘真喜欢你,"李英莲又贴着小月娥的脸蛋亲了起来,"月娥,娘还有一件事要跟你说,你听娘的吗?"

"娘,我听,你说吧!"

"好极了,我的月娥真乖!吃饭的时候,你的旁边会有一个老头,那就是你的爹爹。他特别喜欢你,能帮你打红毛野人。所以,你一定要对他好。到时候,我给你一个粽子,你把粽子叶剥干净,递给他吃,叫他一声爹爹好吗?"

"好!"

"好,乖孩子!月娥真是娘的乖女儿!"李英莲抱着刘六娥,使劲地亲着。

姜云岳没有熬夜的习惯,一向是吃完晚饭就洗脚,洗完脚就上床。他嫌熬夜点灯费油。他也没有饭后遛弯的爱好。他嫌外面黑,路上看不见,怕摔着,更怕野地里虫子多,担心虫子扑到脸上,钻进眼睛里。但今天特殊,他不想早睡,也不怕外面天黑虫子多,一个人拿根薅草的棍子就出来了。姜老婆子不放心,跟在后面喊:"要不让耀典跟着吧!"他头也不回,应声道:"让他跟着干什么?我又不出远门,一会儿就回来!"

姜云岳很高兴,一个人顺着山根往南走,走到长三斗那坵田的最南头时绕回来,又往东走几步,折到小河边的堤上往北走,再从小河边往西拐,走到石板塘的堤上。他站在塘堤上注目四望,解开衣扣,敞着怀,任那柔和而又略有些凉意的山风吹拂胸口。

"耀荣这事办得还行!说端午节找到孙媳妇,还就真找到了!"姜云岳想。

"这孩子还真是不错,样子长得好不说,还挺聪明伶俐,一点都不发怵,头天就上桌吃饭,还能有条不紊地给人剥粽子叶,可人疼!——嗯,这事肯怕还是英莲调教有方的缘故吧!也真亏她,就这么一盏茶的工夫,她居然能把一个新来的六七岁孩子调教得规规矩矩,不简单啊,不简单!"姜云岳又想。

"嗯,今年开局不错,就看下半年如何了。英莲要是能生个正儿八经的男孩子,了却我一桩心愿,那就谢天谢地了!"姜云岳喃喃自语,双手合十,面对着东南方鞠躬作揖。

刘六娥——姜月娥的到来,给姜家带来了喜兴气。这喜兴气,从姜老婆子的脸上看得出来,从姜耀荣的脸上看得出来,从小哑巴、小驼背、小瞎子的脸上看得出来,从李英莲的脸上就更是看得清清楚楚、真真切切了。

李英莲是真心喜欢小月娥的。从小月娥进家后的第一夜起,李英莲就亲自带着她一起睡了。她安排小月娥睡在里边,小瞎子睡在外边,而自己就睡在小月娥和小瞎子中间。她本来是想把姜耀荣挤走,让他去和小哑巴、小驼背一起睡的,但姜耀荣死活不干,硬赖着趴在床边上睡下了。湘北的气候怪,雨水多,变化快,冷热无常,而且夏天热得出奇。七、八、九这三个月,人最难熬,一个人睡张大床都难免大汗淋漓,更何况四个人挤在一张小床上,皮贴着皮,肉挨着肉呢?李英莲还是个孕妇呐,挺着个大肚子,难受劲就更甭提了。她既怕孩子们热坏了,

石板塘

又怕孩子们被蚊子咬着了，因此天天夜里坐在床上给她们打扇，常常是左边扇几下，右边扇几下，这个孩子扇几下，那个孩子扇几下，一坐便是一通宵。

白天，李英莲的事情多，全家里里外外的事情都离不开她，但她也还是要想尽办法来照看小月娥。去园里摘菜，去山上打柴，去塘里洗衣，去地里挖红薯，去田埂上摘豇豆、绿豆和扁豆，她都带着小月娥。做针线活的时候，她也让小月娥挨着自己坐着，一边手把手地教她做活，一边柔声细语地给她讲故事，道家常，谈天说地。小月娥特别爱听故事，天天缠着李英莲，没完没了地要她讲。李英莲没办法，只好挖空心思，现编现卖。做饭的时候，她就更是事事离不开小月娥了。炒菜的时候，她要小月娥站在自己身边递油瓶，拿盐罐，烧柴火。饭菜做得了，她教小月娥擦桌子，摆筷子，端饭，端菜。稍稍清闲一点的时候，她就带着小月娥走人家。她带着小月娥今天串东家，明日去西家，吴家冲、双塘街、大柏树屋场、磨坊屋场等村子一家挨一家地走，一家挨一家地介绍。

小月娥聪明，记事快。没多长时间，她就完全熟悉和适应了周围的七村八落，原来十分陌生的环境很快就不陌生了。娘儿两个在一起，经常有说有笑，真象是亲母女。周围的左邻右舍对她们的关系艳羡得很，常说她们是"前世修来的缘分"。

关于小月娥的来历，李英莲从不向邻居们主动介绍，只是含含糊糊地说自己添了个闺女。邻居们当然也心里明白，从不刨根问底。买卖童养媳当地很常见，这种事本就是不好意思刨根问底的。不过，他们虽然不刨根问底，却都猜个八九不离十了。不少人都在背后议论说："姜家新来的小妹子八成是买的童养媳吧？嗯，那小妹子不错，小巧玲珑，蛮机灵的，配小哑巴可是绰绰有余的了。"

小月娥是姜耀荣亲自买来的，还是他亲自从山里头背回来的。他当然喜欢她。他把她当小鹤莹看待了。他虽然懒，那几个月又正是活最忙的时候，但他却从不支使小月娥干活。有时见到小月娥扫地、擦桌子，他还会说："孩子，别干了，玩去吧！"姜家不富裕，五黄六月的时候，粮食尤其吃紧。吃饭的时候，姜耀荣宁肯自己少吃点，也要让小月娥多吃一口。去界石铺镇上或县城时，手头再紧，他也要给小月娥买点发卡、头绳或其它女孩子们喜爱的东西。他时常关照小哑巴、小驼背他们说："月娥是你们的小妹妹，你们都让着点她吧，好好带她玩！谁要是欺负她，小心老子的巴掌！"

姜鹤年已经十二三岁了，虽然又聋又哑，却也懂得了不少事情。他似乎已经觉察到小月娥跟自己有异乎寻常的关系。小月娥一进门，他就像尊保护神似地守候在她的身边了。小月娥扫地，他帮着拿簸箕。小月娥擦桌子，他帮着洗揸布。小月娥上厕所，他守在门口。小月娥想独自一个去山里玩，他挡住路口，死活不让，一边呜哩哇啦地大声嚷嚷，一边横七竖八地打着手势。那意思很明显，是说山里有蛇，有鬼，有毛毛虫，有红毛野人，不安全。小月娥在外头玩的时候，他就在旁边看着。他不允许别人靠近小月娥的身子，更不允许别人摸她、抱她、亲近她,就连小驼背也不例外。

姜云岳也喜欢小月娥。小月娥来到姜家,姜云岳确实很高兴。不过,姜云岳与别人不同。他的高兴劲没能持续多久便消失了,他很快又重新陷入了愁闷之中。他那愁闷是琢磨出来的。他整天琢磨来,琢磨去,日思夜想,竟至于茶饭不思,寝食难安了。

第二十一章

李英莲的产期不远了。她的肚子大得可怕,就像一口炒菜锅扣在身上。姜云岳发愁的,就是李英莲那个越来越大的肚子。

自从那次姜云岳和李英莲当面锣对面敲地谈过话以后,翁媳关系就差不多是走到绝路上了。半年多来,姜云岳对李英莲,表面上依旧和往日一样,亲亲热热,客客气气,该问的还问,该说的还说,该关照的还关照,似乎一切都没有发生过,但骨子里头却是越来越生疏,越来越别扭,几乎一点亲情都没有了。

那次谈话时的情景,姜云岳记忆犹新,回想起来,仍历历在目,就像昨天刚刚发生过的事情一样。他清清楚楚地记得,自己当时明明白白地对李英莲说过,要她让点步,自己主动回娘家去,成全耀荣和杏花两个做夫妻。他清清楚楚地记得,自己当面责怪过李英莲不仅没给姜家生下一个可以传宗接代的男孩子,反倒生下了一大堆哑巴、聋子、驼背、瞎子,给姜家带来了极大的麻烦。他清清楚楚地记得,自己当时还极其武断地对李英莲说过:你自己生不出来了,怎么就不能让让步,行行好,让耀荣再娶一个能生儿子的女人呢?你忍心让他绝后吗?这一切,他都记得,一点都没忘。他知道,自己当时的态度很不好,非常强硬,话说得绝,样子做得凶,丝毫没留情面。"我这样做是不是错了?是不是太过分了?是不是太不讲情面了呢?"姜云岳经常这样问自己。但每一次这样自问的结果,他都是越来越坚定地确信自己的做法没有错,丝毫也不过分。

姜云岳承认,李英莲是个好人。从做人的角度来说,他觉得自己真的挑不出李英莲任何毛病来。在很多方面,他都对李英莲颇有好感。他认为李英莲为人诚实、厚道、孝顺、明理、懂事、勤劳、节俭,品德、人格上没得挑。他认为李英莲脑子灵活,手脚麻利,会做事,能吃苦耐劳,是持家过日子的一把好手。每当看到李英莲忙忙碌碌的身影,特别是当李英莲腆着大肚子,端着刚刚泡好的热茶,或者刚刚做得的好饭好菜,恭恭敬敬地送到他手里,并亲切地喊他一声"干爷"时,他都会自觉不自觉地回头看她一眼,心里泛起赞赏和感激之情,觉得有她在身边侍候真是自己的莫大幸福。

但是，他认为李英莲是个好人，却不是一个好女人，不是一个好堂客，至少现在还不是。他眼中的好女人、好堂客，是能生好男孩子的。能不能生好男孩子，是他评判一个女人高低优劣的主要标准。哪怕那个女人不会说话、不会做事、好吃懒做或者有其他毛病也不要紧，只要能生好男孩子就行了。至于长得好看不好看，身段苗条不苗条，脸蛋漂亮不漂亮，他更不在乎。他常对人说："堂客们本来就是专门生儿育女传宗接代的嘛，身上的东西全都一个样，没什么不同的。所以呀，只要能生崽就行了，没必要挑她好看不好看。灯一灭，被窝里一钻，谁看得见女人的脸蛋漂亮不漂亮呀？女人丑也好，美也好，脱光了裤子，压在身子底下，搂着抱着还不是一个滋味？"暗地里，他常琢磨："李英莲来我们姜家十多年了，不仅至今没生出一个正儿八经、能传宗接代的好男孩子，反倒生了一大堆残废，给我们姜家带来了那么大的麻烦，怎么能算得上一个好女人、好堂客呢？自己把这样的女人赶走，怎么能算错呢？她要是给姜家生一个正儿八经的好男孩子出来，自己还会赶她走么？当然不会了！但她能生得出好男孩子吗？她那肚子里现今怀着的，是个正儿八经的好男孩子吗？倘若她还生个残废或者女孩，那可怎么办呢？"

姜云岳越想越烦闷。他最担心的，倒不是李英莲的肚子里怀着一个残废。他觉得，李英莲要是再生个残废，事情倒还好办点，他可以光明正大、名正言顺地将她赶出家门。到那时候，无论族里族外的任何人，都会支持自己的。俗话说，事不过三，她一连给姜家生四个残废，谁还会向着她说话呢？再说，即便是自己不赶她走，她也肯定不会在姜家继续待下去了。她会自动走的，不用人赶。生了那么多残废，一点脸面都没了，她还好意思留在姜家吗？她自己不是说过吗："我李英莲别的本事没有，志气还是有的，决不会当癞皮狗，赖在姜家不走的！"好，她自己走更好，省得自己出面做恶人！姜云岳常这样想。

姜云岳最担心的是什么呢？是李英莲还生个女孩。他觉得，要是那样的话，事情就真的不好办了。她倘若还生个女孩，自己能顺顺利利地赶她走吗？好像没那么容易吧！这里头多少有些名不正言不顺的意思，地方上的人难免要在背后说闲话。另外，李英莲也未必肯自己走人。她不走，耀荣就没法再娶。而耀荣不能再娶，这断子绝孙的事情岂不真的要板上钉钉了？想到这里，姜云岳真是头痛欲裂了。

"英莲的肚子里怀的究竟是个什么呢？是好模好样的男孩吗？该不会又是个女孩吧？"姜云岳经常这样问姜老婆子。

"你问我，我问谁去？"见老头子发问，姜老婆子就反问道。她也正为儿媳妇的肚子发愁得不行呢。

"你生过好几胎了，难道没经验，一点也看不出来吗？"

"她身上穿着衣服哪看得出来呀，那得用手摸！"

"用手摸？摸肚皮呀？"

"当然喽！不摸肚皮，难道摸屁股呀？老班子说，女人怀孕到五六个月以后，一般都能摸得出来。怀着男孩的，肚子发尖。怀着女孩的，肚子发圆。"

"那你不会去摸一摸她的肚子呀？看看里头究竟是个男孩呢，还是女孩？"

"关系都让你弄得这样僵了，跟她说话都显得怪生分的，我还好意思去摸她的肚子呀？唉呀，你真是的！"

"啊！"

话说到这里，姜云岳就只得不言语了。他知道，自从上次他和李英莲谈过话以后，全家人和李英莲的关系都有点僵。在这种情况下，要老婆子贸然去摸李英莲的肚子确实不大好意思。但他嘴上不言语了，心里的思虑却没停，依旧没日没夜地瞎琢磨。

姜云岳好长时间没睡过囫囵觉了，天天都是鸡叫头遍才能打个盹。这天心里烦得厉害，吃晚饭时不觉多喝了二两酒，没想到上床以后刚沾枕头就睡着了。但他睡倒是睡着了，却并没有睡踏实，因为他做了一个噩梦。那噩梦做得特别长，特别奇怪，闹了他大半夜，搅得他面红耳热，肉跳心惊。

梦中，姜云岳独自一个人信步走着，到了一个从来没到过的地方。那地方是个小岛，四围海天相连，一碧万顷。岛边白浪翻飞，礁石玲珑，百鸟翔集。岛上奇峰突兀，怪石嶙峋，树林茂密，花草遍地。他沿着海边慢慢地走着，一边走，一边看。见到一条弯弯曲曲、高高低低的石板小路横在眼前，他便拾级而登，并顺着坡势径直往岛的中部走。穿过一片密密的竹林，进入一道古香古色的拱圆形石洞门，突然间眼前一亮，天地豁然开朗，一片十分开阔而又异常精巧雅致的园林迎面而来。园林中，红花碧树、绿草长藤遍地都是，而成簇成丛的竹子尤其多。在一大片竹林和草地之间，有一泓碧水穿流而过。而碧水之上，交相辉映的荷花莲叶之中，又有一座长桥横卧。那长桥曲折迂回，顶端有一座雕梁画栋的小亭子。过了小亭子，则是一座高耸入云的石崖。石崖之上，祥云缭绕，仙鹤盘旋。石崖之下，竹林起伏，花海涟漪。而石崖的中部，则有一块巨大的石板向前方伸出，巨石之上安放着一尊光芒闪烁的莲花宝座，莲花宝座之上端坐着一位妙相庄严的女菩萨。

"莫非是观音大士？"姜云岳暗地里思忖。他急匆匆地穿过长桥，穿过亭子，走到女菩萨面前，拜倒在地。他刚跪下，就听见有异常洪亮的声音从遥远的半空之中飘来："姜云岳，你不远万里，来到我紫竹林中，莫非要问儿媳李英莲腹中之物是男是女么？"姜云岳略略抬起头，悄悄地看了看女菩萨，见女菩萨的嘴在动，眼睛在盯着自己，心知是菩萨在向自己问话了，便连忙低头叩首，答了一声"是"。"噢！此事不难！看见了吗？你所跪之地左侧，有一块光滑圆润的石头。那石头好像一口倒扣在地上的锅。你只要伸出手来，在那块石头上摸一摸，便可知分晓了。倘若那石头的顶部是尖形的，你儿媳腹中便是男婴。但如那石头的顶部是圆形的呢，则你儿媳腹中便是女孩了。你自己伸手去摸吧！不过，有一点我要提醒你注意：你可以用手摸，怎么摸都可以，摸多少遍都不要紧，但摸的时候需闭上眼睛，切不可睁开眼睛看！我的话，你听明白了吗？"菩萨说。

姜云岳听说只要用手摸一摸便立刻可知儿媳妇腹中是男是女，心里不觉大喜，竟顾不得向菩萨答应一声，便迫不及待地闭上眼睛，向左扭转身子，伸出双手摸了起来。果然，他刚一伸手，很快就摸到那块石头了。他围着那块石头的顶部反反复复地摸来摸去，忽而觉得是尖的，忽而觉得是圆的，忽而又觉得既不是尖的，又不是圆的，而是向内凹陷的，中间还有一个小小的深坑。"奇怪！怎么中间还有个小坑呢？"姜云岳感到纳闷，不觉自言自语起来。他犹豫了一下，又围着石头上下左右地摸了起来。摸着摸着，他觉得事情越发蹊跷了：那石头忽然变了，变得柔软了，光滑了，富有弹性了，就跟人的肚子一样，而且中间的那个小小的坑依稀就是肚脐眼。

"这不是人的肚子嘛？细皮嫩肉的，又圆又鼓又大，显然是一个怀孕女人的肚子呀！我怎么摸着孕妇的肚子了？这是谁的肚子呢？"姜云岳诧异不已。

姜云岳尽顾着想心事，早把菩萨的叮嘱丢到了九霄云外，不知不觉地就睁开了眼睛。他这一睁眼不打紧，眼前根本没有什么石头，却见自己的儿媳妇李英莲光着身子，挺着大肚子，直直地躺在自己身边，而自己的双手就正好放在她的肚子上。

"唉哟，坏了，坏了，我、我怎么摸到英莲的肚子啦？这事麻烦了。"姜云岳大惊失色，不觉高声大叫起来。

"老头子，醒醒！快醒醒！"姜老婆子使劲地摇晃姜云岳的肩膀，高声喊道。她被姜云岳的一声大叫吓醒了。

"哎哟，我这是在哪里呀？"姜云岳眼睛迷糊，似醒非醒。他浑身上下都被汗水浸透了。

"在哪里？在床上躺着呐！睡觉都不老实！"姜老婆子没好气地说。

"喔，我怎么不老实啦？人睡着了还不许做梦？你难道就没做过梦吗？"姜云岳揉了揉眼睛，翻了个身。

"做梦就做梦呗，干嘛用手摸人家肚子呀？摸得人家怪痒痒的！这么大岁数了，还不正经！"姜老婆子伸出一个手指头，在姜云岳的脑门上狠劲地点了一下。

"喔，闹半天我摸的是你的肚子呀？"姜云岳笑了笑。

"废话！你摸的不是我的肚子，还能是别人的肚子？这床上又没别人！"姜老婆子说了这一句，忽然若有所悟，连忙又说道：

"哦，我明白了！八成你这老不死的在梦里头是在摸别人的肚子吧？说、说、说，你刚才摸谁的肚子啦？"

"小声点，说出来不好听！"

"这有什么不好听的？是做梦，又不是真的！"

"嗨，这梦做得太不好了！"

"怎么不好呀？说出来听听！"

"你猜，我梦见摸谁的肚子了？"

"摸谁的肚子了？这、这事，你叫我怎么猜得出来呀！——哦，我晓得了，你多半是摸杨寡妇那老骚货的肚子了吧？"姜老婆子一边说，一边用手指头轻轻地戳了戳姜云岳的脑门。杨寡妇是双塘街的，二十多岁即守寡，姜云岳年轻时和她相好过。为了这事，姜老婆子曾和姜云岳闹得死去活来。

"唉呀，你怎么还提这个啊？那是多少年前的事呀，还提，你烦不烦呀？"姜云岳一骨碌翻转身子。

"那、那、那还能摸谁的肚子呀？莫非你还有别的相好我不知道？你这个老不正经的！"姜老婆子半开玩笑半认真地说。

"哎哟，你胡说什么呀？我哪还有别的相好呀？我成天就在家里待着，老也不出门，有别的相好，你还能不晓得吗？得、得、得，不跟你打哑谜了，跟你讲实话吧，省得你瞎起疑心，"姜云岳忽地身子一侧，把脑袋伸过来，嘴巴紧贴着姜老婆子的耳朵，"我呀，这梦做得不雅，梦见摸着英莲的肚子了！"

"哦，摸着英莲的肚子了！奇怪，你怎么会做这样的梦呢？嘿嘿，你八成没安好心吧，想扒灰？老不死的东西！"姜老婆子那刚刚缩回去的手又伸了过来，朝着姜云岳的脸轻轻地拍了一巴掌。

"嗨，你想哪儿去了，我是那样的人吗？"姜云岳连忙辩白，声音有点急。

"哟，你急什么？老夫老妻的，还不兴开个玩笑？谅你也没那大胆！哼，你就是有那大胆，也只怕没那能耐，"姜老婆子又伸手点了一下姜云岳的脑门，"不过，话又说回来，这事也挺奇怪的噢，你怎么会做这样的梦呢？"

"要说奇怪，也不奇怪，日有所思，夜有所梦呗！"

"喔，你白天想过要摸她的肚子啦？"

"没、没、没，你越说越离谱了，我怎么会想摸她的肚子呢？我也读了一辈子圣贤书了，难道一点礼义廉耻都不懂吗？你这人真的，信口开河！"姜云岳抢白道。显然，姜老婆子的话逗急了他，他真的有些恼火了。

"那你白天想什么啦？"

"我这几天不是老在琢磨她那肚子里的孩子究竟是男是女嘛！这事你又不是不知道！我还说过好几次，要你去摸摸她的肚子呢！"

"你老琢磨这事干什么？反正她也快生了，生出来不就知道了嘛！"姜老婆子说。话里虽带着一点埋怨的口气，但声音却小多了，也温柔多了。

姜云岳翻了个身，随即以斩钉截铁的口吻说："不行，我现在就想知道！你还是赶紧找个机会去摸一摸她的肚子吧，看看究竟是个男孩还是个女孩。这样，我好放心！"

"我怎么好意思去摸她的肚子呢？你这不是给我出难题吗？"姜老婆子说。稍停，她忽又高兴起来，一拍脑门说：

"对了,有办法了!让耀荣去摸不就行了?"

"对,这办法好,让耀荣去摸!没准,没准他早就摸过了呢!"姜云岳也高兴起来了。

"好吧,明天我就找耀荣问问。他要是没摸过呢,就让他赶紧摸一摸,快点把消息告诉你,行了吧?抓紧时间再睡一会儿吧,鸡都叫过头遍了!"

姜老婆子埋怨姜云岳性子太急,其实她自己的心里也急得很,早就跟有好多兔子在里头乱撞似的,怎么也踏实不下来。

姜老婆子心里着急,还不全是顾虑儿子耀荣的后代问题。她另有一个着急的原由,因为李英莲是她亲自相中的,她和李英莲的关系非同一般。因此,李英莲好不好,能不能生出正儿八经的健康男孩子来,直接关系到她的脸面。

李英莲一连生下几个残废孩子后,姜老婆子天天如坐针毡,总觉得自己对不起姜家,对不起丈夫,对不起儿子,好像那些残废孩子不是儿媳妇生的,而是她自己生的。

李英莲又怀孕以后,姜老婆子心里也特别着急,天天悄悄地观察着儿媳妇的变化,真想跟孙悟空会七十二变似的,变成个小蜜蜂或小蚊子什么的,钻进儿媳妇的肚子里看个究竟。背地里,她也多次产生过冲动,想亲自去摸一摸李英莲的肚子。但是,这种冲动终归还只是想法而已,她到底还是不敢真的有所动作。她知道,自己跟李英莲关系特殊,倘若跟李英莲走得太近了,老头子说出难听的话来,自己会受不了。

姜老婆子也知道,不用说婆媳关系,单从李英莲是自己恩人的女儿这一点上说,自己对李英莲就负有保护、关心的责任。但自从老头子说过绝话以后,她却从来没有替李英莲说过一句公道话。她想,自己这种冷漠的态度,李英莲会怎么看呢,能没意见吗?现在家里的关系搞得那么僵,自己贸然接近李英莲,要去摸她的肚子,她会怎样对自己呢?李英莲性子那么急,脾气那么硬,嘴巴又那么能说,倘若说出几句难听的话来噎她,自己能受得了吗?儿媳妇说婆婆,小辈说长辈,脸面往哪儿搁呀?

姜老婆子虽然快言快语,是个快性子人,但胆子却小。家里头的大多数人,她都是不敢得罪的。她头一个怕的是老头子,第二个怕的就是大儿媳妇李英莲。如今老头子和大儿媳这两个家里最厉害的人物直接对立、冲突起来了,把她夹在了中间,她就更是左右为难了。

姜老婆子怕儿媳妇,却不怕儿子。晚饭后,她饭碗一撂,就对着儿子的家门口大声喊了起来:"耀荣,你过来帮个忙!"

姜老婆子喊姜耀荣过来帮忙,把声音提得特别高,是摆迷魂阵,故意说给李英莲听的,好让她不起疑心。

"娘,什么事?你老人家快说吧!"姜耀荣披着衣服进了屋,七扭八歪地往房子当中一站,左看看,右看看。他还以为老父老母真的有什么力气活做不了,要他帮忙做呢。

"又要出去乱弹琴是不是？家里那么多事不操心，你倒真是会享清福啊！"姜老婆子训斥道。这一家子中，她能够训斥几句的，大概也就只有大儿子耀荣一个人了。

乡村里，没边没沿的瞎聊叫做"乱弹琴"，而喜欢瞎聊的人就叫做"乱弹客"。姜耀荣就是一个喜欢"乱弹琴"的"乱弹客"。当然，姜耀荣真正最喜欢的，还不是"乱弹琴"，而是搓麻将。但当地搓麻将都粘钱，他的钱都给杨杏花了，身上已经一无所有，哪有资格上麻将桌？所以，这些日子来，他几乎天天都靠"乱弹琴"打发时间。

"娘，看你老人家说的！我哪件事没操心啊？"姜耀荣说。

"喔，你都操心啦？那好吧，我问问你，英莲怀的孩子是男是女啊？这事你知道吗？"姜老婆子说。话的语气虽然很硬，但声音却不大，刚够姜耀荣听得见的。

"这、这事我哪知道呢？孩子在她肚子里，我看不见啊！"姜耀荣边说边走，走到窗根前，便一屁股坐到椅子上了。

"说话那么大声干嘛？怕她听不见啊？没脑子的东西，"姜老婆子用手指了指窗外，"看不见她肚子里头有什么要紧的？你难道不能用手摸吗？"

姜耀荣一头雾水，纳闷地说："用手摸？那、那、怎么摸呀？摸哪儿？"

"摸肚皮呀！"

"摸肚皮？摸英莲的肚皮啊？"

姜老婆子一撇嘴，嘲弄地说："废话！当然是要你摸她的肚皮喽！她是你的堂客，你不摸她的肚皮，难道还要摸别人的肚皮？别人的肚皮你还没摸够？"

"娘，这一大早，我招你惹你啦？怎么横挑鼻子竖挑眼呀！过去的事就别再提了好不好？老揭伤疤，谁心里都不好受，是不？"姜耀荣低着头，眼睛盯着地面。

"这一阵子又去找杏花了吧？"

"没、没、没！她都出嫁了，我往哪儿找去？"

"出嫁了？是嘛？"姜老婆子一脸惊讶。

姜耀荣忽地头一扬，眼一斜，大声说："是呀，上个月初四，她就嫁人走了！你老人家难道还不知道？"

"上个月初四就走了？嗯，今天是十三，"姜老婆子低着头，掐着手指头算了起来，"哟，她都走了四十天了，怎么没一点动静呀？你看你看，这么大的事，我还不知道呐！"

姜耀荣苦笑两声，撇撇嘴说："你老人家一天到晚关在家里纳鞋底子，闷头闷脑地做神仙活，哪会知道外头的事呀！再说喽，她这又不是头嫁，有什么好新鲜的？三十多岁的女人了，还带着个孩子，夫家、娘家又都绝了门户，没一个亲人，自然只能是悄没声息地走人喽，还用得着敲锣打鼓吗？"

"嫁到哪里去了？"

石板塘

"无壁岭。"

"无壁岭？嫁那么远？"

"她自己的主意，说是嫁得越远越好。"

"她八成是对你有意见了吧？她走的时候，你去送了吗？"

"没有。她不让我送，我也不敢去送呀！"

"她娘家和夫家有人送吗？"

"也没有。听说没有一个人送，她就一个人带着孩子走了。无壁岭那边也没来轿子接，那男的只带了两个男的来拿行李，两个女的来陪她。"

"哦，轿子都没来？"

"没有。她就是一双脚板走着去的。走的时候，显得特别孤单、寒酸。她自己也很不好过，听说临走时还大哭了一场呢！"

"哎，杏花这孩子也怪可怜的，命苦啊，"姜老婆子从衣兜里掏出手绢，擦了擦眼睛，"哪天有时间的话，替我去看看她，拿一只鸡、带十几个鸡蛋去！"

"我不去。她发话了，要我永世别登她的门。她还说，她自己也永世不到这边来了。"

"哦，也好，也好，这样也好，一刀砍断，一了百了，省得再起麻烦！她走了，你也就没惦记了，塌下心来好好和英莲过日子吧！"

"娘说的是！其实，我和杏花早就没来往了，要不她为什么对我那么大意见呢！"

"你和英莲关系还好吧？最近还常在一起吗？"

"你老人家不是看见了嘛，我们又没分家，当然是常在一起喽！"姜耀荣看了看母亲。他觉得母亲的问话实在是莫名其妙，明明看见他天天和李英莲一个锅里吃饭，一张床上睡觉，却还要问是不是"常在一起"。

"不、不、不，你没听明白，你没听明白！我说的不是那意思，我是说……"姜老婆子嗫嚅了半天，也没把话完整地说出来。她觉得当着四十岁的大儿子说男女之间的事，有点不大好意思。

"哦，我明白了，"姜耀荣终于明白母亲问话的意思了，脸刷地红了起来，头也低下来了，"我和她没、没、没在一起，我们好长时间没、没在一起过了。她睡她的，我睡我的，井水不犯河水。"

"你不会主动点？错是你做出来的，你当然要高姿态啦！"

"这我懂。我姿态够高的了，天天低三下四的，央求着她，就差下跪了，但她还是不理我，老拉长着脸，阴不阴，阳不阳的。这回，她真的恨上我了，永世不理我了。"

"我就不信，她不到三十岁的年纪，能耐得住寂寞！你再主动点，听见了没有？"

"呃，呃，听见了，听见了！"

"今晚上你就主动一点呗,有意识地说说好话,温存些,亲近一下她,想法摸一摸她的肚子,看是个男孩不?"

"那怎么摸得出来呀?"

"蠢家伙,谁要你摸她肚子里的孩子啦!那还能摸得着吗?你只要轻轻地摸摸她的肚子就行啦!是男孩,肚子发尖;是女孩,肚子就发圆,圆鼓鼓的!"

"噢,肚子发尖是男孩,"姜耀荣像发现了新大陆似的,突然兴奋异常,"那不用摸了,准是个男孩!"

"是吗?你早就摸过了?"姜老婆子也立刻兴奋起来了,脸上绽开了笑,本来就有点显大的嘴巴使劲地往上鼓着,把鼻子、眼睛、眉毛都挤到了一起。

"摸倒是没摸过,但、但、但我看见过。她那肚子是、是尖、尖的,像个锅底。"姜耀荣突然收敛了兴奋,显出一本正经的样子来。他想起了自己暗地里悄悄观察李英莲的事情,觉得那事情有失自己身份,不便对人言说。

"你看见过?"

"看见过!"

"看清楚了?"

"看清楚了!"

"没骗我吧?"

"看你老人家说的!这事我骗你老人家干嘛?"

"哦,那就好!那就好!南无大慈大悲救苦救难观世音菩萨保佑我姜家早得健康孙儿,保佑我英莲媳妇母子平安!"姜老婆子转过身子,面向东南方向站定,低头弯腰,双手合十,闭目鞠躬,口中念念有词。

姜耀荣确实看见过李英莲的肚子,而且看见过多次,但他是偷偷看见的。

表面看,姜耀荣和李英莲的关系到了崩溃边缘。但其实,姜耀荣对李英莲还是很有感情的。这几个月以来,他多次反复对比过李英莲和杨杏花,认真思考过要不要休掉李英莲而另娶杨杏花的问题。但对比再三,他还是觉得宁可放弃杨杏花,也不能丢掉李英莲。他觉得,和杨杏花在一起,虽然有欢乐,但欢乐之余,却又多多少少有些令人担忧和不踏实的地方。杨杏花没有长性,高兴劲来得快,去得也快。杨杏花小心眼多,老要人捧着、哄着,还爱耍小性子,动不动就拿话噎人,拿脚踢人,拿手指头戳人脑门子。而且,杨杏花嘴里说的虽很甜蜜,实际上却并不是很体贴人,更不会伺候人。有吃有喝的时候,杨杏花从来只顾自己,而不会考虑别人,更不会让着别人。而李英莲呢,她虽然长相不如杨杏花漂亮,人也不如杨杏花那么招人喜欢,但却有长性,行事做人始终如一,让人感到踏实、放心。并且,李英莲从来是把别人放在头里,把自己撂在后头,自己宁肯挨饿,吃喝也要先让别人。

姜耀荣喜欢花,自家门前就常栽着兰花、山茶、含笑、栀子等好几种花。他也常把女人比喻成花。他觉得,杨杏花和李英莲都是好花香花,但杨杏花是栀子,而李英莲却是春兰。栀子是甜香,香味来得猛烈,但去得也快,难以给人留下久远的印象。而春兰是幽香,虽然香味不甚浓烈,甚至可以说是很淡,但却能沁人心脾,令人回味,令人终生难以忘怀。他觉得,栀子和春兰,自己都喜欢,如果两者可以兼而得之,那当然最好不过,但若必须进行选择的话,那就只能是择春兰而弃栀子了。

有时候,特别是和杨杏花在一起厮混的时候,他的脑海中,休掉李英莲而和杨杏花结婚的想法也曾经占过上风。但那种想法来得快,去得也快,从来没有长时间持续过。往往是事情刚过去,他的脑子就会很快冷静下来,而那种想法也就随之被推翻了。他觉得自己离得开杨杏花,但绝对离不开李英莲。离开杨杏花,自己虽然也会痛苦,但那痛苦是短暂的,可以忍受的。而离开李英莲时,自己的痛苦就肯定不是短暂和可以忍受的了。他甚至不敢想象自己永久性离开李英莲时,心里会是什么感受。他只觉得那种感受肯定是撕心裂肺,痛断肝肠的,如同生离死别一样。他一次又一次地扪心自问,能不能离得开李英莲,但每一次得出的结轮都只有一个,那就是他舍不得李英莲,放不下李英莲,一辈子都离不开李英莲。

"娘的,前世造的孽!看来这一辈子是铁定要和李英莲生在一起,死在一块,埋在一堆了!"姜耀荣经常这样想。

自从上次吵架以后,特别是发现姜耀荣和杨杏花勾搭成奸以后,李英莲就很少主动搭理姜耀荣了。家里的事情,李英莲虽然照做不误,一样也没有落下,但却从不主动和姜耀荣说话。吃饭时,李英莲每次都是按时把饭菜做好,端上桌子,然后要小瞎子或小驼背喊姜耀荣上桌吃饭。她自己则端着饭碗,一个人蹲在灶角落里吃。晚上睡觉时,她总是早早地就上床躺下,而且还特地安排小瞎子躺在她和姜耀荣之间。那意思很明显,她是存心不让姜耀荣接近她。有几次半夜里,姜耀荣试图搬开小瞎子,以便让自己挨着李英莲,但每一次都让李英莲发现并毫不客气地制止了。还有一次,姜耀荣见李英莲睡得烂熟,便悄悄地越过小瞎子的身子,直截了当地躺在了李英莲身边。他以为自己的动作很轻,神不知鬼不觉的,不会惊动李英莲,但没想到还是被李英莲发现了。李英莲当时就火了,背对着他,用胳膊肘撞了他一下。那一下撞得不轻,而且正好撞在要害位置上。他疼得呲牙咧嘴,好半天没喘过气来,但却没有发脾气,依旧耐着性子软磨硬泡,对李英莲一个劲地说好话,还乘机把一只手伸进了她的怀里,捏住了那一对久违了的大奶子。他想,"一夜夫妻百日恩","人心都是肉长的",女人家的心肠尤其软,自己虽然做得不对,但事情过去那么长时间了,如今这样低三下四地讨好她,她还能不就坡下驴,趁机与自己和好吗?但他还是想错了,李英莲根本不买他的账,当即就甩开他的手,一翻身坐了起来。结果,这一夜,李英莲在床上一直坐到天明,再也没有躺下。打这以后,他再也不敢对李英莲贸然行动了。

人就是这样,容易得到的,往往不珍惜,而越是不容易得到的,反倒越觉得珍贵。姜耀荣和杨杏花好上几次以后，就渐渐地觉得不新鲜了。杨杏花三番五次地找他，他都找借口躲开，以致杨杏花也对他有意见了。这就是杨杏花后来匆忙出嫁的主要原因。而李英莲不理他，躲着他，他却觉得稀罕，千方百计地往她身边靠。以往，他一直认为杨杏花比李英莲漂亮得多，而现在却反过来了，觉得李英莲比杨杏花还要好看。个头矮、脸盘小、单眼皮，李英莲身上的这些缺点，他原来是深感遗憾的，而如今却似乎都不是缺点，而是优点了，怎么看都顺眼。有时候，他甚至对李英莲充满了莫名其妙的陌生感，对她的一切倍觉新鲜，似乎她不是他同床共枕过十多年的妻子，而是他刚刚结识不久且正处在热恋之中的恋人。也许就是这种莫名其妙的陌生感、新鲜感在起作用的缘故吧，他对李英莲的一言一行、一举一动，包括她睡觉的姿势、洗澡的动作，乃至换衣服、上厕所、蹲茅坑等，都喜欢观察和关注。

李英莲当然是不喜欢、不允许甚至是反感姜耀荣的观察和关注的。这样一来，姜耀荣的观察和关注活动就只得转入地下，在暗中和背地里悄悄地进行了。李英莲的大肚了，他就是在她睡觉和洗澡的时候悄悄看到的。有一大半夜里醒来，正赶上李英莲仰面朝天地躺着，上衣大半截褪到了脖子底下，把大肚子完完全全地露在了外头。他见有机可乘，便一翻身坐了起来，悄悄地观察了好半天。那一次，他看得很仔细，很入神，很兴奋，差一点把自己的脑袋完完全全贴到李英莲的肚皮上了。他确信自己看得没错，李英莲的肚子发尖，尖尖地像个锅底。

儿媳妇肚子发尖，怀上男孩了。这事让姜云岳高兴不已。他翻箱倒柜地找出十几块银元，交到姜老婆子手里，郑重其事地说："老婆子呀，祖宗留下的存货，真正用得净光净了。这点钱，你拿去吧，给耀荣，让他赶紧买点布料，给孩子预备点包裹布和小衣小裤子什么的。孩子都快生了，我看他们都还没一点准备呢，到时候非抓瞎不可！"

姜老婆子接过银元，捏在手心里掂量了一下，皱着眉头说："就这点钱，够吗？"

姜云岳手一挥，头一扭，不耐烦地说："嗨，什么够不够的？不够，也就这些了，你以为家里开着当铺啦？"

"你、你说把这钱给、给耀荣？那怕不、不行吧，"姜老婆子抬起头，眼睛盯着姜云岳，"那、那他还不都得花到麻将桌上去啦？"

姜云岳一拍脑门，恍然大悟似地说："喔，对、对、对，你这提醒很对，这钱确实不能交给耀荣！你直接交给英莲吧，就说是我让你交给她的，明白吗？"

"明白！明白！这我还能不明白吗？一会儿我就过那屋去，当面交给她，只是不知道耀荣在不在屋，要是耀荣也在屋里就更好了。"姜老婆子说。她送人情，一向喜欢多几个人在场，尤其是喜欢自己最亲近的人在场。

姜老婆子很高兴。给儿媳妇送钱这种事，她特别乐意做。她早就想找个机会

石板塘

315

与儿媳妇改善关系了。公公、婆婆、儿子、儿媳妇，天天老这么阴不阴阳不阳的，吊着一双眼睛爱搭理不搭理，算哪门子事呀？再说，儿媳妇快要生产了，好多事情也需要有人张罗。远的不说，单是接生这件事，就离不开别人帮忙吧？倘若生产不顺利，难道她就一个人用手抠？她能一个人把好几斤重的活娃娃从肚子里抠出来吗？抠不出来怎么办？抠坏了怎么办？万一没抠好，不小心抠着了孩子的要害处，孩子可就没命了，不抠死也得憋死呀！姜老婆子不敢往下想了，她心里受不了，儿媳妇肚子里怀着的毕竟是她的亲孙子呀！

饭刚煮熟，菜还没来得及炒，姜老婆子就临时熄灭灶里的火，脚步匆匆地到李英莲家来了。李英莲正站在灶台边炒菜。她一只手撑在灶台上，一只手挥动着锅铲，又圆又大的肚子紧紧地贴着灶台，脑门上满是汗珠，显得十分吃力。见婆婆来了，她侧转头来，用眼神指了指窗户旁边的一把椅子，示意坐下。

姜老婆子没有坐。她径直走到李英莲身边，眼睛看着李英莲的脸，把那十几块银元小心翼翼地放到挨李英莲最近的灶台上，眉开眼笑地说："英莲，你干爷让我拿点钱给你，说是买点布料，给孩子准备点包片和小衣服什么的。钱不多，也就十几块银元，你拿去用吧！"

姜老婆子心里想，李英莲一定会很快地把钱接过去的，而且一定会非常高兴的。世界上哪有不爱白花花银子的女人呢？但她完全想错了。灶台上的那十几块银元，李英莲连正眼都没瞧一下，却冷冷地甩了一句："这钱我不要，你老人家还拿回去给干爷自己用吧！"

"这、这……"姜老婆子愣住了，"英莲，你、你可别嫌少啊，这点钱还是老祖宗留下来的呢，都存好几十年了！"

"你老人家理会错了。我不是嫌少，而是用不着。"李英莲把炒好的菜铲起放在碗里，随即又撩起围裙擦了擦手。

"用不着？那、那怎么会用不着呢？难道你已做好一切准备了？布料都买好了？包片都有了？小衣服小裤子什么的都做好了？"姜老婆子连连问道，满脸疑惑不解的神色。

"不就是生孩子嘛，有什么好准备的呢，又不是头一回！哼，"李英莲不经意地说，又撩起围裙擦擦手，"还指不定生个什么玩意儿呢！要是又生了个瞎子、驼子、哑巴、聋子之类的残废，或者生了个没小鸡的，也就用不着费那功夫洗呀包的了，连人带血带肠子肚子胞衣羊水往石板塘里一扔喂团鱼算了！"

李英莲这话说得轻松、随便，而姜老婆子听了，却好像六月天里打闷雷，心里不觉陡然一惊，身上立刻就起了好多鸡皮疙瘩，两只胳膊和两条腿也跟筛糠似地乱颤起来。她看着李英莲直愣神，仿佛面前站着的，不是她亲自相中并在一起共同生活了十多年的儿媳妇，而是一个从没见过面、根本不认识的陌生人。一时间，姜老婆子张口结舌，什么话也说不出来了。

姜老婆子和李英莲都不说话了，无声无息地站着，房间里突然静得令人憋气。愣了一阵，姜老婆子总算缓过神来了，身上有了热乎气，手脚也不颤抖了，但嘴巴子仍然有点儿不听使唤，上下嘴唇总好像凑不到一块似的。她悄悄地朝李英莲扫了一眼，结结巴巴地问道："英、英、英莲，产、产、产期多半是中秋节以、以、以前吧？"

"是节后。你老人家要不就在这里随便吃点吧？"李英莲一边说，一边往桌子上端菜。

李英莲这话似乎有下逐客令的意思。这一来，姜老婆子更觉得浑身不自在了。她愣愣地站在当地，目光游离，手脚无措，一副神不守舍的样子。站了一阵子，她终于说话了："不、不、不了，我煮得饭了，就、就差炒菜。"

姜老婆子边说话边往外走，但她刚刚走到门口又停住了，一只脚门外，一只脚门里，脑袋却回转过来，眼睛看着李英莲，似乎还有话要说。

见姜老婆子站在门口不走，神色犹犹豫豫的，李英莲不觉瞎琢磨起来："干娘怎么啦？有话要说，却又不说，莫非是自己冷冰冰的态度冷落了她，让她难堪了？要不就是自己刚才说的那句连人带血带肠子肚子胞衣羊水往石板塘里一扔喂团鱼算了的话让她害怕了？唉，我说话也太不留神了！干娘其实是个好人，我何苦让她难受呢？"

想到这里，李英莲连忙朝门口走了几步，和姜老婆子挨近了一些，柔声细语地说："娘，你老人家莫非还有事？有事就进来说吧，干脆坐一坐，吃碗茶再走。反正我饭也煮得了，菜也炒得了，也没什么事可做了，就赔你老人家谈谈玄吧！"

"谈玄"是当地人用得最多的词汇之一，意思就是说话、聊天、话家常。往日，姜老婆子和李英莲婆媳两个是经常在一起"谈玄"的。她们或是坐在屋外的台阶上，或是坐在屋里的窗根底下，一起纳鞋底子，一起谈玄，从田里活谈到针线活，从家外头谈到家里头，从张家长李家短谈到萝卜、辣椒、鸡婆、鸭公、太阳、月亮、红毛野人等等，几乎是无所不谈。然而，最近的半年多来，婆媳两个却再也没有在一起谈过玄了。如今，儿媳妇突然又说要陪自己谈玄了，而且她说话柔声细语，是那么的温和可亲，姜老婆子怎么能不激动呢？

姜老婆子爱激动。别人对她不好，她总觉得是自己不对，夜里都睡不着觉；别人对她好，她就得对别人好上加好。此刻，她激动得连眼泪都快流下来了。

"英、英莲，接生就还是我亲自来吧，叫上桂枝打下手。敬祖宗嘛，就让耀荣去吧。这些事，我都会安排的，你只要照顾好自己就行了，不用操心。你呀，真是不容易，孩子都快生了，却还家里家外的忙个不停。今后啊，有些事，比如做饭、洗衣、搞菜这些零碎事，你也该少做点了，该歇的时候就得歇一歇，身子要紧，千万别累着自己了。待会儿我说说耀荣，让他顾顾家，别一天到晚在外头扯乱弹。"姜老婆子絮絮叨叨地说。

"扯乱弹"就是瞎聊天，当地人都这么说的。

李英莲看了婆婆一眼，轻声说："娘，接生这事，你老人家就不用操心了。你老人家都七十了,哪能还做这种又累又脏又费神又着急上火的事情嘞!再说喽,家里又不是没有人,桂枝就完全能做嘛,对不?你老人家放心吧,我跟桂枝打好招呼了,到时她会帮忙的!"

李英莲这话充满了温柔、体贴的意味,姜老婆子听了,心里激动不已。她眼眶里含着泪水,脸上满布笑意,七扭八歪地往前走了几步,凑近李英莲的脸说道:"英莲啊,接生这事要我不管,那是万万不行的!我会急死,明白不?你是谁呀?我是谁呀?咱们两个是亲上加亲,连亲闺女都比不上的亲情啊!英莲,别看娘话少,平时不大爱说,可娘心里有数啊!娘心疼你,离不开你。娘把你放在心窝最里头了,谁也拿不走的,明白不?你别为娘担心,接生这事,娘能做的。娘虽然年纪大点,腿脚也不大好,可我脑子好使啊,手也好使啊,对不?接生这事,你可千万别把我落下啊,英莲,我跟你说好了的!只要肚子里有动静了,你就得赶紧喊我!你别怕我累,多累多苦我都不怕,我高兴还来不及呢!听见了没有?"

"听见了!你老人家放心吧,"李英莲眉眼上微露笑意,"我听娘的,到时喊娘就是了!"

好久没看到过儿媳妇这样跟她说话了。姜老婆子就跟喝了蜜糖水似的,心里感到格外甜蜜。她迈动两只小脚,一颠一颠地朝自家走,在过高台阶时,好几次差点栽跟头。

第二十二章

李英莲的产期悄悄地临近了。姜老婆子猜得不错,李英莲的产期确实是在中秋节以前。李英莲没跟婆婆说实话,故意把产期往后说了。她之所以这样做,明摆着是不想在接生这事上劳动婆婆。她心疼婆婆,婆婆的年纪毕竟太大了。接生这种事特别累人,而且说不定还要起早赶晚。孩子出生从来都是不把信的,天知道那小精灵想什么时候到人间来呢?要是赶在深更半夜子丑时分出生,那接生这事也就太伤神费力了,老人肯定做不了。再说,生的要是个正常的男孩子倒也还好,老人高兴,但若生的是个女孩或者残废孩子呢?那老人不是更受打击吗?自己已经生了好几个残废孩子了,瞎子、哑巴、驼背一大堆,婆婆遭受了一次又一次的沉重打击,已经是非常不幸了,她还能经受得起再次沉重的打击吗?这些日子来,她和家里闹隔阂了。但从她心里来说,这隔阂主要是在公公、丈夫身上,而不在婆婆身上。她觉得,婆婆对她还是很不错的,她和婆婆也是心息相通的,互相之间并没有什么大不了的矛盾,只不过表面上不像以前那么亲热罢了。她心疼婆婆,不忍心让婆婆受劳累,更不忍心让婆婆再遭受意外的打击。

但是,李英莲不跟婆婆说实话,主要还不在于心疼婆婆,而是另有一层考虑。这另一层考虑就是：她对自己肚子里那个拳打脚踢、活蹦乱跳的小玩意儿也摸不透，搞不清他是男是女，是好是坏。她知道，如今不仅公公、婆婆、丈夫在盯着她的肚子，而且所有家人、所有亲朋戚友、全族男女老少、甚至方圆数里之内成百上千的外村人，也都在盯着她的肚子。她的肚子里如果是个正常、健全的男孩子，她生产的时候自然会一切正常，所有人皆大欢喜，她自己心中悬着的一块大石头当然也会落下地来，从此可以卸下包袱、扬眉吐气，昂首挺胸地做人。但如果是个残废或者女孩呢？那样的话，生产的过程会顺利吗？接生的人会高兴吗？自己的心里会舒畅吗？生下来的孩子将来能正常生长，过得上好日子吗？自己还有脸面继续在姜家待下去吗？

"话说在头里，我不走，只是现在不走，将来孩子出生以后，我走不走，还在不在姜家住，暂时还说不准，得看那时的情况再说。要是生的是个男孩，而且是个又正常又健康的男孩呢，那我就得在姜家长久住下去了，再也不走了。姜家不就是嫌我没生个好儿子，不能传宗接代，所以要赶我走吗？我生了好儿子了，为姜家传了宗、接了代、立了功，姜家还有什么理由要赶我走啊？再说，儿子是我生的，当然也有我一份，我不能丢开他不管，将来也还需要他养老送终呀！到那时候，你老人家可别赶我走啊！要是生的是个女孩，或者是个残废呢，那就不用你老人家赶，我也不在姜家住了。真到了那一天，我会自动走人的，你老人家大可放心！我李英莲别的本事没有，志气还是有的，决不会当癞皮狗，赖在姜家不走的！再说，天下那么大，何至于就没有我李英莲去的地方呢！万一不成，大不了往水里一跳就是了，这附近不是正好还有一口石板塘嘛！"这七八个月前对公公说过的一番话，李英莲至今记忆犹新，就像昨天刚刚说过的一样。"说过的话，泼出去的水，哪能不兑现呢！要是不兑现，那我还算个人吗？"李英莲想。

下定了这个决心后，她就对自己生孩子的事情做了一番特殊的安排：包括婆婆在内，谁也不告诉，谁也不请，全都瞒着，不让她们参与接生。她要自己一个人生孩子，自己给自己接生，不要任何人帮忙。她之所以这样安排，是担心有外人在场，特别是有婆婆在场，自己抱着残废孩子往石板塘里跳时，会受到阻拦。

李英莲不仅下决心自己接生，而且还对接生的所有环节，包括许多细微末节，都进行了周密的考虑和安排。她觉得，要确保自己的计划能够实施，不受任何人干扰，关键是要避开人，不让任何人知道她在生孩子。而要避开人，就不能把接生的场所固定在某一间房内，特别是不能固定在她自己住的那间房内。她估计，自己产期临近的那几天，不少婆婆姥姥、大婶大妈、大姑娘、小媳妇，特别是自己的婆婆，都会经常来看她的。而这些人一旦来了，多半都会在她的住房内久坐不走。因此，如果把产房固定在自己住的那间房，那就无论如何也保不了密。出于这一考虑，她在住房、厕所、厨房这几间房里都放了木盆、木桶和椅子，还预备了干净水。这样，她无论在哪间房里生孩子，都可以从容应对。她把自己做针线活的一把小剪子随时带在身上，以备孩子出生时剪脐带用。她还在每间房里都放了一些草纸和布片,预备包孩子使用。倘若生的是个正常、健康的男孩子,她就认真细致地把他洗干净,并用布片包起来。而如果生的是个残废或者女孩,她就连洗都不洗了,随手拿块草纸把孩子包裹严实,抱起来,开开门,便往石板塘跑。

跑到石板塘堤上后,是先把孩子扔下去呢,还是自己抱着孩子一起往塘里跳呢?对这个问题,李英莲琢磨了好长时间。但琢磨来,琢磨去,她最终还是决定自己抱着孩子一起往水里跳。她觉得,这样做干脆利落,可以一了百了,而且孩子有自己带着,阴间路上也好相互慰籍,娘儿俩都不至于太孤单。

石板塘四面都有塘堤,从哪个地方往水里跳呢?对这个事,李英莲也颇费了一番脑筋。她甚至还借着洗衣、洗菜的机会,对石板塘的地形地势进行过多次实地考察,选择过好几个跳水的地点。

李英莲最初选定的跳水地点是正堤上。那里最大的优点是离家近,跑不了几步路就到了。但是,那地方也有一个很大的缺点,那就是人太多,经常有人在那里洗衣洗菜,因此容易被人发现和阻拦。

"这地方不行!要是被人拦住了,自己根本跳不下去,或者是跳下去了,却又很快被人捞上来了,那就更糟了!自己要死不能死,要活又活不下去,以后的日子还能好受得了?"李英莲想到这一层,就毫不犹豫地否定了正堤这个地点。

李英莲觉得,自己生的如果又是一个残废孩子,或者是个女孩子,那就必死无疑。而既然是必死无疑,那就一定要死得干脆利落,死得痛痛快快,绝不能拖泥带水,绝不能让人有施救和阻拦的机会。因此,跳水的地点一定要选在那些容易致人于死命而又不易被人发现和救援的地方。

本着这样一个想法,李英莲又精心选择了一个地点,那就是石板塘西堤与南堤的交汇处。那里是石板塘全部塘堤中最危险的一段,不仅地势最高,坡势最陡,而且离深水区也最近。人要是从那里跳下去,即便不被水淹死,也得摔死。

选定这个地点后,李英莲亲自去看过一次,想实地勘察一下路径。但没想到,她这一实地勘察,却又把自己的设想推翻了。原来,那个地方荆棘丛生,还长了许多小灌木,人很不容易接近塘堤的边沿,因而也很不容易从那里跳进水里去。

这个地点被推翻后,李英莲接着又选了好几个地点。最后,她终于确定了一个地点,那就是东面塘堤与北面塘堤的交汇处。那地方地势虽不高,但坡陡,地上也没有灌木丛等障碍物,人容易跳下去。并且,那地方还有一个极大的优点,那就是它离深水区最近。

石板塘的深水区有一口井。这井占地面积不大,却深不见底。人们都说,石板塘千百年来从未干涸过,原因就在于塘的中间有这口井。谈起这井时,老人们还常会绘声绘色地讲起许多神神秘秘的故事。

"要是跳到塘中间的那口井里去了,那就死定了。跳下去后,我就干脆使劲往前滚,一直滚到那口井里去,让他们永远也找不到!"李英莲这样想。

设想、安排好了生孩子的事情,做好了死的准备,李英莲的心就踏实下来了。她觉得,死并不可怕。她有时甚至觉得,死对于自己来说,其实是向往已久的事情。她对这个家的感情越来越淡薄了,淡薄得就像一缕缥缈若无的青烟。相反,她对石板塘的感情和印象却越来越深刻,深刻得日思夜想,片刻难忘。

有事没事的时候,李英莲总喜欢独自一个去石板塘走一走,看一看。去石板塘洗衣、洗菜的时候,她更是要借故多逗留一些时间。而且,每一次去石板塘的时候,她都要对自己选定的那个跳水的地点——东面塘堤与北面塘堤的交汇处多看上几眼,似乎那就是她确定无疑要去的心爱的家了。

有一天傍晚,在石板塘洗菜时,见周围没人,李英莲便提着菜篮子直接走到自己选定的那个地方去了。一到那个地方,她的心情就立刻变了。她呆呆地看着眼前的水面,似乎那水面不是水面,而是五光十色,妙不可言,充满了温柔、幸福,自己向往已久的天国。她一步一步地向着塘堤的边沿走去,尽可能地使自己的身子离水面近些更近些,真想即刻便纵身跳了下去。但她还没有丧失理智,走到挨近塘堤边沿的时候便停住了。她知道自己这时候还不能死,因为孩子还没有生下来,还不知道孩子是男是女、是好是坏。她虽然不怕死,甚至是想早些死,但她也还是希望自己能在生前留下一个正常而又健康的儿子。这样的话,她就不仅是为姜家留下了后代,而且也为自己挽回了名誉。她迫切需要生一个正常而又健康的儿子来挽回自己的名誉,来证明自己是一个能生得出正常健全好儿子来的好女人,是一个能传宗接代的好女人。

李英莲站在塘堤边沿上,身子微微向前探出,头略略低着,眼睛一眨也不眨地看着水面,脑子里思绪翻腾,浮想联翩,竟然完全忘记了周围的一切。就连那个菜篮子,她也忘记了。她把它紧紧地抱在胸前,仿佛那不是菜篮子,而是她自己刚刚生下、正要抱着一起往水里跳的残废婴儿。

正当她站在塘堤上胡思乱想的时候,一个人猛然伸手从后面抱住了她。她回头一看,原来是樊桂枝。

樊桂枝是来塘里洗衣的。她见李英莲站在塘堤上失魂落魄,便悄悄地走了过来。

樊桂枝把李英莲往后拖了拖,又从她手中夺过菜篮子,满腹怀疑地问道:"英莲,你站在这里干什么,莫非有什么事情想不开?"

"没、没什么,我还不想死呐!"李英莲不好意思地笑了笑。

"不想死?那你干什么走到塘边上去呀?那里多危险呀,知道不知道?"樊桂枝伸出一个手指头,猛地朝李英莲的脑门戳了一下。

"不,桂枝,我不骗你,这会子我真的不寻死!"

"这会子不寻死,那下会子呢?"

"下会子?下会子也不寻死!"

石板塘

"哼,天知道你脑子里打的什么主意?你呀,糊涂着呐!"

"不,我不糊涂!明摆着,至少暂时我还不能死,对不对?"李英莲斩钉截铁地说。

"你明白就好!说真的,你要是自己去寻死,那可就是天下第一号大傻瓜了!那不是正好遂了人家的心愿?"

"没错,我不干傻事!这下你放心了吧?"李英莲笑着说。

"哼,天知道你说的是不是真心话!反正呀,我不放心!这几天,我得把你看紧点,不让你一个人出门!"

"好吧,那、那你就看紧我吧!白天看着我吃饭做事,晚上看着我睡觉打鼾!干脆我上茅房时,你也来看吧,闻闻我放的屁、屙的屎臭不臭!"李英莲又笑了笑。

"唉哟,人家为了你都快急死了,可你还笑!没良心的!"樊桂枝撇撇嘴,伸手又戳了一下李英莲的脑门。

樊桂枝跟李英莲是妯娌,也是最好最亲近的朋友。但她们的关系好,性格却不尽相同。李英莲是急脾气,樊桂枝却是慢性子。

依李英莲的话说,樊桂枝是"慢郎中"。她的性子有点慢,说话慢条斯理,走路慢慢腾腾,做事也慢慢悠悠。她行事做人,不大像姜老婆子。而且,她也不是姜老婆子亲自相中的。所以,在姜老婆子眼中,她的地位远不如李英莲高。然而,她虽不得姜老婆子欢心,却极受姜云岳喜欢。姜云岳格外喜欢她,这里边的缘由是最明显不过的:她是他亲自相中的,她又特别会生男孩子。自从嫁到姜家来以后,十多年时间里,她就先后生了七胎。这七胎中,除第一胎和第五胎是女孩外,其余五胎都是男孩,而且个个身强体壮,五官齐整,聪明灵秀。并且,她为人老实忠厚,勤劳肯干,极能吃苦,一天到晚只知道默默无闻地做事,凡事都没有自己的主见,一切都听公公、婆婆和丈夫的。由于有这两大特点,所以她在姜云岳眼中的地位又远高于李英莲。

李英莲和樊桂枝性格、特点各不相同,在公婆眼中的地位也大不一样。这种情况要是放在别人家中,妯娌关系是肯定处理不好的。然而,在姜家,李英莲和樊桂枝的关系却极好。她们简直不像妯娌,而像亲姐妹,甚至比亲姐妹的关系还要亲得多。

樊桂枝虽然是李英莲的弟媳妇,年龄却比李英莲还大两岁,进姜家门也比李英莲早两年。所以,平常时候,她们很少以"嫂子"、"弟妹"相称,而是直呼其名。有时闹得热乎了,她们甚至会连名字也丢到一旁,"死鬼"、"鬼婆"、"婆娘"、"鬼婆娘"地乱叫一通。

李英莲和樊桂枝关系好,说得来,有事总喜欢在一起叨唠。姜云岳对樊桂枝亲,有事也从不瞒她。因此,姜耀荣和李英莲吵架的事情,包括前因后果和全部过程,甚至姜云岳对李英莲说的那些话,以及李英莲对姜云岳说的那些话,樊桂枝都知道得一清二楚。她晓得这事非同小可,她更清楚李英莲性子刚烈,所以早就预料到李英莲生孩子前后必定会在家里掀起一场轩然大波。

所以,这一段时期来,她经常悄悄地跟踪李英莲。果不其然,她终于在石板塘的堤上发现了李英莲。她确信,自己的猜测没有错,李英莲之所以站在塘堤上发呆发愣,肯定是想死,肯定是想采取投水自尽的方式去死。

樊桂枝特别同情李英莲,想救李英莲,但却又深感自己势单力薄。她迫切想找个人来帮帮自己。找谁帮忙呢?找自己的丈夫耀典行吗?丈夫跟自己关系倒是亲密,自己求他帮忙,那肯定是没问题的,他会帮。但他会不会把这事捅给公公知道呢?他跟自己亲,可他跟公公也亲呀!夫妻之情迈得过父子之情吗?要是他捅给公公知道了,公公出来横加阻拦,或是另生枝节,那岂不坏了自己的救人大事?樊桂枝这样琢磨。

"要不干脆找耀荣大哥帮忙吧?耀荣大哥虽说与英莲嫂子吵了架,但他们毕竟是多年的夫妻了,一日夫妻百日恩嘛!看得出来,他们两口子表面上不睦,内心里实际上还是很有感情的。如果把英莲嫂子想自尽的实情说出来,耀荣大哥肯定不会袖手旁观的。但是,耀荣大哥是个成事不足败事有余的人,没胆量,没担待,没能耐,他知道这事了会怎么做呢?倘若他急了,怕了,不稳重了,说出一些不妥当的话或者做出一些不妥当的事来,那事情不是会更糟么?"樊桂枝又这样想。

樊桂枝反复琢磨,掂量来,掂量去,把家里所有的人都掂量了一个遍,也没能找出一个能帮忙的合适人选来。

"看来这事得找外人了!'家丑不可外扬'的忌讳也顾不得了,救人要紧!"樊桂枝暗自下定了决心。

找外人帮忙,樊桂枝根本用不着多想,妯娌们中现成就有一个最合适的人选,那就是堂弟媳妇景满贞!

早上一起床,樊桂枝顾不得梳洗,就去找景满贞。她们两家挨得近,就几步路的功夫。但是,平常开门就见得到的景满贞,今天却没找到,景满贞锁上门出去了。

早饭后,家里来了客人,樊桂枝顾不得沏茶待客,就急急忙忙地去找景满贞,还是没找着,门上依然挂着一把锁。

太阳快要升到当头顶上的时候,樊桂枝又去了一趟景满贞家,但仍旧没找着,那把锁还挂在门上。

樊桂枝连着去了好几趟景满贞家,都没有找到景满贞,也没有看见景满贞家的人。这一下,她丈二和尚摸不着头脑了,不由得胡思乱想起来:"这一大早的,满贞那家伙去哪里了呢?上菜园子里搞菜去了?不像!去水塘里洗衣洗菜去了?不像!去田里摘猪菜去了?也不像!去界石镇买东西去了?还是不像!莫非她回娘家去了?可回娘家也没必要走那么早呀!难道她娘家出什么事了?"

石板塘

樊桂枝猜得不错,景满贞是回娘家了。她昨天夜里带着孩子走的,走得很急,很突然,跟谁都没说,所以谁都不知道。

非年非节的时候,又没有什么非要回家不可的紧急事情,景满贞为什么要赶在深更半夜急急忙忙地回娘家呢?这事出在姜耀宗身上。原来,姜耀宗突然迷上吴家冲的小寡妇了,一有空便钻进她家里厮混。

景满贞是何等精明的人,姜耀宗与小寡妇厮混的事怎能逃得过她的眼睛呢?终于,没过多久,景满贞就找到捉奸的机会了。这天深夜,她独自一个摸到了小寡妇家,将一对奸夫淫妇摁在了床上。当时,她冷静得很,既没告诉家里人,也没有惊动左邻右舍。她知道,如果大吵大闹、大喊大叫,搅得邻里皆知,不仅自己的脸面不好看,丈夫的脸面不好看,姜家全族的脸面不好看,小寡妇的脸面更不好看。没准,小寡妇还有自己投河吊颈或被族里人沉塘淹毙的危险。要知道,按族规来说,寡妇偷人可是死罪一条啊!景满贞心肠好,不想落这么一个结果。她只是轻声警告了小寡妇几句,威吓她从此以后不要再和姜耀宗来往。然后,她又交待了姜耀宗几句,要他主动向两位长辈承认自己的错误,并要他借此机会再次向两位长辈坚决请求去长沙做事。说完这一切,她不等姜耀宗和小寡妇穿上裤子,便一个人回家了。到家后,她片刻未停,又急急忙忙地叫醒五个孩子,给他们穿上衣服,带着他们上路了。她要带他们回娘家。

姜耀宗忐忑不安地回到家里时,看见门上一把锁,便明白了一切。他拔腿就追,很快就追上了景满贞。他拦住景满贞,跪在地上真心诚意地承认错误,恳求她不要回娘家,但景满贞死活不答应。景满贞对他说:"有话你向两位老人说去吧!两位老人什么时候原谅你了,什么时候同意放你去长沙做事了,你定下走的具体日子了,再来告诉我一声吧!到那时候,我肯定会回家给你送行的!"

石板塘离栗子冲三十多里,景满贞带着五个孩子走夜路回娘家,姜耀宗当然不放心。他一只手抱起一个孩子背在背上,另一只手抄起一个孩子抱在怀里,对景满贞说:"好吧,你非要走,我就送送吧,别让孩子受罪!"

夫妻两个就这么一边絮絮叨叨,一边哄孩子,一步一步地往前挪,一步一步地往前赶,终于在天大亮的时候走到了栗子冲。眼见丈人家就在眼前,那门口似乎还站着一个人,依稀就是丈母娘的身影,姜耀宗再也不敢往前挪步了。他定了定神,放下孩子,慌慌张张地对景满贞打了一声招呼,便转身走了。

回到家里,姜耀宗推开屋门,往床上一倒,便不想起来了。他累极了,两条腿像灌了铅似的,浑身也疼得厉害。也难怪,路实在不近,来回将近七十里呐,更何况昨天夜里一夜没睡,一路上粒米未沾、滴水未进,身上还背着两个孩子!

"耀宗,你回来了,满贞呢?"樊桂枝问。姜耀宗没关屋门,樊桂枝推门就进来了。

年轻叔嫂是要避嫌的,姜家尤其重视这一点。姜耀宗见嫂子进来了,只得极不情愿地翻身爬了起来,穿上鞋下地。他随手拖过一把椅子放在门口,正正经经地坐下，无精打采地对樊桂枝说："满贞带着孩子回娘家了，我送了送她。嫂子，你、你坐吧！我、我也是刚刚进门，连脸都还没来得及擦一把呐。"

"喔，你刚回来？还没吃饭吧？"樊桂枝问。

"不瞒嫂子，我还是昨天下午吃的夜饭呐，这会儿真有点饿。"姜耀宗说。他精神萎顿，十分疲惫，显然是饿极了。

"唉呀，你怎么不早说呢？走吧，上我家里去！我们家刚吃完中午饭不久，剩饭剩菜现成都有，没准还热呐！你耀典哥也在家，正没事闲着呐！要不这么吧，我再炒两个菜，你们哥俩喝两盅！"樊桂枝说完，转身就走。

"那、那好吧，"姜耀宗跟着樊桂枝往外走，"酒就不喝了，菜也不用再炒了，有现成的饭菜，随便吃点就行。"

"耀宗，你哪儿去？怎么一天都没看见坤儿、伦儿呀？"姜耀宗刚走到门外，迎面碰上了祖父姜辉宇。那老头一见姜耀宗，便双手撑着拐杖颤巍巍地站住，瞪着一双昏花老眼死死地盯着他，张着没牙的嘴巴，扯开嗓门使劲地大喊大叫起来。

"坤儿、伦儿"就是姜耀宗的儿子鹤坤、鹤伦，他们在姜辉宇的心目中地位极高，因为他们是他的重孙子，姜家第三房传宗接代的主要人物。

"来、来、来，进屋说，进屋说！你老人家别急，千万别急，有话慢慢说！"姜耀宗一边说，一边上前搀住祖父往家里走。

老祖父来了，而且还有事要问，姜耀宗眼见得没法去嫂子家吃饭了。他只得回转头来对樊桂枝说："嫂子，你帮忙帮到底，干脆盛点剩饭剩菜给我送过来吧！"

"一清早我就看见你这门上一把锁，你这是干什么去了？满贞呢？孩子们呢？怎么都不见了？"姜辉宇屁股还没落座，就发出了一连串的疑问。

姜辉宇长寿，活到了九十多岁，看到了四世同堂，享尽了人间的清福，唯一不如意的就是子孙艰难，目前膝下虽已有了五个重孙辈，但重孙子却只有鹤坤、鹤伦，所以看得极重。对三个重孙女儿，他也疼，但日常管得不多。而对鹤坤、鹤伦这两个宝贝重孙子，他却无事不管，无时不操心，几乎搭上了全部精力。白天，他看着他们玩，追着他们跑。他们走到哪里，他就跟到哪里。晚上，他要坐在床边看着他们睡觉。非要等到他们都睡下了，小眼睛都闭上了，确确实实睡着了，他才肯回自己屋里。每天清早起来，他头一件要做的事情，便是过来看两个重孙子。倘若他的两个小重孙子还没起床，他就要静静地坐在床边守着，一直等到他们醒来，看着他们穿上衣服，领着他们上完厕所，洗完脸，刷完牙，吃完早饭。两个小重孙子成了他的影子、护身符、贴身小棉袄，他一会儿见不着，就会心不安、气不顺、觉睡不着、食不甘味。今天一大早，他就过来看重孙子了，但直到下午了却还是没有见到，所以心里特别不自在，就跟失掉了三魂七魄似的。

见祖父一副气急败坏的样子，姜耀宗很害怕。他怕祖父急出病来，会随时倒在地上起不来。他把姜辉宇搀到椅子上坐好，顺手接过他的拐杖放在椅子旁边，轻声细气地说:"爹爹,你老人家别着急,听我慢慢说。你老人家那两个宝贝重孙子挺好的,出不了事,你老人家可以放一百二十个心。倒是你的孙子我这会儿有点事。你老人家也别光顾着关心重孙子了,也关心关心你的孙子我吧,好吗?天都到这时候了,我还一餐饭没吃呐,肚子饿得皮贴皮了,好歹也让我喘口气,行不?"

"怎么到这时候还没吃饭呢?满贞没做饭吗?她哪里去了,"姜辉宇一迭连声地问,"八成是回娘家去了吧?"

"你老人家说得没错,满贞是回娘家了。"姜耀宗搬了把椅子放在祖父身边,紧挨着他坐了下来。

"她今天一大早走的?"

"不,昨晚上就走了!"

"昨晚上走的?哟,不对呀,我睡觉的时候,明明还看见过鹤坤、鹤伦嘛!怎么,她难道是带着孩子连夜走的?"

"嗯,连夜走的!"

"她怎么连夜回娘家呢?生气啦?"

"嗯!"

"你们吵架啦?"

"嗯!"

"为什么事?"

"为什么事?还不就是因为我一个大男人天天窝在家里无所事事,她看着不顺眼!爹爹,你老人家疼孙儿,舍不得放孙儿走,孙儿明白、理解,但长期这样下去可不行啊!你老人家知道孙儿的心吗?"姜耀宗突然站起来,转过身子,朝着姜辉宇,猛地跪了下去,一把鼻涕一把眼泪地哭了起来。

姜辉宇见孙子突然跪在自己面前痛哭失声,一下子慌了神,不觉愣住了。这个孙子可是他的心肝宝贝,他疼得紧。他不知所措地站了起来,一边拉着姜耀宗的衣袖使劲往上拽,一边高声喊道:"耀宗,耀宗,你这是怎么回子事?怎么哭起来了?快、快、快起来,快起来,有话你就好好说嘛!"

姜耀宗用力一顿,挣脱了祖父的手,头朝地使劲地磕着,带着哭音说:"不!我不起来,你老人家不答应孙儿,孙儿就不起来!孙儿在家里没事做,干吃饭,满贞难受,我自己也难受,真是度日如年啊!你老人家就答应孙儿吧,放孙儿去长沙米行里做事!孙儿去长沙做了事,有了自己的事业,会加倍孝顺你老人家的!"

"噢,为这事?你和满贞昨晚上吵架就为这事?"姜辉宇如释重负,从椅子旁拿过拐杖,轻轻地点了点地,然后一屁股坐下了。

"是的!这一段时间,我们俩几乎天天为这事吵架,吵得都没法在一起过下去了!"姜耀宗仰头看着祖父,伸手擦了擦眼泪。

"真的就为这件事?没有别的什么事啦?"姜辉宇慢慢腾腾地抬起手,指了指椅子,示意姜耀宗坐下。

"真的没别的事,"姜耀宗挪挪椅子,一屁股坐了下来,"确确实实没别的事。我没说瞎话。我们俩的关系好,从来没为别的事吵过嘴。满贞这人,你老人家还不知道吗?她心气高,争强好胜,一门心思要我出外干事业,好挣钱发家,光宗耀祖。看着我天天窝在家里游手好闲,她就气不打一处来,横挑鼻子竖挑眼的,老想找茬打架。其实呢,说真的,这事也怨不得她。她是一颗好心,完全是为了我好,为了咱们家好。再说,她也有她的道理呀!我一个堂堂正正的男子汉,眼看就要满三十岁了,哪能天天守在老婆身边享清福呢!男人总得找点事情做吧,哪能虚度光阴呢! 你老人家说是不是这个理?"

"嗯,是倒是这个理,但、但这事也不能太急呀,凡事总得分轻重缓急嘛! 我不是跟你说过多次嘛,咱们三房的当务之急是什么,是添丁进口,不是挣钱发财,明白吗?生儿育女,添丁进口,这可不是小事呀!先贤不是早就说过吗?'夫不孝有三,无后为大'呀!我之所以不放你走,把你留在家里,主要就是从繁衍子孙后代这个大事上考虑的。这事难道你还不明白?"姜辉宇一字一顿地说。

姜耀宗抚摸着爷爷瘦骨嶙峋的手背,盯着爷爷昏暗无光的眼睛,慷慨激昂地说:"你老人家的想法自然有一定道理,但你老人家想过没有,把我强行留在家里就一定能如愿以偿吗?把我放出去做事就一定不能添丁进口、繁衍后代吗?要依我说,先不讲什么挣钱发家、光宗耀祖,单是从添丁进口这一层考虑,与其把我关在家里,就还不如赶紧把我放出去做事。这事明摆着,把我关在家里,我天天面对着满贞,两人心里都不顺气,难免锅碰勺子勺碰碗,经常打架怄气,那关系还能好得起来吗?我们俩的关系好不起来,天天大眼瞪小眼,你烦我,我烦你,你说那孩子还能生得出来吗?俗话说得好,'天天见面是仇家','夫妻小别胜新婚'。倘若我出去做事了,三天两头回不来,夫妻不能常见面,但一旦我回来了,见面了,那关系是不是就会更进一层了?我们俩的关系改善了,更好了,你老人家那添丁进口、繁衍子孙后代的愿望不也就能实现了吗?就以昨晚我们吵架的事情来说,缘起就是一件小得不能再小的小事,并没有什么深仇大恨,但后来的结果却是她一气之下带着五个孩子回娘家了,而且是深更半夜里走的。她走的时候,那脾气大得吓人哟,发誓说再也不回来了。你老人家想想,如果我出去做事了,满贞会对我有那么大的意见吗?我们俩会在深更半夜里不睡觉吵嘴打架吗?你老人家非留住孙儿不放,那是把孙儿当成了什么?说句不好听的话,那是把孙儿当成叫鸡、郎猪看了呀!我是专门用来配种的吗?你老人家想想,这是何苦来呢!孙儿出去,不过是去做事嘛,又不是永远不回来了呀!过年过节,米行里照样会放假的。米行里一放假,我不就回来了嘛!再说,我就在长沙,路又不远,万一你老人家想我了,或是家里有事需要我回来,写封信通知一声不就行了吗?我随时都可以回来的呀,对不对?"

当地人对雄性动物的叫法比较独特,公鸡叫做叫鸡,公猪叫做郎猪,公狗叫做狗公,公猫叫做猫公,公牛叫做牛公。

姜耀宗的这一大篇话说得难听,尤其是"郎猪"、"叫鸡"、"配种"之类的话更是十分噎人。姜辉宇听着,脸色渐渐地变了。他用拐棍使劲地凿着地,气呼呼地说:"什么'叫鸡'、'郎猪'、'配种'的,纯粹是胡说八道、乌七八糟!亏你还是个读书人,说这些也不嫌害臊!你那些书都是怎么读的呀?从屁眼里读进去的呀?你们两口子打架,怎么能怪到我头上呢?要依我说,这事都怪你,都是你不对!当然,满贞也有错!她不该冲气回娘家的,更不该连夜带着孩子走的。那么远的路,孩子出事了怎么办?孩子要是半路上出了事,叫天天不应,叫地地不灵的,看你怎么办!哼,无法无天,真不像话!她、她没说哪天回来?"

看着祖父那气哄哄的样子,姜耀宗有点害怕。他真担心老人家会因为生气着急而得一场大病。他定了定神,缓和了一下语气,小声说:"你老人家别生气。气坏了身子,可就是孙子的罪过了。满贞走得急,她说再也不回来了。当然喽,她这话是在气头上说的,是气话,做不得准的。你老人家别信她这话,她不会不回来的。她对我有气,可对你老人家没气呀,对我父母亲也没气呀,对不?她朝你老人家看,朝我父母亲看,无论如何也得回来呀,对不?不过,看来她这次确实是下定决心了,非把我气走不可,如果我不出去做事的话,她肯怕会要在娘家住很长时间的。"

"你应该好好说说她嘛,深更半夜的,带着五个孩子走三十多里路,多危险啦!出了事怎么办?"见孙子说话的态度好多了,姜辉宇的语气也缓和了。

见祖父的态度缓转了,姜耀宗连忙顺坡下驴,一边轻轻地抚摸姜辉宇的手背,一边柔声慢语地说:"是呀,是呀,我也是怕出事呀!你老人家又不是不知道,满贞的性子是偏得要死的,脾气一旦起来了,谁的话都不听,六头黄牯牛都拉不回转。当时是在半夜里,你老人家已经睡下很长时间了,我不忍心打扰你老人家,也不忍心打扰我父亲。她非要走,我也就只好耐着性子,由着她了。不过,你老人家放一百二十个心,孩子们没事,绝对安全。他们可都是我亲自背着抱着送走的。当时,我见留不住她,就只好连夜送她回娘家了,一直把她和孩子送到她娘家的屋门口。"

"她说哪天回来了吗?"

"没说!"

"那怎么办呢?孩子不能老在她娘家住着呀!"

"不过,我临走的时候,她倒是回头看了我一眼,交待了我一句,说是我如果定下去长沙做事的日子了,就去告诉她一声,到时她回家为我送行。"

"那不行!你走的日子定不下来,她就不回家,老在娘家住着,这、这成何体统?你吃完饭赶紧去接她回来吧!看不见孩子们,我、我可受不了!"

"哎哟!我的好爹爹、亲爹爹呃,你老人家饶了孙儿我吧!孙儿昨天夜里一宿没睡,连夜赶路,如今已到栗子冲打了一个来回,跑了七十多里路了!这、这还不够吗？难道还要我再跑一趟吗？再跑一趟，再打个来回，前后加在一起，可就是一百五六十里地啦！你老人家真想累死我呀？"姜耀宗气急败坏地说。

看到孙子那累得不行的样子，姜辉宇的心也软下来了。他叹了口气说："好吧，那、那今天就先不去接了。明天去，明天一大早就去！明天必须去接回来！"

"明天？明天我也不去！明摆着，我去也白搭，她根本不听我的。"姜耀宗说。

"是你的堂客，你不去接，谁去接？"姜辉宇狠狠地瞪着姜耀宗，话说得很硬。他见姜耀宗死活不肯去接满贞，脾气不觉又起来了。

姜耀宗连忙躲开祖父的眼神，稍稍思索了一下，仍复用十分柔和的语气说："老祖宗，不是孙儿我不肯去接，是我去根本没用。刚才我不是跟你老人家说得清清楚楚的了嘛，她早发话了，要我定下走的日子了，再去接她回来，她为我送行。这意思还不明白吗？我不走，她是不会回来的。没准我不去接，她在娘家住的日子倒不会太长，而我一去接，她看到我还没走，心里有气，就更不愿意回来了。"

樊桂枝手托茶盘进屋了，那茶盘里放着几碗饭菜。她轻手轻脚地走进屋，轻手轻脚地靠近桌子，轻手轻脚地把饭菜一碗一碗地端出来放在桌子上摆好，缓缓地看了姜耀宗一眼，轻轻地点点头，示意他吃饭，然后又回头看着姜辉宇，轻声轻气地说："叔祖爹，你老人家别着急！我看，耀宗这话也不无道理。他一个人去接，多半是接不回来。要不，我去接满贞吧？"

猛然听了樊桂枝这句话，姜辉宇不觉一愣。他看了看樊桂枝，问道："你去接？嗯，你和满贞倒是说得上话的，关系不错，没准能行。不过，栗子冲那地方你去过吗？"

樊桂枝摇摇头道："没去过。"

"没去过，那你不会走呀！那条路可是挺难走的，穿山越岭，七扭八弯，我都不认得，你怎么能去呢？"姜辉宇看了看樊桂枝，一脸疑惑不定的神色。

樊桂枝愣了愣神，依旧轻声轻气地说："要不就让耀宗弟辛苦一下，陪我跑一趟。你老人家看，行吗？"

"他陪你去？不行，不行！年轻叔嫂走在一起，像什么话？"姜辉宇头摇得像拨浪鼓似的，好半天都没停。

樊桂枝想了想，又说："要不就再去一个人？"

"再去一个人？谁能去？"姜辉宇头一扬，白眼珠子一翻，看了一眼樊桂枝。

正在这时候，姜云涛一摇一晃地进来了。当地的住房，房间与房间之间都是由房门互相连通着的。而且，那房门多半也都只是一层薄薄的木板，本身既不隔音，四围还有许多缝隙，因此很难保密。如果在屋内说话，声音略大一点，旁边房间的人一般都能听得到。姜云涛的住房紧挨着姜耀宗的住房，两房之间有门相通，而且窗户离得极近。所以，这边屋里几个人的对话，姜云涛都听得一清二楚。他一进屋，就径直朝屋子当中走。慢慢地踱到屋子当中后，转头看了看樊桂枝，

石板塘

看了看姜耀宗，最后目光停在姜辉宇的脸上不动了。

"父亲大人，你们刚才说的事，儿子都知道了，"姜云涛朝姜辉宇点点头说，语气平缓，不紧不快，"你老人家看这事这么办行不行？满贞和孩子们是得赶快接回来，明天就去接回来，一天也不能耽误。家里人着急不说，孩子们也遭罪呀！哪有孩子在外公外婆家长住的？吃不好怎么办？睡不好怎么办？着凉了、受饿了、跑丢了、摔坏了、弄出病来了怎么办？所以呀，事不宜迟，得赶紧去接。但派谁去接呢？我看，桂枝的话有道理，她是肯定要帮忙跑一趟的。她跟满贞的关系好，她说的话，满贞能听得进去。"

说到这里，姜云涛侧转头看着樊桂枝说："桂枝呀，不是叔叔给你找麻烦，这事没办法，是得辛苦你跑一趟啦！"

"没、没事，不辛苦！自己家里人，做这点事，还用得着客气？叔，明天我准去就是了！"樊桂枝点点头说。

"不辛苦？那是假的，七十多里路嘞！你一个妇道人家来回走一趟不容易。再说，"姜云涛转头看着樊桂枝，"你这阵子家里事情也多，忙不开，又带着孩子。但没办法，桂枝，这事还真是非你去不可。我们家满贞呀，是犟驴子脾气，哪路神仙都请不动，唯独你和英莲两个人的话还能听进去几句。英莲怀着孕，挺着大肚子，自然是没法求她去了。所以呀，这事只能是辛苦你，麻烦你明天把家里的事安排一下，抽时间帮我跑一趟栗子冲，把满贞和孩子们接回来。你帮叔叔做成了这档子事，叔叔一定重重谢你。你公公和耀典那里，我等一会儿就去打招呼。他们两个嘛，我看没问题，肯定会同意的，你就不用担心了。不过呢，有件事我倒是要提醒你一下，满贞那孩子脾气倔，一般的道理是讲不通的。你得想点法子，编出几句厉害话来吓唬吓唬她。否则，她是不会跟你回来的。编个什么瞎话呢？这瞎话得编得在理，还得有力，让她听了动心，不得不赶紧回来。要不，你就说你叔祖爹因为看不见重孙子而气得饭都不吃了。"

"不、不、不，还是不编瞎话吧，"樊桂枝打断姜云涛，插话说，"把她吓坏了也不好。再说，也根本用不着编瞎话的。我会找有理的话说的。我相信她会听我的话的！"

"你有把握？她绝对能听你的？"姜辉宇问。

"嗯，差不多吧。万一她不听，我再编几句瞎话吓唬她好了。"樊桂枝说。

姜辉宇看着姜云涛，眼睛眨了眨，欲言又止。

"云涛，桂枝可是没去过——"姜辉宇忍了又忍，终于还是忍不住开口了。

但是，姜辉宇刚开口说出半截话，姜云涛就挥手打断了。姜云涛朝父亲看了一眼，轻声说："我晓得的，桂枝是没去过满贞娘家，但这也不要紧嘛。我跟云溪大哥和耀科侄子说一声，让春玲跟着去不就行了？"

春玲就是姜耀科的妻子朱氏。她是姜辉宇的大孙媳妇，姜云溪的大儿媳妇，姜云涛的侄儿媳妇。

"朱氏晓得去栗子冲的路吗？"姜辉宇似乎不大放心。

姜云涛低头思忖了一会儿，说："大概晓得吧，春玲是去过栗子冲的呀，好像还不止去过一次呢！"

姜辉宇挠挠头，一双昏花老眼瞪得滚圆，皮包骨头的脸上满是惊疑不定的神色，显得十分怕人。他轻轻地咳嗽了两声，往地上啐了一口痰，抬头盯着姜云涛说："不行，我还是不放心。她两个女人家哪带得动五个孩子呀？孩子都太小，得要大人背，不能让他们走。三十多里路呐，那么点大的孩子能走得动？即便大一点的孩子能走一走，那也不能让他们老走着呀！要依我说，耀宗也得去！"

姜云涛用手摸了摸下巴，苦笑着说："哎呀，你老人家是不是也太多心了呀？好吧，既然你老人家那么不放心，那就依你老人家的意思，再去一个人，耀宗也去，桂枝、春玲、耀宗三个人都去，这总行了吧？"

姜辉宇高兴了，眉开眼笑地看着姜耀宗说："这就对了，'诸葛一生唯谨慎'，凡事都还是谨慎一些为好嘛！耀宗，你明天就陪你两个大嫂跑一趟呗，行吗？"

"行！那有什么不行的呢？这又不是上刀山下火海！再说嘛，即便足上刀卜火海，老祖宗有命，孙子不行也得行呀，对不？"姜耀宗笑着说。

姜耀宗一句话把姜辉宇、朱春玲、樊桂枝都逗笑了，但姜云涛却没有笑。他注视着姜耀宗说："耀宗，明天你早点起床，磕几个鸡蛋，炒点饭，请你春玲嫂、桂枝嫂过来一起吃，吃完饭就走！路上别耽搁，多照顾一点你两位大嫂！另外，去你丈母娘家，也别空手！家里还有腊肉、干鱼吗？没有的话，就称几斤好一点的新鲜肉去吧！"

第二十三章

自从那天在石板塘堤上发现李英莲有异常行为迹象后，樊桂枝就没有睡过安稳觉。她清楚，李英莲快生孩子了，也许就在这几天。她担心，李英莲生产的时候，一旦发现是个女孩或者残废，就会立刻抱着孩子直奔石板塘去跳水自杀的。她确信自己的判断没有错，因此天天提心吊胆。每天夜里，她都是拖得很晚才上床。上床前，她总要去李英莲家的窗根底下好几次，在那里站上好一阵，悄悄地听听里面有没有异常动静。

这天夜里，樊桂枝不能熬夜，因为她明天要去景满贞娘家，必须早睡早起。但是临睡前，她还是像往常一样，来到了李英莲家的窗户底下听壁脚。悄悄地听了一会儿，她听到了小哑巴的磨牙声，听到了小驼背的梦话声，还听到了小月娥梦中"咯咯咯"那银铃般的欢笑声，却没有听到其他任何异常的声音。

"英莲今晚上肯定不会生了。"樊桂枝自言自语。她踮起脚，悄无声息地从李英莲家的窗户底下离开，放心地走回了家。

樊桂枝很自信,总觉得自己的猜测错不了。但她没想到,她从李英莲家的窗户底下离开不久,李英莲就发作了。

李英莲的肚子疼得异常厉害,一阵紧似一阵,很有规律性。她已经生过好几个孩子了,在这方面很有经验,晓得这是孩子即将出世的重要征兆。姜耀荣搓麻将去了,不知道去了哪家,家里只有她和几个孩子。孩子们都睡得烂熟,一个个拳打脚踢,满床乱滚。她轻手轻脚地爬了起来,给小月娥、小瞎子掖好被单,便悄悄地来到厨房。她含着眼泪,忍着一阵紧似一阵的剧痛,拨开灶洞里的火,添上柴,烧好了一锅开水,并将开水舀了出来,放进木桶里,再将木桶提到厕所里。她轻轻地关好厕所门,插上门别头,在地上摆好木盆、木桶,铺上一张大草纸,又在大草纸的上面铺上几层布单。那张大草纸和几层布单都是用来包孩子的。她担心灯光容易被人发现,就没有点灯。好在当时正是八月中旬,中秋节的前夕,月光分外明亮,没有点灯,屋里也依然看得清楚。

一切准备工作都做好后,李英莲就在大木盆的边沿上坐下来了。月光如水,轻雾如纱,远处的山和近处的田野都朦胧一片,若隐若现,美丽的夜景分外撩人。但这时候,李英莲却无心欣赏夜景。她觉得那一切都是虚幻的。她心内如焚,焦急烦躁异常,脑海里还不断涌现出许许多多莫名其妙的幻觉。她时而觉得自己已经生了,时而觉得自己还没生;时而觉得自己生了个女孩,时而觉得自己生了个男孩;时而觉得那男孩又白又胖,十分健康、正常,时而又觉得那男孩缺胳膊缺腿,是个没用的残废。

李英莲坐的那地方正面对窗户,外头就是南门外的大地坪,地坪边上搭着一个南瓜棚。那南瓜棚是她家的,她再熟悉不过了。然而,此刻看着那南瓜棚,她却觉得异常陌生,似乎里面隐藏着许多秘密,变幻迷离,莫测高深。突然,她看见南瓜棚里似乎有个人影,那人影渐渐清晰起来,依稀就是自己的母亲。几个月不见,母亲好像更老了,老得都快认不出来了,腰更弯了,背更驼了,脸上的皱纹更多了,走路摇摆得也更厉害了。她仔细地盯着母亲的身影,发现母亲好像是在凝神注视自己,老人家那布满皱纹的脸上充满忧伤的神色,看不出一丁点笑容。她心头一紧,鼻子一酸,眼泪不禁哗啦哗啦地流了下来。眼泪一流,她的眼睛就更模糊了,只见对面母亲的身影摇摇晃晃,东倒西歪,就像是在狂奔乱跑似的。她抬起胳膊,用手背擦擦眼睛,自言自语道:"娘怎么乱跑呀?莫非她晓得我想死了,特意来看我?"

李英莲想娘了,心里乱了。她使劲地往前伸着脑袋,瞪大眼睛,想再好好看看娘。但就在这时,她忽然发现眼前的那个人影变了,变得矮了,小了,苗条了,年轻了,不像娘,而像一个小女孩子了。那小女孩子穿着一件红花衣,手里攥着一把绿绿的猪菜,正欢蹦乱跳地朝着自己跑来。"那小女孩子是谁呢?那身影,那走路的样子,那身上穿着的红花衣,怎么那么熟悉呀?"李英莲一边瞪着大眼使劲看,一边暗地里紧张地琢磨。琢磨了一阵,她终于恍然大悟,心底里不觉自言自语起来："哦,我想起来了,是小鹤莹,是我的小鹤莹,是我那个淹死在石板塘里的小鹤莹!"看见小鹤莹了,李英莲异常兴奋。她再也控制不住自己的情绪了,不觉对着眼前那小女孩的身影颤声呼喊起来:"小鹤莹,娘的心肝宝贝,娘想你了!娘真的太、太想你了!娘好多年没见过你了,你还好吗?孩子,你就站在那里等等娘吧,娘马上就要来找你了!"

小鹤莹的身影依稀还在南瓜棚底下。望着那身影,李英莲默默地念叨着,心底里泛起一阵难以自控的激动。她的眼睛更湿润了,泪水一阵一阵地流个不停。她低下头来,伸出一只手,用手背擦了擦眼睛。但当她抬起头来,再看南瓜棚时,却发现小鹤莹的身影不见了,取而代之的是一个高大男人的身影。那高大男人有一张标准的国字脸,年纪很老,但身板挺直,依稀就是自己的公公姜云岳。此刻,姜云岳正端坐在一张太师椅上,瞪着一双大眼睛凝神注目,死死地盯着自己,那样子凶神恶煞,令人可怖。"奇怪呀,公公为什么坐在那里呢?莫非他是来监视我的?看见我生了女孩或者缺胳膊瘸腿的残废孩子,他就要亲自动手逼我死?"李英莲琢磨道,突然,她发现姜云岳站起来了,离开那张太师椅了,提着一根长长的棍子,一步一步地走着,缓慢但却十分坚定地朝着自己走来了。

李英莲越想越害怕,不敢再往窗户外头看一眼了。她动了动身子,想换个方向。然而,就在这一刹那间,她的身体里突然涌来了一种异乎寻常的感觉。那是一种极其强烈的感觉,一种肚子急剧膨胀的感觉。突然涌来的异乎寻常的感觉唤醒了李英莲的意识。她清楚地记得,自己头几个孩子出生时就是这种感觉的。她知道,最关键的时刻就要到了,自己肚子里那个不安分的小生命已经急不可耐了,迫切地要钻出来看世界了。她赶忙摆正身子,调匀呼吸,使出浑身吃奶的力气。

事情也真奇怪,李英莲头几个孩子出生时,好几个人帮忙,费了好大的劲,花了老半天时间,经历了很多难以忍受的痛苦,好不容易才把孩子生出来,而这一次就她自己一个人折腾,没怎么费事,却生得异乎寻常地快。她仅仅做了几个简单的动作以后,孩子的头部就渐渐地露出来了。紧接着,孩子的肩部、胳膊和半个身子也慢慢地露出来了。她一边继续使劲用力,一边伸手抓住孩子的上半身用力往下拽。此时,她脑子里什么也不想,眼睛也什么都不看,只一门心思朝下使劲用力。突然间,只听"哧溜"一声,一大团肉疙瘩连同许多液体喷薄而出,孩子终于生出来了。极大解脱后的轻松和愉悦猛然袭上心头,李英莲没笑,反倒哭了,眼泪哗哗地流了下来。

孩子刚一落地,就"哇"地一声哭了。那异常嘹亮的哭声冲出窗户,冲向星空,划破了山村夜晚的宁静。李英莲顾不上擦洗,急忙就着窗口透进来的月光,仔仔细细地检查起孩子的身体来。她首先掰开孩子的大腿看了看,只见那两条大腿之间清清楚楚地夹着一个小小的"酒壶"。接着,她托起孩子的脑袋看了看,只见孩子长着四方大脸,五官完整、匀称。紧跟着,她又把孩子的手和脚一一抓起来看了看,只见孩子的四肢齐全、修长。她还把孩子的背部、胸部、腹部翻过来调过去地看了一遍又一遍,确信自己的眼睛没看错,心头的一块大石头这才"咯噔"一下落下地来。

"是个男孩,是个正常、健全的男孩,没有一丁点残废!我李英莲终于生下一个正常、健全的男孩子了!从今往后,看他娘的哪个王八蛋还敢胡说八道,骂我李英莲不会生好儿子!"李英莲愤愤地自言自语道。一阵说不清是高兴、激动还是委屈、抱怨、愤怒的情绪猛然涌上心头,她把控不住自己,竟然把孩子往地上一放,双手捶打着地面嘤嘤哭泣起来。

哭了好一阵,李英莲才停住。她借着月光,把孩子洗干净,用布包好。然后,她就抱起孩子,对着天上一轮明月,长长地出了一口气,自言自语道:"是不是哑巴、聋子、瞎子,暂时还说不准,但至少不是驼背,也不缺胳膊不缺腿。看来,我暂时还不能死啊!"

稍停,她忽又跪在地上,双手托着孩子,对着一轮明月念叨起来:"老天爷,小女子李英莲大难不死,全是你老人家的恩惠啊!多谢啦!多谢啦!"

匆匆忙忙地收拾好一切,李英莲就抱着孩子上床躺下了。直到这时候,她才感到了劳累,感到了从来没有过的劳累,浑身的骨头好像都要散架子了。

第二天凌晨,樊桂枝老早就喊醒姜耀宗和朱春玲,顶着满天星星动身了。樊桂枝生性不爱说话。朱春玲虽爱说话,但没有爱说话的伴,却也说不起来。姜耀宗平常是最喜欢说说笑笑的,但今天心里有事,又是当着两位嫂子的面,多少有些拘束,所以话也不多。三个人不吭声,不吭气,低头走路,走得飞快,太阳还没当顶时就到了。

眼看栗子冲就在跟前了,姜耀宗却忽然不走了。他拽了拽朱春玲,又拽了拽樊桂枝,用手指着前方,轻声说:"大嫂、桂枝嫂,等等,停一下!看见没有?前边那个村子就是栗子冲,村里的第三栋房子,就是我岳丈家。"

朱春玲和樊桂芝都停下脚步了。樊桂枝往路边上一站,抬眼向前方望了望,没言语。朱春玲则往前走几步,站在路当中,抬起右手放在额头前遮住阳光,眯起眼睛朝前方细看起来。看了好一阵,她忽然转脸看着姜耀宗问道:"耀宗,这村里的房子多着呢,前后左右一大堆,好乱啊,你说的第三栋究竟是从哪边数起呀?这村子我来过的嘛,怎么一点印象都没了呢?我的印象中,好像栗子冲的村口是有几棵樟树的,而且那些樟树还特别大,大得出奇,今天怎么一棵都看不到了呢?难道我记错啦?"

"不、不、不,大嫂,你没记错,你没记错,"姜耀宗一边说,一边往路边走,"这村口吧,原来确实是有几棵大樟树的,但早几年前就锯掉了。"

"锯掉了?干嘛要锯掉呀?"朱春玲诧异地问。

"锯掉熬樟脑卖钱了!"姜耀宗说。

"哎哟，为了几个臭钱，把那几棵大樟树锯掉了呀？那可太可惜了，太可惜了，"朱春玲连连摇头，"没了那几棵大樟树，这他娘的村子像什么样子呀？简直一点看相都没了！怪不得我怎么觉得这村子那么乱呢，原来是那几棵撑面子的大樟树没了！"

"是呀，是呀，那几棵大樟树是这个村的金字招牌。没了那些金字招牌挡在前头，这村子自然也就显得凌乱了，没一点看相了。别说是大嫂你喽，几乎所有晓得这村子的人，包括那些最没见识的人在内，几乎没有一个不说那几棵大樟树锯掉太可惜的！"

"那为什么要锯掉呢？谁出的主意？该不是你老丈人的主意吧？"

"不、不、不，这事可不是满贞她爷的主意。满贞她爷这个人呀，跟满贞一样，别看没文化，见识还是有的。他就激烈反对锯掉这几棵大樟树。可没办法呀，他人微言轻，做不了主。族长当时极力主张锯掉这几棵大樟树，说是熬樟脑能卖很多钱。他有大权在握，谁反对也没用。结果，那几棵有名的大樟树就被锯掉了。"

"钱钱钱，钱是王八蛋，花完了再赚。几棵大樟树能值多少钱呀？这点钱那里赚不来呀？这卜好了，树也锯掉了，钱也花完了，这村子也败了，看他们怎么办？耀宗，这事是个大教训，咱们得留心啊！咱们石板塘村口的那棵大樟树该不会也被锯掉吧"

"那不会的！我云岳大伯现今当着族长，他再糊涂，也不至于糊涂到毁掉自家的风水呀！桂枝嫂，你说是不？"姜耀宗说完，转头看了一眼樊桂枝。

"他如果犯糊涂，要锯掉那棵大樟树，咱们就一起反对呗！我看呀，我干爷公没那魄力，敢犯众怒！"樊桂枝说。

"对、对、对，他要是起意锯掉那棵大樟树，咱们就一起反对！耀宗，你是男子汉，到时候可不能装聋作哑啊！"朱春玲殷切地望着姜耀宗，双眼目光炯炯。

"是、是、是，到时我一定带头说话，绝不会装聋作哑，大嫂尽管放心，"姜耀宗笑笑，"不过，真要是有那种事的话，还不晓得是哪年哪月呢，对？今天呀，咱们大可不必操那份心。眼前的事情呀，还是赶紧进村要紧。两位大嫂看好啊，从西边数第三栋，屋顶正在冒烟的那一家，就是满贞她娘家。"

姜耀宗指手划脚地说，说完就急急忙忙地往后退，一直退到了朱春玲的身后。原来，他看见村子里出来了几个人，害怕自己被那几个人认出来不好打招呼，所以就想躲起来。

朱春玲回过头来看着姜耀宗，满腹怀疑，眼露诧异之色，大声说："哟，耀宗，你这是搞么子名堂呀？一个劲地往后躲，就跟做了贼似的！你躲什么呀？又不是第一次见丈母娘，干嘛那么害怕呀？"

"哎哟，我的大嫂呃，你轻点声好不好，让村里人听见了多不好意思呀！"姜耀宗说，声音压得特别低。

朱春玲不以为然地笑了笑，说："他们听见就听见呗，我又不是说他们的坏话,那有什么不好意思的?"

"不、不、不,我、我不是这意思!"

"不是这意思?那你是什么意思呀?"

"我的意思是,你和我桂枝嫂就自己进村子去,我就不陪着你们了!"

"你不陪着我们?你这是干什么呀?难道你不进村子?"

"对,大嫂,你说对了,"姜耀宗说话的声音依然很低,但语气却极坚决,"今天我还真是不进村子了!"

樊桂枝一愣:"到了丈母娘家门口不进门,那怎么行!耀宗,你鬼打起哟,尽说胡话!要是你丈母娘晓得了,那还得了?"

姜耀宗转身走到一棵大树后头,侧脸看着樊桂枝,低声说:"嫂子,你想想,我今天进丈母娘家有好处吗?可以说,绝对没好处,只有坏处!这事不是明摆着吗?满贞之所以回娘家,就是要逼我去长沙米行做事。她话都说明白了,我不走,她就不回家。她的心绪坏透了,见我就烦,见我就讨厌。你想想,这时候我能见她吗?倘若我跟你们一起进村了,她看见我还没走,不跟我闹起来才怪!没准她还会产生错觉、误会,以为是我央求你们两位活菩萨一起来接她回家的呢!真到了那时候,你说我怎么办?我能解释得通吗?我解释,她能信吗?倘然她不信我的解释,对我骂起来,我该如何办呀?丈人丈母就在旁边看着,我跟她对着骂,对着打,对着闹,行吗?不行吧!但若不跟她对着来,吃亏认输,赔礼赔小心,或是当闷嘴葫芦,蹲在旁边一声不吭,好像也不好吧,对不?我堂堂七尺男儿,被堂客们治住了,这脸面往哪里放呀?说真的,我要是不进村,她看在两位嫂子的脸面上,没准还可能跟你们一起回家;但要是我进村了,她今天回家的可能性就根本不可能有了!嫂子呀,你想想,我这话有没有道理啊?"

"噢,原来是这样,"朱春玲点点头,"那,耀宗,你打算怎么办呢?是现在就转身回家去呢,还是就在这里躲一躲,等我们呢?"

姜耀宗一扬头,眼睛看着远方:"不,我走,我现在就走!我不能待在这里!"

樊桂枝一愣,诧异地问道:"走?那、那你上哪里走啊?现在就回家吗?正是吃中午饭的时候,你上哪里吃饭去啊?"

姜耀宗摇了摇头:"不,我不回家,我到长沙米行里找事做去!这事我答应过满贞的,拖了好多年了,今天一定要兑现。这里离火车站很近,翻过这座山就是,我就从这里去长沙了。中午饭好办,火车站附近还能没饭馆吗?"

"这样做不好吧,耀宗,"朱春玲神情严肃,"你现在就去长沙,不大妥当哟!明摆着,去长沙的事,两位老人都还没答应呐!"

姜耀宗苦笑了一下,淡淡地说:"不能顾及那么多了!真要两位老人都痛痛快快地答应了,我再走,那还不晓得要等到哪年哪月呐!"

朱春玲似乎想说话,但嘴巴张了张,却什么也没说出来。她转眼望着远处,静静地思索着,过了好一会儿,才又慢慢腾腾地回过头来看着姜耀宗,轻声说道:"耀宗,我总觉得,这事这么办还是不大妥当!头一宗,你光着身子,什么东西都没带,连换洗衣服都没有带,钱也没有,难道你到长沙去喝西北风?这还在其次,更重要的是,你没跟两位老人打好招呼,他们可是一点思想准备都没有呀!你就这么一甩手走了,他们又急、又气、又想你,弄出病来了怎么办?爹爹可已经是九十多岁的人了,风烛残年,朝不保夕,真的是经不起折腾啊!"

"衣服行李没带倒不要紧,只要有钱就行。长沙那么大的城市,还能没地方买去?至于钱嘛,"姜耀宗笑了笑,旋即又收起笑容,神情肃然,"我倒是带了点,虽不多,但也不要紧,我找耀成哥要不就行啦?倒是没跟爹爹、我爷、我娘打招呼确实是个事,缺点礼,但这也是迫不得已而为之,只好求几位老人家原谅,将来再弥补了。我爹爹、我爷的意思,都是只把我当郎猪、叫鸡那样看,只要我配种生孩子就行了。我不生出五六个儿子来,让我们耀字辈五兄弟人人个个都有后代,那他们是绝对不会放我走的。但真要等到我生出五六个儿子了,只怕也五六十岁了。到了那时候了,我想出去也出去不成,这一辈子不就彻底完了?"

朱春玲、樊桂枝都低下头,捂着嘴,吃吃地笑。姜耀宗明白,是自己说的那句当郎猪叫鸡配种生孩子的话把两位嫂子逗笑了。见两位嫂子笑,姜耀宗自己不觉也笑了。笑了一阵,姜耀宗又严肃起来,一本正经地说道:"麻烦两位嫂子上复几位老人家,就说小弟我忠孝不能两全,只好以事业为重了。好在我只是去长沙,路不远,随时可以回家探视的。我去长沙的事,两位嫂子就一切照实说好了,不必向他们隐瞒。有些事情暂时说不清,到回家探视时,我再亲自向老人家解释吧!要骂要打随老人家的便!"

朱春玲扫了一眼姜耀宗,缓缓地说:"那、那好吧,你非要走,我们也就不拦你了。要拦也拦不住,是不是呀?腿长在你自己身上嘛!两位老人家那里,我和你桂枝嫂就实话实说吧。这些事情倒都好说。只是等会儿见到满贞和她娘家人了,他们肯定都会问的,我们两个该怎么说呢?"

"也说实话吧!"姜耀宗说。

"哦,也、也说实话,那行吗?"朱春玲若有所思,语气有些迟疑。

朱春玲这一迟疑,姜耀宗也迟疑起来了。他低下头,沉吟了一会儿,摇了摇手说:"噢,不、不、不,干脆说一半实话撒一半谎吧!对满贞,就麻烦两位大嫂悄悄地告诉她实话,说我不好意思见她,有心以事业为重,到家门而不入,直接去长沙米行做事,不干出点名堂来不姓姜,请她理解。"

"嗯,对满贞,这样说倒行,"朱春玲点点头,"那对满贞她爷、娘呢,也说你去长沙米行了行吗?"

"对她爷、娘,也说实话吧,说我已经去长沙米行了,今天一早走的,来不及向岳父岳母辞行,请他们谅解。"

"这么说,只怕还不妥当,"朱春玲若有所思,"明摆着,你急急忙忙地去长沙,显得特别仓促,满贞她爷、娘会多想的,明白不?"

石板塘

337

"嗯,是有这么个问题,"姜耀宗沉吟,"要不这么吧,你们就说我在长沙米行做事的堂兄姜耀成突然回来了,他在米行里为我谋到了一个职位,那职位相当不错,机会不可失去,所以我就匆匆忙忙地走了!"

"这样说倒也在理!"朱春玲点点头。

三个人正低头说话,姜耀宗一抬头,忽然瞥见站在栗子冲村子地坪上的那几个人走了过来。他神情大变,连忙打住话头,转身就走。朱春玲和樊桂枝见状,也连忙转身朝村子走去。但没走几步,朱春玲又突然停住了。

"耀宗,耀宗,你等一下,我还有个事要问你!"朱春玲一边喊,一边朝姜耀宗身边跑。

姜耀宗见朱春玲跑过来了,只得停下脚步,身子一转,隐到树后。"什么事,大嫂?你快说!"姜耀宗急急地问。

朱春玲站住了,上气不接下气地问:"那个事,两位老人家跟你说过吗?"

"那个事?什么事呀?"姜耀宗莫名其妙。

"就是过继孩子的事呀!"朱春玲显得有点不好意思,扭扭捏捏的。

姜耀宗恍然大悟,头一扬,痛痛快快地说:"噢,这事好说。我现在就可以答应你,不管我今后还能不能再生出几个儿子来,我都肯定会过继一个给你的!"

"这我晓得!但孩子是将来再给呢,还是现在就给呀?"

"你要是现在就想抱过去,那我就现在给呗!"

"那就太好了!我现在就想抱来!现在就抱的话,孩子不认生,容易带,将来跟我们亲,明白不?"

"明白!明白!对了,大嫂,你、你打算要哪个孩子呀?"

"那就得看你愿意给哪个喽!"

"要不、要不就把鹤坤过继给你吧,行吗?鹤坤大一点,你好带些,是吧?"

"是嘛,你愿意给鹤坤?那太好了,我巴不得要鹤坤呢!那我回去以后,就把鹤坤抱过去,行不?"

"行、行、行,你回去以后,就把鹤坤抱过去吧!不过,对满贞,你可别说是我让你抱鹤坤的哦,得说是老祖宗让你抱鹤坤的,这话你明白吗?"

"明白!明白!这你放心,我晓得说的!"

"满意了吧,大嫂?快走!快走!那几个人快过来了,我懒得和他们打招呼!"

"耀宗弟,嫂子我谢你了!"朱春玲满脸生辉,容光焕发,学着男人的样子,两手抱拳,低头弯腰,深深作揖。

樊桂枝还真是没吹牛,她很快就说动了景满贞。景满贞终于痛痛快快地答应跟她和朱春玲一起回家了。

其实,樊桂枝说的话很简单。她既没有说什么连篇大道理,也没有胡诌编瞎话。她只不过是按照她自己想说的事说了几句大实话而已。当时,景满贞问她:"是不是我们家耀宗请你来的?"她回答说:"不是!"景满贞又问:"那就是我老爹爹和公公派你来的喽？"她笑了笑说："也不是！"景满贞伸出一个手指头刮了刮她的鼻子，神秘地笑了一下，撇了撇嘴，声音压得极低："那就是你自己充好人，主动来当说客的喽？我不信！你未必就已经知道了我们家的事，耀宗那死鬼不会对你说实话的！"樊桂枝突然变得异常严肃起来了，一本正经地说："你们家有什么事，耀宗确实没跟我说，我不知道，我也不想知道。我自家的事还操心不过来呐，哪有闲功夫为你们家的事操心？不过，我倒真是自己主动来的，当说客不假，却不是为你们家的事！"景满贞一听，觉得莫名其妙，也不觉严肃起来了，一脸疑惑不定的神色。"不、不是为我们家的事，那、那是为谁家的事呀？为你自己家的事？你们家怎么了？"她盯着樊桂枝的眼睛，一句接一句地逼问。樊桂枝侧转头，躲开景满贞的眼神，忧郁地说："我们家没事。我完全是为你英莲嫂子的事情来的。实话跟你说吧，你英莲嫂子不想活了，要自杀，我要救她，可我一个人又没那么大力量，顾不过来。我怕有闪失，所以就来接你回去救她。你和你英莲嫂子关系亲，你说的话，她能听得进去。我们两个人一起想办法，再让你春玲嫂子也搭把手，她的命兴许就有救了，是不是呀？"接着，樊桂枝就把自己那人看见李英莲站在石板塘堤上想自杀的事情细细地说了一遍。景满贞听后，大惊失色，二话不说，当即决定下午就带孩子回家。

三十里路不算近，更何况还带着五个走不了远路的小孩子！景满贞她们吃过中午饭就动身，天快黑了才到家。朱春玲和樊桂枝走的路更多，整整打了一个来回，前后加起来足足七十里，早就累得气喘吁吁了。三个人各自回到家里稍稍整理了一下，吃了点饭，便相约一起来到了李英莲家里。

李英莲的屋门虚掩着，房里点着一盏小油灯。昏暗的灯光下，小哑巴在扫地，小驼背在洗脚，小瞎子和小月娥都面朝里趴在床边上。床上的蚊帐放下来了。看到这情况，景满贞就知道李英莲肯定是躺在床上了。她心里不禁"咯噔"一下，暗想："英莲姐八成是生了吧，要不就是病了！不然的话，她怎么会撂下一大帮孩子不管，独自一个上床躺着呢！"

景满贞撩起帐子，只见李英莲躺在床上，头上包着一条破毛巾，脸又黄又白，没有一点血色，一副有气无力、病恹恹的样子。看着李英莲这模样，景满贞鼻子一酸，差点流出泪来。她伸手摸了摸李英莲的额头，柔声问："英莲姐，你怎么啦？是病了呢，还是生了啊？"

"不，我没病，是生孩子了。"李英莲欠了欠身子，微微地点了点头，脸上露出一丝淡淡的笑意。

"喔，生了？生个什么呀？男孩还是女孩？"朱春玲、樊桂枝、景满贞异口同声地问。

李英莲又欠了欠身子，想要坐起来。朱春玲忙伸手按住："别起来，快别起来，躺着说话不就行嘛！"

"生的倒是个男孩，正不正常就说不好了。唉，到这会儿，眼睛还没睁开呐！"

石板塘

李英莲说。话里不无忧郁、担心之意。

景满贞她们三个人纷纷伸头探脑,眼神往床里面搜索。李英莲知道她们是想看看孩子,便连忙把盖在身上的薄单子掀开一角。单子一掀,一个婴儿便露出来了。那婴儿个头不是很大,但长得很精神,四方大脸,虎头虎脑,额头很宽,鼻梁挺直,嘴吧和耳朵都很匀称、标致,皮肤也很白净、红润。

"嗯,长得好,长得好,实实在在长得好,"朱春玲啧啧称羡,"这孩子有点隔代传,长得像我大伯,不像耀荣。这样最好,我大伯准会高兴的!"

朱春玲这里说的大伯,指的是姜云岳。

李英莲苦笑着说:"不错什么呀?还指不定是个什么呐!到现在都快一天了,可眼睛还没睁开呢!"

"哟,那有什么要紧的?孩子出生三四天以后才睁眼的,不有的是嘛!你忘了呀,刘家塘正庚家那个小四子直到第七天才睁开眼的呐,现在不也是长得挺好的?对了,"朱春玲说,"还没问你呐,你什么时候生的呀?"

"昨天夜里。"李英莲说。

樊桂枝有点吃惊,连忙问:"昨天夜里?昨天夜里什么时辰?"

李英莲翻了个身,又扭头看了看孩子,不经意地说:"究竟什么时辰,我也说不准,大概刚交子时吧!"

"那当时你这屋里怎么一点动静都没有呢,"樊桂枝神色诧异,"我睡觉前来你这窗根底下听过好几次的,什么动静都没听到呀!"

李英莲看着樊桂枝,微微张嘴笑了笑,说:"我晓得你来过的。你来的那时候,我肚子就已经开始有点动静了,一阵一阵地作疼,而且是越疼越厉害。你走后不久,我就发作了,连忙去了茅厕屋……"

"哦,闹半天你是在茅厕里生的!离我们姐儿几个的房子都很远,怪不得一点响动都没听到呢,"樊桂枝说,"那、那你当时怎么不喊我呀?"

"喊你?我哪来得及呀!"李英莲不好意思地笑笑。

"什么来得及来不及!我估计你就是存心不想喊我!"樊桂芝埋怨道。

"没错,她就是存心不喊人,不愿意打搅别人呗!"朱春玲说。

"嗨,自家姐妹嘛,还怕打搅啊?你也真是的,这种事都不想麻烦人,显得怪生分,"樊桂枝撇撇嘴,"那谁给你接的生呀?是我婆婆吧?"

"不,我自己接的生,没喊干娘。"

"你自己?就你和我耀荣哥两个?"樊桂枝一愣。

"耀荣?哼,"李英莲鼻子里哼了一声,"他也不在,天知道他是到吴家冲搓麻将去了呢,还是到易家纸铺找人扯乱弹去了!"

樊桂枝佩服不已,连连赞叹:"英莲妹子呃,我可真没看出来哟,你了不起,有本事,居然一个人就把孩子生出来了!"

"一个人生孩子不是常有的事嘛,那有什么了不起?哼,"景满贞不以为然,鼻子里哼了一声，"生孩子不就是跟屙屎似的，蹲在地上使劲往下屙呗！"

朱春玲突然转眼看着景满贞，诧异地说："哟，满贞，你说得那么轻巧，莫非你也有这本事，能自己给自己接生？"

"怎么不能？嘿嘿，下次生孩子，我就自己给自己接生，不要任何人帮忙，不信你们就等着瞧！"景满贞俏眼一斜，看了看朱春玲，一副满不在乎的样子。

朱春玲笑了笑，说："是嘛，那好极了！那咱们说好了啊，满贞，下次你生孩子时，可得提前打声招呼啊，我们要去参观，看看你究竟是怎么给自己接生的！"

"行啊，参观就参观呗！我还怕你们参观啊？"景满贞笑笑。

小哑巴和小驼背出去了。景满贞拿眼扫了扫四周，见屋里只剩下了小瞎子和小月娥两个小女孩，便压低声音，咬着朱春玲的耳朵根悄悄地说道："嗨，你没生过孩子，所以不明白。其实呀，女人生孩子并不难。说难的话，也就是生头一两个孩子的时候稍许难一点，因为那时候下头的肉皮太紧，孩子不容易扯出来。到生过一两个孩子后，那个眼撑大了，肉皮也扯松了，孩子也就容易生出来了。大嫂，不瞒你说，到这时候，别说往外生孩子，就是往里塞枕头，只怕也能塞得进去。"

朱春玲诡谲地笑了笑："哟，满贞呃，看不出来啊，你这大脚婆还蛮有经验的！你多半往里头塞过枕头了吧？塞过几个呀？"

"哟，大嫂，莫非你也想试试，"景满贞拍了拍朱春玲的腰，"不过，塞枕头没意思，软哩啪啦的，不好玩，不过瘾。干脆这么吧，一会儿我去找个又大又长又圆的锄头把来，今晚上给你塞一塞，行不？那玩意儿准特别有意思，绝对过瘾！"

小月娥歪着脑袋，眨巴着眼睛，看了看景满贞，忽然插话说："满婶，你要锄头把塞什么眼呀？我们家有，要不我去给你拿一根来吧，行吗？"

"乖孩子，真是一个讨人喜欢的乖孩子，"景满贞俯下身子，轻轻地抚摸着小月娥的头顶，"满婶要锄头把呀，是塞猫眼。不过呢，锄头把我们家有，你就不用去拿了！"

当地老鼠多，故家家户户都得养猫。为方便猫的行走出入，当地人一般都在门旁的墙体上掏个小洞。这就是猫眼。

"噢，塞猫眼用呀？满婶，"小月娥一本正经地说，"塞猫眼用锄头把，那怕不行吧？锄头把太小了，对不？塞猫眼呀，得用砖头，用整块的大砖头。满婶，要不我这就去给你找块大砖头吧，好吗？"

"好、好、好，大砖头最好，大砖头最好！你大妈的那个猫眼特别大，是得用大砖头才能塞得住。"景满贞笑得前仰后合。

朱春玲、樊桂枝、李英莲也不约而同地大笑起来了。一时之间，房子里笑声不断。听见大人们都笑了，小瞎子也跟着傻愣愣地笑了。但是，小月娥没有笑，她愣住了，不明白大人们为什么笑，更不明白大妈家的猫眼为什么非得要用东西塞住。

341

"猫眼要是塞上砖头了，那猫怎么能在房子里出出进进呢？猫在房子里没法出出进进了，那还逮得着老鼠吗？"小月娥低着脑袋，咬着手指，暗地里琢磨，自言自语道。

大家正在笑，姜耀荣赤着脚，衣袖挽得高高的，提着一个木桶进来了。小月娥一见，连忙三步两步地就跑了过去，大声喊了起来："爷爷，爷爷，你回来啦，捉着鱼了吗？"

"呃，乖孩子，爷爷捉着鱼了，你来看看吧！"姜耀荣一把抱起小月娥就亲了起来。他特别疼爱小月娥，每天出门时都要亲亲她，每天从外面回来时也都要亲亲她。

"耀荣哥，捉鱼去了？是给我嫂子下奶的吧，"樊桂枝一边和姜耀荣打招呼，一边走过来朝木桶里看了看，"哟，鱼倒是不少，可就是不大，都是些白条子。"

姜耀荣放下小月娥，用眼神依次扫了扫朱春玲、樊桂枝和景满贞，算是打了招呼。"是呀，你嫂子奶水还没下来呢，要不我急着捉鱼去了。"姜耀荣说。

"白条子？白条子下奶可不行，得要大鲫鱼！没鲫鱼，鲤鱼也凑合！"朱春玲也走过来，探身朝木桶里看了看。

景满贞没过来看木桶，依旧靠在床边上坐着。

"下奶呀，还得吃鸡，鱼还是差点意思。耀荣哥，你给我嫂子炖鸡了吗？"景满贞斜着眼睛看了看姜耀荣。

"炖了，炖了，今天一大早就杀了一只鸡炖了！"姜耀荣说。

"哦，"景满贞"哦"了一声停住了，过了一会儿才又问："你炖的是仔母鸡吗？"

仔母鸡就是生长时间较短、半大不大、而且还没有下过蛋的小母鸡。当地人吃鸡很有讲究。一般而言，送礼、待客、逢年过节及平常日子食用，以阉鸡为好；男子快成年时，以食用半大不大的小公鸡为好；而给生孩子的女人催奶，则以仔母鸡为最佳。仔母鸡肉嫩味鲜，营养特别丰富，下奶最快。

"不，不是仔母鸡，是阉鸡，"姜耀荣苦笑一声，"哎呀，大妹子，这年月往哪里找仔母鸡去？就是老母鸡、老叫鸡都没几只了。"

景满贞挪挪身子，斜靠着床边站着，依旧斜着眼睛看着姜耀荣说："这事只怪你，怎么不早跟我说呢？我家里有好几只仔母鸡呀！那都是新孵出来的小仔鸡，三斤左右一只，没下过蛋，正是最好的下奶鸡呐！得了，得了，什么也别说了，等会儿我就拿两只来吧！"

"那就太谢谢你了，满贞妹子！不过，"姜耀荣显得有点不大好意思，"不过，一客不烦二主，就请你好人做到底，干脆把鸡宰了收拾好了再送来吧！"

"耀荣哥，你还不敢杀鸡呐？那还是个男人吗？"景满贞撇撇嘴，伸出一根手指刮了刮自己的脸，做了一个羞人的怪样子。

"唉呀，满贞妹子，我不忍心杀生，怕将来过不了奈何桥呀！说出来不怕你笑话,今早上那只鸡,我还是让你英莲嫂子从床上爬下来宰的呐!其实呢,这事跟男人、女人没半点关系。女人有敢杀鸡的,也有不敢杀鸡的。男人呢,男人不也一样?有敢杀鸡的,也有不敢杀鸡的呀!如来佛祖不就是男人嘛,他敢杀鸡杀鸭吗?"姜耀荣一本正经地说。

景满贞突然严肃起来了,脸上微露怒气,粗声粗气地说:"得了,得了,什么如来佛祖、观世音菩萨,那都是你的借口!我这会子没好心情,懒得跟你瞎扯臊(胡扯)。你也真是的,我英莲嫂子刚生完孩子,正是浑身底气都泻尽了的时候,你不让她躺在床上好好歇着,还忍心喊她下床杀鸡!你是干什么的呀,忍心让月子婆杀鸡?一个男子汉,怎么屁大的事都离不开女人家呀?你害臊不害臊呀?要是你把我英莲嫂子赶回娘家去了,一辈子再也回不来了,难道你一辈子不吃鸡、不吃鸭?"

对姜耀荣,景满贞向来是不大看得起的。她认为他胆小怕事,优柔寡断,没有一点男子汉气概。她和李英莲的关系最好,事事都向着李英莲。姜耀荣和李英莲吵架以后,她对姜耀荣意见很大,早就憋着满肚子气,想找个机会和姜耀荣打一架。此刻听姜耀荣说早上还让李英莲下床杀鸡,她就更是气不打一处来了。

"哎哟,满贞,你这话可就说得太离谱了,我、我什么时候赶走过你英莲嫂子呀?我要有那事,天打五雷轰,下辈子变牛变马变鸡变鸭变猪变狗变蜈蚣蚂蚁,就是不变人!"姜耀荣半开玩笑半认真地说。

"真的呀?你没赶过英莲吗?那要是别人想赶走英莲,你同意吗?"朱春玲歪着头,盯着姜耀荣似笑非笑。

"我对天发誓:不同意!英莲是我的堂客,我和她拜过堂的,我不同意,谁也赶她不走!"姜耀荣举起一只手,做出一副赌咒发誓的样子。

"是真心话吗?"景满贞依旧歪着脑袋,斜眼看着姜耀荣。

"哪能不是真心话呢?这话当着谁说都行。反正上有天,下有地,中间还有你们三个。你们三个是亲耳听见了的!"姜耀荣信誓旦旦。

"那就好,那就好,"景满贞满脸严肃,郑重其事,"这话是你亲口说的,也是我们三个,不,加上我英莲姐,我们四个亲耳听见了的。但愿你心口如一啊!耀荣哥,别说我英莲姐生了儿女,就是她不生儿女,你也不能赶她走呀!儿女不健全,哑巴、驼背,那又怎么啦?那是她故意生的吗?是她一个人的事情吗?你们男人家就没责任吗?要依我说,这生儿育女,生乌龟还是生王八,责任主要在你们男人,不在我们女人。事情不是明摆着的吗?种子是你们男人下的呀!我们女人只不过是把你们男人下的种子放进自己肚子里养大罢了!要不是你们男人低三下四地求我们女人,非要把那点儿种子下到我们女人的肚子里,我们女人的肚子能大吗?你们男人痛快了,高兴了,出了事,生残废孩子了,却不负责任了,把责任一股脑儿全推到我们女人身上,这样做合适吗?"

"哟、哟、哟,满贞妹子,你怎么那么大的火呀?你说的这些太难听,不说了行不行？来、来、来，坐在椅子上消消气吧，那床边软，不好坐。"姜耀荣满脸堆笑，一边说，一边伸手拽过一把椅子来放在景满贞面前。

"你别打岔，让满贞说完。你不知道她那脾气呀？有屁就得赶紧放，有话就得赶紧说，不然会憋死的！"朱春玲用手拉了拉姜耀荣，示意他坐下。

"对，春玲嫂子说得对，姑娭毑就这脾气，"景满贞越说越来气，憋得满脸通红，"姑娭毑有话不说就得憋死。你嫌难听是不是？有什么难听的？做得出来就说得出来！男人呀，没一个好东西，需要你的时候，跪在地上磕头都行；不需要你的时候，恨不得一脚踹开。有的男人尤其不是东西，有一个女人还嫌不够，还要到外面找骚货，招狐狸精。也不拿镜子好好照照自己，什么东西！"

第二十四章

从李英莲家出来后，朱春玲就直接回家了，景满贞却没有回家，她被樊桂枝一把拖进了屋旁边的竹林子里。

"满贞，你刚才说耀荣哥可是话里有话哟！"樊桂枝轻声说。

"什么'话里有话'？"景满贞一愣。

樊桂枝笑了笑说："发什么愣呀？你刚说过的话难道就忘了？'男人呀，没一个好东西'，这话不是你刚才说的？你这话不是把天下所有男人都捎进去了吗？你把我们家耀典捎进去也就算了，我不怪你，但你把你们家耀宗也捎进去了呀！他呢，难道也不是好东西吗？"

"对，没错！他也不是好东西！"景满贞咬牙切齿地说。

这回轮到樊桂枝发愣了，好半天也没回过神来。她盯着景满贞，满腹狐疑地说："满贞，我都被你搞糊涂了，你这、这、这是怎、怎么了？你和耀宗平常不是挺好的嘛！小两口你敬他，他敬你，都没红过脸，吵过架。你怎么那么说他呀？他到底怎么你啦？"

"他怎么我了？哼，"景满贞抬头望着月亮，眼睛里噙着一圈泪花，亮晶晶的，"他呀，也不是个好东西，和他那个冇得用的耀荣哥一样，尽搞鬼乌什七！"

"冇得用"就是"没得用"或"没用"的意思，地道的湘语土话。实在说，这话虽土，但还比较容易理解。然而，"鬼乌什七"这四个字可就真是不大容易懂了，那是地道的湘北土话，只有湘北县及其周边一带的人才这么说的。

"鬼乌什七"是什么意思呢？在湘北人看来，"鬼"是最坏的。他们最怕鬼，最恨鬼，最讨厌鬼。所以，他们平常说不好的事情或骂人时总喜欢带上一个"鬼"字。比如说，"倒霉"说成"碰了鬼"，"胡来"说成"搞鬼路"，"别胡来"说成"莫碰鬼"，"蹊跷"说成"出鬼"，"不明白"或"不清楚"说成"鬼晓得"，"走错了路"说成

"碰到了躁路鬼"。此外,"鬼人哩"、"搞鬼路"、"做鬼事"、"鬼样范"、"鬼名堂"、"冇得鬼用"、"奇疯鬼"、"冒失鬼"、"邋遢鬼"、"鬼打起"、"起鬼劲"、"鬼×果"、"鬼仔哩"等骂人的话,也都带着一个"鬼"字。"鬼乌什七"这句话也带一个"鬼"字,自然也是一句骂人的话。它所形容的,是那些不正经的事和不正经的人。

"鬼乌什七"这句话的贬义太深了。它和"不正经"这三个字搭上了勾,实在很不好听。在樊桂枝的眼中,姜耀宗是一个再正经不过的人,从来就没有做过不正经的事,和"鬼乌什七"这句话丝毫也沾不了边。然而,如今景满贞也用这句最难听的话来骂姜耀宗了,而且还把他和姜耀荣相提并论,那是为什么呢?

"耀荣哥不就是一个喜欢搞鬼乌什七的人吗?他和杨杏花做的那些丑事传得人人都知道,可真是丢人现眼哪!难、难、难道耀宗弟也做了那、那种丑事?要、要是耀宗弟也做那种事了,那、那天下还有好男人吗?坏、坏了,只、只怕我们家耀典也保不齐搞过鬼乌什七,找过狐狸精了!"樊桂枝一阵胡思乱想,心里头七上八下,老也踏实不下来。

想了一阵,樊桂枝总算平静一点了。她斜眼看了一下景满贞,小声说:"别、别那么说耀宗好不好?他可不是搞鬼乌什七的人!"

"哼,他不是搞鬼乌什七的人,"景满贞鼻子眼里哼了一声。她抬头望着天,牙齿咬得咯咯响,"你哪晓得他呀?他也沾花惹草,勾搭上别的女人了!"

"他勾搭上别的女人了?"

"嗯!"

"谁?"

"吴家冲德庆老倌家的小寡妇。"

"是嘛,他们俩勾搭上了?"

"没错!"

"那、那你是怎么晓得的?"

"我亲自抓着了!"

"亲自抓着了?哟,有这事?你怎么抓着的?"

"乘他们干那事的时候,我把他们双双摁在床上了。"

"什么时候抓着的?"

"前天夜里。"

"噢,我明白了,"樊桂枝恍然大悟,"前天夜里你们俩吵了一架,后来你又冲气回了娘家,为的就是这事?"

"没错,就这事!"景满贞点点头。

樊桂枝瞪着大眼,好奇地看着景满贞,笑笑说:"哟,满贞妹子呃,姐没看出来啊,你可真有能耐,竟敢在深更半夜里独自一个人跑到人家家里去捉奸,也不怕那奸夫淫妇合起来把你打了!"

"把我打了?哼,借他们一个胆,他们也不敢呀,"景满贞头一扬,眉毛一竖,

石板塘

345

鼻子里哼了一声，"我是谁呀？我是出了名的大脚婆，能打能闹，不怕场合大，他们还敢打我呀？别说耀宗还有良心，根本不会跟我动手的，就是他没良心，真要打我，我也不怕呀！我大脚婆也不是吹牛，就耀宗那样的男子汉，再加上吴家那小寡妇，两个人一起上，我让他们一只手，他们都不是我的对手！"

"是嘛？你有那能耐？一个人赤手空拳能对付得了他们两个？"

"那有什么不能的？我在娘家时学过武术的，功夫还蛮不错呢！"

"嚯嚯，没想到啊，我大脚妹子还是个武功高手，"樊桂枝从头到脚打量着景满贞，仿佛不认识她似的，"那，那后来呢？后来你把他们怎么样了啊？"

"怎么样了？那还能怎么样啊？狠说几句不就得了？"

"你没打没骂？"

"没有！"

"你抓住他们时，他们是在一床被窝里？"

"是呀！"

"两个人都光着身子？"

"是呀！"

"搂在一起？"

"是呀！"

樊桂枝别转头，斜起眼，飞快地瞄一下景满贞，撇撇嘴说："看到自己的老公和别的女人在一起，两个人脱光了衣服搂搂抱抱，亲亲热热，呼哧带喘地干那种见不得人的事，能不又打又骂？嘿嘿，满贞，这事我还真有点不信！"

景满贞微微笑着，显得很坦然。"信不信由你，反正我没打他们一手指头，"她说，语气很平静，"其实，打骂管什么用呢？人呀，关键是一颗心。打也好，骂也好，用绳子捆绑也好，都是没用的，因为那管不住人家的心！"

"那就不打不骂不管了？男人生来就是要有人管的。你不管他，他的心就野了。而他的心一旦太野了，可就再也收不回来了。满贞呀，这理难道你不明白吗？"

"这理，我哪能不明白呢，"景满贞笑笑，"但我相信，我们家耀宗的心，我管得住。管他那颗心呀，用别的招都不行，要靠事业。有事干，他就不会去沾花惹草了。他搓麻将，下围棋，勾搭小寡妇，纯粹是没事干憋出来的。俗话说得好，无事生非嘛，对不对呀？所以呀，我对他没怎么太为难，既没有跟他大吵大闹，也没有把这事捅给老人知道。我呀，只不过是抱着孩子回了一趟娘家罢了。但我一抱着孩子回娘家，他就肯定傻眼了。我晓得，他是不能没有我的。我这样做，没别的目的，就是要激他走，激他去长沙米行里做事。他一走，事情不就了啦？一个巴掌拍不响嘛，小寡妇还能追到长沙去找他？"

"哦，怪不得耀宗到了你娘家门口都不肯进去，急急忙忙地就直奔长沙去了，原来是你用了激将法啊！高，你这激将法确实是高，一举多得，既激走了耀宗，又保全了他的面子，还顾及了夫妻之间的感情，并且也省去了许多啰里啰唆的事，免得老人们絮絮叨叨。满贞呃，看不出来啊，你可真是个智多星呀！不简单！不过……"樊桂枝欲言又止。

"不过？不过什么呀？"

"太便宜小寡妇那娼妇了！"

"这事嘛，我也想过，"景满贞顿了顿，话说得很慢，"其实吧，小寡妇这个人也挺可怜的。她家里很穷，穷得叮当响。父母为了养活她那几个弟弟，就不顾她的死活，仅仅用几担粮食，就把她便宜卖给德庆老倌家了。她到了德庆老倌家，还能有什么好日子过？德庆老倌的那个儿子又傻又疯，整天追着她又打又骂，两人之间还能有夫妻情爱？前年时，好不容易巴望着傻子丈夫死了，但没想到公公又起了歹心。德庆老倌那老不死的东西没廉耻，天天从早到晚缠着她胡闹，她躲没处躲，说没处说，天天提心吊胆，那日子还能是人过的？小寡妇平常为人挺好的，不像个骚货，见人就打招呼，也爱干净，做事还蛮勤快。我琢磨，她勾搭我们家耀宗，也可能还有报恩的意思。我们家耀宗打抱不平，邀回吴家冲那几个相好的朋友为她主持公道，不仅狠狠地说了德庆老倌一顿，还逼迫德庆老倌分家，让小寡妇一个人单过。小寡妇单过了，自己有个家了，也就能够躲开德庆老倌的纠缠了。这是多大的一件好事呀！我们家耀宗为她做了这件大好事，她自然很感激，于是便以身相报了。虽然说她以身相报耀宗是害了我，但冷静下来想一想，我还是能理解的，谁叫我们都是女人呢，对不？女人不容易呀！她年纪轻轻的就守活寡，连个儿女都没有，往后的日子还不知道怎么过呐！她的命这么苦，苦得叫人伤心，我又何必再逼她呢？要知道，女人偷男人，那是要沉塘的。那天晚上我要是大吵大闹的话，她可就真是死路一条了！"

"唉，也真是的，小寡妇那命也确实太苦了，前世作的孽！满贞，"樊桂枝唉声叹气，"你心真好，好心必有好报的！"

"嗨，什么好报不好报？说真的，我也不图她的好报。只要她离开我们家耀宗，从今往后再不勾着耀宗，我就谢天谢地了！"

"这事倒可放心，他们俩肯定彻底断了。漫说小寡妇根本不可能去长沙找耀宗，就是她去找耀宗，那也没事。耀宗绝对不会和她再来往了。耀宗那人，我清楚。他有能耐，有志气，不是那种沉湎酒色、贪得无厌、不求上进的人。满贞，我们姐妹里头，说到底还是你最有福气。这大屋里的男人，就数你们家耀宗是个真正的男子汉。不信等着瞧，他准能在长沙干出名堂来的，没准还能发大财呢！"

"发大财？嘿嘿，"景满贞不经意地笑笑，"挣钱我都不指望，还能指望他发大财？说真的，桂枝姐，我逼着耀宗去长沙进米行，还真不是要他去挣钱发财的。钱这东西，我看得透，不能一点没有，多了也没必要。生不带来，死不带去，何苦为它奔忙一世呢？但我觉得，男人可以不挣钱，可以不发财，却不能没有事业。雁过留声，人过留名。男人来到世上，原本就是要奔事业的。不奔事业，天天守着堂客们过日子,那还能叫做男人吗?'无事生非',这话说得太对了。一个男人要是成天无所事事,那他就肯定要为非作歹了。你想想,我们家耀宗要是早一点去长沙了,有事业做了,能和小寡妇胡来吗?"

"你说的确有道理,男人是得有事做,"樊桂枝点点头,"这话我也同意,你们家耀宗要是早去长沙了,就肯定不会和小寡妇搞上了。对了,耀宗和小寡妇的事,你还没跟老人们说吧?"

"没说。"

"我看你就别说了吧,为耀宗留点面子。"

"这事我本来就没打算说的。前天夜里去娘家的时候,我曾经给耀宗撂下一句话,要他自己对老人说。估计他没胆量亲口说这事,可能老人到现在都还不知道呐。嗨,算了吧,不知道就不知道吧。这样也好,免得大家心里别扭。"

"那、那要是老人问起耀宗去长沙的事呢?你怎么说呀?"

"那还不好办,直说我逼走的不就得了?我们家的老人不会给我脸色看的!"

樊桂枝嘴角一撇,嘻嘻笑着说:"那当然喽,你是谁呀?你生了两个宝贝儿子,为姜家传宗接代立下了汗马功劳,是家里头一号大功臣嘛!"

景满贞回来以后,就一门心思扑在李英莲家了。她为李英莲做饭,为李英莲洗衣,为李英莲照顾孩子、打扫卫生。李英莲家的所有家务,差不多完全被她包了。

没过两天,"三朝"就到了。这是孩子来到人世后的第一个庆典,一个极其重要的庆典。当地人家,无论穷富贵贱,都特别重视这一庆典。到了这一天,两天前刚刚生了孩子的人家一般都要举行盛大的宴会,遍请亲朋戚友和左邻右舍来参加庆贺。景满贞想,为李英莲做点家务事是完全应该的,但举办三朝庆典的事情,自己似乎不必操心。孩子是人家的,人家哪能不主动办三朝宴呢,还用得着自己瞎操心吗?考虑到这一层,景满贞就没主动过问三朝的事。但眼看到半晌午了,李英莲家却还没有半点办三朝宴的动向,鱼、肉没买,菜没准备,米没下锅,客人也没请。看到这情况,景满贞心里不由得着急起来了。她正在外地坪里晾晒尿布,见姜耀荣穿好了衣服从屋里出来,好像是要出门办事、见客的样子,便三步两步地赶了上去,堵住了他。

"耀荣哥,三朝饭是中午办呢,还是晚上办?"景满贞问。一般情况下,三朝宴都是办午餐,只有极个别的情况下是办晚餐。景满贞见天色已经不早了,还没有任何动静,午餐饭办不成了,就以为三朝饭安排在晚餐了。

姜耀荣抬头看了看天,紧皱着眉头,一脸无可奈何的神色。旋即,他低下头,一边摸着衣上的布纽扣,一边看着景满贞,苦笑了一声,声音压得极低地说:"三朝饭还、还办吗?看我爷老子的意思,好像他、他、他是不想办三朝饭了!"

"我大伯不想办三朝饭?那就奇怪了!他怎么啦?为什么事情呀?"景满贞一愣。在她看来,办三朝宴,姜云岳应该是最积极热心的。他得了一个又白又胖的大孙子,哪能不主动张罗办三朝宴呢!

"唉，一言难尽呀，"姜耀荣长叹一口气，"我爷老子(同上)那人，你还不晓得？他心机太深，顾虑重重。他心里的意思呀，我是永远也搞不明白的！"

"哟，耀荣哥，你叹什么气呀？我大伯不肯办，你办不就得了？儿子是你的嘛！办三朝饭，你有权利，也有义务呀，对不？"

"是呀，是呀，从道理上讲，我是能办三朝饭的。但你也得从实际上考虑考虑呀，是不？从实际上说，这餐饭我能办吗？就比如说吧，我办了，他不上桌怎么办？"

"哎哟，耀荣哥，你可真是想得太多了！他不上桌就不上桌呗！你上桌不就行了嘛！你是一家之主呀，对不？"

"一家之主？嘿嘿，"姜耀荣一声苦笑，"在这家里头，我半个主都做不了！"

由于姜云岳不赞成，三朝庆典终于没能举行。

姜云岳为什么不赞成举行三朝庆典呢？是怕花钱吗？当然不是。办庆典绝对不是亏本的买卖，而是赚钱发财的门路。明摆着，办庆典要请客人，而客人都是要送重礼的。哪个客人好意思空手进门祝贺呢？是怕费事吗？也不是。姜云岳半生最喜欢的，就是搞庆典，办宴会，招待人客，张罗热闹场面。平常盖个茅房，他都要买挂鞭炮放一放，请街坊四邻喝几碗茶，以示庆祝的，更何况如今添了个活蹦乱跳的孙子呢？是不喜欢家里又添了个男孩子吗？那就更不是了。谁都知道，姜云岳最担心的就是大儿子姜耀荣绝后，最盼望的就是大儿媳给姜家生一个又白又胖又健全又正常的男孩子，而今如愿以偿，又怎么会不高兴呢？

其实，得知李英莲生了个男孩后，姜云岳也很高兴。他时刻都想抱着新生的小孙子好好看一看，但他却做不到。

当地女人坐月子的讲究很多，又怕受风，又怕着凉，还怕见生人。所以，家里只要有人坐月子，门窗必定紧闭，生人一概不许入内。至于男人，即便是亲如父亲、公公、伯伯、叔叔、哥哥、弟弟、小叔子，哪怕是十一二岁还未成年的男孩子，也是不能进月子房的。由于有这些讲究，因而姜云岳虽然特别想见一见新生的孙子，却也不能如愿。没办法，他只得一而再再而三地打发姜老婆子进月子房，时而问问李英莲想吃什么，时而又问问李英莲有什么事情需要做，以便通过她来打探孩子的消息。

姜老婆子每次进月子房，都是直奔床边。她一会儿给孩子翻翻身，一会儿给孩子擦擦背，一会儿又给孩子摸摸脑袋、腿、胳膊什么的，看得十分仔细。她这样做，一半是出于疼爱孙子的本心，另一半则是出于姜云岳的叮嘱。姜云岳担心孩子有不正常的地方，想好好检查、观察一下，却又不能亲自进月子房来做，便只好分派姜老婆子替自己代劳。姜老婆子对他说，孩子长得不像耀荣，而像他，是四方形国字脸，很精神。他听了，心里非常高兴。他觉得他自己长得好，像个男子汉、大丈夫，男孩子的长相就应该随他。他看不上大儿子姜耀荣的模样，尤其是看不上姜耀荣那张猪腰子脸。现在好了，孙子不随他的父亲了，没有背时模样了,尤其是没有那张猪腰子脸了,姜家也就该时来运转、兴旺发达了。每当想到这里,姜云岳就异常高兴。

然而,姜云岳高兴之余,却又有些担心。这担心,是由孩子的眼睛引起的。

孩子出生后,一般在当天或第二天就睁眼了,两三天以后才睁眼的虽然有,但不多。李英莲生的这孩子到三朝那天还没有睁眼的迹象。这一下,姜云岳犹豫不决了。办不办三朝宴呢?办吧,倘若又是个小瞎子怎么办?自己恶心不说,别人笑话可也受不了啊!他不由得想起了光绪二十九年小驼背出生时办三朝宴的情景。

那一天,客人来得特别多,把堂屋、正房和两间厢房全都挤满了。当把新生的孩子抱了出来,客人们见是生了个小驼背时,一个个眼神、脸色顿时都变了。有的客人目瞪口呆,有的客人相顾错愕,有的客人交头接耳,小声议论,有的客人左顾而言他,有的客人皮笑肉不笑,有的客人甚至说起了很不客气的风凉话:"生了个小驼背也值得庆祝?云岳老倌是怎么想的?多半是为了收礼发财吧?"当时,看了那情景,他恨不得找个地洞钻了进去。这事虽说过去十多年了,但至今回忆起来,他依旧面红耳热,心里像有十五个吊桶打水——七上八下。当地风气不大正,确实有不少人家是喜欢通过办庆典收礼的方式来敛财的。当然,这种行为是被人看不起的,常常招人耻笑。

姜云岳身为族长,最怕的就是被人看不起,被人耻笑。因此,自从那次小驼背的三朝宴办过以后,他便暗地里下定了决心:从此以后再不做那种掉面子的事。由于有这件事的教训,看到李英莲刚生的孩子迟迟没有睁开眼睛,姜云岳就断然决定不办三朝庆典了。他担心那孩子的眼睛不好,是个瞎子,办三朝宴会让他将来被人耻笑。

鸡也吃了,鱼也吃了,李英莲的奶水却还是没有下来。没办法,她只得用米汁水当奶喂孩子了。米汁水做起来很费事,先要将米放入清水中泡软泡透,然后捣碎成浆,再用洁净的细纱布过滤取汁。取了汁后,还得烧开晾凉了才能喂给孩子吃。孩子小,每一次吃得很少,但喂食的次数却又很多,甚至夜里都要吃好几次,所以这做米汁水的事情特别耽误时间。幸亏有樊桂枝和景满贞这两个妯娌帮忙,否则的话,李英莲真要忙不过来了。

用米汁水喂孩子,当然缺营养。也许就是由于这一缘故,李英莲新生的孩子直到第八天才睁开眼睛。然而。眼睛虽然睁开了,孩子的情况却还是有些令人担心。孩子的眼睛倒是不小,长得也周正,但无神,眼珠子不够明亮透彻,转动似乎也不够灵活。姜老婆子伸出一个手指头在他的眼前左右晃动,他却视若无物,眼睛珠子并不随着转动。姜老婆子又把嘴巴贴近他的耳朵,轻轻地喊着"乖宝贝"、"乖孙子",他依旧无动于衷,毫无反应。"莫非是个光眼瞎?要不就是耳朵听不见?"姜老婆子暗自怀疑。这一下,她的心有些凉了。然而,她虽然心里怀疑,却不敢对姜云岳说实话。每当姜云岳向她问起孩子的情况时,她总是闪烁其辞,只用诸如"还行"、"还可以"一类的笼统话搪塞,从不说具体的。

姜云岳是何等精明的人，怎会被姜老婆子几句不疼不痒的话蒙住？到孩子满月的头天下午，他终于发话了："老婆子，去把孩子抱出来我瞧瞧！"

"哎哟，当家的，孩子还没满月，哪能抱出来呢？"姜老婆子故意拖延。

"不就差一个晚上嘛，有什么要紧的？快去抱过来吧！这一次呀，老子非亲眼看个明白不可！"姜云岳下死命令了。

丈夫的命令，姜老婆子哪能违抗？她对丈夫从来是奉命唯谨、逆来顺受的。没办法，她只得走进李英莲的房里，乖乖地把孩子抱出来了。

姜云岳接过孩子，就着窗户的亮光仔细察看了一遍，当即便断定，孩子不是光眼瞎，便是聋子，说不定还是个哑巴。他懵了，心凉了，下定决心不办满月庆典了。

对姜云岳的决定，景满贞头一个有意见。她想：孩子刚满月，营养又不足，从来没吃过人奶，长得慢是完全可以理解的，怎能现在就一口断定他是瞎子、聋子、哑巴呢！再说，即便是瞎子、聋子、哑巴，那也是自己的亲骨肉呀，也应该有亲情呀，哪能因为他是残废就不举办满月庆典呢！她认为姜云岳的决定人不公平了，太横蛮无理了，简直是不通人性。她觉得姜云岳的决定对李英莲的打击太大了，太重了，几异于半大云里突然响起了一个特大的炸雷。她担心备受折磨的李英莲受不了这一个特大炸雷的沉重轰击。她决心用自己的力量来施加影响，迫使姜云岳改变决定，还李英莲一个公道。吃晚饭的时候，她回到家里，便立即找了姜辉宇，要他老人家去找姜云岳谈谈。她想，自己的老祖父位尊望重，在族里说话没人敢不听的，无论如何也应该能说服姜云岳。

景满贞为姜辉宇生了好几个重孙子，是三房的有功之臣。对这个孙媳妇，姜辉宇喜爱有加，历来是有求必应，言听计从的。他二话没说，当即便挂了根拐杖，颤颤巍巍地走进了姜云岳的家里。

姜云岳正在洗脚，见姜辉宇来了，眼皮都没抬一下，只伸手指了指门口的一把椅子，说："哟，你老人家来了呀，坐吧，坐吧！"

姜辉宇一只手撑着拐杖，一只手摸着门框，小心翼翼地坐下了。

姜云岳斜眼瞟了一下姜辉宇，嘴一张，问："你老人家找我有什么事呀？说吧！"

"呵呵，是这样，"姜辉宇笑了笑，满脸的皱纹都扯到了一起，"听满贞说，你不打算给你那新生的小孙子做满月了，是吗？"

"曜曜，听满贞说？又是满贞！她可真是个事儿精！"

"不、不、不，满贞说得对啊，不给孩子办满月哪行呢！"

"不就是一餐饭嘛，有什么不行的？"

"大侄子，这你就错了，这哪是一餐饭的事情呢！这可是仪礼呀！仪礼，那是多么重大的事呀，难道你不懂吗？《礼记.典礼上》说：'道德仁义，非礼不成；教训正俗，非礼不备；纷争辨讼，非礼不决；君臣上下，父子兄弟，非礼不定；宦学事师，非礼不亲；班朝治军，莅官行法，非礼威严不行；祷祠祭祀，供给鬼神，非礼不诚不庄。'《礼记.礼运》中还说：'夫礼必本于天，动而之地，列而之事，变而从时，协于分艺，其居人也曰养，其行之以货力、辞让、饮、食、冠、昏、丧、祭、射、御、朝、聘。'大侄子，《礼记》里头不是讲得很明白嘛，礼仪所体现者，乃天道之变化，万物生长之规律，人事变迁之法则也，实乃根本中之根本呀，岂是你所说的'一餐饭'呢！"

"嚯嚯，你老人家还给我念这么多古文呀，那是干什么呀？有这个必要吗？扯远了吧？嘿嘿，扯远了，扯得太远了。"

"不、不、不，我可没扯远，事情本来就是这样嘛！满月宴会，看似是吃饭，其实这里面的意义极其重要。它是孩子出生后的一个重要礼仪活动呀，那哪能不举行呢！哪怕规模小一点，只搞几个小菜，请族里几个老人来吃餐便饭呢，那也总比完全不办好哇！自古以来，上至国家朝廷，下至黎民百姓，这礼呀，都是头一个重要的，绝对不可或缺的！有礼就有上下尊卑，有礼就有仁义道德，有礼就有国泰民安。孔老夫子的学问，全部集中起来，核心就是一个礼字。孩子的三朝饭没办，就已经缺了礼数了，满月再不办，礼上就更说不过去了，地方上说起闲话来，怎么得了啊！那得笑话我们姜家一族不懂规矩的！"

姜云岳眉头紧皱，一脸的不高兴。他从水盆里慢慢地提起脚来，拿过一条毛巾慢慢地擦着，磨蹭了好半天才斜眼朝姜辉宇扫了一下，不冷不热地说："三叔，俗话说得好，家家都有一本难念的经。这难念的经呀，各家都不同。我家的这本经呀，尤其难念。我寻思，这念经呀，只能各家念各家的，不能掺合到一起念。各家只要把各家的经念好，这国也好，族也好，家也好，就都能太平无事了。要是像你们家满贞那样做，把各家各户的什么事都瞎掺合到一起，那还不得乱套？"

姜辉宇听力不好。姜云岳尽管说话的声音很大，他还是没听明白。他使劲睁着昏暗无光的眼睛，看着姜云岳问："你、你说什么？我们家满贞怎、怎么乱套啦？"

"你们家满贞呀，瞎掺合别人家的事，都把别人家的事搅乱套了，那不好，明白不？"姜云岳擦完了脚。他拖着鞋，走到姜辉宇跟前，手里挥动着擦脚布，对着姜辉宇的耳朵使劲地大喊了一声，吓得姜辉宇浑身一哆嗦。

"满贞瞎掺合别人家的事啦？是嘛，有这事吗？她可是个热心人哟，心肠很好的！"姜辉宇嘴里咕噜道。

"怎么没这事呢？我们家办不办满月饭，是我们家的事，与她满贞有什么相干呀？她鼓捣你老人家来这里说三道四，不是瞎掺合是干什么呀？"

"哟、哟、哟，我们这哪是瞎掺合呀，是想给你帮、帮忙！"

"得、得、得，算了吧，算了吧，谁要你们帮这忙的呀，"姜云岳眼睛瞪得老大，"我们家的经，有我一个人念就行了，你老人家何必掺合进来操空心呢！你老人家都九十多岁了，早该什么都不管，好好歇着了。有那操空心的闲工夫，还不如上床躺一躺，闭上眼睛睡一觉呐，对不对？你老人家非要我为孩子办满月饭，莫非是想酒喝？那好办啊，我这里有的是酒，你老人家拿一瓶回家慢慢喝去吧！”

无论姜辉宇怎么劝，姜云岳死活都不听。最终，他还是一意孤行，坚持不办满月。

姜云岳说不办满月庆典，姜耀荣就只好不办满月庆典了。他是个地地道道的孝子。父亲的话对他来说，就是皇帝的圣旨，从来不敢违抗的。

看着姜耀荣那没主见的样子，景满贞就来气。她耐着性子说："耀荣哥，满月宴是一定要办的。不办，将来吃亏的终归是你。我大伯不办，你可以办嘛！你和我大伯早就分家了，是两家子人了，你以你自己小家的名义办不就行了吗，何必非得听他的？"

姜耀荣摊开双手，苦笑一声说："我办？我拿什么办呀？办餐饭，至少也得杀几只鸡、鸭，买几斤鱼、肉吧？总不能以白菜、萝卜待客啊！我一副空手板，鸡、鸭、鱼、肉从哪里来？你又不是不知道，我家里穷得叮当响，自己吃饭都没米下锅，哪来的钱请客！"

"没钱不要紧啊，我有，我给你出！"景满贞说。

"嗨，办满月这种事复杂得很呐，也不光是用钱的事，"姜耀荣摇晃着脑袋，"光有钱也不行啊！明摆着，我如果办了，你大伯不参加怎么办？做爹爹的不参加自己亲孙子的满月庆典，地方上的人该怎么看？不晓得内情的人只怕还会骂我不孝顺，连一餐饭都舍不得让老人吃呢！真到了那时候，你叫我这张脸往哪里搁呀？"

"三朝"、"满月"、"周岁"是新生儿来到人世间后的三大庆典。那年月还没有实行现代户口制度，农村里孩子出生了，无需到政府部门登记，但必须得到社会的承认。怎样才能得到社会的承认呢？唯一的办法就是举办这三大庆典。因此，在当时的乡村社会，这三大庆典特别重要，它有着非同一般的重大意义。从某种意义上说，这三大庆典有点类似于今天的报户口。似乎只有举办了这三大庆典，新生儿才能获得人们的认可，因而也才有在当地的社会上生存、发展的权利似的。

其实，"三朝"、"满月"、"周岁"这三大庆典的意义还远不是"报户口"三个字所能完全概括的。除了获得人们的认可、得到社会的公认之外，这三大庆典还有更深一层的意义，那就是亲情的建立和积淀。亲情，无疑是乡村社会维系人们之间各种关系的主要力量，也是一个人在一生中生存、发展的最重要的基础。不可能想象，一个人一生一世没有任何亲情，却还能生活得很幸福。因此，一个人从一出生起，就必须高度重视亲情的建立和积淀。怎样建立和积淀亲情呢？毫无疑问，在这方面，三大庆典具有极其重要的作用。三大庆典无异于是一种宣告，那就是向人们宣告孩子的诞生和成长情况。三大庆典无异于是一种答谢，那就是答谢人们对孩子及其家人的关怀。三大庆典无异于是一种请求，那就是请求人们继续一如既往地关心和支持孩子的成长。这种宣告情况、答谢关怀、请求支持的事情,对于一个刚刚来到人世,不被众人所知,还处在与世隔绝状态的婴儿来说,当然是极其重要的,它无异于是一把叩开社会大门的钥匙。

三大庆典说起来很复杂,其实很简单,无非就是办个宴会,把亲戚朋友、左邻右舍请来吃餐饭罢了。而且这宴会也不一定非搞得很隆重不可,完全可以视自己的情况随意安排,有钱的可以吃山珍海味,没钱的也可以吃萝卜白菜。但不管吃什么,这三大庆典,或者说这三餐饭,那都是必须请人吃的。否则的话,孩子或者孩子的家庭就难免会有一些麻烦事了,如引起猜疑,导致谣言或诽谤,甚至招来人际关系上的无穷后患等等。

姜耀荣家三朝、满月都没有办,这实在是太出人们意料了。于是,人们开始怀疑、猜测、幻想了:姜家为什么不办三朝、满月呢?莫非生的孩子出了大问题,见不得人,他们家不想办了,或者是不敢办了?随之,一个消息很快传了开来:姜耀荣的堂客李英莲又生了一个残废孩子。那残废孩子比前几个残废孩子还要严重得多,不仅是瞎子,而且还是聋子、哑巴、驼子。这消息不胫而走,不翼而飞,迅速传遍了石板塘,传遍了吴家冲,传遍了大柏树屋场、莫公塘、双塘街,传遍了照壁山神母岭下的十村八里,闹得人人皆知,沸沸扬扬。

没过多久,这消息的内容发生变化了,人们都传说姜耀荣的堂客李英莲生的不是普通的残废孩子,而是妖精。有的人还说得活灵活现,说是亲眼看见了,那妖精没鼻子没嘴,没胳膊没腿,还没有脖子,浑身上下一般粗,圆乎乎的,像个大冬瓜,而且身上还长满了长长的毛,头顶上的毛还是绿色的,特别长。人们还说,那孩子不会说话,但会叫,叫声特别像"毛眼哼哼"。"毛眼哼哼"就是穿山甲,样子长得特别恶心,叫声也极难听。当地人不知根底,搞不清穿山甲的学名,便随便给它起了个名字,叫它"毛眼哼哼"。人们都说"毛眼哼哼"长得特别难看,有两个脑袋,是专吃死尸的妖怪,白天藏身在坟墓里,夜里才出来活动,所以对它特别害怕。

又过了些日子,这消息的内容又变了,说不仅姜耀荣的堂客李英莲生的孩子是妖怪,而且李英莲本身也是妖怪。有的人还振振有词地说:"这事我早就料到了,李英莲肯定是妖怪。不然的话,为什么她生的孩子个个是妖怪呢?'龙生龙,凤生凤,老鼠的儿子会打洞'。妖怪生的孩子才会是妖怪,世界上哪有人生妖怪的道理呢?"还有的人说得更离奇,说李英莲不是"毛眼哼哼",而是石板塘里的绿毛团鱼精。

石板塘里有绿毛团鱼精。这已经是流传很早的传说了。

团鱼学名叫做鳖,北方人叫做王八。这东西石板塘里多的是。团鱼是美味佳肴,这是尽人皆知的。然而,这石板塘里的团鱼,村里人,连带附近各村的人,却是绝对不吃的。人们都说,不是不想吃,而是不敢吃,因为这塘里有一个千年修炼而成的团鱼精。它神通广大,善于幻化人形,在时刻保护着自己的子孙。

谈起石板塘里的团鱼精,人们有讲不完的故事。其中,最为人们津津乐道的一个故事是这样说的：

早年间，邻村有一个人，平生最喜欢吃团鱼，也最喜欢捕捉团鱼。那捕捉团鱼是一门绝活，平常人是做不了的。做这活，首先是要有特制的工具。那工具叫做"团鱼钓竿"，是一根长长的竹竿，竹竿上系着一根长长的细线，细线的一端挂着一个铁丝制作的锋利钩子。其次，做这事还要有高超的技艺，既要会学团鱼的叫声，又要有非常准确的眼力和手法。当团鱼出现在水面时，他一甩竹竿，必须能立刻钩住团鱼的身体。这邻村人是一个捕捉团鱼的高手，而且是经常光顾石板塘的，天知道这塘里的团鱼被他捉去了多少。

一天清晨，天刚蒙蒙亮的时候，这捕捉团鱼的高手又来了。他安排好了"团鱼钓竿"，开始学起了团鱼叫。很快，一个团鱼在塘的中间位置露面了。他一甩竹竿，铁钩迅即飞出，立刻钩住了团鱼。首战获胜，他大喜过望。但当他把团鱼捉上来，拿在手里细看时，却有些犹疑了，因为他看见那团鱼只有三条腿，而且腹部还长着一撮绿毛。"兆头好像不大好！"他自言自语，一松手，将那团鱼放入水中。他换了个地方，又开始学团鱼叫。没多久，水面翻起浪花，一只团鱼露出头来。他迅速将竹竿甩出，铁钩又钩住了团鱼。然而，当他捉住团鱼时，发现它也只有三条腿，腹部也长着绿毛，显然就是刚才的那只了。"见鬼了？怎么又是它？"他有点忐忑不安了，但仍然心有不甘。"兴许是碰巧了吧？要不再试试？"捕捉团鱼的高手给自己壮了壮胆，转过身来，走到塘的另一面，开始如法炮制。同样，这一次他仍然很快就发现了团鱼，并且很顺利地就把它捉住了，但他捉住的却还是那只只有三条腿、腹部长满绿毛的团鱼。

这一回，捕捉团鱼的高手真的害怕了，心里直发毛。他赶忙把团鱼丢进水里，顺手抄起"团鱼钓竿"，撒腿就跑。跑了一会儿，他回头一看，发现一个只有一只胳膊的高大男子远远地跟在后面。那男子还敞着怀，肥肥大大的肚皮上依稀长着一撮绿毛。他心知这是团鱼精追上来了，于是急忙加快了脚步。但是，无论他跑多快，那男子总是在后面跟着，而且距离越来越近了。"必须引开它！要是让它跟到家里了，一家老小可就麻烦了！"这人虽然紧张，却还没有慌神，心里在不断地打着对付团鱼精的主意。

跑了一会儿，这捕捉团鱼的高手终于有主意了。他看见路旁田里有一个老头在收割稻子，就赶紧跑了过去，钻进盛放稻谷的大木桶里躲了起来，并对那老头说："老人家，后面有个一只手的高大男子在追我，那是个团鱼精，麻烦您救救我，将他引开。"

不一会儿，团鱼精追上来了。他看见了田里的老头，就大声喊叫："喂，你看见一个拿着'团鱼钓竿'的人了吗？"

老头有心要救捕捉团鱼的人。当下便朝相反的方向一指，说："哦，他朝那边跑了！"

团鱼精顺着老头手指的方向一路追下去了。等到团鱼精跑远了，那个捕捉

石板塘

团鱼的邻村人才从木桶里胆战心惊地爬出来。从此以后,他再也不敢捕捉团鱼了,石板塘的团鱼也再没有人敢捕捉和食用了,就连拿着团鱼钓竿的人也不敢从石板塘边经过了。

自从有了这个传说,人们就开始对石板塘的团鱼敬畏如神了。有这样一个真实的事情:一个夏日的清晨,一个过路人经过石板塘,突然发现塘边一块不大的干地上横七竖八地躺着二三十只团鱼。他觉得莫名其妙,就从村里叫来很多人观看。大家壮着胆子,一起走近那些团鱼,仔细看了看,很快就明白了。原来是一位喝醉了酒的过路人在那里吐了很多秽物,团鱼们吃了那些含有酒精的秽物,也就一个个成了"酒鬼",醉倒在那里了。这些团鱼"酒鬼",都是绿毛团鱼精的子孙,谁敢亵渎呀?人们站在塘边,慢慢地用竹竿拨动,毕恭毕敬地把它们送进了水中。而后,人们又对着满塘水跪下,恭恭敬敬地磕头说:"团鱼大仙,小的们将你的子孙送回水中了。我们为你的子孙做了善事,也请你保佑我们平安顺利!"

绿毛团鱼精的传说自然是子虚乌有的事情。但传说的年头久了,不少人也就信以为真了。他们都说,绿毛团鱼精在石板塘里蛰伏很多年了,曾经出来害过人,如今又开始出来活动了,变成人身了,它会为害乡里的。他们直指李英莲就是绿毛团鱼精变的。有的人甚至还拿李英莲吓唬孩子。孩子闹得厉害时,他们就会说:"快别闹了,李英莲该来了!"而他们一提李英莲的名字,孩子们就会吓得毛骨悚然,浑身起鸡皮疙瘩,果真不哭不闹了。

一时之间,这些传说成了乡村里的头号新闻,成了人们茶余饭后的主要话题。人们谈起这些传闻来,个个有滋有味,唾沫横飞。

这些传说还传到了三四十里外的李家坳,以致李英莲的娘家人和乡邻们也都知道了。李英莲的老娘闻听后大吃一惊,竟不顾七十多岁的高龄,一个人跌跌撞撞地翻山越岭数十里,半夜里悄悄地来到石板塘看女儿。母女俩一见面,话还没顾得上说一句,便抱在一起失声痛哭了,就如同生离死别一般。她们压根也没想到生孩子竟然会惹出那么多的麻烦来。

三朝、满月都没办,恼火的不只是李英莲,姜耀荣恼火了,景满贞恼火了,姜云溪、姜云谷、姜云涛、姜耀科、朱春玲、樊桂枝也都恼火了,姜辉宇就更恼火了。这事也难怪姜辉宇恼火。他是全族里年纪最大的一个老人,辉字辈硕果仅存的一个长辈,有着九十多岁的罕见高龄,有着比姜云岳还大一辈的辈分,有着满肚子三纲五常、诗书礼义的学问,有着名震乡里、人人敬服的威望。然而,他以这样的身份、地位,却居然没能说动一个小小的晚辈姜云岳,怎么能不恼火呢!他觉得,凭着自己的年纪、辈分、学问、名望,多半县太爷也能说得动的了,而如今却没能说动自己的侄子!这一跤跌得不轻呀,面子都跌破了,跌没了!

一想起姜云岳那爱理不理的样子,姜辉宇就气不打一处来。他恨恨不已,手脚发颤,全身抖个不停,好几个晚上都没能睡着觉。

第二十五章

和朱春玲、樊桂枝在栗子冲村口分手后,姜耀宗就掉头向东,爬上照壁山,翻过高家岭,沿着蜿蜒流淌的清沙河向南走,经过高家坊、桥头驿、捞刀河直奔长沙。夜里,他也顾不上休息,顶着月亮、星星一个劲地往前赶。

第二天天快亮的时候,他终于夹在挑柴挑水挑菜进早市售卖的头一拨人流中挤进了小南门。他还是头天早上和朱春玲、樊桂枝她们一起吃的饭,走了一天一夜的路,粒米未进,滴水未沾,早就又饿又渴、又困又累了。一瞥眼,看见城门口街边上的一个小饭馆开了门,屋里头昏暗的灯光下,热气腾腾,香味四溢,颇为诱人。他摸了摸口袋,趔趄地走了进去。那小饭馆早餐只卖米粉,而米粉又分为三种,放肉丝和青菜的叫做肉丝粉,不放肉丝而只放青菜的叫做菜汤粉,肉丝和青菜都不放的叫做光头粉。肉丝粉和菜汤粉味道当然好得多,但价钱也高得多。姜耀宗走得匆忙,身上没带多少钱,哪里买得起肉丝粉和菜汤粉?他哆哆嗦嗦地摸了好半天,从兜里摸出几个铜板来,要了一碗清汤寡水的光头粉,便在靠近门口的一张桌子旁边坐了下来。一辈子锦衣玉食惯了的,哪里吃过这种苦啊!姜耀宗把两条又酸又痛又发胀的腿翘起,高高地放在凳子上,一边伸出一只手来轻轻地抚摸着,一边津津有味地吃米粉,不一会儿便把那碗米粉连汤带水吃了个碗底朝天。他当然没饱,这样的米粉估摸至少还能吃得下四五碗,但身上没钱了,也就只得凑合了。

长沙城,姜耀宗十多年前来过,晓得东南西北。但堂兄姜耀成的住处,他却记不清了,只知道离湘江边上的灵官渡不远,那街名似乎还带着一个"坡"字。他拖着疲惫不堪的身子,顺着江边由南往北走,一边打听,一边寻找,好不容易走进了堂兄姜耀成住的那条街。这时,天已经不早了,街上的店铺都已开门营业了,上班的人们也都开始提着包匆忙上路了。还好,姜耀成刚刚出门,姜耀宗终于在门口台阶上把他堵住了。

姜耀成吉星高照,财运亨通,从进米行起就平步青云,如今已经是陈记福湘米行中一人之下、千人之上的核心人物了。他不仅是米行的账房总管,掌握着全米行的财务实权,而且还受到老板张颂臣的格外信任,掌管着米行中账务之外的许许多多大小事务。张颂臣有事外出时,米行的大小事物就都由姜耀成做主。平日里,米行的往来文书、对外联系、重大庆典,乃至与官府的交接等,一般也都由姜耀成安排处理。至于米行的往来账目、银钱出入、日常开支,则更是要由姜耀成最后审定并签字画押。有时甚至就连平常家务事,如调解夫妻不和,为子女聘请塾师,为儿子择妇娶妻,为女儿找婆家等,张颂臣也要姜耀成参与谋划或代

357

为办理。

十多年来,姜耀成凭借自己与张颂臣的特殊关系,招揽了不少人进米行做事。这其中包括湘北农村的老乡,包括姨母霍吟秋的子女和亲戚朋友,也包括他自己的亲弟弟姜耀农。姜耀农比他小几岁,人很老实,也比较精明,在米行里升迁得很快。如今,他已是陈记福湘米行岳阳分行的总管,专管岳阳和周边各县的米谷收购。在整个米行中,他的地位并不高,权势也并不显赫,但他却掌握了福湘米行岳阳城陵矶码头的转运权和岳阳一带米谷收购的定价权,所以实权很大,实惠颇多。

姜云海不跟二房比生儿子、得孙子,不跟三房比读书治学,也不跟长房比田多地多菜园多,而要出"新招"。终于,他的"新招"成功了。两个儿子都进了长沙城,不仅在城里娶了妻子,买了房子,成了地地道道的城里人,而且还赚了大钱,发了大财。他一家也成了石板塘姜家谁也比不上的最有钱的富翁了。

四房财星高照,人丁却还是不旺。姜耀成和姜耀农早就娶妻成家了,妻子都是姨母帮忙找的长沙城里人,而且还都是读过书的富家千金。然而,结婚十多年来,她们却没能给姜家生下一男半女。姜家空有万贯家财,门庭却依旧冷冷清清。这事让姜云海非常着急。他开始怀疑儿媳妇的生育能力了,于是就力劝两个儿子娶小纳妾,或者是多买几个丫环放在屋里,将来等哪个丫鬟生孩子了再扶正。但是,他这番好意,两个儿子却都只当耳旁风。他们都是那种只顾事业不顾家的人,心思根本没放在儿女私情上。姜云海苦口婆心劝了好多次,姜耀成兄弟俩都不肯听。他气得半死。

姜云海原本打算全家都搬到城里住,都做城里人的。但他在城里住了一阵,就觉得很不习惯。他发觉"城里人"名声好听,生活却不实惠,没地方养鸡养鸭,没地方种茄子辣椒,没地方钓鱼捞虾,也听不到山里的鸟叫、田里的青蛙叫、路边的虫子叫。再加之天天看着儿媳妇那空瘪瘪的肚子干着急,心里也受不了。于是,他一气之下,仍旧搬回乡下老家去了。临走时,他对着两个儿子大发牢骚,赌咒发誓地说今生今世绝不再管他们的事了。

但生气归生气,发誓归发誓,姜云海却还是要管儿子们的事。一回到老家,他就亲自跑了一趟姜家在湘北县的最早发源之地——位于县城西北面的姜家坪老屋,在那里找了两个小孩分别过继给姜耀成和姜耀农,为他们免除了无后之忧。

姜耀成为人忠诚厚道,讲义气,重交情,非常擅长于社会交际。他天生性格沉稳,为人慎重,处事精细、干练,讲章程,讲原则,有办法,深谙财务之道。这是张颂臣信任他并委以账房总管重任的主要原因。但是,张颂臣重用他,原因却还并不仅在于此。另有一个十分重要的方面,张颂臣也是不得不倚重姜耀成的。

长沙自古以来号称人文荟萃之地,居民向有重视教育的传统,文风颇盛,不要说读书之人喜欢舞文弄墨,吟诗作赋样样来得,便是平常市井小民、街头闲汉，也多能写得一笔正经的字，吟出几句风花雪月的诗。特别是道光、咸丰、同治以来，由于陶澍、魏源、曾国藩、左宗棠、胡林翼、彭玉麟、郭嵩焘等一批大名鼎鼎的人物相继建功立业，使得湖南一时之间声名鹊起，如日中天，这就进一步带动了长沙文风的迅速增长，以致舞文弄墨差不多成了人们的家常便饭。但凡国家出了什么大事，或是湖南出了什么知名人物，长沙人都会要群起响应，以诗词文赋或对联等形式来表达自己的态度，或赞成，或反对，或讴歌，或谩骂。社会上的一些头面人物，或是稍有身份地位的人物，更是喜欢通过结诗社、组文会等形式，来组织带有一定规模的社会活动，以呼风唤雨，推波助澜，借以扩大自己的影响。在这种情况下，学校、工厂、商社等单位的领导人自然不能视而不见，袖手旁观。他们多多少少也会要卷进来，或领袖其事，或参与其中。否则的话，他们就难以融入社会潮流，不免为人所不喜，所不重，甚至为人所不齿了。米谷贸易是长沙第一大产业，陈记福湘米行乃长沙米业有名巨头，而张颂臣作为陈记福湘米行的大老板，身份地位格外贵重，言行举止为万民所关注，自然不能不想方设法来附庸风雅，在自己的头顶上戴一顶博学向文的帽子，以博取民众的好感，赢得社会的赞誉。因此，张颂臣对舞文弄墨一类的事情颇感兴趣。然而，他虽然感兴趣，却没有这方面的能力。他读的书还是母亲教的，而他母亲在他刚刚十二三岁的时候便与世长辞了。他满打满算，最多也才读了五六年书。就这点子学问，哪能与书生士子争长短，较高低。所以，没办法，他不得不格外借重姜耀成。

其实，舞文弄墨，寻章摘句，特别是吟诗作赋，姜耀成既不喜欢，也不擅长。他只不过是在财物和处理日常文稿方面比较有才干罢了，诗词文赋方面没有下过多大功夫。但是，"山中无老虎，猴子称大王"，偌大一个福湘米行，上千人的队伍中寻不出一个真正能写出好文章的高手来，姜耀成也就只得勉为其难了。所以，但有需要舞文弄墨的社会应酬，张颂臣一般都是交给姜耀成代为办理。

姜耀成与姜耀宗乍然相见，高兴之情自然非同寻常。在石板塘姜家耀字辈十多个堂兄弟中，他们两个的关系要算是相处得最好最亲的。姜耀成当下摘掉帽子，脱下外衣，携着姜耀宗的手踱进了斜对门的得月楼酒馆。那酒馆前面临街，后面有一处小小的园子，西侧还挨近湘江，要热闹有热闹，要清静有清静，倒是一个饮酒谈心、安闲自乐的绝佳所在。兄弟俩在靠近窗口的一张小桌旁边坐了下来，要了一壶湘江大曲，一碟盐水毛豆，一碟油炸花生，一碟臭豆腐干，对着远处的一江帆影、满目青山边饮边聊起来。

姜耀宗刚届而立之年，长得又高大又英俊，本是一个风流潇洒的美男子。但此刻，他却显得精神萎靡，憔悴不堪。这也难怪，一天一夜的连轴转，整整走了一百五十里路，实在是把他累跨了。大概打从娘肚子里爬出来，他还从没有吃过这种苦的。姜耀成举杯向他敬酒，他顾不上喝，只拿着杯子勉强做了做样子，便放下杯子，自顾自地低头吃起毛豆、花生来。吃了好半天，面前的毛豆皮都有一小堆了，他才抬起头来，伸手摸了摸嘴巴边，端起了酒杯，不好意思地朝姜耀成笑了笑。

"成哥，小弟我这副吃相够狼狈吧？不瞒你说，我紧赶慢赶地走了一天一夜的路，脚都走出燎浆大泡了，统共才吃了一碗光头粉！他娘的，打从娘肚子里爬出来，这辈子哪遭过这种罪呀！"姜耀宗举起酒杯，在姜耀成的酒杯上轻轻碰了一下，然后一仰脖子喝干。

姜耀成比姜耀宗大六七岁，人也显得比姜耀宗老成得多。他虽然个头也不矮，身材也算得上魁梧，但长相却远不像姜耀宗那么顺眼好看。也许是由于长期过度操劳的缘故，他的外表看相远比实际年龄要大不少。他的那张脸长得比较特别，眼窝深陷，颧骨高耸，嘴巴略显外鼓，下颚略呈尖形，一头黄发蓬松卷曲，几根胡子稀稀落落地耷拉在嘴边上，显得格外突出。不过，他外貌虽不甚雅观，气质却自有高雅之处，举止有度，谈吐文雅，神情沉稳凝重，语音慢而有力，一双眼睛更是光芒逼人，令人不敢对视。见姜耀宗举杯来敬，他只略略抬了抬手，浅浅地抿了一口。

"我晓得你饿极了，本应该带你去正经饭馆吃餐好饭的，但这会儿时候太早，饭店都还刚开门，没有正经的饭菜供应，所以也就只好先凑合一下了。这样吧，咱们先喝点酒，随便吃点东西填填肚子，顺便聊聊家里的事，过一会儿就去吃饭。坡子街这地方虽也热闹，却没有叫得上名的好菜馆。所以，一般人家招待客人，都是往远处走。天心阁附近有一家菜馆不错，豆豉是直接从浏阳九如斋进的，鱼是从年嘉湖里现捞现宰的，时新蔬菜是在菜馆后头园子里自种自采的，几个炒菜的大师傅都是咱们湘北人，从城关三峰窑那边请过来的，炒得一手正宗湘北风味菜，准保对你的口味。"姜耀成端起酒杯做了个敬酒的样子，不紧不慢地说。他是一个特别讲究生活的人，平生所最喜好的便是喝酒、嚼槟榔、搓麻将、吃姜盐豆子芝麻桂花茶、上馆子吃名厨制作的名点名菜。

姜耀宗狼吞虎咽地吃了不少东西，精神好多了，脸上渐渐地有了些红润。他伸开双手摸了摸脸，一本正经地说："天心阁太远，今天就不去了，改日吧，办正事要紧。成哥，我这回来长沙，就是来求你的，你别嫌我麻烦啊！你赶紧帮我在米行里找个事情做吧，什么事都可以，只要我能做得了就行。你知道，满贞对我管得特别紧，这一段日子来几乎是天天跟我打架，逼着我来长沙做事。我要是再不找点事做，就真的没法回去见她了！"

"呵、呵，河东狮吼啦？没想到啊，"姜耀成笑了笑，眯起眼看着姜耀宗，"我耀宗弟一表非俗，外头看着像一个顶天立地的男子汉，内里却是个怕婆的！"

"怕婆？怕婆怎么啦？怕婆就不是男子汉？嘿嘿，要依我说，天下真正的男子汉，没有不怕婆的！"姜耀宗似笑非笑。

"嚯嚯，你怕婆还有道理啦？'天下真正的男子汉，没有不怕婆的！'你这话可是说得很绝啊！难道曾文正、左文襄这些大名鼎鼎的英雄人物也都怕婆？"

"没错呀，他们也都怕婆！曾文正就是头一个怕婆的！"

"是嘛,曾文正怕婆?这我可是头一回听说哦,"姜耀成忽然严肃起来,话说得一本正经,"耀宗,你不是故意抬出曾文正来为自己开脱吧?"

"我干嘛要故意抬他来为自己开脱呢?曾文正本来就是怕婆的嘛!你没听见坊间传闻么?有一次左文襄去找曾文正商议事情,一进门正好撞见他在给一个心爱的小妾洗脚。你知道,左文襄与曾文正是无话不谈的。也不知是无心开玩笑呢,还是有意挖苦讽刺,当时左文襄张口便说:'替如夫人涤足。'曾文正听了左文襄的这一句话,自然不好正面解释,于是便拐了个弯,回敬道:'赐同进士出身。'你知道,左文襄是没有考中进士的,后来还是因为军功显赫,才蒙朝廷格外开恩,赏了个'赐同进士出身'。毫无疑问,御赐的同进士出身虽然荣耀,却还是比不上自己凭本事考上的进士名头好听。所以,这件事对于左文襄来说,既是极大的荣耀,也是终生的遗憾。曾文正以这件事为题回敬左文襄,应该说是恰到好处。而且,曾文正回敬的那句话,即'赐同进士出身'一句,正好与左文襄说的'替如夫人涤足'一句构成了一副对联。这副对联构思巧妙,对仗公允,这些姑且不论,但只从内容上而言,我们不就能看出一个显而易见的问题吗?曾文正是怕婆的!并且,他怕的还不是名正言顺的大老婆,而是小老婆!不然的话,他为什么要亲自劳动,特意给她洗脚呢?"姜耀宗最喜欢的就是谈史论经。此刻话题上口,侃侃而谈,不觉精神陡涨,眉飞色舞,兴高采烈,早把那一身的疲劳、困顿丢到九霄云外去了。

"坊间传闻,岂足凭信!曾文正怕婆这件事只怕是'子虚乌有'。耀宗,我可没有讥讽嘲笑你怕婆的意思,你大可不必引经据典来为自己辩驳喽!说实在的,怕婆未必就不对。不怕婆的未必就是真正的男子汉。有些堂客们,要见识有见识,要才干有才干,大小事情都拿得起放得下,能力远胜须眉,怕一怕有何不可?我倒觉得,这样的堂客们,男人们怕一怕,只怕对行事做人还大有裨益呐!就以你们家满贞来说,那可真是女人堆里出类拔萃的一个尖子呀!别的不说,单是她新婚之夜就劝你到外面来闯世界这一件事,就得令人刮目相看!那个女人不简单啊!耀宗,你要是当初就听她的话,立马就到长沙来找我,何至于今天如此落魄呢!要知道,那个时候找工作很容易的!"姜耀成一只手握着酒杯,一只手轻轻地捋着颌下那几根稀稀落落的胡子。

姜耀宗和姜耀成一样,颌下没几根胡子,但却喜欢摸下巴颏,好像那地方有成把成簇的长胡子似的。他抬起手来摸了摸下巴颏,叹了一口气,轻声说:"哥,其实这事怪不得我。我也是早就想出来找事做的!"

姜耀成点点头,端起酒杯,转眼望向远处,沉思了好大一会儿,才开口说道:"你的事,我是早就答应过的,这忙肯定要帮。不过呐,说实在话,为你找事,早几年以前很容易,随便就能找到,这时候嘛,麻烦就比较多了。"

"哟,这时候找事麻烦多,那是为什么呀?"姜耀宗不解地问。他不摸下巴颏了,把手放在桌子上,撑着桌子边,头往前伸,一副很着急的样子。

361

姜耀成端起酒杯，轻轻地抿了一口酒，伸手摸了摸下巴颏，唏嘘道："这事还不是明摆着的？你已经到而立之年了，又有满肚子学问，不是一般的人物，能随随便便地安排一个普普通通的事情做吗？不成吧！但要找个高职位呢？却又没那么容易。先不说高职位都是张老板亲自安排的，我根本没那权利随意为你安排。即便是我有那权利能给你安排，你也一时半会儿做不了呀，对不？那是要有长期工作经验积累的。你刚从农村里来，根本没做过买卖，对这米行里的头头道道肯定是两眼黑，哪干得了高职位工作呢！你贸然坐上了高职位，却没那两把刷子，也压不住台脚啊，对不？所以呀，给你随便找个事做吧，屈了你的才，不好意思；给你谋个高职位呢，又怕你干不了，上不了老板的眼，服不了众人的心。你高不成低不就的，我就左右为难啦！耀宗啊，你这事，满贞的考虑是对的，怪就怪你家里那两位老人家。要是十多年前那一次你不走，就留在米行里做事了，该多好啊，你肯定早就上去了，何至于今天人都三十岁了，还要从头学起呢！"

"是、是呀，是呀！唉，真他娘的扫兴！要是早几年出来，何至于窝囊至此呀！"姜耀宗摇头叹气，满脸沮丧，连酒都没情绪喝了。

"别、别灰心，别灰心，事在人为嘛！机会总还是会有的，不过就是要等一等罢了，"姜耀成见堂弟心情不畅，连忙安慰，"这次你既然来了，就无论如何不要再回去了。否则，你就真的一辈子完了。整天窝在石板塘那山湾湾里头，天天守着老婆、孩子，当一辈子田舍翁，空对着照壁山长吁短叹，还算个男子汉吗？安心在我这里住着吧，等一等，多则三五个月，少则十来天，就会有机会的。这两天张老板不在家，上南岳烧香去了。等他回来了，我抓紧时间找个机会和他说说，疏通一下，请他帮个忙，你就放心吧！"

姜耀宗知道，堂兄的话没错，自己这种年纪、这种身份，确实有个高不成低不就的问题，找个适合自己做而又能挣钱的工作不是那么容易的。心急吃不了热豆腐，他只得耐着性子等下去了。好在姜耀成的住处就在坡子街西口，离湘江和橘子洲都很近，不乏闲步散心的好地方。于是，他每天一大早便出门，或是沿着江边散步，或是坐船到橘子洲赏景。有时，他还会走得更远一点，到灵官渡坐船，渡过湘江逛岳麓山，凡云麓宫、麓山寺、禹王碑、白鹤泉、五轮塔、爱晚亭等风景名胜之处都一一细心赏玩。

逛了一个多月，姜耀宗把近处所有方便易到的风景名胜全都细看了一遍。他正打算再往远处走走，到桃花山、石佳岭、秀峰山、鹅羊山等地逛逛，好消息却不期而至。那天傍晚，他正打开煤炉子准备做饭，姜耀成便推门进来了。

"耀宗，饭不忙做了，你先过来一下，我给你说个事！"姜耀成走进里屋，一顺手把包放在桌子上，便随手拖把椅子坐下了。

姜耀宗愣了一下，连忙把刚刚打开的煤炉子仍复关上，快手快脚地走了进来。他一屁股坐在床边上，喜滋滋地问："成哥，你给我找到事情了？"

"事情倒是找了一个，但是个临时差使，"姜耀成跷着二郎腿，手指头轻轻地敲着桌子,"不过,你别小看这份临时差使啊!那可真是你大展才华的好机会呐!"

"大展才华?嗨,成哥,我都潦倒成这样子了,你还跟我对八!百无一用是书生,我有什么才华可以大展的啊?"姜耀宗低头苦笑一声说。"对八"是湖南土话,开玩笑的意思,长沙、湘北一带的人都这么说的。

姜耀成轻轻地拍了一下姜耀宗的肩头,一本正经地说:"哟,耀宗,你什么时候学得如此谦卑了呀?要知道,谦卑得过了头,可就是虚伪了!要是你没才华,那谁还能说得上是有才华呀?你那写诗写文章的才华,不要说老哥我自愧不如,甘拜下风,只怕咱们姜家门里上上下下好几代至今还没一个人能比得上呐!"

姜耀成极口夸赞姜耀宗的文章诗赋作得好,姜耀宗自己倒也不说什么。在这方面,姜耀宗其实也是非常自负的。但是,他却不明白这写诗作文的才华何以在米行里也会有大展的机会。难道张颂臣老板有这方面的嗜好,想请一个内行人和他谈诗论文?或者张老板有子女正当学龄,想要请个教书先生坐馆施教?姜耀宗暗地琢磨。

"成哥,你这话找不明白,难道文章诗赋的功夫也能在你们米行里派上用场?"姜耀宗疑惑不解地问道。

"怎么不能?耀宗,你不明白,这城里头跟咱们乡下那可是大不一样啊,"姜耀成说话的语气还是那么不紧不慢,但声音却提高了不少,"你那两把刷子在咱们乡下派不上用场,最多也就是逢年过节或遇到什么婚丧嫁娶的大事时偶尔写写对联罢了,但在长沙城里头可是大有用武之地啊!城里人有点什么事,最喜欢吟诗作赋写对联,争着抢着地比文才。武昌首事那年,还有前不久袁世凯死的那几天,天心阁一带的对联、诗词贴得满墙满地满大街都是,真有不少写得精彩的。你看着吧,这几天肯定又会闹得满天飞,气势只怕还会更大!"

"哟,怎么啦?是不是这几天又出了什么大事?"姜耀宗疑惑不解地问。

见堂弟一脸疑惑,姜耀成颇感诧异。他盯着堂弟问:"哟,你这几天又没住在桃花源里头,整天满世界闲逛,难道还没听说?出了那么大的事情啊,满天下都沸沸扬扬的了!"

"噢,我明白了,大概是又死了一个什么大官,要老百姓写诗作文歌功颂德吧?成哥,跟你说好了啊,你给我找事做,什么事都成,但千万别找这种事。这种事,我可是不愿意做的。我姜耀宗别的能耐没有,骨气还是有的,生平最不愿意做的,就是给当官做老爷的人吹牛拍马、歌功颂德!"姜耀宗说。

姜耀成微微地眯着双眼,细细地打量着姜耀宗,用十分沉缓的语气说:"哦,这种事不愿做,耀宗,你的骨气还真是够硬的啊!这么说,蔡锷将军的悼文,你也不愿意写喽?"

姜耀宗大惊失色,高声问:"什么?成哥,你、你说什么?给蔡锷将军写悼文?蔡锷将军怎么了?过世了吗?他、他、他什么时候过世的?"

363

"蔡、蔡将军与世长辞了！"姜耀成语不成声。

"喔！"姜耀宗一个"喔"字说完，就再也说不出话来了，旋即泪流满面。

姜耀宗平生最敬仰崇拜的就是蔡锷。蔡锷的悼文，他当然愿意写。当下，他便弯腰低头，拉开抽屉，忙手忙脚地找起纸笔来。

见姜耀宗开抽屉找纸笔，姜耀成忙摆摆手，示意他坐下。"先别忙找纸笔，究竟怎么写，写什么，大思路还没定呐，"姜耀成低着头慢声慢气地说，"张老板平生最佩服的人有三个，一个是谭嗣同，一个是黄兴，还有一个就是蔡锷蔡松坡。蔡将军过世了，他心里特别难受。所以，寻常短诗短文他不想写，要写个长一点的，而且要别出心裁，不落俗套。他把这事交给我，要我写。我倒是想写呢，可我哪有这能耐呀！耀宗，你晓得我，诗词文赋这玩意，从小就没上过心，绝句都写不好，还能写长篇？于是，我就向他推荐了你，顺便把你想找工作的事情说了说。他一听，很高兴，立马就张罗要见你，派人在天心阁附近的飞阁流丹定好了坐席，邀请你去吃个便餐。飞阁流丹，那、那可是长沙城里出了名的大餐馆呀，档次很高，在整个南城差不多排得上第一号，所做的长沙本地菜味道鲜美纯正，那叫一个好啊！耀宗，你面子不小，老哥今天要沾你的光了！"

"去飞阁流丹吃饭？就现在？"姜耀宗问。

"是啊，就现在！张老板早就在餐馆里等着了。咱们这就走吧！"姜耀成慢悠悠地站起来，用手捏住身上穿着的长袍两侧，轻轻地抖了抖。那件长袍是湖绸做的，不仅用料考究，做工也十分精细。姜耀成人物虽不风流，长相也极一般，但穿着打扮却十分讲究。

姜耀宗站了起来，却没有跟着往外走。他愣了愣神，嗫嚅着说："成哥，事还没做，就让人家请吃饭，而且还是在那么高档的饭馆里，不大合适吧？"

姜耀成已经走到门口了，见姜耀宗站住不动，便回身走了过来，拽住他的手说："合适啥呀？到飞阁流丹吃餐把饭对我们张老板来说还能算个事？你不知道我们张老板，他那人呀，书读得不多，却最喜欢和有文才的读书人打交道。你要是把纪念蔡锷将军的这篇文字写好了，如了他的意，他肯定会刮目相看，委以重任的。不过呢，话又说回来，这篇文字确实难度比较大，不容易写好，你要认真对付，拿出真功夫来，切不可敷衍了事喽！张老板肯定会在饭桌上和咱们商量这件事情的，你不妨一边走，一边琢磨一下，做点准备，到时好有话说。走吧，别磨蹭了，'鸿门宴'已经摆好，逃不掉的！"

蔡锷是个传奇人物，湖南邵阳人。他为人精明强干，富有军事才能。袁世凯很欣赏他的才干和人望，颇想收为己用，但又担心他和自己不是一路人，走不到一起，一旦纵虎归山，难免成为心腹大患。所以，他对蔡锷表面上示以欣赏、爱抚、拉拢，暗地里却进行严密监控，实际上是把蔡锷软禁起来了。在袁世凯的严密监控之下，蔡锷的处境自然险恶艰难，不仅行动受到限制，就连身家性命也难免要受到威胁。然而，身处险境，蔡锷却既没有畏惧，也没有消沉，更没有屈服。

他以异常冷静的头脑，坚毅过人的意志，周密细致、天衣无缝的思考和谋略，巧妙地与袁世凯周旋。她与北京前门外八大胡同中陕西巷云吉班的名妓小凤仙打得火热，实施了一整套"明修栈道，暗渡陈仓"的连环妙计，最终摆脱羁绊，脱离虎口，顺利地离开北京，返回云南，并成功地策动了反对袁世凯的武装斗争。

袁世凯死后，黎元洪继任大总统，蔡锷被任命为四川都督兼署民政长。但不幸的是，蔡锷为国操劳，转战多年，备尝艰苦，终于损坏了身体，没过多久就病倒了，终至英年早逝。

蔡锷是建立民国的功臣，又是再造民国的元勋，居功至伟，却绝不自傲，功成便即身退，常谦虚自省，推功他人。所以，他在湖南民众中的威望极高。

对蔡锷其人，姜耀宗和姜耀成都非常敬仰，张颂臣更是奉若神明，佩服得五体投地。1916 年 6 月份袁世凯暴亡的时候，长沙举市同庆，大街上到处贴满了民众自动撰写的诗歌、词赋、对联、文章。这些诗文一方面对袁世凯进行了无情的批判，另一方面也对蔡锷进行了热情的赞颂。那一次，张颂臣就表现得十分活跃，不仅捐了一大笔款子给米业公会作庆祝活动之用，而且还专门写了一首诗和一副对联赞颂蔡锷的丰功伟绩。当然，那首诗和那副对联不是张颂臣亲自写的，而是姜耀成的代笔。

由于半年以前已经有过这么一次活动了，写过歌颂蔡锷的诗词和对联了，所以对这次纪念蔡锷逝世的活动，张颂臣格外慎重。他这人，说话不喜欢老生常谈，做事不喜欢千篇一律。标新立异、独出心裁是他一贯的作风。他担心诗词、对联在形式和内容上与上次重复，会招致别人轻看，便想出个新招，写个与众不同的东西。但究竟怎样才能与众不同，他自己想不出来，身边的人也写不出来，因此十分着急。

张颂臣喜欢文采风流的文人，他身边也确实需要一个文采风流的文人。"文人可以壮胆，要不为什么政界、业界头头脑脑们带在身边的文人叫做'文胆'呢！刘懿荣、柳德懋、范岱荪为什么那么牛气呀？还不就是仗着自己身边有个好文胆吗？"他常这样想。

刘懿荣是辉湘米行老板，柳德懋是荣湘米行老板，范岱荪是德湘米行老板。这三个人是长沙米业公会的正副会长。但张颂臣对他们却并不服气，因为他的福湘米行规模宏大，远在辉湘、荣湘、德湘之上。他觉得自己唯一不如人的，就是缺个像样、管用的文胆。所以，当姜耀成向他推荐姜耀宗，详细介绍了姜耀宗的才华以后，他心里特别高兴。

姜耀宗个头高挑，长相英俊，谈吐文雅，举止有度，一看便知是个知识渊博、见识不凡的文人。第一次见到姜耀宗，张颂臣的印象就很不错，真如同刘玄德遇到了诸葛孔明似的，那股兴奋劲异乎寻常。饭馆早就打烊了，他兀自一次又一次地举起酒杯向姜耀宗敬酒，丝毫没有歇手的模样。

姜耀宗酒量不大，早就不胜酒力了。不过，他虽然不胜酒力，却只是脸红脖子粗,头脑依然清醒。见张颂臣没完没了地举杯敬酒,他只得站起来说话了:"张老板,鄙人不胜酒力,实在不能相陪了!你是英雄海量,就请自便吧!"

"什么'老板'、'鄙人'?从今往后,咱们就是兄弟,我喊你做耀宗老弟,你喊我做颂臣大哥!我早过'不惑之年'了,你才'而立',我叫一声老弟不委屈你吧?"见姜耀宗站了起来,张颂臣便也站了起来。他隔着桌子伸手按住姜耀宗的肩头,轻轻地一使劲,就把姜耀宗按在椅子上稳稳当当地坐下了。平常他是最注意行为检点、言语谨慎的,从不对人伸手动脚,今天显然是喝多了一点,有了酒意。

姜耀宗刚坐下,忽地又站了起来。他红着脸,显得异常兴奋地说:"好,只要你张老板不嫌弃小弟,小弟就冒天下之大不韪,喊你一声大哥了!从今往后,大哥有什么事情要做,只管交给小弟办,小弟肝脑涂地,在所不辞!为蔡锷将军写祭文这件事,大哥就放一百二十个心吧,小弟我准保圆圆满满地完成任务!"

"他娘的,刘备、关羽、张飞不过是贩屦织席之徒,推车卖枣之辈,卖酒屠猪之流,晓得什么诗书礼义、古今兴废!他们能成大事,纯粹是时势使然,哪里是人力之能呢!他们尚且能结义桃园,成就一段千古佳话,我们几个怎就不能?来,耀成、耀宗,咱们也学桃园三结义,结成异姓兄弟吧!对、对了,还没摆香烛呐,耀成、耀宗,咱们要不要也搞个小仪式,摆上香烛拜一拜天地神明啊?"

"香烛之类倒可不必,那不过是形式而已,"姜耀成漫不经心地说,"异姓结义关键是个义字,而义字在乎心中,不在乎形式。我们只要有这颗心,又何必非得在乎那种可有可无的形式呢?张大哥,你既有心提携我和耀宗两个,那我们就尊你为大哥了!"

"说得对,耀成,关键是这颗心!男子汉大丈夫,一言既出,驷马难追!我们今天结义,从今往后就是亲如一家的兄弟了,一定患难与共,终生不负!香烛不设可以,天地不拜也可以,但一杯结义酒是不能不喝的!来,咱们以酒代香烛,结义为兄弟吧!干,干了这一杯!"张颂臣腾地站了起来,高高地举起了酒杯。

见张颂臣举杯相邀,姜耀成、姜耀宗兄弟也只得端起了酒杯。三个人面对面地站着,互致敬意,一饮而尽。三个人中,张颂臣最大,近四十岁了,姜耀成其次,三十五六了,姜耀宗最小,也已逼近而立之年了。依张颂臣的说话,喝完酒就是兄弟了,不必再搞别的形式。但姜耀成却还是不赞同,他到底还是拉着姜耀宗跪下来,向张颂臣行了拜大哥的大礼。

姜耀成丝毫没有醉意,言语举止一如往常。他也喝了不少酒,但他是个酒坛子,酒量大得惊人,喝这一点酒是醉不倒的。他端着酒杯,板着面孔,一本正经地对姜耀宗说:"耀宗啊,酒也喝够了,饭也吃饱了,时候也不早了,你那肚子里有没有数啊?这文章究竟怎么写,你能不能拿出个简单框框来?"

姜耀宗看一眼姜耀成,旋即回过头来,望着张颂臣说:"张老板,不、不,张大哥,你还有什么具体要求没有?"

"我哪提得出具体要求啊?耀宗,你就看着写吧!你大哥我啊,不是粗人,也不是细人,大概也就跟一根白萝卜似的,不粗不细。这文章究竟怎么写,具体的我也说不出来,只知道要与众不同。怎样才能与众不同呢?你自己去琢磨。文字要长一点,写法要有特点,不落俗套。小诗小词之类,十几个字、几十个字或百把字的小短篇,实在写得太多了,引不起注意,再写也就没多大意思了。耀成,你说对不?"张颂臣说。

"是的,近年来搞的几次活动,大家写的多半都是对联或五言绝句、七言绝句、渔家傲、鹧鸪天之类的小短篇诗词,也确实显得太单调太俗气了。耀宗,你的文才这么好,现在手头又没别的事,有的是时间,干脆就沉下心来好好做做这篇文章吧!张大哥既是想文字写得长一点,写法上还要有特点,不落俗套,那就不妨独出心裁,搞个长篇的诗或赋吧!"姜耀成一边说,一边伸出几个手指头在桌子上轻轻地敲着鼓点,颇显悠闲自得。

"噢,那我就简单说说想法吧,"姜耀宗放下酒杯,端起茶碗,轻轻地喝了一口,"我琢磨,这文章既是要写得长一些,要独出心裁,别有新意,引人眼目,内容就得要多、要全、要新。而文字要长,内容要多,就不能选择词、短诗和对联。这几种形式小巧有余,容量不足,难以概括全面。赋这种形式,可长可短,容量倒是不小,足可以概括全面,把文字搞得很长,但却又缺乏吸引力,不容易被民众接受。所以呀,我反复琢磨,觉得只有长诗这种形式最合适。长诗形式活泼,文字可多可少,伸缩自如,不拘一格,且韵律齐整,容易琅琅上口,也极易为老百姓所欣赏。咱们写东西,主要还是让老百姓看的,因而写作形式也就要多从老百姓的胃口考虑。至于内容嘛,我主张放宽一些,不局限于赞颂蔡将军一个人,因为半年前袁世凯死时已写过不少专门赞颂蔡将军的诗词和对联了。蔡将军的丰功伟绩,普通老百姓也都是妇孺皆知了。如果仅仅局限于赞颂蔡将军一个人,再怎么写,也是难以写出新意来的。再说,如果是仅仅局限于赞颂蔡将军一个人,文字上也不可能写得很长。我们对蔡将军的了解毕竟也不是很多嘛,对不?综合多方面考虑,我的意思是写首长诗,内容是赞颂湖南自古以来的著名人物,其中突出蔡锷将军,把对他的赞颂、追思放在全诗结尾,作为全诗的高潮。这样写的好处是既突出了蔡锷将军,又照顾到了湖南全省的广阔历史层面,内容新而不落俗套,如果写得好的话,肯定能引人入胜。这首长诗的名字,可以考虑叫做《湖南人物颂》或《湖南名人颂》,也可以笼而统之地就叫做《湖南颂》,但在大标题下列一个'兼悼蔡锷将军'的副标题,这样就不会给人文不对题或喧宾夺主的印象了。"

姜耀宗在娓娓而谈,姜耀成则在细心静听。姜耀成对自己的这位堂弟一向是十分欣赏和佩服的。他认为自己的文才比不上姜耀宗,觉得自己不像姜耀宗那样博古通今、知识渊博,不像姜耀宗那样眼光敏锐、见识独特,更不像姜耀宗那样文思若泉涌,下笔如有神。他觉得,听姜耀宗纵论古今、谈天说地或是发表对某些问题的看法,简直就是一种享受。因此在平常时,但凡姜耀宗在说话,姜耀成是不轻易插嘴的。但此刻,他似乎与往日有些不一样了。他听着听着,竟然有些坐不住了，刚才那悠闲自得的神色忽然间不见了，敲着鼓点的那几个手指头也悬在空中不动了。

"耀宗，这事你可要慎重啊，"姜耀成终于忍不住，打断了姜耀宗的话，"《湖南人物颂》也好，《湖南名人颂》也好，《湖南颂》也好，都是大得不能再大的题目，无异于写一部湖南人才史。而这样一篇文字，是需要从古写到今的。从古写到今，你能写得出来吗？湖南自古至今都出过哪些名人，你能一个一个地说得出来吗？湖南这百十年来为什么人才辈出，你能准确地分析出其中的原由吗？"

"成哥……"姜耀宗张了张口，想说话。但他只喊了一声"成哥"，还没来得及说出话来，就被姜耀成挥手打断了。

"你先别插嘴，等我把话说完！好吧，就说这些你都知道，内容上没问题，但时间呢？米业公所定于公历十一月十四日举行公祭，今天已经是十一月十日了。你这篇东西最迟必须在十一月十三日晚间以前写出来，而且还不能太晚了，最好是那天上午就拿出来。这事很明显，你这篇东西在开会前必须张贴出来，而张贴以前好歹也得让张大哥过过目吧，对不对？所以呀，这篇东西还是别搞得太大了，贪多嚼不烂啊！耀宗呀，不是哥信不过你的才干，实在是时间太紧了点。"姜耀成一气把话说完，说得有急又快，全然不像他往日那种慢条斯理、不慌不忙的神态。显然，他对姜耀宗的想法很不赞同。这也难怪，自己的堂弟是第一次给张老板做事，他这个做哥哥的怎能不慎之又慎呢！倘若堂弟把事情做砸了，他这个做哥哥的面子上不好看还是小事，堂弟找工作的事情可就泡汤了啊！

"嗨，耀成，你先别急，耀宗的想法不是还没说完嘛，"张颂臣看了看姜耀成，又转眼看了看姜耀宗，"耀宗，你说，你说，你慢慢说，说详细点！"

"成哥，漫说我并不是想写湖南人才史，即便是要写湖南人才史，那又有何难呀，"姜耀宗年轻气盛，一向非常自负。如今见姜耀成好像有点轻看的意思，以为他并不了解湖南自古以来的人才情况，心里头便有些坐不住了，话说得很急，"你以为小弟我是在漫天夸海口，实际上根本就写不出来，是吗？成哥，你如果这样看小弟，那可就真是太看扁小弟我了！不瞒你说，这些年你在张大哥手下拨拉算盘珠子挣大钱，忙得不亦乐乎，我在乡下可也没闲置光阴，虚度年华呀！我趁着没事做，有的是时间，便大量翻阅史籍，看了一些书，积累了一些资料。这其中，就有不少是关于湖南人才方面的东西。不是小弟我夸海口，一部湖南人才史实际上已经了然于胸了！"

"是嘛？你有这本事？那、那好吧，"姜耀成淡淡一笑，自觉不自觉地抬手摸了摸下巴颏，"既然你有这方面的才干，那倒也可以一试。"

姜耀宗没有笑，满脸严肃地说："不骗你，哥，这些年我确实看了不少书。据我考察，中国人才之出，大体上经历了一个从西到东、由北及南的过程。夏、商、周时期，河南、陕西及甘肃东部一带，人才出得最多。春秋、战国时代，山东、河北、安徽一带，人才最称鼎盛。儒、法、兵等诸子百家的代表人物差不多大部分是产在山东。汉、唐时期,各地人才出得比较平均,苏、浙、皖、川、豫、鲁、陕、晋都出产了不少大人才。自宋代起,中国人才之产出现了向长江以南移动的明显趋势。"

"没错,自北宋起,江南人才开始蓬勃兴起。"姜耀成插话说。

"是呀,成哥,你说得很对,自宋代起,江南人才开始蓬勃兴起。这其中,首当其冲者,便是江西。两宋时期,江西人才之产为天下冠。而湖南人才之产,清以前实在微不足道,能提得上名的,大概也就是蔡伦、蒋琬、黄盖、怀素、欧阳询、欧阳通、周敦颐、夏原吉、李东阳等屈指可数的几个人了。就是这几个人,也难以算得上是最杰出的人物。其功业、成就、声名、影响及在中国历史上的地位,何能与孔、孟、颜、曾及李、杜、韩、柳、欧、苏等人相提并论!"姜耀宗说。

"湖南出人才,那完全是清代以来的事。清代以前,湖南出的人才很少,成就大事业的大才尤其罕见。你刚才说的那几个,如蒋琬一类,充其量只能说是一般人物,难称大才。"姜耀成又插话说。

"对,成哥,你说得对!湖南盛产人才完全是清代以来的事,"姜耀宗的情绪完全平静下来了,话说得很慢,"严格地讲,湖南盛产人才应该是近几十年以来的事。明末清初,湖南出了个王夫之。这可以说是湖南本土所出的第一个真正对中国历史有巨大影响的伟大人物。王夫之后百余年,湖南又出了一个魏源。这也算得上是一个具有划时代意义的伟大人物。魏源以后,随着曾、左之起,湘军之兴,湖南人才就开始如同雨后春笋般地大量涌现了。道光、咸丰、同治、光绪以迄今日,湖南人才之盛堪称冠绝天下。我粗略统计过,在这一时期短短的六七十年中,湖南人在官府中出任要职的就不下 180 人。例如:曾国藩、左宗棠、陈大受、刘权之、瞿鸿机等 5 人,官至军机大臣、大学士;陶澍、彭玉麟、李兴锐、杨岳斌、刘长佑、刘坤一、刘岳昭、杨昌浚、曾国荃、魏光焘、陈鹏年、贺长龄、李星沅、劳崇光等 29 人,官至尚书或总督;胡林翼、江忠源、刘蓉、刘典、李续宾、李续宜、郭嵩焘、唐训方、江忠义、蒋益澧、陈士杰、田兴恕、刘锦棠、曾纪泽、常大淳等 20 人,官至侍郎、巡抚或御史;邓绍良、罗泽南、王开化、李臣典、刘松山、刘连捷、彭毓桔、黄翼升、肖庆衍、肖启江、张运兰、蒋凝学、李元度、王德榜、罗荣光、欧阳利见等一百余人,官至总兵、提督、参将、副将、知府或道员。入民国以后,熊公希龄任过国务总理、财政总长;黄公克强、宋公教仁、蔡公松坡、范公源濂、刘公揆一、谭公人凤、谭公延闿等人,也都出任过各部总长、大臣、次长、川粤汉铁路督办、长江巡阅使及各省都督或督军等职。上述这些人都是官做得比较大的。其实,人才一词,又岂是官职所能全部概括的呢!还有不少湖南人,如上面已经提到的王夫之、魏源,戊戌变法中英勇献身的铁血好汉谭嗣同,以及唐才常、陈天华、禹之谟、刘道一、焦达峰、陈作新、宁调元、蒋翊武、仇亮等人,虽不是做官的,或者官做得并不很大的,但他们对国家、民族、社会的进步做出了重大的贡献,难道不也是名垂青史,值得千秋万代景仰的人才吗?"

姜耀宗对湖南自古以来的人才情况了如指掌，一番如数家珍般的高谈阔论直惊得张颂臣目瞪口呆。张颂臣一向崇敬英雄人物，颇以家乡出人才而自豪。但他虽也知道一些湖南名人的事迹，却何曾听说过如此详尽全面的湖南人才介绍！在他的脑海中，所谓湖南人才，至多也就不过是陶澍、曾国藩、左宗棠、谭嗣同、黄兴、蔡锷等寥寥可数的几个人罢了。陡然听到姜耀宗这洋洋洒洒的一大篇，他的心中真是波翻浪涌，感慨万端。

"耀成，咱们耀宗老弟的记性、知识面可真是令人佩服啊，那么多湖南英雄的名字居然如数家珍，"张颂臣十分感慨地说。他的眼神从姜耀宗的脸上移了过来，从姜耀成的脸上一扫而过，然后又仍旧回到了姜耀宗的脸上，"耀宗，我们湖南真是一块宝地啊，几十年间就出了那么多人才！这些事，你要是不说，我还真不知道呐！"

"张大哥，其实这事说起来还很复杂，"姜耀宗端起茶杯，轻轻地抿了一口，"看一个地方是不是出人才，不仅要看该地所出人才的数量，而且要看该地人才在当时全国性的重大活动或事件中所起的作用。稍稍考察一下近几十年来的历史就不难发现，这一时期中的各个重要阶段，影响国家政治、经济、社会发展的代表性人物都有湖南人，甚至主要是湖南人。例如：扫平洪杨、治理乱世、以致同光中兴的名臣，主要是曾国藩、左宗棠、李鸿章，其中曾、左二公是湖南人；首倡夷务、学造船炮、以致晚清强盛的名臣主要是魏源、曾国藩、左宗棠、李鸿章、郭嵩焘、张之洞，其中魏、曾、左、郭等四位都是湖南人；戊戌变法的主要代表人物是康有为、梁启超、谭嗣同，其中谭公嗣同是湖南人；辛亥革命的主要策动者和领导人是孙中山和黄克强两位先生，其中黄公克强是湖南人；反对袁世凯复辟、再造民国的主要代表人物是蔡锷、孙文、黄兴、宋教仁、蒋翊武等人，其中蔡、黄、宋、蒋都是湖南人。由此观之，湖南出人才，不惟数量多，而且质量也极高。"

姜耀宗这番话就不是简单地罗列历史了，其中有了分析，有了概括，有了综述和提炼，观点独到、明确而深刻，令人听了不得不心服口服。对姜耀宗，张颂臣真是服了。他伸手拿过茶壶，往茶杯里注满了水，又把茶杯往姜耀宗的面前推了推，笑着说："不简单，真是不简单，我今天算是大开眼界了！来、来、来，天下第一大才子，喝口茶，润润嘴！耀成啊，我们湖南太出人才了，不惟出了曾国藩、左宗棠、胡林翼、郭嵩焘这些名臣，而且还出了个姜耀宗，这可是一个不可多得的大才子啊！"

"大哥，你取笑小弟了，我姜耀宗不过乡间一村夫罢了，哪能算得上大才子呀！"姜耀宗不好意思地笑了笑。

"哟，耀宗，大哥我说的可是真心话，没半点取笑的意思喽！就你说的这些事，漫说是我们米行里，只怕全长沙城也没人说得上来！耀成，你说是不？不过，耀宗，"张颂臣侧脸看了一眼姜耀成，旋即又盯向姜耀宗，"还有一件事，我不是很明白。咱们湖南在清代以前那么长时期没出几个人才，而近几十年却一下子涌现出了那么多人才,同一块地方,人才之出却判若两地,这是为何呢?这里面的缘由,你研究过吗?"

姜耀宗没有立即回答张颂臣提出的问题,他显然需要一点时间来进行思考。他一向喜欢深思熟虑,语出必经得起检验。不管对错,有话就说,张口即来,信口开河,那不是他的作风。刚才的一番话纵古论今,深入浅出,说得张颂臣心服口服,他无疑得意极了,脸上喜滋滋的。他左手端着茶杯,右手放在桌子上,也学着乃兄姜耀成的样子,用手指头敲起了鼓点。轻轻地敲了一会儿,他大概是觉得自己胸有成竹了,便缓缓地放下杯子,重又摆出了娓娓而谈、长篇大论的架势。

"大哥,不瞒你说,你刚才提出的这个问题,我研究过,也和别人探讨过",姜耀宗语气平静而自然,就如同说书似的,"要依我说,一个地方出不出人才,总以开发的迟早为转移。开发得早,人才就出得早;开发得晚,人才就出得晚。一个地方要是不开发,那它永远也出不了人才。这是自然之理。咱们谁也没听说过荒漠之地盛产人才吧,对不?湖南向称蛮荒之地,社会经济发展水平长期落后于周边各省,所以清以前的漫长时期不出人才。到了明清时期,特别是进入清代以后,湖南开发突然提速,并很快迎来了一个大规模开发的高潮。导致这一开发高潮到来的因素主要有三个:第一个重要因素是江西、湖北等省移民大规模涌入,给湖南带来了充足的劳动力和先进的生产技术;第二个重要因素是洞庭湖区大量沙洲的开垦,加速了湖南土地资源的急剧增长和有效利用;第三个重要因素是长江流域各省米谷贸易的日益兴盛,特别是汉口、苏州等地米市的迅速兴起和繁荣,对湖南农业和经济的发展造成了巨大的需求、刺激和影响。正是由于这三大因素,湖南经济、社会的发展水平在短短的时期内便得以大幅提高,并成了闻名天下的粮仓。相对较高的地域开发水平和社会经济发展水平,总是催生人才的温床。显然,湖南这几十年来出人才,与湖南这一时期来经济、社会发展的宏观环境有着极其密切的关系。"

"没错,耀宗老弟,你说的这些确是至理。不过,"张颂臣一边说,一边点头,一边用手轻轻地敲着桌子边,"除此之外,还有没有别的缘由呢?比如说,风土、人情、起居习俗、饮食习惯等,这些东西与出不出人才有无关系呢?扯谈时经常听人说起湖南人爱吃辣椒的事,似乎这是湖南人独特的习性,也是湖南出人才的一个重要缘由。耀宗,老哥我对这事没研究,不大相信,但又说不出子午寅卯来,你怎么看啊?"

姜耀宗是这种人:有人问他,他高兴;没人问他,他不自在。见张颂臣不断地向自己提问题,姜耀宗心里十分受用。他用手摸了摸光溜溜的下巴颏,神采飞扬地说:"大哥,风土、人情、起居、饮食习惯等这些东西与出不出人才有无关系,我说不准,兴许有些关系吧。但湖南人爱吃辣椒这事,我也和你一样,是不大相信它与出人才有关系的。我认为,爱吃辣椒是湖南人的一大特性不假,但却并不能

石板塘

成为湖南出人才的一大缘由。问题很明显,湖南出人才只是近几十年来的事,而湖南人爱吃辣椒却已经有几百年、上千年的历史了。如果吃辣椒就能出人才,那为何湖南清以前人才出得那么少呢?再者,天下爱吃辣椒的也不只是湖南人。据我所知,四川、云南、贵州人也都爱吃辣椒,只是吃法略有不同罢了。咱们湖南人爱吃辣椒的特点是干辣,而四川人爱吃的是麻辣,贵州人爱吃的是酸辣,云南人爱吃的是糊辣。当然,湖南人爱吃辣椒可能更突出一些,所以老百姓口头常说'云贵人辣不怕,四川人不怕辣,湖南人怕不辣',但不管怎么说,云、贵、川人爱吃辣是不可否认的事实。既然如此,却为何近几十年来湖南人才之出若如潮涌,而云、贵等地却并没有人才大规模涌现呢?显然,湖南出人才与爱吃辣椒并无必然联系。"

姜耀成好长时间没说话了。他一直在静静地听,既没有喝酒,也没有喝茶,更没有动筷子吃菜。听着听着,他脸上的表情开始发生变化了,似乎有了一点点快要眉飞色舞的神态了。显然,姜耀宗的高谈阔论引起了他的兴致。

其实,姜耀成虽不如姜耀宗书读得多,却也是一个非常喜欢做学问、谈学问、显摆学问的人。他将交叉横抱在胸前的两只手松开,虚握成拳,平伸向前,轻轻地放在桌子边上,身子也略略向前倾了倾,便开始滔滔不绝地说了起来。那声音依旧不高不低,那神态依旧不慌不忙,显得很是安闲自在。这是他一贯的风格。

"张大哥,耀宗,"姜耀成目光如炬,朝左右两旁扫了扫,看了看张颂臣,又停留在姜耀宗脸上,"出不出人才与吃不吃辣椒能有什么关系呢?那肯定是没什么关系的。道理很明显嘛,要是吃辣椒就能出人才,那辣椒岂不早就在全世界推广开了,何至今日还只咱们湖南和四川、云贵等少数几个地方的人爱吃?我觉得,一个地方出人才,不是某种或某几种因素所造成的偶然现象,更与吃辣椒这种独特的食性毫不相干。实际上,它是许许多多因素共同作用、交相作用的结果。或者说,它是一种综合性的因素在起作用。这种综合性的因素,我把它归结为社会底蕴四个字。"

"社会底蕴?这话怎么理解?"张颂臣好奇地问。

姜耀成摸了摸下巴颏,缓缓地说:"社会底蕴这四个字涵盖面极宽极广,既包括耀宗刚才说的社会经济发展水平和宏观环境,也包括独特的人情、地理、风俗、习惯、生活方式,同时还包括文化、教育乃至家庭传统等许多其他方面的内容。我认为,社会底蕴对于人才的产生具有决定性的影响和作用,而其中文化、教育这两方面因素的影响和作用尤其显著。一个地方的深厚的社会底蕴,尤其是有特色的文化和教育,是不大容易形成的,更是不可能在短时期内形成的;但它一旦形成,就会在一个相当长的时期内对这个地方连绵不断地发生影响和作用,从根本上决定着这个地方出不出人才,出多少人才,出什么样的人才或有什么特点、特色的人才等。从这个意义上说,湖南近几十年来出人才,决不仅仅是这近几十年来的事情，而是几百年或上千年来湖南独特社会底蕴不断积淀、不断形成、不断缓释能量和不断发生作用的结果。因此，对一个地方出人才进行考察，不能仅仅看人才大量涌现时的那几十年，而应看得更长一些，更远一些。别的我不说，单是湖南的教育、文化就是很有特色的，它对湖南人才产生的作用也是不容否认的。"

"耀成，你这观点我非常赞同，湖南人确实很重视教育。"张颂臣插话说。

姜耀成连连点头，缓缓地说："没错，重视教育是湖南人的优良传统。而谈起这个传统，我们就不能不首先提到宋代。宋代的时候，湖南设立了石鼓、岳麓两大书院。正是这两大书院的创办，吸引了全国许多最有远见卓识的学者名流来湘讲学，开阔了湖南人的眼界，推动了湖南风气的迅速开化。从这以后，薪尽火传，潜移默化，湖南人渐渐重教兴学，开始形成良好的传统和学风。到了明末清初时，船山学说问世，又直接开启了湖南文化、教育推陈出新的崭新时代。王船山先生提倡'言必征实'，'义必切理'，'即事穷理'，并主张'尽废古今虚渺之说而返之实'，建立起了一套以知行统一为本、揭倡力行致用的学说。这一学说纠止了中国思想学术界长期以来严重存在的知行对立、知行脱离等弊端，无疑对于湖湘子弟起了振聋发聩的作用。遍观湖南近几十年来所出的人才，无论是陶澍、贺长龄、魏源，还是曾国藩、左宗棠、胡林翼，无不都是极力主张经世致用的。可见，他们的思想核心都是王船山先生的学说。由此也可知，湖南近几十年来人才之所以大量涌现，王船山先生的学说是有巨大影响和作用的。"

姜耀成的话显然对姜耀宗很有启发。所以，姜耀成话还没说完，姜耀宗就急急忙忙地插话了："哥，你这观点对，我赞同，我完全赞同，人才之出确实取决于社会底蕴。但是，仅有社会底蕴似乎还不够，还必须有风云际会的呼应，也就是说还必须有政治、经济、军事等方面的重大事件或重大活动的配合与引发。一个显而易见的事实是，近几十年来湖南人才的大规模涌现，离不开湘军的兴起和曾国藩、左宗棠等著名人物的提携；而湘军之兴和曾左提携，又离不开这一时期来所出现的几次全国性的重大事件，如洪杨之役、夷务之兴等。倘然没有这些重大社会事件的风云际会，就必不会有曾左之起和湘军之兴；而曾左若不起，湘军若不兴，又何来彭玉龄、杨岳斌、曾国荃、杨昌浚等一干人物的崛起呢？"

"那当然喽，时势造英雄嘛！唱戏要有戏台，跳舞要有舞台，人才成长、展现才华也是要有戏台或舞台的。人才的戏台、舞台就是时势，就是耀宗你刚才所说的风云际会。近几十年来，震撼全国的重大事件几乎都是发生在湖南周边地区，并且都较多地波及到了湖南，常使湖南成了风云际会的中心地带。这样一来，卷入或参与这些重大事件的湖南人也就多了。'海阔凭鱼跃，天高任鸟飞'。湖南人在惊涛骇浪中得到了锻炼，人才自然也就出得多了。"姜耀成也说得兴奋起来了，脸色发红，神采奕奕。

姜耀成、姜耀宗兄弟俩博古通今。他们的议论，张颂臣哪里插得上嘴？不过，张颂臣虽然插不上嘴,却丝毫没有厌烦的意思。他就像一个小学生那样,毕恭毕敬地坐在那里,静静地听着,听得出神,听得津津有味。

"张、张老板,这菜也凉了,酒也没了,要不再上壶酒、炒几个热菜吧?"一个干巴瘦的老头走了过来,朝张颂臣弯腰低头,打躬作揖,操着浓重的湘北口音,极其恭敬地问道。他是飞阁流丹菜馆的老板,姓谭,也是湘北县人,跟张颂臣和姜耀成都很熟。菜馆早就关门了,伙计们也都歇下了,他没有走,亲自留下来伺候。

"好啊,那就热一壶酒、炒几个菜端上来吧!"张颂臣手一挥,不经意地说。

"别、别忙,谭老板,现在已经到了什么时辰啊?"干巴瘦老头正转身要走,姜耀成连忙叫住了他。

"那会儿我看过了,是子时,这会儿估摸也就丑时刚交吧!"干巴瘦老头说,依旧弯着腰,低着头,双手抱拳放在胸前,做着打躬作揖的样子。

"大哥,"姜耀成看了看张颂臣,"夜太深了,酒、菜就别上了,到此为止吧!咱们俩明天还有好多事要做不说,耀宗可是急着回去动笔呐!他的时间紧啊!"

"哦,都丑时了?时间过得真快,我还以为没到子时呐!既然夜太深了,那就算了吧,酒菜不上了,"张颂臣朝干巴瘦老头挥挥手,旋即又转眼看着姜耀宗,"不过,耀宗老弟,这文章可是要你动笔的,你有把握了吗?"

"大概差不多吧!"姜耀宗点点头。

"嗯,你说差不多,那就是有十成把握了喽!那好,你就按照刚才说的思路写吧!至于题目嘛,我看还是简单点为好,干脆就叫《湖南颂》。你大约多长时间能写完呢?两天行吗?要不就三天吧!不过,最多不能超过三天!"张颂臣满脸堆着笑意。看得出来,他对姜耀宗的思路非常赞同。

姜耀成伸过手来,端起了茶碗。不过,他没有喝茶,却只是把茶碗凑近嘴巴边便即停住不动了,眼睛默默地盯着姜耀宗。

"耀宗,不是成哥我多虑啊,做事嘛,总归要三思而后行,"姜耀成正襟危坐,满脸严肃,"要写一首长诗来概括湖南,写尽湖南自古以来的著名人物,这题目虽然很好,有内容,有新意,但难度可也是非同小可啊!两三天时间就要成稿,你确实有把握吗?没把握的话,就改个写法吧!现在改还来得及,再晚可就真来不及了。其实吧,长诗固然好,难度也大,太不好写了,搞不好的话,既误事又丢人,还不如写几首七律或五律交差算了!"

"打退堂鼓哪行呢!成哥,你别着急,别担心,小弟心里已经有些考虑了,就放心让我试试吧!"姜耀宗说。

"哟,让你试试?耀宗,这事你可想明白了啊,试试可不行,时间等不起!你至少要有八成把握,这诗才能写!"姜耀成关切的眼神始终没离开姜耀宗的脸。看得出来,他对堂弟还是有些不放心。

姜耀宗自然知道堂哥的心情。他缓缓走近姜耀成,点点头,用十分肯定的语气说:"哥,你放心,我有八九成把握!"

第二十六章

到家以后,姜耀成倒床便睡,姜耀宗却打来一盆冷水,痛痛快快地洗了起来。他洗完脸洗脖子,洗完脖子擦身上,到末了还把一双脚泡进了冷水里。这是他的习惯,一年四季冷水泡脚、洗脚、搓脚。他说,只有用冷水泡脚、洗脚、搓脚,血脉才流通,头脑才清醒,写诗作文时思路才敏捷。周身上下洗遍了以后,他又趿拉着鞋子在屋子里转了起来,从东转到西,从西转到东,来回转,不停地转,慢慢地转。这也是他的习惯。每当要写诗写文章时,他总是要先转一阵的。文章写得短,转的时间也短;文章写得长,转的时间也要长。他常说,转不是瞎转,更不是消磨时间,而是琢磨思路打草稿。因此,只有转得好,文章才能写得好。转了大约个把时辰,大概思路已经初步形成了,可以动笔了,他就走近桌边坐卜,拿起笔,铺好纸,一门心思写了起来。他一会儿写,一会儿想,一会儿低头沉思,一会儿摇头晃脑,一会儿对着昏黄的油灯出神犯愣,一会儿又望着窗外的明月窃窃自笑,那样子倒不像是在写诗作文,而像是在发疯发狂。

房间很小,床就放在桌子旁边。姜耀成躺在床上,睡得很沉、很香,时而咬牙,时而放屁,时而说梦话,时而又鼾声大作。对于兄长发出的这些扰乱夜空宁静的噪音,姜耀宗平时是很厌烦的,甚至是深恶痛绝的,而今天却毫不在乎了。他的一切思绪和精力全部都被写诗这一件事占住了。除了写诗,整个世界似乎再无其它。

一夜就这么过去了,姜耀宗丝毫没有睡意。他趴在桌子上,手里捏着一杆笔,双眉紧蹙,凝思苦索,一心一意地扑在写诗一件事上,其他都不在意。

一缕阳光从窗外射了进来,惊醒了熟睡中的姜耀成。他起床了,一边忙着收拾,一边不停地和姜耀宗打招呼。他一会儿问姜耀宗累不累,一会儿问姜耀宗要不要喝点水,一会儿又要姜耀宗停下笔,到外头散散步,打打拳,活动一下筋骨,休息一下脑子。对姜耀成的这一切关心,姜耀宗都不理不睬,好像旁边根本就没人似的。见姜耀宗如此投入,姜耀成实在是不忍心打扰,因此便没再理他,自顾自地上班去了。临走前,他去饭馆里买了许多现成的饭菜回来,特意放在姜耀宗写诗的那张桌子上,好让他随时都能看得见,不至于忘了,并叮嘱他到时热一热再吃。

然而,姜耀成的这番好心,姜耀宗却全然没有在意。他把姜耀成的叮嘱完全丢到九霄云外去了。别说把那饭菜热一热再吃了,他干脆动都没动。

傍晚时,姜耀成下班回家了。他见那饭菜纹丝未动,便对着姜耀宗埋怨起来:"耀宗,人不是铁打的。你这样不睡觉,不吃饭,像个疯子似地没日没夜地写,怕不行吧? 搞坏了身体,我怎么向满贞交代啊?"

姜耀成的这些话,姜耀宗好像是听见了,又好像是没听见,头都没回,只轻轻地"嗯"了一声,然后又愣头愣脑地说了一句:"哟,成哥,太阳都这么高了呀! 奇怪啊,你今天怎么还不去米行上班啊?"

姜耀宗这句牛头不对马嘴的话,不觉把姜耀成逗乐了。他知道,姜耀宗一门心思全在诗上头,竟然忘记了时辰,错把傍晚当清早了。但他毕竟心疼自己的弟弟。他给姜耀宗做了一顿丰盛的晚餐,吃饭时又特意给他倒了一小杯酒,硬按着他把饭吃好,把酒喝完。吃完晚饭后,他便一把拽住姜耀宗的手,非要拉他到江边走走,说是透透风、换换脑子。

姜耀宗却不愿意出去走动。他一门心思全在诗上头。他使劲掰开姜耀成的手,似笑非笑地说:"成哥,你还不知道小弟的脾气? 事情不干完,别说是遛弯子,就是和老婆睡觉都没兴趣! 说白了,我就是个疯子。但干事的时候呢,我疯虽疯,却还只是假疯,要是事情干不完、做不好,那我可就得真疯了! "

姜耀成晓得姜耀宗的倔脾气。他拿他没办法,便也只得随他。结果,这个晚上,姜耀宗又连轴转,依旧一夜没合眼。

一天两夜没睡觉,姜耀宗却一点也不觉得困。他一边思考,一边写,一边修改,一边抄,到凌晨天快亮的时候,一首规模可观的长诗终于成篇了。他从头至尾朗诵了几遍,觉得自己写的诗还颇具韵味,很像那么回事,不禁十分高兴。他使劲推了推还在熟睡的姜耀成,要他听一听自己念诗。

姜耀成却没那心思。他揉了揉惺忪的睡眼,懒洋洋地说:"嗨,我就不听了,你还是先拿给张大哥看一看吧! 他说行呢,那就行,他要是说不行呢,那就还得改,没准还要推倒重来呐,你别高兴得太早啊! "

姜耀成虽然佩服自己的堂弟才思敏捷,却绝不相信他在短短的一天两夜之内就能把一首歌颂湖南自古以来全部名人的长诗写成功。他清楚地知道,张颂臣虽不会写诗,眼界却不低,挑别人的毛病极厉害。在这方面,他的感受实在太深了。往常他帮张颂臣写文稿时,总是要一而再再而三地反复修改,一首短短的七言绝句或五言绝句甚至要改上一两天。姜耀宗再厉害,但写篇幅那么大、内容那么多的长诗,怎么说也不可能一炮打响啊!

"天知道张大哥看了耀宗写的诗后会挑出多少毛病呢? 没准真的推倒重来! 要是那样的话,可就麻烦了,时间太紧,来不及啊! 误了事怎么办?"他这样想。他甚至后悔不该把这么困难的工作推给堂弟的。所以,当他引着姜耀宗走进张颂臣的办公室时,心里是十五个吊桶打水——七上八下。

然而,姜耀成猜错了。姜耀宗真的一炮打响了。张颂臣认真看了姜耀宗写的诗,不仅没挑出半点毛病来,反倒拍案叫绝,一迭连声地称赞说:"好,写得好,写得实在好! 耀宗老弟,你可真是才高八斗,堪比李太白、苏东坡啊! "

见张颂臣一个劲地叫好，姜耀成满头雾水。他试探着说："张大哥，时间实在是太紧了，耀宗弟也来不及细推敲，这诗毛病肯定不少。你还是多费点时间再细细地看一看吧，最好是亲自动笔改一改！"

"改？这么好的诗要改，那可就是狗尾续貂了！耀成，"张颂臣回头看了一眼姜耀成，"不是我小瞧你，两天内写出这么好的长诗，你没这本事！嗯，别说是你啦，就是全米业公会的所有米行，甚至全长沙市，只怕也没有一个人有这本事！"

"是呀，是呀，我哪敢跟耀宗比呀！写诗作文，那是他的长项，我自愧不如！"姜耀成含含糊糊的答应着，顺手从桌子上拿过姜耀宗写的那首诗，眯起眼，快速地翻看起来。这一翻看，他才明白，张颂臣的称赞不是虚言，姜耀宗的诗虽难免粗糙之嫌，但确实概括全面，内容准确，铺陈得体，顺畅留利，读起来朗朗上口。

"两天时间能写成这个样子，也就很不简单了，真难为耀宗！"姜耀成自言自语道。

"耀宗，听耀成说，你的书法功底很深。我看，一客不烦二主，这诗稿就麻烦你来誊写吧！字要写得大一些，工整一些。写好以后，我叫人贴到会场上去。到了公祭那一天，全会场上的人就都能看到这首诗了！"张颂臣对姜耀宗说。

"好、好、好，大哥，我来抄写，我来抄写！对了，大哥，你要我抄写几份？一份不够吧？"姜耀宗问。

"大字的，抄写一份也就够了。但小字的，"张颂臣拿着诗稿若有所思，看了看姜耀宗，又看了看姜耀成，"对了，耀成，这诗稿还得抄几份小字的。你去叫四个字写得好的人过来，让他们也来抄这首诗，每人抄一幅。字不要写得太大，最好是小楷，但一定要写得工整、漂亮。他们抄好以后，一幅贴在我这屋里墙上，我好经常看看、念念；另外三幅嘛，就分送给米业公会的刘懿荣、柳德懋、范岱苏他们吧！娘的，他们平常不是老夸自己的诗词写得好吗，这回我看谁敢跟老子比！"

十一月十四日上午，长沙米业公会的全体同仁集合在一起，召开公祭蔡锷将军大会。会场布置得庄严肃穆，主席台两侧悬挂着"一代名将永垂不朽"、"三湘英烈万古流芳"的巨幅挽联，会场四周的墙壁上贴满了追思蔡锷将军的诗词和挽联。那些诗词和挽联，无疑都是米行老板们的得意之作。

姜耀宗代张颂臣撰写的长诗《湖南颂》贴在主席台的左侧。十多张写满了大字的镶金边白纸差不多贴满了整个墙面。诗的篇幅之大本就十分显眼，姜耀宗的一笔颜体楷书又写得极好，古朴雄厚，苍劲有力。这样一来，台下上千会众的眼球就差不多全都被吸引过去了，一个个伸头探脑，目不转睛地盯着看，不少人还连看带念，啧啧称羡，甚至大声叫好，以致会场一片混乱。

米谷贸易业在长沙，乃至于在湖南全省，都有着举足轻重的地位。所以，但凡米业公会举办大型活动，省、道、府、县各级政府一般都会派要员参加。这时候坐在主席台正中位置的，便有好几位省政府的大官。刘懿荣以长沙米业公会会长的名义主持公祭大会。他见会场秩序混乱，交头接耳议论的声音不小，便想出

石板塘

面整顿一下。但他刚张开口,想要说话,坐在身边的一位穿军服的省府大官忽然扭头对他耳语起来。刘懿荣一见,连忙站了起来,一边毕恭毕敬地听着,一边点头哈腰地连声称"是"。

民国初期的地方行政权力全都操之于军阀手中,成了军权的附庸。袁世凯时期,省一级政府初设行政公署,长官称民政长,后又将行政公署改称巡按使署,民政长改称巡按使。袁世凯死后,黎元洪上台当总统,实权掌握在国务总理段祺瑞手中,地方行政制度仍是换汤不换药,唯一的变更是将巡按使署改为省长公署,巡按使改称省长。这便是中国历史上设立省长的最早开始。但当时的省长,多半有名无实,有的省虽是单独设立,却无实权,一切都听命于将军,而有些省则连单设的名头都没有,干脆由各省掌握军权的将军兼任。湖南省的省长,便是由将军兼任的。刚才坐在主席台上对刘懿荣耳语的那位穿军服的省府大官,便正是兼任湖南省长的陈将军。

陈将军一身二任,上马管兵,下马管民,集军权、政权于一身,表面上威风八面,内心里却也有难言之隐。原来,他本是袁世凯的旧将,新近刚从外省调过来的,威信未立,民心不服,有相当大一部分湖南地方官员和民众都不大买他的账。他也知道自己形象不佳,威望不高,于是便千方百计地四处讨好,特别是拉拢一些有威望有实力的地方士绅,想以亲民、尚文、敬慕英雄人物的姿态来博取好感,收买民心。他早已打听到张颂臣是湖南实业界有名的领袖人物之一,会前进门时又已看到了署名作者张颂臣的《湖南颂》那首长诗,内心里也确实佩服这首诗写得好,如今见会场上的人们纷纷抬头盯看墙面,知道这是拉拢人心、结交贤达、改善自己形象的绝好机会,于是便心生一计,要刘懿荣把大会的议程增加一项,即请《湖南颂》的作者上台朗诵这首长诗。刚才他向刘懿荣耳语的,便是这件事。

手握全省生杀大权的将军兼省长开了口,刘懿荣自然不得不听从。再说,他早就把《湖南颂》这首长诗看过多遍了,内心也十分欣赏、佩服。他扭头看了看坐在后排的柳德懋和范岱荪,淡淡地笑了笑,算是和两位副会长作了商量,打了招呼,然后便迅速站起身来,对着会场的全体听众大声说道:"蔡将军仙逝,华夏齐悲,三湘同哭,我米业界同仁更是五内俱焚,这贴满会场的诗词挽联便都是明证。毫无疑问,这众多的诗词挽联中,写得最好,水平最高,最能代表我米业界全体同仁心意的,要算是福湘老板张颂臣先生的长诗《湖南颂》。这首长诗从湖南的山川地理形势写起,历数数千年来叱咤风云的三湘英雄人物,到追思、颂扬蔡将军的丰功伟绩结束,篇幅之大,内容之丰,文笔之美,行文之跌宕起伏,气势之雄伟磅礴,史所罕见,诚绝佳之宏篇,千古之绝唱也!我本人昨日灯下抚案阅之,连读五遍,尚难尽意,感慨唏嘘,叹为观止,几乎夜不能寐呀!在座诸公中,与老朽有相同感受者,可能不在少数吧?今天,本省的老父台、德高望重的将军兼省长陈大人,特地从百忙中抽出时间亲临大会,和我们一起祭奠蔡将军的英灵,让我们深受感动。陈大人敬慕英雄,爱重贤才。刚才,他特地吩咐我,建议大会议程增加一项，那就是请《湖南颂》这首长诗的作者上台朗诵。我和柳德懋公、范岱苏公两位副会长都觉得陈大人的这个指示英明得很！诵读祭悼诗词文赋本乃大会题中应有之义，这样做不仅有利于进一步表达和寄托我们的哀思，而且还可以借此机会欣赏佳作，学习历史，奖励先进，弘扬正气。所以，下面我们就谨遵陈大人指示，请张颂臣先生上台朗诵他的宏篇巨作长诗《湖南颂》，大家欢迎！"

　　张颂臣就坐在主席台下第一排正中间的位置。姜耀成、姜耀宗和米行里的其他几个头面人物依次坐在他的两旁。此刻，他心如潮涌，激动异常。他的激动，倒不是来自陈将军兼省长的破格赏识和抬举，更不是来自刘懿荣态度异常诚恳、用词无比谦卑的有意讨好和恭维，而是直接来自他直接面对的那个主席台本身。

　　那个主席台其实不高大，更说不上威武，而张颂臣却神往多年了。他觉得，自己的身材长相远比台上的那几个人威武风流，自己的才干、气魄远比台上的那几个人英明杰出，自己在生意场上呼风唤雨、倒海翻江的能力更是非台上的那几个人所能相提并论，自己创办的福湘米行无论经营规模、业绩、效益也都名列前茅，然而对面那个不起眼的主席台，自己却至今一次也没能上去过，这不能不说是一个极大的遗憾。眼见各方面都远不如自己的刘懿荣、柳德懋、范岱苏堂而皇之地坐在主席台的上面，俨然是米业界领袖，而自己却要坐在台下向他们俯首称臣，他心里感到异常的屈辱和憋闷。

　　听到刘懿荣的招呼声和满堂会众经久不息的热烈鼓掌声，张颂臣稍稍愣了愣神，侧脸看了看身旁的姜耀成和姜耀宗，随即便站了起来，直起身子，挺起胸膛，迈着方正而坚定有力的大步，向主席台走去。

　　张颂臣走上主席台，整个会场便立刻鸦雀无声了。台上十多双原来看着台下的眼睛迅速移了过来，台下数百双原来看着墙面的眼睛也迅速移了过来，全场所有人的眼光都不约而同地迅速移了过来，一齐盯向张颂臣，从他的双脚到他的上身，从他的上身到他的脸部，最后又集中到他的眼睛。这些人的眼光都是非同一般的，锐利无比，品位极高，能洞穿人的五脏六腑。平常人哪经得起他们一看？然而，对于这些非同一般的眼光，张颂臣却不在乎。他不仅没有丝毫怯意，反倒更加精神亢奋，斗志昂扬。他有意识地静了静心，神色自若地走到主席台一角站定，双手捧着写满了诗句的稿纸，竟没有和坐在主席台上的将军兼省长打声招呼，便自顾自地高声朗诵起来：

湖南颂
（兼悼蔡锷将军）

神州千山万岭间，中有一省是湖南。
南邻粤桂北邻鄂，东面赣皖西黔川。

扬子奔腾出三峡，流到湖南天地宽。
湖南地处江南岸，一面长江三面山。
天生一个聚宝地，万千风物景巍然。
洞庭浪涌君山小，岳阳楼下水连天。
湘资沅澧清波绿，风送轻帆好行船。
武陵绮丽甲天下，洞天福地赛桃源。
南岳山高回大雁，数峰无语立云端。
好山看过张家界，天下名山不须看。
水乡山国生万物，鱼米乡名自古传。
大泽银鱼传海外，君山茶叶进御前。
有水皆能种莲藕，有地皆可产桔柑。
有山皆能栽竹木，竹编藤器运江南。
菊花石砚宝中宝，同与端砚为名产。
浏阳花炮自古名，万紫千红色斑斓。
桂花开时香千里，杜鹃齐绽花满山。
更有芙蓉真国色，君子可观不可玩。
汉苗瑶侗多民族，风俗虽异却相安。
人民淳朴性粗犷，直率忠诚并勇敢。
喜食辣椒名天下，餐无辣味食不欢。
清水煮鱼加豆豉，苦瓜腊肉即美餐。
湘菜虽非四大菜，声名远扬在海外。
村落虽小聚族居，民房多喜靠山盖。
菜地水田在屋前，竹林樟树屋边栽。
湖南虽云开发晚，其间历史亦久传。
神农西去留仙骨，舜帝南巡湘桂边。
屈子魂归汨罗水，二妃身死君山巅。
千年灵气钟斯地，无数英才出此间。
东汉之时出蔡伦，三国之际有蒋琬。
唐初怀素称草圣，宋代周公著名篇。
前此英才虽人杰，相比外省却终鲜。
地区开发有迟早，先北后南东西渐。
商周开发在陕豫，汉唐开发在中原。
周末山东开发好，宋元江浙却领先。
明清开发湘省快，外省移民迁湖南。
多数移民源于赣，湘省土著十之三。
长江水退洞庭小，万顷沙洲好资源。

移民迁入湖区地，围湖筑堤造良田。
湖田肥沃利灌溉，康乾盛世多丰年。
湖南米谷年年足，接济四邻粤滇黔。
湖南水运便长江，米谷源源运荆襄。
中经汉口销江浙，再由漕运到北方。
湖南米谷运天下，天下赖以为粮仓。
"湖南熟，天下足"，谚语源出乾隆皇。
各省粮商入湘来，带动湖南风气开。
湘人走出三湘地，九州风物入湘来。
湘人由此开眼界，湘省由此通四海。
资源开发促经济，经济发展促人才。
待到明清交替时，一代巨星王夫之。
走遍九州亲考察，石船山里著书中。
启蒙思想辉华夏，天下闻名谁不知？
船山学术重实际，奠定湖湘文化基。
湖湘文化有特色，再与教育连一体。
岳麓石鼓兴于宋，带动湖南开风气。
天下贤达聚书院，议论国事讲经义。
经世致用育人才，培育湖湘新子弟。
新风吹拂数百年，湖南人才惊天地。
人才辈出始道光，陶澍曾经督两江。
梳理漕运清盐政，一代名臣史有光。
贺氏门中两弟兄，长龄熙龄倡实用。
荟萃精华成一辑，经世文编好学风。
邵阳魏源字默深，倡导开放第一人。
睁开眼睛看世界，众人皆睡我独醒。
海国图志一百卷，颠倒古今华夷论。
师夷长技以制夷，哲言惊醒九州人。
曾左李张兴洋务，其源皆自魏子兴。
天下大乱咸同光，九州处处是战场。
捻军起义闹华北，太平天国兴两广。
英雄自古时势造，几多豪杰起三湘。
豪杰奋起出湖南，第一当推曾国藩。
湘军平定洪杨事，一柱擎天天下安。
首倡洋务开新政，造船造炮在江南。
重视数理师夷技，倡设京师同文馆。

功业德言空千古，思想学术有新篇。
修身养性重家教，家书百卷至今传。
左氏宗棠起东山，平定东南平陕甘。
收复新疆防俄敌，天山擒得小楼兰。
万里黄沙栽柳树，引得春风度玉关。
福州设立船政局，从此中国造轮船。
益阳才子胡林翼，深谋远虑晓军机。
坐镇武昌筹军饷，掐断长江志不移。
赤胆忠心荐贤士，老成谋国识大体。
鞠躬尽瘁身先死，长使英雄泪湿衣。
郭公嵩焘设厘关，湘军有饷赖以安。
创设水师献奇策，运筹帷幄赛张韩。
出使英伦观世界，见多识广境界宽。
主张私人办企业，反对官府搞垄断。
洋务主张独先进，辞官不做隐东山。
创设水师彭玉麟，长江防务苦经营。
一身正气谁得似？义薄云天老秦琼。
湘军首脑曾左胡，培育湘军人才库。
湘军人才上百千，半为总督半巡抚。
总督两江刘坤一，东南互保安半壁。
总督陕甘杨岳斌，援守台湾率清兵。
总督云贵刘长佑，抗法支持黑旗军。
防俄防法王德榜，谅山大战为主将。
总督陕甘魏光焘，收复新疆著辛劳。
第一巡抚刘锦棠，弯弓勒马镇新疆。
不辱使命曾纪泽，深入虎穴无惧色。
舌战欧俄挫群雄，收复新疆第一功。
李公兴锐督闽浙，力行新政倡改革。
筹设台防杨昌濬，督抚闽浙与漕运。
总督巡抚谭钟麟，劝农兴学有政声。
张公百熙任尚书，上奏朝廷请维新。
常公大淳抚湖北，漳泉筹防抗英军。
谭公继洵督湖广，一生谨慎有廉名。
袁公树勋督两广，力倡改革行新政。
劳公崇光李星沅，田公兴恕曾国荃。
唐公训方李元度，瞿公鸿禨席宝田。

刘公岳昭与刘蓉,李公续宾与刘典。
陈公士杰李续宜,蒋公益澧江忠源。
邓公绍良江忠义,杨公玉科刘松山。
余公虎恩黄万鹏,刘公倬云罗泽南。
游公智开曾纪凤,黎公培敬黄彭年。
徐公树铭蒋凝学,黄公辅辰张运兰。
邓公仁堃肖启江,李公辉武肖庆衍。
张公文德周宽世,李公成谋李臣典。
黄公翼升李祥和,郑公敦谨罗逢元。
周公达武吴家榜,彭公毓桔刘连捷。
郭公松林吴宗国,肖公孚泗唐仁廉。
张公诗曰李朝斌,伍公维寿娄云庆。
谢公濬畲谭胜达,王公开化与干鑫。
同光军政要人中,一半以上是湘人。
总督巡抚十三四,曾左提携出湘军。
十九世纪下半期,中华四面起危机。
沙皇俄国从北进,英法德美来泰西。
更有日寇由东逼,虎视眈眈乘人危。
值此国难当头时,男儿奋起不疑迟。
其中多少湖南汉,鲜血凝成爱国诗。
处州总兵郑国鸿,鸦片之战逞英雄。
定海激战六昼夜,血染征袍一身红。
身被重创不肯退,单枪匹马战敌众。
法国军舰犯浙江,诸多将领少主张。
唯有一将多谋略,屡使敌兵受重创。
巧将妙计歼敌舰,敌酋弧拔一命亡。
若问将军名和姓,大名利见姓欧阳。
孙公开华抗法敌,驻军沪尾守台防。
一战功成歼敌寇,捷胜将军美名扬。
天津总兵罗荣光,驻军炮台守海防。
八国联军攻大沽,将军独战不肯降。
击毙敌兵与敌舰,弹尽援竭乃身亡。
提督玉科本姓杨,率兵援越守边疆。
镇南关外抗法敌,一缕忠魂报故乡。
驻守盖平战日寇,杨公寿山李仁党。
湖南将士多爱国,民族英雄放光芒。

晚清病已入膏肓，列强侵略起四方。
英雄豪杰齐奋起，救国救民图富强。
戊戌变法惊雷响，维新志士有康梁。
海内英雄齐响应，一代豪杰出浏阳。
浏阳豪杰是谭公，大名鼎鼎谭嗣同。
参与新政谋变法，一腔热血报主恩。
忽见西边乌云起，变法维新一夜空。
多少英雄逃难去，惟有谭公志不同。
不肯苟活去他国，要死刀下做鬼雄。
以身许义唤民众，浩然正气贯长虹。
我自横刀向天笑，去留肝胆两昆仑。
至今忆得从容语，犹似春雷响太空。
菜市街头六君子，鲜血染得夕阳红。
唐公才常号佛尘，维新建立自立军。
提倡新学南学会，被捕汉口死从容。
中俄密约公于世，揭露功归沈荩公。
林圭创立正气会，同与唐公做鬼雄。
辛亥革命起武昌，几多豪杰出湖湘。
推翻帝制建民国，功臣首推黄克强。
早年建立华兴会，合并同盟建政党。
实践革命谋起义，纪念丰碑黄花岗。
独率孤军战汉口，反袁专制起两江。
桃园渔父宋教仁，同与黄公建华兴。
奔走革命倡国会，被杀上海目不瞑。
蒋公翊武谋起义，民国功臣是元勋。
策军反对袁世凯，被捕全州死桂林。
奔走革命多功臣，功不可没谭人凤。
反对帝制程子楷，护国反袁死资兴。
革命勋臣刘揆一，揭露条约"二十一"。
力倡革命刘道一，发动起义萍浏醴。
投笔从戎刘复基，起义被捕勇就义。
秦公力山死云南，杨公倬霖死钟山。
策反清军谋起义，穗死谭馥与葛谦。
焦公达峰陈作新，双双死难长沙城。
禹公之谟死平江，宁公调元死武昌。
醴陵死难马福益，北京城里死仇亮。

肖公克昌余昭常，贺公金声罗树苍。
湖南志士为国死，多少鲜血洒刑场！
陈公天华在日本，投水自杀跃海中。
力倡革命反迫害，浩气长存警世钟。
姚公洪业投黄埔，杨公守仁死英伦。
志士何多自杀死？一腔热血但为公！
何公子贞名绍基，王公闿运号湘绮。
举世皆知学问好，书法文章数第一。
熊公希龄倡新学，兼掌财政任总理。
乐成老人胡元倓，一心救国为典范。
主张治学并中西，出自湘潭号耐庵。
湘阴范公范源廉。教育救国勇当先。
聂公缉椝兴纺织，范公旭东制碱盐。
呕心沥血多著述叶公德辉王先谦。
各人经历虽不同，事业有成知识渊。
更有豪侠起湘南，蔡锷英名天下传。
一心革命救中国，坚如磐石志高远。
忠诚仁义善军事，武略文韬智勇全。
先在滇地练新军，管带新军镇云南。
武昌起义枪声急，天下英雄齐奋起。
将军振臂一声呼，南国春雷响万里。
万里带兵督云南，云南军民喜开颜。
袁贼阴谋思复辟，却虑人才难如意。
有心收用蔡松坡，又疑将军心不一。
暗中定计欲降龙，故把将军调京畿。
安排罗网困英雄，名为重用实禁闭。
大鹏有志冲天起，无奈被困牢笼里。
且将韬晦计来施，暂把雄心收拾起。
虚与奸贼巧周旋，摆布疑兵将敌迷。
结识侠女小凤仙，定下金蝉脱壳计。
瞒天过海演双簧，却把夫人巧转移。
化妆登车别京城，一路清风赴天津。
明修栈道为诊病，暗度陈仓到东瀛。
再自东瀛渡大海，风波一路脚不停。
袁贼阴谋遭破败，恼羞成怒不甘心。
潜令爪牙布罗网，又遣枪手伏边境。

385

无如蔡锷智谋深，化险为夷到昆明。

将军一到昆明地，护国大旗高举起。

自率护国第一军，一路猛攻入川地。

即克叙州及永宁，又下泸州并纳溪。

川中大震天下应，袁家皇帝梦成空。

将军举义成大志，立下护国第一功。

英雄年少正有为，九天云里起惊雷。

病魔暗里悄然袭，夺我将军何太急！

惊闻噩耗到三湘，三湘人民痛断肠。

将军魂骨今安在？泪眼空空望东海。

东海扬波浪淘空，抚慰英雄志士魂。

英雄西去奈若何？我辈当为志士歌。

天下人才各有别，湖南志士独为多。

湖南志士讲忠诚，天下大事系己身。

湖南志士重仁义，两肋插刀为友急。

湖南志士识大体，只顾天下不顾己。

湖南志士慨而慷，一人做事一人当。

湖南志士毅力坚，一条道路走到天。

湖南志士忍性好，爹死娘死也不叫。

湖南志士不惜家，敢为国事走天涯。

湖南志士不惜命，敢为天下把命送。

湖南志士不惜身，敢为事业献青春。

湖南志士不怕难，苍天有路敢登攀。

湖南志士不怕苦，一生奋斗即幸福。

湖南志士不怕死，自视性命轻如纸。

甘洒热血抛头颅，要把英名留青史。

我为湖南歌一曲，但愿湖南长如此。

且为天下育人才，育得人才滚滚来。

蔡锷将军归西矣，我辈何须空叹息！

继承遗志莫迟疑，擦干眼泪快奋起！

赤胆忠心为国家，鞠躬尽瘁莫惜力！

但得中华强盛时，报与泉下英灵知！

长诗朗读完毕，全场掌声不息，张颂臣满面红光，开心地笑了。

然而，张颂臣笑了，姜耀宗却没有笑。他想笑，却笑不起来。他忽然间觉得自己写的这首诗并不怎么好,尤其是文字粗糙,需要修改、润色的地方很多。他这样想着,不觉陷入了沉思,以致张颂臣回到桌位上向他打招呼时,他都没有反应过来,兀自低着头,愣愣地看着地面出神。

"唉呀,这诗写得这么糙,丝毫没有韵味,根本就不像诗啊,我怎么拿得出手的呀!糟,这回可是出洋相了!"姜耀宗暗地里自言自语道。

(上卷完)

石板塘